Robert Jordan
Scheinangriff

W0244425

PIPER

Zu diesem Buch

Die Marionetten des Schattens bedrohen den Wiedergeborenen Drachen Rand al'Thor und seine Freunde. Doch bei seinem Kampf gegen den Dunklen König erhält Rand in immer mehr Regionen Unterstützung. An der Seite des Heerführers Logain, der einst als falscher Drache enttarnt wurde, wollen die Aes Sedai in die Schlacht ziehen. Und Birgitte, eine Heldin aus ferner Vergangenheit, schließt sich den Frauen aus Rands Gefolge an. Doch die düsteren Vorzeichen der Letzten Schlacht verdichten sich: Während ein geheimnisvoller Zirkus durch die Lande reist, ziehen abtrünnige Aiel dem Staat Cairhien entgegen …

Robert Jordan, geboren 1948 in Charleston, US-Bundesstaat South Carolina, begeisterte sich seit seiner Jugend für die phantastische Literatur und schrieb zunächst erfolgreiche »Conan«-Romane. In den neunziger Jahren begann er seinen weltberühmten Zyklus »Das Rad der Zeit«, ein in der Fantasy einzigartiges Werk epischer Breite, das inzwischen knapp dreißig Bände umfaßt und Millionen Fans in der ganzen Welt gefunden hat.

Robert Jordan

Scheinangriff

DAS RAD DER ZEIT 11

Aus dem Amerikanischen von
Uwe Luserke

Piper München Zürich

Entdecke die Welt der Piper Fantasy:

Piper-Fantasy.de

FSC Mix
Produktgruppe aus vorbildlich bewirtschafteten Wäldern und anderen kontrollierten Herkünften
www.fsc.org Zert.-Nr. GFA-COC-001223
© 1996 Forest Stewardship Council

Deutsche Erstausgabe
1. Auflage Februar 2005
3. Auflage Juli 2010
Erstmals erschienen:
Wilhelm Heyne Verlag GmbH & Co. KG, München 1996
© 1993 Robert Jordan
Titel der amerikanischen Originalausgabe:
»The Fires of Heaven 2«, Tom Doherty Associates (TOR Books),
New York 1993
© der deutschsprachigen Ausgabe:
2005 Piper Verlag GmbH, München
Umschlagkonzept: semper smile, München
Umschlaggestaltung: Nele Schütz Design, München
Umschlagabbildung: Geoff Taylor, England
Innenillustrationen: Johann Peterka
Karte: Erhard Ringer
Autorenfoto: Jack Alterman
Satz: Schaber Satz- und Datentechnik, Wels
Papier: Munken Print von Arctic Paper Munkedals AB, Schweden
Druck und Bindung: CPI – Clausen und Bosse, Leck
Printed in Germany ISBN 978-3-492-28561-2

Inhalt

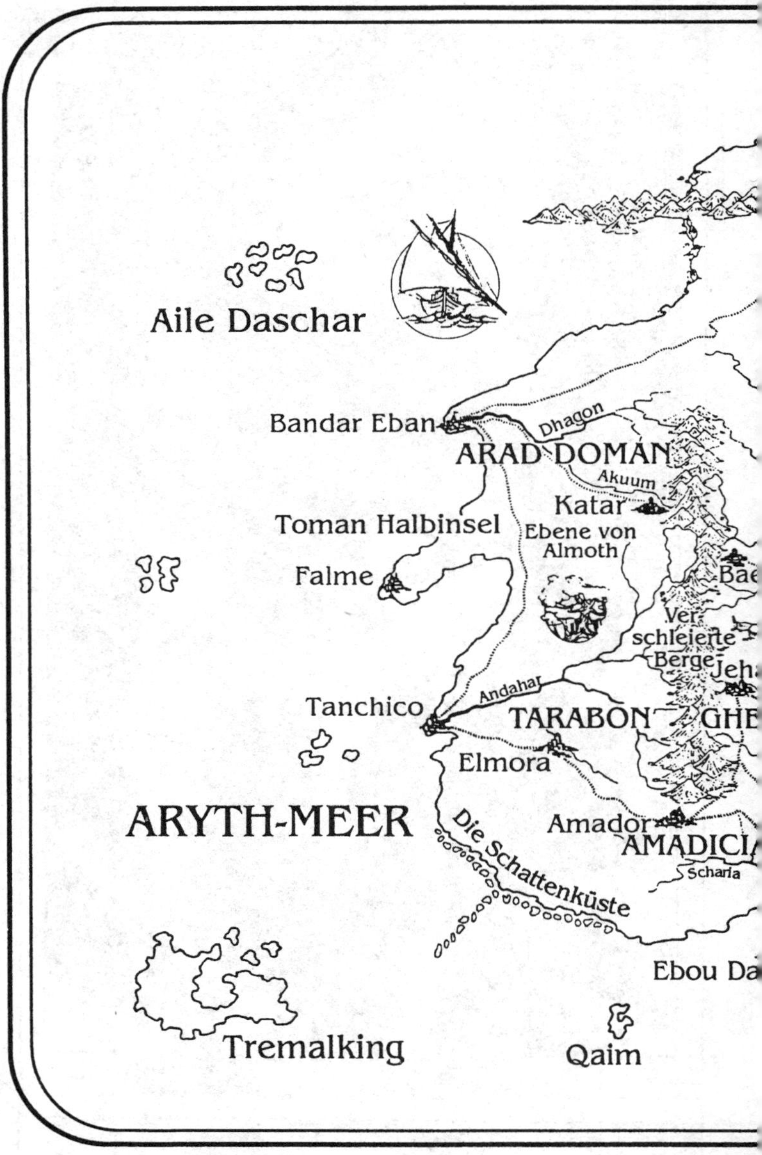
Aile Daschar
Bandar Eban
Dhagon
ARAD DOMAN
Akuum
Katar
Toman Halbinsel
Ebene von Almoth
Falme
Ver-schleierte Berge
Tanchico
Andahar
TARABON
Elmora
ARYTH-MEER
Amador
Die Schattenküste
Scharla
Tremalking
Qaim

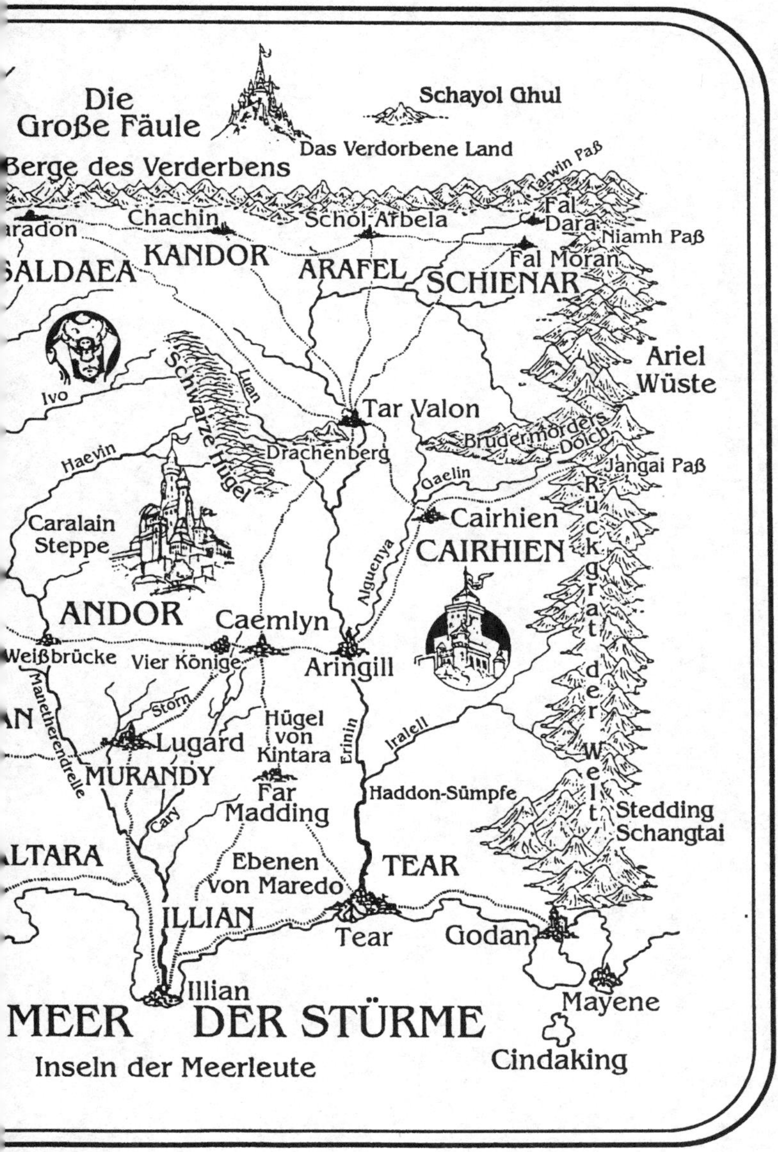

Die Große Fäule
Schayol Ghul
Das Verdorbene Land
Tarwin Paß
Chachin
Schol Arbela
Fal Dara
Niamh Paß
KANDOR
ARAFEL
Fal Moran
SCHIENAR
Ariel Wüste
Ivo
Luan
Schwarze Hügel
Tar Valon
Brudermörders Dolch
Haevin
Drachenberg
Jangai Paß
Gaelin
Caralain Steppe
Cairhien
CAIRHIEN
Alguenya
Rückgrat der Welt
ANDOR
Caemlyn
Weißbrücke
Vier Könige
Aringill
Manetherendrelle
Storn
Hügel von Kintara
Erinin
Iralell
Lugard
MURANDY
Far Madding
Haddon-Sümpfe
Cary
Stedding Schangtai
Ebenen von Maredo
TEAR
ILLIAN
Tear
Godan
Illian
Mayene
MEER DER STÜRME
Cindaking
Inseln der Meerleute

KAPITEL 1

Erinnerungen

Meine Königin?« Morgase blickte von dem Buch auf ihrem Schoß auf. Sonnenschein fiel schräg durch das Fenster des Gemachs gleich neben ihrem Schlafzimmer. Es war bereits heiß, und nicht einmal eine leichte Brise kam auf. Ihr Gesicht war feucht vom Schweiß. Bald war Mittagszeit, und sie hatte den Raum bisher nicht verlassen. Das sah ihr gar nicht ähnlich; sie erinnerte sich aber nicht mehr, warum sie beschlossen hatte, faul mit einem Buch den ganzen Vormittag über liegenzubleiben. In letzter Zeit hatte sie sich nicht mehr richtig auf das Lesen konzentrieren können. Der goldenen Uhr auf dem Kaminsims nach war schon eine Stunde vergangen, seit sie zum letztenmal umgeblättert hatte. Sie konnte sich auch nicht an den Inhalt erinnern. Das mußte wohl an der Hitze liegen.

Der junge Gardeoffizier im roten Kurzmantel, der vor ihr kniete und dabei eine Faust auf den rot-goldenen Teppich stützte, schien ihr irgendwie vertraut. Einst hatte sie den Namen jedes einzelnen Gardesoldaten gekannt, der zum Dienst im Palast abgestellt wurde. Vielleicht lag es an all diesen neuen Gesichtern. »Tallanvor«, sagte sie und war selbst überrascht darüber. Er war ein hochgewachsener und gutgebauter junger Mann, doch sie wußte nicht zu sagen, warum sie sich gerade an ihn erinnert hatte. Hatte er nicht vor langer Zeit jemanden zu ihr geführt? Vor langer Zeit? »Gardeleutnant Martyn Tallanvor.«

Er sah sie mit überraschend aufgewühltem Blick an, bevor er wieder die Augen niederschlug. »Meine Königin, vergebt mir, aber ich bin bestürzt, daß Ihr trotz der Neuigkeiten von heute morgen hiergeblieben seid.«

»Welche Neuigkeiten?« Es wäre gut, einmal etwas anderes zu erfahren als lediglich Alteimas Klatsch vom Hof von Tear. Manchmal war ihr, als hätte sie der Frau eigentlich eine Frage stellen wollen, doch dann klatschten die anderen wieder bloß, was früher gar nicht ihre Art gewesen war. Gaebril schien es zu gefallen, wenn er ihnen zuhörte. Dann saß er mit übergeschlagenen Beinen auf dem Sessel mit der hohen Lehne gleich vor dem Kamin, lächelte zufrieden und lauschte. Alteima hatte in letzter Zeit begonnen, ziemlich gewagte Kleider zu tragen; Morgase würde wohl ein ernstes Wörtchen mit ihr sprechen müssen. Dunkel erinnerte sie sich daran, dasselbe früher schon gedacht zu haben. *Unsinn. Hätte ich daran gedacht, dann wäre das auch schon geschehen.* Sie schüttelte den Kopf, und dann wurde ihr bewußt, daß sich ihre Gedanken ganz von dem jungen Offizier abgewandt hatten. Er hatte zu sprechen begonnen und dann wieder aufgehört, als er sah, daß sie gar nicht zuhörte. »Sagt es mir noch einmal. Ich war abgelenkt. Und steht auf dabei.«

Er erhob sich mit zorniger Miene. Sein Blick brannte förmlich auf ihr, bevor er erneut die Augen niederschlug. Sie sah an sich hinunter, um festzustellen, wohin er vorher gestarrt hatte, und dann errötete sie, denn ihr Kleid war extrem tief ausgeschnitten. Doch Gaebril gefiel es, wenn sie solche Gewänder trug. Bei diesem Gedanken war es ihr völlig gleichgültig, daß sie halbnackt vor einem ihrer Offiziere stand.

»Faßt Euch kurz«, sagte sie knapp. *Wie kann er es nur wagen, mich so anzusehen? Ich sollte ihn auspeitschen lassen.* »Welche Neuigkeiten sind denn so wichtig, daß Ihr deswegen in mein Gemach kommt, als sei es der Schankraum einer Taverne?« Sein Gesicht lief noch dunkler an, aber sie wußte nicht, ob aus angemessener Verlegenheit, oder ob sich lediglich sein Zorn noch gesteigert hatte. *Wie kann er es nur wagen, auf seine Königin zornig zu sein? Glaubt der Mann, ich hätte nichts anderes zu tun, als ihm zuzuhören?*

»Eine Rebellion, meine Königin«, sagte er mit ausdrucksloser Stimme, und alle Gedanken an Zorn und freche Blicke waren mit einemmal fortgewischt.

»Wo?«

»An den Zwei Flüssen, meine Königin. Jemand hat dort die alte Flagge von Manetheren gehißt, den Roten Adler. Ein Bote kam heute morgen aus Weißbrücke.«

Morgase trommelte mit den Fingern auf dem Buch, und ihre Gedanken waren, wie ihr schien, klarer als je zuvor. Irgend etwas mit den Zwei Flüssen nagte in ihr, aber sie kam noch nicht darauf, was es war. Diese Region war ja kaum ein richtiger Teil Andors, und das war schon seit Generationen so gewesen. Sie hatte genau wie die drei Königinnen vor ihr Schwierigkeiten gehabt, die Minenarbeiter und Schmelzer in den Verschleierten Bergen auch nur halbwegs unter Kontrolle zu halten. Und selbst das wäre nicht zu schaffen gewesen, wenn es einen anderen Weg gegeben hätte, die Metalle auszuführen, als eben ausgerechnet mitten durch Andor, wo die Handelsstraßen verliefen. Die Wahl, entweder weiterhin die Hand auf Gold, Eisen und die anderen Metalle aus den Bergwerken zu halten, oder statt dessen den Handel mit Wolle und Tabak von den Zwei Flüssen zu beherrschen, war ihr nicht schwergefallen. Aber ein Aufstand, mit dem sie nicht fertig wurde, obschon in einem Teil des Landes, den sie wohl nur der Landkarte nach regierte, konnte zum Flächenbrand werden und sich auf Teile des Landes ausbreiten, die nun wirklich für sie wichtig waren. Manetheren, das während der Trolloc-Kriege zerstört worden war, spukte noch immer vielen Menschen im Kopf herum. Außerdem *gehörten* ihr die Zwei Flüsse! Auch wenn sie lange Zeit sich selbst überlassen gewesen waren, gehörten sie doch zu ihrem Herrschaftsbereich.

»Wurde Lord Gaebril informiert?« Natürlich nicht. Sonst wäre er mit dieser Neuigkeit zu ihr gekommen und hätte Vorschläge mitgebracht, wie sie damit fertig werden könne. Seine Vorschläge und Anregungen waren immer zutreffend. *Vorschläge?* Irgendwie schien es ihr, als erinnere sie sich daran, daß er ihr gesagt hatte, was sie tun solle. Aber das war natürlich unmöglich.

»Er wurde informiert, meine Königin.« Tallanvors Stimme klang immer noch unbeteiligt, im Gegensatz zu seinem Gesicht, das nach wie vor zornrot glühte. »Er lachte. Er sagte, die Zwei Flüsse brächten ja wohl ständig Unruhen hervor, und eines Tages werde er sich ernsthaft damit beschäftigen müssen. Und er meinte, dieses unwesentliche Ärgernis müsse im Moment hinter andere, wichtigere Probleme zurücktreten.«

Das Buch fiel zu Boden, als sie aufsprang, und sie glaubte, auf Tallanvors Miene grimmige Befriedigung zu entdecken, während sie an ihm vorbeirauschte. Eine Dienerin sagte ihr, wo sie Gaebril finden könne, und so marschierte sie geradewegs zu dem von Säulen umgebenen Innenhof mit dem Marmorbrunnen, in dessen Becken Fische und Wasserlilien schwammen. Hier war es kühler und sogar ein wenig schattig.

Gaebril saß auf dem breiten, weißen Brunnenrand, und um ihn herum standen Lords und Ladies des Hofstaats. Sie erkannte nur weniger als die Hälfte von ihnen. Da war der dunkelhaarige Jarid aus dem Hause Sarand mit seinem kantigen Gesicht und neben ihm seine zänkische, blonde Frau Elenia. Diese affektierte Arymilla aus dem Hause Marne, die ihre braunen Rehaugen immer in vorgetäuschtem Interesse so weit aufriß, dazu das Bocksgesicht des knochigen Masin aus dem Hause Caeren, der trotz seines dünnen weißen Haars noch mit jeder Frau ins Bett ging, die er dazu bringen konnte. Naean aus dem Hause Arawn, bei der wie gewöhnlich ein höhnisches Lächeln die bleiche

Schönheit minderte, und Lir aus dem Hause Baryn, ein sehniger, energiegeladener Mann, der heute ausgerechnet ein Schwert an der Seite trug, und Karind aus dem Hause Anschar, von der man sagte, ihr giftiger Blick habe bereits drei Ehemänner ins Grab gebracht. Die anderen kannte sie nicht, und das war schon einigermaßen eigenartig. Aber diese paar, die sie erkannte, hatte sie außer zu großen Anlässen niemals in den Palast hereingelassen. Jeder von ihnen hatte sich während des Streits um die Thronfolge gegen sie gestellt. Elenia und Naean hatten selbst Anspruch auf den Löwenthron erhoben. Was dachte sich Gaebril dabei, wenn er sie jetzt tatsächlich herbeiholte?

»… die Größe unserer Güter in Cairhien, mein Lord«, sagte Arymilla gerade und beugte sich fast über Gaebril, als Morgase sich ihnen näherte. Keiner von ihnen beachtete sie sonderlich. Als sei sie eine Dienerin, die Wein brachte!

»Ich will mit dir über das Problem mit den Zwei Flüssen sprechen, Gaebril. Unter vier Augen.«

»Das wurde bereits erledigt, meine Liebe«, sagte er gelangweilt und ließ seine Finger ins Wasser hängen. »Ich beschäftige mich gerade mit anderen Dingen. Ich glaubte, du wolltest während der Hitze des Tages lesen? Du solltest in deine Gemächer zurückkehren, bis die Kühle des Abends hereinbricht, soweit man bei diesem Wetter davon sprechen kann.«

Meine Liebe. Er hatte sie vor diesen Eindringlingen ›meine Liebe‹ genannt! So sehr sie das mochte, wenn sie allein miteinander waren … Elenia verbarg ihren Mund hinter der vorgehaltenen Hand. »Ich denke nicht, das ich das tun werde, Lord Gaebril«, sagte Morgase in eisigem Tonfall. »Ihr werdet jetzt mit mir kommen. Und diese anderen hier werden sich bei meiner Rückkehr nicht mehr im Palast befinden, sonst verbanne ich sie ganz aus Caemlyn.«

Mit einemmal war er auf den Beinen; ein großer

Mann, der über ihr aufragte. Sie schien nicht mehr in der Lage, auf etwas anderes zu blicken als in seine dunklen Augen. Ihre Haut brannte, als wehe ein eisiger Wind durch den kleinen Hof. »Du gehst jetzt und wartest auf mich, Morgase.« Seine Stimme war wie ein fernes Dröhnen, das alles andere übertönte. »Ich habe alles angeordnet, was erledigt werden mußte. Heute abend komme ich zu dir. Jetzt geh! Du wirst jetzt gehen.«

Sie hatte eine Hand erhoben, um die Tür ihres Gemachs zu öffnen, als ihr klar wurde, wo sie sich befand. Und was geschehen war. Er hatte ihr befohlen, zu gehen, und sie war gegangen. Entsetzt blickte sie die Tür an, sah vor sich das freche Grinsen der Männer und das offene Lachen einiger Frauen. *Was ist mit mir passiert? Wie konnte ich bei einem Mann derart schwach werden?* Sie spürte immer noch den Drang, hineinzugehen und auf ihn zu warten.

Wie vor den Kopf geschlagen, zwang sie sich, umzukehren und wegzugehen. Es kostete sie viel Mühe. Innerlich wand sie sich vor Schmerz, als sie sich Gaebrils Enttäuschung vorstellte, wenn er sie nicht dort vorfand, wo er sie zu finden erwartete, und als sie sich dieses Gedankens bewußt wurde, verursachte ihr das noch größere Schmerzen.

Zuerst hatte sie keine Ahnung, warum und wohin sie ging, nur daß sie nicht so einfach gehorsam warten würde, nicht auf Gaebril und im übrigen auf keinen Mann oder keine Frau dieser Welt. Immer wieder kam ihr dieser Innenhof mit dem Brunnen in den Sinn, wie er ihr befohlen hatte, zu gehen, und diese haßerfüllten und gleichzeitig amüsierten Blicke der Beobachter. Ihr Verstand war nach wie vor benebelt. Sie verstand nicht, wie und warum das alles hatte geschehen können. Sie mußte sich zwingen, an etwas zu denken, das sie verstand, mit dem sie fertig werden konnte. An Jarid Sarand und die anderen.

Als sie den Thron damals bestiegen hatte, hatte sie eine Amnestie erlassen für alles, was während des Thronnachfolgestreits vorgefallen war, und diese Amnestie galt für alle, die sich gegen sie gestellt hatten. Es schien der beste Weg zu sein, alle Feindseligkeiten zu begraben, bevor sie zu einem schwelenden Brand von Intrigen und Gegenintrigen führten, wie es in so vielen Ländern der Fall war. Man nannte es das ›Spiel der Häuser‹ – *Daes Dae'mar* – oder auch das Große Spiel, und es führte zu endlosen, verwickelten Fehden zwischen den Adelsfamilien und gar zum Sturz von Herrschern. Das Große Spiel stand im Mittelpunkt des Bürgerkriegs in Cairhien und hatte zweifellos seinen Teil zu dem Aufruhr in Arad Doman und Tarabon beigetragen. Die Amnestie hatte damals alle betreffen müssen, um zu verhindern, daß auch in Andor *Daes Dae'mar* in Gang kam; doch hätte sie einige davon ausgenommen, wären es auf jeden Fall gerade jene sieben gewesen.

Das wußte Gaebril. In der Öffentlichkeit hatte sie sich ihre Abneigung nicht anmerken lassen, doch privat war dies durchaus zur Sprache gekommen. Man hatte ihnen den Mund zwangsweise öffnen müssen, damit sie ihren Treueeid leisteten, und sie konnte die Lüge von ihren Lippen ablesen. Jeder von ihnen würde die Chance beim Schopf ergreifen, sie zu stürzen, und alle sieben zusammen …

Es gab eigentlich nur einen Schluß, den sie aus all dem ziehen konnte: Gaebril hatte sich gegen sie gestellt. Aber bestimmt nicht, um statt ihrer Elenia oder Naean auf den Thron zu setzen. *Nicht, wenn er mich schon hat,* dachte sie bitter, *und ich mich wie sein Schoßhündchen verhalte.* Wahrscheinlich wollte er sie endgültig verdrängen und sich zum ersten König machen, den Andor je gehabt hatte. Und trotzdem verspürte sie noch immer den Wunsch, zu ihrem Buch zurückzukehren und auf ihn zu warten. Selbst jetzt sehnte sie sich noch nach seiner Berührung.

Erst als sie die gealterten Gesichter im Gang bemerkte, die runzligen Wangen und meist gebeugten Rücken, wurde ihr bewußt, wo sie sich befand: im Quartier der Pensionäre. Einige Diener kehrten zu ihren Familien zurück, wenn sie in die Jahre kamen, aber andere hatten so lange Zeit im Palast zugebracht, daß sie sich ein anderes Leben nicht mehr vorstellen konnten. Hier hatten sie ihre eigenen kleinen Wohnungen, ihren eigenen schattigen Garten und einen großen Hof. Wie jede Königin vor ihr half sie ihnen, ihre kleine Pension aufzubessern, indem sie ihnen gestattete, in der Hofküche Lebensmittel unter Preis zu erwerben, und in der Krankenstube des Palastes wurden ihre Wehwehchen behandelt. Mühsame Verbeugungen und unsichere Knickse folgten ihr, und dazu Gemurmel wie: »Das Licht leuchte Euch, meine Königin«, oder »Das Licht segne Euch, meine Königin«, und »Das Licht schütze Euch, meine Königin«. Sie dankte geistesabwesend. Nun wußte sie, wohin sie ging.

Linis Tür sah aus wie jede andere in dem grüngefliesten Korridor, mit einem sich aufbäumenden Löwen von Andor als einziger Verzierung. Sie dachte nicht daran anzuklopfen, bevor sie eintrat, denn sie war die Königin und das war ihr Palast. Ihr altes Kindermädchen war nicht da, aber der über einem kleinen Feuer im Backsteinkamin dampfende Teekessel sagte ihr, daß es nicht lang dauern könne, bis sie zurückkehrte.

Die beiden gemütlichen Zimmer waren ordentlich eingerichtet, das Bett war perfekt gemacht, die beiden Stühle haargenau vor dem Tisch ausgerichtet, auf dem exakt in der Mitte eine blaue Vase mit ein wenig Grünzeug stand. Lini hatte immer penibel auf Ordnung geachtet. Morgase hätte wetten können, daß selbst im Kleiderschrank im Schlafzimmer jedes Kleid im gleichen Abstand vom nächsten hing, so wie die Kochtöpfe im Schrank neben dem Kamin dieses Zimmers. Auf dem Kaminsims bildeten sechs auf Elfenbein gemalte Portraits in kleinen Holzständern eine gerade Linie. Wie Lini sich die von ihrem Gehalt als Kindermädchen hatte leisten können, konnte sich Morgase nach wie vor nicht vorstellen, aber natürlich war es ihr schlecht möglich, eine solche Frage zu stellen. Paarweise betrachtet, stellten sie drei junge Frauen dar und die gleichen drei als Babies. Elayne war dabei und auch sie selbst. Sie nahm das Portrait herunter, das sie mit vierzehn zeigte, ein schlankes Füllen von einem Mädchen, und konnte kaum glauben, daß sie einmal so unschuldig ausgesehen hatte. Sie hatte dieses elfenbeinfarbene Seidenkleid an dem Tag getragen, als sie zur Weißen Burg abreiste. Zu der Zeit hatte sie nicht einmal davon geträumt, einst Königin zu werden. Lediglich die vage Hoffnung darauf, zur Aes Sedai erhoben zu werden, hatte sie damals motiviert.

Geistesabwesend spielte sie an dem Ring der Großen Schlange an ihrer linken Hand herum. Den hatte sie sich, genaugenommen, nicht verdient, denn Frauen, die die Macht nicht lenken konnten, bekamen eigentlich einen solchen Ring nicht verliehen. Doch sie war kurz vor ihrem sechzehnten Namenstag zurückgekehrt, um im Namen des Hauses Trakand den Kampf um die Rosenkrone aufzunehmen, und als sie knapp zwei Jahre später den Thron tatsächlich bestieg, hatte man ihr den Ring überreicht. Es war Tradition, daß die Tochter-Erbin von Andor immer in der Weißen Burg ausgebildet wurde, und so gab man ihr in Anerkennung der langen und treuen Unterstützung der Burg durch Andor den Ring als Geschenk, ob sie nun die Macht benützen konnte oder nicht.

Sie stellte ihr Portrait zurück und nahm dasjenige ihrer Mutter herunter, die zu der Zeit vielleicht zwei Jahre älter gewesen war. Lini war das Kindermädchen von drei Generationen der Trakand-Frauen gewesen. Maighdin Trakand war auf dem Bild bereits eine schöne Frau. Morgase erinnerte sich noch an dieses Lächeln und wie daraus ein stolzes mütterliches Strahlen geworden war. Maighdin hätte eigentlich der Löwenthron gebührt. Doch ein Fieber hatte sie ihr entrissen, und so war ein junges Mädchen plötzlich zum Hochsitz des Hauses Trakand geworden, mitten in einer Auseinandersetzung um den Thron und lediglich unterstützt von den Vasallen ihres Hauses und ihrem Hofbarden. *Ich habe den Löwenthron gewonnen. Ich werde ihn nicht aufgeben und nicht zulassen, daß ein Mann ihn besteigt. Tausend Jahre lang ist Andor von Königinnen regiert worden, und das wird jetzt nicht anders werden!*

»Pfuschst du wieder an meinen Sachen herum, Kind?«

Die Stimme löste lange vergessen geglaubte Reflexe aus. Morgase hatte die Miniatur schon hinter dem Rücken verborgen, bevor sie sich dessen bewußt wurde. Dann schüttelte sie schuldbewußt den Kopf und stellte das Portrait in seinen Ständer auf dem Kaminsims zurück. »Ich bin nicht mehr das Mädchen aus dem Kinderzimmer, Lini. Daran mußt du denken, sonst wirst du eines Tages etwas sagen, was ich nicht durchgehen lassen darf.«

»Mein Hals ist mager und alt«, sagte Lini und legte ein Netz mit Karotten und Zwiebeln auf den Tisch. Sie wirkte zerbrechlich in ihrem sauberen grauen Kleid. Das weiße Haar hatte sie zu einem Knoten gebunden, und die Haut spannte sich wie Pergament über ihr schmales Gesicht. Doch sie ging hoch aufgerichtet, ihre Stimme war klar und fest, und ihre dunklen Augen blickten so scharf wie immer drein. »Wenn du ihn einem Henker oder einem Scharfrichter übergeben willst, dann nur zu. Ich bin sowieso bald am Ende. ›Ein verknorzter alter Zweig macht die Klinge stumpf, die den jungen Trieb durchschneidet.‹«

Morgase seufzte. Lini würde sich nie ändern. Sie machte nicht einmal einen Knicks, wenn der ganze Hofstaat zuschaute. »Du wirst höchstens noch zäher durch das Alter. Ich bin nicht sicher, ob der Scharfrichter eine Axt findet, die scharf genug ist für deinen Hals.«

»Du hast mich lange nicht besucht, also nehme ich an, dich beschäftigt irgend etwas. Als du noch in meinem Kinderzimmer warst und auch später, bist du immer zu mir gekommen, wenn du mit einem Problem nicht fertig wurdest. Soll ich uns eine Kanne Tee bereiten?«

»Lange nicht besucht, Lini? Ich besuche dich doch jede Woche, und das ist ein Wunder, so, wie du mit mir umgehst. Ich würde die höchststehende Lady Andors ins Exil schicken, wenn sie nur halb soviel sagte wie du.«

Lini sah sie gelassen an. »Du hast meine Zimmer seit dem Frühling nicht mehr betreten. Und ich rede so wie immer; ich bin jetzt zu alt, um mich noch zu ändern. Möchtest du Tee?«

»Nein.« Morgase faßte sich verwirrt an den Kopf. Sie besuchte Lini doch jede Woche. Sie erinnerte sich deutlich, daß sie ... Nein, sie konnte sich nicht daran erinnern. Gaebril hatte ihre Stunden so vollständig ausgefüllt, daß es ihr manchmal schwerfiel, sich an etwas anderes als ihn zu erinnern. »Nein, ich möchte keinen Tee. Ich weiß selbst nicht, warum ich herkam. Du kannst mir bei meinem Problem sowieso nicht helfen.«

Ihr altes Kindermädchen schnaubte, doch irgendwie brachte sie es fertig, daß selbst dieses Geräusch noch fein und damenhaft wirkte. »Dein Problem ist Gaebril, oder? Nur schämst du dich, mir das zu sagen. Mädchen, ich habe dir in der Wiege die Windeln gewechselt, ich habe dich gepflegt, wenn du krank warst und dein Magen rebelliert hat, und ich habe dir alles beigebracht, was du über die Männer wissen mußtest. Du hast dich nie geschämt, mit mir über etwas zu sprechen, und jetzt ist nicht der rechte Zeitpunkt für solche Neuerungen.«

»Gaebril?« Morgase riß die Augen auf. »Das weißt du? Woher denn?«

»O Kind«, sagte Lini traurig, »jeder weiß das, aber niemand hat den Mut, es dir zu sagen. Ich hätte es getan, wenn du dich nicht von mir ferngehalten hättest, aber ich konnte ja mit so etwas nicht zu dir gerannt kommen, oder? Das ist eben so eine Sache, die eine Frau nicht glauben kann, bis sie es von selbst herausfindet.«

»Wovon sprichst du eigentlich?« wollte Morgase wissen. »Es war deine Pflicht, zu mir zu kommen, wenn du etwas wußtest, Lini. Es wäre jedermanns Pflicht gewesen! Licht, ich bin wohl die letzte, die etwas erfährt, und nun ist es vielleicht zu spät, um noch etwas zu ändern!«

»Zu spät?« fragte Lini ungläubig. »Warum sollte es zu spät sein? Werft doch einfach Gaebril aus dem Palast und aus Andor hinaus, und schickt gleich Alteima und die anderen hinterher, dann ist die Sache erledigt. Zu spät – daß ich nicht lache!«

Einen Augenblick lang verschlug es Morgase die Sprache. »Alteima«, brachte sie schließlich heraus, »und ... die anderen?«

Lini sah sie mit großen Augen an und schüttelte dann angewidert den Kopf. »Ich bin eine törichte alte Närrin. Mein Verstand ist ja wohl ausgetrocknet. Na ja, jetzt weißt du Bescheid. ›Wenn der Honig erst aus der Wabe ist, kann man ihn nicht zurückgießen.‹« Ihre Stimme klang nun sanfter und doch gleichzeitig knapp und sachlich. So hatte sie mit Morgase gesprochen, als sie ihr sagte, ihr Pony habe sich das Bein gebrochen und müsse getötet werden. »Gaebril verbringt wohl die meisten Nächte mit dir, aber er widmet Alteima beinahe genauso viel Zeit wie dir. Für die anderen sechs bleibt ihm dann kaum mehr Zeit, aber immerhin. Fünf davon haben Zimmer im Palast, damit er schneller zu ihnen kommt. Eine, ein junges Ding mit ganz großen

Augen, schmuggelt er herein und wieder hinaus, und selbst bei dieser Hitze muß sie sich immer in eine lange Robe hüllen. Vielleicht hat sie einen Ehemann. Es tut mir ja leid, Mädchen, aber das ist nun mal die Wahrheit. ›Besser, sich dem Bären zu stellen, als davor wegzurennen.‹«

Morgase bekam weiche Knie, und wenn ihr Lini nicht ganz schnell einen Stuhl untergeschoben hätte, wäre sie wohl zu Boden gegangen. Alteima. Nun erschien es ihr in einem anderen Licht, daß er sie so gern beim Tratschen miteinander beobachtete. Ein Mann, der genüßlich seinen beiden Lieblingskatzen beim Spielen zusah. Und dann noch *sechs* andere! Zorn kochte in ihr hoch, ein Zorn, wie er nicht dagewesen war, als sie lediglich glaubte, er sei hinter ihrem Thron her. Da hatte sie noch kalt und nüchtern überlegen können, so gut das ihr eben in letzter Zeit möglich gewesen war. Das war eine Gefahr gewesen, der man mit kühlem Kopf entgegentreten konnte. Aber nun dieses! Der Mann hatte seine Geliebten in ihrem Palast eingenistet! Er hatte sie zu nichts weniger gemacht als zu eben einem seiner Flittchen! Sie wollte seinen Kopf haben. Sie wünschte, daß man ihm bei lebendigem Leib die Haut abzog. Das Licht sei ihr gnädig, aber sie sehnte sich nach seiner Berührung. *Ich werde wahnsinnig!*

»Das wird zusammen mit allem anderen abgehandelt werden«, sagte sie eisig. Viel hing jetzt davon ab, wer sich gerade in Caemlyn befand und wer sich auf den Landgütern aufhielt. »Wo ist Lord Pelivar? Lord Abelle? Lady Arathelle?« Sie führten starke Häuser und hatten viele Vasallen.

»Im Exil«, sagte Lini bedächtig und warf ihr dabei einen eigenartigen Blick zu. »Du hast sie im letzten Frühjahr aus der Stadt verbannt.«

Morgase erwiderte den Blick mit großen Augen. Sie konnte sich an nichts erinnern. Erst jetzt kam ihr eine ganz vage und dunkle Erinnerung. »Lady Ellorien?«

fragte sie in schleppendem Ton. »Lady Aemlyn und Lord Luan?« Weitere starke Häuser. Es waren Häuser, die bereits hinter ihr gestanden hatten, bevor sie den Thron bestieg.

»Im Exil«, antwortete Lini genauso bedächtig. »Ihr habt Ellorien auspeitschen lassen, weil sie nach dem Grund fragte.« Sie bückte sich und strich Morgase die Haare aus dem Gesicht. Ihre schwieligen Finger streichelten kurz ihre Wange wie früher, wenn sie nachfühlte, ob Morgase Fieber habe. »Fühlst du dich wohl, Mädchen?«

Morgase nickte dumpf, vor allem weil sie sich nun undeutlich erinnerte. Ellorien, wie sie vor Empörung geschrien hatte, als man ihr das Kleid hinten herunterriß. Das Haus Traemane war das allererste gewesen, das Trakand unterstützt hatte, geführt von einer molligen, hübschen Frau, die nur ein paar Jahre älter war als Morgase. Geführt von Ellorien, die nun zu ihren engsten Freunden gehörte. Oder besser, gehört hatte. Elayne war nach Elloriens Großmutter benannt worden. Dunkel erinnerte sie sich daran, daß andere die Stadt verlassen hatten, sich von ihr abgewandt hatten, wie es jetzt wohl offensichtlich war. Und die Verbliebenen? Entweder waren es Häuser, die zu schwach waren, um jetzt von Nutzen zu sein, oder es waren sowieso Kriecher. Sie schien sich daran zu erinnern, daß sie unzählige Dokumente unterzeichnet und damit neue Adelstitel geschaffen hatte, die ihr von Gaebril vorgelegt worden waren. Gaebrils Speichellecker und ihre Feinde – und das waren alle, bei denen man davon ausgehen konnte, daß sie in Caemlyn noch Macht besaßen.

»Es ist mir gleich, was du da behaupten magst«, sagte Lini mit Entschlossenheit im Tonfall. »Du hast kein Fieber, aber mit dir stimmt trotzdem etwas nicht. Du brauchst eine Heilerin von den Aes Sedai, das ist ganz klar.«

»Keine Aes Sedai.« Morgases Stimme klang noch härter. Sie berührte kurz ihren Ring. Ihr war bewußt, daß ihre Feindseligkeit der Burg gegenüber in einem inzwischen völlig unvernünftigen Maße gewachsen war, aber sie konnte sich einfach nicht dazu zwingen, jemandem zu trauen, der versuchte, ihre eigene Tochter vor ihr zu verbergen. Auf ihren Brief an die neue Amyrlin, in dem sie Elaynes Rückkehr forderte – niemand *forderte* etwas von einer Amyrlin, doch sie hatte das getan –, hatte sie noch keine Antwort erhalten. Er mochte wohl auch Tar Valon gerade erst erreicht haben. Auf jeden Fall war es für sie eine schlichte Tatsache, daß sie keine Aes Sedai in ihrer Nähe dulden würde. Und doch konnte sie gleichzeitig nicht an Elayne denken, ohne einen gewissen Stolz zu empfinden. Nach so kurzer Zeit bereits zur Aufgenommenen erhoben zu werden! Elayne würde möglicherweise einst die erste Frau auf dem Thron von Andor sein, die zugleich eine vollwertige Aes Sedai war und nicht nur eine in der Burg Ausgebildete. Es ergab keinen Sinn, im selben Augenblick so gegensätzliche Empfindungen zu spüren, aber zur Zeit ergab überhaupt nichts mehr einen Sinn. Und ihre Tochter würde niemals den Löwenthron besteigen, wenn ihn ihre Mutter nicht für sie sicherte.

»Ich sagte, keine Aes Sedai, Lini, also brauchst du mich gar nicht mehr so anschauen. Diesmal bringst du mich nicht dazu, irgendeine schlechtschmeckende Medizin zu schlucken. Außerdem glaube ich nicht, daß man zur Zeit in Caemlyn eine Aes Sedai, gleich welcher Farbe, finden könnte.« Ihre alten Gefolgsleute waren weg, durch ihre eigene Unterschrift verbannt, und wahrscheinlich waren sie jetzt zu unversöhnlichen Feinden geworden, so, wie sie Ellorien mitgespielt hatte. Neue Lords und Ladies in ihrem Palast. Neue Gesichter bei der Garde. Wieviel Loyalität ihr gegenüber war noch geblieben? »Kennst du einen Gardeleutnant namens Tallanvor, Lini?« Als die andere Frau rasch nickte, fuhr sie fort: »Suche ihn bitte für mich und bringe ihn hierher. Und sollte jemand nach mir fragen, dann sage allen im Quartier der Pensionäre, daß ich nicht da bin.«

»An diesem Gaebril und seinen Frauen ist doch noch mehr dran, oder?«

»Geh nur, Lini. Und beeil dich. Wir haben nicht viel Zeit.« Den Schatten nach zu schließen, die sie im dicht mit Bäumen bestandenen Garten hinter dem Fenster erkennen konnte, hatte die Sonne den Zenit überschritten. Der Abend würde nur zu bald hereinbrechen. Der Abend, und dann würde Gaebril nach ihr suchen.

Als Lini ging, blieb Morgase steif auf dem Stuhl sitzen. Sie wagte nicht, aufzustehen. Wohl waren ihre Knie wieder kräftiger, doch sie fürchtete, wenn sie aufstünde und sich zu bewegen begänne, würde sie nicht mehr aufhören können, bis sie sich wieder in ihrem Gemach befände und auf Gaebril wartete. So stark war der Drang, besonders jetzt, da sie allein war. Und sobald er sie anblickte, sobald er sie berührte, würde sie ihm zweifellos wieder alles vergeben. Vielleicht würde sie sogar alles vergessen, wenn sie bedachte, wie verschwommen und unvollständig ihre Erinnerungen an die letzte Zeit waren. Wüßte sie es nicht besser, hätte sie auf den Gedanken kommen können, er habe auf irgendeine Weise die Eine Macht bei ihr eingesetzt; doch kein Mann mit dieser Gabe überlebte lange genug, um sein Alter zu erreichen.

Lini hatte oftmals gesagt, für jede Frau gebe es einen Mann auf der Welt, bei dem sie sich wie eine hirnlose Närrin benimmt, aber sie hatte nie gedacht, daß das auch für sie gelte. Nun, sie hatte noch nie viel Glück bei der Wahl ihrer Männer gehabt, auch wenn ihr das anfangs so erschienen sein mochte.

Taringail Damodred hatte sie aus politischen Gründen geheiratet. Er war vorher mit Tigraine verheiratet gewesen, der Tochter-Erbin, deren Verschwinden den ganzen Streit um die Thronfolge nach Modrelleins Tod ausgelöst hatte. Die Heirat mit ihm hatte eine Verbindung zur alten Königin hergestellt und damit die meisten ihrer Gegner besänftigt. Außerdem, was noch wichtiger gewesen war, hatte sie damit den Pakt wahren können, der die endlosen Kriege mit Cairhien beendet hatte. Aus solchen Gründen wählten Königinnen eben ihre Ehemänner aus. Taringail war ein kalter, unnahbarer Mann gewesen, und trotz zweier wunderbarer Kinder war nie Liebe zwischen ihnen aufgekommen. Es war schon beinahe eine Erleichterung gewesen, als er bei einem Jagdunfall ums Leben kam.

Thomdril Merrilin, Hausbarde und dann Hofbarde, war zuerst die reinste Freude für sie gewesen, so intelligent und geistreich, wie er war, ein lachender Mann, der die Tricks des Spiels der Häuser benützte, um ihr zum Thron zu verhelfen und, sobald sie ihn innehatte, Andor zu stärken. Er war damals doppelt so alt wie sie gewesen, und doch hätte sie ihn vielleicht geheiratet – Heiraten mit Bürgerlichen waren in Andor nicht so ungewöhnlich –, wenn er nicht wortlos verschwunden und mit ihr anschließend das Temperament durchgegangen wäre. Sie hatte nie erfahren, warum er eigentlich gegangen war, aber das spielte keine Rolle. Als er schließlich zurückkehrte, hätte sie bestimmt den Haftbefehl gegen ihn zurückgenommen, doch statt wie sonst ihren Zorn sanft, aber bestimmt aufzufangen, hatte er ihre harten Worte erwidert und Dinge gesagt, die sie ihm niemals vergeben konnte. Ihre Ohren brannten jetzt noch, wenn sie daran dachte, daß er sie ein verwöhntes Kind genannt hatte und eine Marionette Tar Valons. Er hatte sie tatsächlich handfest geschüttelt – seine Königin!

Dann war die Zeit Gareth Brynes gekommen, eines starken und fähigen Mannes, so schroff wie sein Gesicht und genauso stur wie sie. Doch er hatte sich als verräterischer Narr erwiesen. Er hatte keinen Platz mehr in ihrem Leben. Es schien Jahre her zu sein, daß sie ihn das letzte Mal gesehen hatte, und nicht erst wenig mehr als ein halbes Jahr.

Und schließlich Gaebril. Die Krone auf ihrer Liste von Fehlschlägen. Wenigstens hatten die anderen nicht versucht, sie vom Thron zu verdrängen und sich selbst an diese Stelle zu bringen.

Nicht so viele Männer für das Leben einer Frau, und doch waren es zu viele. Etwas anderes, das Lini oftmals sagte, war, daß Männer eigentlich nur gut für drei Dinge seien, in diesen Fällen allerdings schon sehr gut. Sie hatte auf dem Thron gesessen, bevor Lini sie für alt genug hielt, ihr diese drei Dinge zu nennen. *Wenn ich mich nur ans Tanzen gehalten hätte,* dachte sie trocken, *hätte ich mir einiges ersparen können.*

Die Schatten im Garten jenseits des Fensters waren um ungefähr eine Stunde weitergewandert, als Lini endlich mit dem jungen Tallanvor zurückkehrte, der schon auf ein Knie niedersank, als sie noch die Tür schloß. »Zuerst wollte er gar nicht mitkommen«, sagte sie. »Vor fünfzig Jahren, schätze ich, hätte ich ihm einiges von dem gezeigt, was du der Welt zur Schau stellst, und er wäre mir bestimmt schnell hinterhergelaufen, aber heutzutage muß ich mich auf Vernunftgründe beschränken.«

Tallanvor wandte den Kopf und blickte mit saurer Miene zu ihr auf. »Ihr habt mir gedroht, mich mit einem Stock hierherzutreiben, wenn ich nicht mitkäme. Ihr hattet Glück, daß ich mich fragte, was Euch so wichtig sein könne, anstatt Euch von jemandem in die Krankenstube schleppen zu lassen.« Ihr strenges Schnauben störte ihn nicht im geringsten. Sein ätzender Blick wurde zornig, als er sich wieder Morgase zuwandte. »Wie ich sehe, ist Euer Zusammentreffen mit Gaebril nicht positiv verlaufen, meine Königin. Ich hatte … auf mehr gehofft.«

Er sah ihr geradewegs in die Augen, doch Linis Kommentar hatte sie wieder auf das Kleid aufmerksam gemacht, das sie trug. Sie hatte das Gefühl, glühende Pfeile zeigten auf ihren entblößten Busen. Es kostete sie Mühe, die Hände ruhig in ihrem Schoß zu halten. »Ihr seid ein scharfsinniger Bursche, Tallanvor. Und loyal, wie ich glaube, sonst wärt Ihr nicht mit den Nachrichten über die Zwei Flüsse zu mir gekommen.«

»Ich bin kein junger Bursche mehr«, fuhr er sie an und richtete sich im Knien ganz steif auf. »Ich bin ein Mann, der sein Leben dem Dienst für seine Königin verschworen hat.«

Sie ließ ihre Beherrschung fahren und fauchte zurück: »Wenn Ihr ein Mann seid, dann benehmt Euch wie einer. Steht auf und beantwortet die Fragen Eurer Königin wahrheitsgemäß. Und denkt immer daran, daß ich Eure Königin *bin, junger* Tallanvor. Was auch Eurer Meinung nach geschehen sein mag: Ich bin die Königin von Andor.«

»Vergebt mir, meine Königin. Ich höre und gehorche.« Die Worte entsprachen den Vorschriften, wenn sie auch nicht gerade reumütig klangen, doch er stand mit hoch erhobenem Kopf vor ihr und blickte sie so trotzig an wie immer. Licht, der Mann war genauso halsstarrig wie einst Gareth Bryne.

»Wie viele loyale Männer habe ich noch unter den Gardesoldaten im Palast? Wie viele werden ihrem Eid gehorsam bleiben und mir folgen?«

»Ich«, sagte er leise und mit einemmal war all sein Zorn verflogen, obwohl er ihr immer noch eindringlich in die Augen sah. »Was den Rest betrifft... Wenn Ihr treue Männer finden wollt, müßt Ihr nach ihnen in den entfernten Garnisonen suchen, vielleicht sogar bis Weißbrücke hin. Einige aus Caemlyn wurden mit den ausgehobenen Truppen nach Cairhien geschickt, doch die anderen hier in der Stadt sind bis zum letzten Mann Gaebrils Leute. Ihr neuer... Ihr neuer Eid wird auf den Thron und das Gesetz geleistet, aber nicht mehr auf die Königin.«

Es war schlimmer, als sie befürchtet hatte, aber sie hatte das schon halbwegs erwartet. Was immer er sein mochte, ein Narr war Gaebril jedenfalls nicht. »Dann muß ich woandershin gehen, um die Regierung wieder in meine Hände zu nehmen.« Es würde schwierig werden, die Häuser zurückzugewinnen, nach all den Verbannungen, nach Ellorien, aber es mußte sein. »Gaebril wird vielleicht versuchen, mich am Verlassen des Palastes zu hindern.« Dabei kam ihr eine verschwommene Erinnerung an zwei Gelegenheiten, da sie zu gehen versucht hatte, und jedesmal hatte Gaebril sie davon abgehalten. »Also werdet Ihr uns zwei Pferde besorgen und auf der Straße hinter den südlichen Stallungen auf mich warten. Ich werde Euch dort treffen, für einen Ausritt gekleidet.«

»Zu öffentlich«, sagte er. »Und zu nahe. Gaebrils Männer erkennen Euch möglicherweise, wie Ihr euch auch verkleiden mögt. Ich kenne einen Mann … Würdet Ihr eine Schenke finden, die ›Der Königin Segen‹ heißt, im westlichen Teil der Neustadt?« Die Neustadt war nur neu gemessen an der Innenstadt, die sie wie ein Ring umgab.

»Das kann ich.« Sie hatte es allerdings nicht gern, wenn man ihr widersprach, sogar dann, wenn es Hand und Fuß hatte. Bryne hatte das auch getan. Es würde ihr ein Vergnügen sein, diesem jungen Mann zu zeigen, wie gut sie sich verkleiden konnte. Sie hatte die Angewohnheit, wenigstens einmal im Jahr wie eine ganz normale Bürgerin gekleidet durch die Straßen zu schlendern und den Pulsschlag der Stadt zu fühlen. Dieses Jahr hatte sie das noch gar nicht getan, fiel ihr bei diesem Gedankengang auf. Jedenfalls war sie niemals erkannt worden. »Aber kann man diesem Mann trauen, junger Tallanvor?«

»Basel Gill ist Euch genauso treu ergeben wie ich.« Er zögerte, und Pein stand kurz auf seinem Gesicht geschrieben, wurde jedoch schnell wieder vom Zorn verdrängt. »Warum habt Ihr so lange gewartet? Ihr müßt es doch gewußt haben, gesehen haben, und doch habt Ihr gewartet, bis Gaebril seine Hände um den Hals Andors gelegt hatte. Warum habt Ihr nur gewartet?«

Aha. Das war ehrlicher Zorn und aus einem ehrenhaften Grund, und er verdiente eine ehrliche Antwort. Nur wußte sie keine Antwort, jedenfalls keine, die sie ihm geben konnte. »Es steht Euch nicht zu, die Entscheidungen Eurer Königin in Frage zu stellen, junger Mann«, sagte sie sanft, aber entschieden. »Ein loyaler Untertan, so treu ergeben, wie Ihr seid, dient, ohne zu fragen.«

Er atmete langgezogen aus. »Ich werde im Stall von ›Der Königin Segen‹ auf Euch warten, meine Königin.« Und mit einer Verbeugung, die jedem Staatsbesuch Ehre gemacht hätte, war er verschwunden.

»Warum redest du ihn immer als ›jung‹ an?« wollte Lini wissen, sobald die Tür geschlossen war. »Das macht ihn störrisch. ›Nur eine Närrin steckt eine Klette unter den Sattel, bevor sie losreitet.‹«

»Er *ist* doch jung, Lini. Jung genug, um mein Sohn zu sein.«

Lini schnaubte, und diesmal klang es gar nicht mehr damenhaft. »Er ist ein paar Jahre älter als Galad, und Galad ist zu alt, um dein Sohn zu sein. Du hast noch mit Puppen gespielt, als Tallanvor geboren wurde, und damals hast du geglaubt, die Babies kämen auf die gleiche Art wie Puppen auf die Welt.«

Seufzend fragte sich Morgase, ob die Frau wohl auch ihre Mutter schon so behandelt habe. Wahrscheinlich. Und falls Lini lang genug lebte, um Elayne auf dem Thron zu erleben, und daran zweifelte sie überhaupt nicht – Lini war für die Ewigkeit geschaffen –, würde sie Elayne wahrscheinlich auch nicht anders behandeln. Das setzte allerdings voraus, daß es noch einen Thron gab, den Elayne erben konnte. »Die Frage ist nur, ist er wirklich so loyal, wie es scheint, Lini? Ein einziger treuer Gardesoldat, obwohl alle anderen loyalen Männer weggeschickt wurden? Das erscheint mir plötzlich zu schön, um wahr zu sein.«

»Er hat den neuen Eid abgelegt.« Morgase öffnete den Mund, doch Lini kam ihr zuvor. »Ich habe ihn hinterher gesehen, allein hinter den Stallungen. Deshalb wußte ich auch, wen du meinst, denn ich hatte nach seinem Namen gefragt. Mich hat er damals nicht gesehen. Er lag auf den Knien und Tränen liefen ihm übers Gesicht. Er hat abwechselnd Entschuldigungen dir gegenüber gestammelt und den alten Eid wiederholt. Nicht einfach auf ›die Königin von Andor‹, sondern auf ›Königin Morgase von Andor‹. Er hat auf die alte Art geschworen, auf sein Schwert nämlich, und damit hat er sich in den Arm geschnitten, um zu zeigen, daß er lieber den letzten Blutstropfen vergießen werde als meineidig zu werden. Ich habe einige Erfahrung mit Männern, Mädchen. Der da wird dir folgen, auch wenn er mit bloßen Händen einem ganzen Heer gegenübersteht.«

Es tat gut, das zu hören. Wenn sie ihm nicht vertrauen konnte, müßte sie demnächst sogar an Lini zweifeln. Nein, bestimmt nicht an Lini. Er hatte also auf die alte Art geschworen? Das war mittlerweile eigentlich der Stoff von Legenden. Ihre Gedanken schweiften schon wieder ab. Sicherlich trübte doch Gaebril nun ihren Verstand nicht mehr, bei allem, was sie jetzt wußte. Warum wünschte sich ein Teil ihrer selbst dann immer noch, in ihr Gemach zurückzugehen und auf ihn zu warten? Sie mußte sich konzentrieren. »Ich brauche ein einfaches Kleid, Lini. Eines, das nicht zu gut sitzt. Ein bißchen Ruß aus dem Kamin dazu, und ...«

Lini bestand darauf mitzukommen. Morgase hätte sie auf einem Stuhl festbinden müssen, um sie zurückzulassen. Sie hatte wohl immer schon zerbrechlich gewirkt, war aber kräftiger, als sie aussah. Als sie aus dem kleinen Seitenausgang schlüpften, sah Morgase sich selbst kaum noch ähnlich. Ein wenig Ruß hatte ihr rotgoldenes Haar dunkel gefärbt, ihm den Glanz genommen, so daß es jetzt strähnig und ungepflegt wirkte. Der Schweiß, der über ihr Gesicht rann, tat ein übriges. Niemand glaubte, daß Königinnen schwitzten. Ein sackartiges Kleid aus grober und sehr rauher grauer Wolle mit einem Hosenrock vollendete die Verkleidung. Selbst ihr Unterhemd und die Strümpfe waren aus grober Wolle gefertigt. Sie sah aus wie eine Bauersfrau, die mit ihrem Zugpferd zum Markt geritten war und sich nun noch ein wenig in der Stadt umsehen wollte. Lini sah aus wie immer, mit steifem Kreuz und strenger Miene. Sie hatte ein Reitkleid aus grüner Wolle an, das wohl gut geschnitten war, aber etwa zehn Jahre hinter der Mode herhinkte.

Morgase unterdrückte den Wunsch, sich zu kratzen, und verwünschte die andere, weil sie ihren Wunsch, daß das Kleid nicht gut sitzen solle, so wörtlich genommen hatte. Ihr altes Kindermädchen hatte das tief ausgeschnittene Kleid unter das Bett gestopft und etwas geknurrt von »Waren zeigen, die sie gar nicht verkaufen wolle«. Als Morgase behauptete, den Spruch habe sie wohl gerade selber erfunden, gab sie ihr zur Antwort: »Wenn ich in meinem Alter etwas erfinde, ist es immer noch eine alte Redensart.« Morgase hegte den leisen Verdacht, dieses kratzige, sackartige Kleid sei die Bestrafung für das tief ausgeschnittene, das sie vorher getragen hatte.

Die Innenstadt war auf Hügeln erbaut, und die Straßen folgten den natürlichen Hanglinien, so daß sie plötzliche Ausblicke auf Parks mit unzähligen Bäumen und Denkmalen gewährten, oder auf mit glasierten Ziegeln geschmückte Türme, die im Sonnenschein in hundert verschiedenen Farben schimmerten. Plötzliche Anhöhen gaben dann den Blick auf die gesamte Stadt Caemlyn frei und auf die sanfte Ebene und die Wälder in der Ferne. Morgase beachtete nichts davon, als sie sich durch die Menschenmenge auf den Straßen drängte. Normalerweise hätte sie sich bemüht, den Gesprächen zu lauschen, um die Stimmung im Volk einschätzen zu können. Diesmal hörte sie jedoch nur das Stimmengewirr einer großen Stadt. Sie dachte auch nicht daran, einen Versuch zu unternehmen, das Volk in eine Rebellion zu führen. Tausende von meist nur mit Steinen und ihrem Zorn bewaffneten Männern konnten durchaus die Wachen am Königspalast überwältigen, doch spätestens bei den Ausschreitungen im Frühjahr, durch die sie auf Gaebril aufmerksam geworden war, und die gerade noch niedergeschlagenen Aufstände im Jahr zuvor hatte sie gesehen, was eine wütende Volksmenge anrichten konnte. Sie wollte wieder in Caemlyn regieren und nicht statt dessen die Stadt niederbrennen.

Jenseits der weißen Mauer um die Innenstadt zeigte die Neustadt ihre eigene Schönheit. Hohe, schlanke Türme und in Weiß und Gold schimmernde Kuppeln, riesige Flächen roter Ziegeldächer und dahinter die mächtige Stadtmauer in blassem Grau mit silberner und weißer Marmorierung und ihren vielen Türmchen. Breite Prachtstraßen mit gras- und baumbewachsenen Mittelstreifen waren von Menschen und Wagen und Kutschen verstopft. Morgase bemerkte am Rande, daß das Gras wegen der Trockenheit abstarb, doch ansonsten konzentrierte sie sich auf das, was sie suchte.

Sie nutzte die Erfahrung ihrer früheren jährlichen Stadtausflüge und wählte sorgfältig die Leute, die sie nach dem Weg fragte. Meist waren es Männer. Sie wußte, wie sie auf Männer wirkte, selbst mit Ruß im Haar, und einige Frauen würden ihr aus Eifersucht die falsche Richtung sagen. Männer andererseits zerbrachen sich den Kopf, um ja die richtige Richtung zu weisen und sie so zu beeindrucken. Keiner mit einer zu selbstgefälligen Miene und keiner mit zu grobem Gesicht. Die ersteren waren oft beleidigt, wenn man sie ansprach, als gingen sie nicht selbst auch zu Fuß durch die Stadt, und die anderen glaubten möglicherweise, eine Frau, die sie nach dem Weg fragte, habe etwas ganz anderes im Sinn. Ein Bursche mit einem Kinn, das zu groß war, um in sein Gesicht zu passen, und der Nähzeug aus einem Bauchladen feilbot, grinste sie an und sagte: »Hat Euch schon mal jemand gesagt, daß Ihr der Königin ähnlich seht? Sie hat uns wohl ganz schön in die Klemme gebracht, aber eine hübsche Frau ist sie allemal.«

Sie lachte geschmeichelt und herausfordernd, was ihr einen strengen Blick von Lini einbrachte. »Spart Euch die Schmeichelei für Eure Frau. An der zweiten Kreuzung nach links, habt Ihr gesagt? Ich danke Euch. Und auch für das Kompliment.« Während sie sich weiter durch die Menge schob, verfinsterte sich ihr Gesicht. Sie hatte zuviel in dieser Art zu hören bekommen. Nicht, daß sie wie die Königin aussehe, sondern daß Morgase ein schlimmes Durcheinander angerichtet habe. Gaebril hatte, wie es schien, die Steuern drastisch erhöht, um Geld für sein Heer zu haben, aber das lastete man ihr an, und natürlich zurecht. Die Verantwortung lag bei der Königin. Genauso waren andere Gesetze aus dem Palast erlassen worden, die wenig Sinn ergaben, aber den Menschen das Leben schwerer machten. Sie hörte, wie man heimlich über sie klatschte, und daß Andor wohl lange genug von Königinnen regiert worden sei. Es war nur Geschwätz, aber was ein Mann im Flüsterton auszusprechen wagte, das dachten zehn andere genauso. Vielleicht wäre es doch nicht so leicht gewesen, die Volksmenge gegen Gaebril auf die Straßen zu bringen, wie sie geglaubt hatte.

Schließlich fand sie ihr Ziel, ein breites Steingebäude mit einem Schild über dem Eingang, auf dem ein Mann vor einer Frau mit goldenen Haaren unter der Rosenkrone kniete. Die Frau hatte ihm eine Hand auf den Kopf gelegt. ›Der Königin Segen.‹ Falls es sie darstellen sollte, war es nicht sehr ähnlich. Die Wangen waren zu fett.

Erst als sie vor der Schenke stehenblieb, wurde ihr bewußt, daß Lini erschöpft keuchte. Sie war zu schnell gegangen und die Frau war nun wirklich nicht mehr die jüngste. »Lini, es tut mir leid. Ich hätte nicht so schnell …«

»Wenn ich nicht mit dir schritthalten kann, Mädchen, wie soll ich dann in der Lage sein, mich um Elnaynes Babys zu kümmern? Willst du hier Wurzeln schlagen? ›Schlurfende Füße werden einen Weg niemals beenden.‹ Er sagte, er werde im Stall warten.«

Die weißhaarige Frau stolzierte knurrend weiter, und Morgase folgte ihr um die Schenke herum. Bevor sie in das Steingebäude des Stalls trat, hob sie die Hand an die Stirn und blickte zur Sonne auf. Keine zwei Stunden mehr bis zum Einbruch der Dämmerung. Spätestens dann würde Gaebril nach ihr suchen, wenn nicht schon jetzt.

Tallanvor war nicht allein in dem von Boxen gesäumten Stall. Als er auf dem strohbedeckten Boden vor ihr auf ein Knie niedersank, in einen grünen Wollmantel gehüllt, über den er das Schwert gegürtet hatte, da knieten neben ihm zwei Männer und eine Frau, wenn auch ein wenig unsicher, wahrscheinlich ihrer Verkleidung wegen. Der dickliche Mann mit dem rosigen Gesicht und der Halbglatze mußte Basel Gill sein, der Wirt. Er hatte sich einen alten Lederharnisch übergezogen, auf den Stahlplatten genäht waren und der sich gewaltig um seinen Bauch spannte, und auch er trug ein Schwert an der Hüfte.

»Meine Königin«, sagte Gill, »ich habe schon jahrelang kein Schwert mehr getragen – seit dem Aielkrieg nicht mehr –, aber ich betrachtete es als eine Ehre, wenn ich Euch folgen dürfte.« Es hätte eigentlich lächerlich wirken sollen, war es aber nicht.

Morgase musterte die anderen beiden, einen kräftig

gebauten Mann im groben, grauen Mantel, die Nase oftmals gebrochen, wie sie deutlich sehen konnte, wie geschwollen wirkende Augenlider und Narben im Gesicht, und dazu eine kleine, hübsche Frau von noch nicht ganz mittleren Jahren. Sie schien zu diesem Straßenschläger zu gehören, doch ihr hochgeschlossenes blaues Wollkleid war von zu feiner Machart, um von einem wie ihm zu stammen.

Trotz seines trägen Blicks schien der Kerl ihre Zweifel wahrzunehmen. »Ich heiße Lamgwin, meine Königin, und ich bin ein treuer Gefolgsmann meiner Königin. Was geschehen ist, das war nicht recht, und es muß geändert werden. Ich möchte ebenfalls mit Euch gehen. Breane und ich, wir beide wollen mit Euch kommen.«

»Erhebt Euch«, sagte sie zu ihnen. »Es kann noch einige Tage dauern, bis Ihr mich öffentlich als Eure Königin ansprechen könnt. Ich akzeptiere Eure Begleitung sehr gern, Meister Gill. Und auch Eure, Meister Lamgwin, doch es wird sicherer für Eure Frau sein, wenn sie hier in Caemlyn bleibt. Es stehen uns harte Zeiten bevor.«

Breane wischte Strohhalme von ihrem Rock und warf ihr und Lini dabei einen scharfen Blick zu. »Ich habe schon schwere Zeiten mitgemacht«, sagte sie im Dialekt Cairhiens. Wenn sich Morgase nicht irrte, war sie von adliger Herkunft; vielleicht eine der Flüchtlinge. »Und ich habe nicht gewußt, was ein guter Mann ist, bis ich Lamgwin fand. Oder bis er mich fand. Die Loyalität und Liebe, die er für Euch empfindet, die empfinde ich ihm gegenüber noch zehnmal so stark. Er folgt Euch, doch ich folge ihm. Ich werde nicht zurückbleiben.«

Morgase atmete tief durch und nickte dann zustimmend. Die Frau schien sowieso nicht davon abzubringen zu sein. Ein prächtiger Grundstock für das Heer, das ihren Thron zurückgewinnen sollte: ein junger Soldat, der ständig an ihr herumkritisierte, ein fast kahlköpfiger Wirt, der wirkte, als habe er zwanzig Jahre lang nicht mehr auf einem Pferd gesessen, ein Straßenschläger, der aussah, als schlafe er beinahe ein, und dazu eine geflohene Adlige aus Cairhien, die ihr klargemacht hatte, daß ihre Loyalität lediglich ihm gegenüber bestand. Und natürlich Lini. Lini, die sie behandelte, als gehöre sie noch immer ins Kinderzimmer. In der Tat, das war wirklich ein prächtiger Grundstock!

»Wohin gehen wir, meine Königin?« fragte Gill, während er die bereits gesattelten Pferde aus ihren Boxen holte. Lamgwin bewegte sich überraschend schnell und geschmeidig, um einen weiteren an beiden Seiten hochgezogenen Damensattel für Lini um den Bauch eines Pferdes zu gürten. Morgase bemerkte erschrocken, daß sie daran überhaupt nicht gedacht hatte. *Licht, Gaebril kann mir doch wohl nicht derart den Verstand geraubt haben!* Dabei spürte sie nach wie vor den Drang, in ihr Gemach zurückzukehren. Es lag nicht an ihm. Sie hatte sich bereits darauf konzentrieren müssen, den Palast zu verlassen und hierher zu kommen. Einst wäre sie zuerst zu Ellorien geflohen, aber Pelivar oder Arathelle sollten es auch tun. Sobald sie einen Weg gefunden hatte, ihnen zu erklären, wieso sie sie damals ins Exil geschickt hatte.

Bevor sie den Mund aufbekam, sagte Tallanvor: »Wir müssen zu Gareth Bryne gehen. Unter den Großen Häusern bestehen Euch gegenüber einige Ressentiments, meine Königin, aber wenn Bryne Euch folgt, werden sie Euch wieder Gefolgschaft geloben, wenn auch nur, weil sie wissen, daß Bryne jede Schlacht gewinnen wird.«

Sie biß sich fast auf die Zunge, damit sie sich nicht augenblicklich weigerte. Bryne war ein Verräter. Aber er war auch einer der besten Heerführer dieses Zeitalters. Seine Gegenwart würde tatsächlich überzeugend wirken, wenn sie Pelivar und die anderen vergessen machen wollte, was sie ihnen angetan hatte. Also gut. Zweifellos würde er die Chance beim Schopf ergreifen, wieder Generalhauptmann der Königlichen Garde zu werden. Und wenn nicht, käme sie auch ohne ihn aus.

Als die Sonne den Horizont küßte, befanden sie sich bereits fünf Meilen außerhalb Caemlyns und ritten stramm in Richtung Korequellen.

In der Nacht fühlte sich Padan Fain am wohlsten. Als er durch die mit Wandbehängen geschmückten Gänge der Weißen Burg schlich, schien es ihm, als bilde die Dunkelheit draußen eine Tarnkappe, die ihn vor seinen Feinden verbarg, und das, obwohl die vergoldeten Spiegellampen ihr Licht in die Korridore warfen. Das Gefühl trog, soviel wußte er. Er hatte viele Feinde, und sie waren überall. Gerade jetzt in diesem Augenblick, so wie immer im wachen Zustand, konnte er Rand al'Thor fühlen. Er spürte nicht, wo sich al'Thor befand, aber daß er irgendwo dort draußen noch am Leben war. Immer noch. Diese Gabe, dieses Bewußtsein von der Existenz al'Thors, hatte er im Shayol Ghul erhalten, im Krater des Verderbens.

Sein Verstand schreckte vor den Erinnerungen an das zurück, was ihm dort angetan worden war. Da war er destilliert worden und neu geschaffen. Aber später dann, in Aridhol, war er wiedergeboren worden. Wiedergeboren, um alte und neue Feinde zu vernichten.

Noch etwas konnte er spüren, während er lauernd durch die nachtleeren Gänge der Burg schlich, etwas, das ihm gehörte, das ihm gestohlen worden war. In diesem Moment trieb ihn ein gierigeres Verlangen vorwärts als sein Wunsch, al'Thor sterben zu sehen oder die Burg zu zerstören, oder sich an seinem uralten Gegner zu rächen. Es war das hungrige Verlangen, endlich wieder ganz zu sein, vollständig.

Die schwere, getäfelte Holztür hatte dicke Scharniere und Eisenbügel, und das schwarze Eisenschloß war beinahe so groß wie sein Kopf. Nur wenige Türen in der Burg wurden jemals abgeschlossen, denn wer würde es wagen, mitten unter den Aes Sedai zu stehlen; doch ein paar Dinge in der Burg wurden als so gefährlich eingeschätzt, daß sie nicht einfach jedem zugänglich sein durften. Und die gefährlichsten überhaupt befanden sich hinter dieser Tür, von einem kräftigen Schloß behütet.

Er kicherte leise und nahm zwei dünne, gekrümmte Metallstifte aus der Manteltasche. Dann führte er sie in das Schlüsselloch ein, drückte ein wenig, suchte, drehte. Mit einem leisen Klicken schnappte der Riegel zurück. Einen Augenblick lang lehnte er sich mit heiserem Auflachen an die Tür. Von einem kräftigen Schloß behütet. Von der Macht der Aes Sedai umgeben und durch einfaches Metall geschützt. Zu dieser Stunde sollten selbst die Diener und die Novizinnen ihre Arbeit beendet haben, aber es könnte immer noch jemand wach sein und vielleicht vorbeikommen. Gelegentliche Wellen von Heiterkeit durchbebten ihn, als er die Dietriche in seine Tasche zurücksteckte und eine dicke Bienenwachskerze herausholte. Den Docht entzündete er an einer Ständerlampe in der Nähe.

Er hielt die Kerze hoch und schloß die Tür hinter sich. Nun konnte er sich umsehen. An den Wänden standen Regale, auf deren Brettern einfache Schachteln wie auch kunstvoll eingelegte Kästen aller möglichen Formen und Größen lagen, kleine Figuren aus Knochen oder Elfenbein oder einem dunkleren Material, und dazu Gegenstände aus Metall und Glas und Kristall, die im Kerzenschein funkelten und glitzerten. Nichts, was irgendwie gefährlich wirkte. Alles war mit Staub bedeckt. Selbst die Aes Sedai kamen nur selten hierher und anderen gestatteten sie das Betreten dieses Raums sowieso nicht. Das, was er suchte, zog ihn magisch an.

Auf einem in Hüfthöhe angebrachten Brett stand ein dunkler Metallkasten. Er öffnete ihn und enthüllte so drei Finger breite Bleiwände, die im Innern gerade noch Platz ließen für einen gekrümmten Dolch in einer goldenen Scheide, in dessen Heft ein großer Rubin eingesetzt war. Weder das Gold noch der blutrot schimmernde Rubin interessierten ihn. Hastig goß er ein wenig Wachs neben den Kasten und setzte die Kerze darauf, damit sie nicht umkippte, und dann hob er den Dolch heraus.

Er seufzte, als er ihn berührte, und streckte sich genießerisch. Er war wieder vollständig, eins mit dem, was ihn vor so langer Zeit an sich gebunden hatte, eins mit dem, was ihm auf ganz reale Art und Weise Leben verliehen hatte.

Eisenscharniere knarrten schwach, und er huschte zur Tür, wobei er die gekrümmte Klinge entblößte. Die blasse junge Frau, die gerade die Tür öffnete, hatte gerade noch Zeit, Augen und Mund aufzureißen und zu versuchen, sich durch einen Sprung nach hinten in Sicherheit zu bringen, doch schon schnitt er sie in die Wange. Aus der gleichen Bewegung heraus ließ er die Scheide fallen und packte ihren Arm, damit er sie an sich vorbei in den Lagerraum zerren konnte. Er steckte noch einmal den Kopf hinaus und spähte den Gang hinauf und hinunter. Er war leer.

Er nahm sich Zeit damit, seinen Kopf zurückzuziehen und die Tür wieder zu schließen. Er wußte, was er vorfinden würde. Die junge Frau lag sich windend auf dem Steinboden, bemühte sich, zu schreien, und brachte doch nichts heraus. Ihre Hände krallten nach einem Gesicht, das bereits schwarz und bis zur Unkenntlichkeit angeschwollen war. Die dunkle Schwellung verbreitete sich wie zäh herunterfließendes Öl bis zu ihren Schultern. Ihr schneeweißer Rock mit den Farbstreifen am Saum wurde von ihren hin und her zuckenden Beinen zerfetzt. Er leckte einen Blutspritzer von seinem Handrücken und kicherte, während er die Scheide wieder aufhob.

»Ihr seid ein Narr.«

Er wirbelte mit dem Dolch in der Hand herum, doch

die Luft in seiner unmittelbaren Umgebung verfestigte sich urplötzlich und schloß ihn vom Hals bis an die Sohlen seiner Stiefel wie eine harte Schale ein. Da hing er nun. Die Füße berührten den Boden nur noch mit den Ballen, der Dolch war ausgestreckt, zum Zustechen bereit, und er starrte Alviarin an, die die Tür schloß und sich dagegen lehnte, um ihn zu mustern. Diesmal hatte sie nicht geknarrt. Das leise Scharren der Pantoffeln an den Füßen des sterbenden Mädchens auf dem Fußboden konnte ihre Geräusche nicht überdeckt haben. Er blinzelte, als plötzlich Schweiß in seinen Augen brannte.

»Habt Ihr wirklich geglaubt«, fuhr die Aes Sedai fort, »dieser Raum bliebe unbewacht, ohne eine einzige Wächterin? Das Schloß wurde durch ein Machtgewebe gesichert. Diese törichte junge Frau war heute abend an der Reihe, das Gewebe zu überwachen. Hätte sie genau das getan, was man von ihr erwartete, dann stünden jetzt ein Dutzend Behüter und genauso viele Aes Sedai vor dieser Tür. Sie zahlt den Preis für ihre Dummheit.«

Die Geräusche hinter ihm verstummten, und er kniff die Augen zusammen. Alviarin war wohl keine Gelbe Ajah, doch sie hätte wenigstens einen Versuch machen können, die junge Frau zu heilen. Und sie hatte auch keinen Alarm gegeben, wie es die Aufgenommene bereits hätte tun sollen, sonst stünde sie jetzt nicht allein hier. »Ihr seid eine Schwarze Ajah«, flüsterte er.

»Eine gefährliche Anschuldigung«, sagte sie gelassen. Es war allerdings nicht klar, für wen sie gefährlich sei. »Siuan Sanche versuchte, zu behaupten, es gäbe die Schwarzen Ajah wirklich, als sie unter Folter befragt wurde. Sie bettelte förmlich darum, uns von ihnen berichten zu dürfen. Elaida wollte nicht darauf hören und wird es auch weiterhin nicht. Geschichten von angeblichen Schwarzen Ajah sind lediglich bösartige Verleumdungen, die gegen die Burg gerichtet sind.«

»Ihr seid eine Schwarze Ajah«, sagte er mit erhobener Stimme.

»Ihr wolltet das hier stehlen?« Es klang, als habe er überhaupt nichts gesagt. »Der Rubin ist es nicht wert, Fain. Oder wie Ihr auch wirklich heißen mögt. Diese Klinge ist vergiftet, und nur ein Narr würde sie mit etwas anderem als einer Zange berühren oder sich ihr länger als notwendig nähern. Ihr seht ja, was sie Verine angetan hat. Also, warum seid ihr hergekommen und habt geradewegs das ergriffen, von dem Ihr nicht einmal hättet wissen sollen, daß es sich hier befindet? Ihr könnt nicht genug Zeit gehabt haben, um alles zu durchsuchen.«

»Ich könnte Elaida für Euch beseitigen. Eine Berührung damit, und selbst die Macht kann sie nicht mehr retten.« Er versuchte, mit dem Dolch zu gestikulieren, aber er konnte ihn nicht um Haaresbreite bewegen. Hätte er damit zustoßen können, wäre Alviarin mittlerweile nicht mehr am Leben. »Ihr könntet die Erste in der Burg sein und nicht nur die Zweite.«

Sie lachte ihn aus. Es klang wie kühle, verächtlich bimmelnde Glöckchen. »Glaubt Ihr, ich könnte nicht die Erste werden, wenn ich es wollte? Der Rang der Zweiten ist mir gerade recht. Laßt doch Elaida behaupten, ihr gebühre die Ehre für das, was sie Erfolge nennt, und laßt sie auch ihrer Fehler wegen ins Schwitzen kommen. Ich weiß, wo die wahre Macht liegt. Nun beantwortet mir meine Fragen, sonst findet man morgen hier zwei Leichen anstatt nur einer.«

Es würde in jedem Fall zwei geben, ob er nun mit brauchbaren Lügen antwortete oder nicht, denn sie hatte nicht vor, ihn am Leben zu lassen. »Ich habe Thakan'dar gesehen.« Das zu gestehen tat weh, denn die Erinnerungen, die es mit sich brachte, waren solche purer Agonie. Er vermied es, zu wimmern, zwang statt dessen die Worte heraus: »Das große Nebelmeer, das lautlos gegen die schwarzen Klippen anrollt und hochbrandet, die Feuer der Schmieden, die darunter rot glühen, und die Blitze, die aus einem Himmel herabstoßen, der einen Menschen zum Wahnsinn treiben kann.« Er wollte nicht weitersprechen, zwang sich aber dazu. »Ich habe den Weg hinunter zum Bauch des Shayol Ghul genommen, den langen Weg, auf dem steinerne Fänge von oben her meinen Kopf berührten, bis zum Ufer eines Sees aus Flammen und zerschmolzenem Fels …« – *Nein, nicht noch einmal!* –, »in dessen endlosen Tiefen der Große Herr der Dunkelheit gefangen ist. Der Himmel über Shayol Ghul ist schon zur Mittagszeit schwarz von seinem Atem.«

Alviarin stand jetzt hoch aufgerichtet da und hatte die Augen aufgerissen. Nicht vor Angst, aber doch beeindruckt. »Ich habe gehört …«, begann sie leise, schüttelte sich aber dann und blickte ihn durchdringend an. »Wer seid Ihr? Warum seid Ihr hier? Hat Euch einer der Ver … der Auserwählten gesandt? Warum wurde ich nicht informiert?«

Er warf den Kopf in den Nacken und lachte. »Dürfen Euresgleichen die Aufgaben kennen, die mir und meinesgleichen auferlegt werden?« Sein Dialekt aus Lugard war wieder deutlich zu hören; in gewisser Weise war es ja auch seine Heimatstadt. »Vertrauen Euch die Auserwählten etwa alles an?« Etwas in ihm schien ihm zuzurufen, das sei nicht die richtige Art und Weise, aber er haßte die Aes Sedai, und dieses Etwas in ihm haßte sie ebenso. »Seid vorsichtig, hübsche kleine Aes Sedai, oder sie übergeben Euch einem Myrddraal als Spielzeug.«

Ihr Blick traf seine Augen wie ein Eiszapfen. »Wir werden ja sehen, Meister Fain. Ich werde dieses Durcheinander beseitigen, das Ihr angerichtet habt, und dann werden wir feststellen, wer von uns bei den Auserwählten der Angesehenere ist.« Sie beäugte kurz den Dolch und schob sich rückwärts durch die Tür. Die Luft, die ihn fest einschloß, löste ihre Klammer um ihn erst, als sie bereits eine volle Minute weg war.

Lautlos knurrte er in sich hinein. Narr. Das Spiel der Aes Sedai mitspielen, vor ihnen zu kriechen, und dann alles in einem Augenblick des Zorns aufs Spiel zu setzen. Er steckte den Dolch in die Scheide zurück, wobei er sich leicht ritzte. Unbewußt leckte er die kleine Wunde, bevor er die Waffe unter seinem Mantel verbarg. Er war keineswegs, was sie von ihm glaubte. Sicher, einst war er ein Schattenfreund gewesen, doch jetzt war er weit davon entfernt. Entfernt, und er stand darüber. Er war etwas anderes. Mehr als zuvor. Falls sie es fertigbrachte, mit einem der Verlorenen Kontakt aufzunehmen, bevor er sie beseitigen konnte … Besser, das gar nicht erst zu versuchen. Keine Zeit mehr, das Horn von Valere aufzuspüren. Er hatte Anhänger, die ihn außerhalb der Stadt erwarteten. Sie sollten jedenfalls immer noch dort warten. Er hatte ihnen schließlich reichlich Angst eingejagt. Er hoffte, daß ein paar der Menschen noch am Leben seien.

Bevor die Sonne aufging, befand er sich nicht mehr in der Burg und hatte die Insel von Tar Valon verlassen. Al'Thor war irgendwo dort draußen. Und *er* war nun wieder vollständig.

KAPITEL 2

Der Jangai-Paß

Unter dem hoch aufragenden Rückgrat der Welt lenkte Rand Jeade'en den steinigen Abhang empor, der sich vom Fuß der Vorhügel hinaufzog in Richtung des Jangai-Passes. Die Drachenmauer stach tief in den Himmel hinein und ließ alle anderen Berge zwergenhaft erscheinen. Ihre schneebedeckten Gipfel widerstanden der glühenden Nachmittagssonne. Der höchste erhob sich ein gutes Stück über die Wolken, die die Wüste mit ihrer Verheißung von Regen verspotteten, der noch niemals gekommen war. Rand konnte sich nicht denken, warum ein Mann einen solchen Berg erklimmen wolle, aber man erzählte sich, daß es solche Männer gab, die dann aber umgekehrt waren, weil sie dort oben keine Luft bekamen und von panischer Angst gepackt worden waren. Er konnte sich allerdings gut vorstellen, daß ein Mann vor Angst keine Luft mehr bekam, wenn er so hoch kletterte.

»... und obwohl die Adligen Cairhiens mit dem Spiel der Häuser beschäftigt sind«, sagte Moiraine hinter ihm, »werden sie Euch folgen, solange sie wissen, daß Ihr stark seid. Geht streng mit ihnen um, aber ich bitte Euch auch, sie anständig zu behandeln. Ein Herrscher, der wirklich Gerechtigkeit walten läßt ...«

Er bemühte sich, sie zu ignorieren, genau wie die anderen Reiter und genau wie das Quietschen und Rumpeln der Wagen Kaderes, die ihnen schwerfällig folgten. Die zerrissenen Klüfte und Schründe der Wüste lagen hinter ihnen, aber diese unregelmäßig geformten, steilen Hügel, fast genauso kahl wie die Wüste selbst, machten das Fahren für die Planwagen nicht gerade leichter. Niemand sonst hatte in den letzten zwanzig Jahren diesen Weg genommen.

Moiraine redete von Sonnenaufgang bis Sonnenuntergang auf ihn ein, solange er es zuließ. Sie belehrte ihn über kleine Dinge, wie beispielsweise die höfischen Sitten in Cairhien und Saldaea oder anderswo, oder über wichtige: den politischen Einfluß der Weißmäntel oder über die Einflüsse des Warenhandels auf die Entscheidungen von Herrschern, in den Krieg zu ziehen oder nicht. Es war, als wolle sie ihm eine gründliche Ausbildung zuteil werden lassen, so, wie es einem Adligen gebührte oder für ihn notwendig war, bevor er noch die andere Seite der Berge erreichte. Er war überrascht, wie häufig das, was sie sagte, dem entsprach, was man zu Hause in Emondsfeld einfach dem gesunden Menschenverstand zugeschrieben hätte. Aber oftmals war es dann doch wieder ganz anders.

Manchmal rückte sie auch mit Überraschungen heraus. So sagte sie ihm beispielsweise, daß er keiner Frau in der Burg trauen solle außer ihr selbst, Egwene, Elayne und Nynaeve, oder sie teilte ihm beiläufig mit, daß Elaida nunmehr Amyrlin sei. Ob sie nun einem Eid Folge leisten mußte oder nicht, jedenfalls gab sie nicht preis, wie sie an diese Neuigkeit gekommen war. Sie erwähnte lediglich, daß ihm jemand anders darüber Auskunft erteilen müsse, falls sie dies wünschte. Es sei das Geheimnis dieser anderen Person, und es stehe ihr nicht zu, dieses Geheimnis zu lüften. Er hatte die Traumgängerinnen unter den Weisen Frauen im Verdacht, obwohl sie ihm auf seine Frage hin in die Augen gesehen und weder ja noch nein gesagt hatten. Er wünschte sich, sie genauso wie Moiraine einen Eid schwören lassen zu können. Dauernd mischten sie sich ein, wenn er mit den Häuptlingen verhandelte, als wollten sie ihn zwingen, die Clanhäuptlinge nur durch sie als Mittler anzusprechen.

Doch in dieser Minute nun wollte er nicht an Elaida oder die Weisen Frauen denken und auch nicht Moiraines Lektionen lauschen. Jetzt wollte er den vor ihm liegenden Paß genauer betrachten, einen tiefen Einschnitt zwischen den Bergen, doch gewunden und zerklüftet, als habe eine stumpfe Axt wieder und wieder versucht, den Berg zu spalten, es jedoch niemals geschafft. Ein paar Minuten scharfen Ritts, und er könnte ihn erreicht haben.

Auf der einen Seite des Zugangs zum Paß hatte man eine beinahe senkrechte Felswand auf einer Breite von mehr als hundert Schritt geglättet und ein Bild hineingehauen – eine von Wind und Wetter gegerbte Schlange, die sich um einen gut dreihundert Spannen hohen Stab wand. War es nun ein Denk- oder Mahnmal, oder gar das Siegel eines Herrschers? Jedenfalls mußte es von einer schon lange in den Abgründen der Zeit verschwundenen Nation stammen, noch älter als das Reich Artur Falkenflügels, war vielleicht sogar noch vor den Trolloc-Kriegen entstanden. Er hatte schon öfters Überreste solcher Länder angetroffen, deren Spuren längst verweht waren. Oftmals kannte selbst Moiraine ihre Bedeutung und Herkunft nicht.

Hoch droben auf der anderen Seite, so hoch, daß er sich nicht sicher war, ob es wirklich das war, was er zu sehen glaubte, gerade unterhalb der Schneegrenze, stand etwas noch Eigenartigeres. Etwas, das aus dem ein paar tausend Jahre alten Monument ein ganz gewöhnliches Ding werden ließ. Er hätte schwören können, daß sich dort die Überreste zerstörter Gebäude befanden, hellgrau von dem dunkleren Fels des Berges abgesetzt, und noch seltsamer: etwas, das aussah wie eine Schiffsanlegestelle aus dem gleichen Material, die schief am Steilhang lehnte. Falls er sich das alles nicht nur einbildete, mußte das aus der Zeit vor der Zerstörung der Welt stammen. In jenen Jahren war das Antlitz der gesamten Welt vollkommen verändert worden. Das hier könnte durchaus einmal ein Meeresboden gewesen sein. Er würde Asmodean ausfragen müssen. Doch hätte er auch genug Zeit dafür gehabt, so hatte er nicht vor, zu dieser Höhe emporzuklettern, um selbst nachzusehen.

Am Fuß der riesigen Schlange lag Taien, eine mittelgroße Stadt mit hohen Mauern, und ebenfalls ein Überbleibsel aus der Zeit, als man Cairhien noch gestattete, Karawanen in das Dreifache Land zu entsenden. Damals war Reichtum von Schara aus über die Seidenstraße nach Westen geflossen. Über der Stadt schienen Vögel zu schweben, und die graue Stadtmauer wies in regelmäßigen Abständen dunkle Flecken auf. Mat stand in Pips' Steigbügeln, spähte unter dem Schatten der breiten Hutkrempe den Paß hinauf und runzelte die Stirn. Lans hartes Gesicht zeigte keinerlei Regung, doch er schien genauso eindringlich und aufmerksam hinaufzublicken. Ein Windstoß, der hier etwas Kühle mit sich brachte, wickelte seinen farbverändernden Umhang um seine Gestalt, und einen Augenblick lang verschwand er fast von den Schultern bis an die Stiefelschäfte, weil er farblich mit dem steinigen Abhang und den spärlich Dornbüschen verschmolz.

»Hört Ihr mir überhaupt zu?« fragte Moiraine plötzlich und lenkte ihre weiße Stute näher zu ihm heran. »Ihr müßt…!« Sie atmete tief durch. »Bitte, Rand. Es gibt soviel, das ich Euch sagen muß, soviel, was Ihr wissen müßt.«

Die Andeutung einer Bitte in ihrem Tonfall ließ ihn aufblicken und sie ansehen. Er erinnerte sich noch an die Zeit, da er von ihrer Gegenwart und Persönlichkeit überwältigt gewesen war. Nun erschien sie ihm trotz ihres wahrhaft königlichen Benehmens recht klein. Eine Dummheit, wenn er jetzt ihr gegenüber auch noch Beschützergefühle entwickelte. »Wir haben noch genug

Zeit dafür, Moiraine«, sagte er sanft. »Ich glaube bestimmt nicht, genauso viel über unsere Welt zu wissen wie Ihr. Ich will Euch von jetzt an immer nahe bei mir wissen.« Ihm war nur entfernt bewußt, welch große Veränderung das darstellte, nachdem *sie* vorher *ihn* nahe bei sich halten wollte. »Aber gerade jetzt habe ich etwas anderes im Sinn.«

»Selbstverständlich.« Sie seufzte. »Wie Ihr wünscht. Wir haben noch genug Zeit.«

Rand trieb den Apfelschimmel zum Trab an, und die anderen folgten seinem Beispiel. Auch die Planwagen beschleunigten ihre Fahrt, wenn sie ihm auch am Hang nicht mehr folgen konnten. Asmodeans – Jasin Nataels – flickenbedeckter Gauklerumhang flatterte hinter ihm wie das Banner, dessen Stock er auf den Steigbügel gestützt hatte: leuchtend rot, mit dem schwarz-weißen Emblem der früheren Aes Sedai in der Mitte. Er machte allerdings eine mürrische Miene, denn es war ihm überhaupt nicht recht, zum Bannerträger erwählt zu werden. Die Weissagung von Rhuidean sagte aus, daß er unter diesem Zeichen seine Eroberung antreten werde, und vielleicht würde es auch die Menschen nicht so erschrecken wie die Drachenflagge, das Banner Lews Therins, die er über dem Stein von Tear flatternd zurückgelassen hatte. Dieses Wappen hier würden nur wenige auf Anhieb erkennen.

Die dunklen Flecken an der Stadtmauer Taiens waren Leichen, im Todeskampf gekrümmt, in der Sonne aufgedunsen. Sie waren in einer Reihe, die die ganze Stadt zu umspannen schien, aufgehängt worden. Die Vögel waren Raben mit tiefschwarz schimmerndem Gefieder, und dazu Geier mit blutbesudelten Köpfen und Hälsen. Einige Raben hatten sich an Leichen festgekrallt und fraßen, ohne sich von den Neuankömmlingen stören zu lassen. Der süßliche Verwesungsgestank verpestete die trockene Luft. Auch beißender Rauch hing noch dazwischen. Eisenbeschlagene Tore standen offen und gaben

den Blick auf ein wahres Trümmerfeld frei, auf rußgeschwärzte Steingebäude und eingestürzte Dächer. Nichts rührte sich dort außer den Vögeln.

Genau wie Mar Ruois. Er bemühte sich, diesen Gedanken abzuschütteln, doch im Geist sah er diese mächtige Stadt nach ihrer Rückeroberung, wie sich die riesenhaften Turmbauten schwarz färbten und zusammenbrachen, wie an jeder Straßenkreuzung die Überreste großer Feuer schwelten. Dort hatte man diejenigen gefesselt und lebendig hineingeworfen, die sich geweigert hatten, dem Schatten Gefolgschaft zu schwören. Er wußte, aus wessen Erinnerungen diese Bilder stammten, auch wenn er darüber nicht mit Moiraine gesprochen hatte. *Ich bin Rand al'Thor. Lews Therin Telamon ist seit dreitausend Jahren tot. Ich bin eine eigenständige Person!* Diese Schlacht wollte er auf jeden Fall gewinnen. Wenn er schon am Shayol Ghul sterben sollte, dann als er selbst. Er zwang sich, an etwas anderes zu denken.

Ein halber Monat war vergangen, seit er Rhuidean verlassen hatte. Ein halber Monat, und das, obwohl die Aiel zu Fuß von Sonnenaufgang bis Sonnenuntergang ein Tempo vorgelegt hatten, das selbst die Pferde auslaugte. Doch Couladin war bereits eine Woche, bevor er es erfuhr, hierher marschiert. Falls sie es nicht geschafft hatten, einigen Vorsprung aufzuholen, hätte er ebenso lang Zeit, um Cairhien mit Krieg zu überziehen, bevor Rand dorthin kam. Länger sogar, denn dort mußte er erst einmal die Shaido zum Kampf stellen. Kein viel glücklicherer Gedanke.

»Von diesen Felsen zur Linken aus beobachtet uns jemand«, sagte Lan leise. Er schien vollkommen damit beschäftigt, die Ruinen Taiens zu mustern. »Kein Aiel, sonst hätte ich ihn höchstwahrscheinlich nie entdeckt.«

Rand war froh, daß er Egwene und Aviendha bei den Weisen Frauen zurücklassen hatte. Der Zustand dieser Stadt lieferte ihm einen weiteren Grund dafür, doch der Beobachter paßte in seinen ursprünglichen Plan, als er noch gehofft hatte, Taien sei davongekommen. Egwene trug nach wie vor die gleiche Aielkleidung wie Aviendha, und in Taien wären Aiel nun nicht gerade sehr willkommen. Bei den Überlebenden sicher noch weniger als zuvor.

Er blickte zurück zu den Wagen, die ein kurzes Stück unterhalb am Hang einer nach dem anderen stehenblieben. Erregt klingende Gesprächsfetzen drangen von den Fahrern her an seine Ohren, nun, da sie die Stadt und die Mauerdekorationen klar erkennen konnten. Kadere, dessen massige Gestalt heute wieder in Weiß gehüllt war, wischte sich das Gesicht mit der mächtigen Hakennase mit einem großen Taschentuch ab. Er schien überhaupt nicht verstört und schürzte lediglich nachdenklich die Lippen.

Rand erwartete, daß sich Moiraines neue Fahrer würde suchen müssen, sobald sie einmal über den Paß waren. Kadere und seine Leute würden höchstwahrscheinlich bei der ersten Gelegenheit verschwinden. Und er mußte sie ziehen lassen. Es war nicht richtig und widersprach seinem Gerechtigkeitsgefühl, doch es war notwendig, um Asmodean zu schützen. Wie lange schon hatte er tun müssen, was notwendig war, und verdrängen, was eigentlich richtig gewesen wäre? In einer gerechten Welt hätte beides übereingestimmt. Der Gedanke brachte ihn zum Lachen. Es klang eher wie ein heiseres Keuchen. Er war schon lange nicht mehr der Dorfjunge von einst, aber manchmal schlich sich dieser Junge doch in seine Gefühle ein. Die anderen blickten ihn an, und es drängte ihn, diesen Menschen zu erklären, daß er noch nicht auf der Straße zum Wahnsinn sei.

Lange Minuten verstrichen, bis zwei Männer in Hemdsärmeln und eine Frau aus den Felsformationen hervortraten. Alle drei wirkten zerlumpt, schmutzig und liefen barfuß. Sie kamen zögernd näher, die Köpfe nervös gesenkt und mit Blicken, die ängstlich von Reiter zu Reiter huschten, zu den Wagen und zurück, als wären sie bereit, jeden Moment zu fliehen. Eingefallene Wangen und wankende Schritte erzählten von Hunger und Erschöpfung.

»Dem Licht sei Dank«, sagte der eine Mann schließlich. Er war grauhaarig. Keiner der drei war jung. Sein Gesicht wies tiefe Furchen auf. Sein Blick ruhte einen Augenblick lang auf Asmodean mit seinen Spitzenrüschen an Kragen und Manschetten, doch der Anführer dieser Karawane würde bestimmt keinen Maulesel reiten und eine Flagge tragen. Schließlich klammerte sich der Mann ängstlich an Rands Steigbügel. »Dem Licht sei Dank, daß Ihr unversehrt diesem schrecklichen Land entronnen seid, Lord!« Es mochte an Rands blauem Seidenmantel liegen, der auf den Schulterstücken mit Gold bestickt war, oder an der Flagge, oder es handelte sich einfach um Schmeichelei. Der Mann hatte jedenfalls keinen Grund, sie für etwas anderes als Kaufleute zu halten, wenn auch für besonders gut gekleidete. »Diese mordenden Wilden haben sich wieder erhoben. Ein neuer Aielkrieg ist im Gang. Sie waren während der Nacht bereits über die Stadtmauer geklettert, bevor man sie bemerkte, und sie töteten jeden, der die Hand gegen sie erhob, und stahlen alles, was nicht festgemauert war.«

»Während der Nacht?« fragte Mat in scharfem Ton. Mit heruntergezogener Hutkrempe musterte er immer noch die zerstörte Stadt. »Haben Eure Wachen geschlafen? Ihr habt doch wohl Wachen aufgestellt, so nahe bei Euren Feinden? Selbst die Aiel hätten Schwierigkeiten, Euch zu überrumpeln, wenn Ihr gut Wache haltet.« Lan warf ihm einen beifälligen Blick zu.

»Nein, mein Lord.« Der grauhaarige Mann sah wohl Mat mit großen Augen an, seine Antwort galt jedoch Rand. Mats grüner Mantel war gut genug für einen Lord, aber er stand offen und sah aus, als habe Mat darin geschlafen. »Wir … Wir hatten an jedem Tor nur einen Wächter. Es ist schon so lange her, daß jemand einen der Wilden zu Gesicht bekam. Aber diesmal … Was sie nicht stahlen, das verbrannten sie, und uns haben sie hinausgetrieben, um dort zu verhungern. Schmutzige Tiere! Dem Licht sei Dank, daß Ihr gekommen seid, uns zu retten, Lord, oder wir wären hier allesamt gestorben. Ich heiße Tal Nethin. Ich bin – oder war – Sattler. Ein guter, mein Lord. Das hier sind meine Schwester Aril und ihr Mann, Ander Corl. Er fertigt schöne Stiefel an.«

»Sie haben auch Menschen verschleppt, mein Lord«, sagte die Frau mit rauher Stimme. Sie war etwas jünger als ihr Bruder und mochte wohl einst hübsch gewesen sein, doch nackte Angst und Not hatten Furchen in ihr Gesicht gegraben, die, wie Rand vermutete, nie mehr daraus verschwinden würden. Ihr Mann hatte etwas Verlorenes in seinem Blick, als sei ihm nicht ganz klar, wo er sich befand. »Meine Tochter, Lord, und meinen Sohn. Sie haben alle jungen Leute mitgenommen, jeden über sechzehn und manche, die auch schon doppelt so alt waren oder mehr. Sagten, sie seien jetzt Gai … irgend etwas, rissen ihnen auf offener Straße die Kleider vom Leib und trieben sie fort. Mein Lord, könnt Ihr …?« Sie ließ ihre Worte verklingen und schloß die Augen, überwältigt von der Unmöglichkeit dieses Unterfangens, und wankte. Die Chancen, daß sie ihre Kinder je wiedersehen würde, waren gering.

Moiraine war blitzschnell aus dem Sattel und an Arils Seite. Die ausgezehrte Frau keuchte laut auf, als die Hände der Aes Sedai sie berührten. Sie bebte bis an die Zehenspitzen. Ihr staunender Blick stellte Moiraine eine offene Frage, doch die hielt sie nur fest, als wolle sie sie stützen.

Der Ehemann der Frau riß plötzlich Augen und Mund auf, als er Rands vergoldete Gürtelschnalle entdeckte, das Geschenk Aviendhas. »Seine Arme trugen die gleichen Zeichen! Genau wie die. Rundherum gewunden, wie eine Klippschlange.«

Tal blickte unsicher zu Rand auf. »Der Anführer der Wilden, Lord. Er – er hatte Zeichen wie diese an den Armen. Er trug diese eigenartige Kleidung, die sie immer anhaben, aber er hatte sich die Ärmel abgeschnitten, und er sorgte dafür, daß alle die Zeichen sehen konnten.«

»Ein Geschenk, das ich in der Wüste erhielt«, sagte Rand. Er bemühte sich, die Hände ruhig am Sattelhorn zu halten, denn bis auf die Köpfe wurden seine eigenen Drachen von den Mantelärmeln verborgen. Die Köpfe allerdings waren für jeden sichtbar, der seine Handrücken genauer betrachtete. Aril hatte ganz vergessen, Moiraine zu fragen, was sie eigentlich mit ihr angestellt habe, und alle drei schienen, als wollten sie jeden Augenblick wieder wegrennen. »Wie lange sind sie schon weg?«

»Sechs Tage, mein Lord«, antwortete Tal nervös. »Was sie anrichteten, geschah innerhalb einer Nacht und eines Tages. Am nächsten waren sie wieder verschwunden. Wir wären ja auch geflohen, aber was, wenn wir ihnen auf ihrem Rückweg in die Arme gelaufen wären? Bestimmt wurden sie doch in Selean zurückgeworfen?« Das war die Stadt an der anderen Seite des Passes. Rand bezweifelte, daß sich Selean mittlerweile in einem anderen Zustand befand als Taien.

»Wie viele Überlebende gibt es noch außer Euch dreien?«

»Vielleicht hundert, mein Lord. Vielleicht mehr. Niemand hat sie gezählt.«

Urplötzlich stieg Zorn in ihm auf, obwohl er sich zu beherrschen versuchte. »Hundert von Euch?« Seine Stimme klang wie rostiges Eisen. »Und sechs Tage? Warum sind dann Eure Toten immer noch den Raben überlassen? Warum hängen noch immer die Leichen an der Stadtmauer? Das ist Euer Volk, dessen Verwesungsgestank Eure Nasen füllt!« Die drei schoben sich dichter aneinander und wichen vor seinem Pferd zurück.

»Wir hatten Angst, mein Lord«, sagte Tal heiser. »Sie gingen wohl weg, aber sie könnten zurückkehren. Und er befahl uns... Der mit den Zeichen an den Armen sagte uns, wir dürften nichts berühren.«

»Eine Botschaft«, sagte Ander mit leiser Stimme. »Er wählte willkürlich diejenigen, die gehängt werden sollten, holte einfach welche heraus, bis es genug waren, um die ganze Mauer mit ihren Leichen zu schmücken. Männer, Frauen – es war ihm gleich.« Sein Blick war auf Rands Gürtelschnalle gerichtet. »Er sagte, sie stellten eine Botschaft an einen Mann dar, der ihm folgen werde. Er sagte, er wolle diesen Mann wissen lassen... wissen lassen, was sie auf der anderen Seite des Rückgrats der Welt tun würden. Er sagte... Er sagte, er werde mit diesem Mann Schlimmeres anstellen.«

Aril riß plötzlich die Augen auf, und die drei starrten mit offenen Mündern einen Augenblick lang an Rand vorbei. Dann wirbelten sie schreiend herum und rannten davon. Schwarz verschleierte Aiel erhoben sich hinter den Felsen, von wo die drei gekommen waren, und so jagten die Fliehenden verzweifelt in eine andere Richtung. Doch auch dort erschienen verschleierte Aiel, und schließlich brachen die drei schluchzend zusammen und klammerten sich weinend aneinander, während man sie umstellte. Moiraines Miene wirkte kühl und beherrscht, doch ihr Blick flammte.

Rand wandte sich im Sattel um. Rhuarc und Dhearic kamen den Hang herauf, nahmen ihre Schleier ab und wickelten sich die Schufas von den Köpfen. Dhearic war dicker als Rhuarc, hatte eine vorstehende Nase und hellere Strähnen im ansonsten goldenen Haar. Er hatte Rand die Reyn Aiel zugeführt, wie Rhuarc es vorausgesagt hatte.

Timolan und seine Miagoma waren drei Tage lang im Norden parallel zu ihnen dahingezogen, hatten gelegentliche Botschaften ausgetauscht, aber ansonsten nichts von ihren Absichten kundgetan. Die Codarra, die Shiande und die Daryne befanden sich ein Stück weit im Osten und folgten ihnen, wenn auch langsam, wie Amys und die anderen nach Traumgesprächen mit ihren Weisen Frauen berichteten. Diese Weisen Frauen hatten genausowenig eine Ahnung von den Absichten ihrer Clanhäuptlinge wie Rand von denen Timolans.

»War das notwendig?« fragte er, als die beiden Häuptlinge zu ihm traten. Er hatte diesen Menschen wohl zuerst Angst eingejagt, doch aus gutem Grund, und er hatte sie nicht glauben gemacht, sie müßten sterben.

Rhuarc zuckte einfach die Achseln, und Dhearic sagte: »Wir haben Speere unsichtbar um diese Festung herum aufgestellt, wie Ihr wünschtet, und es schien keinen Grund mehr zum Warten zu geben, da hier bestimmt niemand mehr ist, der den Tanz der Speere mit uns tanzen könnte. Außerdem sind das doch nur Baummörder.«

Rand atmete tief durch. Er hatte ja gewußt, daß dies zu einem möglicherweise genauso großen Problem werden könnte wie Couladin, jedenfalls auf gewisse Weise. Vor fast fünfhundert Jahren hatten die Aiel Cairhien einen Schößling des *Avendesora*-Baums zum Geschenk gemacht und damit auch gleichzeitig ein Recht, das keiner anderen Nation zuteil wurde, nämlich, durch die Wüste hindurch bis Schara Handel zu treiben. Sie hatten keinen Grund dafür genannt, denn für die Feuchtländer hatten sie, vorsichtig ausgedrückt, nichts übrig, aber *Ji'e'toh* hatte das von den Aiel gefordert. Während der langen Wanderjahre, die sie schließlich in die Wüste geführt hatten, gab es nur ein Volk, das sie nie angegriffen hatte und das sie alles Wasser haben ließ, was sie brauchten, obwohl die Welt langsam auszutrocknen schien. Und endlich hatten sie die Nachkommen dieses Volks ausfindig gemacht: die Menschen aus Cairhien.

Fünfhundert Jahre lang waren so mit der Seide

und dem Elfenbein Reichtümer nach Cairhien geflossen. Fünfhundert Jahre, und *Avendoraldera* gedieh in Cairhien. Und dann ließ König Laman den Baum fällen, um sich daraus einen Thron anfertigen zu lassen. Die Länder kannten den Grund, aus dem die Aiel vor zwanzig Jahren das Rückgrat der Welt überquert hatten. ›Lamans Sünde‹ nannten sie es, und ›Lamans Stolz‹, aber nur wenige wußten, daß es für die Aiel gar kein Krieg gewesen war. Lediglich vier Clans waren aufgebrochen, um einen Meineidigen zu stellen, und als sie ihn getötet hatten, waren sie ins Dreifache Land zurückgekehrt. Doch ihre Verachtung für die Baummörder, die Meineidigen, hatte sich nie gelegt. Die Tatsache, daß Moiraine eine Aes Sedai war, ließ die Aiel ihre Cairhiener Herkunft vergessen, doch in welchem Maße, darüber war sich Rand auch nicht ganz im klaren.

»Diese Menschen haben niemals einen Eid gebrochen«, sagte er zu ihnen. »Sucht die anderen. Der Sattler meint, es seien an die hundert. Und geht sanft mit ihnen um. Falls welche von ihnen die anderen beobachtet haben, flüchten sie vielleicht mittlerweile geradewegs in die Berge.« Die beiden Aiel wandten sich schon um, da fügte er noch hinzu: »Habt Ihr gehört, was sie mir sagten? Was haltet Ihr von dem, was Couladin hier getan hat?«

»Sie haben mehr getötet, als notwendig war«, sagte Dhearic, wobei er den Kopf angewidert schüttelte. »Wie die schwarzen Frettchen, wenn sie in einer Schlucht über ein Nest von Berghühnern herfallen.« Töten war genauso leicht wie Sterben, sagten die Aiel; jeder Narr konnte das.

»Und das andere? Menschen gefangennehmen? *Gai'schain?*«

Rhuarc und Dhearic tauschten einen kurzen Blick, und Dhearic verzog den Mund. Offensichtlich hatten sie davon gehört und fühlten sich keineswegs wohl bei dem Gedanken. Es bedeutete schon einiges, wenn sich ein Aiel so wand.

»Es kann nicht angehen«, sagte Rhuarc schließlich. »Falls es stimmt … *Gai'schain* sind eine Frage der Ehre, des *Ji'e'toh.* Niemand kann zum *Gai'schain* gemacht werden, der nicht den Weg des *Ji'e'toh* geht. Sonst sind sie lediglich menschliches Vieh, wie es die Shaarad halten.«

»Couladin hat den Weg des *Ji'e'toh* verlassen.« Bei Dhearic klang das, als behaupte er, aus Steinen seien Flügel gewachsen.

Mat lenkte Pips durch einen kurzen Schenkeldruck näher heran. Er war nie ein mehr als durchschnittlicher Reiter gewesen, aber manchmal, wenn er an etwas ganz anderes dachte, ritt er, als sei er auf dem Rücken eines Pferdes geboren. »Überrascht Euch das?« sagte er. »Nach allem, was er bereits getan hat? Der Mann würde noch die eigene Mutter beim Würfeln betrügen.«

Sie blickten ihn eisig an. Ihre Augen wirkten wie blaue Gemmen. Auf gewisse Weise *waren* die Aiel *Ji'e'toh.* Und was Couladin auch sein mochte, in ihren Augen war er noch immer ein Aiel. Die Septime stand über dem Clan, der Clan über allen Außenseitern, und die Aiel über allen Feuchtländern.

Ein paar Töchter des Speers hatten sich ihnen genähert, Enaila, Jolien, Adelin und dazu die drahtige, weißhaarige Sulin, die man zur Dachherrin des Dachs der Töchter in Rhuidean gewählt hatte. Sie hatte den dort zurückgebliebenen Töchtern empfohlen, eine andere zu wählen, und führte statt dessen nun die Töchter hier an. Sie spürten die lastende Stimmung und sagten nichts, steckten nur die Speere geduldig mit der Spitze nach unten in den Boden. Wenn ein Aiel die Geduld bewahren wollte, wirkten selbst die Felsbrocken in Eile.

Lan brach das Schweigen. »Wenn Couladin erwartet, daß Ihr ihm folgt, hat er vielleicht irgendwo auf dem Paß eine Überraschung hinterlassen. Hundert Mann könnten an den engsten Stellen einem ganzen Heer trotzen. Tausend …«

»Also werden wir hier lagern«, entschied Rand, »und Kundschafter vorausschicken, um sicherzugehen, daß der Weg frei ist. *Duadhe Mahdi'in?*«

»Wassersucher«, stimmte Dhearic erfreut zu. Das war seine Kriegergemeinschaft gewesen, bevor er zum Clanhäuptling erwählt worden war.

Sulin und die anderen Töchter warfen Rand mißbilligende Blicke zu, während der Häuptling der Reyn den Hang hinunterschritt. Die letzten drei Tage über hatte er immer Kundschafter aus anderen Kriegergemeinschaften vorgezogen, weil er bereits befürchtet hatte, was sie hier vorfinden würden, und er hatte das Gefühl, sie wüßten sehr genau, daß er nicht einfach nur den anderen auch ihre Gelegenheit verschaffen wollte. Er bemühte sich, ihre Blicke zu ignorieren. Bei Sulin war das besonders schwierig, denn mit diesen blaßblauen Augen hätte die Frau wohl auch noch Nägel einschlagen können.

»Rhuarc, sorgt bitte dafür, daß man diesen Überlebenden zu essen gibt, sobald man sie findet. Und daß man sie gut behandelt. Wir werden sie mitnehmen.« Sein Blick wanderte zur Stadtmauer hinüber. Einige Aiel benützten bereits ihre gekrümmten Hornbögen, um Raben abzuschießen. Manchmal benützten die Schattenabkömmlinge Raben und andere aasfressende Tiere als Spione, Schattenaugen, wie es die Aiel nannten. Die hier hielten in ihrem gierigen Fressen kaum inne, bis sie von einem Pfeil durchbohrt herunterfielen. Ein kluger Mann ging in bezug auf Raben und Ratten eben kein Risiko ein. »Und sorgt dafür, daß man die Toten bestattet.« Wenigstens in diesem Punkt stimmten Recht und Notwendigkeit überein.

KAPITEL 3

Eine Klinge zum Geschenk

Schnell wurde nun das Lager am Eingang des Jangai-Passes errichtet, doch soweit wie möglich von Taien entfernt. Es zog sich bald über die Vorhügel hinab. Die Zelte standen zwischen den verstreuten Dornbüschen und selbst noch an den Berghängen. Allerdings war nicht viel davon sichtbar, außer den innerhalb des Paßeingangs befindlichen Zelten, denn die Aielzelte paßten sich farblich so gut der steinigen Erde an, daß man sie selbst dann oftmals nicht bemerkte, wenn man wußte, was und wo man suchen mußte. In den Hügeln lagerten die Aiel nach Clans geordnet, aber die auf dem Paß selbst formierten sich nach ihren Kriegergemeinschaften. Es waren vor allem Töchter des Speers, aber auch die Gemeinschaften der Männer hatten ihre Vertreter hier, jeweils etwa fünfzig, die ihre Zelte leicht voneinander abgesetzt über den Ruinen von Taien errichteten. Jedermann verstand, oder glaubte es zumindest, warum die Töchter sich Rands Ehre verpflichtet fühlten, doch alle Gemeinschaften wollten den *Car'a'carn* beschützen.

Moiraine und natürlich auch Lan gingen hinunter, wo Kaderes Wagen gleich unterhalb der Stadt angehalten hatten, um dafür zu sorgen, daß dieses Wagenlager richtig aufgestellt wurde. Die Aes Sedai nahm den Inhalt dieser Wagen fast genauso wichtig wie Rand. Die Fahrer knurrten und fluchten über den von der Stadt herüber ziehenden Gestank und vermieden jeden Blick zu den Aiel hinüber, die die Leichen von der Mauer abschnitten. Doch nach Monaten in der Wüste schienen sie es beinahe zu genießen, sich trotz der Ruinen in der Nähe der Zivilisation zu befinden, oder was sie als solche betrachteten.

Gai'schain errichteten die Zelte der Weisen Frauen – jedenfalls die Bairs, Amys' und Melaines – ebenfalls unterhalb der Stadt direkt auf der verwitterten Fahrspur, die aus dem Hügelgebiet hinauf zum Paß führte. Rand war sicher, sie würden angeben, diesen Punkt ausgewählt zu haben, weil sie von dort aus für ihn genau wie für die unzähligen Dutzend Weiser Frauen unterhalb gut erreichbar waren. Allerdings schien es ihm auch kein Zufall, wenn jeder, der von den Hügeln aus zu ihm kommen wollte, zuerst durch ihr Lager oder um ihr Lager herumgehen mußte. Er war ein wenig überrascht, als er bemerkte, daß Melaine den weißgekleideten Gestalten die notwendigen Anweisungen gab. Erst vor drei Nächten hatte sie Bael geheiratet. Die Zeremonie hatte sie zu dessen Frau und zur Schwesterfrau Dorindhas gemacht, seiner anderen Ehefrau. Dieser Teil war offensichtlich genauso wichtig gewesen wie die eigentliche Hochzeit. Aviendha hatte sich seiner Überraschung wegen ziemlich aufgeregt.

Als Egwene zusammen mit Aviendha auftauchte, die Aielfrau hinter sich auf der grauen Stute und die bauschigen Röcke bis über die Knie hochgeschoben, schienen sie gut zusammenzupassen, obwohl sie einen unterschiedlichen Teint aufwiesen und Aviendha groß genug war, um Egwene bequem über die Schulter schauen zu können; beide trugen nur einen elfenbeinernen Armreif und eine Halskette. Die Arbeit, die Leichen der Gehenkten zu entfernen, hatte kaum begonnen. Die meisten Raben lagen tot auf dem Boden, darum ganze Büschel schwarzer Federn verstreut. Die anderen waren davongeflogen, doch Geier, die sich zu voll gefressen hatten, um sich in die Luft erheben zu können, watschelten noch durch die Asche innerhalb der Stadtmauer.

Rand wünschte, er hätte eine Möglichkeit, den beiden Frauen diesen Anblick zu ersparen, doch zu seiner Überraschung lief keine von beiden zur Seite, um sich zu übergeben. Nun, bei Aviendha hatte er das ja auch nicht ernsthaft erwartet, denn sie hatte schon oft genug den Tod gesehen und ihn auch selbst ausgesandt, und so blieb ihr Gesicht auch jetzt ausdruckslos. Doch er hatte dieses reine Mitleid in Egwenes Augen wirklich nicht erwartet, als sie zusah, wie die aufgedunsenen Leichen heruntergenommen wurden.

Sie lenkte ihre Stute Nebel zu Jeade'en und beugte sich herüber, um eine Hand auf seinen Arm zu legen. »Es tut mir so leid, Rand. Es gab keine Möglichkeit, daß du dies hier hättest verhindern können.«

»Ich weiß«, sagte er zu ihr. Er hatte noch nicht einmal gewußt, daß es hier überhaupt eine Stadt gab, bis Rhuarc sie vor fünf Tagen ganz nebenbei erwähnt hatte. In seinen Beratungen mit den Häuptlingen war es immer nur darum gegangen, ob sie an einem Tag noch größere Entfernungen zurücklegen könnten als zuvor und was Couladin vorhaben mochte, wenn er den Jangai überschritten hatte. Doch zu dem Zeitpunkt waren die Shaido hier schon fertig gewesen und weitergezogen. Er hatte sich seither oft genug gescholten, aber an der Lage auch nichts ändern können.

»Also, dann denke immer daran: Es war nicht deine Schuld.« Sie gab Nebel die Fersen zu spüren und begann, sich mit Aviendha zu unterhalten, obwohl sie noch nicht einmal außer Hörweite waren. »Ich bin froh, daß er es so gut aufnimmt. Er hat sich angewöhnt, Schuldgefühle zu entwickeln, obwohl er auf solche Dinge gar keinen Einfluß hat.«

»Männer glauben immer, sie hätten alles in ihrer Umgebung im Griff«, antwortete Aviendha. »Wenn sie merken, daß es nicht stimmt, glauben sie, versagt zu haben, anstatt einfach die Wahrheit hinzunehmen, die wir Frauen bereits kennen.«

Egwene kicherte. »*Und das* ist die Wahrheit. Sobald ich diese armen Menschen sah, fürchtete ich, wir würden ihn irgendwo finden, wie er sich gerade übergibt.«

»Hat er einen so schwachen Magen? Ich...«

Ihre Stimmen verklangen, als die Stute sich entfernte. Rand riß sich zusammen und setzte sich kerzengerade aufgerichtet und mit knallrotem Gesicht im Sattel zurecht. Sie zu belauschen: Er benahm sich wie ein Idiot. Das hielt ihn aber nicht davon ab, ihnen mit gerunzelter Stirn nachzublicken. Er übernahm schließlich nur die Verantwortung für Dinge, auf die er Einfluß hatte, und auch das nur innerlich. Nur für Dinge, die er ändern konnte, wenn es ihm wichtig erschien. Und solche, die er eigentlich hätte ändern sollen. Es paßte ihm nicht, wie sie über ihn sprachen, hinter seinem Rücken oder auch geradewegs ihm ins Gesicht. Das Licht allein mochte wissen, was sie noch über ihn sagten.

Er stieg ab und begab sich, Jeade'en führend, auf die Suche nach Asmodean, der sich verlaufen zu haben schien. Nach so vielen Tagen im Sattel war es eine Wohltat, zu Fuß gehen zu können. Eine ganze Reihe von einzelnen Zeltgruppen erhob sich nun entlang des Paßwegs. Die Berghänge und Felswände bildeten wohl gewaltige Schutzmauern, doch die Aiel errichteten ihre Zelte nach einem Muster, das ihnen gestattete, selbst einem Angriff von oben trotzen zu können. Er hatte einmal versucht, neben den Aiel zu Fuß zu gehen, doch ein halber Tag reichte, um ihn wieder in den Sattel zurückzubringen. Es war schon schwer genug, reitend mit ihnen Schritt zu halten. Wenn es darauf ankam, waren die Pferde schneller ermüdet als sie.

Auch Mat war abgestiegen und hockte am Boden, die Zügel in einer Hand und diesen Speer mit schwarzem Schaft über die Knie gelegt, und so spähte er hinüber zu den klaffenden Torflügeln, musterte die zerstörte Stadt, knurrte etwas in sich hinein, während Pips versuchte, an einem Dornbusch zu knabbern. Mat starrte nicht so einfach hinüber, nein, er beobachtete und taxierte, was er sah. Woher hatte er das mit den Wachen gehabt? Mat gab neuerdings manchmal seltsame Sachen von sich – seit sie das erste Mal in Rhuidean gewesen waren. Rand hätte es gern gehabt, wenn Mat über das dort Geschehene berichtete, aber er leugnete standhaft ab, daß überhaupt etwas geschehen sei, und das trotz des Medaillons mit dem Fuchskopf, trotz des Speers und der Narbe rund um seinen Hals. Melindhra, die Shaido-Tochter des Speers, mit der er in letzter Zeit zusammen war, befand sich nur ein kleines Stück entfernt und beobachtete ihrerseits Mat, bis Sulin herankam und sie mit irgendeinem Auftrag davonscheuchte. Rand fragte sich, ob Mat wisse, daß die Töchter bereits Wetten darauf abschlossen, ob Melindhra für ihn den Speer aufgeben werde. Und darauf, ob sie ihm auch das Singen beibringen werde; doch wenn Rand fragte, was das zu bedeuten habe, lachten sie immer nur.

Der Klang von Musik führte ihn zu Asmodean, der sich mit der Harfe auf den Knien auf einen Granitvorsprung gesetzt hatte. Den Stock der roten Fahne hatte er tief in den lockeren Boden gesteckt und das Maultier daran festgebunden. »Wie Ihr seht, mein Lord Drache«, sagte er heiter, »hält sich Euer Bannerträger streng an seine Pflichten.« Dann änderten sich Tonfall und Miene, und er sagte: »Wenn Ihr dieses Ding schon zeigen müßt, warum laßt Ihr es nicht von Mat tragen oder von Lan? Oder sogar von Moiraine? Sie wäre doch bestimmt froh, Euer Banner hochzuhalten und Eure Stiefel zu putzen. Nehmt Euch vor ihr in acht. Sie ist eine trügerische Frau. Wenn eine Frau freiwillig sagt, sie wolle Euch gehorchen, ist es an der Zeit, hellwach zu sein und Augen auch am Rücken zu haben.«

»Ihr müßt es tragen, weil Ihr auserwählt wurdet, Meister Jasin Natael.« Asmodean fuhr zusammen und blickte sich schnell um, obwohl alle anderen zu weit entfernt und zu beschäftigt waren, um zu lauschen. Niemand außer ihnen beiden hätte es verstanden. »Was wißt Ihr über diese Ruinen oben nahe der Schneegrenze? Sie stammen bestimmt aus dem Zeitalter der Legenden.«

Asmodean sah nicht einmal den Berg hinauf. »Diese Welt unterscheidet sich sehr von jener, in der ich... einschlief.« Es klang erschöpft, und er schauderte leicht. »Was ich von dem weiß, was hier liegt, das habe ich auch erst seit dem Erwachen erfahren.« Seine Harfe ließ die traurigen Klänge des Todesmarsches erklingen. »Meines Wissens könnten das die Überreste der Stadt sein, in der ich geboren wurde. Schorelle war eine Hafenstadt.«

Es würde vielleicht noch eine Stunde dauern, bis die Sonne hinter dem Rückgrat der Welt verborgen war. So nahe den hohen Bergen brach die Nacht früh herein. »Ich bin heute abend zu müde für eines unserer üblichen Gespräche.« So bezeichneten sie Asmodeans Unterrichtsstunden in der Öffentlichkeit, selbst wenn niemand zuhörte. Wenn man sie zu den Übungsstunden mit Lan oder Rhuarc hinzuzählte, hatte ihm all dieser Unterricht seit der Abreise aus Rhuidean wenig Zeit zum Schlafen gelassen. »Geht nur zu Eurem Zelt, wenn Ihr soweit seid, und ich sehe Euch dann wieder am Morgen. Mit der Fahne.« Es gab niemanden anders, der das verdammte Ding tragen konnte. Vielleicht würde er in Cairhien jemanden für diese Aufgabe finden.

Beim Umdrehen zupfte Asmodean eine schrille Note und sagte: »Keine brennenden Netze um mein Zelt heute nacht? Fangt Ihr endlich an, mir zu vertrauen?«

Rand blickte noch einmal zu ihm hin. »Ich vertraue Euch wie einem Bruder. Bis zu dem Tag, an dem Ihr mich verratet. Ich habe Euch als Belohnung für das, was Ihr mich lehrt, begnadigt, und das ist mehr, als Ihr verdient, aber an dem Tag, an dem Ihr Euch gegen mich stellt, werde ich diese Begnadigung zerreißen und mit Euch begraben.« Asmodean öffnete den Mund, doch Rand kam ihm zuvor: »Ich bin es, der da spricht, Natael. Rand al'Thor. Die Menschen von den Zwei Flüssen mögen Leute nicht, die versuchen, ihnen ein Messer in den Rücken zu rammen.«

Gereizt riß er an den Zügeln des Apfelschimmels und ritt davon, bevor der Mann noch etwas erwidern konnte. Er war sich nicht sicher, ob Asmodean eine Ahnung davon hatte, daß ein toter Mann versuchte, seine Persönlichkeit zu übernehmen, aber er sollte ihm auch gar keine Hinweise darauf geben. Asmodean war bereits davon überzeugt, daß er einer verlorenen Sache diene. Falls er das Gefühl bekam, Rand habe seinen eigenen Verstand nicht mehr im Griff und sei möglicherweise bereits auf dem Weg in den Wahnsinn, würde der Verlorene ihn augenblicklich im Stich lassen, und es gab einfach noch zuviel, was Rand erst lernen mußte.

Weißgekleidete *Gai'schain* errichteten nach Aviendhas Anweisungen sein Zelt weit hinten am Eingang des Passes, direkt unter der hoch aufragenden Riesenschlange. Die *Gai'schain* hatten ihre eigenen Zelte, doch die würden natürlich erst als letzte aufgebaut. Adelin und ein Dutzend Töchter hockten in der Nähe und beobachteten alles, warteten darauf, seinen Schlaf zu behüten. Obwohl jede Nacht mehr als tausend Töchter des Speers um ihn herum lagerten, bewachten sie sein Zelt immer noch.

Bevor er sich dem Zelt näherte, griff er durch den *Angreal* in seiner Manteltasche nach *Saidin*. Es war natürlich gar nicht notwendig, den geschnitzten dicken kleinen Mann mit dem Schwert zu berühren. Eine Mischung aus Schmutz und Süße erfüllte ihn, dieser tobende Feuerstrom, diese erdrückende Lawine aus Eis. Er verwob die Macht wie jeden Abend, seit sie Rhuidean verlassen hatten, und legte wachsame Machtstränge um das gesamte Lager herum, nicht nur um die Zelte auf dem Paß, sondern auch um alle in den Hügeln darunter und an den Berghängen. Er benötigte, um ein Wachgewebe dieser Größenordnung zu erschaffen, den *Angreal,* aber doch nur noch ein wenig. Fast hätte er es allein geschafft. Er hatte sich ja vorher schon für stark gehalten, doch das, was ihm Asmodean beigebracht hatte, machte ihn stärker. Kein Mensch und kein Tier, die diese Gewebe durchschritten, spürten etwas davon, aber sollte ein Schattenwesen sie berühren, würde ein Warnsignal erklingen, das jeder in den Zelten hören konnte. Hätte er das schon in Rhuidean getan, wären die Schattenhunde niemals eingedrungen, ohne daß er davon gewußt hätte.

Die Aiel würden selbst Wache halten müssen, was menschliche Gegner anging. Diese Wachgewebe waren komplexe Webformen und sehr dünn dazu. Wenn man versuchte, von ihnen mehr als eine Aufgabe zu verlangen, würden sie nahezu unbrauchbar werden. Er hätte es so weben können, daß es Schattenwesen tötete, anstatt lediglich vor ihnen zu warnen, doch das hätte wie ein Leuchtfeuer auf jeden männlichen Verlorenen gewirkt, der vielleicht nach ihnen suchte, und auch jeder Myrddraal wäre gewarnt gewesen. Nicht notwendig, seine Feinde auch noch zu ihm zu führen, wenn sie endlich einmal nicht wußten, wo er sich befand. Dieses Gewebe würde auch einer der Verlorenen nicht bemerken, bis er sich direkt davor befand, und ein Myrddraal überhaupt erst, wenn es zu spät war.

Saidin wieder loszulassen war eine Übung in Selbstbeherrschung, trotz der Fäule der Verderbnis, trotz der alles mitreißenden Macht, die ihn wie Sand in einem Flußbett wegzuschwemmen drohte, ihn verbrennen, auslöschen wollte. Er trieb durch die riesige Leere des Nichts, und doch konnte er jeden Luftzug an jedem einzelnen seiner Haare spüren, das Gewebe der Gewänder der *Gai'schain* genau erkennen und Aviendhas warmen Duft wahrnehmen. Er wollte mehr. Doch er konnte auch die Aschenhaufen in Taien riechen und die verbrannten Leichen, die Verwesung derer, die noch nicht verbrannt worden waren, sogar der bereits beerdigten, und dazu noch vermischt mit dem Duft der trockenen Erde ihrer Gräber. Das half ihm. Eine Weile noch, nachdem er *Saidin* aufgegeben hatte, holte er tief Luft, sog die heiße, trockene Luft in sich ein, aber im Vergleich zu vorher war der Gestank des Todes nicht mehr wahrzunehmen, und die Luft selbst war rein und wunderbar.

»Seht her, was vor uns hier wohnte«, sagte Aviendha, als er eine weißgekleidete Frau mit unterwürfiger Miene Jeade'en wegführen ließ. Sie hielt eine braune Schlange hoch, tot, so dick wie sein Unterarm und fast drei Schritt lang. Die Blutschlange hatte ihren Namen der Wirkung ihres Bisses zu verdanken, die das Blut innerhalb von Minuten gerinnen ließ. Wenn er sich nicht irrte, stammte die glatte Schnittwunde hinter ihrem Kopf von Aviendhas Messer. Adelin und die anderen Töchter blickten zustimmend zu ihr herüber.

»Habt Ihr auch nur eine Sekunde lang daran gedacht, daß sie Euch hätte beißen können?« fragte er. »Habt Ihr nicht daran gedacht, die Macht zu gebrauchen, anstatt eines verdammten Messers? Warum habt Ihr sie nicht erst einmal geküßt? Ihr müßt ihr doch nahe genug gewesen sein!«

Sie richtete sich steif auf, und ihre großen grünen Augen hätten beinahe die Kühle der Nacht verfrüht herbeigezaubert. »Die Weisen Frauen sagen, es sei nicht gut, die Macht zu oft zu gebrauchen.« Die knappen Worte klangen genauso kalt, wie ihre Augen dreinblickten. »Sie sagen, es sei möglich, zuviel der Macht an sich zu ziehen und sich damit selbst zu schaden.« Dann fügte sie mit leicht gerunzelter Stirn hinzu, allerdings mehr an sich selbst gerichtet als an ihn: »Obwohl ich bei weitem noch nicht soviel aufgenommen habe, wie ich beherrschen kann. Da bin ich sicher.«

Er schüttelte den Kopf und duckte sich in das Zelt

hinein. Die Frau war einfach keiner Vernunft zugänglich.

Er hatte sich kaum gegen ein Seidenkissen in der Nähe des noch nicht entzündeten Feuers gelehnt, da folgte sie ihm, glücklicherweise ohne die Blutschlange. Doch sie trug ganz vorsichtig etwas mit herein, das in eine dicke, graugestreifte Wolldecke eingewickelt war. »Ihr habt Euch um mich Sorgen gemacht«, sagte sie mit ausdrucksloser Stimme. Auch ihr Gesicht zeigte keinerlei Ausdruck.

»Natürlich nicht«, log er. *Törichte Frau. Sie wird sich noch umbringen, weil sie so unvernünftig ist und unvorsichtig, wenn Vorsicht angesagt wäre.* »Ich hätte mir um jeden anderen genauso Sorgen gemacht. Ich will nicht, daß irgend jemand von einer Blutschlange gebissen wird.«

Einen Augenblick lang sah sie ihn zweifelnd an, dann nickte sie schnell. »Gut. Solange Ihr nur mich nicht in den Mittelpunkt stellt.« Sie warf ihm das Deckenbündel vor die Füße und hockte sich auf der anderen Seite der Feuergrube nieder. »Ihr wolltet die Gürtelschnalle nicht akzeptieren, um eine Schuld zwischen uns zu begleichen ...«

»Aviendha, es gibt keine Schuld zwischen uns.« Er hatte geglaubt, sie habe diese Sache endlich vergessen. Doch sie fuhr fort, als habe er gar nichts gesagt: »... aber dies hier wird sie nun vielleicht endgültig begleichen.«

Seufzend wickelte er die gestreifte Decke auf – vorsichtig, da sie das Bündel viel nervöser in Händen gehalten hatte als zuvor die Schlange, denn die hatte sie lediglich wie ein Stück Stoff behandelt –, schlug die letzte Falte zur Seite und schnappte nach Luft. Drinnen lag ein Schwert. Die Scheide war mit so vielen Rubinen und Mondperlen besetzt, daß man das darunterliegende Gold kaum noch sehen konnte, außer an einer Stelle, wo eine aufgehende Sonne mit vielen Strahlen eingelegt war. In das Elfenbeinheft, lang genug für zwei Hände, hatte man eine weitere goldene aufgehende Sonne eingelegt, und unzählige kleinere verzierten die Querstreben. Das war nie für den Gebrauch geschaffen worden, sondern nur zum Ansehen. Zum Angaffen.

»Das muß doch ein Vermögen ge… Aviendha, wie habt Ihr das bezahlen können?«

»Es war billig«, sagte sie derart trotzig, daß sie genausogut ihre Lüge hätte zugeben können.

»Ein Schwert. Wie seid Ihr nur an ein Schwert gekommen? Wie kann irgendein Aiel überhaupt an ein Schwert kommen? Erzählt mir nicht, daß Kadere dies hier in einem seiner Wagen verborgen hatte.«

»Ich habe es in eine Decke eingewickelt und mitgenommen.« Nun klang sie noch empfindlicher und gereizter als zuvor in bezug auf den Preis. »Sogar Bair hat gesagt, das sei dann schon in Ordnung, solange ich es nicht wirklich berühre.« Sie zuckte nervös die Achseln und rückte immer wieder ihren Schal zurecht. »Es war das Schwert des Baummörders. Lamans Schwert. Man nahm es ihm ab, als Zeichen seines Todes, weil man seinen Kopf nicht mitnehmen konnte, ohne daß er verweste. Seitdem wurde es von einem zum anderen weitergegeben. Junge Männer oder törichte Töchter des Speers wollten den Beweis für seinen Tod besitzen. Nur fiel jedem nach einer Weile auf, was es ja wirklich war, und so verkaufte ein Narr es dem nächsten. Der Preis ist stark gesunken, seit es das erste Mal verkauft wurde. Kein Aiel berührt es; noch nicht einmal, um die Edelsteine herauszubrechen.«

»Also, es ist ja schon sehr schön«, sagte er so taktvoll wie möglich. Nur ein echter Angeber würde etwas derart Protziges tragen. Und dieses Elfenbeinheft würde glitschig werden, wenn die Hand schwitzte oder voller Blut war. »Doch ich kann Euch das nicht…« Er hielt im Sprechen inne, als er gewohnheitsmäßig das Schwert ein Stück aus der Scheide zog, um es genauer zu betrachten und die Schärfe der Klinge zu prüfen. In den glänzenden Stahl war ein Reiher eingraviert, das Zeichen der Schwertmeister. Er hatte einst ein Schwert mit dieser Markierung getragen. Mit einemmal hätte er wetten können, daß dieses Schwert genau dem anderen entsprach und auch der mit einem Raben gekennzeichneten Klinge auf Mats schwarzem Speer. Es war Metall, das mit Hilfe der Macht geschmiedet worden war und das nie splitterte oder geschärft werden mußte. Die Schwerter der meisten Schwertmeister waren nur Kopien dieser Art von Klinge. Lan konnte das ganz sicher feststellen, doch insgeheim wußte er bereits jetzt, ein solches Schwert vor sich zu haben.

Er zog es ganz aus der Scheide heraus und beugte sich über die Feuergrube, um ihr die Scheide zu Füßen zu legen. »Ich nehme die Klinge an, um die Schuld zu begleichen, Aviendha.« Sie war lang, ein klein wenig gekrümmt und hatte nur eine Schneide. »Nur die Klinge. Ihr könnt auch das Griffstück zurückhaben.« Er konnte sich in Cairhien ein neues Heft und eine neue Scheide anfertigen lassen. Vielleicht war sogar einer der Überlebenden aus Taien ein brauchbarer Schmied.

Sie blickte mit großen Augen von der Scheide zu ihm und wieder zurück. Ihr Mund stand offen, und zum erstenmal, seit er sie kannte, war sie völlig überrascht. »Aber diese Steine sind viel, viel mehr wert, als ich… Ihr versucht, mir wieder eine Schuld Euch gegenüber aufzudrängen, Rand al'Thor.«

»Das stimmt nicht.« Wenn diese Klinge unberührt und ohne auch nur anzulaufen mehr als zwanzig Jahre lang in ihrer Scheide gesteckt hatte, mußte sie das sein, wofür er sie hielt. »Ich habe die Scheide nicht angenommen, also gehört sie nach wie vor Euch.« Er warf eines der Seidenkissen in die Luft und vollführte die sitzende Version von ›Ein leichter Wind erhebt sich‹. Es regnete Federn, als die Klinge glatt hindurchschnitt. »Und ich akzeptiere auch das Heft nicht, also gehört auch dies Euch immer noch. Falls Ihr einen Gewinn erzielt habt, ist das Euer eigener Verdienst.«

Anstatt glücklich dreinzuschauen, ein so gutes Geschäft gemacht zu haben – er vermutete, sie habe all ihren Besitz für das Schwert hergeben müssen und nun könnte sie für die Scheide allein schon hundertmal soviel zurückbekommen –, anstatt also froh zu sein oder ihm zu danken, funkelte sie ihn durch die herunterschwebenden Federn hindurch an wie eine Hausfrau von den Zwei Flüssen, auf deren Fußboden jemand Abfall geworfen hatte. Mit einer abrupten Bewegung klatschte sie in die Hände, und eine der *Gai'schain* erschien, fiel sofort auf die Knie und begann damit, die Federn aufzusammeln.

»Es ist mein Zelt«, sagte er betont. Aviendha schnaubte, wobei sie Egwene perfekt imitierte. Diese beiden Frauen verbrachten entschieden zuviel Zeit miteinander.

Das Abendessen wurde bei Einbruch der Dunkelheit hereingebracht und bestand aus dem üblichen hellen Fladenbrot und einem würzigen Eintopf mit getrockneter Paprika, Bohnen und Brocken beinahe weißen Fleisches. Er grinste sie lediglich an, als er erfuhr, daß es sich um das Fleisch der Blutschlange handle. Er hatte seit seiner Ankunft in der Wüste schon öfters Schlangen und Schlimmeres gegessen. Gara, diese giftige Eidechsenart, war seiner Meinung nach das Schlimmste gewesen, nicht des Geschmacks wegen, der dem eines Huhns ähnelte, sondern weil es eben eine Eidechse gewesen war. Manchmal schien es ihm, in der Wüste gebe es mehr giftige Dinge wie Schlangen, Eidechsen, Spinnen oder auch Pflanzen als in der ganzen übrigen Welt zusammen.

Aviendha schien enttäuscht, daß er nicht das Fleisch angeekelt wieder ausspie. Allerdings war es manchmal schon recht schwierig, ihrer Miene abzulesen, was sie empfand. Gelegentlich machte es ihr ausgesprochenen

Spaß, ihn in Verlegenheit zu bringen. Hätte er jemals versucht, vorzugeben, daß er ein Aiel sei, so würde sie sich mit Sicherheit prompt bemühen, ihm zu beweisen, daß er keiner sei.

Er war müde und sehnte sich nach Schlaf. So zog er lediglich Mantel und Stiefel aus, bevor er unter die Decken kroch und Aviendha den Rücken zuwandte. Aielmänner und -frauen mochten ja zusammen ins Dampfbad gehen, aber während seines kurzen Aufenthalts in Schienar, wo sie ähnliche Bräuche hatten, war er zu den Überzeugung gekommen, daß dies nichts für ihn war. Er würde vermutlich so rot werden, daß er daran starb. Er bemühte sich auch, nicht dem Rascheln ihrer Kleidung zu lauschen, als sie sich unter ihren eigenen Decken auszog. Wenigstens zeigte sie in dieser Hinsicht Keuschheit, doch vorsichtshalber drehte er sich nicht nach ihr um.

Sie behauptete, bei ihm schlafen zu müssen, damit sie ihren Unterricht in Sitten und Gebräuchen der Aiel fortsetzen konnte, da er am Tage soviel Zeit mit den Häuptlingen verbringe. Sie beide wußten, daß es eine Lüge war, obwohl er sich nicht vorstellen konnte, was die Weisen Frauen auf diese Art eigentlich herausfinden wollten. Sie ächzte hier und da ein wenig, als sie an etwas zog oder riß, und dann knurrte sie in sich hinein.

Um die leisen Geräusche zu übertönen und zu vergessen, was sie bedeuteten, sagte er: »Melaines Hochzeit war beeindruckend. Hat Bael wirklich nichts davon gewußt, bis Melaine und Dorindha ihn aufklärten?«

»Natürlich nicht«, erwiderte sie verächtlich. Dann hielt sie inne und er glaubte, sie ziehe gerade einen Strumpf aus. »Warum sollte er es erfahren, bevor Melaine ihm den Brautkranz vor die Füße legte und ihn um seine Hand bat?« Unvermittelt lachte sie auf. »Melaine hat sich selbst und Dorindha beinahe verrückt gemacht, weil sie für den Brautkranz unbedingt Segadeblüten haben wollte. So nahe an der Drachenmauer wachsen nicht viele.«

»Hat das irgendeine besondere Bedeutung? Segadeblüten?« Die hatte er ihr auch bringen lassen, doch sie hatte nie ein Wort darüber verloren.

»Daß sie von Natur aus reizbar ist und auch so bleiben will.« Wieder legte sie eine Pause ein und murmelte lediglich etwas vor sich hin. »Hätte sie Blätter oder Blumen der Süßwurzel gesandt, dann hätte das bedeutet, daß sie einen süßen und lieben Charakter habe. Taubeere bedeutet dagegen, sie sei unterwürfig, und... Es ist einfach zuviel, um es aufzuzählen. Ich würde Tage brauchen, Euch alle möglichen Kombinationen beizubringen, und Ihr müßt sie auch gar nicht wissen. Ihr werdet keine Aiel zur Frau haben. Ihr gehört zu Elayne.«

Er hätte sie beinahe groß angeschaut, als sie das Wort ›unterwürfig‹ gebrauchte. Er konnte sich keinen Ausdruck vorstellen, der weniger zu einer Aielfrau gepaßt hätte. *Vielleicht heißt das, sie warnt dich erst, bevor sie dich erdolcht.*

Am Ende hatte ihre Stimme leicht gedämpft geklungen. Ihm wurde bewußt, daß sie gerade ihre Bluse über den Kopf zog. Er wünschte, die Lampen wären gelöscht. Aber nein, das hätte es noch schlimmer gemacht. Doch andererseits hatte er das jede Nacht mitgemacht, seit sie Rhuidean verlassen hatten, und jede Nacht war es schwerer zu ertragen. Er mußte dem ein Ende machen. Die Frau würde von nun an bei den Weisen Frauen schlafen, wo sie hingehörte. Er würde ja trotzdem von ihr lernen, was er nur konnte. Nun, die gleichen Gedanken waren ihm nun fünfzehn Nächte hintereinander gekommen.

Er bemühte sich, die Bilder aus seinem Kopf zu vertreiben, und sagte: »Das ganz am Ende. Nach den gegebenen Eheversprechen.« Kaum hatten nämlich ein halbes Dutzend Weiser Frauen den Neuvermählten ihre

Segenswünsche ausgesprochen, da waren hundert Blutsverwandte Melaines herangestürmt und hatten sie umringt. Alle waren mit Speeren bewaffnet gewesen. Auch Bael war von hundert seiner Verwandten umringt worden, und dann hatte er sich bis zu ihr durchkämpfen müssen. Natürlich hatte niemand den Schleier angelegt, aber auf beiden Seiten war durchaus Blut geflossen. »Ein paar Minuten früher hatte Melaine geschworen, daß sie ihn liebe, aber als er sie erreichte, hat sie gekämpft wie ein in die Enge getriebener Berglöwe.« Wenn Dorindha ihr nicht einen kräftigen Schlag in die untere Rippenpartie verpaßt hätte, wäre Bael seiner Ansicht nach nicht in der Lage gewesen, sie schließlich doch über seine Schulter zu hieven und wegzutragen. »Er humpelt immer noch und hat ein blaues Auge, so, wie sie auf ihn losgetrommelt hat.«

»Sollte er denn ein Schwächling sein?« fragte Aviendha schläfrig. »Er mußte wissen, was sie wert ist. Sie ist doch kein billiges Anhängsel, das er so einfach in die Tasche stecken kann.« Sie gähnte, und er hörte, wie sie sich tiefer unter ihre Decken schob.

»Was bedeutet der Ausdruck ›einem Mann das Singen beibringen‹?« Aielmänner sangen nicht, sobald sie einmal alt genug waren, einen Speer zu benützen, außer bei Schlachtgesängen natürlich und Totenklagen.

»Denkt Ihr dabei an Mat Cauthon?« Sie kicherte doch tatsächlich. »Manchmal gibt ein Mann für eine Tochter den Speer auf.«

»Das erfindet Ihr doch. Ich habe noch nie davon gehört.«

»Na ja, es bedeutet auch nicht wirklich, den Speer aufzugeben.« Ihre Stimme klang jetzt benommen vor Erschöpfung. »Manchmal möchte ein Mann eine Tochter heiraten, die den Speer nicht für ihn aufgeben will, und er sorgt dafür, daß sie ihn zum *Gai'schain* macht. Natürlich ist das töricht. Keine Tochter des Speers würde einen *Gai'schain* auch nur beachten. Seine Hoffnungen werden enttäuscht. Er muß hart arbeiten und sich allzeit gehorsam fügen. Das erste, was man ihm beibringt, ist das Singen, um die Speerschwestern beim Essen zu unterhalten. ›Sie wird ihm das Singen beibringen.‹ Das sagen die Töchter, wenn ein Mann sich wegen einer der Speerschwestern zum Narren macht.« Das war schon ein eigenartiges Völkchen.

»Aviendha?« Er hatte ja behauptet, er werde ihr diese Frage nicht mehr stellen. Lan sagte, es sei eine typische Arbeit aus Kandor – ein Muster, das man als ›Schneeflocken‹ bezeichnete. Vielleicht ein Beutestück aus einem Überfall oben im Norden. »Von wem habt Ihr diese Halskette?«

»Es war ein Freundschaftsgeschenk, Rand al'Thor. Wir sind heute weit gezogen, und Ihr werdet uns früh am Morgen wieder aufbrechen lassen. Schlaft gut und erwacht am Morgen wieder, Rand al'Thor.« Nur ein Aiel sagte einem gute Nacht, indem er wünschte, man möge nicht im Schlaf sterben.

Er wob mit Hilfe der Macht ein viel kleineres, aber dafür komplizierteres Wachgewebe für seine Träume, löschte die Lampen, ohne aufzustehen, und versuchte, Schlaf zu finden. Ein Freundschaftsgeschenk. Die Reyn waren aus dem Norden gekommen. Aber sie hatte die Halskette doch schon in Rhuidean gehabt. Warum machte er sich darüber überhaupt Gedanken? Aviendhas langsame und gleichmäßige Atemzüge schienen ihm überlaut, bis er selbst einschlief. Dann träumte er einen wirren Traum von Min und Elayne, die ihm halfen, eine bis auf diese Halskette nackte Aviendha über seine Schulter zu legen, während sie ihm mit einem Brautkranz aus Segadeblüten auf den Kopf hieb.

KAPITEL 4

Gezwitscher in der Nacht

Mat lag mit geschlossenen Augen und dem Gesicht nach unten auf seinen Decken. Er genoß das Gefühl von Melindhras Daumen, wie sie seinen Rücken massierten. Nichts war angenehmer als eine Massage nach einem langen Tag im Sattel. Nun gut, vielleicht gab es doch noch Besseres, aber in diesem Augenblick war ihm die Massage lieber.

»Du hast starke Muskeln für einen so kleinen Mann, Matrim Cauthon.«

Er öffnete ein Auge und blickte zu ihr, wie sie auf seinen Hüften hockte. Sie hatte das Feuer doppelt so stark aufflammen lassen wie notwendig, und an ihrem Körper lief der Schweiß herunter. Ihr dünnes goldenes Haar, bis auf diesen für die Aiel typischen Pferdeschwanz im Nacken, klebte an ihrer Kopfhaut. »Wenn ich dir zu klein bin, kannst du dir ja einen anderen suchen.«

»Für meinen Geschmack bist du keineswegs zu klein.« Sie lachte und zerzauste seine Haare. Die waren länger als ihre eigenen. »Und du bist außerdem noch süß. Entspanne dich. Die Massage hilft dir nicht, wenn du verspannt bist.«

Zufrieden knurrend schloß er die Augen wieder. Süß? *Licht!* Und klein. Nur Aiel würden ihn als klein bezeichnen. In jedem anderen Land, das er bisher besucht hatte, war er größer als der Durchschnitt der Männer, wenn auch nur ein wenig. Er erinnerte sich daran, hochgewachsen gewesen zu sein. Größer als Rand, damals, als er gegen Artur Falkenflügel ritt. Und eine Handbreit kleiner, als er neben Maecine gegen die Aelgari stritt. Er hatte sich mit Lan darüber unterhalten, wobei er behauptete, er habe einige Namen erwähnen hören. Der Behüter sagte ihm, Maecine sei König von Eharon gewesen, einer der Zehn Nationen – was Mat nicht neu war – vier- oder fünfhundert Jahre vor den Trolloc-Kriegen. Lan bezweifelte, daß selbst die Braunen Ajah mehr darüber wußten. Viel Wissen war in den Trolloc-Kriegen untergegangen und noch mehr im Hundertjährigen Krieg. Von dort stammten die ersten und die zeitlich nächstgelegenen jener Erinnerungen, die man ihm in den Kopf gepflanzt hatte. Nichts mehr später als Artur Paendrag Tanreall und nichts aus der Zeit vor Maecine von Eharon.

»Ist dir kalt?« fragte Melindhra ungläubig. »Du zitterst ja.« Sie kletterte von ihm herunter, und er hörte, wie sie Holz nachlegte. Hier lagen genug vertrocknete Holzreste herum, die sie verbrennen konnten. Sie klatschte ihm hart auf den Po, bevor sie wieder auf ihn kletterte. Dabei murmelte sie: »Gute Muskulatur.«

»Wenn du so weitermachst«, knurrte er, »glaube ich bald, daß du mich zum Abendessen am Spieß braten willst, wie die Trollocs es machen.« Er genoß das Zusammenleben mit Melindhra ja sehr, solange sie nicht ständig darauf beharrte, daß sie größer sei als er, doch war ihm die Situation im Augenblick nicht ganz geheuer.

»Du bist nicht für den Spieß bestimmt, Matrim Cauthon.« Ihre Daumen gruben sich fest in seine Schulter. »Ist das nicht gut? Entspanne dich.«

Er hatte schon vor, eines Tages zu heiraten und häuslich zu werden. Das war der richtige Weg. Eine Frau, ein Haus, eine Familie. Den Rest seines Lebens über an einen Fleck gebunden sein. *Ich habe noch nie von einer Ehefrau gehört, die es gern hatte, wenn ihr Mann einen hebt oder am Spieltisch sitzen bleibt.* Und dann war da ja etwas, das die eigenartigen Leute auf der anderen Seite jener Tür gesagt hatten, die ein *Ter'Angreal* war. Sein Schicksal sei es, die ›Tochter der Neun Monde‹ zu heiraten. *Na ja, früher oder später muß ein Mann wohl heiraten.* Aber er hatte ganz bestimmt nicht vor, eine Aielfrau zu ehelichen. Er wollte mit so vielen Frauen tanzen wie möglich, und das, solange er nur konnte.

»Du bist nicht für den Spieß geschaffen, sondern um großen Ruhm zu erwerben, glaube ich«, sagte Melindhra leise.

»Das klingt doch schon mal gut.« Nur, daß er jetzt keine andere Frau dazu brachte, ihn auch nur anzusehen, weder die Töchter des Speers noch andere. Es war, als habe ihm Melindhra ein Schild umgehängt, auf welchem stand:

EIGENTUM VON MELINDHRA
AUS DER JUMAI-SEPTIME DER SHAIDO.

Nun, das letztere hätte sie wohl hier und jetzt gerade nicht daraufgeschrieben. Aber wer wußte schon, was ein Aiel tun würde und ganz besonders eine Tochter des Speers? Frauen dachten sowieso nicht wie Männer, und Aielfrauen dachten überhaupt nicht wie irgend jemand sonst auf der Welt.

»Es ist seltsam, daß du dich so im Hintergrund hältst und nicht mehr aus dir machst.«

»Mich im Hintergrund halten?« murmelte er. Ihre Hände fühlten sich gut an. Sie entfernten Knoten aus seinen Muskeln, die er nicht einmal geahnt hatte. »Wie denn?« Er fragte sich, ob es etwas mit der Halskette zu tun habe. Melindhra schien große Stücke daraufzuhalten oder zumindest sehr stolz zu sein, sie von ihm erhalten zu haben. Natürlich trug sie das Ding nie. Das war bei den Töchtern nicht üblich. Aber sie trug sie in ihrer Tasche herum und zeigte sie jeder Frau, die sie sehen wollte. Und das waren wohl ziemlich viele.

»Du stellst dich in den Schatten Rand al'Thors.«

»Ich stehe in niemandes Schatten«, erwiderte er geistesabwesend. Es konnte nicht an der Halskette liegen. Er hatte auch schon anderen Frauen Schmuck geschenkt, Töchtern des Speers und anderen, denn er gab hübschen Frauen gern hübsche Dinge, auch wenn er dafür manchmal nur ein Lächeln erhielt. Er erwartete auch gar nicht mehr. Wenn eine Frau Küssen und Schmusen nicht so gern hatte wie er, was sollte es dann? Es gab ja andere.

»Natürlich liegt auch eine gewisse Ehre darin, im Schatten des *Car'a'carn* zu stehen. Um den Mächtigen nahe zu sein, mußt du dich in ihren Schatten begeben.«

»Schatten«, stimmte Mat zu, der überhaupt nicht hinhörte. Manchmal akzeptierte eine Frau sein Geschenk und manchmal auch nicht, aber keine hatte deshalb so getan, als sei er ihr persönlicher Besitz. Das war es, was ihn wirklich an ihr störte. Er war nicht bereit, sich von irgendeiner Frau besitzen zu lassen, gleich, wie hübsch sie war. Und gleich, wie gut ihre Hände auch mit seinen verknoteten Muskeln fertig wurden.

»Deine Narben sollten ehrenvolle Narben sein, die du dir in deinem eigenen Namen verdient hast, nicht so wie diese.« Mit einem Finger fuhr sie die Narbe um seinen Hals nach, die der Henkerstrick zurückgelassen hatte. »Hast du die hier im Dienste des *Car'a'carn* empfangen?«

Er schüttelte ihre Hand ab, schob sich auf die Ellbogen hoch und drehte sich um, damit er sie ansehen konnte. »Bist du sicher, daß der Name ›Tochter der Neun Monde‹ dir nichts sagt?«

»Das habe ich dir doch schon gesagt. Ich weiß nicht, was er bedeutet. Leg dich wieder hin.«

»Wenn du mich anlügst, dann schwöre ich, werde ich Dir Striemen auf dein Hinterteil verpassen.«

Mit in die Hüften gestützten Händen blickte sie ihn drohend von oben herab an. »Glaubst du, daß du…

mir den Hintern wirklich versohlen kannst, Mat Cauthon?«

»Ich kann ja mein Bestes geben.« Sie würde ihm vermutlich einen Speer durch die Rippen stoßen. »Schwörst du, daß du noch nie von der Tochter der Neun Monde gehört hast?«

»Ich habe nie davon gehört«, sagte sie bedächtig. »Wer ist sie? Oder was ist sie? Leg dich hin und laß mich…«

Eine Amsel begann zu singen, anscheinend gleichzeitig im Zelt und auch draußen, und einen Augenblick später ein Rotkehlchen. Gute Vögel von den Zwei Flüssen. Rand hatte seine Alarmsignale von dem ausgewählt, was er kannte, und das hier waren Vögel, die es in der Wüste nicht gab.

Melindhra sprang mit einem Satz von ihm herunter, wickelte sich die Schufa um den Kopf und zog den Schleier vor, während sie mit der anderen Hand Schild und Speere hochriß. Und so rannte sie aus dem Zelt.

»Blut und Asche, verdammt!« fluchte Mat und kämpfte sich in seine Hose hinein. Ein Rotkehlchen bedeutete Gefahr aus dem Süden. Er hatte mit Melindhra ihr gemeinsames Zelt im Süden aufgebaut, bei den Chareen, so weit von Rand entfernt wie möglich, doch ohne das Lager zu verlassen. Aber er rannte bestimmt nicht nackt hinaus zwischen diese Dornbüsche, so wie Melindhra. Die Amsel bedeutete Gefahr vom Norden her, wo die Shaarad lagerten. Also kamen sie gleichzeitig von zwei Seiten her.

Er stampfte, so gut es in dem niedrigen Zelt ging, die Füße in die Stiefel hinein und sah den silbernen Fuchskopf an, der neben seinen Decken lag. Draußen wurden Schreie laut und das Klirren von Metall auf Metall. Er hatte endlich begriffen, daß dieses Medaillon Moiraine bei ihrem ersten Versuch daran gehindert hatte, ihn mit Hilfe der Macht zu heilen. Solange es ihn berührt hatte, konnte das Machtgewebe ihn nicht beeinflussen. Er hatte noch nie von Schattenwesen gehört, die mit der Macht umgehen konnten, aber da waren ja noch immer die Schwarzen Ajah, wie Rand behauptete, und er glaubte es ihm, und natürlich bestand immer die Möglichkeit, daß einer der Verlorenen schließlich doch Rand offen anzugreifen wagte. Also zog er den Lederriemen über den Kopf, so daß sein Medaillon auf der Brust hing, packte den mit Raben gekennzeichneten Speer und duckte sich aus dem Zelt hinaus in den kalten Mondschein.

Er hatte keine Zeit, in der eisigen Kälte zu schaudern. Er war noch nicht einmal ganz aus dem Zelt heraus, da verlor er beinahe den Kopf durch ein sichelartiges Trolloc-Schwert. Die Klinge streifte sein Haar, während er sich nach vorn warf und abtauchte. Er wandte sich empor und hatte den Speer kampfbereit in den Händen.

Auf den ersten Blick hätte man bei dieser Dunkelheit den Trolloc für einen massigen, hochgewachsenen Mann halten können, der eben einen Aiel noch um die Hälfte überragte, ganz in eine schwarze Rüstung gehüllt, die an Ellbogen und Schultern Dornen aufwies. Am Helm waren Bockshörner angebracht; so schien es jedenfalls, doch die Hörner wuchsen aus diesem nur zu menschlichen Kopf heraus, und unter den Augen war die Schnauze eines Ziegenbocks zu sehen.

Fauchend schlug der Trolloc nach ihm, und dann heulte er Worte in einer harten Sprache, für die eine menschliche Zunge nicht geeignet schien. Mat wirbelte seinen Speer wie einen Bauernspieß, schlug die schwere, gekrümmte Klinge zur Seite und rammte seine lange Speerspitze in die Bauchpartie der Kreatur. Unter dem mit Hilfe der Macht angefertigten Stahl spaltete sich das schwarze Metall der Rüstung genauso leicht wie das Fleisch, das darunter lag. Der Trolloc mit der Bocksschnauze krümmte sich mit einem röchelnden Schrei, und Mat zog seine Waffe heraus und sprang schnell zur Seite, als der schwere Körper zu Boden sackte.

Überall in seiner Umgebung kämpften teils unbekleidete, teils nur halb bekleidete Aiel, allerdings alle mit dem schwarzen Schleier vor dem Gesicht, gegen Trollocs mit hauerbewehrten Keilerschnauzen oder Wolfsrachen oder Adlerschnäbeln. Einige der Köpfe wiesen Hörner auf, andere Kämme oder Federn. Alle schwangen sie diese seltsam gekrümmten Schwerter und Dornenäxte, Dreizacke mit Widerhaken und Speere. Hier und da benützte einer einen mächtigen Bogen, um mit Haken versehene Pfeile abzuschießen, die schon fast kurze Speere waren. Auch Männer kämpften Seite an Seite mit den Trollocs. Sie trugen grobe Mäntel, schwangen Schwerter und schrien genauso verzweifelt wie die anderen, wenn sie zwischen den Dornbüschen starben.

»Sammael!«

»Sammael und die Goldenen Bienen!«

Die Schattenfreunde starben schnell, meist schon dann, wenn sie einem Aiel gegenübertraten, doch die Trollocs starben nicht ganz so leicht.

»Ich bin doch kein verdammter Held!« schrie Mat. Er wollte sich nicht irgend jemandem mitteilen, es mußte nur einfach aus ihm heraus, während er gegen einen Trolloc mit Bärenschnauze und haarigen Ohren kämpfte. Es war sein dritter. Die Bestie schwang eine Axt mit langem Stiel, mit einem halben Dutzend Dornen und einer langen Schneide, die groß genug war, um damit einen Baum zu spalten. Er fuchtelte damit herum, als sei sie in seinen großen, haarigen Pratzen lediglich ein Spielzeug. Es war einfach die Nähe zu Rand, die Mat in solche Schwierigkeiten brachte. Alles, was er sich vom Leben erhoffte, waren guter Wein, ein Würfelspiel und ein oder drei hübsche Mädchen. »Ich will nicht in all das verwickelt werden!« Besonders dann nicht, wenn Sammael in der Nähe war. »Hört Ihr mich?«

Der Trolloc stürzte mit aufgeschlitzter Kehle zu Boden und Mat fand sich plötzlich einem Myrddraal gegenüber, der gerade zwei Aiel tötete, die ihn gemeinsam angegriffen hatten. Der Halbmensch sah wie ein Mann aus, doch leichenblaß, und er trug einen Panzer aus sich überlappenden schwarzen Schuppen wie die Haut einer Schlange. Er bewegte sich auch wie eine Schlange, flüssig, elegant und flink, als habe er keine Knochen. Sein nachtschwarzer Umhang hing immer schlaff herunter, gleich, wie er sich auch bewegte. Und er hatte keine Augen. Nur eine stumpfweiße Hautfläche, wo die Augen sein sollten.

Der augenlose Blick traf ihn, und er schauderte. Die Angst kroch ihm ins Knochenmark hinein. »Der Blick der Augenlosen bedeutet Angst«, sagte man in den Grenzlanden, wo sie es ja wissen mußten, und selbst die Aiel gaben zu, daß der Blick eines Myrddraal ihnen bis ins Innerste fahre. Das war die erste Waffe dieses Geschöpfes. Der Halbmensch rannte mit fließenden Bewegungen auf ihn zu.

Mit einem Aufbrüllen warf sich Mat ihm entgegen. Der Speer wirbelte wie ein Bauernspieß durch die Luft, stach zu, blieb immer in Bewegung. Das Ding trug ein Schwert, so schwarz wie sein Umhang, ein Schwert, das in den Essen von Thakan'dar geschmiedet worden war, und falls er davon eine Wunde empfing, war er so gut wie tot, es sei denn, Moiraine wäre zufällig in der Nähe und würde ihn sofort mit Hilfe der Macht behandeln. Doch es gab nur einen sicheren Weg, einen Blassen zu besiegen. Man mußte auf Teufel komm raus angreifen und ihn überwältigen, bevor er einen selbst erwischte. Jeder Gedanke an Verteidigung konnte zum Selbstmord werden. Er konnte sich auch keinen Seitenblick zur Schlacht hin leisten, die überall in seiner Umgebung in der dunklen Nacht tobte.

Die Klinge des Myrddraals zuckte wie die Zunge einer Schlange, schoß wie ein schwarzer Blitz vor, aber nicht um anzugreifen, sondern um Mats Angriff zu parieren. Wenn der mit Raben gekennzeichnete und durch die Macht geschmiedete Stahl auf das Metall aus Thakan'dar traf, blitzte es blau auf und knisterte wie bei einem Flächenblitz.

Plötzlich traf Mats Speerhieb auf Haut. Das schwarze Schwert flog mitsamt einer blassen Hand weg. Die darauf folgende Rückhandbewegung schlitzte dem Myrddraal die Kehle auf, doch Mat hielt nicht inne. Ein Stoß durch das Herz, dann erst die eine Ferse und dann die andere durchschneiden, alles blitzschnell. Erst dann trat er von diesem Ding zurück, das auf dem Boden noch zuckte und mit der übriggebliebenen Hand und dem Stumpf der anderen um sich schlug. Aus den Wunden floß tintengleich dunkles Blut. Die Halbmenschen brauchten gewöhnlich sehr lange, bis sie eingestanden, tot zu sein, und sie starben meist erst endgültig nach Sonnenuntergang.

Mat sah sich um, und da wurde ihm bewußt, daß der Angriff vorüber war. Diejenigen Schattenfreunde und Trollocs, die noch am Leben waren, mußten inzwischen geflohen sein. Jedenfalls sah er niemanden außer den Aiel, der noch auf den Beinen gewesen wäre. Einige von ihnen lagen aber ebenfalls am Boden. Er zog ein Tuch vom Hals eines toten Schattenfreundes, um das schwarze Blut des Myrddraal von seiner Speerspitze zu wischen. Wenn er es zu lange dort beließ, würde es das Metall verätzen.

Dieser nächtliche Angriff ergab keinen Sinn. Den Leichen nach zu schließen, die er im Mondschein liegen sah, ob menschlich oder ob von Trollocs, hatte es kaum einer bis hinter die erste Reihe der Zelte geschafft. Ohne zahlenmäßig viel stärker zu sein, konnten sie wohl kaum gehofft haben, mehr zu erreichen.

»Was hast du da gerufen? *Carai* irgendwas? In der Alten Sprache?«

Er drehte sich um und blickte Melindhra an. Sie hatte

den Schleier abgenommen und trug noch immer nicht mehr am Leib als ihre Schufa. Auch andere Töchter und Männer in der näheren Umgebung liefen mehr oder weniger nackt herum und gaben sich genauso selbstverständlich. Die meisten aber schienen nun auf direktem Weg und ohne langes Zögern zu ihren Zelten zurückzukehren. Sie kannten einfach keine Scham; daran lag es. Kein bißchen Schamgefühl. Sie schien noch nicht einmal die Kälte zu spüren, obwohl der Atem wie Nebel vor ihrem Mund stand. Er war genauso verschwitzt wie sie, und nun fror er gewaltig, da seine Gedanken nicht mehr dadurch abgelenkt wurden, daß er um sein Leben kämpfen mußte.

»Das habe ich mal gehört«, sagte er zu ihr. »Der Klang hat mir gefallen.« *Carai an Caldazar!* ›Zur Ehre des Roten Adlers.‹ Der Schlachtruf von Manetheren. Die meisten seiner Erinnerungen stammten aus Manetheren. Ein paar davon hatte er bereits gekannt, bevor er diesen verdrehten Türrahmen durchschritten hatte. Moiraine behauptete, das Alte Blut spräche aus ihm. Nun, solange es nicht aus seinen Adern drang …

Sie legte ihm einen Arm um die Schultern, als er zum Zelt zurückging. »Ich habe dich mit dem Nachtläufer zusammen gesehen, Mat Cauthon.« Das war eine der Aielbezeichnungen für die Myrddraal. »Du bist so groß, wie es einem Mann geziemt.«

Grinsend legte er einen Arm um ihre Taille, doch er konnte den Angriff nicht vergessen. Er wollte schon, da seine Gedanken viel zu sehr in den geborgten Erinnerungen verstrickt waren, aber er konnte nicht. Wieso hatte jemand einen solch hoffnungslosen Angriff gestartet? Niemand außer einem Narren griff ohne Grund eine so offensichtliche Übermacht an. Diesen Gedanken wurde er einfach nicht los. Niemand griff grundlos an.

Das Vogelgezwitscher riß Rand augenblicklich aus dem Schlaf, und noch als er die Decken zur Seite schlug und ohne Mantel in Strümpfen hinauslief, griff er nach *Saidin*. Die Nacht war kalt, und der Mond schien hell. Schwacher Kampfeslärm drang von den Hügeln unterhalb des Passes an seine Ohren. Rund um ihn liefen die Aiel wie in einem aufgescheuchten Ameisenhaufen durcheinander und eilten dann in die Nacht hinaus, dorthin, wo hier auf dem Paß ein Angriff erfolgen konnte. Das Wachgewebe würde wieder Alarm geben – diesmal würde ein Blaufink rufen, falls auf dem Paß Schattenwesen auftauchten –, bis er es morgens wieder auflöste, aber es gab keinen Grund, irgendein törichtes Risiko einzugehen.

Bald war es auf dem Paß wieder ruhig. Die *Gai'schain* befanden sich in den Zelten, denn selbst jetzt war ihnen das Führen von Waffen verboten, und die anderen Aiel lauerten an den Orten, die möglicherweise verteidigt werden mußten. Sogar Adelin und die übrigen Töchter waren weg, als wüßten sie, daß er sie zurückgehalten hätte, falls sie warteten. Er konnte leise Unterhaltungen von den Wagen nahe der Stadtmauer her vernehmen, aber weder die Fahrer noch Kadere zeigten sich. Er erwartete das auch nicht. Der leise Kampfeslärm – Rufe, Todesschreie – kam von zwei Seiten her. Es spielte sich auf jeden Fall weiter unten und ein gutes Stück entfernt ab. Auch vor den Zelten der Weisen Frauen herrschte Durcheinander. Wie es schien, blickten auch diese Aiel in Richtung der Kämpfe.

Ein Angriff dort unten ergab keinen Sinn. Es waren auch nicht die Miagoma, es sei denn, Timolan hätte Schattenwesen in seinen Clan aufgenommen, und das war in etwa so wahrscheinlich wie Trollocs als neue Rekruten der Weißmäntel. Er wandte sich zu seinem Zelt zurück, und trotz der schützenden Hülle des Nichts zuckte er zusammen.

Aviendha war heraus in den Mondschein getreten und hatte sich lediglich eine Decke um den Körper gewickelt. Und ihr gegenüber stand ein hochgewachsener

Mann, der ganz in einen dunklen Umhang gehüllt war. Schatten trieben über ein viel zu blasses, hageres Gesicht. Die Augen waren viel zu groß. Ein süßer Gesang erklang, und der Umhang öffnete sich zu breiten, ledrigen Schwingen wie denen einer Fledermaus. Aviendha bewegte sich wie in Trance und glitt langsam auf die lockende Umarmung zu.

Rand lenkte die Macht, und ein fingerdünner Strahl von Baalsfeuer, ein Pfeil aus flüssigem Licht, stach an ihr vorbei und traf den Draghkar am Kopf. Die Wirkung dieses dünnen Strahls erfolgte langsamer, aber nicht weniger wirkungsvoll als bei den Schattenhunden. Das Geschöpf veränderte seine Farbe, von Schwarz zu Weiß, von Weiß wieder zu Schwarz, und dann löste es sich in schimmernde Lichtflecken auf, die im Mondschein tanzten und vergingen.

Aviendha schüttelte sich, als der Gesang erstarb, und starrte die letzten Lichtpunkte an, bis sie verschwunden waren. Dann wandte sie sich Rand zu und raffte die Decke enger um sich zusammen. Ihre Hand hob sich und ein Feuerstrahl, so dick wie sein Kopf, fauchte auf ihn zu.

Selbst in die Leere des Nichts gehüllt, überraschte ihn das. Er dachte gar nicht daran, die Macht zu verwenden, sondern warf sich unter den sich aufblähenden Flammen hindurch zu Boden. Sie erstarben einen Augenblick später.

»Was macht Ihr denn da?« schrie er so zornig, so erschrocken, daß das Nichts zersprang und *Saidin* ihn verließ. Er rappelte sich hoch und ging mit steifen Beinen auf sie zu. »Das ist doch die Höhe an Undankbarkeit!« Er wollte sie schütteln, daß ihre Zähne klapperten. »Ich habe gerade eben Euer Leben gerettet, falls Ihr es nicht bemerkt haben solltet, und falls ich dabei irgendeine verdammte Aielregel überschritten habe, dann ist mir das ...!«

»Beim nächsten Mal«, fauchte sie zurück, »werde ich

es dem großen *Car'a'carn* selbst überlassen, mit allem fertig zu werden!« Ungeschickt packte sie die Decke noch fester und duckte sich vor Zorn steif ins Zelt hinein.

Zum erstenmal blickte er sich um. Und entdeckte einen weiteren Draghkar, der zusammengekrümmt am Boden verschmorte. Er war so zornig gewesen, daß er weder gehört hatte, wie dieses Wesen in Flammen aufging, noch den ekligen Brandgeruch wahrgenommen hatte. Nicht einmal das abgrundtief Böse hatte er hinter sich gefühlt. Ein Draghkar tötete, indem er seinem Opfer zuerst die Seele aussog und dann das Leben. Er mußte ganz nahe sein, damit es zu einer Berührung kam, aber dieser hier lag tatsächlich nicht mehr als zwei Schritt von seinem ursprünglichen Standort entfernt. Er wußte nicht, ob das Singen und die Umarmung eines Draghkar die gleiche Wirkung auf jemanden hatte, der mit *Saidin* erfüllt war, doch er war froh, das nicht herausfinden zu müssen.

Er holte tief Luft und kniete sich neben die Zeltklappe. »Aviendha?« Er konnte nicht hineingehen. Drinnen brannte eine Lampe, und es konnte ja sein, daß sie nackt dort saß und ihn im Geist zerriß, wie er es verdient hatte. »Aviendha, es tut mir leid. Ich entschuldige mich. Ich war ein Narr, solche Worte zu gebrauchen, ohne nach dem Grund zu fragen. Ich sollte wissen, daß Ihr mir nichts antun würdet, und ich … ich … ich bin ein Narr«, schloß er reichlich tölpelhaft.

»Ihr wißt wirklich eine Menge, Rand al'Thor«, kam die gedämpfte Antwort. »Ihr seid tatsächlich ein Narr!«

Wie entschuldigte sich ein Aiel? Danach hatte er sie nie gefragt. Wenn er so an *Ji'e'toh* dachte, daran, Männern das Singen beizubringen und ihre Hochzeitsbräuche, dann würde er sie wohl auch nie danach fragen. »Ja, das bin ich. Und ich bitte Euch um Verzeihung.« Diesmal kam keine Antwort. »Liegt Ihr unter Euren Decken?« Schweigen.

Er knurrte leise in sich hinein und stand auf. Seine nur in Strümpfen steckenden Zehen bohrten sich in den eiskalten Boden. Er würde hier draußen bleiben müssen, bis er sicher sein konnte, daß sie züchtig bedeckt sei. Und das ohne Stiefel und Mantel. Er griff nach *Saidin,* Verderbnis und alles andere, nur um vor der beißenden Kälte ins wohltuende Nichts entfliehen zu können.

Die drei Traumgängerinnen unter den Weisen Frauen rannten herbei und natürlich auch Egwene. Alle starrten den brennenden Draghkar an und umgingen ihn betont. Mit fast gleichen Bewegungen zogen sie ihre Schals fester um sich zusammen.

»Nur einer«, sagte Amys. »Dem Licht sei Dank, doch überrascht es mich.«

»Es waren zwei«, berichtete ihr Rand. »Ich… vernichtete den anderen.« Warum zögerte er eigentlich, nur, weil Moiraine ihn vor dem Gebrauch des Baalsfeuers gewarnt hatte? Es war eine Waffe wie jede andere. »Wenn Aviendha diesen hier nicht getötet hätte, hätte er mich vielleicht erwischt.«

»Das Gefühl, daß sie die Macht gebrauchte, hat uns hergerufen«, sagte Egwene. Sie musterte ihn von Kopf bis Fuß. Zuerst glaubte er, sie suche nach Verletzungen, doch sie widmete seinen bestrumpften Füßen besondere Aufmerksamkeit und blickte anschließend zum Zelt hinüber, wo durch einen offenstehenden Spalt der Zeltklappe Lampenschein drang. »Du hast sie schon wieder aus der Fassung gebracht, nicht wahr? Sie hat dein Leben gerettet, und du… Männer!« Mit angewidertem Kopfschütteln schob sie sich an ihm vorbei ins Zelt hinein. Er hörte bald leise Stimmen, konnte aber nicht verstehen, was dort drinnen gesprochen wurde.

Melaine zupfte an ihrem Schal. »Wenn Ihr uns nicht braucht, müssen wir unten nachsehen, was dort geschieht.« Sie eilte davon, ohne auf die beiden anderen zu warten.

Bair lachte meckernd, als sie und Amys ihr folgten. »Wollen wir wetten, bei wem sie zuerst nachschaut? Meine Amethyst-Halskette, die dir so gefällt, gegen dein Saphir-Armband?«

»Gemacht. Ich glaube, sie geht zuerst zu Dorindha.«

Die ältere der Weisen Frauen gackerte wieder. »Sie hat immer noch nur Bael im Kopf. Eine Erstschwester ist eine Erstschwester, aber ein frischgebackener Ehemann ...«

Sie gelangten außer Hörweite, und er beugte sich zur Zeltklappe herunter. Er verstand nach wie vor nicht, was sie da drinnen sprachen. Er hätte vielleicht sein Ohr an den offenen Spalt halten können, aber das würde er nicht tun. Sicher hatte sich Aviendha mittlerweile bedeckt, da ja schließlich Egwene bei ihr war. So wie sich Egwene inzwischen den Aielsitten angepaßt hatte, konnte es allerdings durchaus sein, daß sie statt dessen ebenfalls ihre Kleider abgelegt hatte.

Das leise Klatschen weicher Sohlen auf dem harten, kalten Boden kündete von der Ankunft Moiraines und Lans. Rand richtete sich auf. Obwohl er ihrer beider Atemzüge hörte, waren die Schritte des Behüters kaum hörbar, nur die Moiraines. Ihr Haar hing ihr lose ins Gesicht, und sie hielt einen dunklen Morgenmantel, dessen Seide im Mondschein glänzte, vor ihrer Brust zusammen. Lan war vollständig angekleidet, trug Stiefel und hatte die Waffen gegürtet. Außerdem war er in diesen Umhang gehüllt, der ihn zu einem Teil der Nacht werden ließ. Klar. Der Kampfeslärm unten auf den Hügeln verklang nun langsam.

»Ich bin überrascht, daß Ihr nicht eher kamt, Moiraine.« Seine Stimme klang kalt; besser die Stimme als er selbst. Er hielt an *Saidin* fest, obwohl er dagegen ankämpfen mußte, doch die eisige Kälte der Nacht wurde dadurch von ihm ferngehalten. Er war sich ihrer bewußt, spürte jedes Härchen an seinen Armen, das sich der Kälte wegen unter seinen Hemdsärmeln aufstellte, aber sie berührte ihn nicht. »Ihr kommt doch für gewöhnlich und seht nach mir, sobald Ihr Unheil auch nur wittert.«

»Ich habe noch nie alles erklärt, was ich tue oder lasse.« Ihre Stimme klang genauso kühl und geheimnisvoll wie immer, doch selbst im Mondschein konnte Rand erkennen, daß sie errötete. Lan blickte besorgt drein, obwohl das bei ihm schwer festzustellen war. »Ich kann nicht ewig Eure Hand halten. Irgendwann einmal müßt Ihr alleine laufen lernen.«

»Das habe ich heute abend, oder?« Verlegenheit glitt über die Oberfläche des Nichts, denn es klang, als habe er alles allein vollbracht, und so fügte er schnell hinzu: »Aviendha hat den hier beinahe schon von meinem Rücken weggebrannt.« Die Flammen aus dem Körper des Draghkar waren fast niedergebrannt.

»Nur gut, daß sie sich hier befand«, sagte Moiraine gelassen. »Ihr habt mich also nicht benötigt.«

Sie hatte keine Angst verspürt, dessen war er sich ganz sicher. Er hatte gesehen, wie sie mitten unter Schattenwesen gerannt war und die Macht so geläufig als Waffe verwendet hatte, wie Lan sein Schwert. Zu oft schon war das geschehen, als daß er nun glauben konnte, sie sei aus Angst nicht früher gekommen. Also, warum war sie dann nicht gekommen, als sie die Anwesenheit des Draghkar fühlte? Sie mußte ihn gespürt haben und Lan mit ihr, denn das war eine der Gaben, die ein Behüter durch die Bindung an seine Aes Sedai erhielt. Er könnte sie ja zur Rede stellen, sie durch ihren Eid ihm gegenüber und ihre Unfähigkeit, unumwunden zu lügen, in die Enge treiben. Nein, das brachte er nicht fertig. Das tat er niemandem an, der letzten Endes versuchte, ihm zu helfen.

»Wenigstens wissen wir jetzt, was der Angriff unten bezweckte«, sagte er. »Ich sollte glauben, dort geschehe etwas Wichtiges, während sich der Draghkar an mich heranschlich. Das haben sie schon in der Kaltfelsenfestung versucht, und dort hat es auch nicht geklappt.« Nur hatten sie damit diesmal beinahe Erfolg gehabt. Falls das überhaupt die Absicht dahinter gewesen war. »Man sollte doch denken, daß sie diesmal etwas Neues ausprobieren würden.« Couladin befand sich vor ihm, und die Verlorenen waren, wie es schien, überall zugleich. Warum konnte er sich nicht einem Gegner nach dem anderen stellen?

»Macht nicht den Fehler, die Verlorenen für dumm zu halten«, warnte Moiraine. »Das könnte sich als fatal erweisen.« Sie rückte fröstelnd ihren Morgenmantel zurecht, als wünsche sie, er sei dicker. »Es ist schon spät. Falls Ihr mich nicht weiter benötigt …?«

Aiel kamen langsam zurück, als sie und der Behüter gingen. Es gab einiges Erstaunen über den Draghkar, und man rief ein paar *Gai'schain,* um die Leiche wegzuschleifen, doch die meisten blickten nur kurz hin und begaben sich dann in ihre Zelte. Sie schienen in seiner Anwesenheit solche Vorkommnisse mittlerweile zu erwarten.

Als Adelin und die Töchter auftauchten, kamen sie mit schleppenden Schritten und offensichtlich bedrückt näher. Sie betrachteten den Draghkar, wie er von weißgekleideten Männern fortgeschleppt wurde, und sie tauschten lange Blicke, bevor sie sich zu Rand herüberwagten.

»Hier war nichts zu erwarten«, sagte Adelin zögernd. »Der ganze Angriff spielte sich unten ab – Schattenfreunde und Trollocs.«

»Ich habe gehört, wie sie ›Für Sammael und die goldenen Bienen‹ schrien«, fügte eine andere hinzu. Da sie die Schufa ganz um den Kopf gewickelt hatte, konnte Rand nicht erkennen, wer sie war. Es klang jung; einige der Töchter des Speers waren kaum älter als sechzehn.

Adelin holte tief Luft und hielt Rand einen ihrer Speere waagrecht mit festem Griff hin. Die anderen taten es ihr nach – jede mit einem Speer. »Wir – ich –

habe versagt«, sagte Adelin. »Wir hätten hier sein sollen, als der Draghkar kam. Statt dessen sind wir wie die Kinder hinuntergerannt, um den Tanz der Speere zu tanzen.«

»Und was soll ich mit denen anstellen?« fragte Rand mit einem Blick auf die Speere, worauf Adelin ohne noch zu zögern antwortete: »Was immer Ihr wünscht, *Car'a'carn.* Wir sind bereit und werden keinen Widerstand leisten.«

Rand schüttelte den Kopf. *Verdammte Aiel und verdammtes Ji'e'toh!* »Ihr nehmt die Dinger wieder hoch und geht an Eure Plätze, mein Zelt zu bewachen. Also? Geht schon.« Sie sahen sich gegenseitig an, bevor sie gehorchten, und zwar genauso zögernd, wie sie gekommen waren. »Und eine von Euch soll Aviendha sagen, daß ich hineinkommen werde, sobald ich zurück bin«, fügte er hinzu. Er würde nicht die ganze Nacht über hier draußen warten und sich fragen, ob er hereingehen dürfe. Er stolzierte steif davon. Der Boden unter seinen bloßen Strümpfen war sehr hart.

Asmodeans Zelt befand sich unweit des seinen. Von dort war kein Laut an sein Ohr gedrungen. Er schlug die Klappe zur Seite und duckte sich hinein. Asmodean saß im Dunklen und kaute auf seiner Unterlippe. Er zuckte zusammen, als Rand erschien. Dann kam er ihm auch schon zuvor: »Ihr habt doch sicher nicht erwartet, daß ich eingreife, oder? Ich habe die Draghkar gespürt, aber mit denen konntet Ihr selbst fertigwerden, und das seid Ihr ja auch. Ich habe die Draghkar noch nie leiden können. Wir hätten sie nicht erschaffen sollen. Sie haben weniger Hirn als ein Trolloc. Gebt ihnen einen Befehl, und sie töten manchmal trotzdem denjenigen, der ihnen am nächsten ist. Wenn ich hinausgegangen wäre, etwas unternommen hätte… Vielleicht hätte mich jemand bemerkt? Was, wenn sie erkannt hätten, daß nicht Ihr es wart, der die Macht lenkt? Ich…«

»Es war gut für Euch, daß Ihr nicht herauskamt«, unterbrach ihn Rand, der sich mit übergeschlagenen Beinen in der Dunkelheit niedergesetzt hatte. »Wenn ich Euch heute abend von *Saidin* erfüllt dort draußen gespürt hätte, hätte ich Euch möglicherweise getötet.«

Das Lachen des anderen klang etwas zittrig. »Daran hatte ich auch gedacht.«

»Es war Sammael, der uns heute abend die Angreifer auf den Hals schickte. Jedenfalls die Trollocs und die Schattenfreunde.«

»Es sieht Sammael gar nicht ähnlich, das Leben seiner Männer so zu verschwenden«, sagte Asmodean bedächtig. »Aber er riskiert andererseits auch zehntausend Tote oder sogar das Zehnfache, wenn es ihm etwas einbringt, das seiner Meinung nach die Opfer wert ist. Vielleicht will auch nur einer der anderen vortäuschen, es sei Sammael gewesen. Und wenn die Aiel auch Gefangene hätten... Trollocs denken nicht viel, außer an Töten, und die Schattenfreunde glauben, was man ihnen sagt.«

»Er war es tatsächlich. Er hat schon einmal auf genau die gleiche Art versucht, mich zu ködern – in Serendahar.« *O Licht!* Der Gedanke glitt über die Oberfläche des Nichts. *Ich sagte ›mich‹.* Er hatte keine Ahnung, wo Serendahar gelegen oder was damals geschehen war, nur die eigenen Worte kannte er. Die Worte, die eben erst verklungen waren.

Nach langem Schweigen sagte Asmodean leise: »Das habe ich nicht gewußt.«

»Was ich wissen möchte, ist der Grund.« Rand wählte seine Worte sorgfältig und hoffte, daß es seine eigenen seien. Er erinnerte sich an Sammaels Gesicht. Er war ein Mann – *Nicht meine. Es sind nicht meine Erinnerungen!* –, ein untersetzter, kräftiger Mann mit kurzem, blondem Bart. Asmodean hatte ihm alle Verlorenen beschrieben, doch ihm war klar, daß dieses Bild in seinem Gedächtnis nichts mit seiner Beschreibung zu tun hatte. Sammael hatte immer größer sein wollen und war frustriert gewesen, daß selbst die Macht das nicht vermochte. Das hatte ihm Asmodean aber nicht gesagt. »Nach allem, was Ihr mir berichtet habt, wird er mich wahrscheinlich nur dann offen bekämpfen, wenn er sich des Sieges gewiß sein kann. Vielleicht noch nicht einmal dann. Ihr sagtet, wenn er könnte, würde er mich wahrscheinlich dem Dunklen König selbst überlassen. Also, warum ist er jetzt so siegessicher; warum will er, daß ich ihn verfolge?«

Sie diskutierten stundenlang in der Dunkelheit, ohne zu klaren Erkenntnissen zu gelangen. Asmodean blieb bei seiner Meinung, es sei einer der anderen gewesen, in der Hoffnung, Rand auf Sammael zu hetzen und damit wenigstens einen oder vielleicht auch beide loszuwerden. Zumindest behauptete Asmodean, er glaube das. Rand spürte immer wieder den fragenden Blick aus den dunklen Augen des Mannes. Seine Worte vorhin waren zu offensichtlich herausgerutscht, als daß er das hätte vertuschen können.

Als er schließlich zu seinem eigenen Zelt zurückkehrte, sprangen Adelin und die anderen Töchter sofort auf. Alle wollten ihm auf einmal mitteilen, daß Egwene weg sei und Aviendha schon lange schlafe, und daß sie zornig auf ihn sei. Daß beide zornig seien. Sie erteilten ihm so viele unterschiedliche Ratschläge, wie man den Zorn der Frauen besänftigen könne, und dazu noch alle gleichzeitig, daß er überhaupt nichts mehr verstand. Schließlich schwiegen sie aber doch, warfen sich bedeutungsschwangere Blicke zu, und schließlich sagte Adelin: »Wir müssen noch über die heutige Nacht sprechen. Über das, was wir taten und was wir versäumten. Wir …«

»Es war gar nichts«, erwiderte er, »und sollte es doch etwas Schlimmes gewesen sein, dann ist es vergeben und vergessen. Ich würde gern zur Abwechslung einmal ein paar Stunden Schlaf genießen. Wenn Ihr weiter darüber reden wollt, dann geht zu Amys oder Bair. Ich bin sicher, sie verstehen viel besser als ich, worauf Ihr hinauswollt.« Das brachte sie überraschenderweise wirklich zum Schweigen, und sie ließen ihn hineingehen.

Aviendha lag unter ihren Decken. Ein schlankes, weißes, unbedecktes Bein ragte heraus. Er bemühte sich, weder das Bein noch sie selbst anzublicken. Sie hatte eine Lampe angelassen. Dankbar schob er sich unter seine Decken und löschte die Lampe mit Hilfe der Macht. Dann ließ er *Saidin* los. Diesmal träumte er von Aviendha, wie sie Feuer schleuderte, allerdings nicht auf den Draghkar. Sammael saß neben ihr und lachte.

KAPITEL 5

»Euren fünften Teil bekommt Ihr von mir«

Egwene ließ ihre Stute um eine grasbewachsene Anhöhe herumtraben und beobachtete die Ströme von Aiel, die sich vom Jangai-Paß herunterwälzten. Durch den Sattel war ihr Rock wieder bis übers Knie hochgerutscht, aber das bemerkte sie jetzt kaum. Sie konnte ihn nicht jede Minute wieder herunterziehen. Und sie trug ja Strümpfe. Es war nicht so, als zeige sie nackte Beine.

Die Kolonnen der Aiel marschierten in schnellem Schritt unten an ihr vorbei. Sie waren streng nach Clan, Septime und Kriegergemeinschaft geordnet. Tausende und Abertausende kamen dort mit ihren Packpferden und Maultieren entlang; dazu die *Gai'schain,* die sich um das Lager kümmerten, während die anderen in den Kampf zogen. Das Ganze erstreckte sich über eine Breite von mindestens einer Meile. Weitere Aiel befanden sich noch hinten auf dem Paß oder so weit voraus, daß man sie bereits nicht mehr sehen konnte. Trotz des Fehlens ganzer Familien schien es, als befinde sich ein ganzes Volk auf dem Marsch. Die Straße hier war ein Teil der Seidenstraße gewesen, ganze fünfzig Schritt breit und mit großen, weißen Steinplatten gepflastert. Sie schnitt sich geradewegs zwischen den Hügeln hindurch. Man hatte sogar Hohlwege ausgehoben, damit die Straße gerade und auf einer Ebene verlaufen konnte. Viele Pflastersteine standen nun allerdings schief heraus, hatten sich an einer Ecke gehoben, an einer anderen gesenkt und zeigten deutlich das Alter der Straße. Es war bestimmt länger als zwanzig Jahre her, seit diese Straße mehr Verkehr erlebt hatte als die Karren der ortsansässigen Bauern oder gelegentlich ein paar Planwagen. Jedenfalls war sie unter den Massen der Aielfüße nur an wenigen Stellen sichtbar, obwohl die Aiel es ja vorzogen, mit ihren bloßen Füßen auf dem Gras zu laufen.

Es war ein Erlebnis, endlich wieder Bäume zu sehen, richtige Bäume, hoch aufragende Eichen und Lederblattbäume, die tatsächlich sogar in kleinen Hainen wuchsen, und nicht nur gelegentliche, vom Wind verformte, verkrüppelte Karikaturen eines Baumes. Das hohe Gras wogte im leichten Wind auf den Hügeln. Nach dem Wüstenklima schien die Luft hier wunderbar kühl und feucht, obwohl ihr die braunen Blätter und die großflächigen braunen Stellen im Gras deutlich machten, daß es hier doch wohl heißer und trockener war, als sonst um diese Jahreszeit üblich. Trotzdem war die ländliche Gegend Cairhiens ein üppiges Paradies, verglichen mit der anderen Seite der Drachenmauer.

Ein kleiner Bach wand sich unter einer niedrigen Brücke hindurch nach Norden. Am Rand war der getrocknete Lehm eines viel breiteren Bettes sichtbar. In dieser Richtung, nicht zu viele Meilen entfernt, befand sich der Gaelin, ein etwas größerer Fluß. Sie fragte sich, wie sich die Aiel wohl verhalten würden, wenn sie den Fluß erreichten. Sie hatte schon einmal Aiel an einem Fluß beobachten können. Der arg geschrumpfte Wasserlauf sorgte für eine abrupte Unterbrechung im stetigen Strom der Menschen. Männer und Töchter des Speers blieben stehen und sahen ihn erstaunt an, bevor sie hinübersprangen.

Kaderes Wagen rumpelten auf der Straße an ihr vorbei. Die langen Maultiergespanne mußten hart arbeiten, blieben aber trotzdem langsam hinter den Aiel zurück. Sie hatten vier Tage gebraucht, um die unzähligen Windungen und Kehren des Passes zu bewältigen, und Rand hatte offensichtlich vor, während der wenigen noch verbleibenden Stunden des Tageslichts so weit wie möglich nach Cairhien hinein vorzustoßen. Moiraine und Lan ritten neben den Wagen her; nicht vorneweg und auch nicht neben Kaderes kleinem, weißen, kastenförmigen Wohnwagen an der Spitze, sondern neben dem zweiten Wagen, wo der mit einer Segeltuchplane abgedeckte Umriß des türähnlichen *Ter'Angreal* sich deutlich vom Rest der Ladung abhob. Viele der Frachtstücke waren sorgfältig eingepackt oder in Kästen und Fässern verstaut, die Kadere mit Waren angefüllt in die Wüste mitgebracht hatte. Andere Stücke hatte man einfach hineingesteckt, wo gerade Platz war – seltsam geformte Metall- und Glasgegenstände, einen roten Kristallstuhl, zwei kindergroße Skulpturen, die einen nackten Mann und eine nackte Frau darstellten, Stäbe aus Knochen und Elfenbein und fremdartigen, schwarzen Materialien in allen möglichen Längen und Stärken. Alle Arten von Gegenständen fanden sich hier, darunter einige, die Egwene kaum beschreiben konnte, so seltsam wirkten sie. Moiraine hatte jeden Fingerbreit Raum in sämtlichen Wagen ausgenutzt.

Egwene hätte nur zu gern gewußt, wieso die Aes Sedai diesem einen Wagen so besondere Aufmerksamkeit schenkte. Vielleicht hatte außer ihr niemand bemerkt, daß Moiraine sich mit ihm mehr beschäftigte als mit allen anderen zusammengenommen. Es war unwahrscheinlich, daß sie das in nächster Zeit herausfinden würde. Ihr neuer Rang, der sie gleich neben Moiraine stellte, war noch etwas unsicher. Das hatte sie festgestellt, als sie mitten auf dem Paß diese Frage gestellt hatte und zur Antwort bekam, sie habe eine zu lebhafte Phantasie und wenn sie schon Zeit habe, einer Aes Sedai hinterherzuspionieren, dann sollte Moiraine vielleicht ein Wörtchen mit den Weisen Frauen sprechen, um ihre Ausbildung etwas zu intensivieren.

Natürlich hatte sie sich vielmals entschuldigt, und das schien gewirkt zu haben. Amys und die anderen ließen sie nicht mehr Nächte durcharbeiten als bisher.

Ungefähr hundert *Far Dareis Mai* von den Taardad trabten auf ihrer Seite der Straße vorbei. Sie bewegten sich leichtfüßig. Die Schleier hingen herunter, doch immer bereit, blitzartig hochgezogen und befestigt zu werden. An den Hüften taumelten volle Köcher. Einige trugen ihre gekrümmten Hornbögen mit aufgelegten Pfeilen, während bei anderen die Bögen in Futteralen auf dem Rücken steckten. Die Speere und Schilde bewegten sich beim Laufen rhythmisch auf und ab. Hinter ihnen bemühten sich ein Dutzend *Gai'schain* in ihren weißen Gewändern mit den Packtieren, die sie am Zügel führten, einigermaßen Schritt zu halten. Eine nur trug Schwarz anstatt Weiß: Isendre. Sie arbeitete härter als alle anderen. Egwene erkannte Adelin unter ihnen und noch zwei oder drei andere, die während der Nacht des Angriffs Rands Zelt bewacht hatten. Jede hatte außer ihren Waffen noch eine Puppe in der Hand. Die Puppen waren grob gefertigt und trugen Röcke und weiße Blusen. Die Töchter des Speers wirkten noch verschlossener als sonst, machten steinerne Mienen und bemühten sich, zu überspielen, was sie da in Händen hielten.

Sie war sich nicht sicher, was das zu bedeuten hatte. Die Töchter, die in jener Nacht Wache gestanden hatten, waren gemeinsam zu Bair und Amys gegangen, als ihre Wache vorüber war, und hatten lange Zeit mit ihnen verbracht. Am nächsten Morgen, als das Lager unter dem grauen Himmel kurz vor der Dämmerung abgebrochen wurde, hatten sie angefangen, diese Puppen anzufertigen. Natürlich hatte sie nicht direkt danach fragen können, aber sie hatte es einer von ihnen gegenüber erwähnt, einer rothaarigen Tomanelle aus der Serai-Septime namens Maira, und die Frau hatte ihr gesagt, die Puppe solle daran erinnern, daß man kein

Kind mehr sei. Ihrem Tonfall war eindeutig zu entnehmen, daß sie nicht weiter darüber sprechen wollte. Eine der Töchter, die solche Puppen trugen, war nicht mehr als höchstens sechzehn Jahre alt. Maira dagegen war mindestens ebenso alt wie Adelin. Es ergab kaum einen Sinn, und das machte ihr zu schaffen. Jedesmal, wenn Egwene glaubte, die Sitten und Bräuche der Aiel endlich zu verstehen, wurde ihr vorgeführt, daß sie gar nichts verstand.

Unwillkürlich wurde ihr Blick noch einmal vom Ausgang des Passes angezogen. Die Pfahlreihen standen immer noch da, gerade an der Grenze des Sichtbaren. Sie erstreckten sich von einem steilen Berghang quer hinüber zum anderen, außer an ein paar Stellen, wo die Aiel sie umgerissen hatten. Couladin hatte ihnen eine weitere Botschaft hinterlassen: Männer und Frauen, die er auf dem Weg hatte pfählen lassen, den sie nehmen mußten. Sieben Tage lang hatten sie tot auf ihren Pfählen gesteckt. Rechts vom Paß ragte die hohe, graue Stadtmauer von Selean über den Hügeln auf. Kein Dach, kein Turm war jedoch dahinter zu sehen. Moiraine behauptete, die Stadt sei nur noch ein schwacher Abklatsch ihres einstigen Glanzes gewesen, und doch hatte dort eine beachtliche Kleinstadt gestanden, viel größer als Taien. Nun war nichts mehr davon übrig. Es gab auch keine Überlebenden außer jenen, die die Shaido entführt hatten. Vielleicht hatten sich ein paar irgendwo in Sicherheit gebracht. Auf diesen Hügeln hatten Bauernhöfe gestanden, aber nach dem Aielkrieg hatte man den östlichen Teil Cairhiens größtenteils aufgegeben. Doch eine Stadt war auf Bauernhöfe angewiesen, die Lebensmittel liefern konnten. Nun erhoben sich dort nur noch rußgeschwärzte Schornsteine aus den Ruinen der Bauernhäuser. Hier waren ein paar verkohlte Dachbalken über einer aus Stein erbauten Scheune erhalten geblieben; dort waren sowohl Scheuer wie auch Wohnhaus in der Feuersglut zusammengebrochen. Der Hügel, auf dem sie sich befand, war eine Schafweide gewesen. In der Nähe des Zauns drunten am Fuße summten immer noch Fliegenschwärme über den Resten der Schlächterei. Kein einziges Tier stand jedoch auf der Weide und nicht einmal ein Huhn, das noch in einem Hof gescharrt hätte. Von den erntereifen Feldern waren nur noch abgebrannte Stoppeln übrig.

Couladin und die Shaido waren Aiel. Aber auch Aviendha, Bair, Amys und Melaine waren Aiel und Rhuarc dazu, der ihr gesagt hatte, sie erinnere ihn an eine seiner Töchter. Wohl waren sie angewidert gewesen von dieser Pfählerei, doch sie schienen das andererseits gegenüber Baummördern für bestenfalls ein wenig übertrieben zu halten. Vielleicht gab es nur einen Weg, um die Aiel wirklich kennenzulernen: als Aiel geboren zu werden.

Sie warf der zerstörten Stadt einen letzten Blick zu und ritt dann langsam hinunter zu der aus unbehauenen Steinen errichteten Einfriedung. Sie öffnete das Gatter und schloß es aus reiner Gewohnheit hinter sich wieder mit der Lederschlaufe. Es war wie eine Ironie des Schicksals, daß Moiraine geglaubt hatte, Selean werde sich möglicherweise Couladin anschließen. Unter den sich ständig verschiebenden Einflüssen von *Daes Dae'mar* und wenn man einen Aieleroberer gegen einen Mann aufwog, der die Tairener nach Cairhien geschickt hatte, dann konnten sich die Waagschalen nach jeder Seite neigen. Doch Couladin hatte ihnen keine Chance gelassen, sich selbst zu entscheiden.

Sie ritt die breite Straße entlang, bis sie fast zu Rand aufgeschlossen hatte. Heute hatte er seinen roten Kurzmantel an. Sie ritt dann mit Aviendha und Amys und vielleicht dreißig oder mehr Weisen Frauen weiter, die sie bis auf die beiden Traumgängerinnen nicht näher kannte. Alle folgten Rand in kurzem Abstand. Auch Mat mit seinem Hut und dem schwarzgeschäfteten Speer und Jasin Natael, den ledernen Harfenkasten auf dem Rücken und den Stock der roten Flagge in der Hand, die fröhlich im Wind flatterte, saßen auf ihren Reittieren, doch Rand führte seinen Apfelschimmel am Zügel und unterhielt sich im Gehen mit den Clanhäuptlingen. Die dahineilenden Aiel überholten ihn inzwischen zu beiden Seiten. Rock hin oder her – die Weisen Frauen hätten durchaus mit den vorbeihastenden Kolonnen Schritt halten können, aber sie klebten wie Harz an Rands Fersen. Sie würdigten Egwene kaum eines Blickes, so konzentriert beobachteten sie ihn und die sechs Häuptlinge.

»... und jeder, der noch nach Timolan durchkommt, muß das gleiche erfahren«, sagte Rand in entschlossenem Tonfall gerade. Steinhunde, die in Taien als Beobachter zurückgeblieben waren, hatten berichtet, daß die Miagoma einen Tag nach ihnen den Paß erreicht hatten. »Ich bin gekommen, um Couladin daran zu hindern, daß er dieses Land verheert, und nicht, um es auszuplündern.«

»Eine Botschaft, an der er zu kauen haben wird«, sagte Bael, »genau wie wir, wenn Ihr damit ausdrücken wollt, daß wir diesmal nicht den fünften Teil als Beute behalten können.« Han und der Rest nickten; sogar Rhuarc schloß sich ihnen an.

»Euren fünften Teil bekommt Ihr von mir.« Rand erhob keineswegs die Stimme, und doch klangen seine Worte, als triebe er damit Nägel in Holz. »Aber Lebensmittel gehören nicht zu Eurem Anteil! Wir leben von dem, was wir jagen oder kaufen – falls überhaupt noch jemand Lebensmittel zu verkaufen hat –, bis ich die Tairener mehr aus Tear heraufschaffen lassen kann. Jeden Mann, der einen Pfennig über das Fünftel hinaus nimmt, der auch nur einen Laib Brot ohne Bezahlung mitgehen läßt oder auch nur eine Holzhütte niederbrennt, weil sie einem Baummörder gehört, oder der einen Mann tötet, obwohl er ihn gar nicht angegriffen hat, den werde ich aufhängen lassen, gleich, wer er sein mag!«

»Es ist schlimm, dem Clan so etwas mitteilen zu müssen«, sagte Dhearic mit beinahe ebenso versteinerter Miene. »Ich kam, um Ihm, Der Mit Der Morgendämmerung Kommt, zu folgen und nicht, um Meineidige zu verhätscheln.« Bael und Jheran öffneten den Mund, als wollten sie ihm beipflichten, aber jeder bemerkte das vom anderen, und so schwiegen sie, als wollten sie sich lieber auf die Zunge beißen.

»Merkt wohl, was ich Euch sage, Dhearic«, verkündete Rand. »Ich komme, dieses Land zu retten, und nicht, um es noch weiter zu verwüsten. Was ich befehle, gilt für jeden Clan einschließlich der Miagoma und anderer, die ihnen folgen mögen. Für jeden Clan! Merkt Euch das!« Diesmal sagte niemand mehr etwas, und er schwang sich wieder in Jeade'ens Sattel. Er trieb den Hengst zwischen den Häuptlingen im Schritt voran. Die Aielgesichter zeigten keine Regung.

Egwene holte tief Luft. Diese Männer waren sämtlich alt genug, um sein Vater oder sogar Großvater sein zu können, und sie waren Anführer ihrer Völker im Range von Königen, auch wenn sie das abstritten, und außerdem kampferprobte Heerführer. Es schien erst gestern, daß er noch ein Junge war, nicht nur des Alters wegen; ein Jüngling, der fragte und hoffte, statt zu kommandieren und zu erwarten, daß man ihm gehorche. Er änderte sich schneller denn je, und sie konnte kaum gedanklich Schritt mit ihm halten. Es war aber schon eine gute Sache, wenn er diese Männer davon abhielt, anderen Städten das gleiche anzutun wie Couladin es Taien und Selean angetan hatte. Das redete sie sich jedenfalls ein. Sie wünschte sich aber, er möge dabei nicht mehr und mehr Arroganz an den Tag legen. Wann würde er von ihr denselben Gehorsam verlangen wie von Moiraine? Oder von allen Aes Sedai? Sie hoffte, es sei lediglich Arroganz.

Sie wollte sich unterhalten, nahm also den einen Fuß vom Steigbügel und hielt Aviendha die Hand hin, doch die Aielfrau schüttelte den Kopf. Sie ritt wirklich nicht gern. Und vielleicht zögerte sie auch all dieser Weiser Frauen wegen, die dichtgedrängt mitgingen. Manche von ihnen würden nicht einmal dann reiten, wenn sie sich beide Beine gebrochen hätten. Seufzend stieg Egwene ab und führte Nebel am Zügel, nachdem sie grollend ihren Rock zurechtgezogen hatte. Die weichen, kniehohen Aielstiefel, die sie trug, wirkten bequem und waren es auch, aber sie eigneten sich nicht für einen langen Fußmarsch auf hartem, unebenen Pflaster.

»Er hat sie wirklich alle im Griff«, sagte sie.

Aviendha nahm den Blick kaum von Rands Rücken. »Ich kenne ihn nicht genug. Ich kann ihn gar nicht genug kennen. Sieh dir das Ding an, das er trägt.«

Damit meinte sie natürlich das Schwert. Rand trug es eigentlich nicht; er hatte es an das Sattelhorn gehängt. Es steckte nun in einer einfachen schweinsledernen Scheide, und das lange Heft war ebenfalls mit Leder bezogen. Auch so ragte es bis zu seiner Hüfte empor. Er hatte das Griffstück und die Scheide von einem Mann aus Taien während des Ritts über den Paß anfertigen lassen. Egwene fragte sich, warum er dafür solche Mühen auf sich nahm, obwohl er doch mit Hilfe der Macht jederzeit ein Schwert aus Feuer erscheinen lassen konnte und noch ganz andere Dinge fertigbrachte, gegen die ein echtes Schwert wie ein Spielzeug wirkte. »Du hast es ihm doch geschenkt, Aviendha.«

Ihre Freundin machte eine finstere Miene. »Er will mich überreden, auch den Griff anzunehmen. Er hat es benützt, und es gehört ihm! Hat es vor meiner Nase benützt, als wolle er sich mit einem Schwert in der Hand über mich lustig machen.«

»Du bist nicht wegen des Schwertes so wütend auf ihn.« Das glaubte sie jedenfalls nicht. Aviendha hatte es in jener Nacht in Rands Zelt mit keinem Wort erwähnt. »Du bist nur immer noch so durcheinander, weil er dich so angefahren hat. Ich verstehe dich! Ich weiß aber auch, daß es ihm leid tut. Er spricht manchmal, ohne zu denken, aber wenn du seine Entschuldigung annimmst …«

»Ich will seine Entschuldigungen nicht hören«, murrte Aviendha. »Ich will nicht … Ich kann das alles nicht mehr ertragen. Ich kann nicht mehr in seinem Zelt schlafen.« Mit einemmal ergriff sie Egwenes Arm, und wenn es Egwene nicht besser gewußt hätte, hätte sie glauben können, die Freundin sei den Tränen nah. »Du mußt meinetwegen mit ihnen sprechen. Mit Amys und Bair und Melaine. Sie werden auf dich hören. Du bist eine Aes Sedai. Sie müssen mich zu ihren Zelten zurückkehren lassen. Sie müssen einfach!«

»Wer muß was tun?« fragte Sorilea, die sich hatte zurückfallen lassen und nun neben ihnen herging. Die Weise Frau der Shende-Festung hatte dünnes, weißes Haar und eine Gesichtshaut, die sich wie Leder über ihren Schädel spannte. Und klare grüne Augen, die ein Pferd auf zehn Schritt Entfernung umhauen konnten. So blickte sie normalerweise alle an. Wenn Sorilea zornig war, schwiegen die anderen Weisen Frauen sicherheitshalber und die Clanhäuptlinge suchten nach Ausreden, um schnell wegzugehen.

Melaine und eine andere Weise Frau, eine ergraute Schwarzwasser-Nakai, wollten sich ihnen ebenfalls anschließen, doch Sorilea sah sie auf ihre typische Art an. »Wenn du nicht so damit beschäftigt wärst, Melaine, von diesem frischgebackenen Ehemann zu träumen, wäre dir klar, daß Amys mit dir sprechen will. Mit dir auch, Aerin.« Melaine lief hochrot an und wuselte zu den anderen zurück, aber die Ältere kam sogar noch vor ihr dort an. Sorilea beobachtete ihren Abgang und wandte dann ihre ungeteilte Aufmerksamkeit wieder Aviendha zu. »Nun können wir uns in aller Ruhe unterhalten. Also, du willst irgend etwas nicht tun, natürlich etwas, das dir befohlen wurde. Und du glaubst, diese kindliche Aes Sedai könne deinen Kopf aus der Schlinge ziehen.«

»Sorilea, ich ...« Weiter kam Aviendha nicht.

»Zu meiner Zeit sprang ein Mädchen, wenn eine Weise Frau ihr zu springen befahl, und sie hörte nicht damit auf, bevor man es ihr erlaubte. Da ich noch am Leben bin, ist es immer noch meine Zeit. Muß ich mich noch deutlicher ausdrücken?«

Aviendha atmete tief durch. »Nein, Sorilea«, sagte sie demütig.

Der Blick der älteren Frau ruhte nun auf Egwene. »Und Ihr? Glaubt Ihr, daß Ihr dieser da etwas ersparen könnt?«

»Nein, Sorilea.« Egwene hatte das Gefühl, sie müsse einen Knicks machen.

»Gut«, sagte Sorilea. Es klang nicht befriedigt, sondern lediglich, als habe sie nichts anderes erwartet. Und so war es wohl. »Jetzt kann ich mit dir darüber sprechen, was ich wirklich wissen will. Wie ich hörte, hat dir der *Car'a'carn* ein Geschenk gegeben, um dir sein Interesse an dir zu zeigen, wie man es noch nicht vernommen hat, mit Rubinen und Mondperlen.«

Aviendha zuckte zusammen, als sei eine Maus an ihrem Bein emporgeklettert. Nun, in einem solchen Fall würde sie wahrscheinlich nicht erschrecken, aber zumindest Egwene hätte sich so verhalten. Die Aiel erklärte der Weisen Frau das mit Lamans Schwert und der Scheide so hastig, daß sich ihre Stimme beinahe überschlug.

Sorilea rückte ihren Schal zurecht und knurrte einiges in sich hinein in bezug auf Mädchen, die ein Schwert berührten, selbst wenn es in Decken gewickelt war, und über die ›junge‹ Bair, mit der sie ein Wörtchen zu reden habe. »Also hast du doch kein Auge auf ihn geworfen? Schade. Das würde ihn an uns binden. Heutzutage betrachtet er zu viele Völker als die seinen.« Einen Augenblick lang musterte sie Aviendha von Kopf bis Fuß. »Ich werde Feran auf dich aufmerksam machen. Sein Großvater ist mein Schwestersohn.

Du hast andere Pflichten dem Volk gegenüber, als zu lernen, eine Weise Frau zu werden. Diese Hüften sind für Kinder wie geschaffen.«

Aviendha stolperte über einen überstehenden Pflasterstein und fing sich gerade noch vor einem Sturz. »Ich ... Ich werde über ihn nachdenken, wenn ich Zeit dafür habe«, sagte sie atemlos. »Ich muß noch viel lernen, wie man eine Weise Frau wird, und Feran gehört zu den *Seia Doon,* den Schwarzaugen, die geschworen haben, weder unter einem Dach noch in einem Zelt zu schlafen, bis Couladin tot ist.« Couladin gehörte ebenfalls zu den *Seia Doon.* Die Weise Frau mit dem ledrigen Gesicht nickte, als sei damit alles Notwendige besprochen. »Ihr, junge Aes Sedai. Ihr kennt den *Car'a'carn* gut, wie man sagt. Wird er machen, was er angedroht hat? Sogar einen Clanhäuptling hängen?«

»Ich glaube ... vielleicht ... wird er es tun.« Und etwas schneller fügte Egwene dann hinzu: »Aber ich bin sicher, daß man ihn mit Vernunftgründen überzeugen kann.« Sie war sich keineswegs sicher, nicht einmal, daß es Vernunftgründe gäbe, doch seine Worte hatten auf ihre Weise schon gerecht geklungen. Andererseits würde ihm Gerechtigkeit nicht helfen, wenn sich dadurch außer den Shaido noch andere gegen ihn stellten.

Sorilea blickte sie überrascht an und warf dann den um Rands Pferd versammelten Häuptlingen einen Blick zu, der die ganze Gruppe eigentlich hätte zu Boden werfen müssen. »Ihr mißversteht mich. Er muß diesem Pack räudiger Wölfe beweisen, daß er der Leitwolf ist. Ein Häuptling muß härter als andere Männer sein, junge Aes Sedai, und der *Car'a'carn* härter als die anderen Häuptlinge. Jeden Tag werden einige weitere Männer und sogar Töchter von Hoffnungslosigkeit überwältigt, doch sie stellen nur die weiche äußere Rinde des Eisenholzbaums dar. Was bleibt, ist das harte Innere, und er muß hart sein, um sie zu führen.«

Egwene wurde bewußt, daß sie sich selbst und die anderen Weisen Frauen nicht unter denen erwähnt hatte, die geführt werden mußten. Sorilea knurrte noch etwas von ›räudigen Wölfen‹ und hatte bald das Ohr aller Weisen Frauen gewonnen, die ihr beim Weitergehen lauschten. Was sie auch sagte, es war leider nicht bis zu ihr herüber hörbar.

»Wer ist dieser Feran?« fragte Egwene. »Ich habe dich nie von ihm erzählen hören. Wie sieht er aus?«

Aviendha blickte Sorilea, die nun zwischen den um sie herum versammelten Frauen beinahe verdeckt war, noch immer finster nach und antwortete geistesabwesend: »Er sieht ähnlich wie Rhuarc aus, nur ist er jünger, größer und hat viel rotere Haare. Eigentlich sieht er noch besser aus als Rhuarc. Mehr als ein Jahr lang hat er versucht, Enailas Interesse zu gewinnen, aber ich glaube, eher wird sie ihm das Singen beibringen, als daß sie den Speer aufgibt.«

»Das verstehe ich nicht. Hast du vor, ihn dir mit Enaila zu teilen?« Es war immer noch ein eigenartiges Gefühl, so nüchtern über diese Dinge zu sprechen.

Aviendha stolperte schon wieder und starrte sie dann an. »Ihn teilen? Ich will keinen Anteil an ihm. Sein Gesicht ist schön, aber er lacht wie ein blökendes Maultier, und er bohrt immer in seinen Ohren.«

»Aber so wie du mit Sorilea gesprochen hast, dachte ich… du hättest Gefallen an ihm gefunden. Warum hast du ihr nicht gesagt, was du mir gerade anvertraut hast?«

Das Lachen der anderen klang ein wenig gequält. »Egwene, wenn sie glaubte, ich wolle mich in dieser Angelegenheit drücken, dann würde sie den Brautkranz persönlich flechten und Feran und mich am Kragen zur Hochzeit schleifen. Hast du je erlebt, daß jemand zu Sorilea nein sagte? Brächtest du das fertig?«

Egwene öffnete den Mund, um ihr zu sagen, daß sie das selbstverständlich fertigbringe, doch dann schloß sie ihn schnell wieder. Nynaeve so zu beeindrucken, daß sie einen Schritt zurücktrat, war ja gut und schön. Aber dasselbe bei Sorilea tun ...? Das wäre dasselbe, als stünde sie genau auf der Spur eines Erdrutsches und wolle ihm befehlen, anzuhalten, bevor er sie erreichte.

Um das Thema zu wechseln, sagte sie: »Ich werde mit Amys und den anderen sprechen und sehen, ob sie in deinem Fall einsichtig sind.« Sie glaubte allerdings nicht, daß es etwas helfen werde. Der richtige Zeitpunkt wäre gewesen, bevor sie überhaupt damit begonnen hatten. Wenigstens sah Aviendha nun ein, wie unschicklich das Ganze wirklich war. Vielleicht ... »Wenn wir zusammen zu ihnen gehen, werden sie bestimmt auf uns hören.«

»Nein, Egwene. Ich muß den Weisen Frauen gehorchen. *Ji'e'toh* verlangt das von mir.« Gerade so, als habe sie nicht einen Moment vorher noch deswegen gejammert. Als habe sie nicht beinahe auf den Knien die Weisen Frauen angefleht, sie nicht in Rands Zelt schlafen zu lassen. »Aber warum entspricht die Pflicht meinem Volk gegenüber niemals meinen eigenen Wünschen? Warum muß es etwas sein, das ich auf keinen Fall tun möchte?«

»Aviendha, niemand wird dich zwingen, zu heiraten oder Kinder zu bekommen. Nicht einmal Sorilea.« Egwene war sich bewußt, daß letzeres ein wenig lahm geklungen hatte und nicht sehr überzeugend.

»Das verstehst du nicht«, sagte die andere leise, »und ich kann es dir nicht erklären.« Sie raffte den Schal um ihre Schultern und verlor kein Wort mehr darüber. Sie war bereit, über ihren Unterricht zu sprechen oder über die Frage, ob Couladin umkehren und sich der Schlacht stellen werde, oder wie die Heirat Melaine verändert hatte – die mußte sich mittlerweile schon fast dazu zwingen, so mürrisch wie sonst zu erscheinen – alles andere eben außer jenem, was sie nicht erklären konnte oder wollte.

KAPITEL 6

Eine Botschaft wird übermittelt

Das Land veränderte sich, als die Sonne sank. Die Hügel wurden niedriger und die Gehölze ausgedehnter. Oftmals sprossen auf den überwachsenen Erhebungen ehemaliger Steinumzäunungen wild wuchernde Hecken. Solche alten Feldmauern zogen sich auch mitten durch lange Waldstreifen mit Eichen und Lederblattbäumen, Walnußbäumen und Birken und anderen, die Egwene nicht kannte. Die wenigen Bauernhäuser hatten keine Dächer mehr und drinnen wuchsen manchmal Bäume von zehn oder fünfzehn Schritt Höhe; kleine, von Mauern umschlossene Wäldchen, mit zwitschernden Vögeln und Eichhörnchen mit buschigen schwarzen Schwänzen. Die gelegentlichen Bächlein hier riefen genausoviel Erstaunen bei den Aiel hervor wie die Wälder und das Gras. Sie hatten von den Feuchtländern erzählen hören und in Büchern darüber gelesen, die sie von Kaufleuten und fahrenden Händlern wie Hadnan Kadere erworben hatten, aber nur wenige hatten diese Länder seit der Suche nach Laman tatsächlich gesehen. Allerdings stellten sie sich schnell auf die neue Umgebung ein. Das Graubraun ihrer Zelte verschmolz mit dem Braun abgestorbener Blätter unter den Bäumen und mit dem verdorrten Gras und Unkraut. Das Lager erstreckte sich über mehrere Meilen und wurde durch tausend kleine Feuer in der goldenen Abenddämmerung erhellt.

Egwene war mehr als froh, in ihr Zelt kriechen zu können, nachdem die *Gai'schain* es endlich aufgebaut hatten. Drinnen flackerten die Lampen und in der Feuergrube loderte ein kleines Feuer. Sie schnürte die weichen Stiefel auf, zog sie sich gleich mit den Wollstrümpfen aus und streckte sich wohlig auf den bunten, dicken Decken aus. Aufseufzend bewegte sie ihre Zehen und wünschte sich ein Wasserbecken herbei, um die Füße zu baden. Natürlich gab sie gar nicht erst vor, so widerstandsfähig wie die Aielfrauen zu sein, aber wenn sich ihre Füße schon nach ein paar Stunden Wanderung anfühlten, als seien sie auf die doppelte Größe angeschwollen, dann verweichlichte sie tatsächlich. Eigentlich stellte hier Wasser kein Problem mehr dar. Oder sollte es jedenfalls nicht. Dabei mußte sie allerdings an den recht armseligen Bach denken. Doch wenigstens sollte es hier einmal wieder zu einem richtigen Bad reichen!

Cowinde, die in ihrem weißen Gewand so demütig und still einherglitt, brachte ihr das Abendessen: etwas von diesem hellen Fladenbrot aus Zemaimehl und dicken Eintopf in einer rotgestreiften Schüssel, den sie ganz mechanisch herunterschlang, obwohl sie eigentlich gar nicht hungrig war, nur müde. Sie kannte die getrockeneten Paprikastreifen und die Bohnen, doch sicherheitshalber fragte sie nicht nach, welche Sorte von Fleisch das sei. *Kaninchen,* redete sie sich entschlossen ein und hoffte, es möge der Wahrheit entsprechen. Die Aiel aßen Dinge, bei deren Anblick sich ihre Haare aufstellten. Sie hätte wetten können, daß Rand seine Speisen nicht einmal genau ansah; Männer ekelten sich noch schneller als Frauen.

Sobald sie den Eintopf aufgegessen hatte, streckte sie sich neben einer kunstvoll gehämmerten Silberlampe aus, deren Licht von einer auf Hochglanz polierten Reflektorscheibe verstärkt wurde. Sie hatte ein wenig Schuldgefühle, da die meisten Aiel nachts außer den kleinen Feuern überhaupt kein Licht hatten. Nur wenige hatten Lampen und Öl mitgenommen, lediglich die Weisen Frauen und die Häuptlinge von Clans oder Septimen. Aber natürlich wäre es sinnlos, im trüben Feuerschein herumzusitzen, wenn sie richtige Beleuchtung haben konnte. Das erinnerte sie an etwas anderes: Hier war der Temperaturunterschied von Tag und Nacht nicht mehr so krass wie in der Wüste. Im Zelt war es jetzt bereits unangenehm warm.

Sie benutzte ganz kurz die Macht. Stränge aus Luft erstickten das Feuer. Dann kramte sie in ihrer Satteltasche nach dem abgegriffenen Lederband, den sie von Aviendha ausgeliehen hatte. Es war ein kleines, dickes Buch, eng bedruckt und deshalb schwer zu lesen, außer bei sehr guter Beleuchtung. Dafür konnte sie es in jeder Tasche unterbringen. ›Die Flamme, die Klinge und das Herz‹ lautete der Titel. Es war eine Geschichtensammlung über die Erlebnisse von Birgitte mit Gaidal Cain, Anselan und Barashelle, Rogosh Adlerauge und Dunsinin und einem Dutzend anderer. Aviendha behauptete, ihr gefiele das Buch der Abenteuer und Schlachten wegen, und das mochte stimmen, aber jede Geschichte beschrieb auch die Liebe eines Mannes zu einer Frau und umgekehrt. Egwene war bereit, zuzugeben, daß es gerade das sei, was ihr so besonders gefiel: die manchmal stürmischen und dann wieder sanften Wogen unsterblicher Liebe. Jedenfalls gab sie das sich selbst gegenüber zu. Es war natürlich nichts, was eine nach außen hin vernünftige Frau mit klarem Kopf öffentlich zugeben konnte.

In Wirklichkeit allerdings war ihr nicht mehr nach Lesen zumute als vorher nach Essen. Alles, was sie wirklich tun wollte, war baden und schlafen, wobei sie vermutlich sowieso auf das ersteres verzichten mußte. Doch heute nacht waren Amys und sie in *Tel'aran'rhiod* mit Nynaeve verabredet. Wo sich Nynaeve auf ihrem Weg nach Ghealdan auch befinden mochte, würde die Nacht erst später hereinbrechen, und so mußte sie notgedrungen wach bleiben.

Bei Elayne hatte das mit der Menagerie recht aufregend geklungen, als sie ihnen beim letzten Treffen davon erzählte. Allerdings fand sie nicht, daß Galads Anwesenheit Grund genug sei für eine solch überstürzte Flucht. Ihrer Meinung nach hatten Elayne und Nynaeve einfach Geschmack am Abenteuer gefunden. Die Sache mit Siuan war zu schade, denn die beiden hätten eine feste Hand gebraucht, um sie allmählich erwachsen werden zu lassen. Seltsam, so über Nynaeve zu denken. Früher war gerade sie immer diejenige mit der festen Hand gewesen. Doch seit jenem Zusammentreffen in *Tel'aran'rhiod* war Nynaeve für sie nicht mehr diejenige, gegen die sie sich durchsetzen mußte.

Schuldbewußt erkannte sie beim Umblättern, daß sie sich auf das Treffen mit Nynaeve diese Nacht freute. Nicht nur, weil Nynaeve eine Freundin war, sondern vor allem, weil sie erleben wollte, ob sich Nynaeves Haltung ihr gegenüber bestätigen werde. Falls Nynaeve wieder an ihrem Zopf riß, würde sie ihr einen kühlen Blick zuwerfen und eine Augenbraue hochziehen und... *Licht, ich hoffe nur, daß es anhält. Wenn sie irgend etwas über meinen heimliches Ausflug ausplaudert, werden mir Amys, Bair und Melaine abwechselnd die Haut abziehen, falls sie mich nicht einfach hinauswerfen.*

Immer wieder fielen ihr beim Lesen die Augen zu. So hatte sie den Eindruck verschwommener Träume, wenn sie an diese Geschichten dachte. Sie konnte genauso stark sein wie all diese Frauen, genauso stark und tapfer wie Dunsinin oder Nerein oder Melisinde oder sogar Birgitte, so stark wie Aviendha. Würde Nynaeve genug Vernunft besitzen, um vor Amys heute nacht den Mund zu halten? Der vage Gedanke schlich sich ein, daß sie Nynaeve am Nacken packen und durchschütteln werde. Wie dumm. Nynaeve war um Jahre älter als sie. Die Augenbraue kühl und überheblich hochziehen, ha! Dunsinin. Birgitte. Genauso hart und stark wie eine Tochter des Speers.

Ihr Kopf sank vornüber auf das geöffnete Buch, und sie bemühte sich noch, den kleinen Band unter ihrer Wange zu bergen, während ihr Atem immer ruhiger und gleichmäßiger wurde und sie schließlich einschlummerte.

Sie zuckte überrascht zusammen, als sie sich plötzlich unter den großen Sandsteinsäulen im Herzen des Steins wiederfand, im eigenartigen Lichtschein *Tel'aran'rhiods*, und dann wurde sie noch einmal überrascht, denn sie trug den *Cadin'sor*. Amys würde es nicht gefallen, sie so gekleidet zu sehen; nein, es würde sie gewiß nicht amüsieren. Schnell bemühte sie sich um neue Kleidung und wurde erneut überrascht, denn ihre Gewänder flimmerten und änderten sich ständig. Einmal trug sie die Algodebluse und den bauschigen Wollrock der Weisen Frauen und dann wieder ein zartes Gewand aus blauer Seide mit Brokatstreifen. Schließlich blieb dann die Aielkleidung einschließlich ihres elfenbeinernen Flammen-Armreifs und ihrer aus Gold und Elfenbein gefertigten Halskette. Solche gedankliche Unentschlossenheit hatte sie schon lange nicht mehr an den Tag gelegt.

Einen Augenblick lang dachte sie daran, die Welt der Träume wieder zu verlassen, doch sie vermutete, daß sie wohl in ihrem Zelt fest eingeschlafen war. Höchstwahrscheinlich würde sie lediglich in einen ihrer eigenen Träume hineingleiten und da war sie sich der Traumnatur nicht immer bewußt. Doch in einem solchen Fall konnte sie nicht mehr nach *Tel'aran'rhiod* zurückkehren. Sie würde bestimmt Amys nicht mit Nynaeve allein lassen. Wer wußte schon, was Nynaeve dann alles ausplauderte, falls Amys sie herausforderte? Wenn die Weise Frau eintraf, würde sie einfach behaupten, sie sei ebenfalls gerade angekommen. Die Weisen Frauen waren bisher immer ein wenig schneller als sie gewesen oder zumindest zur selben Zeit eingetroffen, aber wenn Amys glaubte, sie sei diesmal nur eine Sekunde schneller gewesen, würde das bestimmt nichts ausmachen.

Sie hatte sich nun schon fast an den Eindruck unsichtbarer Augen in dieser riesigen Halle gewöhnt. *Nur die Säulen und die Schatten und dieser große, leere Raum.* Trotzdem hoffte sie, es werde nicht zu lange dauern, bis Amys und auch Nynaeve einträfen. Doch es würde mit Sicherheit noch eine Weile dauern. So seltsam die Zeit oftmals in *Tel'aran'rhiod* verlief, mußte es doch noch eine gute Stunde bis zu ihrem vereinbarten Treffen dauern. Vielleicht gab ihr das genug Zeit, um …

Plötzlich wurde ihr bewußt, daß sie Stimmen hörte. Es klang wie ein fernes Flüstern zwischen den Säulen. Sie griff nach *Saidar* und ging vorsichtig in Richtung der Geräusche auf den Ort zu, wo Rand *Callandor* unter der großen Kuppel zurückgelassen hatte. Die Weisen Frauen behaupteten, die Fähigkeit, *Tel'aran'rhiod* unter Kontrolle zu halten, sei hier genauso mächtig wie die Eine Macht, doch sie kannte sich im Gebrauch *Saidars* viel besser aus und vertraute ihren Fähigkeiten. Hinter den dicken Sandsteinsäulen verborgen, blieb sie stehen und ließ ihren Blick schweifen.

Es waren keine Schwarzen Schwestern, wie sie befürchtet hatte, und auch nicht Nynaeve. Statt dessen stand Elayne in der Nähe der glitzernden Klinge *Callandors,* die dort im Boden steckte, und sie war in ein Gespräch mit einer Frau vertieft, die wohl die eigenartigste Kleidung trug, die Egwene je gesehen hatte. Sie hatte einen weißen Kurzmantel seltsamen Schnitts an und dazu eine weite gelbe Hose, deren Beine an den Knöcheln jeweils in zahlreichen Falten zusammengebunden waren, gleich über kurzen Stiefeletten mit hohen Absätzen. Auf ihrem Rücken hing ein kunstvoll geflochtener blonder Zopf und in Händen hielt sie einen Bogen, der wie Silber glänzte. Auch die Pfeile im Köcher glänzten silbern.

Egwene schloß die Augen. Zuerst die Probleme mit

ihrer Kleidung und nun das. Nur weil sie von Birgitte gelesen hatte – und der silberne Bogen ließ keinen anderen Schluß zu –, war das noch kein Grund, sich einzubilden, sie sei wirklich hier. Birgitte wartete irgendwo auf den Ruf des Horns von Valere, das sie und die anderen Helden zur Letzten Schlacht rufen würde. Doch als Egwene die Augen wieder öffnete, befanden sich Elayne und die seltsam gekleidete Frau immer noch dort. Sie konnte nicht ganz verstehen, was da gesprochen wurde, doch diesmal schenkte sie ihren Augen Glauben. Sie war entschlossen, hinzugehen und sich zu erkennen zu geben, als hinter ihr jemand sagte: »Habt Ihr beschlossen, früher zu kommen? Und allein?«

Egwene wirbelte herum und sah sich Amys gegenüber. Ihr dunkelbraun gebranntes Gesicht schien zu jugendlich für das weiße Haar. Neben ihr stand Bair mit ihren ledern wirkenden Wangen. Beide hatten die Arme vor der Brust verschränkt, und sogar die Art, wie sie die Schals eng zusammengezogen hatten, deutete auf Mißbilligung hin.

»Ich bin eingeschlafen«, sagte Egwene. Es war einfach zu früh, um ihre zurechtgelegte Geschichte vorzubringen. Während sie noch erklärte, wie sie eingeschlummert war und warum sie nicht zurückkehrte – ohne zu erwähnen, daß sie ein Gespräch unter vier Augen zwischen Nynaeve und Amys verhindern wollte –, war sie doch überrascht von ihren eigenen Schuldgefühlen, weil sie vorgehabt hatte zu lügen, und über ihre Erleichterung, daß ihr das nun erspart geblieben war. Vielleicht würde die Wahrheit sie nicht vor Strafe bewahren. Wohl war Amys nicht so streng wie Bair – nicht ganz –, aber sie war durchaus fähig, sie dafür den Rest der Nacht über Steine aufstapeln zu lassen. Viele Weise Frauen glaubten an die strafende Wirkung völlig nutzloser Arbeit. Man konnte sich ja dabei nicht einmal einreden, es sei etwas anderes als eben nur eine Strafe, während man beispielsweise Asche mit einem Löffel vergrub. Und das setzte noch voraus, daß sie sich nicht einfach weigerten, sie weiter zu unterrichten. Dann zog sie doch lieber die Asche vor.

Sie konnte einen Seufzer der Erleichterung nicht unterdrücken, als Amys nickte und sagte: »Das kann passieren. Aber beim nächsten Mal kehrt Ihr zurück und träumt Eure eigenen Träume. Ich hätte auch allein anhören können, was Nynaeve zu sagen hat, und ihr mitteilen, was wir wissen. Wenn Melaine heute nacht nicht bei Bael und Dorindha wäre, wäre auch sie hier anwesend. Ihr habt Bair einen Schreck eingejagt. Sie ist stolz auf Eure Fortschritte, und wenn Euch etwas passiert ...«

Bair aber wirkte gar nicht stolz. Sie schien im Gegenteil eine noch finsterere Miene zu machen als sonst, als Amys schwieg. »Ihr hattet Glück, daß Cowinde Euch fand, als sie das Geschirr abräumen wollte. Sie machte sich Sorgen, weil sie Euch nicht wecken konnte, um die Decken aufzuschütteln. Falls ich geglaubt hätte, Ihr wärt schon länger als nur ein paar Minuten allein hier gewesen ...« Ihr Blick wurde einen Augenblick lang drohend, und ihre Stimme klang mehr nach einem Grollen: »Ich glaube, nun müssen wir auf Nynaeve warten, und wenn wir damit nur verhindern, daß Ihr weiterhin bettelt, nicht zurückgeschickt zu werden. Wenn wir dableiben müssen, dann sei es so. Wir können die Zeit möglicherweise anders nutzen. Konzentriert Euch auf ...«

»Es ist nicht Nynaeve«, sagte Egwene schnell. Sie wollte gar nicht wissen, was ihr Bair antun könnte, wenn sie solche Laune hatte. »Es ist Elayne, und ...« Ihre Worte verklangen, als sie sich umdrehte. Elayne in ihrem eleganten grünen Seidenkleid, das auf jeden Ball gepaßt hätte, schritt unweit von *Callandor* auf und ab. Birgitte war nicht zu sehen. Ich habe sie mir aber nicht bloß eingebildet! »Sie befindet sich bereits hier?« fragte

Amys und trat vor, so daß sie in die gleiche Richtung blicken konnte.

»Noch so ein törichtes Mädchen«, knurrte Bair. »Die Mädchen heutzutage haben nicht mehr Gehirn als Ziegen.« Sie stolzierte vor Egwene und Amys her und pflanzte sich vor Elayne und *Callandor* gegenüber mit in die Hüften gestemmten Fäusten auf. »Ihr seid nicht meine Schülerin, Elayne von Andor, auch wenn Ihr genug von uns gelernt habt, um Euch hier nicht selbst umzubringen, wenn Ihr Vorsicht walten laßt. Aber wenn Ihr meine Schülerin wärt, würde ich Euch von Kopf bis Fuß versohlen und Euch zu Eurer Mutter zurückschicken, bis Ihr alt genug seid, daß man Euch allein fortläßt. Das könnte meiner Meinung nach noch einmal so viele Jahre dauern, wie Ihr bereits hinter Euch erlebt habt. Ich weiß, daß Ihr allein in die Welt der Träume gekommen seid, Ihr und Nynaeve. Ihr seid beide sehr töricht, so etwas zu unternehmen!«

Elayne fuhr zusammen, als sie so plötzlich erschienen, doch als sie Bairs Tiraden vernahm, richtete sie sich hoch auf und wirkte durch ihre Kopfhaltung geradezu eisig. Ihr Kleid färbte sich rot und nahm einen noch feineren Glanz an. Die Ärmel waren mit einemmal reich bestickt, genau wie das hochgezogene Oberteil des Kleids. Darauf waren auch die sich aufbäumenden weißen Löwen und die goldenen Lilien ihres eigenen Wappens zu erkennen. Ein feines goldenes Diadem ruhte auf ihren rotgoldenen Locken, und ein einzelner Löwe von Andor, aus Mondperlen geformt, hing ihr in die Stirn. Sie konnte solche Dinge nicht sehr gut kontrollieren. Vielleicht aber auch trug sie diesmal genau das, was sie beabsichtigt hatte? »Ich danke Euch für Eure Fürsorge«, sagte sie in wahrhaft königlichem Tonfall. »Doch es stimmt, daß ich nicht Eure Schülerin bin, Bair von den Haido Shaarad. Ich bin dankbar für Eure Unterweisung, aber ich muß meinen eigenen Weg gehen und die Aufgaben erfüllen, die mir die Amyrlin auftrug.«

»Eine tote Frau«, sagte Bair kalt. »Ihr seid einer toten Frau gehorsam.« Egwene fühlte fast greifbar, wie Bair die Haare vor Zorn zu Berge standen. Falls sie nicht eingriff, konnte es sein, daß Bair sich entschloß, Elayne eine schmerzhafte Lektion zu erteilen. Das letzte, was sie benötigten, war diese Art von Auseinandersetzung.

»Was … warum bist du hier und nicht Nynaeve?« Sie hatte eigentlich fragen wollen, was Elayne hier zu tun habe, doch das hätte Bair eine Möglichkeit zum Einhaken gegeben und außerdem vielleicht so geklungen, als stünde sie auf der Seite der Weisen Frauen. Was sie eigentlich fragen wollte, war, wieso Elayne hier herumgestanden und mit Birgitte gesprochen habe. *Ich habe mir das doch nicht eingebildet!* War es eine Frau gewesen, die träumte, sie sei Birgitte? Doch nur diejenigen, die bewußt *Tel'aran'rhiod* betraten, konnten dort mehr als ein paar Minuten lang verbleiben, und Elayne hätte sich mit einer anderen bestimmt nicht unterhalten. Wo warteten Birgitte und die anderen eigentlich?

»Nynaeve hat starke Kopfschmerzen.« Das Diadem verschwand, und Elaynes Kleid verwandelte sich in ein einfacheres mit lediglich ein paar goldenen Stickereien auf dem Oberteil.

»Ist sie krank?« fragte Egwene besorgt.

»Sie hat nur Kopfschmerzen und ein oder zwei Schrammen.« Elayne kicherte und verzog gleichzeitig schmerzhaft das Gesicht. »O Egwene, das glaubst du einfach nicht. Alle vier Chavanas sind zu uns zum Essen gekommen. In Wirklichkeit natürlich, um mit Nynaeve zu flirten. Die ersten paar Tage lang haben sie versucht, mit mir zu flirten, aber Thom hat dann eine kleine Unterhaltung mit ihnen geführt. Danach gaben sie's auf. Dabei hatte er gar kein Recht dazu. Nicht, daß ich unbedingt mit ihnen flirten wollte, weißt du? Na ja, jedenfalls waren sie da und flirteten mit Nynaeve. Zumindest versuchten sie es, aber sie hat sie so wenig beachtet wie ein paar lästige Fliegen. Dann kam Latelle herbei und fing an, Nynaeve mit einem Stock zu schlagen und ihr alle Arten von gemeinen Schimpfwörtern zuzuwerfen.«

»Wurde sie verletzt?« Egwene war gar nicht sicher, wen sie damit meinte. Wenn Nynaeve einmal richtig wütend wurde …

»Sie nicht. Die Chavanas bemühten sich, sie von Latelle wegzuzerren und Taeric wird wahrscheinlich noch tagelang humpeln, von Brughs geschwollener Lippe ganz zu schweigen. Petra mußte Latelle in ihren Wagen schleppen, und ich bezweifle, daß sie in den nächsten Tagen ihre Nase noch einmal hinaussteckt.« Elayne schüttelte den Kopf. »Luca wußte nicht, wem er die Schuld geben sollte. Einer seiner Akrobaten mit lahmem Bein, und seine Bärendompteurin liegt heulend im Bett … Also hat er jeden beschuldigt, und ich glaubte schon, Nynaeve werde ihm einiges um die Ohren hauen. Wenigstens hat sie die Macht nicht benützt. Ein- oder zweimal habe ich geglaubt, es sei soweit, bis sie Latelle unter sich am Boden hatte.«

Amys und Bair tauschten einen undurchschaubaren Blick. Dieses Benehmen erwartete man von einer Aes Sedai gewiß nicht.

Egwene war auch ein wenig verwirrt, aber vor allem der vielen Namen und Leute wegen, von denen sie bisher nur ganz kurz gehört hatte. Seltsame Leute, die da mit Löwen, Hunden und Bären herumreisten. Und ein Feuerwerker dazu. Sie konnte nicht glauben, daß diese Petra so stark war, wie Elayne behauptete. Nun gut, Thom konnte auch sowohl Feuerschlucken wie Jonglieren, und was Elayne und Juilin taten, klang schon ebenso eigenartig, obwohl sie ja die Macht benützte.

Wenn Nynaeve nahe daran gewesen war, die Macht zu benützen … Elayne hatte wohl das Glühen *Saidars* um sie herum entdeckt. Ob sie nun wirklich einen stichhaltigen Grund hatten, sich zu verbergen oder nicht, sie würden bestimmt nicht lange unentdeckt bleiben, falls eine von ihnen die Macht gebrauchte und andere das bemerkten. Die Augen-und-Ohren der Burg würden es auf jeden Fall hören, denn diese Art von Neuigkeiten sprach sich schnell herum, besonders, wenn sie sich noch in Amadicia befanden.

»Richte Nynaeve von mir aus, daß sie sich gefälligst zurückhalten soll, sonst werde ich ein paar Wörtchen mit ihr reden, die ihr gewiß nicht schmecken.« Elayne blickte verblüfft drein, denn Nynaeve hatte ihr bestimmt nicht erzählt, was zwischen ihnen vorgefallen war. So fügte Egwene hinzu: »Wenn sie die Macht gebraucht, kannst du sicher sein, daß Elaida davon erfährt, so schnell nur eine Taube nach Tar Valon kommt.« Mehr konnte sie nicht sagen, denn auch das bereits zog wieder einen Blickeaustausch zwischen Amys und Bair nach sich. Was sie wirklich von einer gespaltenen Burg hielten und einer Amyrlin, die – soweit man das beurteilen konnte – den Befehl ausgegeben hatte, Aes Sedai mit Drogen zu betäuben, hatten sie noch nicht wissenlassen. Wenn sie nicht wollten, wirkte Moiraine gegen sie wie eine Klatschtante. »Eigentlich hätte ich ganz gern euch beide allein vor mir. Ich hätte euch so einiges zu sagen!«

Elayne versteifte ihre Haltung und schien wieder so kühl und beherrscht wie vorher bei Bair. »Das kannst du mir sagen, wann immer du wünscht.«

Hatte sie verstanden? Allein, ohne die Gegenwart der Weisen Frauen. In der Burg. Egwene konnte es nur hoffen. Am besten wechselte sie jetzt das Thema und wünschte sich, die Weisen Frauen würden nicht genauso sorgfältig über ihre Worte nachdenken, wie sie das von Elayne hoffte. »Wird es dieser Auseinandersetzung mit Latelle wegen Probleme geben?« Was hatte sich Nynaeve nur dabei gedacht? Zu Hause hätte sie jede Frau in ihrem Alter, die einen Streit vom Zaun brach, so schnell vor der Versammlung der Frauen gehabt, daß ihr die Augen herausgefallen wären. »Ihr müßt euch doch mittlerweile schon bald in Ghealdan befinden.«

»Noch drei Tage, sagt Luca, wenn wir Glück haben. Die Menagerie kommt nicht so schnell vorwärts.«

»Vielleicht solltet ihr sie jetzt verlassen.«

»Möglicherweise«, sagte Elayne bedächtig. »Ich würde wirklich gern einmal auf dem Seil tanzen, und das vor...« Mit einem Kopfschütteln blickte sie zu *Callandor* hinüber. Ihr Ausschnitt wurde plötzlich gefährlich tief, schob sich dann aber schnell wieder zu sittsamer Höhe hinauf. »Ich weiß nicht, Egwene. Wir könnten allein auch nicht viel schneller vorankommen, und wir wissen überdies noch nicht genau, wohin wir uns eigentlich wenden sollen.« Das bedeutete, Nynaeve hatte sich nicht daran erinnert, wo sich die Blauen versammelt hatten; falls Elaidas Bericht der Wahrheit entsprach. »Ganz zu schweigen davon, daß Nynaeve vermutlich vor Wut platzt, wenn wir den Wagen zurücklassen und neue Reitpferde kaufen oder gar eine neue Kutsche. Außerdem erfahren wir so eine ganze Menge über die Seanchan. Cerandin hat am Hof der Neun Monde als *S'redit*-Dompteurin gearbeitet, dort, wo die Kaiserin der Seanchan sitzt. Gestern hat sie uns Sachen gezeigt, die sie mitnahm, als sie aus Falme floh. Egwene, stell dir vor, sie hatte sogar einen *A'dam!*«

Egwene trat vor, und ihr Rock streifte beinahe *Callandor*. Rands Fallen waren nicht physischer Natur, was auch Nynaeve zu glauben schien. »Kannst du sicher sein, daß sie keine *Sul'dam* war?« Ihre Stimme bebte vor Zorn.

»Da bin ich sicher«, sagte Elayne beruhigend. »Ich habe ihr selbst den *A'dam* angelegt, und sie zeigte keine Reaktion.«

Da lag ein kleines Geheimnis, das selbst die Seanchan nicht kannten oder, falls doch, ängstlich wahrten. Ihre *Damane* waren Frauen, die mit dem Talent geboren wurden und irgendwann einmal die Macht gebrauchen konnten, ob man es sie lehrte oder nicht. Doch die *Sul'dam*, diejenigen, die alle *Damane* befehligten, waren die Frauen, denen man den Gebrauch der Macht durch Schulung beibringen konnte. Die Seanchan hielten Frauen, die mit der Macht umgehen konnten, für gefährliche Tiere und räumten doch, ohne es zu wissen, vielen von ihnen eine gehobene Stellung in ihrer Gesellschaft ein.

»Ich verstehe dieses Interesse an den Seanchan überhaupt nicht.« Amys sprach die Bezeichnung ungeschickt aus; sie hatte von ihnen noch nie gehört, bis Elayne bei ihrem letzten Treffen davon sprach. »Was sie tun, ist sicher schrecklich, aber sie sind ja fort. Rand al'Thor hat sie besiegt, und sie sind geflohen.«

Egwene wandte ihr den Rücken zu und starrte die riesigen, glänzenden Säulen an, die sich weit in die Schatten hineinzogen. »Fort heißt nicht, daß sie nicht wiederkommen werden.« Sie wollte nicht, daß die anderen ihr Gesicht sahen; nicht einmal Elayne. »Wir müssen alles in Erfahrung bringen, was möglich ist, für den Fall, daß sie jemals wiederkommen.« Man hatte ihr in Falme einen *A'dam* angelegt. Man hatte vorgehabt, sie über das Arythmeer nach Seanchan zu senden, um dort den Rest ihres Lebens wie ein Hund an der Leine zu verbringen. Jedesmal, wenn sie daran dachte, stieg der Zorn in ihr hoch. Und auch die Angst. Die Angst, es könne ihnen gelingen, sie bei ihrer Rückkehr erneut zu ergreifen und diesmal für immer festzusetzen. Das wollte sie sich vor den anderen nicht anmerken lassen: das blanke Entsetzen, von dem sie wußte, daß es in ihren Augen stand. Elayne legte ihr eine Hand auf den Arm. »Wir werden auf sie vorbereitet sein, wenn sie zurückkehren«, sagte sie mit sanfter Stimme. »Sie werden uns nicht noch einmal überraschen und unwissend vorfinden.« Egwene tätschelte ihre Hand, hätte sich aber lieber an sie geklammert. Elayne verstand sie besser, als ihr manchmal lieb war, doch das war andererseits auch sehr beruhigend.

»Laßt uns das beenden, weshalb wir herkamen«, sagte Bair kurz angebunden. »Ihr braucht nun wirklich Euren Schlaf, Egwene.«

»Wir haben Euch von den *Gai'schain* entkleiden und unter Eure Decken legen lassen.« Überraschenderweise klang das bei Amys genauso sanft wie bei Elayne. »Wenn Ihr in Euren Körper zurückkehrt, könnt Ihr gleich bis zum Morgen weiterschlafen.«

Egwenes Wangen liefen rot an. Da sie die Aielbräuche kannte, war es durchaus wahrscheinlich, daß einige dieser *Gai'schain* Männer gewesen waren. Sie würde einmal mit ihnen darüber sprechen müssen; vorsichtig natürlich, denn sie würden es nicht verstehen, und sie fühlte sich alles andere als wohl, wenn sie mit ihnen darüber sprechen mußte.

Ihr wurde bewußt, daß ihre Angst verflogen war. *Anscheinend habe ich mehr Angst vor meiner eigenen Scham als vor den Seanchan.* Das stimmte nicht ganz, aber sie hielt sich gern an diesem Gedanken fest.

Es gab wirklich nur wenig, was sie Elayne berichten konnte. Daß sie sich endlich in Cairhien befanden, daß Couladin Selean verwüstet und das umliegende Land gebrandschatzt hatte, daß ihnen die Shaido immer noch um Tage voraus waren und nach Westen zogen. Die Weisen Frauen wußten mehr als sie. Sie hatten sich nicht gleich in ihre Zelte begeben. Abends hatte es kleinere Scharmützel gegeben, nur wenige wohl, mit berittenen Gegnern, die schnell geflohen waren, und mit anderen Berittenen, die schon geflohen waren, bevor es zum Kampf kam. Man hatte keine Gefangenen gemacht. Moiraine und Lan schienen die Gegner für Banditen zu halten oder für Anhänger des einen oder anderen Adelshauses, das sich um den Sonnenthron schlug. Alle hatten jedenfalls einen gleich zerlumpten Eindruck gemacht. Wer sie auch gewesen sein mochten – es würde sich bald herumsprechen, daß sich nunmehr noch weitere Aiel in Cairhien aufhielten.

»Sie mußten es ja wohl früher oder später erfahren«, war Elaynes lakonischer Kommentar.

Egwene beobachtete Elayne, als sie selbst und die Weisen Frauen verschwanden. Es wirkte auf sie, als werde Elayne und das Herz des Steins durchscheinend und immer blasser. Doch ihre Freundin mit dem goldenen Haar ließ sich nicht anmerken, ob sie die Botschaft verstanden hatte oder nicht.

KAPITEL 7

Träume von Galad

Statt in ihren eigenen Körper zurückzukehren, schwebte Egwene durch die Dunkelheit. Sie selbst schien aus Dunkelheit zu bestehen und ohne feste Substanz zu sein. Ob ihr Körper nun über oder unter oder neben ihr lag, wußte sie nicht, denn hier gab es keine Richtung. Doch sie wußte, daß er sich in der Nähe befand und daß sie sich leicht in ihn hineinbegeben konnte. Überall in ihrer Umgebung in dieser Dunkelheit schienen Glühwürmchen zu flimmern. Es war ein riesiger Schwarm, der sich in unfaßbarer Entfernung verlor. Das waren Träume, die Träume der Aiel im Lager, Träume von Männern und Frauen überall in Cairhien, überall auf der Welt, die hier auf einmal glitzerten.

Mittlerweile war sie in der Lage, einige der nahegelegenen auszuwählen und den Träumer zu identifizieren. Auf gewisse Weise ähnelten sich diese Lichtpunkte tatsächlich wie Glühwürmchen, und das hatte ihr anfänglich auch solche Schwierigkeiten bereitet, doch auf andere Weise schienen sie ihr nun doch so individuell wie die Gesichter von Menschen. Rands Träume und die Moiraines erschienen gedämpft, getrübt von den Wachgeweben, die sie darum gelegt hatten. Die von Amys und Bair leuchteten hell und pulsierten regelmäßig. Offensichtlich hatten sie sich an die eigenen Ratschläge gehalten. Hätte sie die jetzt nicht entdeckt, wäre sie augenblicklich wieder in ihren Körper zurückgeschlüpft. Die beiden durchforschten diese Dunkelheit mit viel größerer Leichtigkeit als sie selbst. Sie hätte nichts gemerkt, bis sie ihr plötzlich im Nacken säßen. Wenn sie je lernte, Elayne und Nynaeve auf dieselbe Weise zu identifizieren, würde sie die Freundinnen überall in diesem Sternchenmeer finden, gleich, wo sie sich auf der Welt befanden. Aber heute nacht hatte sie nicht vor, irgendeinen Traum zu beobachten.

Sorgfältig formte sie ein wohlbekanntes Bild in ihrem Geist, und sie befand sich wieder in *Tel'aran'rhiod,* und zwar in jenem kleinen, fensterlosen Raum in der Burg, wo sie als Novizin gewohnt hatte. Ein schmales Bett stand an einer weißgetünchten Wand. Gegenüber der Tür befand sich ein kleiner Waschtisch mit einem dreibeinigen Hocker, und an den Wandhaken hingen die Kleider und die weißen, wollenen Hemden der jetzigen Bewohnerin. Es hätte genauso sein können, daß der Raum jetzt unbewohnt stand, denn seit vielen Jahren hatte die Burg nicht mehr die Quartiere der Novizinnen füllen können. Der Fußboden war beinahe genauso weiß wie Wände und Kleidung. Jeden Tag schrubbte die hier wohnende Novizin auf Händen und Knien diesen Boden. Genauso hatte es Egwene gemacht und Elayne im Zimmer neben ihr. Wenn eine Königin kam, um sich in der Burg ausbilden zu lassen, fing sie in einem ganz ähnlichen Zimmer an und schrubbte den Boden.

Die Kleider hingen anders dort, als sie erneut hinblickte, aber das ignorierte sie. Sie war bereit, innerhalb eines Herzschlags nach *Saidar* zu greifen, und so öffnete sie die Tür gerade weit genug, um den Kopf hinausstecken zu können. Dann atmete sie erleichtert auf, als Elaynes Kopf genauso zögernd aus der nächsten Tür auftauchte. Egwene hoffte, daß sie selbst nicht auch so schüchtern und unsicher wirkte. Sie deutete schnell nach hinten, und Elayne huschte in das Weiß einer Novizin gekleidet herüber. Aus dem Weiß wurde ein hellgraues, seidenes Reitkleid, als sie in das Zimmer schlüpfte. Egwene haßte graue Kleider, denn das trugen die *Damane*.

Sie verblieb noch einen Augenblick länger draußen und suchte die von Geländern geschützten Rundbalkone des Novizinnenquartiers mit Blicken ab. Einer über dem anderen, so erhoben sie sich über ihr, und genauso zogen sie sich nach unten zu bis zum Hof der Novizinnen. Sie erwartete wohl nicht, Liandrin oder noch schlimmere dort draußen zu sehen, aber etwas Vorsicht konnte nicht schaden.

»Ich dachte mir, daß du das gemeint hast«, sagte Elayne, als sie die Tür schloß. »Hast du eine Ahnung, wie schwierig es ist, sich daran zu erinnern, was ich vor wem nicht erwähnen darf? Manchmal wünsche ich mir, ich könnte den Weisen Frauen endlich alles berichten. Ihnen sagen, daß wir nur Aufgenommene sind. Dann wäre die Heimlichtuerei zu Ende.«

»Und du hättest deine Ruhe«, sagte Egwene aufgebracht. »Aber ich schlafe zufällig keine zwanzig Schritt von ihnen entfernt.«

Elayne schauderte. »Diese Bair. Sie erinnert mich an Lini, wenn ich etwas kaputt gemacht hatte, was ich gar nicht hätte anfassen dürfen.«

»Warte nur ab, bis ich dich Sorilea vorstelle.« Elayne warf ihr einen zweifelnden Blick zu, aber Egwene war sich nicht sicher, ob sie selbst jemanden wie Sorilea für möglich gehalten hätte, bevor sie diese Frau dann kennenlernte. Nun, es gab keine elegante Lösung, also mußte sie einfach beginnen. Sie rückte ihren Schal zurecht. »Erzähle mir von deinem Treffen mit Birgitte. Es war doch Birgitte, oder?«

Elayne taumelte, als habe man ihr einen Schlag in die Magengrube versetzt. Sie schloß ihre blauen Augen einen Moment lang und atmete so tief ein, daß die Luft sie wohl bis zu den Zehen hinunter füllte. »Ich kann mit dir darüber nicht sprechen.«

»Was meinst du damit, daß du nicht sprechen kannst? Du hast doch eine Zunge. War es nun Birgitte?«

»Ich *kann nicht,* Egwene. Das mußt du mir glauben.

Wenn ich könnte, würde ich sprechen, aber es geht nicht. Vielleicht ... kann ich darum bitten ...« Wäre Elayne die Art von Frau gewesen, die gelegentlich die Hände verzweifelt ringt, dann hätte sie es jetzt getan. Sie öffnete den Mund und schloß ihn wortlos wieder. Ihr Blick irrte durch das Zimmer, als suche sie verzweifelt nach einer Inspiration oder nach Hilfe in dem spartanisch eingerichteten Raum. Erneut atmete sie tief durch und blickte Egwene mit ihren blauen Augen eindringlich an. »Alles, was ich sage, ist ein Vertrauensbruch jemand anderem gegenüber. Und sogar das war schon einer. Bitte, Egwene. Du mußt mir vertrauen. Und du darfst *niemandem* erzählen, was du ... glaubst, gesehen zu haben.«

Egwene zwang sich, nicht mehr ganz so streng dreinzublicken. »Ich vertraue dir.« Wenigstens wußte sie nun genau, daß sie sich nichts eingebildet hatte. *Birgitte? Licht!* »Ich hoffe, eines Tages wirst du genug Vertrauen zu mir haben, um mir alles zu erzählen.«

»Ich vertraue dir doch, aber ...« Elayne schüttelte den Kopf und setzte sich auf die Bettkante. Das Bett war sehr ordentlich gemacht. »Wir haben viel zu viele Geheimnisse, Egwene, aber manchmal gibt es einen Grund dafür.«

Nach einem Augenblick des Überlegens nickte Egwene und setzte sich neben sie. »Dann eben, wenn du kannst«, war ihr ganzer Kommentar, und die Freundin drückte sie erleichtert.

»Ich hatte mir ja geschworen, daß ich diese Frage nicht stellen würde, Egwene. Wenigstens einmal wollte ich etwas anderes im Kopf haben als ihn.« Aus ihrem Reitkleid wurde ein schimmerndes grünes Abendkleid. Elayne war sich wohl selbst nicht bewußt, wie tief der Ausschnitt war. »Aber ... geht es Rand gut?«

»Er lebt und ist unversehrt, falls es das ist, worauf du hinaus wolltest. Ich glaubte schon in Tear, er sei hart geworden, aber heute habe ich gehört, wie er Männern drohte, er werde sie hängen lassen, wenn sie seinen Befehlen nicht folgten. Nicht, daß es schlechte Befehle wären, denn er will, daß niemand ohne Bezahlung Nahrungsmittel nimmt oder Menschen umbringt, aber trotzdem. Sie waren die ersten, die ihm als Dem, Der Mit Der Morgendämmerung Kommt, huldigten, und sie sind ihm ohne Zögern aus der Wüste hierher gefolgt. Und dann bedrohte er sie. Er ist so hart wie kalter Stahl.«

»Das war keine Drohung, Egwene. Er ist ein König, was du oder er selbst oder sonst jemand auch sagen mag, und ein König oder eine Königin muß Gerechtigkeit walten lassen, ohne Feinde zu fürchten oder Freunden einen Gefallen zu tun. Wer so handelt, der muß hart sein. Mutter gegenüber erscheint mir manchmal die Stadtmauer noch weich.«

»Aber er muß nicht gleich so hochfahrend sein«, sagte Egwene verbindlich. »Nynaeve sagte, ich solle ihn daran erinnern, daß auch er nur ein Mann sei. Ich habe nur noch keine Gelegenheit dazu gefunden.«

»Sicher muß er sich selbst sagen, daß er nur ein Mann ist. Aber er hat ein Recht darauf, zu erwarten, daß man ihm gehorcht.« Elaynes Stimme klang irgendwie rauchig und vielleicht ein klein wenig stolz, als sie das sagte. Dann blickte sie an sich hinunter, und ihr Gesicht lief puterrot an. Mit einemmal hatte ihr grünes Abendkleid einen hochgeschlossenen Spitzenkragen. »Glaubst du nicht auch, daß man das leicht mit Arroganz verwechseln kann?« fragte sie mit erstickter Stimme.

»Er ist so überheblich wie ein Schwein im Erbsenacker.« Egwene verlagerte ihr Gewicht auf dem Bett. Sie hatte es als hart in Erinnerung, doch die dünne Matratze war immer noch weicher als das, worauf sie im Zelt geschlafen hatte. Sie wollte nicht von Rand reden. »Bist du sicher, daß diese Auseinandersetzung nicht noch mehr Probleme nach sich ziehen wird?« Eine offene Fehde mit dieser Latelle würde das Weiterziehen nicht gerade vereinfachen.

»Ich glaube nicht. Latelle war lediglich auf Nynaeve wütend, weil sie nicht mehr alle ungebundenen Männer in der Truppe für sich hatte und wählen konnte. Manche Frauen denken eben so. Aludra bleibt gewöhnlich für sich, und Cerandin hätte sich nicht einmal getraut, von allein einen der Männer anzusprechen, bevor ich ihr ein wenig Selbstvertrauen eingab. Clarine ist mit Petra verheiratet. Aber Nynaeve hat nun allen klargemacht, daß sie jedem Mann eins überbraten wird, der auch nur daran denkt, mit ihr zu flirten, und außerdem hat sie sich bei Latelle entschuldigt. Also kann man hoffen, daß die Sache somit erledigt ist.«

»Sie hat sich *entschuldigt?*«

Die andere nickte. Sie schien genauso erstaunt darüber wie Egwene. »Ich glaubte wohl, sie würde Streit mit Luca anfangen, als er ihr sagte, sie müsse sich entschuldigen – er glaubt übrigens, ihre Einschränkung gelte ihm gegenüber *nicht* –, aber sie hat es getan, nachdem sie eine Stunde lang herumgeknurrt hatte. Hat immer wieder etwas von dir gemurmelt.« Sie zögerte und sah Egwene von der Seite her an. »Hast du ihr bei eurem letzten Treffen irgend etwas gesagt? Sie ist seither … so anders … und manchmal führt sie Selbstgespräche. Sie streitet sich mit sich selber. Und aus dem wenigen, was ich verstehen kann, schließe ich, daß es um dich geht.«

»Ich habe nur gesagt, was gesagt werden mußte.« Also hatte die Wirkung dessen, was sich zwischen ihnen ergeben hatte, doch angehalten. Oder Nynaeve staute ihre ganze Wut für ihr nächstes Zusammentreffen auf. Jedenfalls nahm sie die Launen dieser Frau nicht mehr in Kauf, besonders jetzt, da sie wußte, daß es nicht sein mußte. »Richte ihr von mir aus, daß sie zu alt dafür ist, um sich mit einer anderen zu balgen. Wenn sie das noch einmal macht, werde ich ein wenig ernstere Worte mit ihr zu reden haben. Richte ihr das bitte wörtlich aus. Es wird ihr sonst schlecht ergehen.« Daran sollte Nynaeve bis zum nächstenmal kauen. Entweder wurde sie lammfromm … oder Egwene würde ihre Drohung in die Tat umsetzen müssen. Nynaeve war vielleicht stärker, was den Gebrauch der Macht betraf, wenn sie gerade in der Lage war, sie zu benützen, aber hier war Egwene die Stärkere. Wie auch immer, sie war jedenfalls langsam der Wutanfälle Nynaeves überdrüssig.

»Ich werde es ausrichten«, sagte Elayne. »Du hast dich aber auch geändert. An dir scheint etwas von Rands Haltung hängenzubleiben.«

Egwene brauchte einen Augenblick, um zu begreifen, was Elayne damit meinte. Und dazu auch noch dieses süffisante Lächeln! »Rede keinen Unsinn!«

Elayne lachte schallend und umarmte sie wieder. »O Egwene, eines Tages bist du die Amyrlin und ich Königin von Andor.«

»Falls es dann noch eine Burg gibt«, meinte Egwene zweifelnd, und Elaynes Lachen verstummte.

»Elaida kann die Weiße Burg nicht zerstören, Egwene. Was sie auch anstellt, die Burg bleibt bestehen. Vielleicht wird sie auch nicht Amyrlin bleiben. Sobald sich Nynaeve an den Namen dieser Stadt erinnert, wette ich, daß wir dort eine Burg im Exil vorfinden, in der jede Ajah außer der Roten vertreten ist.«

»Ich hoffe es.« Egwene war sich der Tatsache bewußt, daß ihre Worte traurig klangen. Sie wollte, daß die Aes Sedai Rand unterstützten und sich gegen Elaida stellten, aber das hieß auch mit Sicherheit, die Weiße Burg zu spalten, und vielleicht konnte man diesen Riß nie wieder kitten.

»Ich muß zurück«, sagte Elayne. »Nynaeve besteht darauf, daß diejenige von uns, die nicht nach *Tel'aran'rhiod* geht, wach bleibt, und bei ihrem Brummschädel braucht sie unbedingt einen ihrer Kräutertees und viel Schlaf. Ich weiß auch nicht, warum sie darauf besteht. Wer auch wacht, kann ja doch nichts helfen, und wir beide wissen genug, um hier mittlerweile ganz sicher zu sein.« Ihr grünes Kleid verwandelte sich für einen kurzen Augenblick in Birgittes weißen Mantel und die gelben Pumphosen. »Sie sagte, ich solle dir gegenüber nichts davon erwähnen, aber sie glaubt, Moghedien sei auf der Suche nach uns. Nach ihr und mir.«

Egwene stellte ihr die offensichtlichste Frage nicht. Sicher hatte ihnen Birgitte irgend etwas mitgeteilt. Warum hielt Elayne das nur so hartnäckig geheim? *Weil sie es versprochen hat. Elayne hat in ihrem Leben noch kein Versprechen gebrochen.* »Sag ihr nur, sie soll vorsichtig sein.« Nynaeve würde wohl kaum herumsitzen und warten, wenn sie glaubte, eine der Verlorenen sei hinter ihr her. Sie dachte bestimmt daran, wie sie schon einmal mit dieser Frau fertig geworden war, und sie hatte schon immer mehr Mut als Vernunft an sich. »Die Verlorenen kann man nun wirklich nicht auf die leichte Schulter nehmen. Genausowenig wie die Seanchan, auch wenn sie angeblich nur als Dompteure tätig sind. Sag ihr das bitte.«

»Ich glaube nicht, daß du auf mich hörst, wenn ich dir sage, du sollst auch vorsichtig sein.«

Sie warf Elayne einen überraschten Blick zu. »Ich bin immer vorsichtig. Das weißt du doch.«

»Sicher.« Das letzte, was Egwene wahrnahm, als die andere verschwand, war deren äußerst amüsiert wirkendes Lächeln.

Egwene verließ aber die Welt der Träume noch nicht. Wenn sich Nynaeve auch nicht daran erinnern konnte, wo sich die Blauen treffen sollten, konnte sie es vielleicht hier herausfinden. Das war natürlich kein neuer Einfall, denn sie war seit ihrem letzten Treffen mit Nynaeve keineswegs zum erstenmal in der Burg. Sie imitierte wieder Elaidas Gesicht und das flammendrote Haar, das ihr bis auf die Schultern fiel, dann das Kleid einer Aufgenommenen mit dem vielfarbigen Saum, und schließlich stellte sie sich Elaidas so reichhaltig eingerichtetes Arbeitszimmer vor.

Es war so wie zuvor, obwohl bei jedem Besuch weniger rebenverzierte Stühle im Bogen um den breiten Schreibtisch standen. Die Gemälde hingen nach wie vor über dem Kamin. Egwene schritt schnurstracks zum Tisch und schob den thronähnlichen Stuhl mit der in Elfenbein eingelegten Flamme von Tar Valon zur Seite, damit sie nach dem lackierten Briefkästchen greifen konnte. Sie hob den Deckel mit seinen kämpfenden Habichten und Wolken und begann, alle Papiere zu überfliegen, so schnell sie nur konnte. Trotzdem schmolzen einige davon, bevor sie sie zur Hälfte gelesen hatte, und andere veränderten sich. Es gab keine Möglichkeit, im voraus festzustellen, was wichtig war und was nicht.

Die meisten Briefe berichteten von Fehlschlägen. Es gab noch keine Nachricht darüber, wohin der Lord von Bashere sein Heer geführt hatte, und zwischen den Zeilen klang etwas wie Niedergeschlagenheit und Sorge an. Der Name kam ihr bekannt vor, doch sie hatte keine Zeit zu verschwenden, schob ihn im Geist weg und griff nach dem nächsten Blatt. Auch keine Neuigkeiten über den Aufenthaltsort Rands, sagte ein unterwürfiger Bericht, aus dem aufkommende Panik klang. Es war gut, das zu wissen, und allein deshalb schon hatte sich das Risiko gelohnt, herzukommen. Mehr als ein Monat war seit dem letzten Bericht aus Tanchico vergangen, den die Augen-und-Ohren irgendeiner Ajah gesandt hatten, und andere in Tarabon schwiegen nun ebenfalls. Die Schreiberin sah die Gründe dafür in der zunehmenden Anarchie im Lande. Gerüchte, jemand habe Tanchico eingenommen, konnten nicht bestätigt werden. Doch die Schreiberin deutete an, Rand selbst könne darin verwickelt sein. Das war ja noch besser! Elaida suchte in der falschen Richtung, und das gleich um tausend Wegstunden zu weit. Ein verwirrter Bericht besagte, eine Rote Schwester in Caemlyn habe Morgase anläßlich einer öffentlichen Audienz gesehen, aber die Spione verschiedener Ajahs berichteten ansonsten übereinstimmend, die Königin habe sich schon seit Tagen völlig zurückgezogen. Auseinandersetzungen in den Grenzlanden, mögliche kleinere Aufstände in Schienar und Arafel... Das Pergamentblatt war verschwunden, bevor sie zur Begründung kam. Pedron Niall rief die Weißmäntel nach Amadicia zurück, um sie möglicherweise nach Altara in Marsch zu setzen. Nur gut, daß sich Elayne und Nynaeve lediglich noch etwa drei Tage dort aufhalten mußten.

Im nächsten Bericht ging es um Elayne und Nynaeve. Zuerst riet die Schreiberin, die Spionin nicht zu bestrafen, der sie entkommen waren. Das hatte Elaida aber mit Schwung durchgestrichen, und an den Rand hatte sie geschrieben: ›Ein Exempel statuieren!‹ Und dann, gerade als die Schreiberin detailliert von der Suche nach den beiden in Amadicia berichtete, wurde aus dem einzelnen Blatt ein ganzes Bündel, in dem es um die Schätzungen von Baumeistern und Maurern ging, die eine private Residenz für die Amyrlin auf dem Gelände der Burg planten. So dick, wie dieses Bündel war, mußte es sich eher um einen Palast handeln.

Sie ließ das Blätterbündel fallen, und sie verschwanden, bevor sie sich auf dem Tisch verteilen konnten. Das lackierte Kästchen war wieder geschlossen. Sie wußte, sie könnte den Rest ihres Lebens hier verbringen und es würden immer neue Papiere in diesem Kästchen liegen und die wiederum würden sich ständig ändern. Je kurzlebiger etwas in der wachenden Welt war – ein Brief, ein Kleidungsstück, eine Schüssel, die man häufig an einen anderen Platz stellte –, desto flüchtiger war auch sein Spiegelbild in *Tel'aran'rhiod*. Sie konnte nicht zu lange hier verbleiben. Der Schlaf war, während man sich in der Welt der Träume aufhielt, nicht so tief und erholsam wie der normale ungestörte Schlaf.

Sie eilte hinaus in das Vorzimmer und wollte gerade nach dem ordentlichen Stapel von Schriftrollen und Pergamenten, einige davon versiegelt, greifen, der auf dem Schreibtisch der Behüterin der Chronik lag, als der gesamte Raum zu verschwimmen begann. Bevor sie überlegen konnte, was das zu bedeuten habe, öffnete sich die Tür, und Galad trat lächelnd ein. Sein brokatbesetzter blauer Mantel stand ihm geradezu perfekt, und in der bequemen Hose zeichnete sich die Form seiner strammen Waden deutlich ab.

Sie atmete tief durch, und in ihrem Magen flatterten Schmetterlinge. Es war einfach nicht fair, wenn ein Mann ein so schönes Gesicht hatte.

Er trat näher und zwinkerte mit seinen dunklen Augen. Dann strich er mit seinen Fingern über ihre Wange. »Kommst du mit mir in den Wassergarten spazierengehen?« fragte er leise.

»Wenn Ihr beiden schmusen wollt«, sagte eine Frauenstimme knapp, »dann aber nicht hier.«

Egwene wirbelte mit weit aufgerissenen Augen herum und starrte Leane an, die mit der Stola der Behüterin um die Schultern und einem wohlwollenden Lächeln auf dem kupferfarbenen Gesicht hinter ihrem Schreibtisch saß. Die Tür zum Arbeitszimmer der Amyrlin war offen, und drinnen stand Siuan neben ihrem einfachen, hochglänzenden Schreibtisch und las, was auf einem langen Pergamentbogen geschrieben stand. Sie trug die gestreifte Stola ihres Amtes auf den Schultern. Das war der helle Wahnsinn!

Sie floh, ohne zu überlegen, welches Bild sie im Geist als Ziel formen wolle, und dann fand sie sich schwer atmend auf dem Anger von Emondsfeld wieder. Um sie herum standen die vertrauten strohgedeckten Häuser, und der Weinquellenbach ergoß sich von seinem Felsvorsprung auf die breite Grasfläche. In der Nähe des flinken, sich schnell verbreiternden Baches stand die kleine Schenke ihres Vaters, das untere Stockwerk aus

Naturstein erbaut und das überstehende Obergeschoß weiß getüncht. »Das einzige Dach dieser Art in den ganzen Zwei Flüssen«, hatte Bran al'Vere oftmals von diesen roten Ziegeln behauptet. Die mächtigen Grundmauern mit der riesigen Eiche im Mittelpunkt, die sich in der Nähe der Weinquellenschenke erhoben, waren viel älter als die Schenke selbst. Manche Leute erzählten sich ja, irgendeine Art von Schenke habe schon seit mehr als zweitausend Jahren dort neben dem Weinquellenbach gestanden.

Närrin. Nachdem sie Nynaeve so eindringlich vor den Gefahren *Tel'aran'rhiods* gewarnt hatte, hätte sie sich nun beinahe in einem ihrer eigenen Träume fangen lassen. Aber warum ausgerechnet mit Galad? Sicher träumte sie auch gelegentlich von ihm. Ihre Wangen röteten sich. Sie war gewiß nicht in ihn verliebt, konnte ihn noch nicht einmal sonderlich gut leiden, aber er war schön, und in diesen Träumen war er viel mehr gewesen, als sie sich in Wirklichkeit von ihm wünschte. Viel häufiger träumte sie aber von seinem Bruder Gawyn, und das war genauso töricht. Was Elayne auch behaupten mochte, er hatte ihr gegenüber jedenfalls nie solche Gefühle gezeigt.

Es lag an diesem idiotischen Buch mit all jenen Liebesgeschichten. Sobald sie morgen erwachte, würde sie Aviendha das Ding zurückgeben. Und ihr sagen, sie nehme ihr das nicht ab, daß sie es nur der Abenteuer wegen gelesen habe.

Trotzdem verließ sie diesen Traum nur ungern. Zu Hause. Emondsfeld. Der letzte Ort, an dem sie sich noch wirklich sicher gefühlt hatte. Mehr als eineinhalb Jahre war es nun her, daß sie die Heimat das letzte Mal gesehen hatte. Doch alles schien noch so, wie sie es in Erinnerung hatte. Nein, nicht alles. Auf dem Anger standen zwei hohe Masten mit großen Flaggen daran. Auf der einen war ein roter Adler zu sehen und auf der anderen ein genauso roter Wolfskopf. Hatte Perrin irgend etwas damit zu tun? Sie konnte sich das eigentlich nicht vorstellen. Aber er war nach Hause zurückgekehrt, hatte Rand gesagt, und sie hatte mehr als einmal von ihm im Zusammenhang mit Wölfen geträumt.

Genug des untätigen Herumstehens. Es wurde Zeit …

Flackern.

Ihre Mutter trat aus der Schenke. Den ergrauten Zopf hatte sie über eine Schulter nach vorn gelegt. Marin al'Vere war eine schlanke Frau, sah immer noch gut aus und war überdies die beste Köchin an den Zwei Flüssen. Egwene hörte ihren Vater im Schankraum lachen, wo er sich wohl mit dem Rest des Rates der Gemeinde zusammengesetzt hatte. »Bist du immer noch draußen, Kind?« fragte ihre Mutter mit sanfter Mißbilligung und leichter Heiterkeit zugleich in der Stimme. »Du bist doch schon lange genug verheiratet, um zu wissen, daß du deinen Mann nicht merken lassen darfst, wie sehr du ihn vermißt.« Mit einem Kopfschütteln lachte sie auf. »Zu spät. Da kommt er schon.«

Egwene wandte sich eifrig um und blickte an den auf dem Anger spielenden Kindern vorbei zur Brücke hin. Deren Balken erzitterten und dröhnten, als Gawyn hinübergaloppierte. Vor ihr schwang er sich aus dem Sattel. Hochgewachsen und gerade aufgerichtet, im goldverzierten Kurzmantel, mit den gleichen rotgoldenen Locken wie bei seiner Schwester, so stand er da, und sie blickte in seine wundervollen dunkelblauen Augen. Er sah natürlich nicht ganz so gut aus wie sein Halbbruder, doch ihr Herz schlug schneller für ihn, als es je für Galad geschlagen hatte – *Was? Für Galad?* – und sie drückte beide Hände auf ihren Unterleib, um diese riesigen Schmetterlinge im Bauch zu unterdrücken.

»Habe ich dir gefehlt?« fragte er lächelnd.

»Ein wenig.« *Warum habe ich dabei an Galad gedacht? Als hätte ich ihn erst vor ein paar Augenblicken gesehen.*

»Von Zeit zu Zeit, wenn ich gerade nichts Besseres zu tun hatte. Und du? Hast du mich vermißt?«

Zur Antwort zog er sie an sich und küßte sie. Sie nahm kaum etwas anderes wahr, bis er sie wieder auf die Füße stellte. Ihre Beine hätten beinahe nachgegeben. Die Flaggen waren weg. *Welche Flaggen?*

»Hier ist er«, sagte ihre Mutter, die sich mit einem Baby in Windeln näherte. »Hier ist euer Sohn. Er ist ein lieber Junge. Er weint überhaupt nicht.«

Gawyn lachte, nahm das Kind in die Arme und hielt es hoch. »Er hat deine Augen, Egwene. Eines Tages werden ihm die Mädchen hinterherrennen.«

Egwene trat von ihnen zurück und schüttelte den Kopf. Es waren Flaggen dagewesen, der rote Adler und ein roter Wolfskopf. Und sie *hatte* Galad gesehen. In der Burg. *»Neeeeein!«*

Sie floh. Schnell sprang sie aus *Tel'aran'rhiod* in ihren eigenen Körper. Ihr Bewußtsein hielt gerade lange genug an, um sich zu fragen, wieso sie so dumm gewesen war, sich beinahe von den eigenen Einbildungen einfangen zu lassen. Dann befand sie sich tief in einem eigenen, sicheren Traum. Gawyn galoppierte über die Wagenbrücke und schwang sich vom Pferd …

Moghedien trat hinter einem strohgedeckten Haus hervor und fragte sich gelangweilt, wo sich dieses kleine Dorf wohl befinden mochte. Es war nicht gerade die Art von Ort, an dem sie Flaggen vermutet hätte, die im Wind flatterten. Das Mädchen war stärker gewesen, als sie geglaubt hatte, daß sie ihrem Gewebe in *Tel'aran'rhiod* entfliehen konnte. Selbst Lanfear war hier nicht in der Lage, ihre Fähigkeiten zu übertreffen, was sie auch von sich behaupten mochte. Allerdings war das Mädchen für sie nur deshalb von Interesse gewesen, weil sie mit Elayne Trakand gesprochen hatte, die sie wiederum zu Nynaeve al'Meara führen könnte. Der einzige Grund, sie in eine Falle zu locken, war der gewesen, jemanden loszuwerden, der sich frei in *Tel'aran'rhiod* bewegen konnte. Es war schon schlimm genug, die Welt der Träume mit Lanfear teilen zu müssen.

Doch diese Nynaeve al'Meara. Diese Frau sollte noch einmal darum betteln, ihr dienen zu dürfen. Sie würde sie in ihrer fleischlichen Gestalt einfangen, vielleicht sogar den Großen Herrn bitten, ihr Unsterblichkeit zu gewähren, damit Nynaeve für alle Ewigkeit Zeit hatte, zu bereuen, daß sie sich gegen Moghedien gestellt hatte. Sie und Elayne planten etwas zusammen mit Birgitte, ja? Das war noch eine, bei der sie Grund genug hatte, sie zu bestrafen. Birgitte hatte einst nicht einmal gewußt, wer Moghedien war, vor so langer Zeit im Zeitalter der Legenden, als sie Moghediens sorgfältig gesponnenen Plan vereitelte, Lews Therin zu Fall zu bringen. Aber Moghedien hatte sie erkannt. Nur war Birgitte – oder Teadra, wie sie sich zu der Zeit nannte – gestorben, bevor sie sich ernsthaft mit ihr beschäftigen konnte. Der Tod war keine Strafe, kein Ende, wenn er lediglich bedeutete, daß sie hier weiterleben konnte.

Nynaeve al'Meara, Elayne Trakand und Birgitte – diese drei würde sie aufspüren und mit ihnen fertig werden. Aus dem Schatten heraus, damit sie nichts bemerkten, bis es zu spät war. Alle drei, ohne Ausnahme.

Sie verschwand, und die Flaggen flatterten im leichten Wind *Tel'aran'rhiods* weiter.

KAPITEL 8

Mit offenen Armen?

Die Aura von Ruhm und Größe, blau und golden, flackerte unregelmäßig um Logains Kopf, obwohl er in sich zusammengesunken im Sattel hing. Min verstand nicht, wieso sie in letzter Zeit immer häufiger erschienen war. Er machte sich noch nicht einmal mehr die Mühe, den Blick von dem Unkraut vor den Hufen seines Pferdes zu heben und die niedrigen, bewaldeten Hügel zu betrachten, die sie auf allen Seiten umgaben.

Die beiden anderen Frauen ritten ein Stückchen vor ihr. Siuan hing so ungeschickt wie immer auf Bela, während Leane ihre graue Stute mit sicherer Hand lenkte, mehr durch Schenkeldruck als mit dem Zügel. Nur ein unnatürlich gerade verlaufender Streifen von großen Farnen, der sich über den von Blättern bedeckten Waldboden zog, deutete darauf hin, daß es hier jemals eine Straße gegeben hatte. Die zerfransten Farne welkten deutlich, und die Blätterschicht raschelte und knisterte trocken unter den Pferdehufen. Die dichten Äste gewährten ein wenig Schutz vor der Mittagssonne, doch kühl war es deshalb noch lange nicht. Schweiß rann über Mins Gesicht, und das trotz der gelegentlich auffrischenden Brise, die von hinten wehte.

Fünfzehn Tage lang waren sie nun schon von Lugard aus nach Südwesten geritten, nur von Siuans Hartnäckigkeit geleitet, die steif und fest behauptete, sie wisse genau, wohin sie sich begeben mußten. Natürlich sagte sie ihr nichts darüber. Siuan und Leane waren so verschlossen wie eine ausgelöste Bärenfalle. Min war sich nicht einmal sicher, ob Leane Bescheid wußte. Fünfzehn Tage, und die Dörfer und Städte wurden immer seltener, die Abstände zwischen ihnen immer größer, bis schließlich gar keine mehr kamen. Von Tag zu Tag waren Logains Schultern ein wenig mehr eingesunken, und Tag für Tag erschien diese Aura immer häufiger. Zuerst hatte er nur geknurrt, sie liefen hinter Irrlichtern her, doch Siuan hatte die Führung ohne Widerspruch von seiner Seite erneut an sich gerissen, während er immer mehr nach innen gekehrt erschien. Die letzten sechs Tage über schien er nicht mehr über die Energie zu verfügen, Interesse an ihrem Ziel zu bekunden oder auch nur zu fragen, ob sie es jemals erreichen würden.

Siuan und Leane unterhielten sich leise. Min konnte lediglich ein kaum hörbares Murmeln wahrnehmen, das möglicherweise der Wind in den Blättern verursacht hatte. Und wenn sie sich bemühte, näher an die beiden heranzureiten, sagten sie ihr lediglich, sie solle ein Auge auf Logain haben, oder sie sahen sie nur schweigend an, bis auch die letzte Närrin verstanden hätte, daß sie ihre Nase nicht in die Angelegenheiten anderer stecken solle. Das hatten sie bereits des öfteren praktiziert. Allerdings drehte sich Leane von Zeit zu Zeit im Sattel um und sah selbst nach Logain.

Schließlich nahm Leane Mondblume zurück und ritt neben seinem schwarzen Hengst einher. Die Hitze schien ihr nichts auszumachen. Nicht einmal ein leichter Glanz von Schweiß machte sich auf ihrem kupferfarbenen Gesicht bemerkbar. Min lenkte Wildrose zur Seite, um ihr Platz zu machen.

»Es dauert jetzt nicht mehr lang«, sagte Leane mit rauchiger Stimme zu ihm. Er blickte nicht auf. Sie beugte sich näher zu ihm hinüber und hielt sich an seinem Arm fest, um nicht das Gleichgewicht zu verlieren. Sie drückte ihn regelrecht. »Noch eine kleine Weile, Dalyn. Ihr werdet Gelegenheit zu Eurer Rache bekommen.« Sein Blick war starr auf den Weg gerichtet.

»Selbst ein toter Mann würde noch besser aufpassen«, sagte Min, und das meinte sie auch fast wörtlich. Sie hatte sich alles gemerkt, was Leane tat, und abends hatte sie sich mit ihr ausführlich unterhalten und sie ausgefragt, ohne ihr zu sagen, warum. Sie würde sich nie so wie Leane bewegen können – *es sei denn, ich trinke soviel, daß ich nicht mehr klar denken kann* –, aber ein paar Fingerzeige könnten doch nützlich sein. »Vielleicht solltet Ihr ihn küssen?«

Leane warf ihr einen Blick zu, der einen reißenden Bach zum Gefrieren gebracht hätte, doch Min erwiderte ihn kaum. Sie hatte Leane gegenüber noch nie solche Probleme gehabt wie bei Siuan, oder jedenfalls nicht so viele, und die paar Unstimmigkeiten waren immer seltener geworden, seit die andere die Burg verlassen hatte. Und sie waren seltener geworden, seit sie begonnen hatten, sich über die Männer zu unterhalten. Wie könnte man sich von einer Frau einschüchtern lassen, die einem todernst versicherte, es gebe genau einhundertundsieben verschiedene Arten zu küssen und dreiundneunzig Arten, das Gesicht eines Mannes mit der Hand zu berühren? Leane schien diese Dinge aber tatsächlich zu glauben.

Min hatte den Vorschlag mit dem Kuß wirklich nicht als Neckerei aufgefaßt. Leane hatte ihre Flirtkünste an ihm erprobt, hatte ihn angelächelt, daß ihm der Dampf aus den Ohren strömen sollte, und das seit jenem Tag, als sie ihn zum erstenmal aus den Decken holen mußten. Vorher war er immer als erster draußen gewesen und hatte die anderen als Spätaufsteher gescholten. Min wußte nicht, ob Leane wirklich etwas für den Mann empfand, konnte aber schwerlich daran glauben, oder ob sie ihn lediglich vom Aufgeben abhalten und ihn damit am Leben halten wolle, damit Siuan ihre Pläne mit ihm verwirklichen konnte.

Leane hatte es gewiß nicht aufgegeben, mit anderen außer ihm zu flirten. Sie hatte offensichtlich mit Siuan abgesprochen, daß die sich um die Frauen kümmern werde und Leane um die Männer. Das war seit Lugard so gelaufen. Ihr Lächeln und ihre Blicke hatten ihnen zweimal Zimmer zum Übernachten eingebracht, obwohl die Wirtin behauptet hatte, es seien keine frei, hatte dort und in drei weiteren Schenken ihre Rechnung erheblich gesenkt und ihnen in zwei Nächten wenigstens jeweils einen Schlafplatz in einer Scheune besorgt anstatt der Büsche am Straßenrand. Andererseits waren sie deshalb einmal von einer Bauersfrau mit einer Mistgabel verjagt worden, und eine andere hatte ihnen den kalten Haferbrei nachgeworfen, der von ihrem Frühstück übriggeblieben war. Leane hatte diese Vorkommnisse erheiternd gefunden, die anderen jedoch nicht. Im Verlauf der letzten Tage aber hatte Logain aufgehört, genauso auf sie zu reagieren wie jeder andere Mann, der sich mehr als zwei Minuten in ihrer Nähe aufhielt. Er hatte aufgehört, auf überhaupt irgend etwas zu reagieren.

Siuan nahm Bela steif und mit ausgestellten Ellbogen zurück. Sie brachte es fertig, auszusehen, als werde sie jeden Moment vom Pferd fallen. Die Hitze schien sie nicht zu berühren. »Habt Ihr heute schon etwas um ihn gesehen?« Sie blickte nicht einmal zu Logain hinüber.

»Es ist dasselbe wie immer«, sagte Min geduldig. Siuan weigerte sich, das Ganze zu verstehen oder zu glauben, so oft sie es ihnen auch sagte. Leane ging es genauso. Es hätte ja alles keine Rolle gespielt, wenn sie nicht diese Aura immer wieder gesehen hätte seit jenem ersten Mal in Tar Valon. Aber wenn Logain nun auch im Todeskampf röchelnd auf der Straße gelegen hätte, hätte sie doch gewettet, daß er sich auf wundersame Weise wieder erholen werde. Vielleicht würde eine Aes Sedai erscheinen und ihn heilen. Irgend etwas. Was sie an Visionen sah, stellte sich immer als richtig heraus. Und es geschah auch immer. Sie wußte das, genauso wie sie beim ersten Mal, als sie Rand al'Thor sah, gewußt hatte, sie würde sich hoffnungslos in ihn verlieben. Genauso hatte sie von Anfang an gewußt, daß sie ihn mit zwei anderen Frauen würde teilen müssen. Logain ging einem Ruhm entgegen, von dem nur wenige Männer auch nur jemals geträumt hatten.

»Sprecht nicht in diesem Ton mit mir«, mahnte Siuan, und der Blick aus ihren blauen Augen war scharf. »Es ist schon schlimm genug, daß wir diesen großen, haarigen Karpfen füttern müssen, damit er überhaupt etwas ißt. Da müßt Ihr nicht auch noch schmollen wie ein Kormoran im Winter. Mit ihm muß ich mich vielleicht abfinden, Mädchen, aber wenn Ihr mir auch noch Schwierigkeiten macht, werdet Ihr es schnell bereuen. Ist das klar genug?«

»Ja, Mara.« *Wenigstens hättet Ihr es etwas sarkastisch klingen lassen können,* dachte sie abfällig. *Du mußt nicht gerade so folgsam wie eine Gans herumhocken. Leane hast du doch auch Kontra gegeben.* Die Domanifrau hatte vorgeschlagen, sie solle das, was sie besprochen hatten, im letzten Dorf an einem Hufschmied ausprobieren. Er war ein hochgewachsener, gutaussehender Mann mit starken Händen und einem bedächtigen Lächeln, aber trotzdem ... »Ich werde mich bemühen, nicht zu schmollen.« Das Schlimmste daran war, daß ihr klar wurde, daß sie es ernst gemeint hatte. Siuan hatte eine solche Wirkung auf andere. Min konnte sich nicht im geringsten vorstellen, daß Siuan einmal fragen würde, wie man einen Mann am erfolgversprechendsten anlächelte. Siuan sah einem Mann in die Augen, befahl ihm, was er zu tun habe und erwartete, daß er dem auch prompt nachkam. So machte sie es grundsätzlich immer. Falls sie es doch einmal anders machte, so wie im Fall von Logain, dann nur, weil es ohnehin keine große Rolle spielte.

»Es ist nicht mehr sehr weit, oder?« mischte sich Leane resolut ein. Den anderen Tonfall hatte sie für Männer reserviert. »Mir gefällt sein Zustand nicht, und wenn wir eine weitere Nacht lang draußen bleiben müssen ... Na ja, wenn er noch weniger mithilft als heute morgen, weiß ich nicht, ob wir ihn überhaupt noch einmal in den Sattel bekommen.«

»Nicht sehr, wenn die Auskünfte richtig waren, die ich zuletzt erhielt.« Siuan machte einen nervösen Eindruck. Sie hatte im letzten Dorf vor zwei Tagen noch gefragt. Min hatte natürlich nicht lauschen dürfen, und Logain hatte keinerlei Interesse gezeigt. Jedenfalls paßte es Siuan nicht, wenn sie daran erinnert wurde. Min hatte keine Ahnung, warum. Siuan konnte ja wohl nicht glauben, daß Elaida hinter ihnen her sei.

Auch sie hoffte, daß ihr Ziel nahe sei. Sie konnten nicht wissen, wie weit sie seit der Straße nach Jehannah nach Süden abgekommen waren. Die meisten Dorfbewohner hatten selbst keine rechte Ahnung, wo sich ihr Dorf in bezug auf andere Orte außer gerade einmal der nächsten Kleinstadt befand, aber als sie den Manetherendrelle in Richtung Altara überquerten, kurz bevor Siuan sie die belebte Straße verlassen hieß, hatte der ergraute, alte Fährmann aus irgendeinem Grund eine zerfledderte Landkarte studiert, die den gesamten Bereich bis zu den Verschleierten Bergen zeigte. Wenn sie sich nicht völlig verschätzte, mußten sie nach wenigen Meilen auf einen weiteren breiten Fluß stoßen. Entweder war das der Boern, was bedeuten würde, daß sie sich bereits in Ghealdan befanden, wo sich auch der Prophet und seine Anhänger aufhielten, oder es war der Eldar, auf dessen gegenüberliegender Seite Amadicia und die Weißmäntel auf sie warteten.

Sie tippte jedenfalls auf Ghealdan, Prophet hin oder her, und selbst das war eine Überraschung, falls sie sich wirklich so nahe an der Grenze befanden. Nur ein Narr erwartete eine Versammlung von Aes Sedai näher an Amadicia, als unbedingt notwendig war, und Siuan war nun wirklich keiner. Doch ob sie nun nach Ghealdan kamen oder nach Altara – in jedem Fall war Amadicia nicht allzu viele Meilen weit entfernt.

»Daß diese Dämpfung ihn ausgerechnet jetzt wieder voll erwischen mußte«, knurrte Siuan. »Wenn er nur noch ein paar Tage aushält…« Min hielt den Mund. Wenn die Frau sowieso nicht auf sie hörte, war Reden nutzlos.

Siuan schüttelte den Kopf und ließ Bela wieder die Führung übernehmen. Sie klammerte sich an die Zügel, als fürchte sie, daß die lammfromme Stute im nächsten Moment mit ihr durchging. Leane begann wieder mit seidiger Stimme Logain zu beschwatzen und seelisch aufzurichten. Vielleicht empfand sie ja wirklich etwas für ihn; das wäre auch nicht eigenartiger als Mins eigene Liebesgeschichte.

Bewaldete Hügel glitten an ihren Augen vorüber. Nichts änderte sich an dieser Landschaft, die nur aus Bäumen, verfilzten Kräutern und Dornbüschen zu bestehen schien. Die Farnreihe, wo einst die alte Straße gewesen war, zog sich pfeilgerade hin. Leane hatte gesagt, die Beschaffenheit der Erde sei anders, wo die Straße einst verlaufen war. Woher sollte Min das wissen? Manchmal keckerten ihnen Eichhörnchen mit Haarbüscheln an den Ohren von irgendeinem Ast aus zu, und gelegentlich sang ein Vogel. Min hatte keine Ahnung, welche Arten von Vögeln das sein konnten. Baerlon war vielleicht keine richtige Stadt, wenn man es mit Caemlyn oder Illian oder Tear verglich, aber sie war eben eine Stadtbewohnerin, und ein Vogel war nur ein Vogel für sie. Außerdem war ihr völlig gleichgültig, auf welcher Art von Boden Farne wuchsen.

Wieder traten Zweifel an die Oberfläche ihres Bewußtseins. Das war ihr seit Korequellen immer wieder passiert, aber anfangs war es noch leichter gewesen, sie zu unterdrücken. Doch seit Lugard waren sie ständig stärker geworden, und sie ertappte sich dabei, wie sie Siuan in einem ganz anderen Licht betrachtete als früher. Nicht, daß sie es gewagt hätte, Siuan tatsächlich damit zu konfrontieren – natürlich nicht! Aber das bereits ärgerte sie, auch wenn sie es nur vor sich selbst im stillen zugab. Aber vielleicht hatte Siuan ja wirklich keine Ahnung, wohin sie eigentlich zogen? Sie konnte ja nun lügen, denn einer Dämpfung unterzogen zu werden hieß auch, von den Drei Eiden entbunden zu sein. Vielleicht hoffte sie lediglich, eine fortgesetzte Suche werde sie endlich auf die Spur dessen bringen, wonach sie so verzweifelt suchte. Auf gewisse Weise, und ganz gewiß auf eine sehr eigenartige, hatte Leane damit begonnen, ihr eigenes Leben zu führen, losgelöst von den Banden der Politik, der Einen Macht und Rands. Sie hatte diese Dinge wohl nicht ganz aufgegeben, aber im Falle Siuans glaubte Min, daß diese überhaupt nichts anderes habe, woran sie sich klammern konnte. Die Weiße Burg und der Wiedergeborene Drache hatten ihr ganzes Leben ausgefüllt, und daran würde sie festhalten, auch wenn sie sich selbst belügen mußte.

Übergangslos gelangten sie aus dem Wald heraus zu einem großen Dorf. Min blickte ganz verblüfft drein. Süßholz und Eichen und ein paar kümmerliche Kiefern – diese Baumarten kannte sie immerhin – standen bis auf fünfzig Schritt Entfernung von den strohgedeckten Häusern, erbaut aus rundgeschliffenen Flußsteinen, die sich an niedrige Hügel schmiegten. Sie hätte darauf wetten können, daß sich vor nicht allzu langer Zeit der Wald noch durch das ganze Dorf hindurchgezogen hatte. Zwischen einigen der Häuser standen nämlich tatsächlich noch kleine Baumgruppen, teilweise direkt an den Hauswänden, und hier und da sah sie frische Baumstümpfe vor den Häusern stehen. Die Straßen wirkten auch noch wie frisch angelegt. Ihre Oberfläche war noch nicht von Generationen von Füßen hartgetreten. Männer in Hemdsärmeln deckten gerade drei große Steinwürfel mit Strohbündeln ab. Das mußten wohl Schenken sein. Bei einer hing sogar noch ein verblaßtes, verwittertes Schild über dem Eingang, aber sie konnte nirgendwo Reste früherer Strohdächer entdecken. Wenn man es an der Anzahl der sichtbaren Männer maß, befanden sich viel zu viele Frauen draußen, und wiederum an deren Zahl gemessen, spielten zu wenige Kinder auf der Straße. Das einzig Normale an diesem Ort war der Geruch nach Mittagessen, der in der Luft lag.

Wenn schon der erste Anblick Min überrascht hatte, dann wäre sie bei näherem Hinsehen beinahe aus dem Sattel gefallen. Die jüngeren Frauen, die aus den Fenstern Decken ausschüttelten oder mit irgendeinem Auftrag unterwegs waren, trugen einfache Wollkleider, aber sie hatte noch nie in einem Dorf derart viele Frauen in Reitkleidern aus Seide oder feinster Wolle gesehen, in jeder möglichen Farbe und jedem Schnitt. Um diese Frauen herum und auch um die meisten Männer flackerten Auren, und Bilder schwammen in ihr Blickfeld hinein, änderten sich ständig... Bei den meisten Menschen konnte sie kaum jemals so etwas sehen, doch Aes Sedai und Behüter boten ihrem inneren Auge dauernd und höchstens mit kurzen Unterbrechungen Visionen. Die Kinder mußten den Dienern gehören, die wohl aus der Burg mitgekommen waren. Es gab nur wenige verheiratete Aes Sedai, aber wie sie diese kannte, hatten sie jede Anstrengung unternommen, ihre Diener mitsamt deren Familien mitzunehmen, wenn sie selbst sich zur Flucht entschlossen hatten. Siuan hatte tatsächlich die geflohenen Aes Sedai gefunden!

Es herrschte eine unheimliche Stille, als sie in das Dorf einritten. Niemand sprach ein Wort. Die Aes Sedai standen bewegungslos da und beobachteten sie, genauso wie die jüngeren Frauen und Mädchen, die wahrscheinlich Aufgenommene oder gar erst Novizinnen waren. Männer, die sich noch einen Moment zuvor mit der Grazie eines Wolfs bewegt hatten, standen nun erstarrt da, eine Hand im Stroh verborgen oder in einen offenen Eingang gestreckt, wo sie zweifellos Waffen versteckt hatten. Die Kinder verschwanden, schnell von den Erwachsenen, wahrscheinlich Dienern, verscheucht. Unter all diesen starren Blicken stellten sich Mins Nackenhärchen auf.

Leane schien nervös und sah immer wieder zur Seite hin auf die Menschen, an denen sie vorbeiritten, doch Siuan verzog keine Miene und führte sie ganz ruhig geradewegs zu der größten der Schenken hin, jener mit dem nicht mehr lesbaren Schild. Sie stieg ab und band Belas Zügel an den eisernen Ring an einem der Haltepfosten, die anscheinend erst kürzlich aufgestellt worden waren. Min half Leane dabei, Logain vom Pferd zu holen. Siuan bot ihnen niemals ihre Hilfe an, wenn sie ihn hinauf- oder herunterbringen mußten. Dann blickte sie sich hastig um. Alle starrten sie an, und niemand rührte sich. »Ich habe ja nicht erwartet, wie eine lange verschollene Tochter begrüßt zu werden«, murmelte sie, »aber warum sagt denn niemand wenigstens guten Tag?«

Bevor Leane antworten konnte, falls sie es denn vorgehabt hatte, sagte Siuan: »Also, hört nicht mit Rudern auf, bevor die Küste erreicht ist. Bringt ihn herein.« Sie verschwand nach drinnen, während Min und Leane immer noch damit beschäftigt waren, Logain zur Tür zu führen. Er ging brav mit, doch sobald sie ihn losließen, machte er nur noch einen Schritt und blieb stehen.

Der Schankraum unterschied sich nun doch von jedem, den Min jemals gesehen hatte. Die Kamine waren natürlich kalt und wiesen Lücken auf, wo einzelne Steine herausgefallen waren, die Gipsdecke wirkte brüchig, und es waren kopfgroße Löcher darin zu sehen, wo die Deckenverschalung durchschien. Die Tische von jeder nur denkbaren Größe und Form paßten überhaupt nicht zueinander, und der Fußboden war altersschwach und abgesplittert. Mehrere Mädchen waren gerade am Kehren. Frauen mit alterslosen Gesichtern saßen an den Tischen, lasen in Dokumenten, gaben den Behütern Befehle, von denen einige ihre farbverändernden Umhänge trugen, oder gaben anderen Frauen Aufträge, die wohl Aufgenommene oder Novizinnen sein mußten. Andere waren zu alt dafür, zur Hälfte schon ergraut, und sie zeigten deutlich ihre fortgeschrittenen Jahre. Es gab auch Männer, die keine Behüter sein konnten. Sie eilten davon, als überbrächten sie Botschaften, oder holten Papiere oder Becher mit Wein für die Aes Sedai. Das Gewusel wirkte ganz so, als würde hier einiges getan. Auren und Bilder tanzten durch den Raum und umkränzten Köpfe, so viele, daß sie sich bemühen mußte, alle zu ignorieren, bevor sie von dieser Masse überwältigt wurde. Das war nicht leicht, aber sie hatte dieses Geschick entwickeln müssen, seit sie sich jeweils unter einer Handvoll oder noch mehr Aes Sedai gleichzeitig befunden hatte.

Vier Aes Sedai kamen nach vorn und begrüßten die Neuankömmlinge. In ihren Hosenröcken und mit ihren eleganten Bewegungen waren sie ganz unterkühlte Grazie. Für Min war der Anblick ihrer vertrauten Gesichter ein Gefühl, als kehre sie nach langer Irrfahrt nach Hause zurück.

Sheriams schrägstehende grüne Augen richteten sich sofort auf Mins Gesicht. Silberne und blaue Strahlen flimmerten über ihren feuerroten Haar auf, und ein sanfter goldener Schein lag darüber. Min wußte nicht, was das bedeutete. Die ältere Frau wirkte in ihrem dunkelblauen Seidenkleid ein wenig mollig und war im Moment außerordentlich ernst. »Ich wäre glücklicher, Euch hier vorzufinden, Kind, wenn ich wüßte, wie Ihr von unserer Gegenwart hier erfahren habt, und wenn ich eine Ahnung hätte, wieso Ihr auf die idiotische Idee kamt, ihn hierher mitzubringen.« Ein halbes Dutzend Behüter war herangekommen, die Hände an den Schwertern und die scharfen Blicke auf Logain gerichtet. Er schien sie überhaupt nicht zu sehen.

Min stand mit offenem Mund da. Warum fragte sie ausgerechnet *sie?* »Meine idio ...?« Sie hatte keine Gelegenheit, mehr herauszubringen.

»Es wäre viel besser gewesen«, warf Carlinya mit den bleichen Wangen in eisigem Tonfall ein, »wenn er gestorben wäre, wie es die Gerüchte besagten.« Es war nicht das Eis des Zorns, sondern der kalten Vernunft. Sie war eine Weiße Ajah. Ihr elfenbeinfarbenes Kleid wirkte, als habe es schwere Zeiten gesehen. Einen Augenblick lang sah Min das Abbild eines Raben neben ihrem dunklen Haar – mehr die Zeichnung dieses Vogels als der Vogel selbst. Sie hielt es für eine Tätowierung, doch die Bedeutung kannte sie nicht. Sie konzentrierte sich auf die Gesichter und versuchte, sonst nichts zu sehen. »Er scheint ja sowieso ziemlich tot«, fuhr Carlinya fort, wobei sie kaum Luft holte. »Was Ihr euch auch dabei gedacht haben mögt, so habt Ihr eure Mühe doch verschwendet. Aber auch ich würde gern wissen, wie Ihr nach Salidar kamt.«

Siuan und Leane standen da und tauschten amüsierte Blicke, während die anderen weiterhin Min schlachteten. Keine sah die beiden auch nur an.

Myrelle, eine dunkle Schönheit in grüner Seide, das Oberteil mit schräg verlaufenden goldenen Strahlen geschmückt, das Gesicht ein perfektes Oval, lächelte oft so damenhaft und überlegen, daß sie es mit Leanes neu erlernten Tricks aufnehmen konnte. Jetzt allerdings lächelte sie nicht und hieb sofort in die gleiche Kerbe wie ihre Weiße Schwester. »Sagt etwas, Min. Steht nicht mit offenem Mund herum.« Sie war ihres feurigen Temperaments wegen verschrien, sogar bei den Grünen.

»Ihr müßt es uns sagen«, fügte Anaiya mit sanfterer Stimme hinzu, auch wenn Enttäuschung hindurchklang. Die Frau hatte nichtssagende Gesichtszüge und wirkte mütterlich trotz der für die Aes Sedai typischen Glätte ihrer Wangen. Im Augenblick strich sie ihren hellgrauen Rock glatt und wirkte noch mehr wie eine

Mutter, die sich zurückhalten mußte, zur Rute zu greifen. »Wir werden schon einen Platz für Euch und diese beiden anderen Mädchen finden, aber Ihr müßt uns verraten, wie Ihr hierherkamt.«

Min schüttelte sich und schloß den Mund. Natürlich. Diese beiden anderen Mädchen. Sie hatte sich so an den neuen Zustand der beiden gewöhnt, daß sie gar nicht mehr daran dachte, wie sehr sie sich verändert hatten. Sie bezweifelte, daß eine der anwesenden Frauen sie seit jener Zeit gesehen hatten, als sie in das Verließ unter der Weißen Burg gebracht worden waren. Leane schien gleich loslachen zu wollen, und Siuan schüttelte beinahe den Kopf über soviel Unachtsamkeit der Aes Sedai.

»Ich bin nicht diejenige, mit der Ihr sprechen solltet«, sagte Min zu Sheriam. *Laß sie zur Abwechslung diese ›beiden anderen Mädchen‹ so kalt anstarren.* »Fragt statt dessen Siuan oder Leane.« Sie sahen sie an, als sei sie verrückt geworden, bis sie in Richtung ihrer beiden Begleiterinnen nickte.

Vier Aes-Sedai-Augenpaare richteten sich auf die beiden Angesprochenen, doch erkannten sie sie nicht sofort. Sie musterten die Frauen und tauschten Blicke untereinander. Keiner der Behüter wandte den Blick von Logain oder nahm auch nur die Hand vom Schwertgriff.

»Eine Dämpfung könnte solche Resultate hervorbringen«, murmelte Myrelle schließlich. »Ich habe Berichte gelesen, die so etwas andeuten.«

»Die Gesichter sind auf viele Arten ähnlich«, sagte Sheriam bedächtig. »Man könnte Frauen gesucht haben, die ihnen so ähnlich sehen, aber warum?«

Siuan und Leane wirkten nun nicht mehr so überlegen. »Wir sind, wer wir sind«, sagte Leane knapp. »Befragt uns. Keine Doppelgängerin könnte wissen, was wir wissen.«

Siuan wartete nicht auf die Fragen. »Mein Gesicht

mag sich verändert haben, aber wenigstens weiß ich, was ich tue und warum. Ich wette, das ist mehr, als man von Euch behaupten kann.«

Min stöhnte ob ihres strengen Tonfalls, aber Myrelle nickte und sagte: »Das ist die Stimme Siuan Sanches. Sie ist es.«

»Stimmen kann man nachmachen«, sagte Carlinya, immer noch kühl und beherrscht.

»Aber inwieweit kann man sich Erinnerungen anderer einprägen?« Anaiya runzelte ernst die Stirn. »Siuan – falls Ihr das wirklich seid –, wir haben uns an Eurem zweiundzwanzigsten Namenstag gestritten, Ihr und ich. Wo geschah das und was kam dabei heraus?«

Siuan lächelte die mütterliche Frau selbstbewußt an. »Das war während Eurer Unterrichtsstunde bei den Aufgenommenen, und Ihr habt erklärt, warum so viele der aus Artur Falkenflügels Reich hervorgegangenen Nationen nicht überleben konnten. Übrigens bin ich nach wie vor nicht in allen Punkten Eurer Meinung. Es ging so aus, daß ich zwei Monate lang täglich drei Stunden in der Küche gearbeitet habe. ›In der Hoffnung, daß die Hitze Euren Übereifer bremsen und abbauen möge‹, habt Ihr, glaube ich, gesagt.«

Falls sie geglaubt hatte, diese eine Antwort werde den anderen reichen, hatte sie sich geirrt. Anaiya hatte weitere Fragen an beide Frauen auf Lager, genau wie Carlinya und Sheriam, die offensichtlich zur gleichen Zeit Novizinnen und Aufgenommene gewesen waren. In den Fragen ging es immer um Dinge, die keine Doppelgängerin wissen konnte, Streitigkeiten, in die sie verwickelt gewesen war, erfolgreiche oder weniger erfolgreiche Streiche, ihre Meinung und die allgemein vertretenen Meinungen über bestimmte Aes-Sedai-Lehrerinnen. Min konnte kaum glauben, daß die Frauen, aus denen später die Amyrlin und die Behüterin der Chronik geworden waren, so oft ins Fettnäpfchen getreten waren, und dabei hatte sie noch das Gefühl, das

Gehörte sei nur die Spitze des Eisbergs gewesen, und wie es schien, war ihnen Sheriam auch noch ziemlich nahe gekommen. Myrelle, die jüngste von ihnen, beschränkte sich auf amüsierte Kommentare, bis Siuan etwas von einer Forelle erwähnte, die jemand in Saroiya Sedais Bad geworfen hatte, und von einer Novizin, die daraufhin ein halbes Jahr lang Strafdienst tun mußte. Nicht, daß Siuan viele Gelegenheiten hatte, über andere zu sprechen, die für einen Streich bestraft worden waren. Hatte sie tatsächlich als Novizin die Hemden einer Aufgenommenen mit Juckpulver bestreut? Hatte sie sich aus der Burg geschlichen, um zu angeln? Selbst die Aufgenommenen benötigten eine Erlaubnis, um sich – außer zu bestimmten Stunden – vom Burggelände zu entfernen. Siuan und Leane hatten sogar gemeinsam gewagt, einen Eimer Wasser so abzukühlen, daß es beinahe gefroren wäre, und dann hatten sie den Eimer so plaziert, daß eine Aes Sedai die Dusche abbekam, die sie vorher, ungerechtfertigt, wie sie glaubten, hatte verprügeln lassen. Dem Glitzern in Anaiyas Augen nach zu schließen, war es gut für sie gewesen, daß man sie damals nicht erwischt hatte. Mins Kenntnissen der Regeln für die Ausbildung der Novizinnen und der Aufgenommenen zufolge konnten sich diese Frauen glücklich schätzen, daß man ihnen gestattete, lange genug zu bleiben, um Aes Sedai zu werden, und das auch noch mit heiler Haut.

»Ich bin zufrieden«, sagte die mütterliche Frau schließlich, wobei sie die anderen anblickte.

Myrelle nickte, nachdem Sheriam zugestimmt hatte, aber Carlinya sagte: »Da ist ja immer noch die Frage, was wir mit ihnen machen sollen.« Sie blickte Siuan unverwandt an, und die anderen schienen plötzlich unsicher zu werden. Myrelle schürzte die Lippen, und Anaiya betrachtete intensiv den Fußboden. Sheriam strich ihr Kleid glatt und schien überhaupt jeden Blick auf die Neuankömmlinge zu vermeiden.

»Wir haben immer noch all unsere Kenntnisse von vorher«, sagte ihnen Leane. Ihr plötzliches Stirnrunzeln entsprang wohl zum Teil der Sorge. »Wir können nützlich sein.«

Siuans Gesicht war dunkel verfärbt. Leane hatte sich wohl über ihre jugendlichen Missetaten und Strafen amüsiert, aber Siuan hatte das ganz und gar nicht gepaßt. Doch im Gegensatz zu ihrem beinahe wütenden Blick klang ihre Stimme nur ein wenig hart: »Ihr wolltet wissen, wie wir Euch fanden. Ich habe mich mit einer meiner Agentinnen in Verbindung gesetzt, die auch für die Blauen arbeitet, und sie hat mir von Sallie Daera erzählt.«

Min verstand das mit Sallie Daera überhaupt nicht. Wer war sie? Aber Sheriam und die anderen nickten sich gegenseitig zu. Siuan hatte etwas anderes getan, als ihnen einfach zu sagen, wie sie es angestellt hatte, wurde Min jetzt klar. Sie hatte die anderen auch wissen lassen, daß sie immer noch Zugang zu ihren Augen-und-Ohren hatte, die ihr schon als Amyrlin gedient hatten.

»Setzt Euch hier drüben hin, Min«, sagte Sheriam zu ihr und deutete auf den einzigen unbesetzten Tisch in einer Ecke. »Oder seid Ihr immer noch Elmindreda? Und bleibt bitte bei Logain.« Sie und die drei anderen führten Siuan und Leane zum hinteren Teil des Schankraums. Zwei weitere Frauen in Reitkleidern schlossen sich ihnen an, bevor sie durch eine ganz neu aus rohen Brettern gezimmerte Tür verschwanden.

Seufzend nahm Min Logains Arm und führte ihn an den Tisch, setzte ihn einfach auf eine rauhe Bank und nahm sich selbst einen Stuhl mit hoher Rippenlehne. Zwei der Behüter postierten sich in der Nähe. Sie lehnten wachsam an der Wand. Wohl schienen sie Logain gar nicht zu beobachten, aber Min kannte die Gaidin. Sie sahen alles und sie konnten selbst im Schlaf noch innerhalb eines Herzschlags ihr Schwert ziehen.

Also waren sie doch nicht mit offenen Armen empfangen worden, obwohl sie Siuan und Leane schließlich erkannt hatten. Nun, was hatte sie eigentlich erwartet? Siuan und Leane waren die beiden mächtigsten Frauen der Weißen Burg gewesen. Nun waren sie nicht einmal mehr Aes Sedai. Die anderen wußten höchstwahrscheinlich überhaupt nicht, wie sie sich ihnen gegenüber verhalten sollten. Und dann erschienen sie auch noch mit einem falschen Drachen, den man der Dämpfung unterzogen hatte. Siuan sollte besser nicht lügen oder sich wünschen, sie habe einen konkreten Plan für ihn bereit. Min glaubte nicht, daß Sheriam und die anderen soviel Geduld beweisen würden wie Logain.

Und zumindest Sheriam hatte sie erkannt. Wieder stand sie auf und spähte durch ein Fenster mit einem Sprung in der Scheibe auf die Straße hinaus. Ihre Pferde standen noch an den Haltepfosten, aber einer der Behüter, die so taten, als beobachteten sie sie gar nicht, würde sie erwischen, bevor sie auch nur Wildroses Zügel losgebunden hätte. Beim letzten Mal, damals in der Burg, hatte sich Siuan große Mühe gegeben, sie zu verkleiden. Wie es schien, war das sinnlos gewesen. Allerdings glaubte sie nicht, daß eine von ihnen etwas von ihren Visionen wußte. Siuan und Leane hatten dieses Geheimnis ängstlich gehütet. Min konnte sich glücklich schätzen, wenn das so blieb. Falls diese Aes Sedai davon erfuhren, würden sie sie sofort in ihre Machenschaften verwickeln, genau wie Siuan zuvor, und sie würde Rand niemals erreichen. Sie würde ihm niemals beweisen können, was sie von Leane gelernt hatte, wenn sie hier an der Leine hing.

Siuan zu helfen, diese Versammlung hier aufzuspüren, die Aes Sedai Rand zu Hilfe zu bringen, das war alles schön und gut, aber sie hatte immer noch ihr ganz persönliches Ziel: einen Mann, der ihr noch niemals auch nur einen zweiten Blick geschenkt hatte, dazu bringen, daß er sich in sie verliebte, bevor er dem

Wahnsinn verfiel. Vielleicht war sie schon genauso verrückt, wie er es seinem angeblichen Schicksal nach werden mußte. »Dann passen wir wenigstens zusammen«, murmelte sie in sich hinein.

Ein grünäugiges Mädchen mit Sommersprossen, wahrscheinlich eine Novizin, blieb an ihrem Tisch stehen. »Möchtet Ihr etwas zu essen oder zu trinken? Es gibt Hirschragout mit Birnen. Vielleicht ist auch noch etwas Käse da.« Sie gab sich solche Mühe, Logain nicht anzusehen, daß sie ihn genausogut neugierig hätte anstarren können.

»Birnen und Käse klingen schon ganz hervorragend«, sagte Min zu ihr. Die letzten beiden Tage über hatten sie hungern müssen. Siuan hatte es wohl fertig gebracht, ein paar Fische in einem Bach zu fangen, aber vorher war eben doch Logain ihr Jäger gewesen, wenn sie nicht in einer Schenke oder auf einem Bauernhof eine Mahlzeit bekamen. Ihrer Meinung nach konnte man getrocknete Bohnen nicht als Mahlzeit betrachten. »Und etwas Wein, wenn Ihr welchen habt. Aber zuerst hätte ich gern eine Auskunft. Wo befinden wir uns hier, falls das nicht auch ein Geheimnis ist? Heißt dieses Dorf Salidar?«

»In Altara befinden wir uns. Der Eldar liegt etwa eine Meile westlich. Auf der anderen Seite liegt Amadicia.« Das Mädchen bemühte sich um eine schwache Nachahmung der typischen Geheimnistuerei der Aes Sedai. »Welcher Ort wäre besser geeignet, um sich zu verstecken als einer, an dem niemand jemals nach Aes Sedai suchen würde?«

»Wir sollten uns überhaupt nicht verstecken müssen!« fauchte eine junge Frau mit dunklem Teint und einem Lockenkopf, die neben ihr stehengeblieben war. Min erkannte sie: eine Aufgenommene namens Faolain. Sie hätte erwartet, daß diese Frau in der Burg geblieben wäre. Faolain hatte niemals Zuneigung zu irgend jemandem oder irgend etwas empfunden, soweit Min das beurteilen konnte, und hatte oft davon gesprochen, sich nach ihrer Erhebung den Roten Ajah anzuschließen. Eine perfekte Anhängerin für Elaida. »Warum seid Ihr hergekommen? Und noch dazu mit *ihm?* Warum ist *sie* gekommen?« Es gab keinen Zweifel daran, wen sie meinte. »Es ist ihre Schuld, daß wir uns verbergen müssen. Ich habe nicht geglaubt, daß sie Mazrim Taim geholfen hat zu entkommen, aber wenn sie mit *ihm* im Schlepptau hier erscheint, dann ist alles möglich.«

»Das reicht dann wohl, Faolain«, sagte eine schlanke Frau mit schwarzem Haar, das ihr bis zur Hüfte herunterreichte, zu der Aufgenommenen mit dem runden Gesicht. Min glaubte, die Frau in ihrem dunkelgoldenem Reitkleid zu erkennen. Edesina. Eine Gelbe, wie sie vermutete. »Geht wieder an Eure Arbeit«, sagte Edesina. »Und wenn Ihr vorhabt, das Essen zu bringen, Tabiya, dann tut es gefälligst.« Edesina beachtete Faolains mürrischen Knicks nicht. Die Novizin machte es besser und huschte dann davon. Doch Edesina legte Logain eine Hand auf den Kopf. Sein Blick ruhte auf dem Tisch, und er schien es nicht zu bemerken.

In Mins Blickfeld erschien plötzlich ein silbernes Halsband, das genau um den Hals der Frau paßte, und genauso plötzlich schien es dann zu zerspringen. Min schauderte. Sie mochte Visionen nicht, die mit den Seanchan zusammenhingen. Wenigstens würde Edesina auf irgendeine Art davonkommen. Doch selbst wenn Min gewillt gewesen wäre, sich zu offenbaren, hätte eine Warnung der Frau nichts genützt, denn sie würde gar nichts ändern.

»Es liegt an der Dämpfung«, sagte die Aes Sedai nach einem Augenblick. »Ich denke, er hat einfach aufgegeben, leben zu wollen. Ich kann nichts für ihn tun. Ich bin auch nicht sicher, daß ich etwas für ihn tun sollte, falls er es wollte.« Der Blick, den sie Min im Weggehen zuwarf, war alles andere als freundlich.

Eine elegante, kräftig gebaute Frau in rostbrauner Seide blieb ein paar Schritte entfernt kurz stehen und musterte Min und Logain mit kühlen und ausdruckslosen Augen. Kiruna war eine Grüne und für ihr edles Benehmen bekannt. Wie Min gehört hatte, war sie die Schwester des Königs von Arafel, aber sie hatte sich in der Burg Min gegenüber sehr freundlich verhalten. Min lächelte, doch diese großen, dunklen Augen blickten, ohne sie zu erkennen, über sie hinweg. Dann glitt Kiruna aus der Schenke, vier Behüter, ganz unterschiedliche Männer, aber alle mit dieser tödlichen Grazie in der Bewegung, im Gefolge.

Min wartete auf ihr Essen und hoffte, daß Siuan und Leane einen freundlicheren Empfang erlebten.

KAPITEL 9

Zurückhaltung kann man üben

Ihr seid führungslos«, sagte Siuan zu den sechs Frauen, die ihr auf sechs verschiedenen Arten von Stühlen gegenübersaßen. Der Raum war ein einziges Durcheinander. Auf zwei großen Küchentischen, die man an die Wand geschoben hatte, lagen Schreibfedern, Tintenfässer und Sandflaschen sauber angeordnet. Lampen, die gar nicht zueinander paßten, manche aus glasierter Keramik und andere wiederum vergoldet, und dazu Kerzen jeder Dicke und Länge standen und lagen bereit, um beim Einbruch der Dunkelheit für das notwendige Licht zu sorgen. Ein kleiner Illianer Läufer aus Seide, in kräftigem Blau, Rot und Gold gehalten, lag auf den rauhen, verwitterten Bodenbrettern. Sie und Leane hatte man jenseits des Läufers den anderen gegenüber plaziert, und zwar so, daß sie im Brennpunkt aller Augen saßen. Offenstehende Fensterflügel, deren Scheiben teilweise gesprungen oder durch Ölseide ersetzt worden waren, ließen einen leichten Luftzug ein, aber nicht genug, um die Hitze ernsthaft zu mildern. Siuan redete sich ein, sie beneide diese Frauen nicht um ihre Fähigkeit, die Macht zu benutzen, denn darüber war sie doch wohl hinweg, aber sie beneidete sie, weil sie überhaupt nicht schwitzten. Ihr eigenes Gesicht war reichlich feucht. »All diese Geschäftigkeit dort draußen ist lediglich Beschäftigungstherapie und Schau. Ihr täuscht Euch vielleicht gegenseitig und möglicherweise sogar die Gaidin, obwohl ich an Eurer Stelle darauf nicht zählen würde, aber mich könnt Ihr nicht täuschen.«

Sie wünschte, Morvrin und Beonin wären nicht zu dieser Gruppe gestoßen. Morvrin zweifelte grundsätzlich an allem, trotz ihres gelassenen, manchmal auch leicht abwesenden Aussehens. Sie war ein kräftige, untersetzte Braune mit grauen Strähnen im Haar, die mindestens sechs Beweisstücke verlangte, bevor sie endlich glaubte, daß ein Fisch tatsächlich Schuppen habe. Und verglichen mit Beonin, einer hübschen Grauen mit Haar wie dunkler Honig und so großen blaugrauen Augen, daß sie ständig leicht überrascht wirkte, verglichen mit Beonin also schien Morvrin noch leicht zu beeinflussen.

»Elaida regiert die Burg mit eiserner Faust, und Ihr wißt, daß sie Rand al'Thor gegenüber Fehler begehen wird«, sagte Siuan beinahe verächtlich. »Wir brauchen schon eine Menge Glück, damit sie nicht in Panik ausbricht und ihn noch vor Tarmon Gai'don einer Dämpfung unterzieht. Ihr wißt, wenn Ihr schon einen Mann fürchtet, der mit der Macht umgehen kann, dann tun das die Roten zehnmal. Die Weiße Burg ist auf dem Tiefpunkt ihrer Macht, und das gerade zu der Zeit, da sie auf dem Höhepunkt stehen sollte, und in der Hand einer Närrin, wenn geschickte Führung notwendig wäre.« Sie kräuselte die Nase und blickte einer nach der anderen in die Augen. »Und Ihr sitzt hier und treibt mit gerefften Segeln dahin. Oder könnt Ihr mich davon überzeugen, daß Ihr mehr tut, als Däumchen zu drehen und Seifenblasen nachzublicken?«

»Seid Ihr der gleichen Meinung wie Siuan, Leane?« fragte Anaiya friedlich. Siuan war nie in der Lage gewesen, zu begreifen, warum Moiraine diese Frau so gut leiden konnte. Wenn man versuchte, sie zu etwas zu bringen, was sie nicht tun wollte, war das, als schlage man auf einen Sack voll Federn ein. Sie hielt nicht dagegen oder stritt gar, nein, sie weigerte sich einfach nur schweigend, irgend etwas zu unternehmen. Sogar sitzend und mit gefalteten Händen wirkte sie eher wie eine Frau, die gleich Teig durchkneten will, als eine Aes Sedai.

»Zum Teil ja«, antwortete Leane. Siuan warf ihr einen scharfen Blick zu, den sie aber nicht beachtete. »Was Elaida betrifft, sicher. Elaida wird Rand al'Thor mißbrauchen, so sicher wie sie die Burg mißbraucht. Was den Rest betrifft, so weiß ich, daß Ihr hart daran gearbeitet habt, so viele Schwestern hier zusammenzuholen, und ich denke, Ihr arbeitet genauso hart daran, etwas gegen Elaida zu unternehmen.«

Siuan schnaubte laut. Auf dem Weg durch den Schankraum hatte sie ein paar Blicke auf einige dieser Dokumente werfen können, die hier so sorgfältig studiert wurden. Es waren Listen von Proviant, über die Zuteilung von Bauholz für Reparaturen, die Einteilung zum Holzfällen, zur Hausreparatur und zum Säubern der Quellen. Sonst nichts. Nichts, was auch im mindesten wie ein Bericht über die Aktivitäten Elaidas aussah. Sie planten, hier zu überwintern. Es mußte nur eine Blaue in Gefangenschaft geraten, die von Salidar erfahren hatte, nur eine Frau, die man dazu befragte, und wenn Alviarin diese Befragung durchführte, würde sie nicht viel zurückhalten, und Elaida wüßte ganz genau, wo sie sie ins Netz bekommen konnte. Währenddessen machten sie sich Gedanken darüber, wie man Gemüsegärten anlegt und ob sie genug Feuerholz zusammenbekämen, bevor der erste Frost kam.

»Dann ist das ja wohl erledigt«, sagte Carlinya kühl. »Ihr scheint nicht zu verstehen, daß Ihr nicht mehr Amyrlin und Behüterin seid. Ihr seid noch nicht einmal mehr Aes Sedai.« Einige hatten die Güte, verlegen dreinzublicken. Nicht so Morvrin oder Beonin, aber wohl die anderen. Keine Aes Sedai sprach gern über die Dämpfung, noch ließ sie sich gern daran erinnern. Sie mußten das als besonders hart empfunden haben, da es ausgerechnet angesichts dieser beiden gesagt worden war. »Ich sage das nicht, um grausam zu erscheinen. Wir glauben die Anklagen gegen Euch nicht, trotz Eures Reisegenossen, sonst wären wir nicht hier. Aber Ihr könnt auch nicht Eure alten Positionen unter uns wieder einnehmen. Das ist eine unumstößliche Tatsache.«

Siuan konnte sich noch gut an Carlinya als Novizin und Aufgenommene erinnern. Einmal im Monat hatte sie damals etwas angestellt, nichts Bedeutendes, eine Kleinigkeit, die ihr ein oder zwei Stunden Extraarbeit eingebracht hatten. Genau einmal im Monat. Sie hatte sich vor den anderen nicht wie eine Streberin anstellen wollen. Das waren ihre einzigen Verstöße gegen die Regeln gewesen. Ansonsten übertrat sie nie ein Verbot und machte keinen einzigen falschen Schritt, denn das wäre ja unlogisch gewesen. Deshalb hatte sie auch nie verstanden, warum die anderen sie trotzdem für den Liebling der Lehrerin gehalten hatten. Eine ganze Menge Logik, aber kein gesunder Menschenverstand: das war Carlinya.

»Während das, was man Euch antat, genau den Buchstaben des Gesetzes entsprach«, sagte Sheriam mit sanfter Stimme, »waren wir immer der Meinung, daß es bösartig und ungerecht sei und den Sinn der Gesetze vollkommen verdrehte.« Die Stuhllehne hinter ihrem feuerroten Kopf war wenig überzeugend in Form einer kämpfenden und sich windenden Masse von Schlangen geschnitzt. »Was auch die Gerüchte besagen mochten, die meisten Anklagepunkte gegen Euch waren so dünn und durchsichtig, daß man nur darüber lachen konnte.«

»Aber nicht die Anschuldigung, sie habe von Rand al'Thor gewußt und sich mit anderen verschworen, seine Existenz vor der Burg geheimzuhalten«, unterbrach Carlinya in scharfem Ton.

Sheriam nickte. »Wie dem auch sei, selbst das reichte nicht aus für einen solchen Schuldspruch. Außerdem hätte man Euch nicht im geheimen verurteilen dürfen, ohne jede Möglichkeit, Euch zu verteidigen. Fürchtet nicht, daß wir Euch den Rücken zuwenden werden. Wir werden dafür sorgen, daß es Euch beiden gutgeht.«

»Ich danke Euch«, sagte Leane mit sanfter und fast bebender Stimme.

Siuan verzog das Gesicht. »Ihr habt mich noch nicht einmal zu den Augen-und-Ohren befragt, die mir immer noch zur Verfügung stehen.« Sie hatte Sheriam gern gehabt, als sie noch gemeinsam studierten, doch die Jahre hatten eine Kluft zwischen ihnen geöffnet. ›Gutgeht‹, ha! »Ist Aeldene hier?« Anaiya setzte schon an, den Kopf zu schütteln, als sie sich doch beherrschte. »Ich habe es vermutet, sonst wüßtet Ihr mehr von den Vorgängen dort draußen. Ihr habt sie einfach zurückgelassen, und nun schicken sie ihre Berichte immer noch zur Burg.« Langsam dämmerten ihnen diese Erkenntnisse. Sie hatten von Aeldenes Aufgaben nichts gewußt. »Ich habe das Netz der Augen-und-Ohren der Blauen Ajah geleitet, bevor ich zur Amyrlin erhoben wurde.« Weitere Überraschung. »Mit ein bißchen Mühe werden alle Spioninnen der Blauen und auch diejenigen, die mir als Amyrlin direkt dienten, künftig ihre Berichte an Euch senden, und zwar auf Wegen, die ihnen gar nicht bewußt machen, wo ihre Berichte tatsächlich landen.« Das würde erheblich mehr als nur ein bißchen Mühe machen, aber das meiste hatte sie sich schon im Kopf zurechtgelegt, und mehr mußten sie im Moment sowieso nicht erfahren. »Und sie können weiterhin Berichte an die Burg senden, die das enthalten, was … Ihr Elaida glauben machen möchtet.« Beinahe hätte sie das Wort ›wir‹ gebraucht. Sie mußte ihr Mundwerk im Zaum halten.

Es gefiel ihnen natürlich überhaupt nicht. Die Frauen, die in diesem Netz arbeiteten, mochten wohl nur wenigen bekannt sein, aber sie waren allesamt Aes Sedai. Es waren immer Aes Sedai gewesen. Doch das war ihr einziger Hebel, den sie ansetzen konnte, um in die Kreise hineinzukommen, in denen die Entscheidungen fielen. Ansonsten würden sie wahrscheinlich Leane und sie auf irgendeinen abgelegenen Bauernhof stecken, ihnen eine Dienerin mitgeben, um sie zu versorgen, nun, und vielleicht käme von Zeit zu Zeit eine Aes Sedai zu Besuch, die Frauen nach einer Dämpfung untersuchen wollte. Und so weiter, bis sie starben. Unter diesen Umständen würden sie recht früh sterben.

Licht, vielleicht verheiraten sie uns auch einfach! Manche glaubten, ein Ehemann und Kinder würden eine Frau in genügendem Maße beschäftigen, um die Eine Macht in ihrem Leben zu ersetzen. Mehr als eine Frau, die sich selbst einer Dämpfung unterzogen hatte, weil sie zuviel Macht an sich gerissen hatte und ihre Fähigkeiten ausbrannte, oder durch einen Unfall beim Erproben eines *Ter'Angreals,* hatte sich plötzlich potentiellen Ehemännern gegenübergefunden. Da aber diejenigen, die tatsächlich heirateten, meist so weit wie überhaupt möglich von der Burg fortzogen, blieb die Theorie unbewiesen.

»Es sollte keine großen Schwierigkeiten machen«, sagte Leane in nebensächlichem Tonfall, »mich in Verbindung mit denjenigen zu setzen, die meine eigenen Augen-und-Ohren waren, bevor ich Behüterin der Chronik wurde. Und was noch wichtiger ist: als Behüterin hatte ich selbst in Tar Valon Spione.« Ein paar rissen die Augen überrascht auf, nur die Carlinyas zogen sich zu schmalen Schlitzen zusammen. Leane rutschte unruhig auf ihrem Stuhl hin und her und lächelte schwach. »Ich hatte es immer für töricht gehalten, mehr Aufmerksamkeit der politischen Stimmung in Ebou Dar oder Bandar Eban zu widmen als der Stimmung in unserer eigenen Stadt.« Sie mußten den Wert von Augen-und-Ohren in Tar Valon doch wohl erkennen.

»Siuan.« Morvrin beugte sich auf ihrem Stuhl mit den dicken Armlehnen vor und sprach den Namen betont aus, wohl um ihr klarzumachen, daß sie sie nicht mehr als ›Mutter‹ anredete. Jetzt wirkte ihr rundes Gesicht eher halsstarrig als gelassen, und ihr kräftiger Körper machte einen drohenden Eindruck. Als Siuan noch Novizin gewesen war, hatte Morvrin anscheinend die Streiche der Mädchen in ihrer Umgebung nicht bemerkt, doch wenn sie sie zur Kenntnis nahm, hatte sie die Dinge in die eigene Hand genommen, und zwar so, daß keine sich in den nächsten Tagen mehr zu rühren wagte. »Warum sollten wir Euch gestatten, zu tun, was Ihr wollt? Man hat Euch einer Dämpfung unterzogen, Frau. Was Ihr vorher auch wart, jetzt seid Ihr keine Aes Sedai mehr. Wenn wir die Namen dieser Agentinnen wissen wollen, werdet Ihr beiden sie uns nennen.« Das klang klar und deutlich; sie würden sie ihnen nennen – so oder so. Wenn diese Frauen es wünschten, hatten sie keine andere Möglichkeit.

Leane schauderte sichtlich, doch Siuans Stuhl knarrte, als sie sich steif aufsetzte. »Ich weiß, daß ich nicht mehr die Amyrlin bin. Glaubt Ihr etwa, mir sei nicht bewußt, daß ich einer Dämpfung unterzogen wurde? Mein Gesicht ist verändert, aber nicht mein Inneres. Alles, was ich je wußte, habe ich immer noch im Kopf. Benützt es! Aus Liebe zum Licht – benützt mich!« Sie atmete tief durch, um sich zu beruhigen – *Seng mich, wenn ich mich von ihnen beiseiteschieben lasse, bis ich verrotte!* –, und Myrelle sprach in das Schweigen hinein: »Das Temperament einer jungen Frau, wie es zum Gesicht einer jungen Frau paßt.« Lächelnd saß sie auf der Kante eines Sessels mit Holzlehne, wie er vor den Kamin eines Bauernhauses gepaßt hätte, falls es dem Bauern egal gewesen wäre, daß die Farbe abblätterte. Doch das Lächeln war nicht ihr übliches, träge und wissend zugleich. Ihre dunklen Augen, beinahe so groß wie die Beonins, waren jetzt voller Mitgefühl. »Ich bin sicher, niemand will, daß Ihr Euch nutzlos fühlt, Siuan. Und ich bin sicher, wir alle wollen Euer Wissen voll und ganz ausnützen. Was Ihr wißt, wird uns außerordentlich hilfreich sein.«

Siuan legte keinen Wert auf ihre Sympathie. »Ihr scheint Logain vergessen zu haben und den Grund, warum ich ihn den ganzen Weg von Tar Valon hierher mitgeschleppt habe.« Sie hatte dieses Thema eigentlich gar nicht selbst ansprechen wollen, aber wenn sie es überhaupt nicht beachteten… »Meine ›idiotische‹ Idee?«

»Also gut, Siuan«, sagte Sheriam. »Warum?«

»Der erste Schritt zur Entmachtung Elaidas wird sein, wenn Logain der Burg und nötig der ganzen Welt enthüllt, daß ihn die Roten Ajah als falschen Drachen eingeführt haben, damit man ihn dann stürzen konnte.« Jetzt hatte sie wirklich ihre ganze Aufmerksamkeit gewonnen. »Er wurde in Ghealdan von den Roten aufgespürt, mindestens ein Jahr, bevor er sich zum Drachen ausrief. Doch anstatt ihn zur Dämpfung nach Tar Valon zu bringen, haben sie ihm die Idee in den Kopf gesetzt, sich zum Wiedergeborenen Drachen auszurufen.«

»Seid Ihr da ganz sicher?« fragte Beonin ruhig in ihrem Taraboner Dialekt. Sie saß bewegungslos auf ihrem hohen Flechtstuhl und beobachtete alles gründlich.

»Er weiß nicht, wer Leane und ich sind. Er hat auf der Reise manchmal mit uns gesprochen, spät in der Nacht, als Min schlief und er noch keine Ruhe fand. Er hat vorher nie etwas darüber gesagt, weil er glaubte, die gesamte Burg stünde hinter dem Plan, aber er wußte, daß es Rote Schwestern waren, die ihn abschirmten und ihm vom Wiedergeborenen Drachen erzählten.«

»Warum?« wollte Morvrin wissen, und Sheriam nickte.

»Ja, warum? Jede von uns würde alles unternehmen, um einen Mann wie ihn einer Dämpfung zu unterziehen, aber die Roten Ajah leben ja nur dafür. Warum sollten sie einen falschen Drachen in die Welt setzen?«

»Logain wußte es nicht«, antwortete sie ihnen. »Vielleicht glaubten sie, sie hätten mehr davon, wenn sie einen falschen Drachen fingen, anstatt einen armen Burschen der Dämpfung zu unterziehen, der vielleicht gerade ein Dorf terrorisiert hatte. Möglicherweise hatten sie einen Grund dafür, noch mehr Aufruhr anzustiften.«

»Wir wollen damit nicht sagen, sie hätten etwas mit Mazrim Taim oder einem der anderen zu tun gehabt«, fügte Leane schnell hinzu. »Zweifellos wird Elaida in der Lage sein, Euch alle Fragen zu beantworten.«

Siuan beobachtete, wie sie alle schweigend daran zu kauen hatten. Sie dachten gar nicht daran, daß sie vielleicht lügen könnte. *Ein Vorteil, wenn man die Dämpfung hinter sich hat*. Sie schienen überhaupt nicht auf den Gedanken zu kommen, daß die Dämpfung alle Bande an die Drei Eide zerrissen hatte. Natürlich studierten manche Aes Sedai Frauen, die man dieser Tortur unterzogen hatte, aber eben nur übervorsichtig und zögernd. Keine wollte gern daran erinnert werden, was ihr selbst geschehen könnte.

Was Logain betraf, machte sich Siuan keine Sorgen. Nicht, solange Min weiterhin das sah, was immer sie auch sehen mochte. Er würde auf jeden Fall lange genug leben, um das zu enthüllen, was Siuan von ihm hören wollte. Sie mußte nur einmal richtig mit ihm reden. Sie hatte vorher nicht zu riskieren gewagt, daß er sich vielleicht entschloß, seiner eigenen Wege zu gehen, und das hätte er sicherlich getan, hätte sie schon verfrüht mit ihm darüber gesprochen. Doch nun bekam er seine einzige Gelegenheit zur Rache an jenen, die ihn der Dämpfung ausgeliefert hatten, jetzt, da er wieder ganz von Aes Sedai umstellt war. Rache natürlich nur an den Roten Ajah, das verstand sich von selbst, aber damit mußte er sich abfinden. Besser einen Fisch im Boot als einen Schwarm im Wasser.

Sie blickte zu Leane hinüber, die ein schwaches

Lächeln andeutete. Das war gut. Leane hatte es nicht gepaßt, daß sie sie bis an diesem Morgen über ihren Plan, Logain betreffend, im Unklaren gelassen hatte, aber Siuan hatte einfach zu lange die Geheimnisvolle gespielt, als daß sie nun mir nichts, dir nichts selbst einer Freundin gegenüber auspacken konnte. Sie hielt jedenfalls die Idee, die Roten Ajah könnten auch mit den anderen falschen Drachen zu tun haben, für ausgezeichnet. Die Roten hatten die Rebellion gegen sie angezettelt. Wenn dies alles vorüber war, gab es vielleicht keine Roten Ajah mehr.

»Das ändert eine ganze Menge«, sagte Sheriam nach einer Weile. »Wir können unmöglich einer Amyrlin folgen, die so etwas tut.«

»Ihr folgen?« rief Siuan, die zum erstenmal wirklich verblüfft war. »Habt Ihr ernsthaft in Erwägung gezogen, zu Elaidas Ring zurückzukehren? Obwohl Ihr wißt, was sie getan hat und noch unternehmen wird?« Leane bebte auf ihrem Stuhl, als platze sie fast aus allen Nähten, aber sie hatten sich geeinigt, daß Siuan diejenige sein solle, die die Nerven verlor.

Sheriam wirkte ein wenig verlegen, und Myrelles dunkle Wangen wiesen rote Flecke auf, doch die anderen nahmen es so gelassen hin wie den Sonnenschein.

»Die Burg muß stark sein«, sagte Carlinya mit einer Stimme, die so hart klang wie Stein im Winter. »Der Drache wurde wiedergeboren, die Letzte Schlacht naht, und die Burg muß eine Einheit sein.«

Anaiya nickte. »Wir verstehen Eure Gründe dafür, Elaida abzulehnen, sie sogar zu hassen. Wir verstehen Euch wirklich, aber wir müssen auch an die Burg denken und an die Welt. Ich gebe zu, daß ich selbst Elaida auch nicht ausstehen kann. Doch ich habe auch Siuan nie besonders gemocht. Es ist nicht notwendig, die Amyrlin zu mögen. Ihr müßt nicht so böse schauen, Siuan. Ihr habt seit Eurer Zeit als Novizin eine Feile statt einer Zunge im Mund gehabt, und mit der Zeit ist

sie immer rauher geworden. Und als Amyrlin habt ihr die Schwestern herumgeschubst, wie ihr wolltet, und ihr habt selten Eure Gründe auch nur erwähnt. Beides sind keine angenehmen Eigenschaften, und schon gar nicht zusammen genommen.«

»Ich will mich bemühen, meine Zunge … zu glätten«, sagte Siuan trocken. Erwartete die Frau, die Amyrlin werde jede Schwester wie eine Freundin aus ihrer Kindheit behandeln? »Aber ich hoffe, was ich Euch mitgeteilt habe, wird Eure Absicht ändern, Elaida zu Füßen zu liegen?«

»Wenn das bereits die neugewonnene Glätte Eurer Zunge war«, sagte Myrelle lässig, »muß ich sie vielleicht doch noch selbst etwas abschleifen für den Fall, daß wir Euch gestatten, Eure Augen-und-Ohren für uns zu leiten.«

»Wir können natürlich jetzt nicht zur Burg zurückkehren«, sagte Sheriam. »Wir wußten das alles ja nicht. Wir müßten erst in der Lage sein, Elaida abzusetzen.«

»Was sie auch getan hat, die Roten werden sie trotzdem unterstützen.« Beonin stellte das als klare Tatsache fest und nicht als Einwand. Es war kein Geheimnis: Die Roten waren mit der Tatsache nicht fertig geworden, daß es seit Bonwhin keine Amyrlin mehr aus ihrer Ajah gegeben hatte.

Morvrin nickte lebhaft. »Auch andere werden sie unterstützen. Diejenigen, die sich ganz und gar hinter Elaida gestellt haben, werden glauben, keine andere Wahl mehr zu haben. Andere unterstützen jede, die an der Macht ist, gleich, wie bösartig sie handelt. Und dazu noch ein paar, die glauben, wir wollten die Burg spalten, wo um jeden Preis Einigkeit herrschen sollte.«

»Man kann mit allen außer den Roten sprechen«, sagte Beonin vernünftigerweise, »und verhandeln.« Vermittlung und Verhandlungen waren der Grund für die Existenz ihrer Ajah.

»Wie es scheint, werden wir Eure Agentinnen gebrauchen können, Siuan.« Sheriam blickte sich unter den anderen um. »Es sei denn, jemand glaubt immer noch, wir sollten sie ihr wegnehmen?« Morvrin war die letzte, die den Kopf schüttelte, aber immerhin tat sie es schließlich, nachdem sie Siuan so durchdringend gemustert hatte, daß diese sich richtiggehend nackt fühlte, abgewogen und gemessen.

Sie konnte dennoch einen Seufzer der Erleichterung nicht unterdrücken. Kein kurzes Leben auf einem einsamen Bauernhof, sondern ein Leben, das einem Zweck diente. Es konnte trotzdem ein kurzes Leben werden, denn niemand wußte annähernd, wie lange eine Frau in ihrem Zustand überleben konnte, wenn sie einen Ersatz für die Eine Macht in ihrem Leben fand; aber mit einem richtigen Lebenszweck wäre es in jedem Fall lange genug. Also wollte Myrelle ihre spitze Zunge abschleifen, war es nicht so? *Ich werde es dieser Grünen mit ihren Fuchsaugen schon zeigen! Ich werde den Mund halten und froh sein, wenn sie nicht mehr macht, als mich strafend anzusehen. So mache ich's. Ich wußte ja, wohin das führen würde. Verdammt noch mal, ich hab's gewußt!*

»Ich danke Euch, Aes Sedai«, sagte sie so demütig, wie sie nur konnte. Sie so anzusprechen tat weh. Es war ein weiterer Bruch und erinnerte sie erneut daran, was sie nicht mehr war. »Ich werde mich bemühen, mein Bestes für Euch zu leisten.« Myrelle hätte nun wirklich nicht so zufrieden nicken müssen. Siuan ignorierte eine kleine Stimme in ihrem Innern, die ihr sagte, an Myrelles Stelle hätte sie das gleiche oder noch mehr getan.

»Falls ich einen Vorschlag machen darf«, warf Leane ein, »dann reicht es nicht aus, zu warten, bis Ihr genug Unterstützung im Burgsaal habt, um Elaida zu stürzen.« Siuan sah sie interessiert an, als höre sie das zum erstenmal. »Elaida sitzt in Tar Valon in der Weißen Burg, und für die ganze Welt ist sie die Amyrlin. Im Augenblick seid Ihr nur eine Herde Abtrünnige. Sie kann Euch als Rebellen oder Volksverhetzer bezeichnen, und da es von der Amyrlin kommt, wird die Welt es glauben.«

»Wir können sie wohl kaum davon abhalten, Amyrlin zu sein, bevor sie abgesetzt ist«, sagte Carlinya und rutschte mit eisiger Verachtung im Blick auf ihrem Stuhl umher. Hätte sie ihre Stola mit den weißen Fransen getragen, dann hätte sie die jetzt vermutlich um sich gewickelt.

»Ihr könnt der Welt doch eine wirkliche Amyrlin geben.« Leane richtete ihre Worte nicht an die Weiße Schwester, sondern an alle zugleich. Sie sah eine nach der anderen an, selbstsicher, doch so, als gebe sie ihnen lediglich eine Anregung, von der sie hoffte, sie würden sie aufgreifen. Es war Siuan gewesen, die ihr zugeredet hatte, daß die Methoden, die sie erfolgreich bei Männern anwandte, durchaus auch abgewandelt bei Frauen hilfreich seien. »Ich habe Aes Sedai aus sämtlichen Ajah außer der Roten im Schankraum und draußen auf der Straße gesehen. Laßt sie hier einen neuen Burgsaal wählen und laßt dann diesen Saal die neue Amyrlin küren. Danach könnt Ihr euch der Welt als die wahre Weiße Burg präsentieren, die ins Exil gehen mußte, weil Elaida die Macht an sich riß. Wenn man noch Logains Enthüllungen hinzufügt, gibt es wohl keine Zweifel mehr daran, wen die Welt als die wahre Amyrlin anerkennen wird.«

Die Idee war bei ihnen angekommen. Siuan sah deutlich, wie sie sie im Geist von allen Seiten betrachteten. Was die anderen auch denken mochten, es war jedenfalls nur Sheriam, die widersprach: »Das bedeutet aber, daß die Burg wirklich gespalten wird«, sagte die Frau mit den grünen Augen traurig.

»Sie ist bereits gespalten«, sagte Siuan schnippisch zu ihr und wünschte sich fast im gleichen Moment, sie hätte den Mund gehalten. Alle sahen sie an.

Sie sollten annehmen, das Ganze sei allein Leanes Einfall, da sie selbst den Ruf einer Frau hatte, die ständig bei anderen die Fäden zog, und so würden sie ihren Vorschlägen gegenüber mißtrauisch sein. Deshalb auch hatte sie begonnen, in ihrem früher üblichen harten Tonfall mit ihnen zu sprechen, denn hätte sie etwas mit ruhigen, sanften Worten eingebracht, keine hätte ihr geglaubt. Sie mußte sie behandeln, als sei sie immer noch Amyrlin und wolle sie zurechtweisen. Im Vergleich dazu sollte Leane eher kooperativ wirken und nur das Wenige ins Gespräch einbringen, was ihr einfiel. Dann würden sie wahrscheinlich auf sie hören. Es war Siuan nicht schwergefallen, ihre Rolle zu spielen, bis sie gezwungen war, die anderen um etwas zu bitten. In diesem Moment hätte sie am liebsten alle zum Trocknen in die Sonne gehängt. Hier sitzen müssen und nichts tun können!

Du hättest dir keine Gedanken darüber machen müssen, ob sie dir mißtrauen. Sie halten dich für ein geknicktes Schilfrohr. Falls alles gutging, würden sie auch weiterhin so über sie denken. Ein nützlicher Schilfhalm, aber schwach, den man schnell wieder vergessen konnte. Es tat schon weh, sich so darstellen zu müssen, doch Duranda Tharne hatte ihr in Lugard die Notwendigkeit einer solchen Maske vor Augen geführt. Sie würden sie nur zu ihren Bedingungen aufnehmen, und das bedeutete, sie mußte versuchen, das Beste daraus zu machen.

»Ich wünschte, ich wäre selbst auf diese Idee gekommen«, fuhr sie fort. »Aber jetzt, da ich es von Leane höre, finde ich, es gibt Euch eine Gelegenheit, die Burg neu zu errichten, ohne sie vorher ganz und gar einreißen zu müssen.«

»Es gefällt mir trotzdem absolut nicht.« Sheriams Stimme klang wieder entschlossener. »Doch was sein muß, muß sein. Das Rad webt, wie das Rad es wünscht, und so das Licht es will, wird es Elaida aus ihrer Stola herausweben.«

»Wir werden mit den Schwestern verhandeln müssen, die in der Burg verblieben sind«, überlegte Beonin laut. »Die von uns erwählte Amyrlin muß geschickt verhandeln können, oder?«

»Sie muß auf jeden Fall klar denken«, warf Carlinya ein. »Die neue Amyrlin muß eine Frau von kühlem Verstand und glasklarer Logik sein.«

Morvrins Schnauben war laut genug, daß alle auf ihren Stühlen zusammenzuckten. »Sheriam ist die Höchste unter uns, und sie hat uns zusammengehalten, wo wir ansonsten in zehn verschiedene Richtungen davongelaufen wären.«

Sheriam schüttelte lebhaft den Kopf, doch Myrelle gab ihr keine Gelegenheit zu sprechen. »Sheriam ist eine ausgezeichnete Wahl. Ich kann bereits jetzt zusagen, daß jede Grüne Schwester hier für sie stimmen wird.« Anaiya öffnete den Mund, und an ihrer Miene konnte man ihre Zustimmung ablesen.

Es war Zeit, dem einen Riegel vorzuschieben, bevor sie die Fäden aus der Hand verlor. »Darf ich etwas vorschlagen?« Siuan glaubte, vornehme Zurückhaltung liege ihr viel besser als offene Demut. Es war nur ein Strohhalm, aber sie mußte das einfach üben, damit sie es besser beherrschen lernte. *Myrelle ist nicht die einzige, die versuchen wird, mich in den Kielraum zu sperren, wenn sie glaubt, ich habe meine Grenzen überschritten. Oder was auch sonst.* Nur würden sie es nicht versuchen, sie würden etwas gegen sie unternehmen! Aes Sedai erwarteten – nein, verlangten – den gebührenden Respekt von jenen, die nicht zu ihnen gehörten. »Mir scheint, wen immer Ihr auch wählt, sie sollte nicht zu denjenigen gehören, die sich in der Burg aufhielten, als man mich… mich absetzte. Wäre es nicht am besten, die Frau, die die Weiße Burg wieder vereint, sei eine, die niemand beschuldigen kann, sie habe an jenem Tag der einen oder anderen Seite angehört?« Wenn sie so weitermachen mußte, würde sie irgendwann einmal aus den Nähten platzen.

»Eine, die besonders stark ist, was die Eine Macht betrifft«, fügte Leane hinzu. »Je stärker sie ist, desto besser kann sie für alles eintreten, was die Burg bedeutet. Oder wieder bedeuten wird, wenn Elaida weg ist.«

Siuan hätte ihr am liebsten einen Tritt versetzt. Sie hatten mit diesem Gedankengang einen vollen Tag lang warten und ihn erst dann einwerfen wollen, wenn es tatsächlich um Namen ging. Sie und Leane zusammen wußten genug über jede einzelne Schwester, um irgendeine Schwäche bei ihr aufzudecken, einen subtilen Zweifel zu säen, was ihre Qualitäten als mögliche Amyrlin betraf. Sie würde lieber nackt durch einen Schwarm von Piranhas schwimmen, als diesen Frauen zu erkennen geben, daß sie versuchte, sie zu manipulieren.

»Eine Schwester, die sich nicht in der Burg befand«, sagte Sheriam und nickte dazu. »Das wäre äußerst sinnvoll, Siuan. Sehr gut.« Wie leicht ihr diese Rolle fiel und wie schnell sie bereit war, ihren Kopf zur Belohnung zu tätscheln.

Morvrin spitzte die Lippen. »Es wird aber nicht leicht werden, eine zu finden, die wir wählen können.«

»Die erforderliche Stärke engt die Auswahlmöglichkeiten sehr ein.« Anaiya blickte sich unter den anderen um. »Es wird sie nicht nur zu einer besseren Leitfigur machen, jedenfalls für die anderen Schwestern, sondern da ist noch etwas anderes: Stärke im Umgang mit der Macht bedeutet oft auch Willensstärke, und diejenige, die wir wählen, wird ganz sicher eine Menge Willenskraft benötigen.«

Carlinya und Beonin waren die letzten, die schließlich in die Diskussion eingriffen.

Siuan verzog keine Miene und lächelte nur innerlich. Das Zerbrechen der Burg hatte viele Dinge geändert und nicht nur ihre eigenen Gedankengänge. Diese Frauen hatten die hier versammelten Schwestern angeführt, und nun diskutierten sie darüber, wen sie dem neuen Burgsaal als Amyrlin präsentieren sollten, als sei das nicht ganz allein Sache dieser Versammlung selbst. Es würde nicht allzu schwerfallen, sie ganz behutsam auf die Idee zu bringen, die neue Amyrlin solle eine sein, die sich von ihnen führen ließ. Und ohne daß sie es merkten, würden sowohl sie wie auch diese Amyrlin – der Ersatz für sie selbst – von *ihr* gesteuert werden. Sie und Moiraine hatten zu lange daran gearbeitet und zuviel von ihrem eigenen Leben dafür gegeben, Rand al'Thor zu finden und auf sein Schicksal vorzubereiten, als daß sie jetzt riskieren konnte, daß jemand anders nun alles falsch anpackte.

»Darf ich noch einen weiteren Vorschlag machen?« Zurückhaltung lag ihr einfach nicht. Sie mußte etwas anderes finden. So wartete sie zähneknirschend, bis Sheriam nickte und sie fortfahren durfte: »Elaida wird versuchen, herauszubekommen, wo sich Rand al'Thor aufhält. Je weiter nach Süden ich kam, desto häufiger wurden die Gerüchte, er habe Tear verlassen. Ich glaube das auch, und ich denke, ich habe die richtige Vorstellung, wohin er von dort aus ging.«

Es war nicht notwendig zu sagen, daß sie ihn finden mußten, bevor Tar Valon ihn fand. Das verstand sich von selbst. Elaida würde ihn nicht nur sowieso falsch führen, nein, sollte sie ihn in die Finger bekommen und ihn den Menschen abgeschirmt und unter ihrer Kontrolle vorführen, wäre das ein solcher Prestigegewinn, daß es keine Hoffnung mehr gäbe, sie stürzen zu können. Denn Herrscher kannten für gewöhnlich den Inhalt der Prophezeiungen, wenn auch ihr Volk normalerweise nicht viel darüber wußte. Doch in einem solchen Fall würden sie ihr auch ein Dutzend falsche Drachen vergeben.

»Wohin?« fuhr Morvrin sie an, um Haaresbreite schneller als Sheriam, Anaiya und Myrelle gemeinsam.

»In die Aiel-Wüste.«

Einen Augenblick herrschte Schweigen, und dann sagte Carlinya: »Das ist doch lächerlich.«

Siuan verbiß sich eine zornige Erwiderung und lächelte – wie sie hoffte – entschuldigend. »Vielleicht, aber ich habe einiges über die Aiel nachgelesen, als ich noch Aufgenommene war. Gitara Moroso glaubte, daß einige der Weisen Frauen der Aiel in der Lage sein könnten, die Macht zu benützen.« Gitara war zu der Zeit Behüterin der Chronik gewesen. »In einem der Bücher, die sie mir zu lesen gab, einem alten Band aus der staubigsten Ecke der Bibliothek, wurde behauptet, die Aiel bezeichneten sich selbst als das Volk des Drachen. Ich habe mich nicht mehr daran erinnert, bis ich versuchte, herauszubekommen, wohin Rand verschwunden ist. In den Prophezeiungen steht, der Stein von Tear werde erst dann fallen, wenn das Volk des Drachen kommt, und die Aiel waren an der Eroberung des Steins beteiligt. Das wird durch alle Gerüchte und Berichte bestätigt.«

Morvrin schien plötzlich ins Leere zu blicken. »Ich erinnere mich an Spekulationen über die Weisen Frauen, als ich gerade die Stola erhalten hatte. Falls es der Wahrheit entspricht, wäre das sicher faszinierend, doch die Aiel behandeln Aes Sedai nicht besser als jeden, der ihre Wüste betritt, und bei ihren Weisen Frauen gibt es offensichtlich irgendein Gesetz oder eine Tradition, die verhindert, daß sie mit Fremden sprechen, wie ich hörte. Das macht es extrem schwer, sich einer weit genug zu nähern, um festzustellen, ob sie …« Mit einemmal schüttelte sie sich und blickte Siuan und Leane vorwurfsvoll an, als seien sie an ihrer gedanklichen Abschweifung schuld. »Ein dünner Halm, zu dünn, um daraus einen Korb zu flechten, wenn es um etwas aus einem Buch geht, dessen Schreiberin vermutlich niemals einen Aiel gesehen hat.«

»Ein sehr dünner Strohhalm«, bestätigte Carlinya.

»Aber vielleicht doch wert, jemanden in die Wüste zu entsenden?« Es bereitete ihr Mühe, daraus eine Frage zu machen anstatt eines Befehls. Siuan hielt es allmählich für möglich, daß sie sich zu Tode schwitzen werde, falls sie nicht irgendeine andere Form des Umgangs mit ihnen finden konnte. Normalerweise hatte sie sich genügend im Griff, um der Hitze zu widerstehen, aber jetzt nicht, wenn sie versuchen mußte, die anderen mitzuziehen, ohne sie spüren zu lassen, daß sie sie an den Haaren zog. »Ich glaube nicht, daß die Aiel einer Aes Sedai etwas zuleide täten.« Nicht, wenn sie schnell genug reagierte und ihnen bewies, daß sie eine Aes Sedai war. Siuan glaubte jedenfalls nicht an eine Gefahr von dieser Seite. Man mußte es eben riskieren. »Und wenn er sich in der Wüste aufhält, wissen es die Aiel. Denkt an diese Aiel im Stein.«

»Möglicherweise«, sagte Beonin bedächtig. »Die Wüste ist groß. Wie viele müßten wir aussenden?«

»Falls sich der Wiedergeborene Drache in der Wüste aufhält«, sagte Anaiya, »wird es auch der erste Aiel wissen, den wir dort antreffen. Dieser Rand al'Thor zieht die Ereignisse nach sich, das steht fest. Er könnte nicht einmal im Meer schwimmen gehen, ohne ein Klatschen, das in jeder Ecke der Welt hörbar ist.«

Myrelle lächelte. »Es sollte eine Grüne sein. Keine von Euch anderen läßt sich mehr als einen Behüter zuschwören, und in der Wüste könnten zwei oder drei Gaidin sehr nützlich sein, jedenfalls bis die Aiel wissen, daß es sich um eine Aes Sedai handelt. Ich habe schon immer einmal einen Aiel kennenlernen wollen.« Während des Aielkriegs war sie Novizin gewesen und hatte die Burg nicht verlassen dürfen. Natürlich hatte sowieso keine Aes Sedai über das Heilen Verwundeter hinaus an den Kämpfen teilgenommen. Die Drei Eide hatten das verhindert, es sei denn, Tar Valon oder sogar die Weiße Burg selbst würden angegriffen. Doch in diesem Krieg war der Fluß nicht überschritten worden.

»Ihr geht nicht«, sagte Sheriam zu ihr, »und auch kein anderes Mitglied dieser Ratsversammlung. Ihr habt zugestimmt, dies alles mit uns gemeinsam durchzustehen, Myrelle, als ihr einverstanden wart, mit uns im Rat zu sitzen, und da könnt Ihr Euch nicht so einfach zum Vergnügen herumtreiben, weil Ihr euch langweilt. Ich fürchte, es wird bis zum Ende noch mehr Aufregung geben, als wir uns je wünschen könnten.« Unter anderen Umständen wäre sie eine herausragende Amyrlin geworden, jetzt aber war sie zu stark und zu selbstsicher. »Aber eine Grüne… Ja, dem stimme ich zu. Oder zwei?« Der Blick aus ihren grünen Augen überflog sie alle. »Um sicher zu gehen?«

»Kiruna Nachiman?« schlug Anaiya vor, und Beonin fügte hinzu: »Bera Harkin?« Die anderen außer Myrelle nickten. Sie zog nur gereizt die Schultern ein. Aes Sedai schmollten nicht, aber sie kam dem immerhin ziemlich nahe.

Siuan atmete zum zweiten Mal erleichtert auf. Sie war sicher, daß ihre Argumente stichhaltig seien. Er war irgendwohin verschwunden, und hätte er sich zwischen dem Rückgrat der Welt und dem Aryth-Meer aufgehalten, dann hätten sich die Gerüchte überschlagen. Und wo immer er sich auch aufhalten mochte, Moiraine war ja bei ihm und hatte ihn an der Leine. Kiruna und Bera würden bestimmt nichts dagegen haben, einen Brief an Moiraine zu überbringen, und zusammen hatten sie sieben Behüter, die ihnen wohl die Aiel vom Leib halten konnten.

»Wir wollen Euch und Leane nicht zu sehr ermüden«, fuhr Sheriam fort. »Ich werde eine der Gelben Schwestern bitten, sich um Euch zu kümmern. Vielleicht kann sie Euch in irgendeiner Weise helfen oder Euer Los erleichtern. Ich werde Euch Zimmer besorgen lassen, wo Ihr ruhen könnt.«

»Wenn Ihr die Leiterin unserer Augen-und-Ohren werden sollt«, fügte Myrelle besorgt hinzu, »braucht Ihr Eure ganze Kraft.«

»Ich bin keineswegs so gebrechlich, wie Ihr zu denken scheint«, protestierte Siuan. »Wenn dem so wäre, hätte ich Euch dann beinahe zweitausend Meilen weit folgen können? Welche Schwäche sich bei mir nach der Dämpfung auch zeigte, glaubt mir, das ist vorüber!« In Wahrheit hatte sie nun wieder ein echtes Machtzentrum gefunden und wollte es nicht verlassen; aber das konnte sie ihnen wohl kaum sagen. All diese besorgten Blicke auf sie und Leane. Nun, bei Carlinya war das anders, aber die übrigen! *Licht! Sie werden uns noch von einer Novizin ins Bett stecken lassen, um ein Mittagsschläfchen zu halten!*

Nach kurzem Anklopfen trat Arinvar, Sheriams Behüter, ein. Er stammte aus Cairhien, war nicht sehr groß, dazu noch schlank, doch trotz der ergrauten Schläfen hatte er ein hartes Gesicht und bewegte sich wie ein lauernder Leopard. »Im Osten kommen etwas mehr als zwanzig Berittene«, sagte er ohne große Vorrede.

»Keine Weißmäntel wohl«, sagte Carlinya, »sonst hättet Ihr das vermutlich gleich gesagt.«

Sheriam warf ihr einen Blick zu. Viele Schwestern konnten giftig werden, wenn sich jemand in irgendeiner Weise zwischen sie und ihren Gaidin drängten. »Wir können ihnen nicht gestatten, weiterzureiten und vielleicht von unserer Gegenwart zu berichten. Könnt Ihr sie gefangennehmen, Arinvar? Ich zöge das vor, anstatt sie zu töten.«

»Beides mag uns schwer werden«, erwiderte er. »Machan sagt, sie seien bewaffnet und wirkten wie Kriegsveteranen. Die wären wohl zehnmal soviel wert wie junge Männer.«

Morvrin gab einen verblüfften Laut von sich. »Wir müssen aber das eine oder das andere tun. Vergebt mir, Sheriam. Arinvar, können die Gaidin ein paar der behenderen Schwestern unbemerkt in ihre Nähe führen, so daß sie Stränge aus Luft um sie weben könnten?«

Er schüttelte leicht den Kopf. »Machan berichtet, sie hätten möglicherweise ein paar der Behüter gesehen, die dort Wache stehen. Sie würden es auf jeden Fall bemerken, wenn wir mehr als ein oder zwei von Euch in ihre Nähe brächten. Sie nähern sich aber trotzdem noch weiter.«

Siuan und Leane waren nicht die einzigen, die daraufhin erstaunte Blicke tauschten. Nur wenige Männer entdeckten einen Behüter, der nicht gesehen werden wollte, selbst wenn er nicht einmal den Gaidinumhang trug.

»Dann müßt Ihr nach eigenem Gutdünken handeln«, sagte Sheriam. »Wenn möglich, nehmt sie gefangen. Aber keiner darf entkommen und uns verraten.«

Bevor Arinvar noch mit seiner Verbeugung fertig war, die Hand am Heft seines Schwertes, stand bereits ein anderer Mann neben ihm, ein düsterer Bär von Mann, groß und breitschultrig, dessen Haar ihm bis auf die Schultern reichte und dessen kurzgeschnittener Bart die Oberlippe frei ließ. Bei ihm wirkten die fließenden Bewegungen eines Behüters fehl am Platz. Er zwinkerte Myrelle, seiner Aes Sedai, zu und sagte dabei im Illianer Dialekt: »Die meisten Reiter angehalten haben, aber einer kommen immer noch weiter her. Wenn meine alte Mutter sagen etwas anderes, ich doch nennen ihn Gareth Bryne nach Blick, den ich auf ihn werfen.«

Siuan starrte ihn an. Ihre Hände und Füße waren urplötzlich kalt. Es gab glaubhafte Gerüchte, Myrelle habe tatsächlich diesen Nuhel und ihre anderen beiden Behüter geheiratet, und das gegen alle Konventionen und Gesetze in allen Ländern, die Siuan kannte. Das war die Art von unzusammenhängenden Gedanken, die einem durch den Kopf gingen, wenn man völlig betäubt war, und im Moment fühlte sie sich, als sei ihr ein Mast auf den Kopf gefallen. Bryne hier? *Das ist unmöglich! Es ist der helle Wahnsinn!* Dieser Mann konnte ihnen doch nicht den ganzen langen Weg über gefolgt sein, weil … *O ja, er könnte und würde so etwas tun. Der schon.* Während der Reise hatte sie sich gesagt, daß es nur vernünftig sei, keinerlei Spuren zu hinterlassen, denn Elaida wußte, daß sie nicht tot waren, und sie würde nicht aufhören, sie suchen zu lassen, bis man sie gefunden hatte oder Elaida gestürzt war. Siuan hatte sich geärgert, daß sie irgendwann doch einmal nach dem Weg fragen mußte, aber der Gedanke, der wie ein Hai nach ihr geschnappt hatte, war nicht der, Elaida könne irgendwie einen Hufschmied in einem kleinen Dorf in Altara aufspüren, sondern der, dieser Hufschmiede wirke wie ein gemaltes Hinweisschild für Gareth Bryne. *Hast dir selbst eingeredet, das sei töricht, ja? Und jetzt ist er da.*

Sie erinnerte sich noch zu gut an die Auseinandersetzung mit ihm, als sie ihm bei dieser Sache in Murandy ihren Willen aufzwingen mußte. Das war, als müsse sie eine dicke Eisenstange biegen oder eine riesige Feder, die sofort zurückschnellen würde, wenn sie nur für einen Augenblick locker ließ. Sie hatte alle Kraft aufwenden und ihn öffentlich demütigen müssen, um ganz sicher zu gehen, daß er solange ihrem Willen unterworfen blieb, wie es notwendig war. Er konnte schwerlich dem zuwiderhandeln, was er auf Knien geschworen hatte, als er sie um Verzeihung bat, und das in Gegenwart von fünfzig Adligen. Morgase war schon schwierig genug gewesen, und Siuan wollte nicht, daß Bryne Morgase auch noch eine Ausrede lieferte, gegen ihre eigenen Befehle zu handeln. Eigenartig, daß sie damals mit Elaida zusammengearbeitet hatte, um Morgase gefügig zu machen.

Sie mußte sich zusammenreißen. Sie war tatsächlich wie betäubt und dachte an alles andere als das Notwendige. *Konzentriere dich! Das ist nicht der richtige Zeitpunkt, in Panik auszubrechen.* »Ihr müßt ihn wegschicken. Oder ihn töten.«

Sie wußte, daß sie einen Fehler begangen hatte, noch während sie diese Worte sprach, und das auch noch so dringlich, als sei es ein Notfall. Sogar die Behüter sahen sie an, und die Aes Sedai ... Sie hatte keine Ahnung gehabt, was das für ein Gefühl war, wenn man selbst die Macht nicht benutzen konnte, aber die Blicke jener anderen plötzlich auf sich ruhen spürte. Sie fühlte sich nackt. Ihr Verstand war entblößt. Obwohl sie ja wußte, daß Aes Sedai keine Gedanken lesen konnten, hätte sie am liebsten alles gestanden, bevor sie ihr sämtliche Lügen und andere Delikte vorwerfen konnten. Sie hoffte nur, ihr Gesicht wirke nicht genauso wie das Leanes – mit hochroten Wangen und weit aufgerissenen Augen.

»Ihr wißt, warum er hier ist.« Sheriams Stimme klang durchaus ruhig. »Ihr beide. Und Ihr wollt ihm nicht gegenübertreten. So sehr, daß es Euch lieber wäre, wir töteten ihn für Euch.«

»Es sein ein paar große Heerführer, die noch leben.« Nuhel zählte sie an seinen in den Kampfhandschuhen steckenden Fingern ab. »Agelmar Jagad und Davram Bashere nicht werden verlassen die Grenze zur Fäule, glaube ich, und Pedron Niall bestimmt nicht sein nützlich für Euch. Wenn Rodel Ituralde noch leben, dann er verwickelt sein in was noch übrig von Arad Doman.« Er hob seinen dicken Daumen. »Und dann sein da noch Gareth Bryne.«

»Glaubt Ihr also, daß wir einen großen Heerführer benötigen werden?« fragte Sheriam leise.

Nuhel und Arinvar blickten einander nicht an, doch Siuan hatte trotzdem das Gefühl, sie tauschten einen Blick. »Es ist Eure Entscheidung, Sheriam«, antwortete Arinvar genauso leise, »Eure und die Eurer Schwestern, aber solltet Ihr vorhaben, zur Burg zurückzukehren, könnten wir ihn brauchen. Falls Ihr hierbleiben wollt, bis Elaida nach Euch schickt, brauchen wir ihn nicht.« Myrelle blickte Nuhel fragend an, und der nickte.

»Wie es scheint, habt Ihr recht gehabt, Siuan«, sagte

Anaiya trocken. »Wir haben die Gaidin nicht getäuscht.«

»Die Frage ist nur, ob er zustimmt, uns zu dienen«, sagte Carlinya, worauf Morvrin nickte und hinzufügte: »Wir müssen unsere Gründe ihm gegenüber so darstellen, daß er uns freiwillig dienen möchte. Es wird uns bestimmt nicht weiterhelfen, wenn bekannt würde, daß wir einen solch herausragenden Mann getötet oder eingesperrt haben, bevor unser Kampf überhaupt richtig begann.«

»Ja«, stimmte Beonin zu, »und wir müssen ihm eine Belohnung anbieten, die ihn fest an uns bindet.«

Sheriam richtete ihren Blick auf die beiden Männer. »Wenn Lord Bryne das Dorf erreicht, sagt ihm nichts, sondern bringt ihn zu uns.« Sobald sich die Tür hinter den Behütern geschlossen hatte, wurde ihr Blick grimmig. Siuan kannte das; dieser Blick aus den grünen Augen ließ den Novizinnen die Knie schlottern, bevor auch nur ein Wort gesprochen worden war. »Also. Ihr werdet uns berichten, warum Gareth Bryne hier ist.«

Sie hatte keine Wahl. Falls sie sie bei der allerkleinsten Lüge ertappten, würden sie beginnen, alles in Frage zu stellen. So holte sie noch einmal tief Luft. »Wir sind eines Nachts in einer Scheune in der Nähe von Korequellen untergeschlüpft, drüben in Andor. Bryne ist der dort herrschende Lord, und …«

KAPITEL 10

In der Falle

Ein Behüter in einem graugrünen Wams näherte sich Bryne, sobald er an den ersten Steingebäuden des Dorfes vorbeiritt. Bryne hätte den Mann überall als Behüter identifizieren können. Es genügte, ihn auch nur zwei Schritte gehen zu sehen. Der vielen Aes-Sedai-Gesichter, die ihn auf der Straße anblickten, hätte es gar nicht bedurft. Was im Namen des Lichts taten so viele Aes Sedai gleich an der Grenze von Amadicia? Gerüchte, die er in den letzten Dörfern vernommen hatte, besagten, Ailron habe vor, dieses Ufer des Eldar zu besetzen, was nichts anderes bedeutete, als daß die Weißmäntel herkommen würden. Die Aes Sedai konnten sich wohl sehr gut verteidigen, aber wenn Niall eine ganze Legion über den Fluß schicken würde, müßten doch viele dieser Frauen sterben. Falls er noch in der Lage war, einzuschätzen, wie lange ein Baumstumpf der Luft ausgesetzt gewesen war, war dieser Ort hier noch vor zwei Monaten im tiefen Wald begraben gewesen. Wo war Mara denn nun wieder hineingeraten? Er war sicher, sie hier vorzufinden. Die Männer in den Dörfern hatten sich sehr wohl an drei hübsche, junge Frauen erinnert, die gemeinsam weiterzogen, und ganz besonders, da eine von ihnen nach dem Weg zu einem seit dem Weißmantelkrieg verlassenen Ort gefragt hatte.

Der Behüter, ein großer Mann mit breitem Gesicht, dem Bart nach aus Illian stammend, pflanzte sich auf der Straße vor Brynes braunem Wallach auf und verbeugte sich. »Lord Bryne? Ich heißen Nuhel Dromand.

Wenn Ihr mit mir kommen? Es warten welche auf Euch, die sprechen wollen Euch.«

Bryne stieg langsam ab, zog die Handschuhe aus und steckte sie hinten in den Schwertgurt, während er sich im Ort umsah. Der einfache bräunliche Mantel, den er nun trug, war viel besser für eine Reise dieser Art geeignet als der grauseidene, mit dem er losgeritten war. Er hatte ihn weggegeben. Aes Sedai, Behüter und andere beobachteten ihn schweigend, doch selbst jene, die bestimmt nur Diener waren, wirkten nicht überrascht. Und Dromand kannte seinen Namen. Sein Gesicht war ihnen nicht unbekannt, doch er vermutete noch mehr dahinter. Falls Mara eine – falls *sie* Agentinnen der Aes Sedai waren, änderte das nichts an dem Eid, den sie geleistet hatten. »Geht voran, Nuhel Gaidin.« Falls Nuhel über diese Anrede überrascht war, zeigte er das jedenfalls nicht.

Die Schenke, in die ihn Dromand führte – oder was von einer Schenke übriggeblieben war –, wirkte eher wie das Hauptquartier für einen Feldzug, soviel Geschäftigkeit herrschte hier. Zumindest, falls jemals ein Feldzug von Aes Sedai geleitet wurde. Er entdeckte Serenla, bevor sie ihn sah. Sie saß mit einem großen Mann zusammen in einer Ecke. Das war wahrscheinlich Dalyn. Als sie ihn sah, klappte ihre Kinnlade herunter, und sie preßte die Augen zusammen, als glaube sie ihnen nicht. Dalyn schien mit offenen Augen zu schlafen. Er blickte ins Leere. Keine der Aes Sedai und der Behüter nahm von ihm Notiz, als Dromand ihn durch den Raum führte, aber Bryne hätte sein Herrenhaus und seine Ländereien verwettet, daß jeder von ihnen zehnmal soviel Einzelheiten entdeckt hatte als alle glotzenden Diener zusammengenommen. Er hätte umdrehen und wegreiten sollen, als ihm klargeworden war, wer sich in diesem Dorf aufhielt.

Er musterte seine Gegenüber sehr sorgfältig und merkte sich alles, während er sich bei der Vorstellung durch den Behüter vor den sechs am Tisch sitzenden Aes Sedai verbeugte, denn nur ein Narr benahm sich in Gegenwart von Aes Sedai unvorsichtig. Aber seine Gedanken galten den beiden jungen Frauen, die an der Wand neben dem frisch ausgefegten Kamin standen und einen bedrückten Eindruck machten. Das kleine Domanibiest mit dem biegsamen Körper lächelte ihn ausnahmsweise einmal eher zitternd als verführerisch an. Auch Mara wirkte verängstigt, beinahe zu Tode erschrocken, hätte er sogar gesagt, aber diese blauen Augen blickten trotzdem noch trotzig in die seinen. Das Mädchen hatte den Mut eines Löwen.

»Wir sind erfreut, Euch zu sehen, Lord Bryne«, sagte die Aes Sedai mit dem Flammenhaar. Nur ein wenig mollig und mit schrägstehenden Augen war sie hübsch genug, um jeden Mann genauer hinsehen zu lassen, und das trotz des Ringes der Großen Schlange an ihrem Finger. »Würdet Ihr uns bitte mitteilen, was Euch hierherführt?«

»Natürlich, Sheriam Sedai.« Nuhel stand gleich neben ihm, aber Bryne konnte sich nicht vorstellen, welche Art von Frauen weniger Schutz vor einem alten Soldaten benötigten als diese hier. Er war sicher, daß sie den Grund bereits kannten, und als er ihre Mienen beobachtete, während er die Geschichte erzählte, sah er das auch bestätigt. Aes Sedai ließen sich nichts anmerken, wenn sie das nicht wollten, aber zumindest eine von ihnen hätte eine Regung gezeigt, als er den Eid erwähnte, wenn sie nicht schon vorher Bescheid gewußt hätten.

»Eine schlimme Geschichte, die Ihr da erzählt, Lord Bryne.« Das war diese Anaiya. Alterslose Züge oder nicht, sie sah jedenfalls wie eine glückliche, wohlhabende Bauersfrau aus und nicht wie eine Aes Sedai. »Und doch überrascht es mich, daß Ihr sie so weit verfolgt habt, auch wenn es sich um Meineidige handelt.« Maras zarte Wangen röteten sich stark vor Zorn. »Sicher, es war ein starker Eid, der nicht gebrochen werden sollte.«

»Unglücklicherweise«, sagte Sheriam, »können wir sie Euch jetzt noch nicht übergeben.«

Also waren sie Agentinnen der Aes Sedai. »Ein starker Eid, der nicht gebrochen werden sollte, und trotzdem wollt Ihr sie davon abhalten, ihn zu erfüllen?«

»Sie werden ihn erfüllen«, sagte Myrelle mit einem Seitenblick zu dem Pärchen am Kamin hinüber, der die beiden veranlaßte, noch ein bißchen steifer dazustehen, »und Ihr könnt sicher sein, daß sie bereits bereuen, hinterher davongelaufen zu sein.« Diesmal lief Amaena rot an, während Mara aussah, als wolle sie Steine zerbeißen. »Doch wir können das jetzt noch nicht gestatten.« Sie hatten ihre Ajah nicht erwähnt, aber er glaubte, die dunkelhaarige, hübsche Frau müsse eine Grüne sein, und die kräftige mit dem runden Gesicht namens Morvrin war garantiert eine Braune. Vielleicht lag es an dem Lächeln, das Myrelle Dromand zugeworfen hatte, als er ihn hereinbrachte, und bei Morvrin hatte er den Eindruck, als sei sie mit den Gedanken ganz woanders. »Sie haben ja auch nicht geschworen, wann sie ihren Dienst antreten würden, und wir brauchen sie im Moment.«

Das war alles so töricht. Er sollte sich dafür entschuldigen, daß er sie gestört hatte, und dann gehen. Und das war natürlich auch töricht. Schon bevor Dromand ihn auf der Straße angesprochen hatte, war ihm klargewesen, daß er höchstwahrscheinlich Salidar nicht lebendig verlassen würde. Allein schon in dem Wald, in dem er seine Männer zurückgelassen hatte, befanden sich mindestens fünfzig Behüter, wenn nicht sogar hundert. Joni und die anderen würden sich gut zur Wehr setzen, aber er hatte sie nicht hierhergebracht, damit sie nun auf diese Weise starben. Doch er war schon ein rechter Narr, sich von einem Augenpaar in diese Falle locken zu lassen. Also konnte er genausogut fortfahren.

»Brandstiftung und Diebstahl und Körperverletzung, Aes Sedai. Das waren ihre Delikte. Sie wurden vor Gericht gestellt, verurteilt und unter Eid genommen. Aber ich habe nichts dagegen, hierzubleiben und zu warten, bis Ihr mit ihnen fertig seid. Mara kann als Bursche für mich arbeiten, wenn Ihr sie gerade nicht braucht. Ich werde die Stunden ihrer Arbeit für mich abzählen und mit ihrer Dienstverpflichtung verrechnen.«

Mara öffnete zornig den Mund, aber so, als hätten die Frauen geahnt, daß sie protestieren wolle, richteten sich sechs Aes-Sedai-Augenpaare warnend auf sie. Sie zog die Schultern ein, klappte den Mund zu und blickte ihn wütend und mit geballten Fäusten an. Er war froh, daß sie kein Messer zur Hand hatte.

Myrelle schien mühsam ein Lachen verbergen zu müssen. »Nehmt dafür lieber die andere, Lord Bryne. So, wie sie Euch anschaut, wird sie viel… williger für Euch arbeiten.«

Er erwartete fast, daß Amaena nun rot würde, doch sie blieb ganz gelassen und musterte ihn – abschätzend. Sie und Myrelle lächelten sich sogar zu. Nun, sie war schließlich eine Domani, und das heute mehr denn je, wenn er an ihr letztes Zusammentreffen dachte.

Carlinya, gegen deren Kälte die anderen warmherzig erschienen, beugte sich vor. Er mißtraute ihr und der mit den großen Augen, die sie Beonin nannten. Er war nicht einmal sicher, warum. Wenn er sich hier mitten in einem Schachzug des Spiels der Häuser befände, würde er sagen, beide Frauen trieften vor Ehrgeiz. Und vielleicht war er ja tatsächlich nun in etwas sehr Ähnliches verwickelt.

»Ihr solltet Euch allerdings darüber im klaren sein«, sagte Carlinya kühl, »daß die Frau, die Ihr als Mara kennt, in Wirklichkeit Siuan Sanche ist, die frühere Amyrlin. Und Amaena ist in Wirklichkeit Leane Sharif, die einstige Behüterin der Chronik.«

Er mußte an sich halten, um nicht mit offenem Mund

dazustehen wie ein Bauerntölpel. Jetzt, da er Bescheid wußte, sah er die Ähnlichkeit auf Maras – Siuans – Zügen, diesem Gesicht, das ihn zu einem Rückzieher gezwungen hatte und das nun wieder die Weichheit der Jugend aufwies. »Wie das?« war alles, was er herausbrachte. Mehr kam ihm nicht über die Lippen.

»Es gibt Dinge, die ein Mann besser nicht weiß«, erwiderte Sheriam kühl, »und die meisten Frauen ebensowenig.«

Mara – nein, jetzt sollte er sie wohl auch in Gedanken beim richtigen Namen nennen – Siuan war einer Dämpfung unterzogen worden. Soviel wußte er. Es mußte etwas mit den Folgen der Dämpfung zu tun haben. Und wenn diese Domani mit dem Schwanenhals Behüterin gewesen war, dann würde er darauf wetten, daß auch sie einer Dämpfung unterzogen worden war. Doch in Gegenwart von Aes Sedai über die Wirkung einer Dämpfung zu sprechen konnte einem schlecht bekommen. Außerdem war es ja so, daß man von einer Aes Sedai, die unbedingt geheimnisvoll tun wollte, nicht einmal dann eine richtige Antwort bekam, wenn man fragte, ob der Himmel blau sei.

Sie waren verdammt gut, diese Aes Sedai. Erst hatten sie ihn eingelullt und dann zugeschlagen, als er nicht mehr auf der Hut war. Er hatte das dumpfe Gefühl, er ahne, worauf sie damit hinauswollten, wofür sie ihn weichprügelten. Es wäre interessant, festzustellen, ob er in die richtige Richtung dachte. »Das ändert nichts an dem Eid, den sie leisteten. Und wären sie noch immer Amyrlin und Behüterin, jedes Gesetz würde sie zwingen, diesem Eid Folge zu leisten, sogar das Gesetz von Tar Valon.«

»Da Ihr ja nichts dagegen habt, hierzubleiben«, sagte Sheriam, »könnt Ihr Siuan als Eure Leibdienerin haben, wenn wir sie gerade nicht brauchen. Wenn Ihr wünscht, könnt Ihr auch alle drei haben, Min eingeschlossen, die Ihr offensichtlich als Serenla kennt, und sie sogar die ganze Zeit über.« Aus irgendeinem Grund schien das Siuan genauso zu ärgern wie das, was sie selbst betroffen hatte. Sie knurrte in sich hinein, aber nicht laut genug, um es zu verstehen. »Und da Ihr wohl kaum Einwände haben werdet, Lord Bryne, gibt es auch während Eurer Anwesenheit hier etwas, das Ihr für uns tun könnt.«

»Die Dankbarkeit der Aes Sedai ist nicht unbeträchtlich«, sagte Morvrin.

»Ihr werdet dem Licht und der Gerechtigkeit dienen, wenn Ihr uns dient«, fügte Carlinya hinzu.

Beonin nickte und sprach in betont ernstem Tonfall: »Ihr habt Morgase und Andor treu gedient. Dient uns genauso gut, und am Ende wird für Euch kein neues Exil stehen. Nichts von dem, was wir von Euch verlangen, wird Eurer Ehre zuwiderstehen. Und nichts von dem, was wir verlangen, wird Andor schaden.«

Bryne verzog das Gesicht. Er befand sich mitten im Spiel der Häuser, das stand fest. Er glaubte manchmal, die Aes Sedai hätten *Daes Dae'mar* erfunden. Sie schienen es noch im Schlaf zu spielen. Der offene Kampf war sicherlich blutiger, aber er war auch ehrlicher. Wenn sie bei ihm die Fäden ziehen wollten, dann sollten sie eben – auf die eine oder andere Art erreichten sie immer, was sie wollten –, aber es war Zeit, ihnen zu beweisen, daß er keine hirnlose Marionette war.

»Die Weiße Burg ist gespalten«, sagte er tonlos. Die Augen dieser Aes Sedai weiteten sich, aber er gab ihnen keine Gelegenheit zum Sprechen. »Die Ajah sind untereinander zerstritten. Nur aus diesem Grund seid Ihr alle hier. Ihr habt sicher kein weiteres Schwert an Eurer Seite nötig« – er blickte zu Dromand hinüber und bekam ein Nicken zurück –, »also kann der einzige Dienst, den Ihr von mir erwartet, nur der sein, ein Heer zu führen. Zuerst eines zu sammeln, es sei denn, Ihr habt weitere Lager mit viel mehr Männern, als ich hier zu sehen bekam. Und das heißt, Ihr wollt Elaida bekämpfen.« Sheriam blickte verblüfft drein, Anaiya besorgt und Carlinya, als wolle sie etwas sagen, doch er fuhr fort. Sie sollten einmal zuhören, denn er erwarte, in den nächsten Monaten sehr viel bei ihnen zuhören zu müssen. »Also gut. Ich habe Elaida noch nie leiden können, und ich kann nicht glauben, daß sie eine gute Amyrlin ist. Noch wichtiger: Ich kann ein Heer aufstellen, das Tar Valon einnimmt. Solange Euch bewußt ist, daß dieser Kampf lang und blutig wird.«

»Aber ich habe einige Bedingungen.« Sie alle richteten sich bei diesen Worten steif auf, sogar Siuan und Leane. Männer stellten Aes Sedai einfach keine Bedingungen. »Erstens bin ich der Oberkommandierende. Ihr sagt mir, was ich tun soll, aber ich entscheide, wie ich das erreiche. Ihr erteilt mir Befehle, und ich erteile sie den Soldaten, die unter mir dienen, aber nicht Ihr. Es sei denn, ich hätte dem vorher zugestimmt.« Mehrere Münder öffneten sich, zuerst die von Carlinya und Beonin, aber er fuhr ungerührt fort: »Ich teile die Männer ein, ich befördere und bestrafe sie. Nicht Ihr. Zweitens: Wenn ich Euch mitteile, daß etwas nicht geht, dann werdet Ihr Euch sorgfältig überlegen, wie das geändert werden kann. Ich will Eure Autorität nicht untergraben« – das würden sie wohl kaum zulassen –, »aber ich will auch keine Menschenleben verschwenden, weil Ihr nichts von Kriegführung versteht.« Es würde natürlich trotzdem geschehen, aber mit Glück höchstens einmal. »Drittens: Wenn Ihr das anfangt, dann zieht es auch konsequent durch. Ich werde meinen Kopf in eine Schlinge stecken, genau wie jeder Mann, der mir folgt, und solltet Ihr in einem halben Jahr plötzlich entscheiden, daß Elaida als Amyrlin doch noch besser sei als ein langer Krieg, zieht Ihr damit die Schlinge um den Hals jedes Mannes zu, den man erwischen wird. Die anderen Länder werden sich aus einem Bürgerkrieg um die Burg heraushalten, aber wenn Ihr uns im Stich laßt, werden sie uns nicht am Leben lassen. Dafür wird Elaida sorgen.

Wenn Ihr diese Bedingungen nicht annehmt, sehe ich keine Möglichkeit, Euch zu dienen. Ob Ihr mich dann mit Hilfe der Macht bindet, damit Dromand hier mir die Kehle aufschlitzt, oder ob ich verurteilt und aufgehängt werde, kommt auf dasselbe heraus – tot bin ich dann allemal.«

Die Aes Sedai sagten nichts. Eine Weile blickten sie ihn nur an, bis er sich des Juckens zwischen seinen Schulterblättern wegen schon fragte, ob ihm Nuhel gleich einen Dolch in den Rücken stoßen werde. Dann erhob sich Sheriam, und die anderen folgten ihr an die Fenster. Er sah, wie sich ihre Lippen bewegten, hörte aber nichts. Wenn sie ihre Absichten hinter der Einen Macht verbergen wollten, warum nicht. Er war sich nicht sicher, wieviel er ihnen von dem, was er wünschte, abringen könne. Wenn sie vernünftig waren, alles, aber bei Aes Sedai galten manchmal schon seltsame Dinge als ›vernünftig‹. Was sie auch entscheiden mochten, er würde es wohl oder übel mit Anstand hinnehmen müssen. Er hatte sich selbst in die perfekte Falle gelockt.

Leane warf ihm einen Blick und ein Lächeln zu, das ihm ganz deutlich sagte, er werde niemals erfahren, was ihm entgangen war. Nun, sie hatten ihn vermutlich mit Worten durch die Mangel gezogen, und er war wahrscheinlich nicht gut dabei weggekommen. Diese Domanifrauen versprachen immer nur die Hälfte dessen, was man ihnen zutraute, gaben immer nur das, was sie wollten und änderten ihre Meinung und Absicht jeden Moment aufs neue.

Der Köder in seiner Falle sah ihn geradewegs an und schritt dann auf ihn zu, bis sie ihm so nahe war, daß sie sich den Hals verrenken mußte, um zu ihm aufzublicken. Sie sprach mit leiser, zornbebender Stimme: »Warum habt Ihr das getan? Warum seid Ihr uns gefolgt? Einer Scheune wegen?«

»Eines Eides wegen.« Eines blauen Augenpaars wegen. Siuan Sanche konnte kaum zehn Jahre jünger sein als er, aber es fiel schwer, sich daran zu erinnern, daß sie Siuan Sanche war, bei einem Gesicht, das eher dreißig Jahre jünger wirkte. Die Augen aber waren dieselben, tiefblau und so stark, wie sie dreinblickten. »Eines Eides wegen, den Ihr mir geleistet und gebrochen habt. Dafür sollte ich Eure Dienstzeit verdoppeln.«

Ihr Blick fiel von ihm ab, und sie verschränkte die Arme unter den Brüsten und grollte: »Das wurde bereits erledigt.«

»Wollt Ihr damit sagen, daß sie Euch des Meineids wegen bestraft haben? Falls sie Euch deshalb den Hintern versohlt haben, geht das mich trotzdem nichts an, solange ich es nicht selbst tue.«

Dromands leises Lachen klang ziemlich entrüstet. Der Mann hatte bestimmt noch damit zu kämpfen, wer Siuan in Wirklichkeit war. Bryne selbst war noch keineswegs darüber hinweg. Ihr Gesicht verfärbte sich, bis er fürchtete, sie sei einem Erstickungsanfall nahe. »Meine Dienstzeit wurde bereits verdoppelt, wenn nicht noch mehr, Ihr stinkender Haufen fauliger Fischabfälle! Ihr und Eure Art, Stunden abzurechnen! Keine Arbeitsstunde zählt, bevor wir nicht alle drei wieder in Eurem Herrenhaus sind, und wenn ich auch zwanzig Jahre lang Euer… Euer Leibbursche sein muß, was immer das auch sein mag!«

Also hatten sie auch das geplant gehabt, Sheriam und die anderen. Er blickte hinüber, wo sie an den Fenstern standen und sich berieten. Sie schienen sich in zwei feindliche Lager geteilt zu haben: Sheriam, Anaiya und Myrelle auf einer Seite, Morvrin und Carlinya auf der anderen. Beonin stand wohl dazwischen. Sie waren also bereit gewesen, ihm Siuan und Leane und – Min? – als eine Art Schmiergeld zu überlassen, bevor er sich überhaupt hier befand. Sie mußten verzweifelt sein, und das bedeutete, er befand sich auf der schwächeren Seite; aber vielleicht waren sie verzweifelt genug, ihm Mittel in die Hand zu geben, die ihm eine Chance auf den Sieg eröffneten.

»Das macht Euch auch noch Spaß, oder?« sagte Siuan empört, als sich sein Blick wieder ihr zuwandte. »Ihr Bussard. Verdammt sollt Ihr alter Narr mit Eurem Karpfenhirn sein! Jetzt, da Ihr wißt, wer ich bin, gefällt es Euch, wenn ich mich vor Euch beugen und knicksen muß, ja?« Im Augenblick sah sie ganz und gar nicht danach aus. »Warum? Wollt Ihr Rache, weil ich Euch Murandys wegen damals zum Rückzug gezwungen habe? Seid Ihr ein so kleinmütiger Mensch, Gareth Bryne?«

Sie versuchte, ihn zu provozieren, weil sie bereits zuviel gesagt hatte und ihm keine Zeit lassen wollte, darüber nachzudenken. Vielleicht war sie ja keine Aes Sedai mehr, aber das Manipulieren lag ihr im Blut.

»Ihr wart die Amyrlin«, erwiderte er gelassen, »und selbst ein König küßt den Ring der Amyrlin. Ich kann nicht behaupten, daß mir gefiel, was Ihr mit mir gemacht habt, und irgendwann sollten wir uns vielleicht in aller Ruhe darüber unterhalten, ob es notwendig war, das in Gegenwart des halben Hofstaats zu tun. Aber erinnert Euch bitte daran, daß ich Mara Tomanes hierher gefolgt bin, und es war Mara Tomanes, die ich haben wollte. Nicht Siuan Sanche. Da Ihr immer nach dem Grund fragt, laßt mich dasselbe tun. Warum war es so wichtig, daß ich die Grenzüberfälle aus Murandy nicht aufhielt?«

»Weil Euer Eingreifen wichtige Pläne zunichte gemacht hätte«, sagte sie angespannt und betonte das alles noch, als sei jedes Wort von Bedeutung. »Genau wie Euer Eingreifen jetzt! Die Burg hatte einen jungen Grenzlord namens Dulain als den Mann identifiziert, der eines Tages Murandy mit unserer Hilfe wirklich vereinigen könnte. Ich konnte nicht zulassen, daß Eure Soldaten ihn zufällig getötet hätten. Ich habe hier wertvolle Arbeit zu leisten, *Lord* Bryne. Laßt sie mich in Ruhe vollbringen, dann erlebt Ihr vielleicht auch den Sieg. Mischt Euch aus Rachsucht ein, und Ihr werdet alles ruinieren.«

»Welche Arbeit Ihr auch hier zu verrichten habt, so bin ich doch sicher, Sheriam und die anderen werden dafür sorgen, daß Ihr dazu kommt. Dulain? Nie von ihm gehört. Er kann in der Rangordnung noch nicht hoch genug stehen, um die Nachfolge anzutreten.« Seiner Meinung nach würde Murandy ein in unzählige Herrschaftsbereiche unabhängiger Lords und Ladies zerfallenes Flickwerk bleiben, bis sich das Rad drehte und ein neues Zeitalter anbrach. Die Menschen in Murandy waren schon Lugarder oder Mindeaner oder was sonst noch gewesen, bevor ein Staat dort überhaupt entstanden war; wenn man das denn einen Staat nennen konnte. Aber ein Lord, der sie wirklich einen könnte und dabei Siuans Halsband und Leine trug, konnte eine nicht unbeträchtliche Anzahl Männer für sein Heer stellen.

»Er ... starb.« Rote Flecken erschienen auf ihren Wangen, und sie schien mit sich selbst zu kämpfen. »Einen Monat nachdem ich Caemlyn verließ«, knurrte sie leiser, »hat irgendein andoranischer Bauer ihm einen Pfeil durch die Brust geschossen, weil seine Schafe geraubt werden sollten.«

Er konnte sich das Lachen nicht verkneifen. »Also hätte Ihr die Bauern dazu bringen sollen, dort zu knien anstatt meiner. Na ja, jetzt müßt Ihr euch mit solchen Dingen nicht mehr beschäftigen.« Das stimmte auf jeden Fall. Welche Aufgabe die Aes Sedai auch für sie hatten, sie würden ihr keinesfalls mehr Macht und Entscheidungen anvertrauen. Er bedauerte sie. Er konnte sich nicht vorstellen, daß diese Frau aufgab und starb, aber sie hatte alles verloren bis auf ihr Leben. Andererseits paßte es ihm nicht, wenn sie ihn einen Bussard nannte oder ihn als Haufen stinkender Fischabfälle bezeichnete. Wie war das noch gewesen? Karpfenhirn? »Von nun an könnt Ihr euch darauf beschränken, meine Stiefel sauberzuhalten und mein Bett zu machen.«

Ihre Augen zogen sich zu schmalen Schlitzen zusammen. »Falls es das ist, was Ihr wünscht, *Lord* Gareth Bryne, solltet Ihr Leane erwählen. *Sie* könnte töricht genug sein.«

Er konnte sich gerade noch zurückhalten, um nicht Augen und Mund aufzureißen. Die Wege eines weiblichen Verstands ließen ihn immer noch staunen. »Ihr habt geschworen, mir zu dienen, gleich, wie ich mich entscheide«, brachte er mit einem Schmunzeln heraus. Warum verhielt er sich so? Er wußte doch, wer sie war und was sie war. Aber diese Augen verfolgten ihn immer noch. Sie stellten eine Herausforderung dar, obwohl sie offensichtlich glaubte, ihm keine Hoffnung machen zu können, so wie sie jetzt gerade dreinblickten. »Ihr werdet schon feststellen, welche Sorte von Mann ich bin, Siuan.« Er hatte sie nach seinem Scherz mit diesen Worten besänftigen wollen, aber so, wie sie ihre Schultern einzog, empfand sie es wohl als Drohung.

Mit einemmal wurde ihm bewußt, daß er die Aes Sedai hören konnte. Leises Stimmengemurmel erklang, verstummte aber sofort wieder. Sie standen zusammen und blickten ihn mit ausdruckslosen Mienen an. Nein, Siuan blickten sie an. Ihre Blicke folgten ihr, als sie dorthin zurückschritt, wo Leane stand. Als fühle sie den Druck dieser Blicke, wurde jeder Schritt ein wenig schneller als der vorhergehende. Als sie sich am Kamin wieder umwandte, war ihr Gesicht genauso ausdruckslos wie die der anderen. Eine bemerkenswerte Frau. Er war nicht sicher, ob er das an ihrer Stelle geschafft hätte.

Die Aes Sedai warteten darauf, daß er vor sie trat. Er tat es, und Sheriam sagte: »Wir erkennen Eure Bedingungen ohne Einschränkung an, Lord Bryne, und verpflichten uns, sie einzuhalten. Sie sind äußerst vernünftig.«

Carlinya zumindest machte nicht den Eindruck, als hielte sie sie für vernünftig, aber das war ihm gleich. Er war darauf vorbereitet gewesen, in allen Punkten außer dem letzten nachzugeben; nur im Stich lassen durften sie ihn nicht.

Er kniete auf der Stelle nieder, preßte die rechte Faust auf den kleinen Läufer, und sie stellten sich um ihn herum auf, und nacheinander legte ihm jede eine Hand auf das gebeugte Haupt. Es war ihm gleich, ob sie die Macht benützten, ihn an seinen Eid zu binden, oder um die Wahrheit herauszufinden. Er war nicht einmal sicher, ob sie eines von beiden oder beides vollbringen konnten; wer wußte schon wirklich, wozu eine Aes Sedai fähig war? Und falls sie etwas anderes erreichen wollten, konnte er es auch nicht verhindern. Von einem Augenpaar gefangen und in die Falle gelockt wie ein verliebter Bauerntölpel. Er hatte wirklich das Hirn eines Karpfens. »Ich verspreche und schwöre, Euch treu zu dienen, bis die Weiße Burg Euer ist …«

Er schmiedete bereits Pläne. Thad und vielleicht ein oder zwei Behüter mußten die Grenze überschreiten und nachsehen, was die Weißmäntel planten. Joni, Barim und noch ein paar würde er nach Ebou Dar hinunterschicken. Das würde Joni davon abhalten, doch noch einmal seine eigene Zunge zu verschlucken, wenn er ›Mara‹ und ›Amaena‹ anblickte. Und jeder Mann, den er aussandte, würde über genug Erfahrung verfügen, Leute anzuwerben.

»… Euer Heer aufzubauen und zu führen, so gut das meine Fähigkeiten zulassen …«

Als das leise Gemurmel der Unterhaltungen im Schankraum verstummte, blickte Min von den Mustern auf, die sie gelangweilt mit einem in Wein gestippten Finger auf die Tischfläche gemalt hatte. Auch Logain rührte sich erstaunlicherweise, aber er sah dann doch nur die Leute im Raum an oder starrte durch sie hindurch; das ließ sich schwer feststellen.

Gareth Bryne und der große Behüter aus Illian kamen zuerst aus dem Hinterzimmer zurück. In die gespannte Stille hinein sagte Bryne: »Sagt ihnen, die Bedienung aus einer Taverne in Ebou Dar habe Euch geschickt, sonst stecken sie Euren Kopf auf eine Stange.«

Der Illianer lachte schallend. »Eine gefährliche Stadt, Ebou Dar.« Er zog die Lederhandschuhe aus seinem Schwertgurt und marschierte auf die Straße hinaus, während er sie anzog.

Die Gespräche begannen wieder, als Siuan auftauchte. Min verstand nicht, was Bryne zu ihr sagte, aber sie trat – offensichtlich kochend vor Wut – hinter dem Behüter hinaus. Min hatte das flaue Gefühl, die Aes Sedai hätten entschieden, diesen törichten Eid, auf den Siuan so stolz gewesen war, tatsächlich anzuerkennen, und zwar ab sofort. Falls sie sich einreden konnte, die beiden Behüter, die so entspannt an der Wand lehnten, würden es nicht bemerken, könnte sie ja wie der Blitz aus der Tür huschen und in Wildroses Sattel springen.

Schließlich kamen auch Sheriam und die anderen Aes Sedai mit Leane heraus. Myrelle setzte sich mit Leane an einen der Tische und redete auf sie ein, während die übrigen durch den Raum schritten und sich mit jeder anwesenden Aes Sedai kurz unterhielten. Was sie ihnen auch sagten, die Reaktionen waren jedenfalls unterschiedlich – vom offenen Schreck bis zum zufriedenen Lächeln, und das alles trotz der ansonsten würdevollen Beherrschung einer Aes Sedai.

»Bleibt hier«, sagte Min zu Logain und schob ihren Korbstuhl zurück. Sie hoffte, er werde keine Schwierigkeiten machen. Er blickte eines der Aes-Sedai-Gesichter nach dem anderen an und schien wieder mehr wahrzunehmen als in den letzten Tagen. »Bleibt bitte hier an diesem Tisch, bis ich zurück bin, Dalyn.« Sie konnte sich noch nicht wieder daran gewöhnen, sich unter Menschen zu befinden, die seinen richtigen Namen kannten. »Bitte.«

»Sie hat mich an Aes Sedai verkauft.« Sie erschrak, als er plötzlich nach so langem Schweigen wieder sprach. Er schauderte und nickte dann. »Ich werde warten.«

Min zögerte, aber wenn ihn zwei Behüter nicht von Dummheiten abhalten konnten, dann wenigstens ein ganzer Raum voller Aes Sedai. Als sie zur Tür kam, wurde gerade ein kräftiger brauner Wallach von einem Mann weggeführt, der wie ein Stallbursche auf sie wirkte. Sie nahm an, es sei Brynes Pferd. Ihre eigenen konnte sie nirgends entdecken. Das war's dann also mit dem schnellen Wegreiten. *Ich werde dieses verdammte Ding einhalten. Bestimmt! Aber sie können mich nicht länger von Rand fernhalten. Ich habe getan, was Siuan wollte. Sie müssen mich zu ihm lassen.* Das einzige Problem war nur, daß für gewöhnlich die Aes Sedai ihre eigenen Entscheidungen trafen und meistens auch noch gleich für andere mit entschieden.

Siuan hätte sie beinahe über den Haufen gerannt, als sie mit finsterer Miene hereineilte, eine Deckenrolle unter dem Arm und Satteltaschen über die Schulter gehängt. »Behaltet gefälligst Logain im Auge«, zischte sie ihr zu, ohne den Schritt zu verlangsamen. »Laßt ihn mit niemandem sprechen.« Sie marschierte zur Treppe hinüber, wo eine grauhaarige Frau, sicher eine Dienerin, gerade Bryne hinaufführen wollte, und schloß sich den beiden an. So, wie sie den Rücken des Mannes fixierte, konnte er froh sein, wenn sie nicht zu ihrem Messer griff.

Min lächelte den hochgewachsenen, schlanken Behüter an, der ihr zur Tür gefolgt war. Er stand zehn Fuß entfernt und sah kaum zu ihr herüber, doch sie machte sich keine Illusionen. »Wir sind jetzt Gäste. Freunde.«

Er erwiderte das Lächeln nicht. *Verdammte Männer mit Euren Steinmienen!* Warum konnten sie einem nicht wenigstens ein bißchen zu verstehen geben, was sie dachten?

Logain musterte immer noch die Aes Sedai, als sie zum Tisch zurückkam. Ausgerechnet jetzt wollte Siuan, daß er nichts sagte, wo er doch endlich wieder Lebenszeichen von sich gab. Sie mußte unbedingt mit Siuan sprechen. »Logain«, sagte sie leise in der Hoffnung, keiner der an die Wand gelehnt dastehenden Behüter könne die Worte verstehen. Sie hatten sich ja kaum gerührt, seit sie ihre Beobachtung übernommen hatten, außer demjenigen, der ihr an die Tür gefolgt war. »Ich glaube, Ihr solltet nichts sagen, bis Mara Euch mitteilt, was sie plant. Niemandem.«

»Mara?« Er lächelte sie höhnisch an. »Ihr meint wohl Siuan Sanche?« Also erinnerte er sich an das, was er im Tran gehört hatte. »Sieht hier irgend jemand so aus, als wolle er oder sie mit mir sprechen?« Er widmete sich wieder seinen finsteren Beobachtungen.

Niemand machte den Eindruck, mit einem ausgebrannten falschen Drachen reden zu wollen. Außer den beiden Behütern schien überhaupt niemand sie auch nur zu beachten. Wüßte sie es nicht besser, hätte sie gesagt, unter den Aes Sedai im Raum herrsche Aufregung. Sie hatten auch vorher bestimmt keinen trägen, uninteressierten Eindruck auf sie gemacht, doch nun schien eine unsichtbare Energie alle gepackt zu haben. Sie standen in kleinen Gruppen zusammen und diskutierten oder gaben den Behütern knappe, zielbewußte Anweisungen. Die Papiere, auf die sie sich vorher so konzentriert hatten, lagen jetzt zumeist vergessen herum. Sheriam und die anderen, die Siuan zu sich geholt hatten, waren in das Hinterzimmer zurückgekehrt, aber Leane saß nun mit zwei Helferinnen an einem Tisch, und die beiden Frauen machten sich Notizen, so schnell sie nur konnten. Außerdem kamen immer wieder neue Aes Sedai in die Schenke, verschwanden hinter dieser grobgezimmerten Brettertür und kamen nicht mehr heraus. Was dort drinnen auch geschehen sein mochte, Siuan hatte einiges in Bewegung gesetzt.

Min wünschte sich Siuan an ihren Tisch herbei, oder besser noch irgendwo, wo sie fünf Minuten lang allein miteinander sprechen könnten. Zweifellos schlug sie in diesem Moment Bryne die eigenen Satteltaschen um die Ohren. Nein, zu solchen Mitteln würde Siuan vielleicht doch nicht greifen, trotz ihrer zornerfüllten Blicke. Bryne war nicht wie Logain, der einen übermenschlichen Eindruck erweckte, dessen Bewegungen, Gesten, Gefühlsausdrücke jeden beeindruckten und beherrschten. Logain hatte es eine Weile lang geschafft, Siuan durch seine enorme Ausstrahlung zu überwältigen. Bryne dagegen war ruhig, reserviert, bestimmt kein kleiner Mann, aber nicht so beherrschend. Sie wollte sich den Mann, an den sie sich noch gut von Korequellen her erinnerte, nicht zum Feind machen, aber andererseits glaubte Min nicht, daß Bryne sich lange gegen Siuans Persönlichkeit halten könne. Möglicherweise glaubte er, sie werde demütig ihre Zeit als seine Dienerin abarbeiten, doch Min hatte wenig Zweifel, wer am Ende das tun werde, was der andere wollte. Sie mußte nur jetzt mit dieser Frau über ihn sprechen.

Als habe sie Mins Gedanken gelesen, kam Siuan die Treppe mit einem Bündel weißer Wäsche unter dem Arm heruntergestampft. Oder stolziert, das kam der Bewegung näher. Hätte sie einen Schwanz, dann hätte sie mit diesem vermutlich hin- und hergeschlagen. Sie blieb einen Augenblick lang stehen und sah Min und Logain an, bevor sie entschlossen Richtung Küchentür marschierte.

»Bleibt hier«, warnte Min noch einmal Logain. »Und bitte, sprecht nicht, bis ... Siuan eine Gelegenheit hat, mit Euch zu reden.« Sie mußte sich erst wieder daran gewöhnen, die Menschen bei ihren richtigen Namen zu nennen. Er blickte sie nicht einmal an.

Sie holte Siuan im Flur gleich vor der Küche ein. Das Klappern und Klatschen der Töpfe und Teller, die dort abgewaschen wurden, drang laut durch die Spalten, die entstanden waren, als die frischen Bretter der Küchentür trockneten. Siuan riß erschrocken die Augen auf. »Warum habt Ihr ihn allein gelassen? Lebt er noch?«

»Soweit ich erkennen kann, wird er wohl ewig leben. Siuan, niemand will mit ihm sprechen. Aber ich muß mit Euch sprechen.« Siuan drückte ihr das weiße Bündel einfach in die Hand. »Was ist das?«

»Gareth des verdammten Brynes verfluchte Wäsche«, fauchte die andere Frau. »Da Ihr ja auch eine seiner *Dienerinnen* seid, könnt Ihr sie waschen. Ich muß mit Logain sprechen, bevor es jemand anders tut.«

Min packte sie am Arm, als sie sich vorbeizudrücken versuchte. »Ihr könnt mir ganz gut eine Minute lang zuhören. Als Bryne hereinkam, hatte ich eine Vision. Eine Aura und einen Stier, der Rosen wegriß, die er um den Hals trug, und … Keines davon spielt aber eine Rolle außer der Aura. Ich habe es nicht genau verstanden, aber immerhin mehr als alles andere.«

»Wieviel konntet Ihr verstehen?«

»Wenn Ihr am Leben bleiben wollt, solltet Ihr immer in seiner Nähe bleiben.« Trotz der Hitze schauderte Min. Sie hatte bisher nur eine Vision erlebt, die einen solchen Unsicherheitsfaktor enthielt, und die hatte eine tödliche Gefahr beinhaltet. Es war manchmal ja schon schlimm genug, zu wissen, was auf jeden Fall geschehen werde, aber zu wissen, was eventuell *möglich* war …? »Ich weiß nur folgendes: Wenn er in Eurer Nähe bleibt, überlebt Ihr. Wenn er sich zu lange Zeit zu weit entfernt, sterbt Ihr. Ihr beide. Ich weiß nicht, wieso ich in seiner Aura etwas über Euch gesehen habe, aber Ihr wart offensichtlich ein Teil davon.«

Siuans Lächeln hätte eine Birne ganz ohne Messer schälen können. »Ich würde lieber in einem verrotteten Wrack segeln, das eine Ladung Aale vom letzten Monat befördert.«

»Ich hätte nie gedacht, daß er uns folgen würde. Werden sie uns wirklich zwingen, mit ihm zu kommen?«

»O nein, Min. Er wird unser Heer zum Sieg führen. Und mir das Leben zur Hölle machen! Also wird er mir das Leben retten, ja? Ich weiß nicht, ob es das wert ist.« Sie atmete tief durch und strich ihren Rock glatt. »Wenn Ihr die Sachen gewaschen und gebügelt habt, bringt sie mir wieder. Ich werde sie zu ihm hinauftragen. Ihr könnt noch seine Stiefel putzen, bevor Ihr heute abend ins Bett geht. Wir haben ein Zimmer – eine Rumpelkammer – ganz in seiner Nähe, damit er uns rufen kann, um sein verdammtes Kopfkissen aufzuschütteln!« Sie war weg, bevor Min protestieren konnte.

Sie blickte auf das Bündel Wäsche hinunter und wußte genau, wer künftig Gareth Brynes Wäsche waschen durfte, und es war nicht Siuan Sanche. *Rand verdammter al'Thor!* Verlieb dich in einen Mann, und es endet damit, daß du Wäsche waschen mußt, selbst wenn es die eines anderen ist. Als sie in die Küche marschierte, um einen Waschzuber und heißes Wasser zu holen, war sie genauso wütend wie Siuan.

KAPITEL 11

Erinnerungen an Saldaea

Kadere lag in Hemdsärmeln im Dunkel auf seinem Bett und zwirbelte gelangweilt an einem seiner großen Taschentücher. Die offenen Wagenfenster ließen wohl den Mondschein herein, aber kaum ein Lufthauch drang bis zu ihm. Wenigstens war es in Cairhien kühler als in der Wüste. Eines Tages, so hoffte er, würde er nach Saldaea zurückkehren und wieder in dem Garten spazierengehen, in dem ihm seine Schwester Teodora einst die Grundzüge des Schreibens und Rechnens beigebracht hatte. Er vermißte sie genauso wie Saldaea mit seinen strengen Wintern, wo die Bäume im harten Frost aufplatzten und man sich nur mit Skiern oder Schneeschuhen vorwärtsbewegen konnte. In diesen südlichen Gefilden hatte er das Gefühl, schon der Frühling sei wie ein Sommer und der Sommer heiß wie der Krater des Verderbens. Der Schweiß strömte ihm ständig über das Gesicht und den Körper.

Mit einem tiefen Seufzer schob er die Finger in einen kleinen Spalt hinter dem Bett, wo es an der Wand des Wagens befestigt war. Das zusammengefaltete Stück Pergament raschelte. Er ließ es dort stecken. Den Inhalt kannte er auswendig.

›Ihr seid nicht allein unter Fremden.
Ein Weg wurde auserwählt.‹

Nicht mehr als das, und natürlich ohne Unterschrift. Er hatte es gefunden, als er sich für die Nacht zurückzog. Jemand hatte es unter der Tür durchgeschoben. Eine kleine Stadt lag weniger als eine Viertelmeile entfernt – Eianrod –, doch selbst wenn dort noch ein weiches Bett frei gewesen wäre, hätten ihm die Aiel wohl kaum gestattet, eine Nacht außerhalb seines Wagens zu verbringen. Auch diese Aes Sedai würde es ihm untersagen. Im Augenblick stimmten seine Pläne ja auch durchaus mit denen Moiraines überein. Vielleicht würde er sogar Tar Valon wiedersehen, für einen wie ihn wohl ein gefährlicher Ort, aber die Arbeit dort war immer wichtig und wirkte irgendwie auch belebend auf ihn.

Er konzentrierte sich wieder auf die zugespielte Nachricht, die er allerdings viel lieber ignoriert hätte. An dem Wort ›auserwählt‹ erkannte er, daß sie mit Sicherheit von einem anderen Schattenfreund stammte. Das Überraschende daran war, daß er sie jetzt erhielt, nachdem sie schon durch halb Cairhien gekommen waren. Vor beinahe zwei Monaten hatte er einen ersten Fingerzeig erhalten, gleich, nachdem sich Jasin Natael, aus welchen Gründen auch immer, Rand al'Thor angeschlossen hatte. Dazu war seine neue Partnerin Keille Shaogi verschwunden. Er vermutete, sie liege, nach einem Messerstich Nataels, irgendwo in der Wüste begraben, und er war froh, sie los zu sein. Bald darauf war er von einer der Auserwählten besucht worden, und zwar von keiner Geringeren als Lanfear selbst. Sie hatte ihm Anweisungen erteilt.

Automatisch griff er sich an die Brust und tastete durch den Stoff des Hemdes hindurch nach den Brandnarben. Er wischte sich mit dem Tuch über das Gesicht. Ein Teil seines Verstands bestätigte ihm mit kalter Logik, daß diese Narben ihm eindeutig bewiesen, daß es sich nicht um einen normalen Traum gehandelt habe. Einen normalen Alptraum. Ein anderer Teil seiner Selbst wimmerte innerlich fast vor Erleichterung, daß sie seither nicht zurückgekehrt war.

Die zweite Überraschung an der Nachricht war die Handschrift gewesen. Es war eine Frauenschrift, wenn er sich nicht vollkommen irrte, und einige der Buchstaben entsprachen der typischen Schrift der Aiel. Natael hatte ihm gesagt, es müsse unter den Aiel auch Schattenfreunde geben, denn die gab es in jedem Land und bei jedem Volk, doch er hatte nie den Wunsch verspürt, in der Wüste Brüder zu suchen. Aiel töteten schnell, ohne mit der Wimper zu zucken, und man konnte sie schon in Rage bringen, wenn man nur zu laut atmete.

Alles in allem roch die Nachricht nach Verhängnis. Wahrscheinlich hatte Natael einem Schattenfreund unter den Aiel gesagt, wer er sei. Er zwirbelte ärgerlich das Tuch zu einem langen, dünnen Strick und zerriß es dann. Hätten der Gaukler und Keille nicht unwiderlegbar beweisen können, daß sie hochstehende Mitglieder in den Ratsversammlungen der Schattenfreunde waren, dann hätte er sie beide getötet, bevor sie sich der Wüste auch nur näherten. Die andere Möglichkeit lag ihm allerdings noch schwerer im Magen. ›Ein Weg wurde auserwählt.‹ Vielleicht hatte man ihm auf diese Art nur das Wort ›auserwählt‹ zuspielen wollen, und das könnte bedeuten, daß einer der Auserwählten beschlossen hatte, ihn zu benutzen. Die Nachricht stammte jedenfalls nicht von Lanfear, denn die wäre ihm statt dessen einfach wieder im Traum erschienen.

Trotz der Hitze schauderte er, mußte sich aber gleichzeitig wieder den Schweiß vom Gesicht wischen. Lanfear war eine durchaus eifersüchtige Herrin, aber was, wenn ein anderer der Auserwählten ihn zum Diener haben wollte? Er hätte wohl keine andere Wahl. Obwohl man ihm als Junge bei seiner Vereidigung eine Menge Versprechungen gemacht hatte, gab er sich keinen Illusionen hin. In einem Konflikt zwischen zwei der Auserwählten würde er plattgewalzt wie ein Kätzchen unter einem Wagenrad, und sie würden es so wenig bemerken wie das Rad sein Opfer. Er wäre so gern zu Hause in Saldaea gewesen. Er hätte Teodora so gern wiedergesehen.

Ein Kratzen an der Tür ließ ihn hochfahren und aufspringen. Trotz seines massigen Körpers war er beweglicher, als er sich vor anderen den Anschein gab. Er wischte sich wieder Gesicht und Hals mit einem neuen Tuch ab, während er an dem kleinen Backsteinofen, den er hier gewiß nicht benötigte, und an den Kommoden mit ihren kunstvoll geschnitzten und bemalten Vorderseiten vorbeiging. Als er die Tür öffnete, huschte eine schlanke, ganz in Schwarz gehüllte Gestalt an ihm vorbei nach drinnen. Er blickte sich ganz kurz in der mondbeschienenen Dunkelheit um, weil er sichergehen wollte, daß niemand zugesehen hatte, und dann schloß er die Tür schnell wieder. Die Fahrer schnarchten alle friedlich unter den anderen Wagen, und die Aielwachen kamen niemals direkt zu den Wagen heran.

»Es muß dir doch heiß sein, Isendre«, schmunzelte er. »Zieh doch dieses Gewand aus und mach es dir bequem.«

»Danke, nein«, sagte sie in bitterem Tonfall aus dem Schatten unter ihrer Kapuze heraus. Sie stand steif da und zuckte nur von Zeit zu Zeit. Die Wolle ihres Gewands schien heute abend noch mehr zu kratzen als sonst.

Er schmunzelte wieder. »Wie du wünschst.« Unter diesem Gewand durfte sie, dem Befehl der Töchter des Speers entsprechend, nichts tragen, bestenfalls den gestohlenen Schmuck. Seit man sie den Töchtern ausgeliefert hatte, war sie geradezu prüde geworden. Er konnte sich immer noch nicht vorstellen, wieso die Frau dumm genug gewesen war, zu stehlen. Er hatte natürlich keine Einwände erhoben, als man sie kreischend an den Haaren aus dem Wagen gezerrt hatte. Damals war er nur froh gewesen, daß man nicht glaubte, er sei darin verwickelt. Ihre Habgier hatte seine Arbeit allerdings erheblich erschwert. »Kannst du mir irgend etwas von al'Thor oder Natael berichten?« Ein wichtiger Teil von Lanfears Anweisungen hatte darin bestanden, diese beiden genau zu beobachten, und er kannte keine bessere Methode, einen Mann im Auge zu behalten, als ihm eine Frau ins Bett zu schicken. Jeder Mann erzählte seiner Bettgenossin Dinge, die er geheimzuhalten geschworen hatte, prahlte mit seinen Plänen und enthüllte ihr seine Schwächen, selbst wenn er der Wiedergeborene Drache war, dieser Morgendämmerungsmensch oder wie ihn die Aiel nannten.

Sie schauderte sichtlich. »Zumindest Natael kann ich mich nähern.« Sich ihm nähern? Als die Töchter sie einmal dabei erwischten, wie sie in das Zelt dieses Mannes schlüpfte, hatten sie Isendre jede Nacht praktisch mit Gewalt zu ihm hineingestoßen. Sie war eine wahre Meisterin im Schönreden. »Nicht, daß er mir irgend etwas erzählen würde. Warte. Hab Geduld. Sei still. Finde dich mit dem Schicksal ab, was das auch bedeuten mag. Das sagt er jedesmal, wenn ich ihm eine Frage zu stellen versuche. Meistens will er bloß Musik spielen, wie ich sie noch nie gehört habe, und dann will er mich lieben.« Mehr hatte sie noch nie über den Gaukler zu berichten gewußt. Zum hundertstenmal fragte er sich, warum Lanfear wollte, daß er Natael überwache. Der Mann stand doch angeblich so hoch in Schattenfreundeskreisen, wie es überhaupt nur ging, nur einen kleinen Schritt unterhalb der Auserwählten selbst.

»Wie ich das verstehe, hast du es immer noch nicht fertig gebracht, in al'Thors Bett zu schlüpfen?« fragte er und schob sich an ihr vorbei, um sich auf das Bett zu setzen.

»Nein.« Sie wand sich wieder unter ihrem Gewand.

»Dann mußt du dich eben noch mehr anstrengen, ja? Ich habe langsam genug von Versagern, Isendre, und unsere Herren sind nicht so geduldig wie ich. Er ist auch nur ein Mann, gleich, welche Titel er führen mag.« Sie hatte oft vor ihm geprahlt, sie könne jeden Mann haben, den sie wollte, und ihn dazu bringen, daß er auch noch machte, was sie wollte. Sie hatte ihm sogar bewiesen, wie sehr diese Prahlerei der Wahrheit entsprach. Sie hätte es überhaupt nicht nötig gehabt, Schmuck zu stehlen, denn er hätte ihr alles gekauft, was sie sich wünschte. Er hatte ihr bereits mehr gekauft, als er sich leisten konnte. »Die verdammten Töchter können ihn nicht jede Sekunde bewachen, und wenn du einmal in seinem Bett liegst, läßt er es nicht mehr zu, daß sie dir etwas tun.« Einmal mit ihr im Bett würde ausreichen. »Ich habe volles Vertrauen in deine Fähigkeiten.«

»Nein.« Das klang noch entschlossener als zuvor.

Er rollte nervös das Tuch auf und zwirbelte es anschließend wieder. »›Nein‹ ist ein Wort, das unsere Herren gar nicht gern hören, Isendre.« Damit meinte er die Lords unter den Schattenfreunden, die keineswegs alle auch in der normalen Gesellschaft Lords oder Ladies waren. Bei ihnen konnte durchaus ein Diener einer Lady Befehle erteilen oder ein Bettler einem Ratsherren. Doch diese Befehle wurden mindestens genauso streng durchgesetzt wie die jedes Adligen, gewöhnlich sogar noch strenger. »Und kein Wort, das unsere Herrin gern hören wird.«

Isendre schauderte. Sie hatte ihm seine Geschichte nicht abgenommen, bis er ihr die Brandmale auf seiner Brust zeigte, aber seither hatte eine Erwähnung Lanfears gereicht, um jeden Widerstand ihrerseits zu ersticken. Diesmal begann sie zu weinen. »Ich kann nicht, Hadnan. Als wir heute abend anhielten, glaubte ich, in einer Stadt hätte ich eine bessere Chance als in einem Zeltlager, doch sie fingen mich, bevor ich mich ihm auf weniger als zehn Schritt nähern konnte.« Sie schob ihre Kapuze zurück und er schnappte nach Luft, als sich der Mondschein auf einer Glatze spiegelte. Sogar ihre Augenbrauen waren verschwunden. »Sie haben mich rasiert, Hadnan. Adelin und Enaila und Jolien haben mich festgehalten und mir jedes einzelne Haar abrasiert. Und sie haben mich mit Brennesseln ausgepeitscht, Hadnan.« Sie wankte wie ein Schößling im rauhen Wind und schluchzte. Ihr Flüstern war kaum noch hörbar: »Es brennt von Kopf bis Fuß und es tut so weh, daß ich mich nicht zu kratzen traue. Sie sagten, wenn sie mich erwischten, wie ich ihn auch nur anschaue, würden sie dafür sorgen, daß ich ein Gewand aus Brennesseln bekäme! Das haben sie ernst gemeint, Hadnan. Wirklich! Sie sagten, sie würden mich Aviendha übergeben und was die dann mit mir anstellen werde. Ich kann nicht, Hadnan. Nicht noch einmal. Ich kann nicht.«

Wie betäubt starrte er sie an. Sie hatte solch schönes, dunkles Haar gehabt. Und doch war sie so schön, daß ihr Kopf, kahl wie ein Ei, sie selbst jetzt eher exotisch wirken ließ, trotz ihres Weinens und des tränennassen Gesichts. Wenn sie doch nur eine einzige Nacht in al'Thors Bett schlüpfen könnte... Aber das würde nun nicht geschehen. Die Töchter des Speers hatten sie gebrochen. Er selbst hatte Menschen gebrochen und erkannte die Anzeichen. Eifer, um weitere Bestrafung zu vermeiden, wurde zum unbedingten Gehorsam. Der Verstand wollte nie zugeben, daß er sich vor etwas drückte, also würde sie sich bald einreden, sie wolle tatsächlich gehorchen und habe nur noch im Sinn, den Töchtern zu gefallen.

»Was hat denn Aviendha damit zu tun?« knurrte er. Wann würde Isendre anfangen, auch noch all ihre Sünden zu gestehen?

»Al'Thor ist seit Rhuidean mit ihr ins Bett gegangen, du Narr! Sie verbringt jede Nacht mit ihm. Die Töchter glauben, sie werde ihn heiraten.« Selbst durch ihr Schluchzen hindurch hörte er ihren aufgestauten Zorn. Es gefiel ihr bestimmt nicht, daß eine andere geschafft hatte, was ihr versagt geblieben war. Zweifellos hatte sie ihm deshalb nicht früher Bescheid gesagt.

Aviendha war trotz ihres wilden Blicks eine schöne

Frau mit volleren Brüsten, als bei den Töchtern üblich, und doch würde er Isendre ihr vorziehen, wenn nur ... Isendre stand mit hängenden Schultern im Mondschein, der durch die Fenster drang, zitterte von Kopf bis Fuß, schluchzte mit offenem Mund und machte sich nicht einmal mehr die Mühe, die Tränen abzuwischen, die ihr über die Wangen liefen. Sie würde auf dem Bauch kriechen, wenn Aviendha sie nur einmal böse anschaute.

»Also gut«, sagte er sanft. »Wenn du nicht kannst, dann eben nicht. Dann holst du eben aus Natael heraus, was du nur kannst. Ich weiß, daß du dazu in der Lage bist.« Er erhob sich und nahm sie bei den Schultern, um sie zur Tür zu schieben.

Sie zuckte unter seiner Berührung, wandte sich aber nicht um. »Natael wird mich die nächsten Tage über nicht ansehen«, sagte sie ungeduldig und schniefend. Einen Schluckauf hatte sie nun auch noch. Jeden Moment konnte sie erneut in Tränen ausbrechen, aber sein Tonfall schien sie doch etwas beruhigt zu haben. »Ich bin rot, Hadnan. So rot, als hätte ich einen ganzen Tag lang nackt in der Sonne gelegen. Und mein Haar. Es wird ewig dauern, bis es wieder nachwä ...«

Während sie gleichzeitig nach der Tür langte und auf die Klinke blickte, hatte er blitzschnell das Tuch zu einer Schnur zusammengerollt und ihr von hinten um den Hals gelegt. Er zog es zusammen und bemühte sich, ihr Gurgeln und Röcheln und das verzweifelte Schaben ihrer Füße auf dem Boden zu ignorieren. Ihre Finger krallten sich in seine Hände, doch er blickte stur geradeaus. Selbst mit offenen Augen sah er Teodora vor sich, wie immer, wenn er eine Frau tötete. Er hatte seine Schwester geliebt, doch sie entdeckte, was er war, und sie hätte den Mund nicht gehalten. Isendres Fersen trommelten wild auf den Boden, aber nach einer gewissen Zeit, die ihm wie eine Ewigkeit vorkam, wurden die Bewegungen langsamer und erstarben dann ganz.

Ihr Gewicht lag schlaff in seinen Armen. Er hielt die Schnur noch straff, bis er auf sechzig gezählt hatte, und dann ließ er sie zu Boden sinken. Sie hätte sehr bald alles gestanden. Gestanden, zu den Schattenfreunden zu gehören. Und mit dem Finger auf ihn gezeigt.

Er tastete in den Kommoden herum und zog schließlich ein Fleischermesser hervor. Eine ganze Leiche loszuwerden war ein schwieriges Unterfangen, aber zum Glück bluteten Tote nicht so stark, und das bißchen Blut würde von diesem Gewand aufgesaugt werden. Vielleicht konnte er die Frau aufspüren, die ihm die Nachricht unter der Tür durchgeschoben hatte. Falls sie nicht hübsch genug war, hatte sie bestimmt Freundinnen, die auch zu den Schattenfreunden gehörten. Natael würde es gleich sein, ob er von einer Aielfrau besucht wurde, obwohl Kadere lieber mit einer Giftschlange das Bett geteilt hätte, so gefährlich, wie ihm die Aiel vorkamen. Vielleicht hätte eine Aielfrau auch bessere Chancen als Isendre, was Aviendha betraf. Er kniete nieder und summte leise ein Lied bei der Arbeit, ein Schlaflied, das ihm Teodora beigebracht hatte.

KAPITEL 12

Eine Wette

Ein sanfter Abendwind strich über die kleine Stadt Eianrod und legte sich schnell wieder. Rand saß auf der Steinbrüstung der breiten, niedrigen Brücke im Stadtzentrum. Der Wind schien heiß zu sein, doch nach all der Zeit in der Wüste hatte er kein Gefühl mehr dafür. Der Abend war sicher warm, aber nicht einmal warm genug, daß er sein rotes Wams aufgeknöpft hätte. Der unter ihm schimmernde Fluß war noch nie sehr breit gewesen und jetzt sogar noch auf die Hälfte seines üblichen Bettes zusammengeschrumpft, aber er genoß es trotzdem, das Wasser nach Norden fließen zu sehen. Die Schatten schnell dahineilender Wolken, die den Mond immer wieder verdeckten, spielten über die glitzernde, dunkle Wasseroberfläche. Deshalb befand er sich mitten in der Nacht hier draußen, nur um zur Abwechslung einmal wieder fließendes Wasser zu sehen. Seine Wachgewebe waren aktiviert und umgaben das Aiellager, das wiederum die Stadt umgab. Die Aiel hielten außerdem noch so scharf Wache, daß kaum ein Sperling unbemerkt hindurchschlüpfen würde. Er konnte es sich leisten, eine Stunde zu verschwenden, indem er sich von der Strömung eines Flusses einlullen ließ.

Das war auf jeden Fall besser als ein weiterer Abend, an dem er Moiraine praktisch hinauswerfen mußte, um mit Asmodean zu lernen. Sie hatte es sich sogar angewöhnt, ihm das Essen zu bringen und mit ihm zu sprechen, während er aß, als wolle sie ihm wirklich alles in den Kopf hineinstopfen, was sie wußte, bevor sie die

Stadt Cairhien erreichten. Er brachte es nicht fertig, ihr ins Gesicht zu blicken, wenn sie ihn wieder darum bat – sie bettelte schon fast! –, bei ihm bleiben zu dürfen, wie sie es letzten Abend getan hatte. Für eine Frau wie Moiraine war dieses Verhalten so unnatürlich, daß er fast ja gesagt hätte, nur um sie davon abzuhalten. Wahrscheinlich war genau das ihre Absicht gewesen. Es war viel angenehmer, eine Stunde lang dem leisen Plätschern des Flusses zu lauschen. Mit etwas Glück würde sie ihn für diese Nacht in Ruhe lassen.

Die Schlammschicht an beiden Ufern, die das Wasser vom Schilf trennte, vielleicht acht oder zehn Schritt breit, war ausgetrocknet und gesprungen. Er spähte zu den Wolken hoch, die vor dem Mond vorbeitrieben. Er könnte ja versuchen, diese Wolken zum Abregnen zu bringen. Die beiden Brunnen im Ort waren ausgetrocknet, und in einem Drittel aller noch nicht restlos verseuchten Wasserlöcher fand sich nur Staub. Versuchen war allerdings der richtige Ausdruck. Er hatte schon einmal Regen erzeugt, aber das Schwierige war eben, sich noch daran zu erinnern, wie er das fertig gebracht hatte. Gelang es ihm, konnte er als nächstes versuchen, aus dem Regen keine allesverschlingende Flut zu machen und ihn diesmal auch nicht von einem bäumezerfetzenden Sturm begleiten zu lassen.

Asmodean konnte ihm nicht helfen, denn wie es schien, verstand er nicht viel vom Wetter. Bei allem, was er ihm beibrachte, tauchten gleich zwei neue Fragen auf, bei denen Asmodean hilflos die Hände hob oder sich geschlagen gab und ihm versprach, sich damit zu beschäftigen. Einst hatte er die Verlorenen für allwissend, für beinahe allmächtig gehalten. Aber wenn die anderen wie Asmodean waren, dann hatten sie wohl alle ihre Schwächen und Wissenslücken. Es konnte sogar sein, daß er bereits jetzt über manche Dinge mehr wußte als sie. Oder jedenfalls mehr als einige von ihnen. Das Problem war nur, herauszufinden, wem er auf welchem Gebiet überlegen war. Semirhage beispielsweise konnte mit dem Wetter fast genausowenig anfangen wie Asmodean.

Ihn fror, als befinde er sich im Dreifachen Land mit seinen kalten Nächten. Asmodean hatte ihm nie etwas über solche Dinge berichtet. Besser, dem Wasser zu lauschen und nicht nachzudenken, damit er heute nacht überhaupt Schlaf fand.

Sulin näherte sich ihm. Sie hatte sich die Schufa um die Schultern gehängt und ihr kurzgeschnittenes weißes Haar entblößt. So lehnte sie sich ans Brückengeländer. Die drahtige Tochter des Speers war voll gerüstet mit Pfeil und Bogen, Speeren, Messer und Schild. Sie hatte heute abend das Kommando über seine Leibwache übernommen. Zwei Dutzend oder noch mehr *Far Dareis Mai* hockten etwa zehn Schritt entfernt ganz entspannt auf der Brücke. »Eine seltsame Nacht«, sagte sie. »Wir haben gespielt, aber mit einemmal hat jede nur noch Sechser gewürfelt.«

»Es tut mir leid«, erwiderte er ohne nachzudenken, und sie warf ihm einen eigenartigen Blick zu. Natürlich hatte sie keine Ahnung; er hatte nichts weitererzählt. Die Wellen, die von ihm als *Ta'veren* ausgingen, breiteten sich nicht regelmäßig, sondern oft scheinbar dem Zufall gehorchend aus. Wenn sie Bescheid wüßten, würden sich selbst die Aiel nicht mehr näher als zehn Meilen bei ihm aufhalten wollen. Heute war der Boden unter drei Steinhunden plötzlich zusammengebrochen, und sie waren in eine Schlangengrube gestürzt, doch die vielen Dutzend Bisse hatten stets nur die Kleidung getroffen. Ihm war klar, daß der Grund dafür in ihm lag und in der Art und Weise, wie er den Zufall beeinflußte. Tal Nethin, der Sattler, hatte Taien überlebt, aber diesen Mittag war er über einen Stein gestolpert und hatte sich beim Sturz auf dem ebenen, grasbewachsenen Boden das Genick gebrochen. Rand fürchtete, auch das sei seine Schuld gewesen. Andererseits hatten Bael und Jheran endlich die Blutfehde zwischen den Shaarad und den Goshien beendet, während er gemeinsam mit ihnen im Gehen ein Mittagsmahl einnahm – das übliche Trockenfleisch. Sie konnten sich deshalb noch immer nicht leiden und verstanden selbst wohl kaum, was sie da getan hatten, aber es war vollbracht, ganz korrekt mit Versprechen und Wassereid, wobei jeder der beiden Männer dem anderen den Becher zum Trinken hingehalten hatte. Bei den Aiel galt ein Wassereid mehr als jeder andere. Es mochte Generationen dauern, bis sich Shaarad und Goshien wieder einmal überfielen, um sich gegenseitig Schafe oder Ziegen oder Rinder zu stehlen.

Er hatte sich oft gefragt, ob diese Zufälligkeiten jemals auch zu seinen Gunsten wirken würden. Vielleicht war diesmal schon das Äußerste erreicht. Was heute sonst noch alles geschehen sein mochte, das ihm zuzuschreiben war, wußte er nicht. Er fragte auch nicht danach und wollte nichts hören. Die Baels und Jherans konnten den Tod Tal Nethins auch nicht wiedergutmachen.

»Ich habe Enaila und Adelin schon tagelang nicht mehr gesehen«, sagte er. Jeder Themenwechsel war ihm recht. Und diese beiden hatten sonst ihre Plätze als Leibwächterinnen an seiner Seite besonders eifersüchtig verteidigt. »Sind sie krank?«

Wenn überhaupt, war der darauf folgende Blick Sulins noch eigenartiger. »Sie werden zurückkehren, wenn sie gelernt haben, nicht mehr mit Puppen zu spielen, Rand al'Thor.«

Er öffnete den Mund und schloß ihn gleich wieder. Die Aiel waren ein seltsames Volk, das wurde ihm durch Aviendhas Unterricht immer deutlicher, aber dies war nun lächerlich. »Nun, dann sagt ihnen einfach, sie seien erwachsene Frauen und sollten sich auch so verhalten.«

Selbst im trüben Mondschein konnte er erkennen,

daß sie erfreut lächelte. »Es soll sein, wie es der *Car'a'carn* wünscht.« Was hatte das nun wieder zu bedeuten? Sie blickte ihn einen Augenblick lang an und schürzte nachdenklich die Lippen. »Ihr habt heute abend noch nicht gegessen. Es gibt noch genug für alle, und Ihr werdet niemandem den Bauch füllen, indem Ihr selbst nichts eßt. Wenn Ihr nicht eßt, werden sich die Leute Sorgen machen, daß *Ihr* krank sein könntet. Und Ihr werdet krank!«

Er lachte leise. Es klang eher wie heiseres Keuchen. In einer Minute noch der *Car'a'carn*, und in der nächsten... Wenn er sich nicht selbst etwas zum Essen besorgte, würde ihm Sulin vermutlich etwas bringen. Und ihn auch noch zu füttern versuchen wie ein Kleinkind. »Ich werde schon essen. Moiraine sollte jetzt langsam in ihren Decken liegen.« Diesmal befriedigte ihn ihr eigenartiger Blick. Zur Abwechslung einmal hatte er etwas gesagt, das sie nicht verstand.

Als er von der Brüstung sprang, hörte er Hufgeklapper von der gepflasterten Straße her, die zur Brücke führte. Sämtliche Töchter waren augenblicklich auf den Beinen, hatten das Gesicht verschleiert, und einige hatten bereits Pfeile aufgelegt. Instinktiv fuhr seine Hand an die Hüfte, doch das Schwert hing nicht da. Den Aiel war es schon unangenehm genug, daß er auf einem Pferd ritt und das Ding am Sattel hängen hatte. Er mußte sie nicht noch mehr vor den Kopf stoßen, indem er es ständig mit sich herumtrug. Außerdem waren es nicht viele Pferde, und sie näherten sich im Schritt.

Als die Reiter erschienen, von mehr als fünfzig Aiel umringt, sah er, daß es weniger als zwanzig waren und sie erschöpft in ihren Sätteln hingen. Die meisten trugen Helme mit Rändern, tairenische Kurzmäntel mit gestreiften Puffärmeln und dazu Harnische. Die beiden Anführer allerdings trugen kunstvoll vergoldete Rüstungen und hatten an der Vorderseite ihrer Helme lange, weiße Federn befestigt. Die eingesetzten Streifen an ihren Ärmeln schimmerten wie Satin im Mondschein. Ein halbes Dutzend Männer am Ende der Gruppe waren kleiner und schlanker als die Tairener. Zwei von ihnen hatten kleine Fahnen, *Con* genannt, an kurzen Stöcken auf dem Rücken festgeschnallt. Dazu trugen sie dunkle Mäntel und glockenförmige Helme, die das Gesicht freiließen. In Cairhien war es üblich, mit Hilfe dieser *Cons* die Offiziere im Kampf leichter kenntlich zu machen. Außerdem kennzeichnete man so auch die persönlichen Gefolgsmänner eines Lords.

Die mit Federn geschmückten Tairener rissen die Augen auf, als sie ihn sahen, tauschten schnell erstaunte Blicke, stiegen von den Pferden und knieten vor ihm nieder, die Helme unter die Arme geklemmt. Sie waren jung, nicht viel älter als er selbst, und hatten beide ihre dunklen Bärte spitz zugeschnitten, wie es beim Adel Tears die Mode war. Die Harnische wiesen Dellen auf und die Vergoldung war teilweise abgesprungen. Irgendwo waren sie in Kämpfe verwickelt gewesen. Keiner würdigte die Aiel eines Blickes, als verschwänden sie, wenn man sie nur nicht beachtete. Die Töchter nahmen die Schleier ab, schienen aber immer noch bereit, jederzeit einem der knienden Männer einen Speer in den Leib zu stoßen oder ihn mit einem Pfeil zu durchbohren.

Rhuarc folgte den Tairenern zusammen mit einem grauäugigen Aiel, der etwas jünger und größer als er selbst war, und blieb hinter der Gruppe stehen. Mangin gehörte zu den Jindo Taardad und war einer derjenigen, die damals mit zum Stein von Tear gekommen waren. Die Reiter waren von Jindo hereinbegleitet worden.

»Mein Lord Drache«, sagte der feiste Adlige mit den rosigen Wangen. »Seng meine Seele, aber haben sie auch *Euch* zum Gefangenen gemacht?« Sein Begleiter, der mit seinen abstehenden Henkelohren und der Knollennase trotz des Spitzbarts eher wie ein Bauer wirkte, wischte sich nervös immer wieder Haarsträhnen aus der Stirn. »Sie sagten, sie würden uns zu irgendeinem Morgendämmerungsburschen führen. Dem *Car'a'carn*. Hat wohl was mit Häuptlingen zu tun, falls mich die Erinnerung an das nicht täuscht, was mein Hauslehrer gesagt hat. Vergebt mir, Lord Drache. Ich bin Edorion aus dem Hause Selorna, und das hier ist Estean aus dem Hause Andiama.«

»Ich bin Er, Der Mit Der Morgendämmerung Kommt«, sagte Rand ruhig zu ihnen. »Und der *Car'a'carn*.« Jetzt hatte er sie eingeordnet: junge Lords, die ihre Zeit mit Trinken, Spielen und der Schürzenjagd verplempert hatten, als er sich im Stein aufhielt. Estean fielen beinahe die Augen aus dem Kopf. Edorion blickte auch einen Moment lang verblüfft drein, nickte aber dann nachdenklich, als habe er jetzt durchschaut, was sich hier abspielte. »Steht auf. Wer sind Eure Begleiter? Sie kommen doch aus Cairhien, oder?« Es wäre interessant, ein paar Einheimische kennenzulernen, die nicht vor den Shaido und sämtlichen Aiel, denen sie begegneten, fortliefen. Außerdem könnten es, wenn sie sich schon bei Edorion und Estean befanden, seine ersten Anhänger sein, die er in diesem Land antraf; falls die Väter der beiden Tairener seinen Befehlen Folge geleistet hatten. »Bringt sie her.«

Estean blinzelte noch erstaunt, während er sich aufrichtete, aber Edorion zögerte nicht und schrie: »Meresin! Daricain! Kommt her!« Als riefe er nach seinen Hunden. Die Fähnchen der Offiziere aus Cairhien schwankten auf und ab, als sie langsam von den Pferden stiegen.

»Mein Lord Drache.« Estean zögerte und leckte sich die Lippen, als habe er Durst. »Habt Ihr … Habt Ihr die Aiel gegen Cairhien in den Kampf geschickt?«

»Also haben sie die Stadt angegriffen?«

Rhuarc nickt und Mangin sagte: »Wenn man diesen hier Glauben schenken kann, dann hält die Stadt bisher noch stand. Jedenfalls noch vor drei Tagen.« Er ließ kaum einen Zweifel daran, daß er nicht glaubte, daß sie dem Angriff noch immer standhielte, und noch weniger daran, daß ihm eine Stadt der Baummörder vollkommen gleichgültig sei.

»Ich habe sie nicht geschickt, Estean«, sagte Rand, als sich die beiden Offiziere aus Cairhien zu ihnen gesellten. Die zwei knieten nieder und nahmen die Helme ab. Sie waren wohl etwa so alt wie Estean und Edorion, hatten die Haare bis auf Ohrhöhe geschnitten und blickten mißtrauisch drein. »Diejenigen, die Eure Stadt angreifen, sind meine Feinde, die Shaido. Ich habe vor, Cairhien zu retten, wenn das noch möglich ist.«

Wieder mußte er den beiden aus Cairhien befehlen, sich zu erheben. Seine Zeit bei den Aiel hatte ihn beinahe die Bräuche auf dieser Seite des Rückgrats der Welt vergessen lassen, diese Verbeugerei und das Niederknien, mal mit dem linken und mal mit dem rechten Knie. Er mußte auch erst nach ihren Namen fragen, bevor sie sich vorstellten: Leutnant Lord Meresin aus dem Hause Daganred – sein *Con* zeigte senkrechte rote und weiße Wellenlinien – und Leutnant Lord Daricain aus dem Hause Annallin, dessen *Con* mit kleinen roten und schwarzen Quadraten ausgefüllt war. Es überraschte ihn, daß sie ebenfalls Lords waren. In Cairhien befehligten die Lords natürlich Soldaten und führten sie in den Kampf, doch sie ließen sich für gewöhnlich nicht die Haare schneiden und zu gewöhnlichen Soldaten machen. Jedenfalls früher nicht. Offensichtlich hatte sich doch manches geändert.

»Mein Lord Drache.« Meresin hatte Schwierigkeiten, das herauszubringen. Er und Daricain waren beide hellhäutige, schlanke Männer mit schmalen Gesichtern und langen Nasen, doch er war ein wenig kräftiger gebaut. Keiner von beiden sah aus, als habe er in letzter Zeit besonders viel zu essen bekommen. Meresin fuhr so schnell fort, als befürchte er, unterbrochen zu werden. »Mein Lord Drache, Cairhien kann ihnen widerstehen. Bestimmt noch tagelang, zehn oder zwölf vielleicht, aber wenn Ihr es retten wollt, müßt Ihr schnell kommen.«

»Deshalb kamen wir ja her«, sagte Estean und warf Meresin einen düsteren Blick zu. Die beiden aus Cairhien erwiderten den Blick, doch ihr Trotz war mit Resignation gemischt. Estean strich sich das strähnige Haar aus der Stirn. »Um Hilfe zu suchen. Kleine Truppen wurden in alle Richtungen ausgesandt, Lord Drache.« Er schauderte, obwohl ihm Schweiß auf der Stirn stand. Seine Stimme klang nun dumpf und wie aus der Ferne. »Als wir aufbrachen, waren wir noch mehr. Ich sah Baran schreiend mit einem Speer im Bauch fallen. Er wird nie mehr beim Wendespiel eine Karte umdrehen. Ich könnte einen Krug starken Schnaps gebrauchen.«

Edorion drehte seinen Helm in den von Kampfhandschuhen geschützten Händen und machte eine finstere Miene. »Lord Drache, die Stadt kann sich zwar noch eine Weile halten, aber selbst wenn diese Aiel hier gegen die anderen kämpfen, frage ich mich, wie Ihr sie rechtzeitig dorthin bringen wollt? Ich glaube, zehn oder zwölf Tage sind ein wenig übertrieben. Ich kam in Wirklichkeit nur mit, weil ich lieber mit einem Speer im Leib sterben möchte, als in Gefangenschaft zu geraten, wenn sie einmal über die Mauer sind. Die Stadt ist mit Flüchtlingen überfüllt, die sich vor den Aiel retten wollten. In der ganzen Stadt ist kein Hund und keine Taube mehr zu finden, und ich glaube nicht, daß es dort bald noch Ratten geben wird. Das einzig Gute an der ganzen Sache ist, daß keiner mehr danach zu fragen scheint, wer den Sonnenthron besteigen wird, seit dieser Couladin vor den Toren steht.«

»Am zweiten Tag hat er uns aufgefordert, uns Dem zu übergeben, Der Mit Der Morgendämmerung Kommt«, warf Daricain ein, was ihm einen scharfen Blick Edorions einbrachte.

»Couladin veranstaltet Menschenjagden mit den Gefangenen«, sagte Estean. »Außer Reichweite der Bogenschützen, aber so, daß jeder auf der Mauer zusehen kann. Man kann sie sogar schreien hören. Das Licht senge meine Seele, ich weiß nicht, ob er einfach unsere Moral untergraben will oder ob es ihm Spaß macht. Manchmal lassen sie Bauern zur Stadt hin rennen, und dann, wenn sie fast in Sicherheit sind, spicken sie die armen Leute mit Pfeilen. Soweit Cairhien irgend jemandem Sicherheit bieten kann. Zwar sind es nur Bauern, aber …« Er verstummte und schluckte schwer, als habe er sich gerade daran erinnert, was Rand von der Bemerkung ›nur Bauern‹ hielt. Rand blickte ihn einfach nur an, aber er schien unter diesem Blick zu schrumpfen und murmelte nur etwas von Schnaps vor sich hin.

Edorion sprach in die plötzliche Stille hinein: »Mein Lord Drache, der springende Punkt ist doch, daß sich die Stadt halten kann, bis Ihr kommt, falls Ihr schnell kommt. Wir haben die erste Angriffswelle nur zurückgeschlagen, weil das Vortor in Flammen aufging …«

»Das Feuer hätte beinahe die gesamte Stadt erfaßt«, warf Estean ein. Das Vortor, eine Stadt für sich außerhalb der Stadtmauer Cairhiens, war zumeist aus Holz erbaut gewesen, wie sich Rand erinnerte. »Es wäre zur Katastrophe gekommen, wenn der Fluß nicht wäre.«

Der andere Tairener redete einfach weiter: »… aber Lord Meilan hat die Verteidigung gut organisiert, und die Leute aus Cairhien scheinen im Moment auch den Mut nicht zu verlieren.« Das brachte ihm finstere Blicke von Meresin und Daricain ein, die er entweder nicht bemerkte oder aber nicht zu bemerken vorgab. »Mit Glück sieben Tage, vielleicht auch höchstens acht. Wenn Ihr …« Ein tiefer Seufzer ließ Edorions rundliche Figur einen Moment lang schlanker erscheinen. »Ich habe aber kein einziges Pferd gesehen«, sagte er mehr zu sich selbst. »Die Aiel reiten nicht. Ihr werdet niemals in der Lage sein, ein Heer zu Fuß in so kurzer Zeit hinzuführen.«

»Wie lange?« fragte Rand Rhuarc.

»Sieben Tage«, war die Antwort. Mangin nickte, und Estean lachte.

»Seng meine Seele, so lange haben wir gebraucht, um herzureiten! Wenn Ihr glaubt, den Weg zu Fuß genauso schnell zurücklegen zu können, müßt Ihr ...« Er wurde sich der Blicke der Aiel bewußt, die auf ihm ruhten, und so strich er sich wieder nervös die Haare aus dem Gesicht. »Gibt es in dieser Stadt irgendwo Schnaps?« murrte er.

»Wichtig ist nicht, wie schnell wir den Weg zurücklegen«, sagte Rand ruhig, »sondern wie schnell Ihr das könnt, wenn wir ein paar Eurer Männer zu Fuß mitnehmen und die anderen deren Pferde zum Wechseln benützen können. Ich will Meilan und Cairhien wissen lassen, daß Hilfe auf dem Weg ist. Doch diejenigen, die das unternehmen, müssen sicher sein, daß sie den Mund halten können, falls die Shaido sie gefangennehmen. Ich will Couladin nicht mehr wissen lassen, als er von selbst herausbekommen kann.« Estean wurde noch bleicher als die beiden aus Cairhien.

Meresin und Daricain lagen beide wieder auf den Knien, und jeder umfaßte eine von Rands Händen, um sie zu küssen. Er ließ es mit soviel Geduld zu, wie er eben aufbringen konnte. Einer von Moiraines Ratschlägen, die wirklich vernünftig gewesen waren, hatte besagt, er solle möglichst nicht gegen die Sitten der Menschen verstoßen, wie eigenartig und abstoßend sie ihm auch scheinen mochten, es sei denn, es wäre unbedingt notwendig, und selbst dann sollte er es sich zweimal überlegen.

»Wir werden gehen, Lord Drache«, versicherte Meresin atemlos. »Ich danke Euch, Lord Drache. Danke. Beim Licht schwöre ich, daß ich eher sterben will, als auch nur ein Wort zu verraten, außer natürlich meinem Vater und dem Hochlord Meilan.«

»Das Licht sei Euch gnädig, mein Lord Drache«, fügte der andere hinzu. »Das Licht sei Euch gnädig und erleuchte Euch für immer. Ich bin Euer Mann bis zum Tod!« Rand ließ auch Meresin noch beteuern, er sei sein Mann, bevor er energisch die Hände zurückzog und ihnen befahl, aufzustehen. Es gefiel ihm nicht, wie sie ihn ansahen. Edorion hatte sie wie Hunde herbeigerufen, aber Männer sollten niemanden so ansehen, als seien sie Hunde, die zu ihrem Herrn aufblicken.

Edorion atmete tief ein, blies die rosigen Wangen auf und ließ die Luft langsam wieder aus. »Ich schätze, wenn ich ohne weiteres hierher gekommen bin, kann ich es auch zurück schaffen. Mein Lord Drache, vergebt mir, wenn ich Euch erzürnen sollte, aber würdet Ihr eine Wette annehmen, sagen wir, tausend Goldkronen, daß Ihr wirklich in sieben Tagen dort seid?«

Rand starrte ihn sprachlos an. Der Mann war ja genauso schlimm wie Mat. »Ich habe nicht einmal hundert Silberkronen, geschweige denn tausend in …«

Sulin unterbrach ihn. »Er hat genug, Tairener«, sagte sie energisch. »Er wird Eure Wette annehmen, wenn Ihr zehntausend annehmt.«

Edorion lachte. »Gemacht, Aiel. Und es ist mir jede einzelne Kupfermünze wert, wenn ich verliere. Wenn ich es richtig sehe, werde ich allerdings meinen Gewinn nicht mehr abholen können, sollte ich wirklich die Wette gewinnen. Kommt, Meresin, Daricain.« Es hörte sich immer noch so an, als rufe er seine Hunde zur Jagd. »Wir reiten.«

Rand wartete ab, bis die drei sich verbeugt hatten und halbwegs wieder bei ihren Pferden waren, bevor er die weißhaarige Tochter des Speers anfuhr: »Was meint Ihr denn damit, ich hätte tausend Goldkronen? Ich habe noch niemals tausend Goldkronen *gesehen*, geschweige denn zehntausend!«

Die Töchter tauschten Blicke, als hielten sie ihn für senil, und Rhuarc und Mangin schauten nicht anders drein. »Ein Fünftel der Schätze aus dem Stein von Tear gehören denjenigen, die den Stein einnahmen, und sie werden beansprucht, sobald man sie wegschaffen kann.« Sulin sprach mit ihm wie mit einem Kind, das man über die einfachsten Dinge des Lebens aufklärt. »Als Häuptling und Führer in der Schlacht dort steht Euch ein Zehntel dieses Fünftels zu. Tear hat sich Euch als dem Häuptling nach dem Fall des Steins ergeben, also gehört Euch auch ein Zehntel der Beute aus Tear. Und Ihr habt gesagt, wir könnten uns das Fünftel in diesen Ländern nehmen, als … Steuer, wie Ihr es nanntet.« Sie hatte Schwierigkeiten mit dem Ausdruck, denn die Aiel kannten keine Steuern. »Auch davon gebührt Euch der zehnte Teil als *Car'a'carn*.«

Rand schüttelte den Kopf. Bei all seinen Gesprächen mit Aviendha war er nie auf den Gedanken gekommen, sie zu fragen, inwieweit das mit dem fünften Teil auf ihn zutreffe. Er war kein Aiel, ob *Car'a'carn* oder nicht, und es schien nichts mit ihm zu tun zu haben. Nun, es war vielleicht keine richtige Steuer, aber er konnte es genausogut verwenden wie ein König die Steuergelder. Unglücklicherweise hatte er nur wenig Ahnung davon, wie sie die Steuern verwendeten. Er würde Moiraine fragen müssen. Das war etwas, was er bisher von ihr nicht gelernt hatte. Vielleicht hielt sie das für so offensichtlich, daß es jeder wissen müsse.

Elayne wußte bestimmt, wozu man Steuern verwendete. Es hatte schon erheblich mehr Spaß gemacht, sich von ihr beraten zu lassen als von Moiraine. Er hätte so gern gewußt, wo sie sich aufhielt. Wahrscheinlich immer noch in Tanchico. Egwene hatte ihm wenig mehr ausgerichtet als immer wieder Grüße. Zu gern hätte er Elayne vor sich gehabt und von ihr eine Erklärung für diese beiden Briefe gehört. Ob Tochter des Speers oder Tochter-Erbin von Andor: Frauen waren schon eigenartig. Außer vielleicht Min. Sie hatte ihn ausgelacht, aber bei ihr hatte er nie das Gefühl sie spreche eine andere Sprache als er. Jetzt würde sie nicht mehr lachen. Falls er sie je wiedersah, würde sie wohl auf und davon laufen vor ihm, dem Wiedergeborenen Drachen.

Edorion ließ alle seine Männer absitzen, nahm eines der Pferde und ließ die anderen zusammen mit demjenigen Esteans an einer langen Leine festmachen. Zweifellos hielt er sein eigenes für das letzte Stück durch das Shaidoheer hindurch zurück. Meresin und Daricain machten es mit ihren Männern genauso. Obwohl das bedeutete, daß jedem der Cairhiener ganze zwei Ersatzpferde blieben, schien niemand auch nur daran zu denken, bei den Tairenern um Pferde zu bitten. Dann trabten sie, begleitet von einigen Jindo, in westlicher Richtung davon.

Estean gab sich Mühe, niemandem in die Augen zu sehen, und ging langsam zu den Soldaten hinüber, die nervös und von Aiel eingekreist am Fuß der Brücke zusammenstanden. Mangin packte ihn am rotgestreiften Ärmel. »Ihr könnt uns über die Lebensbedingungen in Cairhien berichten, Feuchtländer.« Der Mann mit dem plumpen Gesicht wirkte, als wollte er im nächsten Moment in Ohnmacht fallen.

»Ich bin sicher, er wird alle Fragen beantworten, die Ihr ihm stellt«, sagte Rand scharf, wobei er das Wort ›Fragen‹ betonte.

»Er wird lediglich gefragt werden«, sagte Rhuarc und packte den Tairener am anderen Arm. Er und Mangin schienen den viel kleineren Mann zwischen sich aufrecht zu halten. »Die Verteidiger der Stadt vorzuwarnen ist ja schön und gut, Rand al'Thor«, fuhr Rhuarc fort, »aber wir sollten Kundschafter aussenden. Wenn sie laufen, können sie genauso schnell dort sein wie die Reiter, und wenn sie zurückkommen, können sie uns berichten, wie Couladin die Shaido postiert hat.«

Rand fühlte die Blicke der Töchter auf sich ruhen, aber er blickte nur Rhuarc an. »Donnergänger?« schlug er vor.

»Sha'mad Conde«, stimmte Rhuarc zu. Er und Mangin drehten Estean einfach um – sie hielten ihn tatsächlich aufrecht! – und gingen zu den anderen Soldaten hinüber.

»Fragt ihn!« rief Rand ihnen nach. »Er ist Euer Verbündeter und mein Vasall.«

Er hatte keine Ahnung, ob man Estean als solchen bezeichnen konnte oder nicht – das war auch etwas, wonach er Moiraine fragen mußte; er wußte noch nicht einmal, inwieweit er tatsächlich ein Verbündeter war, denn sein Vater, Hochlord Torean, hatte genügend Intrigen gegen Rand geschmiedet, aber er würde nichts zulassen, das Couladins Methoden glich.

Rhuarc wandte den Kopf und nickte.

»Ihr behandelt Eure Untertanen gut, Rand al'Thor.« Sulins Stimme klang so ausdruckslos wie ein gehobeltes Brett.

»Ich bemühe mich«, antwortete er ihr. Er würde ihr nicht auf den Leim gehen. Wer auch als Kundschafter zu den Shaido gesandt würde – einige von ihnen würden nicht zurückkehren, das war alles. »Ich denke, ich werde jetzt etwas essen. Und dann schlafen.« Es waren bestimmt nicht viel mehr als zwei Stunden bis Mitternacht, und zu dieser Jahreszeit ging die Sonne noch recht früh auf. Die Töchter folgten ihm und beobachteten mißtrauisch jeden Schatten, als erwarteten sie einen Angriff. Dabei unterhielten sie sich allerdings lebhaft. Aber schließlich schienen die Aiel immer einen Angriff zu erwarten.

KAPITEL 13

Der erste Schnee

Die Straßen Eianrods verliefen schnurgerade und trafen sich im rechten Winkel. Wo es notwendig war, durchschnitten sie als Hohlwege die ansonsten terrassenförmig angelegten Hügel. Die schiefergedeckten Häuser wirkten ausgesprochen kantig, als bestünden sie nur aus Senkrechten. Eianrod war nicht an Couladin gefallen. Als die Shaido hier durchkamen, hatte sich keine Menschenseele im Ort aufgehalten. Viele der Häuser bestanden jetzt allerdings nur noch aus verkohlten Balken, und nur die Grundmauern standen noch. Das traf besonders für die breiten, dreistöckigen Marmorgebäude mit ihren Balkonen zu, die nach Moiraines Aussage reichen Kaufleuten gehört hatten. Zerschlagene Möbel und zerfetzte Kleider lagen auf den Straßen herum, neben den Scherben von Geschirr und Glasscheiben, einzelnen Stiefeln und Werkzeugen und Spielsachen …

Die Brände waren zu verschiedenen Zeitpunkten ausgebrochen. Das war auch Rand klar, als er den unterschiedlichen Zustand der verkohlten Balken wahrnahm und den manchmal stärkeren, manchmal schwächeren Brandgeruch, der sich in den Ruinen gehalten hatte. Lan war sogar in der Lage, die Reihenfolge der Kämpfe festzustellen, in denen die Stadt mehrmals erobert und zurückerobert worden war. Wahrscheinlich hatten die Kämpfe zwischen verschiedenen Häusern stattgefunden, die sich um die Nachfolge auf dem Sonnenthron stritten. Nur beim letzten Mal – so, wie die Straßen nun aussahen – hatten wohl Räuberbanden Eianrod eingenommen. Viele dieser Banden, die Cairhien unsicher machten, gehörten zu keinem der Adelshäuser und hielten nur einem Herrn die Treue: dem Gold.

Rand trat zu einem Haus, das einst einem reichen Kaufmann gehört haben mußte. Es befand sich am größeren der beiden Plätze dieser Stadt und bestand aus drei quadratisch angelegten Stockwerken aus grauem Marmor mit Steinbalkonen und einer breiten Treppe mit dicken, kantigen Steingeländern; von den oberen Stufen konnte man auf einen stillen Springbrunnen hinabsehen, in dessen rundem Becken nur noch Staub lag. Er hatte die Gelegenheit nützen wollen, endlich wieder einmal in einem richtigen Bett zu schlafen, und er hoffte insgeheim, Aviendha würde das Zelt vorziehen, ob nun seines oder das der Weisen Frauen. Es war ihm gleichgültig, solange er nur nicht wieder versuchen mußte, einzuschlafen, während nur wenige Schritt von ihm entfernt ihre Atemzüge erklangen. In letzter Zeit hatte er sich schon eingebildet, er könne ihr Herz schlagen hören, obwohl er noch nicht einmal *Saidin* in sich aufgenommen hatte. Doch falls sie wieder bei ihm schlief, hatte er Vorsichtsmaßnahmen ergriffen.

Die Töchter blieben an der Treppe stehen. Ein paar umkreisten das Gebäude, um es von allen Seiten zu bewachen. Er hatte schon befürchtet, sie würden das Gebäude, selbst nur für die eine Nacht, zum Dach der Töchter erklären. Und als statt dessen er dieses Haus ausgewählt hatte, eines der wenigen im Ort, das noch ein festes Dach aufwies und bei dem fast alle Fenster heil waren, machte er Sulin unmißverständlich klar, daß er dies zum Dach der Weinquellenbrüder erkläre. Niemand dürfe es betreten, der nicht aus der Weinquelle in Emondsfeld getrunken habe. Ihrem Blick nach zu schließen, den sie ihm zuwarf, wußte sie sehr wohl, worauf er hinauswollte, aber keine folgte ihm weiter als bis zur Eingangstür, die aus schmalen, senkrechten Holztafeln zusammengesetzt schien.

Die großen Innenräume waren kahl. Weißgekleidete *Gai'schain* hatten ein paar Decken für den eigenen Bedarf in einer weiträumigen Halle ausgebreitet, deren hohe Stuckdecke ganz aus nüchternen Quadraten zusammengesetzt war. Die *Gai'schain* konnte er nicht wegschicken, auch wenn es ihm lieber gewesen wäre, genausowenig wie Moiraine, falls sie nicht irgendwo anders schlief. Welche Befehle er auch erließ, um nicht gestört zu werden, sie fand doch immer einen Weg, an den Töchtern vorbeizukommen, und es bedurfte eines wirklich harschen Befehls, damit sie auch wirklich ging.

Die *Gai'schain*, ob Mann oder Frau, erhoben sich geschmeidig, noch bevor er die Tür hinter sich geschlossen hatte. Sie würden nicht vor ihm Schlafen gehen, und ein paar würden sich ablösen, um auch in der Nacht bereitzustehen, falls er irgendwelche Wünsche hatte. Er hatte versucht, sie davon abzubringen, aber einem *Gai'schain* zu sagen, er oder sie solle *nicht* dienen, wie es der Brauch war, hatte denselben Effekt wie ein Tritt gegen einen Sack Wolle: welchen Eindruck seine Zehen auch hinterlassen mochten, er war verschwunden, sobald die Zehen wieder weg waren. Er winkte sie weg und ging die Marmortreppe hinauf. Ein paar dieser *Gai'schain* hatten einige wenige Möbelstücke zusammengetragen, darunter auch ein Bettgestell und zwei Federbetten, und so freute er sich darauf, sich waschen zu können und dann …

Er erstarrte, als er die Türe zu seinem Schlafzimmer öffnete. Aviendha hatte sich nicht für das Zelt entschieden. Sie stand vor dem Waschtisch mit der gesprungenen Schüssel und dem überhaupt nicht dazu passenden Krug, hatte einen Lappen in der einen Hand und ein Stück gelber Seife in der anderen. Sie trug keine Kleider. Sie schien genauso erschrocken wie er und konnte sich genausowenig rühren.

»Ich …« Sie hielt inne und schluckte. Große grüne

Augen blickten ihn an. »Ich konnte in diesem … in dieser Stadt kein Dampfzelt aufbauen, also dachte ich, ich versuche einmal Eure Art der …« Stramme Muskeln und sanfte Rundungen kennzeichneten ihren Körper. Er glänzte feucht von Kopf bis Fuß. Er hatte sich nicht vorgestellt, daß ihre Beine so lang wären. »Ich hatte geglaubt, Ihr würdet länger an der Brücke bleiben. Ich …« Sie riß die Augen in Panik auf und gab ein erschrockenes Quieken von sich. »Ich habe es nicht darauf angelegt, daß Ihr mich so seht! Ich muß fort von Euch! Soweit ich nur kann! Ich muß weg!«

Plötzlich erschien neben ihr eine schimmernde senkrechte Spalte in der Luft. Sie erweiterte sich, als rotiere sie, zu einer Tür. Eisig kalter Wind wirbelte in das Zimmer herein und peitschte dichten Schnee vor sich her.

»Ich muß weg!« heulte sie und sprang in den Schneesturm hinein.

Sofort begann sich die Tür wieder zu schließen. Der Spalt wurde enger, drehte sich erneut, doch diesmal reagierte Rand ohne weiteres Nachdenken. Er benützte die Macht und blockierte die erst halb geschlossene Tür. Er wußte überhaupt nicht, was er getan hatte und wie, aber er war sicher, daß dies ein Tor zu den Kurzen Wegen sei, wie die, von denen ihm Asmodean berichtet hatte. Der hatte ihm aber weiter nichts darüber beibringen können. Nun hatte er keine Zeit, um zu überlegen. Wohin Aviendha auch verschwunden war, sie steckte jedenfalls nackt mitten in einem Schneesturm. Rand nabelte die soeben gewebten Stränge schnell ab, während er alle Decken von seinem Bett riß und sie auf ihre Kleider warf, die auf ihrer Bettunterlage lagen. Dann packte er alles, Decken, Kleider und Bettunterlage, und warf sich nur Augenblicke nach ihr durch das Tor.

Der eisige Wind pfiff durch die von einem weißen Wirbel durchtobte Winternacht. Sogar in das Nichts eingehüllt fühlte er, wie sein Körper vor Kälte zitterte. Er konnte trübe, verstreute Umrisse in der Dunkelheit erkennen, die er für Bäume hielt. Riechen konnte er außer der Kälte nichts. Vor ihm bewegte sich etwas, von Dunkelheit und Schneesturm fast unkenntlich gemacht. Er hätte sie fast übersehen, wenn nicht seine Augen im Nichts besonders scharf gewesen wären. Es war Aviendha, die, so schnell sie konnte, davonrannte. Er stampfte durch den kniehohen Schnee hinter ihr her und drückte das dicke Bündel an seine Brust.

»Aviendha! Halt!« Er fürchtete, der heulende Sturm werde seine Worte verwehen, aber sie hörte sie. Und lief womöglich noch schneller. Er zwang sich zu größerer Eile, taumelte und stolperte vorwärts, während der immer tiefer werdende Schnee seine Stiefel festhalten wollte. Die Spuren ihrer bloßen Füße wurden schnell wieder aufgefüllt. Falls er sie hier aus den Augen verlor... »Halt, du törichte Närrin! Willst du dich denn umbringen?« Der Klang seiner Stimme schien sie nur noch weiter zu treiben.

Grimmig zwang er sich vorwärts, stürzte beinahe und rappelte sich wieder hoch, wurde vom Wind gepackt und fast umgeworfen, blieb dann wieder im Schnee stecken oder stieß gegen Bäume. Er mußte sie im Blick behalten. Er war dankbar dafür, daß die Bäume in diesem Wald, oder was es auch sein mochte, so weit voneinander entfernt standen.

Pläne schrammten über das Nichts und wurden verworfen. Er konnte versuchen, den Sturm zu ersticken, aber vielleicht würde die Wirkung der Macht dann die Luft in Eis verwandeln. Eine Luftblase, um den wirbelnden Schnee von ihm abzuhalten, würde den unter seinen Füßen nicht beseitigen. Er konnte mit Hilfe des Feuers eine Spur hineinschmelzen – und statt dessen durch Schlamm waten. Außer...

Er benutzte die Macht, und der Schnee vor ihm schmolz auf etwa eine Spanne Breite. Während er weiterrannte, schmolz auch der Schnee vor seinen Füßen immer weiter. Dampf stieg auf, und der dicht fallende Schnee löste sich einen Fuß über dem sandigen Boden auf. Er spürte die Hitze durch seine Stiefel hindurch. Bis fast zu seinen Knöcheln hinab zitterte sein Körper von der beißenden Kälte, während seine Füße schwitzten und beinahe vor der sengenden Hitze des Bodens zurückzuckten. Doch wenigstens holte er jetzt auf. Noch fünf Minuten, und ...

Plötzlich verschwand die verschwommene Gestalt, der er gefolgt war, als sei sie in ein Loch gefallen.

Er hielt den Blick auf den Fleck gerichtet, an dem er sie zuletzt gesehen hatte, und rannte, so schnell er nur konnte. Mit einemmal klatschten seine Beine bis auf halbe Kniehöhe durch eiskaltes, fließendes Wasser. Vor ihm enthüllte der schmelzende Schnee eine dunkle Wasseroberfläche und eine Eiskante, die sich schnell vor ihm zurückzog. Kein bißchen Dampf erhob sich von der schwarzen Wasseroberfläche. Ob Bach oder Fluß, die Macht, die er einsetzte reichte jedenfalls nicht aus, das rasch strömende Wasser auch nur eine Spur aufzuwärmen. Sie mußte aufs Eis hinausgerannt und eingebrochen sein, aber er würde sie nicht retten können, indem er einfach hinauswatete. Von *Saidin* erfüllt, war er sich der Kälte wohl kaum bewußt, aber seine Zähne klapperten unkontrolliert.

Er zog sich ans Ufer zurück und richtete den Blick auf die Stelle, wo er Aviendha versunken glaubte. Dann lenkte er Stränge aus Feuer ein Stück vom Bach entfernt in den noch schneefreien Boden, bis der Sand dort schmolz und weißglühend zusammenfloß. Sogar in diesem Sturm würde es hier eine Weile lang heiß bleiben. Er legte das Bündel daneben in den Schnee. Ihr Leben würde davon abhängen, daß er die Decken und alles andere wiederfand. Dann watete er durch den tiefen Schnee auf der einen Seite seines geschmolzenen Pfades und legte sich schließlich flach auf den Bauch. So schob er sich hinaus auf die von Schnee bedeckte Eisfläche.

Der Wind heulte über ihn hinweg. Er hätte genausogut ohne Mantel sein können. Seine Hände waren mittlerweile starr vor Kälte, und in seinen Füßen hatte er auch fast kein Gefühl mehr. Das Zittern hatte bis auf ein gelegentliches Schaudern aufgehört. In der kalten Ruhe des Nichts war ihm bewußt, was geschah. Es gab manchmal auch an den Zwei Flüssen Schneestürme, vielleicht sogar genauso starke wie diesen hier. Sein Widerstand ließ langsam nach. Wenn er seinen Körper nicht bald erwärmte, würde er gelassen aus der Sicherheit des Nichts beobachten, wie er starb. Doch falls er starb, würde auch Aviendha sterben. Vielleicht war sie sogar schon tot.

Er fühlte mehr, als daß er hörte, wie das Eis unter seinem Gewicht knackte. Seine tastenden Hände erreichten Wasser. Das mußte die Stelle sein, aber durch den wirbelnden Schnee hindurch konnte er fast nichts sehen. Er schlug mit den Armen ins Wasser, suchte klatschend mit gefühllosen Händen. Eine traf auf etwas nahe der Eiskante, und er befahl seinen Fingern, sich darum zu schließen. Gefrorene Haare knisterten und brachen.

Muß sie herausziehen. Er krabbelte rückwärts und zerrte an ihr. Sie war ein totes Gewicht, das langsam, ganz langsam aus dem Wasser glitt. *Gleichgültig, ob das Eis ihre Haut aufschürft. Besser das, als sie erfrieren oder ertrinken zu lassen.* Nach hinten. *Weiterbewegen. Wenn du aufgibst, stirbt sie. Beweg dich, verdammt noch mal!* Kriechen. Mit den Beinen ziehen und mit einer Hand nach hinten schieben. Die andere hatte sich in Aviendhas Haar verkrampft. Keine Zeit, sie irgendwo anders zu packen; sie spürte es sowieso nicht. Du hast es schon zu lange zu gut gehabt. Lords knien vor dir nieder und Gai'schain rennen, um dir Wein zu bringen, und Moiraine macht auch noch alles, was du ihr sagst. Rückwärts. *Es wird Zeit, daß du mal wieder selbst was machst, falls du das überhaupt noch kannst. Beweg dich, du verdammter Hurensohn! Beweg dich gefälligst!*

Plötzlich schmerzten seine Füße. Der Schmerz kroch langsam in seine Beine zurück. Er brauchte einen Augenblick, bis er nach hinten blickte und sich schnell von dem dampfenden Fleck geschmolzenen Sandes herunterrollte. Dünne Rauchfäden, die von seiner angesengten Hose aufstiegen, wurden vom Wind zerstreut.

Er tastete nach dem Bündel, das daneben lag, und wickelte Aviendha von Kopf bis Fuß in alles ein, was er mitgebracht hatte – Decken, Bettunterlage, Kleidungsstücke. Jedes bißchen Schutz vor der Kälte war wichtig. Sie hatte die Augen geschlossen und rührte sich nicht. Er schob die Decken weit genug auseinander, daß er sein Ohr an ihre Brust legen konnte. Ihr Herz schlug so langsam, daß er sich den Herzschlag vielleicht auch nur einbildete. Selbst die vier Decken und die dicke Bettunterlage reichten nicht aus, doch er konnte nicht so einfach Wärme mit Hilfe der Macht in sie einströmen lassen wie in den Boden. Selbst wenn er die Stränge so dünn wie eben möglich webte, würde er sie damit eher töten als aufwärmen. Er nahm das Gewebe wahr, das er benützt hatte, um ihr Tor offenzuhalten, vielleicht eine oder zwei Meilen entfernt im Sturm. Versuchte er, sie so weit zu tragen, würden sie beide nicht überleben. Sie brauchten einen schützenden Unterschlupf, und den hier an Ort und Stelle.

Er webte Stränge aus Luft, und Schnee glitt gegen die Windrichtung über den Boden, ballte sich zusammen und formte schließlich dicke, glatte Wände im Abstand von etwa drei Schritt voneinander. Eine Öffnung war als Tür geblieben. Die Wände wuchsen nach oben weiter. Der Schnee wurde zusammengepreßt, bis er wie Eis glitzerte. Ein Dach schob sich über die Grundmauern, hoch genug, um darunter stehen zu können. Er hob Aviendha auf seine Arme und stolperte mit ihr in das dunkle Innere hinein. Er webte kleine Flammen, die in den Ecken tanzten, und nabelte das Gewebe ab. Dann lenkte er weitere Stränge so, daß sie den Eingang mit Schnee verschlossen.

Es war schon jetzt erheblich wärmer, da sie vor dem Wind geschützt waren. Doch das reichte nicht. Er benützte den Trick, den ihm Asmodean gezeigt hatte, verwob Luft und Feuer, und die Luft im Schneehaus erwärmte sich. Er wagte allerdings nicht, diese Stränge abzubinden, denn wenn er einschlief, würde die Wärme immer stärker, und die Hütte mußte schließlich schmelzen. Deshalb war es eigentlich auch gefährlich, die kleinen Flammen zu lassen, wie sie waren, aber er war so hundemüde und durchgefroren, daß er einfach nicht mehr als ein Gewebe aufrechterhalten konnte.

Der Boden im Innern war natürlich schneefrei, da aller Schnee in den Wänden und dem Dach der Hütte steckte. Die bloße Erde war sandig, und darauf lagen ein paar braune Blätter, die er nicht einordnen konnte, und zerfledderte, niedrige, abgestorbene Kräuter, die ihm ebenfalls unbekannt waren. Er ließ das Gewebe los, das die Luft erhitzte, und wärmte dafür den Boden genug, daß er nicht mehr so eisig kalt war. Dann nahm er die anderen Stränge wieder auf. Danach brachte er es gerade noch fertig, Aviendha sanft auf den Boden zu legen. Beinahe hätte er sie fallenlassen, so erschöpft war er.

Er schob eine Hand unter die Decken und fühlte nach ihrer Wange und ihrer Schulter. Kleine Rinnsale rannen ihr über das Gesicht, als das Eis in ihren Haaren schmolz. Ihn fror, doch sie schien ihm wie blankes Eis. Sie benötigte jedes bißchen Wärme, das er erzeugen konnte, und er wagte nicht, die Luft noch weiter zu erhitzen. Die Innenseiten der Schneemauern schimmerten bereits feucht. So sehr ihn auch fror, in ihm war jedenfalls noch mehr Wärme als in ihr.

So zog er sich schnell aus und schob sich zu ihr unter die Decken. Seine eigenen feuchten Kleider legte er obenauf, denn sie konnten helfen, die Körperwärme im

Innern festzuhalten. Sein von *Saidin* und dem Nichts noch verstärkter Tastsinn war erfüllt von ihr. Gegen ihre Haut fühlte sich Seide noch grob an. Wenn man es mit ihrer Haut verglich, war selbst Satin … *Nicht nachdenken!* Er strich ihr das feuchte Haar aus dem Gesicht. Er hätte es trocknen sollen, aber das Wasser war nicht mehr so kalt, und er hätte außerdem sowieso nur die Decken oder ihre Kleider dazu benützen können. Ihre Augen waren geschlossen, und ihre Brust hob und senkte sich langsam an der seinen. Ihr Kopf lag auf seinem Arm und drückte gegen seine Brust. Wäre sie nicht noch immer so kalt gewesen, hätte er geglaubt, sie schlafe. So friedlich; überhaupt nicht zornig wie sonst. So schön. *Hör auf damit!* Scharf befahl er sich das von außerhalb der Leere her, die ihn umgab. *Sprich lieber.*

So sprach er einfach über das erste, was ihm in den Sinn kam: Elayne und die Verwirrung durch ihre beiden Briefe. Doch das erzeugte bald Vorstellungen von der goldhaarigen Elayne, die über das Nichts glitten, Erinnerungen daran, wie er sie an heimlichen Orten im Stein von Tear geküßt hatte. *Denk doch nicht ans Küssen, du Narr!* Er ging zu Min über. Bisher hatte er noch nie an Min als Frau gedacht. Nun ja, ein paar Träume zählten nicht. Min hätte ihm eine Ohrfeige verpaßt, wenn er versucht hätte, sie zu küssen. Oder sie hätte gelacht und ihn Wollkopf genannt. Es kam ihm nun aber so vor, daß ihn jede Frau, von der er sprach, daran erinnerte, daß er eine nackte Frau in seinen Armen hielt. Von der Macht erfüllt, nahm er ihren Duft wahr, fühlte jeden Fingerbreit ihrer Haut, als striche er mit seinen Händen … Das Nichts bebte. *Licht, du willst sie doch nur aufwärmen! Schlag dir die schmutzigen Gedanken aus dem Kopf, Mann!*

Im Bemühen, diese Gedanken zu vertreiben, redete er über die Hoffnungen, die er mit Cairhien verband, wie er dem Land Frieden und ein Ende der Hungersnot bringen wolle; wie er sämtliche Länder ohne weiteres

Blutvergießen dazu bringen wolle, sich ihm anzuschließen. Aber auch dieses Thema entwickelte ein Eigenleben, ging einen eigenen, unvermeidlichen Weg bis hin zum Shayol Ghul, wo er dem Dunklen König gegenübertreten und sterben mußte, wenn die Weissagungen stimmten. Es erschien ihm feige, als er sagte, er hoffe das doch irgendwie zu überleben. Die Aiel kannten keine Feigheit. Selbst der feigste unter ihnen war noch tapfer wie ein Löwe. »Die Zerstörung der Welt hat die Schwachen getötet«, hatte er Bael sagen hören, »und das Dreifache Land hat die Feiglinge getötet.«

Er begann damit, laut zu spekulieren, wo sie sich wohl befänden, wohin sie ihre wilde, sinnlose Flucht geführt haben mochte. In irgendein fernes und fremdes Land, in dem es zu dieser Jahreszeit Schnee gab. Es war schlimmer als nur sinnlos gewesen, hierher zu rennen. Verrückt. Und doch war ihm klar, daß sie vor ihm weggerannt war. Vor ihm *geflohen* war. Wie sehr mußte sie ihn hassen, daß sie so weit sie nur konnte vor ihm floh, anstatt ihm einfach zu sagen, er solle sie beim Waschen allein lassen.

»Ich hätte anklopfen sollen.« An seine eigene Schlafzimmertür? »Ich weiß, daß du dich nicht in meiner Nähe aufhalten willst. Du mußt ja auch nicht. Was die Weisen Frauen auch wünschen, was sie auch sagen mögen, du kehrst jedenfalls zu ihren Zelten zurück. Du mußt mir nicht mehr nahe kommen. Und wenn doch ... dann schicke ich dich weg.« Warum zögerte er dabei? Wenn sie wach war, brachte sie ihm Zorn entgegen, Kälte, Bitterkeit, und wenn sie schlief ... »Das war wirklich verrückt von dir. Du hättest dich umbringen können.« Wieder streichelte er über ihr Haar. Er konnte sich nicht davon abhalten. »Wenn du jemals wieder etwas so Wahnsinniges anstellst, breche ich dir das Genick. Hast du eine Ahnung, wie sehr ich deine Atemzüge bei Nacht vermissen werde?« Sie vermissen? Sie trieb *ihn* damit zum Wahnsinn! Er war von ihnen beiden der Verrückte. Er mußte damit aufhören. »Du wirst weggehen, klar? Und wenn ich dich nach Rhuidean zurückschicken muß. Die Weisen Frauen können mich nicht davon abhalten, wenn ich als *Car'a'carn* ein Machtwort spreche. Du mußt nicht mehr vor mir davonlaufen.«

Die Hand, die er nicht davon abhalten konnte, über ihr Haar zu streicheln, erstarrte, als sie sich rührte. Ihm wurde bewußt, daß sie sich nun warm anfühlte. Sehr warm. Er sollte sich jetzt anständigerweise in eine seiner Decken einwickeln und sich ein Stück von ihr entfernt hinlegen. Sie schlug die Augen auf, klar und tiefgrün, und blickte ihn ernst aus nicht einmal einem Fuß Entfernung an. Sie schien weder überrascht von seiner Anwesenheit, noch stieß sie ihn weg. Er nahm die Arme von ihr weg und wollte sich zurückziehen, doch sie packte eine Handvoll seiner Haare, daß es ihm weh tat. Wenn er sich jetzt bewegte, würde er einen kahlen Fleck am Kopf davontragen. Sie gab ihm keine Gelegenheit, etwas zu erklären. »Ich habe meiner Nächstschwester versprochen, auf Euch aufzupassen.« Sie sagte das sowohl sich selbst wie auch ihm mit leiser, beinahe ausdrucksloser Stimme. »Ich bin vor Euch davongelaufen, so gut ich nur konnte, um meine Ehre zu bewahren. Und du bist mir sogar hierher gefolgt. Die Ringe lügen nicht, und ich kann nicht mehr weglaufen.« Ihr Tonfall nahm eine wilde Entschlossenheit an. »Ich *werde* nicht mehr weglaufen!«

Rand versuchte, sie zu fragen, was sie damit meine, und gleichzeitig bemühte er sich, ihre Finger sanft aus seinem Haar zu lösen, doch sie packte auch noch mit der anderen Hand zu und zog seinen Mund zu ihrem hin. Das war das Ende alles rationalen Denkens. Das Nichts zersprang und *Saidin* entfloh ihm. Er glaubte nicht, daß er sich auch bei größter Willensanstrengung hätte zurückhalten können, aber der Gedanke kam ihm in diesem Augenblick überhaupt nicht, und sie schien auch nicht zu wollen, daß er sich zurückhielt. Ja, sein letzter klarer und zusammenhängender Gedanke für längere Zeit war sogar der, daß er *sie* wohl kaum zurückhalten könne.

Um ein Beträchtliches später – zwei Stunden, vielleicht auch drei, sicher war er sich da nicht – lag er entspannt auf der Schlafunterlage, die Decken über sich gezogen und die Hände hinter dem Kopf gefaltet. Er beobachtete Aviendha, wie sie die glatten weißen Wände untersuchte. Sie hatten überraschend viel Wärme zurückgehalten, so daß er *Saidin* gar nicht benützen mußte, weder um die Kälte abzuhalten, noch um die Luft zu erwärmen. Beim Aufstehen war sie lediglich mit ihren Fingern durchs Haar gefahren. Ansonsten bewegte sie sich trotz ihrer Nacktheit völlig ohne Scham. Natürlich war es auch ein wenig zu spät, um sich vor ihm nur deshalb zu schämen, weil sie nichts anhatte. Er hatte sich Gedanken darüber gemacht, sie nicht zu verletzen, als er sie aus dem Wasser zog, doch ihr Körper zeigte weniger Schrammen als seiner, und auch die schienen ihrer Schönheit überhaupt keinen Abbruch zu tun.

»Was ist das?« fragte sie.

»Schnee.« Er erklärte ihr, so gut es ging, was Schnee sei, aber sie schüttelte nur den Kopf, teils staunend, teils ungläubig. Einer Frau, die in der Wüste aufgewachsen war, mußte gefrorenes Wasser, das vom Himmel fiel, genauso unmöglich erscheinen wie Menschen, die fliegen konnten. Den Chroniken nach war das einzige Mal, daß es in der Wüste je geregnet hatte, ausgerechnet der von ihm über Rhuidean erzeugte Regen gewesen.

Er konnte einen Seufzer des Bedauerns nicht zurückhalten, als sie sich ihr Hemd über den Kopf zog. »Die Weisen Frauen können uns verheiraten, sobald wir zurück sind.« Er spürte immer noch sein Gewebe, das die Tür offenhielt.

Aviendhas dunkelroter Schopf schob sich aus dem Hemd hervor, und sie blickte ihn ausdruckslos an. Nicht unfreundlich, aber auch nicht freundlich. Allerdings entschlossen. »Was läßt dich glauben, ein Mann habe das Recht, so etwas von mir zu verlangen? Außerdem gehörst du zu Elayne.«

Er brauchte einen Moment, bis er den Mund wieder zu bekam. »Aviendha, wir haben gerade … Wir beide … Licht, wir *müssen* doch jetzt heiraten. Nicht, daß ich es nur will, weil es so sein muß«, fügte er schnell hinzu. »Ich will es ja wirklich.« Da war er sich allerdings nicht ganz so sicher. Er glaubte durchaus, sie zu lieben, aber vielleicht liebte er ja Elayne auch. Und aus irgendeinem Grund schlich sich auch Min wieder in seine Gedanken ein. *Du bist ein genauso großer Schürzenjäger wie Mat.* Aber wenigstens einmal konnte er das Richtige tun, eben weil es so richtig war.

Sie schnaubte und befühlte ihre Strümpfe, um sicherzugehen, daß sie auch getrocknet waren. Dann setzte sie sich, um sie anzuziehen. »Egwene hat mir von euren Hochzeitsbräuchen an den Zwei Flüssen erzählt.«

»Willst du ein ganzes Jahr lang warten?« fragte er ungläubig.

»Das Jahr. Ja, das habe ich gemeint.« Ihm war vorher noch nie klar geworden, wieviel Bein eine Frau zeigte, wenn sie sich einen Strumpf anzog. Seltsam, daß ihn das noch so reizte, nachdem er sie nackt und verschwitzt gesehen hatte, und … Er konzentrierte sich darauf, ihr zuzuhören. »Egwene erzählte, sie habe ihre Mutter um Erlaubnis für dich bitten wollen, doch bevor sie es auch nur erwähnte, sagte ihre Mutter, daß sie ohnehin noch ein ganzes Jahr warten müsse, auch wenn sie ihr Haar in der Zwischenzeit bereits zum Zopf flechten dürfe.« Aviendha runzelte die Stirn. Das eine Knie ruhte fast unter ihrem Kinn. »Stimmt das denn? Sie sagte, einem Mädchen sei nicht erlaubt, ihr Haar zum Zopf zu flechten, bevor sie nicht im heiratsfähigen

Alter ist. Verstehst du überhaupt, was ich sage? Du machst ein Gesicht wie dieser … Fisch … den Moiraine im Fluß gefangen hat.« In der Wüste gab es keine Fische. Die Aiel kannten sie nur aus Büchern.

»Natürlich habe ich zugehört«, versicherte er. Er hätte genausogut taub und blind dazu sein können, soviel hatte er verstanden. Er drehte sich unter den Decken ein wenig zur Seite und bemühte sich, so selbstsicher zu sprechen, wie es ihm möglich war: »Wenigstens … na ja, die Bräuche sind kompliziert, und ich bin nicht sicher, auf welchen genau du dich beziehst.«

Sie sah ihn einen Augenblick lang mißtrauisch an, aber da auch die Aielsitten äußerst kompliziert waren, glaubte sie ihm. An den Zwei Flüssen ging man ein Jahr lang weg, und wenn man dann mit Erfolg um ein Mädchen anhielt, verlobte man sich zuerst und heiratete schließlich. So verlangte es der Brauch. Sie fuhr beim Anziehen fort: »Ich meinte, wenn ein Mädchen während des Wartejahres ihre Mutter und die Seherin um Erlaubnis bittet. Ich verstehe das nicht.« Die weiße Bluse, die sie über den Kopf zog, dämpfte ihre Worte einen Moment lang. »Wenn sie ihn haben will und alt genug zum Heiraten ist, wozu braucht sie dann die Erlaubnis? Aber siehst du die Ähnlichkeit? Unseren Sitten nach«, und ihr Tonfall ließ keinen Zweifel darüber, daß sie nur diese als entscheidend betrachtete, »ist es an mir, zu entscheiden, ob ich dich um deine Hand bitte, und ich tue es nicht. Wenn man nach deinen Sitten geht«, sie schnallte den Gürtel um und schüttelte dabei den Kopf, als sei für sie bereits alles abgetan, »habe ich die Erlaubnis meiner Mutter nicht. Und ich schätze, du bräuchtest die Genehmigung deines Vaters. Oder deines Vaterbruders, da dein Vater nicht mehr lebt? Wir hatten jedenfalls keinerlei Genehmigung, und deshalb können wir nicht heiraten.« Sie begann damit, den Schal zu falten, damit sie ihn sich um die Stirn binden konnte.

»Aha«, sagte er mit flauem Gefühl im Magen. Ein Junge an den Zwei Flüssen, der seinen Vater um die Erlaubnis zu so etwas bat, riskierte ein paar Ohrfeigen. Wenn er so an die Burschen dachte, die ganz schön ins Schwitzen gekommen waren, weil sie befürchteten, jemand – irgend jemand – könne herausfinden, was sie mit dem Mädchen trieben, das sie heiraten wollten ... Er erinnerte sich noch gut daran, als Nynaeve Kimry Lewin und Bar Dowtry im Heustadel von Bars Vater erwischt hatte. Kimry hatte schon fünf Jahre lang den Zopf getragen, aber als Nynaeve schließlich mit ihr fertig war, hatte Frau Lewin sie sich noch einmal vorgeknöpft. Die Versammlung der Frauen hatte Bar beinahe bei lebendigem Leib das Fell abgezogen, doch das war nichts gegen die Behandlung, die Kimry erleben mußte, während sie den einen Monat abwarteten, den man als kürzeste Anstandsfrist vor der Hochzeit betrachtete. Insgeheim wurde noch lange, wenn auch so leise, daß die Versammlung der Frauen nichts davon hörte, darüber gescherzt, daß sich weder Bar noch Kimry während der ersten Woche ihrer Ehe hinsetzen konnten. Rand glaubte, Kimry habe nicht um Erlaubnis gebeten, mit Bar ins Bett gehen zu dürfen. »Aber ich denke, Egwene kennt wohl auch nicht alle Bräuche bei den Männern«, fuhr er fort. »Frauen wissen auch nicht alles. Siehst du, da ich angefangen habe, müssen wir heiraten! Da spielen Genehmigungen keine Rolle mehr.«

»*Du* hast angefangen?« Ihr Schnauben war betont und bedeutungsvoll. Ob Aiel oder Andoraner oder sonst etwas, Frauen benützten solche Geräusche wie Stöcke, um damit zu stochern oder zu schlagen. »Es spielt sowieso keine Rolle, weil wir uns an die Aielsitten halten. Das wird nicht noch einmal passieren, Rand al'Thor.« Er war überrascht und erfreut, in ihrer Stimme Bedauern mitschwingen zu hören. »Du gehörst zur Nächstschwester meiner Nächstschwester. Ich habe Elayne gegenüber *Toh*, aber das muß dich nicht kümmern. Ich habe gehört, daß Männer hinterher faul sind, doch es kann nicht mehr lang dauern, bis die Clans bereit sind, früh am Morgen loszumarschieren. Du mußt rechtzeitig dort sein.« Plötzlich überzog Panik ihr Gesicht, und sie sackte auf die Knie nieder. »Wenn wir überhaupt zurückkehren können. Ich weiß nicht mehr genau, was ich gemacht habe, um dieses Loch zu erzeugen, Rand al'Thor. Du mußt uns den Weg zurück suchen.«

Er berichtete ihr, wie er ihr Tor blockiert hatte und es immer noch dort draußen spüren konnte. Sie blickte erleichtert drein und lächelte ihn sogar an. Aber es wurde immer klarer, als sie sich mit übergeschlagenen Beinen hinsetzte und den Rock zurechtzog, daß sie sich nicht umdrehen würde, während er sich anzog.

»Na ja, gleiches Recht für alle«, murmelte er schließlich nach einer Weile und krabbelte unter den Decken hervor.

Er bemühte sich, genauso selbstverständlich zu tun wie sie, aber es fiel ihm nicht leicht. Er fühlte ihren Blick wie eine Berührung, auch als er sich von ihr abwandte. Sie hatte kein Recht, ihm zu sagen, er habe einen hübschen Hintern; er hatte ja schließlich auch nicht gesagt, wie hübsch ihrer war. Sie sagte so etwas ja ohnehin nur, damit er rot wurde. Frauen sahen Männer doch nicht auf diese Weise an. *Und sie fragen auch nicht ihre Mutter um Erlaubnis, wenn sie ...?* Er hatte eine Vorahnung, daß sein Leben mit Aviendha keinen Deut leichter geworden war.

KAPITEL 14

Ein sehr kurzer Speer

Es gab kaum eine Diskussion. Trotz des draußen noch tobenden Sturms konnten sie es zum Tor zurück schaffen, wenn sie die Decken und die Bettunterlage als Umhänge benutzten. Aviendha begann, sie aufzuteilen, während er nach *Saidin* griff, nach Leben und Tod, geschmolzenem Feuer und flüssigem Eis.

»Gib uns beiden jeweils gleich viele«, sagte er zu ihr. Ihm war bewußt, daß seine Stimme kalt und gefühllos klang. Asmodean hatte ihm gesagt, er könne noch erheblich weiter gehen, doch das hatte er bisher nicht fertiggebracht.

Sie warf ihm einen überraschten Blick zu, doch alles, was sie sagte, war: »Bei dir gibt es mehr zu bedecken.«

Streiten war zwecklos. Seiner Erfahrung nach, und die ging eben von Emondsfeld bis zu den Töchtern des Speers, konnte man eine Frau nur dadurch davon abhalten, etwas für einen zu tun, daß man sie fesselte. Das galt besonders dann, wenn sie sich in den Kopf gesetzt hatte, ein Opfer zu bringen. Überraschend war nur, daß sie gar nicht beißend gesprochen und auch keine Bemerkung fallengelassen hatte, er sei ein verwöhnter Feuchtländer. Vielleicht war bei alledem doch außer einer schönen Erinnerung noch etwas Gutes herausgekommen. *Sie kann es doch wirklich mit dem ›niemals wieder‹ nicht ernst gemeint haben.* Allerdings hatte er den Verdacht, er müsse sie wörtlich nehmen.

Er wob einen fingerdicken Strang aus Feuer und schnitt damit den Umriß einer Tür in die eine Wand, wobei er den oberen Teil noch etwas erweiterte. Überraschenderweise drang Tageslicht durch den Spalt herein. Er ließ *Saidin* fahren und tauschte einen verblüfften Blick mit Aviendha. Ihm war schon bewußt, daß sie nicht auf die Zeit geachtet hatten – *du weißt nicht einmal mehr, welches Jahr gerade ist* –, aber sie konnten sich eigentlich nicht sehr lang hier drinnen aufgehalten haben. Wo sie sich auch befinden mochten, es mußte in jedem Fall weit von Cairhien entfernt sein.

Er drückte gegen den Schneeblock, doch der rührte sich nicht, bis er sich mit dem Rücken dagegenlehnte, die Füße fest aufstemmte und mit aller Kraft drückte. Gerade als ihm der Gedanke kam, er hätte das auch viel einfacher mit Hilfe der Macht anstellen können, rutschte der Block nach außen. Er konnte das Gleichgewicht nicht halten und kippte in das kalte, klare Tageslicht hinein. Allerdings stürzte er nicht, denn der Block blieb an einer Schneewehe hängen, die sich um die Hütte herum gebildet hatte. So lag er auf dem Rücken, das Gesicht gerade so eben im Freien, und sah aus dieser Haltung weitere Schneewehen, die spärliche, verkrüppelte Bäume einer ihm unbekannten Art umgaben, während unter anderen möglicherweise Büsche oder Felsblöcke begraben lagen.

Er öffnete den Mund – und vergaß augenblicklich, was er hatte sagen wollen, als *irgend etwas* keine fünfzig Fuß über ihm durch die Luft fegte: eine ledrig-graue Gestalt, viel größer als ein Pferd, die auf langsam schlagenden, weitgeöffneten Schwingen dahinsegelte, die offenbar aus Horn bestehende Schnauze vorgestreckt, die Füße wie Vogelkrallen und mit scharfen Klauen versehen und hinten in einem dünnen Eidechsenschwanz endend. Sein Kopf bewegte sich wie von allein, und er verfolgte den Flug dieses *Dinges* über die Baumwipfel hinweg. Zwei Menschen saßen auf seinem Rücken. Trotz der warmen Kleidung und ihrer Kapuzen war es klar, daß sie den Boden unter sich absuchten. Falls mehr als nur sein Kopf aus der Hütte geschaut hätte, und das auch nicht gerade unter dem Bauch des Geschöpfes, hätten sie ihn sicherlich entdeckt. »Laß die Decken liegen«, sagte er, als er sich duckte und wieder hineinschlüpfte. Dann berichtete er ihr, was er gesehen hatte. »Vielleicht sind sie uns freundlich gesinnt, vielleicht auch nicht. Ich möchte es lieber gar nicht erst herausfinden.« Er legte ohnehin keinen gesteigerten Wert darauf, Leute kennenzulernen, die auf so einem Ding ritten. Falls es überhaupt Menschen waren. »Wir müssen uns zum Tor zurückschleichen. So schnell es geht, aber möglichst ungesehen.«

Ausnahmsweise widersprach sie nicht. Als er sie darauf ansprach, während er ihr behilflich war, über den Schneeblock zu klettern – was auch erstaunlich war, denn sie akzeptierte seine helfende Hand ohne einen einzigen bösen Blick –, sagte sie: »Ich widerspreche nicht, wenn das, was du sagst, vernünftig ist, Rand al'Thor.« Das hatte er allerdings anders in Erinnerung.

Das sie umgebende Land war eben und von einer dicken Schneedecke bedeckt. Nur im Westen erhoben sich schroffe, weißgefleckte Berge, deren Gipfel in Wolken gehüllt waren. Er erkannte unschwer, daß dies im Westen war, weil gerade die Sonne gegenüber aufging. Die obere Hälfte des goldenen Balles erhob sich aus dem Meer. Er blickte erstaunt hin. Das Land fiel in diese Richtung ab, so daß er sehen konnte, wie gewaltige Brandungswogen gischtsprühend auf ein felsiges, mit Steinen übersätes Ufer vielleicht eine halbe Meile entfernt auftrafen. Ein Meer im Osten, das sich endlos dem Horizont und der Sonne entgegenstreckte. Hätte der Schnee nicht ausgereicht, dann wüßte er spätestens jetzt, daß sie sich in keinem ihm bekannten Land befanden.

Aviendha blickte mit großen Augen völlig erstarrt auf die heranrollenden Brecher, und dann runzelte sie die Stirn, als sie begriff. Wohl hatte sie noch nie ein

Meer gesehen, aber Landkarten hatte sie gewiß studiert.

Mit ihren Röcken machte ihr der Schnee nun noch mehr Schwierigkeiten als ihm. Er strampelte sich ab, sank manchmal bis zur Hüfte ein und grub sich mehr hindurch, als daß er ging. Sie schnappte nach Luft, als er sie auf die Arme nahm. Ihre grünen Augen funkelten. »Wir müssen schneller vorwärtskommen, als es dir möglich ist, wenn du diese Röcke durch den Schnee schleifst«, erklärte er ihr. Das erzürnte Funkeln verflog, aber sie legte trotzdem ihre Arme nicht um seinen Hals, wie er so halb gehofft hatte. Statt dessen faltete sie die Hände und machte eine duldsame Miene. Ein bißchen mürrisch vielleicht auch. Welche Veränderungen sich auch in ihrem Innern abgespielt haben mochten, ganz anders als vorher war sie deshalb keineswegs. Er verstand selbst nicht, wieso ihn das erleichterte.

Er hätte wie zuvor im Sturm einen Weg in den Schnee schmelzen können, aber falls ein weiteres dieser fliegenden Dinger kam, würde der Weg es genau zu ihnen führen. Ein Fuchs trabte ein ganzes Stück entfernt zu ihrer Rechten über den Schnee. Er war ganz weiß, bis auf einen schwarzen Fleck am Ende seines buschigen Schwanzes. Er äugte das eine oder andere Mal mißtrauisch zu Aviendha und ihm herüber. An manchen Stellen verliefen Kaninchenspuren über die Schneedecke, ein wenig verwischt, wo sie gesprungen waren. Einmal sah er auch die Spuren einer Katze, die so groß wie ein Leopard sein mußte. Vielleicht gab es hier auch noch größere Tiere; möglicherweise flügellose Verwandte dieser ledrigen Kreatur von vorher. Er verspürte wenig Lust auf ein Zusammentreffen, aber es war ja durchaus möglich, daß diese … *Flieger* … die Furche, die er im Schnee hinterließ, als die Spur eines Tieres betrachten würden.

Er bahnte ihnen trotzdem den Weg von Baum zu Baum. Mehr Bäume wären ihm lieber gewesen, und dichter hätten sie auch stehen können. Andererseits hätte er dann vielleicht Aviendha nicht gefunden. Sie ächzte und blickte mit vorwurfsvoller Miene zu ihm auf, worauf er seinen Griff wieder etwas lockerte. Jetzt jedenfalls wären mehr Bäume hilfreich gewesen. Aber gerade seine vorsichtige Vorgehensweise führte dazu, daß er die anderen zuerst sah.

Weniger als fünfzig Schritt entfernt und zwischen ihnen und dem Tor – sogar genau vor dem Tor, denn er spürte deutlich sein blockierendes Gewebe – befanden sich vier Reiter auf Pferden und mehr als zwanzig Personen zu Fuß. Die Reiter waren allesamt in lange, dicke, pelzbesetzte Umhänge gehüllte Frauen. Zwei von ihnen trugen jeweils am linken Handgelenk ein silbrig schimmerndes Armband, das durch eine lange Leine aus demselben glänzenden Material mit einem silbernen Halsband verbunden war; und diese Halsbänder trugen zwei grau gekleidete Frauen, die im tiefen Schnee standen. Die anderen neben ihnen waren Männer mit dunklen Lederhemden und grün und golden bemalten Schuppenpanzern. Die sich überlappenden Schuppen bedeckten ihre Brust, die Außenseiten der Arme und die Vorderseiten der Schenkel. An ihren Speeren hingen grüne und goldene Troddeln. Ihre Schilde waren in den gleichen Farben bemalt, und die Helme glichen den Köpfen riesiger Insekten, zwischen deren Beißwerkzeugen Gesichter hervorblickten. Einer davon war offensichtlich ein Offizier, der wohl weder Speer noch Schild trug, dafür aber ein gekrümmtes Zweihandschwert auf dem Rücken. Die Schuppenplatten seines lackierten Panzers waren mit Silber gerändert, und dünne, grüne Federn, die wie Fühler aussahen, verstärkten den insektenhaften Eindruck seines bunten Helms. Nun wußte Rand, wo Aviendha und er sich befanden. Er hatte solche Rüstungen schon einmal gesehen. Und Frauen, die man so an die Leine genommen hatte.

Er setzte sie hinter einem Baum ab, der aussah wie eine vom Wind verkrümmte Kiefer mit glattem, grauem, schwarzgeädertem Stamm, deutete hinüber, und sie nickte schweigend.

»Die beiden Frauen an den Leinen können die Macht benützen«, flüsterte er. »Kannst du sie abschirmen?« Schnell fügte er noch hinzu: »Nimm noch keinen Kontakt zur Wahren Quelle auf. Sie sind Gefangene, aber trotzdem könnte es sein, daß sie die anderen warnen, und selbst wenn nicht, spüren die Frauen mit den Armreifen vielleicht durch sie, daß jemand in der Nähe die Macht gebraucht.«

Sie sah ihn mit einem eigenartigen Blick an, verschwendete aber keine Zeit mit törichten Fragen, wie beispielsweise, woher er das wisse. Die Fragen würden später kommen, soviel war ihm klar. »Die Frauen mit den Armreifen können ebenfalls die Macht lenken«, erwiderte sie genauso leise. »Ich spüre sie aber nur ganz eigenartig schwach, als hätten sie den Gebrauch der Macht niemals geübt. Ich verstehe nicht, wie das sein kann.«

Rand schon. *Damane* waren diejenigen, von denen man annahm, sie könnten als einzige die Macht lenken. Falls zwei Frauen den Seanchan durch das Netz ihrer Überprüfungen geschlüpft waren und statt dessen zu *Sul'dam* wurden, würden sie bestimmt nicht wagen, sich zu verraten. Den Seanchan auf diese Weise ein Schnippchen zu schlagen war sicher ziemlich schwierig, da sie schließlich jede junge Frau in dem Jahr überprüften, da sich die ersten Anzeichen zeigen konnten. »Kannst du alle vier abschirmen?«

Sie warf ihm einen selbstbewußten Blick zu. »Natürlich. Egwene hat mir beigebracht, mehrere Stränge auf einmal zu weben. Ich kann sie abschirmen, die Stränge abnabeln und sie in Stränge aus Luft einbinden, bevor sie überhaupt merken, was los ist.« Das Lächeln verflog. »Ich bin schnell genug, um mit ihnen und ihren

Pferden fertig zu werden, aber den Rest muß ich dir überlassen, bis ich Hilfe bringen kann. Falls von denen dort welche davonkommen … Sie können bestimmt gut mit diesen Speeren umgehen, und falls dich jemand am Boden festnagelt …« Einen Augenblick lang knurrte sie in sich hinein, als ärgere sie sich darüber, daß sie keinen vollständigen Satz mehr zustande bringe. Schließlich sah sie ihn wieder an, und ihr Blick war so zornig wie in besten Zeiten. »Egwene hat mir davon erzählt, wie man mit Hilfe der Macht Wunden heilen kann, aber sie weiß zu wenig darüber und ich noch weniger.«

Worüber hatte sie sich denn jetzt wieder aufgeregt? *Besser, du versuchst, die Sonne zu verstehen als eine Frau,* dachte er trocken. Das hatte ihm Thom Merrilin gesagt, und es entsprach der Wahrheit. »Kümmere du dich nur darum, diese Frauen abzuschirmen«, sagte er zu ihr. »Ich erledige den Rest. Aber erst, wenn ich deinen Arm berühre.«

Ihm war klar, daß sie ihn nun für einen Angeber hielt, aber er mußte ja gar keine Stränge aufspleißen, sondern lediglich einen einzigen etwas komplizierteren Strang aus Luft weben, der ihnen die Arme und Beine fesselte und auch die Beine der Pferde. So atmete er noch einmal tief durch, griff nach *Saidin,* berührte ihren Arm und ließ die Macht wirken.

Entsetzte Schreie ertönten. Er hätte auch an Knebel denken sollen, aber sie sollten eigentlich schon jenseits des Tores sein, ehe irgend jemand die Rufe hören konnte. Er hielt an der Wahren Quelle fest, packte Aviendha am Arm und mußte sie beinahe durch den Schnee zerren. Er überhörte ihr wütendes Fauchen, sie könne allein gehen. Auf diese Weise bahnte er wenigstens einen Weg für sie, und schließlich mußten sie sich beeilen.

Die Seanchan verstummten und blickten ihnen nach, als er mit Aviendha im Schlepptau vor ihrer Nase zum Tor stapfte. Die beiden Frauen, die keine *Sul'dam* waren, hatten die Kapuzen zurückgestreift und kämpften gegen sein Gewebe an. Er hielt es aufrecht, nabelte es aber nicht ab, denn wenn sie durch waren, mußte er es loslassen. Der Grund war einfach der, daß er nicht einmal Seanchan gefesselt im Schnee zurücklassen konnte. Falls sie dort nicht erfroren, gab es da ja noch die große Raubkatze, deren Spur er gesehen hatte. Und wo es eine davon gab, hielten sich wohl auch noch mehr auf.

Das Tor befand sich noch an der richtigen Stelle, doch anstatt in das Zimmer in Eianrod blicken zu können, war dahinter nur einheitliches Grau zu sehen. Es schien jetzt auch enger, als es in seiner Erinnerung gewesen war. Und schlimmer noch: Er konnte das Gewebe dieser grauen Wand erkennen. Sie war aus *Saidin* gewebt. Zornige Gedanken glitten über das Nichts. Er wußte nicht, was das sollte, doch es konnte durchaus eine von einem der männlichen Verlorenen gewebte Falle für denjenigen sein, der hindurchtrat. Höchstwahrscheinlich von Asmodean. Falls der Mann ihn den anderen übergab, gewann er damit möglicherweise seinen Platz unter ihnen zurück. Aber hierbleiben kam auch nicht in Frage. Wenn sich Aviendha nur daran erinnern könnte, wie sie das Tor ursprünglich geöffnet hatte! Dann könnte sie ein weiteres öffnen. Aber so, wie die Dinge standen, würden sie dieses benützen müssen, ob Falle oder nicht.

Eine der berittenen Frauen trug auf der grauen Brust ihres Umhangs als Abzeichen einen schwarzen Raben vor einem einzelnen Turm. Sie hatte ein strenges Gesicht und dunkle Augen, die sich förmlich in seinen Schädel zu bohren versuchten. Die andere, jünger, hellhäutiger und kleiner, doch edler in ihrer Haltung, trug einen silbernen Hirschkopf auf ihrem grünen Umhang. Die kleinen Finger ihrer Reithandschuhen waren viel zu lang. Rand erkannte aber an den kahlgeschorenen Seiten ihres Kopfes, daß sich unter den Handschuhen überlange Fingernägel verbargen, sicher lackiert, denn beides waren typische Merkmale des Adels bei den Seanchan. Die Mienen der Soldaten waren steinern und ihre Haltung gerade und aufrecht, doch die blauen Augen des Offiziers funkelten wütend hinter den Beißwerkzeugen des insektengleichen Helms, und seine in Handschuhen steckenden Finger krümmten sich, als er sich vergeblich bemühte, nach seinem Schwert zu greifen.

Rand waren sie gleichgültig, doch die *Damane* wollte er auf keinen Fall zurücklassen; wenigstens konnte er ihnen die Möglichkeit zur Flucht verschaffen. Sie starrten ihn wohl an wie ein wildes Tier, das mit gefletschten Zähnen vor ihnen stand, aber sie hatten sich ja auch nicht das Los von Gefangenen ausgesucht, die selbst wenig besser als Haustiere behandelt wurden. Er berührte mit der Hand das Halsband der Nächststehenden und verspürte einen Schlag, der seinen Arm fast betäubt hätte. Einen Moment lang verschob sich das Nichts, und *Saidin* durchtobte ihn wie ein Tausendfaches des Schneesturms. Das kurzgeschnittene blonde Haar der *Damane* wirbelte herum, als sie sich unter seiner Berührung wand. Sie schrie auf, und die *Sul'dam*, mit der sie verbunden war, wurde leichenblaß und schnappte nach Luft. Beide wären zu Boden gesackt, hätten die Fesseln aus Luft sie nicht aufrecht gehalten.

»Versuch du es«, sagte er zu Aviendha und schüttelte die Hand aus. »Eine Frau muß doch wohl in der Lage sein, das Ding anzufassen, ohne einen Schlag abzubekommen. Ich weiß nicht, wie man es losmacht.« Es sah aus wie aus einem Stück gefertigt, vielleicht auf irgendeine Art aus Gliedern zusammengesetzt, genauso wie der Armreif und die Leine. »Aber da es angelegt werden kann, kann man es auch wieder abnehmen.« Ein paar Augenblicke mehr spielten keine Rolle, was auch immer mit dem Tor geschehen sein mochte. War das Asmodeans Werk?

Aviendha schüttelte den Kopf, begann aber doch, an dem Halsband der einen Frau herumzuversuchen. »Halt still«, knurrte sie, als die *Damane*, ein Mädchen von vielleicht sechzehn oder siebzehn Jahren mit bleichem Gesicht, vor ihr zurückzucken wollte. Wenn die angeleinten Frauen Rand schon wie eine wilde Bestie angeschaut hatten, dann mußte Aviendha jetzt in ihren Augen wie ein fleischgewordener Alptraum wirken.

»Sie ist eine *Marath'Damane*«, heulte das bleiche Mädchen. »Rettet Seri, Herrin! Bitte, Herrin! Rettet Seri!« Die andere *Damane*, eine ältere, fast mütterlich wirkende Frau, begann, unkontrolliert zu weinen. Aviendha funkelte Rand genauso zornig an wie das Mädchen und knurrte etwas in sich hinein, während sie an dem Halsband herumfummelte. Rand hatte keine Ahnung, warum sie auf ihn zornig sein sollte.

»Er ist es, Lady Morsa«, sagte die *Sul'dam* der anderen *Damane* plötzlich in so schleppendem Ton, daß Rand sie kaum verstand. »Ich habe den Armreif schon lange getragen und wüßte es, wenn die *Marath'Damane* mehr getan hätte als nur Jini abzuschirmen.«

Morsa wirkte nicht überrascht. Es schien sogar etwas von erschrockenem Wiedererkennen in dem Blick aus ihren blauen Augen zu liegen, als sie Rand ansah. Es konnte nur eine mögliche Erklärung geben.

»Ihr wart in Falme«, sagte er. Falls er als erster hindurchtrat, würde er Aviendha zurücklassen müssen, wenn auch nur für einen Augenblick.

»Das stimmt.« Die Adlige sah aus, als habe sie weiche Knie, doch ihre bedächtige Stimme mit der ebenfalls schleppenden Aussprache war immer noch kühl und hoheitsvoll. »Ich habe Euch gesehen und was Ihr dort vollbracht habt.«

»Dann gebt acht, daß ich hier nicht dasselbe mache. Macht mir keine Schwierigkeiten, und ich lasse Euch in Frieden.« Er konnte aber Aviendha nicht als erste hindurchschicken. Das Licht mochte wissen, was sie dort erwartete. Wenn nicht alle Gefühle innerhalb des Nichts so weit entfernt erschienen wären, hätte er wohl genauso das Gesicht verzogen wie sie dieses Halsbands wegen. Sie mußten zusammen hindurch und auf alles vorbereitet sein.

»Vieles wurde geheimgehalten, was die Geschehnisse im Lande des großen Falkenflügels betrifft, Lady Morsa«, sagte die Frau mit dem strengen Gesicht. Der Blick aus ihren dunklen Augen, den sie Morsa zuwarf, war genauso hart wie der, der ihn getroffen hatte. »Gerüchte besagen, daß das Ewig Ruhmreiche Heer eine Niederlage erlitten hat.«

»Sucht Ihr nun nach der Wahrheit hinter Gerüchten, Jalindin?« fragte Morsa in beißendem Tonfall. »Gerade eine Sucherin sollte wissen, wann es besser ist, den Mund zu halten. Die Kaiserin selbst hat verboten, von der *Corenne* zu sprechen, bis sie sie erneut ausruft. Wenn Ihr – oder ich – auch nur den Namen der Stadt aussprecht, bei der diese Expedition an Land ging, wird man uns die Zungen herausschneiden. Vielleicht würde es Euch gefallen, im Turm der Raben ohne Zunge festzusitzen? Noch nicht einmal die Lauscher würden hören, wenn Ihr schreit, um Gnade winselt oder alles gesteht.«

Rand verstand nicht mehr als zwei Worte von dreien, und das lag nicht an dem eigenartigen Dialekt. Er hätte gern mehr Zeit zum Zuhören gehabt. *Corenne*. Die Rückkehr. So hatten die Seanchan in Falme ihren Versuch bezeichnet, die Länder jenseits des Aryth-Meeres zu erobern, die Länder, in denen er lebte und die sie als ihren rechtmäßigen Besitz, ihr Erbe, betrachteten. Der Rest – Sucher, Lauscher, Turm der Raben – war ihm ein Rätsel. Doch offensichtlich war die Rückkehr zunächst abgeblasen worden. Es war gut, dies zu wissen.

Das Tor war tatsächlich schmaler. Vielleicht einen Fingerbreit schmaler als noch Augenblicke zuvor. Nur sein Block hielt es offen. Es hatte versucht, sich zu schließen, sobald Aviendha ihr Gewebe losgelassen hatte, und es bemühte sich immer noch darum.

»Beeil dich«, sagte er zu Aviendha, und sie warf ihm einen so betont geduldigen Blick zu, daß er ihn wie ein Stein zwischen die Augen traf.

»Ich gebe mein Bestes, Rand al'Thor«, sagte sie und zerrte weiter an dem Halsband herum. Tränen rollten Seri über die Wangen, und sie stöhnte dabei, als wolle ihr die Aielfrau die Kehle durchschneiden. »Du hättest die anderen beiden beinahe umgebracht und dich selbst vielleicht gleich mit. Ich habe die Macht gespürt, wie sie wild und unkontrolliert in die beiden einströmte, als du das andere Halsband berührt hast. Also überlaß das mir, und wenn ich es fertigbringen kann, werde ich das auch.« Dann fluchte sie wieder leise und probierte es an der Seite.

Rand dachte daran, die Halsbänder durch die *Sul'dam* entfernen zu lassen, denn wenn irgend jemand wußte, wie man sie abnahm, dann natürlich diese beiden, aber deren finsteren Mienen nach zu schließen, müßte er sie dazu zwingen. Und eine Frau zu foltern war ihm noch unmöglicher, als sie zu töten..

Seufzend sah er sich wieder die graue Leere an, die das Tor ausfüllte. Die Stränge schienen in seine eigenen hineinverwoben, und er konnte den einen nicht zertrennen, ohne den anderen gleichzeitig zu kappen. Hindurchgehen mochte die Falle auslösen, doch diese graue Leere herauszutrennen würde, falls das nicht sowieso denselben Effekt hatte, dem Tor gestatten, sich so schnell zu schließen, daß sie keine Gelegenheit mehr hätten, noch hindurchzuspringen. Und das wäre auch ein Sprung, der sie blindlings in das Licht wußte was hineinführte.

Morsa hatte jedem Wort gelauscht, das zwischen ihm und Aviendha gefallen war, und nun sah sie nachdenklich die beiden *Sul'dam* an. Jalindin aber hatte den Blick nicht vom Gesicht der Adligen genommen. »Es ist viel geheimgehalten worden, das für die Sucher kein Geheimnis darstellen dürfte, Lady Morsa«, sagte die streng dreinblickende Frau. »Die Sucher müssen alles erfahren.«

»Ihr vergeßt Euch, Jalindin«, fauchte Morsa. Ihre Hände in den Reithandschuhen zuckten. Wären ihre Arme nicht gefesselt gewesen, hätte sie wohl an den Zügeln gerissen. So aber hielt sie nur den Kopf schräg und blickte auf die andere hinab: »Ihr seid mir zugeteilt worden, weil Sarek die Nase zu hoch zu tragen scheint und er ein Auge auf Serengada Dai und Tuel geworfen hat, ganz zu schweigen von der Absicht der Kaiserin ...«

Jalindin unterbrach sie grob: »Ihr seid es, die sich vergißt, Lady Morsa, falls Ihr glaubt, einen Beweis gegen die Wahrheitssucher zu haben. Ich habe selbst sowohl eine Tochter wie auch einen Sohn der Kaiserin, möge das Licht sie segnen, verhört, und aus Dankbarkeit für die Geständnisse, die ich ihnen abrang, gestattete sie mir, ihr Gesicht zu sehen. Glaubt Ihr, daß Euer niederes Haus über den eigenen Kindern der Kaiserin steht?«

Morsa blieb steif sitzen – sie hatte ja auch keine andere Wahl –, doch ihr Gesicht verfärbte sich grau, und sie leckte sich über die Lippen. »Die Kaiserin, möge das Licht sie ewiglich erleuchten, weiß bereits viel mehr, als ich Euch sagen könnte. Ich habe auch keineswegs damit sagen wollen ...«

Die Sucherin unterbrach sie erneut, wobei sie den Kopf umwandte und zu den Soldaten sprach, als existiere Morsa überhaupt nicht: »Die Frau Morsa befindet sich im Gewahrsam der Wahrheitssucher. Sie wird zum Verhör gebracht, sobald wir nach Merinloe zurückkehren. Genauso auch die *Sul'dam* und die *Damane*. Wie es scheint, haben auch sie Dinge verschweigen, die sie nicht verschweigen durften.« Die Gesichter der genannten Frauen wurden bleich vor Angst, aber Morsa sah nun am schlimmsten von allen aus. Mit weit aufgerissenen Augen wirkte ihr Gesicht eingefallen. Sie sackte in sich zusammen, soweit das ihre unsichtbaren Bande gestatteten, und brachte kein Wort heraus, keinen Widerspruch. Sie sah aus, als wolle sie schreien, und doch – akzeptierte sie das Gesagte. Jalindins Blick wanderte zu Rand hinüber. »Sie hat Euch Rand al'Thor genannt. Man wird Euch gut behandeln, wenn Ihr euch mir ergebt, Rand al'Thor. Wie Ihr auch hierher gekommen sein mögt, entkommen könnt Ihr jedenfalls nicht, selbst wenn Ihr uns tötet. Es ist eine große Suchaktion im Gang nach einer *Marath'Damane,* die letzte Nacht die Macht benützte.« Ihr Blick huschte zu Aviendha hinüber. »Euch wird man ebenfalls finden, das ist unvermeidlich, und es könnte geschehen, daß man Euch aus Versehen tötet. In diesem Bezirk herrscht gerade ein Aufstand. Ich weiß nicht, was man in Euren Ländern mit Männern wie Euch macht, aber in Seanchan würde man Eure Leiden verkürzen. Hier könntet Ihr Euch große Ehre durch den Gebrauch Eurer Kräfte erwerben.«

Er lachte ihr ins Gesicht, und sie blickte beleidigt drein. »Ich kann Euch nicht töten, aber ich schwöre, dafür werde ich Euch zumindest die Haut bei lebendigem Leib abziehen.« In den Händen der Seanchan mußte er sich gewiß keine Gedanken darüber machen, einer Dämpfung unterzogen zu werden. In Seanchan tötete man Männer, die mit der Macht umgehen konnten. Sie wurden nicht hingerichtet. Man jagte sie und schoß sie nieder, sobald man sie vor sich hatte.

Das mit Grau angefüllte Tor war wieder ein wenig schmaler geworden und kaum mehr breit genug, daß sie beide nebeneinander hindurchpaßten. »Laß es sein, Aviendha. Wir müssen jetzt weg.«

Sie ließ Seris Halsband los und warf ihm einen frustrierten Blick zu, doch dann sah sie hinüber zum Tor, raffte ihre Röcke und stapfte durch den Schnee zu ihm

herüber, wobei sie etwas von gefrorenem Wasser murmelte.

»Sei auf alles vorbereitet«, riet er ihr und legte ihr einen Arm um die Schultern. Er redete sich dabei ein, sie müßten sich so eng aneinanderdrücken, um hindurchzupassen. Nicht, weil es ein so schönes Gefühl war. »Ich weiß nicht, was uns erwartet, aber sei vorbereitet.« Sie nickte, und er befahl: »Spring!«

Gemeinsam sprangen sie ins Graue hinein. Rand ließ das Gewebe los, mit dem er die Seanchan gefesselt hatte, damit er sich bis zum Platzen mit *Saidin* anfüllen konnte …

… und landeten stolpernd in seinem Schlafzimmer in Eianrod. Die Lampen flackerten, und draußen vor den Fenstern herrschte tiefe Dunkelheit.

Asmodean saß mit übergeschlagenen Beinen neben der Tür an der Wand. Er hatte keine Verbindung zur Wahren Quelle, aber Rand schleuderte ihm trotzdem eine Abschirmung entgegen, damit er auf keinen Fall *Saidin* erreichen konnte. Er wirbelte herum, den Arm immer noch um Aviendha gelegt, und sah, daß das Tor verschwunden war. Nein, nicht ganz! Er sah immer noch sein Gewebe und das andere, das wahrscheinlich von Asmodean stammte, aber es schien einfach nichts mehr dort zu sein. Ohne Verzögerung zerschnitt er sein Gewebe, und mit einemmal erschien das Tor wieder und verengte sich rasch. Er sah die Seanchan, sah Lady Morsa, die zusammengesackt im Sattel hing, und Jalindin, die Befehle schrie. Ein Speer mit grünen und weißen Troddeln flog im letzten Moment noch durch die Öffnung, bevor sie ganz verschwunden war. Instinktiv lenkte Rand einen Strang aus Luft, um den plötzlich im Flug zitternden und nur noch zwei Fuß langen Speer abzufangen. Der Schaft war so glatt abgeschnitten, wie es ein guter Handwerker nicht besser hätte tun können. Er schauderte und war heilfroh, daß er nicht versucht hatte, die graue Barriere zu entfernen – was es auch gewesen sein mochte –, *bevor* sie hindurchsprangen.

»Gut, daß keine der *Sul'dam* rechtzeitig wieder frei war«, sagte er und nahm den abgeschnittenen Speer in die Hand, »sonst hätte man uns Schlimmeres als den hier hinterhergeschickt.« Er beobachtete Asmodean aus den Augenwinkeln, doch der saß einfach nur da und wirkte etwas kränklich. Er konnte ja auch nicht wissen, ob ihm Rand vielleicht mit diesem Speer nun endgültig den Mund stopfen wolle. Aviendhas Schnauben war noch betonter als sonst. »Glaubst du, ich hätte sie losgelassen?« fragte sie hitzig. Sie schob seinen Arm energisch weg, aber ihr Zorn galt wohl trotzdem nicht ihm. Oder jedenfalls nicht seinem Arm. »Ich habe ihre Abschirmungen so fest abgebunden, wie ich konnte. Sie sind deine Feinde, Rand al'Thor. Selbst diejenigen, die du *Damane* genannt hast, sind wie treue Hunde, die lieber Euch getötet hätten, als sich befreien zu lassen. Du mußt mit deinen Feinden härter umgehen, nicht so sanftmütig.«

Sie hatte recht, dachte er sich und wog den Speer in der Hand. Er hatte Feinde zurückgelassen, denen er sich eines Tages wieder gegenübersehen konnte. Er mußte härter werden. Sonst würde er zu Staub zermalmt, bevor er noch den Shayol Ghul erreichte.

Unvermittelt begann sie, ihren Rock glattzustreichen, und sie sagte in harmlosem Plauderton: »Mir ist aufgefallen, daß du diese Morsa mit ihrem Milchgesicht gar nicht vor ihrem Schicksal bewahrt hast. Den Blicken nach, die du ihr zugeworfen hast, dachte ich, du hättest ein Auge auf diese großen Augen und den runden Busen geworfen.«

Rand blickte sie verblüfft an. Sein Erstaunen floß wie klebriger Honig über die Leere, die ihn umgab. Sie sprach so, als sage sie lediglich, daß die Suppe fertig sei. Er fragte sich, wie er wohl Morsas Busen hätte bewundern können, bei diesem dicken, pelzbesetzten

Umhang. »Ich hätte sie mitbringen sollen«, sagte er. »Um sie über die Seanchan zu befragen. Ich fürchte, die werden mir noch Unannehmlichkeiten bereiten.«

Das verdächtige Glitzern in ihren Augen verschwand wieder. Sie öffnete den Mund, hielt aber inne, als er die Hand hob, und warf einen Blick zu Asmodean hinüber. Er sah beinahe all die Fragen bezüglich der Seanchan, die sich hinter ihrer Stirn auftürmten. Wie er sie kannte, würde sie nicht aufhören, ihn auszuquetschen, bis sie Dinge ausgegraben hatte, an die er selbst sich nicht mehr erinnerte. Was nicht übel wäre. Dazu aber ein andermal. Erst einmal mußte er Asmodean ein paar Antworten entlocken. Sie hatte recht. Er mußte hart werden.

»Das war schlau von dir«, sagte sie, »diese Öffnung zu verbergen, die ich machte. Falls ein *Gai'schain* hereinkam, hätte es sonst geschehen können, daß tausend Speerschwestern auf der Suche nach dir hindurchmarschiert wären.«

Asmodean räusperte sich. »Eine der *Gai'schain* kam tatsächlich hierher. Irgend jemand namens Sulin hatte ihr aufgetragen, nachzusehen, ob Ihr auch wirklich etwas eßt, mein Lord Drache, und um sie davon abzuhalten, mit ihrem Tablett hereinzuspazieren und Eure Abwesenheit zu bemerken, habe ich mir die Freiheit genommen, ihr zu sagen, daß Ihr und die junge Frau nicht gestört werden wolltet.« Ein leichtes Zucken seiner Augenlider weckte Rands Aufmerksamkeit.

»Was?«

»Ach, sie hat es so seltsam aufgenommen. Sie hat schallend gelacht und ist weggerannt. Ein paar Minuten später tauchten bestimmt zwanzig *Far Dareis Mai* unter dem Fenster auf, schrien herum und schlugen mit den Speeren eine gute Stunde lang oder noch länger auf ihre Schilde. Ich muß schon sagen, mein Lord Drache, einige der Anregungen, die sie heraufschrien, haben selbst mich noch überrascht.«

Rand spürte, wie seine Wangen brannten. Es war auf

der anderen Seite dieser verdammten Welt geschehen, und trotzdem hatten die Töchter Wind davon bekommen! Doch Aviendha kniff nur die Augen zusammen.

»Hatte sie die gleichen Haare und Augen wie ich?« Sie wartete gar nicht auf Asmodeans Nicken. »Das muß meine Erstschwester Niella gewesen sein.« Sie las Rand die unausgesprochene Frage vom Gesicht ab und beantwortete sie, bevor er etwas sagen konnte. »Niella ist Weberin, keine Tochter des Speers. Sie wurde vor einem halben Jahr von Töchtern der Chareen während eines Überfalls auf die Sularafestung gefangengenommen. Sie hat immer versucht, mir auszureden, den Speer zu nehmen, und sie wollte schon immer, daß ich heirate. Ich werde sie zu den Chareen zurückschicken, und zwar mit einem Striemen auf dem Hinterteil für jedes Weitersagen!«

Rand packte sie am Arm, als sie aus dem Zimmer stolzieren wollte. »Ich will noch mit Natael sprechen. Ich schätze, es ist nicht mehr sehr viel Zeit bis Sonnenaufgang …«

»Vielleicht zwei Stunden«, warf Natael ein.

»… also wird sowieso nicht mehr viel Schlaf bleiben. Wenn du dich trotzdem hinlegen möchtest, hättest du dann etwas dagegen, dein Bett für den Rest der Nacht woanders zu richten? Du brauchst ohnehin neue Decken.«

Sie nickte knapp und machte sich von ihm los. Dann knallte sie die Tür hinter sich zu. Sicher war sie doch nicht zornig, weil er sie aus seinem Schlafzimmer geworfen hatte? Wie könnte sie denn? Sie hatte doch gesagt, es werde nichts mehr zwischen ihnen geschehen. Jedenfalls war er froh, daß er nicht in Niellas Haut steckte.

Er wog den arg verkürzten Speer in der Hand und wandte sich schließlich Asmodean zu.

»Ein seltsames Szepter, mein Lord Drache.«

»Es muß eben dafür herhalten.« Um ihn daran zu erinnern, daß es die Seanchan immer noch gab. Diesmal wünschte er sich, er könne seine Stimme noch kälter klingen lassen als das Nichts, und mit Hilfe von *Saidin* gelang ihm das auch. Er mußte hart sein. »Bevor ich mich entschließe, Euch damit wie ein Lamm aufzuspießen, beantwortet mir noch eine Frage: Wieso habt Ihr mir nie etwas von diesem Kniff erzählt, etwas unsichtbar zu machen? Wenn ich nicht in der Lage gewesen wäre, die Stränge selbst zu sehen, hätte ich überhaupt nicht gewußt, daß dieses Tor noch vorhanden war.«

Asmodean schluckte und rutschte nervös hin und her, als sei ihm nicht ganz klar, ob Rand seine Drohung ernst gemeint habe. Rand war sich da selbst nicht sicher. »Mein Lord Drache, Ihr habt nie danach gefragt. Man muß nur das Licht biegen. Ihr stellt mir immer so viele Fragen, da ist es schwer, einen Augenblick zu finden, in dem ich von mir aus noch andere Dinge erwähnen kann. Ihr müßt doch mittlerweile erkannt haben, daß ich mich Euch ganz und gar angeschlossen habe.« Er fuhr sich mit der Zunge über die Lippen und stand auf. Nein, er blieb auf den Knien liegen. Und begann hervorzusprudeln: »Ich habe Euer Gewebe gespürt – jeder innerhalb einer Meile hätte das – und ich habe so etwas noch nie gesehen – ich wußte nicht, daß außer Demandred es noch jemand fertigbringt, ein Tor zu blockieren, das sich schließt – vielleicht schafft Semirhage das auch – und Lews Therin konnte es – ich habe es gespürt und kam her und hatte es schwer, an den Töchtern dort unten vorbeizukommen – ich habe den gleichen Kniff benützt – Ihr müßt doch einfach mittlerweile wissen, daß ich jetzt Euer Mann bin. Mein Lord Drache, ich bin wirklich Euer Gefolgsmann!«

Nichts anderes hatte der Mann aus Cairhien gesagt, der bis hierher durchgekommen war. Rand gestikulierte mit dem Halbspeer und sagte grob: »Steht auf! Ihr seid doch kein Hund.« Doch als sich Asmodean nun endgültig langsam erhob, drückte er dem Mann die Speerspitze an die Kehle. Er mußte hart sein. »Von nun an werdet Ihr mir jedesmal, wenn wir zusammen sind, über zwei Dinge berichten, nach denen ich Euch *nicht* gefragt habe. Jedesmal, hört Ihr? Falls ich glaube, Ihr versucht, etwas vor mir zu verbergen, werdet Ihr froh sein, wenn ich Euch Semirhage überlasse.«

»Wie Ihr befehlt, mein Lord Drache«, stammelte Asmodean. Er wirkte so demütig, als wolle er sich gleich vorbeugen und Rand die Hand küssen.

Um das zu vermeiden, ging Rand hinüber zu dem Bett, das nun ohne Decken im Zimmer stand. Er setzte sich auf das leinene Bettuch und sank ein wenig in die Federmatratzen ein, während er den Speer betrachtete. Eine gute Idee, den zu behalten, um ihn an die Seanchan zu erinnern. Vielleicht war das wirklich gar kein übles Szepter? Trotz aller anderen Probleme durfte er die Seanchan nicht außer acht lassen. Diese *Damane*. Wenn Aviendha nicht gewesen wäre und sie von der Wahren Quelle abgeschirmt hätte …

»Ihr habt versucht, mir zu zeigen, wie man eine Frau abschirmt, aber das hat nicht geklappt. Nun zeigt mir wenigstens, wie ich Stränge meiden kann, die ich nicht sehe, und wie ich am besten dagegen angehe.« Lanfear hatte einmal sein Gewebe so glatt durchtrennt, als habe sie ein Messer benützt.

»Das ist nicht leicht, mein Lord Drache, wenn man keine Frau da hat, an der man es ausprobieren kann.«

»Wir haben zwei Stunden Zeit«, sagte Rand kalt und fädelte die Abschirmung des Mannes auf. »Gebt Euch Mühe. Gebt Euch sehr viel Mühe.«

KAPITEL 15

Eine Frage des Rots

Das Messer streifte Nynaeves Haar, als es in die Holzfläche eindrang, an die sie sich gelehnt hatte. Sie zuckte trotz ihrer verbundenen Augen zusammen. Sie hätte viel lieber einen anständigen Zopf getragen als diese Locken, die ihr lose auf die Schultern hingen. Wenn diese Klinge auch nur eine Strähne abgetrennt hatte… *Törichtes Weib,* dachte sie bitter. *Närrisches, törichtes Weib.* Der zusammengefaltete Schal, der über ihre Augen gebunden war, ließ gerade den Blick auf einen dünnen Lichtstreifen am unteren Rand zu. In der Dunkelheit unter den dicken Wollschichten des Schals erschien ihr dieser Streifen sehr hell. Es mußte noch recht hell sein, obwohl doch schon Spätnachmittag war. Sicher würde der Mann nicht mit seinen Messern werfen, wenn er nicht mehr richtig sehen könnte. Die nächste Klinge schlug auf der anderen Seite ihres Kopfes ein. Sie konnte deutlich spüren, wie sie knapp neben ihrem Ohr vibrierte. Sie würde Thom Merrilin und Valan Luca umbringen. Und vielleicht auch jeden anderen Mann, den sie in die Finger bekam, einfach nur aus Prinzip.

»Die Birnen«, rief Luca, als befinde er sich viel weiter als lumpige dreißig Schritt von ihr entfernt. Er mußte wohl glauben, die Augenbinde mache sie nicht nur blind, sondern auch taub.

Sie tastete nach ihrer Gürteltasche und kramte eine Birne hervor, die sie vorsichtig auf ihren Kopf stellte, damit sie nicht herunterfiel. Sie war tatsächlich blind. Eine vollkommen blinde Närrin! Zwei weitere Birnen, und sie streckte ganz langsam die Arme zwischen den

Messern aus, die ihren Umriß auf die Holzfläche zeichneten, und hielt mit jeder Hand eine am Stiel fest. Dann folgte eine Pause. Sie öffnete bereits den Mund, um Thom Merrilin mitzuteilen, wenn er sie auch nur ein klein wenig ritzte, werde sie ihn …

Tschunk-tschunk-tschunk! Die Klingen schlugen so schnell hintereinander ein, daß sie am liebsten gequiekt hätte, nur zog sich ihre Kehle so zusammen, daß sie keinen Laut herausbrachte. In ihrer linken Hand hielt sie nur noch den Stiel, die Rechte zitterte leicht unter dem Gewicht des Messers in der Birne und von der auf ihrem Kopf rann Saft in ihr Haar. Sie riß sich die Augenbinde ab und marschierte auf Thom und Luca zu, die beide wie blöde grinsten. Bevor sie auch nur eines der Worte herausbrachte, die in ihr hochkochten, sagte Luca bewundernd: »Ihr seid großartig, Nana. Euer Mut ist aller Bewunderung wert, und Ihr seid es noch mehr.« Er verbeugte sich tief und spreizte diesen lächerlichen roten Seidenumhang. Eine Hand legte er auf sein Herz. »Ich werde diesen Akt ›Rose zwischen Dornen‹ nennen. Obwohl Ihr in Wirklichkeit schöner als jede Rose seid.«

»Man muß nicht sehr mutig sein, um wie ein Baumstumpf dazustehen.« Eine Rose sollte sie sein? Sie würde ihm ihre Dornen schon zeigen. Beiden würde sie es zeigen. »Jetzt hört Ihr mir mal zu, Valan Luca …«

»Welcher Mut! Ihr seid noch nicht einmal zusammengezuckt. Ich sage Euch, ich hätte nicht den Mumm, zu tun, was Ihr tut!«

Das war nun wirklich die Wahrheit, sagte sie sich. »Ich bin nicht mutiger, als es sein muß«, sagte sie bereits milder gestimmt. Es fiel schwer, einen Mann anzubrüllen, der darauf bestand, einem zu sagen, wie mutig man sei. Und es war besser, so etwas zu hören als diesen Schmus über Rosen. Thom strich sich über den langen weißen Schnurrbart, als amüsiere er sich über irgend etwas.

»Das Kleid«, sagte Luca und zeigte seine Zähne in einem breiten Lächeln. »Ihr werdet darin wunderbar aussehen und ...«

»Nein!« fauchte sie. Was er bei ihr auch gewonnen hatte, soeben hatte er es durch diese Erwähnung wieder verloren. Clarine hatte das Kleid genäht, in dem Luca sie sehen wollte, aus einer Seide, die noch roter leuchtete als sein Umhang. Ihrer Meinung nach sollte die Farbe dazu dienen, daß man ihr Blut nicht bemerkte, wenn Thom mit seinen Messern etwas ausrutschte.

»Aber Nana, Schönheit in Gefahr zieht ganz gewaltig!« Lucas Stimme klang, als flüstere er ihr zärtliche Dinge ins Ohr. »Ihr werdet alle Blicke auf Euch ziehen, jedes Herz wird Eurer Schönheit und Eures Mutes wegen klopfen.«

»Wenn es Euch so gut gefällt«, sagte sie energisch, »dann tragt Ihr es doch.« Von der Farbe abgesehen, würde sie auch niemals soviel Busen in der Öffentlichkeit zur Schau stellen, ob Clarine das für angebracht hielt oder nicht. Sie hatte Latelles Bühnenkleid gesehen, ganz mit schwarzen Pailetten besetzt und hochgeschlossen bis zum Kinn. So etwas könnte sie tragen ... Was dachte sie denn da? Sie hatte nicht die Absicht, tatsächlich aufzutreten. Sie hatte sich nur mit dieser Probe einverstanden erklärt, um Luca davon abzuhalten, daß er jeden Abend an der Wagentür kratzte, sie herausholte und versuchte, sie zum Auftreten zu überreden.

Der Mann wußte zumindest genau, wann es gesünder für ihn war, das Thema zu wechseln. »Was ist denn damit geschehen?« fragte er und war plötzlich ganz besorgt und fürsorglich.

Sie zuckte zurück, als er ihr geschwollenes Auge mit dem Finger berührte. Er hatte Pech, daß er ausgerechnet dieses Thema anschnitt. Da hätte er noch besser daran getan, weiterhin zu versuchen, sie in dieses rote

Kleid hineinzureden. »Es hat mir nicht gepaßt, wie es mich heute morgen aus dem Spiegel anblickte, also habe ich es gebissen.«

Ihr sarkastischer Tonfall und die gefletschten Zähne ließen Lucas Hand zurückzucken. In seinen dunklen Augen glimmte Mißtrauen auf, als fürchte er, sie werde wieder zubeißen. Thom fuhr sich heftig durch den Schnurrbart, und sein Gesicht war stark gerötet von der Anstrengung, sich das Lachen zu verbeißen. Ihm war natürlich klar, was geschehen war. Er wußte über alles Bescheid. Und sobald sie weg war, würde er Luca zweifellos seine Version der Geschehnisse brühwarm auftischen. Die Männer konnten das Tratschen nicht lassen, das hatten sie von Geburt an in sich, und die Frauen konnten nichts dagegen tun, und wenn sie sich noch so anstrengten.

Es war bereits dunkler, als sie angenommen hatte. Die Sonne thronte rot über den Baumwipfeln im Westen. »Wenn Ihr das jemals wieder tut, ohne helleres Tageslicht …«, grollte sie und zeigte Thom die Faust. »Die Abenddämmerung ist schon beinahe angebrochen.«

»Ich vermute«, sagte dieser angesprochene Mann daraufhin auch noch, »das bedeutet, Ihr möchtet auf den Teil verzichten, in dem man *mir* auch die Augen verbindet?« Er machte natürlich einen Witz. Das mußte ein Witz sein. »Wie Ihr wünscht, Nana. Von nun an nur noch bei sehr guten Lichtverhältnissen.«

Erst als sie mit ärgerlichem Schwung im Rock davonstolzierte, wurde ihr klar, daß sie soeben zugestimmt hatte, so etwas Verrücktes tatsächlich zu tun. Jedenfalls war sie indirekt einverstanden gewesen und hatte nicht widersprochen. Natürlich würden sie jetzt darauf bestehen, so sicher, wie die Sonne heute abend unterging. *Närrisches, idiotisches, dummes Weib!*

Die Lichtung, auf der sie – oder jedenfalls Thom, verdammt sollte er sein, und Luca – geübt hatten, befand sich in einiger Entfernung vom Lager, das sie neben der

Nordstraße aufgeschlagen hatten. Zweifellos hatte Luca die Tiere nicht beunruhigen wollen, falls Thom ihr aus Versehen ein Messer ins Herz warf. Wahrscheinlich hätte der Mann ihre Leiche dann an die Löwen verfüttert. Der einzige Grund, aus dem er sie unbedingt in diesem Kleid sehen wollte, war, daß er das anstarren konnte, was sie keinen Mann außer Lan sehen lassen wollte. Und verdammt sei auch Lan, dieser sture Narr von einem Mann! Sie hätte ihn nur zu gern vor sich gehabt, um sicher zu sein, daß ihm nichts passierte. Sie riß ein langes, abgestorbenes, fedrig-braunes Fenchelblatt ab und benützte es, um wütend den Unkräutern, die sich durch die Blätterunterlage am Waldboden schoben, die Blüten abzuschlagen.

Elayne hatte ihr erzählt, daß Egwene letzte Nacht über Kämpfe in Cairhien berichtet hatte, über Scharmützel mit Banditen und mit Leuten aus Cairhien, die jeden Aiel gleichermaßen als Feind betrachteten, und mit Soldaten aus Andor, die versuchten, den Sonnenthron für Morgase zu gewinnen. Lan war auch beteiligt gewesen. Wann immer Moiraine ihn aus den Augen verlor, brachte er es fertig, sich in irgendwelche Auseinandersetzungen verwickeln zu lassen. Offensichtlich hatte er ein Gespür dafür, wo sich ein Gemetzel abspielen würde, und fand unfehlbar dorthin. Nynaeve hatte nie geglaubt, daß sie einmal wünschen sollte, Moiraine würde Lan an die kurze Leine nehmen und immer bei sich behalten.

Elayne hatte sich heute morgen immer noch aufgeregt, weil sich die Soldaten ihrer Mutter in Cairhien befanden und gegen Rands Aiel kämpften, aber was Nynaeve wirklich Sorgen bereitete, waren die Banditen. Wie Egwene berichtete, ließ Rand jeden Banditen hängen, der nachweislich gestohlenes Gut in Besitz hatte oder der ebenso eindeutig dabei beobachtet worden war, wie er jemanden tötete oder auch nur einen Schuppen anzündete. Er legte selbst wohl nicht Hand an, aber es lief auf dasselbe hinaus. Egwene hatte gesagt, er beobachte jede Hinrichtung mit einer Miene, so kalt und hart wie die fernen Berge. Das sah ihm überhaupt nicht ähnlich. Er war immer ein sanftmütiger Junge gewesen. Was auch in der Wüste mit ihm geschehen sein mochte, zum Besseren hatte es ihn nicht verändert.

Nun ja, Rand war weit weg, und ihre eigenen Probleme – ihre und die Elaynes – waren weit von einer Lösung entfernt. Der Eldar lag keine Meile entfernt im Norden. Eine einzige Steinbrücken spannte sich auf hohen Metallpfeilern über den Fluß. Kein Rostfleck zeigte sich auf den glänzenden Streben. Sicher waren auch das Überreste einer fernen Zeit, vielleicht sogar eines früheren Zeitalters. Sie war um die Mittagszeit hinübergegangen, gleich nach ihrer Ankunft, aber auf dem Fluß war kein Schiff zu sehen, das diese Bezeichnung wert war. Ruderboote hatte sie gesehen, kleine Fischerkähne, die nahe den schilfbewachsenen Ufern lagen, ein paar eigenartige, schmale Boote, die von knienden Männern mit jeweils einzelnen Paddeln schnell über das Wasser getrieben wurden, und sogar einen breiten Lastkahn, der im Schlamm festzustecken schien. Auf beiden Seiten war überhaupt sehr viel Schlamm zu sehen, zum Teil eingetrocknet, hart und rissig, doch das war nach dieser unwahrscheinlichen, langanhaltenden Hitze ja kein Wunder. Jedenfalls sah sie nichts, was sie hätte schnell flußabwärts befördern können. Allerdings wußte sie immer noch nicht, wohin sie sich überhaupt wenden sollten.

Sosehr sie sich auch den Kopf zerbrach, sie kam einfach nicht mehr auf den Namen dieser Stadt, in der sich die Blauen Schwestern wahrscheinlich befanden. Sie hieb wütend nach einer Pusteblume, die daraufhin zerbarst und viele kleine weiße Federchen freigab, die langsam zu Boden sanken. Wahrscheinlich waren sie mittlerweile gar nicht mehr dort, wenn sie sich denn je dort befunden hatten. Doch es war der einzige Hinweis auf einen Ort gewesen, der näher als Tear lag. Wenn sie sich nur daran erinnern könnte!

Das einzig Gute an der gesamten Reise Richtung Norden war, daß Elayne aufgehört hatte, mit Thom zu flirten. Es war kein einziges Mal mehr vorgekommen, seit sie sich der Artistentruppe angeschlossen hatten. Zumindest hätte sie sich darüber gefreut, wenn Elayne nicht so getan hätte, als sei überhaupt nie etwas gewesen. Gestern hatte Nynaeve dem Mädchen schließlich dazu gratuliert, daß sie wieder zur Besinnung gekommen sei. Und was hatte ihr Elayne kühl geantwortet? »Willst du auf den Busch klopfen, ob ich dir und Thom im Wege stehe, Nynaeve? Er ist ein bißchen zu alt für dich, und ich hatte auch geglaubt, du hättest deine Gefühle anderswo investiert, doch schließlich bist du ja alt genug, um deine eigenen Entscheidungen zu treffen. Ich mag Thom einfach, und ich denke, er mag mich genauso. Ich betrachte ihn als eine Art zweiten Vater. Wenn du mit ihm flirten willst, hast du meine Erlaubnis. Aber ich hatte dich eigentlich für etwas weniger flatterhaft gehalten.«

Luca hatte vor, am Morgen den Fluß zu überqueren, und Samara, die kleine Stadt auf der anderen Seite, in Ghealdan, war alles andere als ein guter Aufenthaltsort. Luca war seit ihrer Ankunft die meiste Zeit des Tages über in Samara gewesen, um einen Platz zu finden, an dem sie alles aufbauen konnten. Ihm bereitete es lediglich Kopfzerbrechen, daß bereits etliche andere Menagerien vor ihnen dort angekommen waren, und er war nun auch nicht mehr der einzige, der außer den Tieren noch weiteres zu bieten hatte. Deshalb hatte er auch so hartnäckig darauf bestanden, daß sie als Ziel für Thoms Messerkunststücke dienen solle. Sie hatte wohl Glück, daß er nicht verlangte, sie sollten das auch noch zusammen mit Elayne auf dem Hochseil vollführen. Der Mann schien zu glauben, das Allerwichtigste auf der Welt sei, daß seine Vorführungen größer und besser als alle anderen waren. Was sie mehr beunruhigte, war die Anwesenheit des Propheten in Samara. Seine Anhänger überschwemmten die Stadt und wohnten teilweise in Zelten und Hütten außerhalb des Orts, in einer Barackenstadt, die selbst die nicht unerhebliche Größe Samaras noch übertraf. Die Stadt wurde durch eine hohe Steinmauer geschützt, und auch die meisten Gebäude waren aus Stein erbaut. Es gab dort sogar dreistöckige Häuser, und man sah viel mehr Schiefer- oder Ziegeldächer als strohgedeckte.

Auf dieser Seite des Eldar waren die Zustände aber auch nicht besser. Bevor sie diesen Platz erreicht hatten, waren sie an drei Lagern der Weißmäntel vorbeigekommen, Hunderte weißer Zelte in sauber angeordneten Reihen, und bestimmt gab es weitere Lager, die sie nicht gesehen hatten. Weißmäntel an diesem Flußufer und auf dem anderen der Prophet und möglicherweise gewaltsame Auseinandersetzungen, und dazu hatte sie nicht die geringste Ahnung, wohin sie ziehen sollten, und auch nur einen schwerfälligen Planwagen zur Verfügung, der sie im Schrittempo an ihr unbekanntes Ziel bringen würde. Sie hätte sich wirklich von Elayne nicht dazu überreden lassen dürfen, die Kutsche zurückzulassen. Sie bemerkte keinen Halm mehr, den sie hätte köpfen können, ohne ein paar Schritte vom Weg ab zu gehen, und so zerbrach sie den Fenchelzweig in mehrere handlange Stücke und warf diese schließlich weg. Mit Luca hätte sie es am liebsten genauso gemacht. Und mit Galad Damodred, weil er sie auf diese Art in die Flucht geschlagen hatte. Und mit al'Lan Mandragoran, weil er nicht hier war. Nicht, daß sie ihn *brauchte,* ganz klar. Aber seine Anwesenheit wäre … beruhigend gewesen.

Im Lager war alles ruhig und friedlich. Neben den Wagen glimmten kleine Feuer, über denen das Abendessen der Truppe kochte. Petra fütterte den Löwen mit der dichten, schwarzen Mähne. Er schob große Fleischbrocken an einer Stange zwischen den Gitterstäben hindurch. Die Löwinnen hatten sich schon gemeinsam über ihr Futter gekauert und grollten nur gelegentlich kurz, wenn sich jemand ihrem Käfig zu weit näherte. Nynaeve blieb bei Aludras Wagen stehen. Die Feuerwerkerin arbeitete mit einem Holzgefäß und einem Stößel auf einem Tisch, der eigentlich eine heruntergeklappte Seitenwand ihres Wagens war. Sie führte Selbstgespräche, während sie ihre explosive Mischung herstellte. Drei der Chavanas lächelten Nynaeve einladend zu und winkten ihr, sich zu ihnen zu gesellen. Brugh allerdings nicht, denn der war ihr seiner geschwollenen Lippe wegen immer noch böse, obwohl sie ihm eine Salbe gegeben hatte, damit die Schwellung zurückging. Vielleicht sollte sie den anderen Ähnliches verpassen, damit sie endlich auf Luca hörten – und, noch wichtiger, auf sie! – und begriffen, daß sie auf ihr Lächeln keinen Wert legte. Nur dumm, daß sich Meister Valan Luca nicht an die eigenen Anweisungen hielt. Latelle wandte sich von ihrem Bärenkäfig um und lächelte sie leicht hämisch an. Aber Nynaeve achtete vor allem auf Cerandin, die einem riesigen grauen *S'redit* die stumpfen Fußnägel abfeilte, wozu sie etwas wie eine richtige große Metallfeile benützte.

»Die dort«, sagte Aludra, »gebraucht Hände und Füße mit bemerkenswerter Geschicklichkeit, ja? Blickt mich nicht so böse an, Nana«, fügte sie hinzu und klopfte sich Pulver von den Händen. »Ich bin nicht Euer Feind. Hier. Ihr müßt diese neuen Feuerstöckchen einmal ausprobieren.«

Nynaeve nahm vorsichtig das Holzkästchen von der dunkelhaarigen Frau entgegen. Sie hätte das würfelförmige Kästchen in einer Hand halten können, gebrauchte aber doch lieber beide. »Ich glaubte, Ihr nennt so etwas Streicher?«

»Vielleicht, vielleicht auch nicht. Feuerstöckchen sagt

doch viel mehr über ihren Zweck aus als Streicher, oder? Ich habe die kleinen Öffnungen, in denen die Stöckchen stecken, ausgeschmirgelt, damit sie glatt sind und die Stöckchen sich nicht mehr von selbst auf dem rauhen Holz entzünden. Eine gute Idee, ja? Und die Köpfe entsprechen einer neuen Formel. Werdet Ihr sie ausprobieren und mir sagen, was Ihr davon haltet?«

»Ja, natürlich. Vielen Dank.«

Nynaeve eilte weiter, bevor ihr die Frau noch etwas in die Hand drücken konnte. Sie hielt das Ding so vorsichtig, als könne es explodieren, und sie war auch keineswegs sicher, daß dies *nicht* der Fall sein werde. Aludra ließ alle ihre Streicher ausprobieren, oder die Feuerstöckchen oder wie sie die Dinger demnächst nennen würde. Auf jeden Fall konnte man damit ein Feuer oder eine Lampe entzünden. Man entflammte sie, indem man die blaugrünen Köpfe aneinander oder auf einer rauhen Oberfläche rieb. Was sie betraf, waren ihr Feuerstein und Stahl lieber, oder auch eine glühende Kohle, die man in einem Sandkasten sicher untergebracht hatte.

Juilin fing sie ab, bevor sie noch einen Fuß auf die Stufen zu ihrem und Elaynes Wagen setzen konnte. Sein Blick erfaßte sofort ihr geschwollenes Auge. Sie blickte ihn so wild an, daß er einen Schritt zurücktrat und sich diese lächerliche kegelförmige Kappe vom Kopf riß. »Ich war auf der anderen Seite des Flusses«, sagte er. »Es befinden sich so etwa hundert Weißmäntel in Samara. Sie beobachten lediglich und werden selbst genauso aufmerksam von Soldaten Ghealdans beobachtet. Aber einen habe ich erkannt. Es war der junge Bursche, der Euch in Sienda in der Schenke gegenübersaß.«

Sie lächelte ihn an, und er trat schnell noch einen Schritt zurück, wobei er sie mißtrauisch beäugte. Galad in Samara. Das mußte nun auch noch sein. »Ihr bringt immer so wunderbare Nachrichten, Juilin. Wir hätten

Euch in Tanchico lassen sollen, oder besser noch auf dem Kai in Tear.« Das war nicht fair. Es war besser, wenn er ihr von Galads Anwesenheit berichtete, als daß sie ihm unversehens auf der Straße in die Arme lief. »Danke schön, Juilin. Wenigstens wissen wir jetzt, daß wir vor ihm auf der Hut sein müssen.« Sein Nicken war wohl kaum eine gebührende Antwort auf so großzügigen Dank, und er eilte davon und zog sich die Mütze über den Kopf, als fürchte er, sie wolle ihn schlagen. Männer hatten eben keine Manieren.

Das Innere des Wagens war viel sauberer als zu der Zeit, da Thom und Juilin ihn gekauft hatten. Die abblätternde Farbe war weggekratzt worden, und die Männer hatten über diese Arbeit ganz schön geflucht. Die Kommoden und der winzige, am Boden befestigte Tisch waren geölt und poliert worden, bis sie glänzten. Der kleine Backsteinherd mit dem metallenen Rauchabzug wurde nie benützt, denn die Nächte waren warm genug, und wenn sie hier drinnen zu kochen anfingen, würden Thom und Juilin nie wieder diese Arbeit übernehmen. Aber im Herd konnten sie wunderbar ihre Wertsachen verstecken, die Börsen und die Schmuckkästchen. Sie hatte die Waschledertasche mit dem Siegel so tief wie möglich hineingesteckt und sie seither nicht mehr angerührt.

Elayne, die auf einem der schmalen Betten saß, stopfte schnell etwas unter die Bettdecke, als Nynaeve hereinkletterte, doch bevor sie danach fragen konnte, was es gewesen sei, rief Elayne: »Dein Auge! Was ist passiert?« Sie mußten ihre Haare schleunigst wieder färben, denn an den Haarwurzeln der schwarzen Locken zeigten sich goldene Ansätze. Alle paar Tage mußten sie nachfärben.

»Cerandin hat mich geschlagen, als ich gerade unaufmerksam war«, knurrte Nynaeve. Die Erinnerung an den Geschmack von abgekochtem Katzenfarn und zerstoßenen Mavinsblättern zog Nynaeve den Mund zusammen. Das war *nicht* der Grund, warum sie Elayne zum letzten Treffen in *Tel'aran'rhiod* geschickt hatte. Sie mied Egwene keineswegs. Meistens war ja *sie* zwischen den Treffen in die Welt der Träume gegangen, und es war nur fair, Elayne auch einmal wieder eine Gelegenheit zu geben. Das war der Grund gewesen.

Vorsichtig legte sie den Kasten mit den Feuerstöckchen neben zwei weitere in eine der Kommoden. Einen, der tatsächlich von allein Feuer gefangen hatte, hatte sie schon längst weggeworfen.

Ihr war selbst nicht klar, warum sie nicht die Wahrheit sagte. Elayne hatte offensichtlich den Wagen überhaupt nicht verlassen, sonst wüßte sie bereits Bescheid. Sie und Juilin waren wahrscheinlich die einzigen Menschen im Lager, die nichts ahnten, jetzt, da Thom garantiert jede widerliche Einzelheit an Luca weitergegeben hatte.

Sie atmete tief durch, setzte sich auf das andere Bett und zwang sich, Elayne in die Augen zu sehen. Etwas am Schweigen der Frau sagte ihr, Elayne sei sich darüber im klaren, daß mehr daran gewesen war.

»Ich… habe Cerandin über die *Damane* und *Sul'dam* ausgefragt. Ich bin sicher, sie weiß mehr, als sie zugibt.« Sie schwieg, um Elayne eine Gelegenheit zu geben, Zweifel daran anzumelden, daß sie wirklich *gefragt* habe und nicht gefordert, um zu sagen, die Seanchan-Frau habe ihnen bereits alles gesagt, was sie wußte, und daß sie nie viel Kontakt mit *Damane* und *Sul'dam* gehabt habe. Doch Elayne hielt den Mund, und Nynaeve wurde bewußt, daß sie selbst lediglich hoffte, durch einen kleinen Streit den Augenblick der Wahrheit hinauszuzögern. »Sie regte sich wohl ziemlich auf, weil sie angeblich nicht mehr wußte, und so habe ich sie geschüttelt. Du hast sie wirklich viel zu gut behandelt. Sie hat mir den Zeigefinger unter die Nase gehalten, um *mich* zu mahnen!« Immer noch beobachtete Elayne sie schweigend und zuckte kaum mit einer Wimper ihrer kühlen blauen Augen. Nynaeve hatte Mühe, nicht verlegen zur Seite zu blicken, als sie fortfuhr: »Sie … hat mich irgendwie über ihre Schulter geworfen. Ich bin aufgestanden und habe sie geohrfeigt, und dann hat sie mich mit der Faust niedergeschlagen. Daher habe ich das blaue Auge.« Sie konnte genausogut nun auch den Rest erzählen, denn Elayne würde alles früh genug erfahren. Besser, sie erfuhr es von ihr. Und doch hätte sie sich lieber die Zunge abgebissen. »Das habe ich natürlich nicht hinnehmen können. Wir haben noch ein wenig gerauft.« Was sie betraf, hatte sie nicht viel ausgerichtet, obwohl sie nicht aufgegeben hatte. Das Bitterste an der ganzen Sache war die Tatsache, daß Cerandin nur aufgehört hatte, sie herumzuwirbeln und auf ganz hinterhältige Art zu Fall zu bringen, weil es so leicht gewesen war, als mißhandle sie ein Kind. Nynaeve hatte nicht mehr Chancen gegen sie gehabt wie eben ein Kind. Wenn wenigstens niemand zugesehen hätte, dann hätte sie ein bißchen die Macht benützt … Wütend genug war sie allemal gewesen. Wenn nur niemand zugesehen hätte, Punkt. Ihr wäre lieber gewesen, Cerandin hätte sie mit den Fäusten bearbeitet, bis sie blutete. »Dann hat ihr Latelle einen Stock gegeben. Du weißt ja, daß sich diese Frau an mir rächen will.« Sie mußte sicher nicht mehr erwähnen, daß Cerandin sie über die Deichsel eines Wagens gelegt hatte. So hatte niemand sie mehr verprügelt, seit sie Neysa Ayellin einen Krug Wasser an den Kopf geworfen hatte, als sie gerade sechzehn war. »Jedenfalls hat Petra die Auseinandersetzung beendet.« Und gerade noch rechtzeitig. Der riesenhafte Mann hatte sie beide am Nacken gepackt wie die Kätzchen. »Cerandin hat sich entschuldigt, und das war's auch schon.« Sicher, Petra hatte dafür gesorgt, daß sich die Seanchanfrau bei ihr entschuldigte, aber Nynaeve hatte sich ebenfalls entschuldigen müssen. Er hatte sich geweigert, seinen leichten, aber doch eisenharten Griff in ihrem Nacken zu lockern, wenn sie seinem Wunsch nicht nachkäme. Sie hatte ihn wohl geschlagen, mit der Faust in den Magen, so hart sie nur konnte, doch er hatte nicht mit der Wimper gezuckt. In ihrer Hand hatte sie nun ein Gefühl, als schwelle auch die langsam an. »Es war wirklich nichts Schlimmes. Ich schätze, Latelle wird eine eigene Version überall herumerzählen. Das ist die Frau, die ich mal kräftig durchschütteln sollte. Ich habe bei ihr bei weitem nicht hart genug zugeschlagen.«

Sie fühlte sich besser, nun, da sie die Wahrheit gebeichtet hatte, doch Elayne machte ein so zweifelndes Gesicht, daß sie lieber das Thema wechseln wollte. »Was hast du da versteckt?« Sie faßte hinüber und zog die Decke ein Stück weg. Das silbrige Glitzern des *A'dam,* den sie von Cerandin bekommen hatten, wurde sichtbar. »Wieso beim Licht willst du das Ding anschauen? Und wenn, warum versteckst du es dann? Es ist ein schmutziges Ding und ich verstehe nicht, wie du es überhaupt berühren kannst, aber, wenn du das willst, ist es doch deine Angelegenheit.«

»Rede doch nicht so gekünstelt daher«, erwiderte Elayne. Langsam breitete sich ein Lächeln auf ihrem Gesicht aus, und sie wurde vor Aufregung ganz rot. »Ich glaube, ich könnte selbst einen machen.«

»Einen machen? Du meinst, einen anfertigen?« Nynaeve senkte die Stimme in der Hoffnung, niemand werde herbeilaufen, um nachzusehen, wer hier wen umbrachte, aber sanfter sprach sie deshalb nicht: »Licht, warum denn? Leg doch lieber erst mal eine Jauchegrube an. Oder einen Misthaufen. Die sind wenigstens für etwas gut.«

»Ich meine auch nicht unbedingt einen *A'dam.*« Elayne saß hoch aufgerichtet da, das Kinn in ihrer typischen kühlen Haltung. Sie klang beleidigt und sprach mit eisiger Beherrschung: »Aber es ist ein *Ter'Angreal,* und ich habe herausgefunden, wie er funktioniert. Ich weiß, daß du mindestens einmal auch Unterricht im

Zusammenschluß mehrerer Aes Sedai hattest. Der *A'dam* verbindet die beiden Frauen miteinander, und deshalb muß die *Sul'dam* ebenfalls eine Frau sein, die mit der Macht umgehen kann.« Sie runzelte leicht die Stirn. »Es ist allerdings eine eigenartige Verbindung. Anders. Es ist kein echter Zusammenschluß von zweien oder mehreren, wo eine die Führung übernimmt, denn hier hat nur eine einzige die volle Kontrolle über die andere. Ich glaube, das ist der Grund, warum eine *Damane* nichts tun kann, was ihre *Sul'dam* nicht will. Ich glaube auch nicht, daß die Leine überhaupt benötigt wird. Halsband und Armreif funktionieren genauso ohne sie und auch auf genau dieselbe Weise.«

»Genauso funktionieren«, wiederholte Nynaeve trocken. »Du hast dich aber ziemlich eingehend damit beschäftigt für jemanden, der nicht die Absicht hat, einen anzufertigen.« Diese Frau hatte noch nicht einmal genug Anstand, zu erröten. »Wozu könntest du ihn gebrauchen? Ich kann nicht behaupten, es sei nicht angebracht, wenn du Elaida einen um den Hals legen würdest, aber deshalb ist das Ding nicht weniger widerl ...«

»Verstehst du denn nicht?« unterbrach sie Elayne, und ihr blasiertes Gehabe war wie weggeblasen. Statt dessen beherrschten jetzt Erregung und Eifer ihre Miene. Sie beugte sich vor, legte eine Hand auf Nynaeves Knie und ihre Augen glänzten, so sehr war sie von ihrer Entdeckung gefangen. »Es ist ein *Ter'Angreal*, Nynaeve. Und ich glaube, einen anfertigen zu können.« Sie sprach jedes Wort langsam und überdeutlich aus, doch dann mußte sie lachen und sprudelte heraus: »Wenn ich so einen machen kann, dann kann ich auch andere anfertigen. Vielleicht kann ich sogar *Angreal* und *Sa'Angreal* herstellen. Das hat in der Burg seit Tausenden von Jahren niemand mehr geschafft!« Sie richtete sich wieder auf und schauderte sichtlich. Dann legte sie nachdenklich die Finger an ihre Lippen. »Ich hatte überhaupt nie daran gedacht, selbst etwas anzufertigen. Jedenfalls nichts Nützliches. Ich erinnere mich daran, wie ich einmal einem Schreiner bei der Arbeit zugesehen habe, der einige Stühle für den Palast anfertigte. Sie waren nicht einmal vergoldet oder irgendwie kunstvoll geschnitzt, da sie nur für den Speisesaal der Diener vorgesehen waren, aber ich konnte den Stolz auf seine Arbeit von seinen Augen ablesen. Stolz darauf, was er selbst angefertigt hatte, auf eine gute Arbeit. Das würde ich gern selbst empfinden, glaube ich. Oh, besäßen wir nur einen Bruchteil des Wissens der Verlorenen! All diese Kenntnisse aus dem Zeitalter der Legenden in ihren Köpfen, und sie benützen es doch nur, um dem Schatten zu dienen! Was könnten wir alles damit anfangen! Denk mal, was wir alles herstellen könnten!« Sie atmete tief durch und ließ die Hände in den Schoß fallen. Der Ausbruch hatte ihre Begeisterung nur wenig gedämpft. »Na ja, sei es, wie es sei, ich wette, ich könnte sogar herausfinden, wie die Weißbrücke gebaut wurde. Gebäude, wie aus gesponnenem Glas, aber härter als Stahl. Und *Cuendillar,* und …«

»Langsam, langsam«, sagte Nynaeve. »Weißbrücke ist mindestens fünf- oder sechshundert Meilen von hier entfernt, und falls du daran denken solltest, mit Hilfe der Macht auch noch an dem Siegel herumzumachen, dann laß es sein. Wer weiß, was dann geschehen könnte? Es bleibt in der Tasche im Herd, bis wir einen sicheren Aufbewahrungsort dafür finden.«

Elaynes Eifer kam ihr seltsam vor. Nynaeve hätte wohl auch selbst gern ein wenig von dem Wissen der Verlorenen gehabt, sicher, aber wenn sie einen Stuhl haben wollte, bezahlte sie einen Schreiner dafür. Sie hatte nie den Wunsch verspürt, etwas herzustellen, außer vielleicht Tinkturen und Salben. Als sie zwölf war, hatte ihre Mutter es aufgegeben, ihr das Nähen beibringen zu wollen, nachdem sich zeigte, daß es ihr völlig gleichgültig war, ob sie eine gerade Naht nähte oder eine krumme. Zwingen konnte man sie nie. Und was das Kochen anbetraf … Sie hielt sich durchaus für eine gute Köchin, aber wie auch immer: sie wußte, welche Dinge für sie Vorrang hatten. Die Heilkunst war wichtig. Jedermann konnte eine Brücke bauen. Nun, dann laß ihn eben – das war ihre Haltung dazu.

»Deinetwegen und wegen dieses *A'dams* habe ich ganz vergessen, dir etwas zu berichten«, fuhr sie fort. »Juilin hat Galad auf der anderen Seite des Flusses gesehen.«

»Blut und Asche«, fluchte Elayne, und als Nynaeve die Augenbrauen hob, fügte sie ganz energisch hinzu: »Ich werde mir keinen Vortrag über meine sprachlichen Angewohnheiten anhören, Nynaeve. Was machen wir?«

»Wie ich die Sache sehe, können wir einerseits auf dieser Seite des Flusses bleiben. Dann werden uns die Weißmäntel kontrollieren, weil sie sich fragen werden, wieso wir die Menagerie verlassen haben. Oder wir gehen hinüber und hoffen, daß der Prophet dort keinen Aufruhr auslöst und Galad uns nicht verraten wird, na ja, oder wir versuchen, ein Ruderboot zu kaufen, und fliehen flußabwärts. Keine tolle Auswahl. Und Luca wird seine hundert Mark fordern. In Gold.« Sie bemühte sich, gute Miene dazu zu machen, doch das schmerzte immer noch. »Du hast sie ihm versprochen, und ich glaube, es wäre nicht anständig, sich davonzuschleichen, ohne ihn zu bezahlen.« Trotzdem hätte sie das ohne Zögern getan, wenn sie gewußt hätte, wohin sie gehen sollten.

»Das wäre allerdings nicht anständig«, sagte Elayne, und es klang einigermaßen empört. »Aber um Galad müssen wir uns keine Gedanken machen, wenigstens, solange wir uns bei der Menagerie aufhalten. Galad wird sie ganz bestimmt nicht besuchen. Er glaubt, Tiere in Käfige zu sperren sei grausam. Allerdings hat er nichts dagegen, sie zu jagen und zu essen – nur einsperren findet er nicht recht.«

Nynaeve schüttelte den Kopf. In Wahrheit suchte Elayne nur nach einer Ausrede, um ihre Abreise zu verzögern, und sei es nur für einen Tag. Doch sie hatten ja sowieso keine Möglichkeit dazu. Dieses Weib wollte tatsächlich vor allen Leuten, und nicht nur vor den anderen Artisten, auf dem Seil ihre Kunststücke vollbringen. Und sie selbst mußte höchstwahrscheinlich zulassen, daß Thom wieder mit Messern nach ihr warf. *Aber ich werde dieses verdammte Kleid nicht tragen!*

»Das erste Schiff am Landesteg, das groß genug ist, um noch vier Leute mitzunehmen«, sagte sie. »Das werden wir mieten. Der Flußhandel kann doch nicht ganz und gar zum Erliegen gekommen sein.«

»Es wäre hilfreich, zu wissen, wohin wir damit fahren.« Der Tonfall der anderen war verdächtig sanft. »Weißt du, wir könnten ja einfach nach Tear fahren. Wir müssen nicht unbedingt diese Suche fortsetzen, nur weil du ...« Sie ließ die Worte verklingen, aber Nynaeve wußte recht gut, was sie hatte sagen wollen. Nur weil sie so stur sei. Nur weil sie sich darüber aufregte, daß sie sich nicht an einen einfachen Namen erinnern konnte, wollte sie die Erinnerung jetzt zwingen und dorthin gelangen, und wenn sie sich dabei umbrachte. Aber das stimmte doch alles gar nicht. Sie wollte diese Aes Sedai finden, die vielleicht Rand unterstützen würden, und sie zu ihm führen, statt wie ein bedauernswerter Flüchtling hinter den Mauern Tears Schutz zu suchen.

»Ich werde mich noch daran erinnern«, sagte sie mit beherrschter Stimme. *Es hörte mit ›bar‹ auf. Oder vielleicht mit ›dar‹? ›Lar‹?* »Ich werde darauf kommen, bevor du es müde wirst, dich auf dem Hochseil zur Schau zu stellen.« *Ich werde dieses Kleid nicht tragen!*

KAPITEL 16

Ein silberner Pfeil

Elayne war an diesem Abend mit Kochen an der Reihe, und das bedeutete in jedem Fall ein besonderes Mahl, obwohl sie ja nur auf Hockern um das kleine Feuer saßen. Im sie umgebenden Wald zirpten die Grillen, und von Zeit zu Zeit erklang der dünne, traurige Ruf eines Nachtvogels in der immer tiefer werdenden Dunkelheit. Die Suppe servierte sie kalt und eingedickt, und obenauf hatte sie zerhackten Schnittlauch gestreut. Das Licht wußte, woher sie den Schnittlauch oder auch die winzigen Perlzwiebeln hatte, die den Erbsen hinzugefügt waren. Das Rindfleisch war in so dünne Scheiben geschnitten, daß man fast hindurchsehen konnte, und dann hatte sie es um eine Füllung gewickelt, die aus Karotten, Brechbohnen, Schnittlauch und Ziegenkäse bestand. Sogar ein Nachtisch in Form eines kleinen Honigkuchens stand bereit.

Es schmeckte alles vorzüglich, obwohl Elayne sich darüber aufregte, nichts schmecke genauso, wie es eigentlich solle, als glaube sie, sie könne hier arbeiten wie die Chefköchin im Königlichen Palast in Caemlyn. Nynaeve war auch ziemlich sicher, daß das Mädchen nicht bloß auf Komplimente aus war. Elayne wehrte Komplimente immer ab und sagte jedem ins Gesicht, was daran nicht stimmte. Thom und Juilin knurrten ein bißchen, weil sie so wenig Fleisch hatten, doch Nynaeve bemerkte recht gut, daß sie jede Kleinigkeit aßen und enttäuscht dreinblickten, als schließlich auch die letzte Erbse verputzt war. Wenn sie kochte, aßen sie aus irgendeinem Grund immer bei einem der anderen Wagen.

Und wenn einer von ihnen das Essen zubereitete, gab es jedesmal Eintopf oder Bohnen mit Fleisch und soviel Peperoni, daß die Zunge beinahe Blasen bekam.

Natürlich aßen sie nicht allein. Dafür hatte Luca gesorgt, der seinen eigenen Hocker mitgebracht und gleich neben ihren gestellt hatte. Den roten Umhang hatte er elegant ausgebreitet, und die langen Beine streckte er so aus, daß man über den umgeschlagenen Stiefelschäften noch seine strammen Waden sah. Er war fast jeden Abend hier. Seltsamerweise ließ er nur die Abende aus, an denen sie kochte.

Es war schon interessant, daß er ein Auge auf sie geworfen hatte, obwohl eine so hübsche Frau wie Elayne anwesend war, aber er hatte wohl seine Gründe. Er saß viel zu nahe bei ihr. Heute abend hatte sie ihren Stuhl dreimal ein Stück weggerückt, und jedesmal hatte er seinen nachgerückt, ohne ein Wort zu verlieren und scheinbar, ohne es überhaupt zu bemerken. Er verglich sie einmal mit den verschiedensten Blumen, wobei die Blumen jeweils schlecht wegkamen, ignorierte ihr blaues Auge, das wohl auch ein Blinder bemerkt hätte; dann schwärmte er wieder davon, wie schön sie in jenem roten Kleid aussehen werde, und ließ noch ein paar Komplimente über ihren Mut einfließen. Zweimal entschlüpfte ihm der Vorschlag, gemeinsam einen Mondscheinspaziergang zu unternehmen, so geschickt verschlüsselt allerdings, daß sie nicht ganz sicher war, ob er es wirklich so gemeint hatte, bis sie genauer darüber nachdachte.

»Dieses Kleid wird dem Mut, den Ihr vor allen entfaltet, einen perfekten Rahmen geben«, murmelte er ihr ins Ohr, »wenn auch lange nicht so perfekt, wie Ihr euch selbst haltet, denn die nachtblühenden Daralilien würden vor Neid weinen, sähen sie Euch am mondbeschienenen Wasser einherschreiten, genau wie ich weinte und wie ein Barde den Ruhm Eurer Schönheit unter dem Mond besingen würde.«

Sie blinzelte kurz und überlegte erst einmal. Luca legte ihr Wimpernzucken falsch aus, aber ungewollt traf sie ihn mit dem Ellbogen in die Rippen, bevor er damit beginnen konnte, an ihrem Ohr zu knabbern; zumindest schien er das vorgehabt zu haben. Nun hustete er allerdings und behauptete, er habe ein Kuchenkrümel in den falschen Hals bekommen. Der Mann sah tatsächlich sehr gut aus – *Hör auf damit!* – und hatte wirklich stramme Waden – *Was soll denn das – seine Beine anstarren?* –, aber er mußte sie für eine Puppe mit Stroh im Kopf halten. Und das alles nur, um seine verdammte Vorstellung zu retten.

Sie rückte mit ihrem Hocker wieder ein Stück weiter, während er sich bemühte, den Hustenanfall zu unterdrücken. Sie konnte aber nicht zu weit abrücken, sonst wäre allen klar, daß sie vor ihm floh. Sicherheitshalber hielt sie ihre Gabel stoßbereit, falls er ihr wieder zu folgen versuchte. Thom betrachtete so intensiv seinen Teller, als läge noch etwas auf der weißen Glasur. Juilin pfiff unmelodiös und ganz leise vor sich hin und spähte mit vorgetäuschter Konzentration in das ersterbende Feuer. Elayne blickte sie an und schüttelte den Kopf.

»Es war so nett von Euch, zum Essen zu kommen«, sagte Nynaeve und stand auf. Luca erhob sich ebenfalls, und neben dem Feuerschein glimmte auch etwas Hoffnung in seinen Augen auf. Sie stellte ihren Teller auf seinen, den er in der Hand hielt. »Thom und Juilin werden Euch dankbar sein, wenn Ihr ihnen beim Abwasch helft, da bin ich sicher.« Bevor er noch den Mund aufbekam, wandte sie sich an Elayne: »Es ist spät, und ich denke, wir werden ziemlich früh aufbrechen, um den Fluß zu überqueren.«

»Selbstverständlich«, murmelte Elayne unter Andeutung eines Lächelns. Und sie stellte ihren Teller noch auf den Nynaeves, bevor sie ihr in den Wagen folgte. Nynaeve hätte sie am liebsten umarmt. Bis Elayne sagte: »Du solltest ihn wirklich nicht auch noch ermutigen!« Die Lampen in ihren Wandhaltern entzündeten sich von allein.

Nynaeve stemmte die Fäuste in die Hüften. »Ihn *ermutigen?* Seine Hoffnungen könnte ich ihm höchstens nehmen, indem ich ihn erdolchte!« Sie schnaubte verächtlich und runzelte die Stirn ob der Lampen. »Benütze beim nächstenmal eines von Aludras Feuerstöckchen. Streicher. Eines Tages denkst du nicht daran und benützt die Macht, wo du es nicht dürftest, und wo kommen wir dann hin? Dann laufen wir vermutlich um unser Leben und haben hundert Weißmäntel auf den Fersen.«

Konnte jemand halsstarriger sein als Elayne? Sie ließ sich einfach nicht vom Thema abbringen! »Ich mag ja jünger sein als du, aber manchmal glaube ich, ich weiß mehr über Männer als du jemals wissen wirst. Für einen Mann wie Valan Luca bedeutete dieses kokette Rückzugsmanöver nur eine Aufforderung, mit seinen Annäherungsversuchen weiterzumachen. Wenn du ihm beinahe die Nase abbeißen würdest, so wie am allerersten Tag, würde er vielleicht aufgeben. Aber du sagst ihm keineswegs, er solle damit aufhören – nein, du bittest ihn noch nicht einmal darum! Du hast ihn weiterhin angelächelt, Nynaeve. Was soll denn der Mann davon halten? Du hast tagelang schon niemanden mehr angelächelt!«

»Ich versuche doch nur, mich zu beherrschen«, knurrte Nynaeve. Alle beklagten sich über ihre Launenhaftigkeit, und jetzt, wo sie sich bemühte, das abzustellen, beklagte sich Elayne *darüber!* Sie war doch schließlich nicht töricht genug, sich von seinen Komplimenten einfangen zu lassen. So dumm war sie ja nun nicht. Elayne lachte sie aus, und sie machte eine finstere Miene.

»O Nynaeve. ›Du kannst die Sonne am Morgen nicht unten festhalten.‹ Lini hätte dabei an dich denken können.«

Mit Mühe brachte Nynaeve wieder eine unbeteiligte Miene zustande. Sie konnte sich ja schließlich auch beherrschen. *Habe ich das nicht gerade dort draußen bewiesen?* Sie streckte ihre Hand aus. »Gib mir bitte den Ring. Er wird bestimmt morgen ziemlich früh mit der Truppe den Fluß überqueren wollen, und da möchte ich noch richtig schlafen, sobald ich fertig bin.«

»Ich dachte, heute nacht sei ich dran.« In Elaynes Stimme schwang Besorgnis mit. »Nynaeve, du bist beinahe jede Nacht nach *Tel'aran'rhiod* gegangen, außer bei den Treffen mit Egwene. Übrigens hat diese Bair noch ein Hühnchen mit dir zu rupfen. Ich mußte ihnen erklären, warum du wieder nicht da warst, und sie sagte, du solltest keineswegs Ruhe nötig haben, so oft du auch die Welt der Träume betrittst, es sei denn, du machst etwas falsch.« Die Besorgnis wandelte sich in einen energischen Tonfall, und nun stemmte die Jüngere ihre Fäuste in die Hüften. »Ich mußte mir einen Vortrag anhören, der für dich bestimmt war, und es war kein Vergnügen. Und Egwene stand auch noch da und nickte bei jedem Wort zustimmend. Also, ich bin wirklich der Meinung, heute nacht sollte ich …«

»Bitte, Elayne.« Nynaeve senkte ihre ausgestreckte Hand noch immer nicht. »Ich muß Birgitte einiges fragen, und ihre Antworten bringen mich vielleicht ein Stück weiter.« Das stimmte auch bis zu einem gewissen Punkt; ihr fielen immer neue Fragen an Birgitte ein. Das hatte nichts damit zu tun, daß sie Egwene und die Weisen Frauen mied. Wenn sie doch so oft nach *Tel'aran'rhiod* ging, daß bei den Treffen mit Egwene immer Elayne an der Reihe war, dann ergab sich das eben zufällig so.

Elayne seufzte, holte aber doch den verdrehten Steinring aus ihrem Ausschnitt. »Frag sie nur wieder aus, Nynaeve. Es ist schwierig, Egwene gegenüberzustehen. Sie hat Birgitte bestimmt gesehen. Sie sagt nichts, schaut mich aber so komisch an. Es ist noch schlimmer, wenn wir uns treffen, nachdem die Weisen Frauen weg sind. Dann könnte sie mich danach fragen, tut es aber nicht, und das macht alles nur viel unangenehmer.« Sie runzelte die Stirn, während Nynaeve den kleinen *Ter'Angreal* auf die Lederschnur fädelte, die sie um den Hals trug und an der bereits Lans schwerer Ring und ihr Großer Schlangenring hingen. »Warum, glaubst du, kommen die Weisen Frauen dann nicht auch mit? Wir erfahren in Elaidas Arbeitszimmer nicht gerade viel, aber man sollte doch denken, sie wollten die Burg wenigstens einmal sehen! Egwene scheut sich sogar, vor ihnen überhaupt über dieses Thema zu reden. Wenn ich etwas in dieser Richtung sage, wirft sie mir einen Blick zu, als wolle sie mich schlagen.«

»Ich glaube, sie wollen die Burg unter allen Umständen meiden.« Und das war auch das beste. Wenn es nicht um das Thema Heilkunst ginge, würde sie die Burg und die Aes Sedai genauso meiden. Sie wollte auf keinen Fall selbst eine Aes Sedai werden; es ging ihr lediglich darum, mehr über das Heilen mit Hilfe der Macht zu lernen. Und sicher auch, Rand zu helfen. »Sie sind freie Frauen, Elayne. Auch wenn die Burg nicht in einem solchen Aufruhr befindlich wäre, wie jetzt gerade, glaubst du, sie hätten es gern, wenn Aes Sedai durch die Wüste latschen und sie unter den Arm klemmen, um sie nach Tar Valon mitzunehmen wie ein Andenken?«

»Ich glaube, du hast recht.« Elaynes Tonfall allerdings sagte aus, daß sie es keineswegs verstand. Sie hielt die Burg einfach für etwas Wunderbares und sah nicht ein, warum eine Frau die Aes Sedai meiden müsse. Für das ganze Leben an die Burg gebunden, so sagte man, wenn man ihnen den Ring an den Finger steckte. Und das war wörtlich gemeint. Und doch betrachtete dieses törichte Mädchen das nicht im mindesten als bedrückend.

Elayne half ihr beim Entkleiden, und dann streckte

sie sich gähnend im Hemd auf ihrem schmalen Bett aus. Es war ein langer Tag gewesen, und es überraschte sie, wie ermüdend das Stillstehen sein konnte, wenn jemand, den sie nicht sehen konnte, Messer nach ihr warf. Gedanken schwirrten ihr durch den Kopf, als sie die Augen schloß. Elayne hatte behauptet, sie übe lediglich, als sie sich mit Thom zum Narren machte. Allerdings wirkte das überfreundliche Vater-Tochter-Gehabe, das sie jetzt an den Tag legten, nicht weniger lächerlich. Vielleicht könnte sie ja selbst auch ein wenig mit Valan üben. Nein, das war ja wohl töricht. Männer waren wohl wankelmütig – aber wehe, wenn Lan ein Auge auf eine andere warf! – doch sie blieb stets fest und treu. Sie würde einfach dieses Kleid nicht anziehen. Viel zu viel blanker Busen.

Ganz undeutlich hörte sie noch, wie Elayne sagte: »Denk daran, sie noch einmal auszufragen.«

Dann überwältigte sie der Schlaf.

Sie stand draußen in der Nacht neben dem Wagen. Der Mond schwebte hoch droben am Himmel, und die schnell vorbeiziehenden Wolken warfen bleiche Schatten über das Lager. Grillen zirpten, und die Nachtvögel riefen klagend nach ihr. Die Augen der Löwen die sie aus ihren Käfigen heraus beobachteten, glimmten. Die weißen Gesichter der Bären waren nicht zu sehen; die schlafenden Tiere waren bloße dunkle Klumpen hinter den Gitterstäben. An der langen Pfahlreihe waren keine Pferde mehr angebunden. Clarines Hunde lagen nicht wie gewohnt angeleint unter ihrem und Petras Wagen, und der Fleck, an dem in der wachenden Welt der *S'redit* gestanden hatte, war leer. Sie hatte bereits gelernt, daß hier nur wilde Geschöpfe ein Spiegelbild warfen, aber was die Seanchanfrau auch behaupten mochte: es fiel schwer, sich vorzustellen, daß diese riesigen grauen Tiere schon so lange gezähmt waren und nun nicht mehr die Bezeichnung ›wilde Tiere‹ verdienten.

Mit einemmal wurde ihr klar, daß sie das bewußte Kleid trug. Flammend rot, um die Hüften unanständig eng anliegend und mit einem rechteckigen Ausschnitt, der so tief war, daß sie fürchten mußte, ihr Busen könnte herausrutschen. Sie konnte sich keine andere Frau, bestenfalls Berelain, vorstellen, die so etwas anziehen würde. Für Lan würde sie es vielleicht wagen. Aber nur, wenn sie beide allein miteinander wären. Sie hatte tatsächlich an Lan gedacht, als sie einschlummerte. *Gewiß – oder?*

Auf keinen Fall hatte sie vor, sich von Birgitte in diesem Ding erwischen zu lassen. Die Frau behauptete, Soldatin zu sein, und je mehr Zeit Nynaeve mit ihr verbrachte, desto deutlicher wurde ihr gemacht, daß vieles an ihrer Haltung und an ihren Bemerkungen genauso schlimm war wie bei einem Mann. Schlimmer noch. Sie war eine Kombination von Berelain und einem Wirtshausschläger. Die anzüglichen Bemerkungen kamen nicht ständig, doch immer dann, wenn Nynaeve nicht daran dachte und unbewußt etwas wie dieses Kleid hier trug. So änderte sie es ab, trug statt dessen ein festes, gutes, dunkles Wollkleid, wie es an den Zwei Flüssen getragen wurde, dazu einen einfachen Schal, den sie gar nicht benötigte, hatte das Haar wieder zu einem anständigen Zopf geflochten und öffnete den Mund, um nach Birgitte zu rufen.

»Warum hast du dich umgezogen?« fragte die Frau. Sie trat aus den Schatten heraus und lehnte sich auf ihren silbernen Bogen. Ihr kunstvoll geflochtener goldener Zopf hing ihr über die Schulter nach vorn, und der Mondschein ließ Bogen und Pfeile schimmern. »Ich erinnere mich, wie ich einmal ein Kleid getragen habe, das ein Zwilling deines Kleids von eben gewesen sein könnte. Ich trug es nur, um die Aufmerksamkeit auf mich zu lenken, damit sich Gaidal unbemerkt vorbeischleichen konnte. Den Wachsoldaten wären beinahe die Augen aus dem Kopf gefallen. Es hat Spaß gemacht. Besonders, als ich es dann später zum Tanz mit ihm trug. Er haßt das Tanzen grundsätzlich, aber er war derart erpicht darauf, jeden anderen Mann auf Abstand zu mir zu halten, daß er jeden Tanz mit mir tanzte.« Birgitte lachte herzlich. »Ich habe ihm in dieser Nacht beim Kreiselspiel fünfzig Goldstücke abgewonnen, denn er starrte mir immer in den Ausschnitt, anstatt auf seine Steine. Die Männer sind schon eigenartig. Als hätte er mich nicht schon oft na …«

»So sind sie eben«, warf Nynaeve mit spröder Stimme ein und schlang sich den Schal fest um die Schultern.

Bevor sie ihre Frage stellen konnte, sagte Birgitte: »Ich habe sie gefunden«, und jeder Gedanke an die Frage entschwand.

»Wo? Hat sie dich bemerkt? Kannst du mich zu ihr bringen? Ohne daß sie mich sieht?« In ihrem Magen spürte sie das flaue Gefühl von Angst. Was würde wohl Valan Luca nun von ihrem Mut halten, sähe er sie so? Doch sie war ganz sicher, daß aus dieser Angst sofort Zorn würde, wenn sie Moghedien sah. »Wenn du mich in ihre Nähe bringst …« Sie sprach nicht weiter, da Birgitte ihre Hand mahnend erhoben hatte.

»Ich kann nicht glauben, daß sie mich bemerkt hat, sonst wäre ich bestimmt jetzt nicht hier.« Nun war sie sehr ernst. Nynaeve war es auch viel lieber, wenn sie diese Seite ihres Soldatinnendaseins herauskehrte. »Ich kann dich einen Augenblick lang in ihre Nähe führen, wenn du willst, aber sie ist nicht allein. Zumindest … Du wirst ja sehen. Du mußt dich ganz still verhalten und nichts gegen Moghedien unternehmen. Es sind andere Verlorene bei ihr. Vielleicht könntest du sie vernichten, aber gleich fünf von ihnen …?«

Das flaue Gefühl in Nynaeves Magen breitete sich in ihren Oberkörper aus. Und in ihre Knie. Fünf. Sie sollte Birgitte fragen, was sie gehört hatte, und es dabei belassen. Dann könnte sie in ihr Bett zurückkehren und …

Aber Birgitte blickte sie an. Sie zog ihren Mut keineswegs in Zweifel, sondern sah sie einfach nur an. Bereit, das für sie zu tun, falls sie das wollte. »Ich werde still sein. Und ich werde nicht einmal daran denken, die Macht zu benützen.« Nicht, wenn sie gleich fünf Verlorenen auf einmal gegenüberstand. Im Augenblick hätte sie auch nicht einmal einen Funken erzeugen können. Sie versteifte ihre Knie, damit sie nicht zu sehr zitterten. »Sobald du bereit bist.«

Birgitte hob ihren Bogen und legte eine Hand auf Nynaeves Arm …

… und Nynaeve stockte der Atem. Sie standen auf gar nichts, waren von unendlicher Schwärze umgeben, wo man weder oben noch unten unterscheiden konnte, und jeder Sturz, gleich, in welche Richtung, würde ewig währen. Mit schwimmendem Kopf zwang sie sich, in die Richtung zu blicken, in die Birgitte deutete.

Unter ihnen stand Moghedien gleichermaßen auf der Dunkelheit. Sie war beinahe genauso schwarz gekleidet wie ihre Umgebung, stand leicht vorgebeugt und lauschte konzentriert. Und wiederum weiter unter ihr standen vier riesige Stühle mit hohen Lehnen, jeder davon anders, auf einer gleißend weiß gefliesten Bodenfläche, die in der Schwärze schwebte. Seltsamerweise war Nynaeve in der Lage, genauso gut zu hören, was jene auf diesen Stühlen sprachen, als befinde sie sich mitten unter ihnen.

»… noch nie feige gewesen«, sagte gerade eine mollige, hübsche Frau mit Sonnenhaaren, »also warum dann jetzt?« Sie war scheinbar mit nichts anderem als silbrig-grauem Nebel und glitzernden Edelsteinen angetan und saß auf einem Stuhl aus Elfenbein, der so geschickt geschnitzt war, daß er aussah, als bestünde er aus den Körpern von nackten Akrobaten. Vier geschnitzte Männer hielten die Sitzfläche, und ihre Arme ruhten auf den Rücken kniender Frauen. Zwei Männer und zwei Frauen hielten ein weißes Seidenkissen hinter ihrem Kopf, während darüber weitere Stellungen eingenommen hatten, die Nynaeve bei menschlichen Körpern beinahe für unmöglich hielt. Sie errötete, als ihr klar wurde, daß diese mehr als nur akrobatische Übungen vollführten.

Ein kräftig gebauter Mann mittlerer Größe mit einer bläulichen Narbe im Gesicht und einem kantig geschnittenen blonden Bart beugte sich ärgerlich vor. Sein Stuhl bestand aus schwerem Holz, in das Kolonnen gerüsteter Krieger und Pferde geschnitzt waren. Ganz oben an der Lehne hielt eine Faust im Kampfhandschuh einen Blitz fest. Sein roter Mantel ersetzte voll und ganz die übliche Vergoldung des Stuhls, denn über die Schultern und die Ärmel herab zogen sich goldene Stickereien. »Niemand darf mich als feige bezeichnen«, sagte er mit harter Stimme. »Aber wenn wir so weitermachen wie bisher, wird er mir geradewegs an die Kehle springen.«

»So war es von Anfang an geplant«, sagte die melodiöse Stimme einer anderen Frau. Nynaeve konnte die Sprecherin nicht sehen, denn sie war hinter der hoch aufragenden Lehne eines Stuhls verborgen, der ganz aus schneeweißem Stein und Silber zu bestehen schien.

Der zweite Mann war groß und sah mit seinem dunklen Teint gut aus. An den Schläfen hatte er weiße Strähnen. Er spielte mit einem kunstvoll geschmiedeten goldenen Pokal, wobei er sich auf seinem Thron zurücklehnte. Als etwas anderes konnte man dieses mit Juwelen übersäte Ding nicht bezeichnen. Wohl zeigte sich nur hier und da eine Andeutung von Gold, aber Nynaeve bezweifelte nicht, daß unter all diesen glitzernden Rubinen und Smaragden und Mondperlen massives Gold lag. Abgesehen von der Größe wirkte es massiv und schwer. »Er wird sich auf dich konzentrieren«, sagte der große Mann mit tiefer Stimme. »Falls notwendig, wird jemand sterben, der ihm nahesteht, und das offensichtlich auf deinen Befehl hin. Er wird kommen, um dich zu stellen. Und während er sich auf dich allein konzentriert, werden wir drei ihn uns mit gekoppelten Kräften vornehmen. Was hat sich geändert, daß es notwendig wäre, den Plan abzuändern?«

»Nichts hat sich geändert«, grollte der Mann mit der Narbe. »Am wenigsten mein Vertrauen zu Euch. Entweder *ich* bin ein Teil der Koppelung, oder die Vereinbarung ist hinfällig.«

Die Frau mit dem goldenen Haar warf den Kopf in den Nacken und lachte schallend. »Armer Mann«, sagte sie schließlich spöttisch und winkte ihm mit einer beringten Hand zu. »Glaubst du, er würde nicht bemerken, daß du an andere gekoppelt bist? Denke einmal daran, daß er einen Lehrer hat. Einen schlechten wohl, aber er ist kein vollkommener Narr. Als nächstes wirst du vermutlich verlangen, daß genügend dieser Schwarzen-Ajah-Kinder einbezogen werden, um den Kreis über die dreizehn hinaus zu vergrößern, damit entweder du die Kontrolle übernehmen kannst oder Rahvin.«

»Wenn Rahvin genug Vertrauen hat, um sich einzukoppeln, obwohl er die Führung jemand anderem überlassen muß«, sagte die melodiöse Stimme, »kannst du das gleiche Vertrauen zeigen.« Der große Mann blickte in seinen Pokal, und die in Nebel gehüllte Frau lächelte leicht. »Wenn du uns nicht soweit vertraust, daß wir uns nicht gegen dich wenden werden«, fuhr die nicht sichtbare Frau fort, »dann vertraue eben darauf, daß wir uns gegenseitig zu mißtrauisch beobachten werden, um eine Kehrtwendung zu vollziehen. Du hast all dem *zugestimmt,* Sammael. Warum fängst du jetzt mit solchen Spitzfindigkeiten an?«

Nynaeve fuhr zusammen, als Birgitte sie am Arm berührte …

… und sie befanden sich wieder zwischen den Wagen. Der Mond schien zwischen den Wolken hindurch. Das Bild erschien ihr beinahe normal demgegenüber, was sie gerade noch gesehen hatte.

»Warum …?« begann Nynaeve, mußte jedoch erst einmal schlucken. »Warum hast du uns zurückgebracht?« Beim nächsten Gedanken setzte ihr Herzschlag einen Moment lang aus. »Hat uns Moghedien gesehen?« Sie hatte den anderen Verlorenen so eindringlich gelauscht und sich auf dieses Gemisch von Fremdartigkeit und Selbstverständlichkeit konzentriert, daß sie ganz vergessen hatte, Moghedien im Auge zu behalten. Sie seufzte aus tiefstem Herzen, als Birgitte den Kopf schüttelte.

»Ich habe den Blick keinen Moment von ihr gewandt, und sie hat sich absolut nicht gerührt. Aber ich stehe nicht gern so ungeschützt da. Hätte sie aufgeblickt, oder einer der anderen …«

Nynaeve zog sich den Schal enger um die Schultern und schauderte immer noch. »Rahvin und Sammael.« Sie hätte lieber nicht so heiser gesprochen. »Hast du die anderen erkannt?« Natürlich hatte Birgitte sie erkannt; die Frage war töricht gewesen, aber sie war eben aus dem Gleichgewicht.

»Lanfear war diejenige, die hinter dem Stuhl verborgen war. Die andere war Graendal. Halte sie nicht für töricht, weil sie auf einem Stuhl sitzt, der auch die hartgesottenste Serviererin zum Erröten brächte. Sie ist schlau, und sie benützt ihre menschlichen Spielzeuge in so schrecklichen Riten, daß sogar der härteste Soldat, den ich je kennengelernt habe, lieber das Zölibat erwählen würde.«

»Graendal ist schlau«, sagte Moghediens Stimme, »aber nicht schlau genug.«

Birgitte wirbelte herum, den silbernen Bogen hochgerissen und einen silbernen Pfeil beinahe schon aufgelegt, und plötzlich wurde sie dreißig Schritt weit durch den Mondschein geschleudert und krachte so hart gegen Nynaeves Wagen, daß sie gleich noch einmal fünf Schritt zurückgeschleudert wurde und wie leblos auf dem Boden liegenblieb.

Verzweifelt griff Nynaeve nach *Saidar*. Angst durchströmte ihren Zorn, aber der Zorn hätte durchaus ausgereicht – nur prallte ihr Griff auf eine unsichtbare Wand zwischen ihr und dem warmen Glühen der Wahren Quelle. Sie jaulte fast auf. Etwas packte sie an den Füßen, riß sie unter ihr weg und nach oben. Sie ruderte mit den Armen und erreichte ihre Knöchel schließlich mit den Händen, oben, über ihrem Kopf. Ihre Kleider verwandelten sich in Staub, der ihr über die Haut rann, und der Zopf zog ihren Kopf so weit nach hinten, daß er ihr Hinterteil berührte. Voller Verzweiflung bemühte sie sich, aus dem Traum zu entkommen. Nichts geschah. Sie hing in der Luft wie ein gefangenes Tier im Netz. Jeder Muskel war bis zum Letzten gespannt. Krämpfe durchliefen ihren Körper. Ihre Finger zuckten schwach und berührten dabei ihre Füße. Sie fürchtete, sich das Rückgrat zu brechen, wenn sie sonst noch etwas bewegte.

Seltsamerweise war nun ihre Angst wie weggeblasen, nur leider zu spät. Sie war sicher, daß sie schnell genug gewesen wäre, wenn nicht die Angst sie gelähmt hätte, wo sie nur zu handeln brauchte. Alles, was sie wollte, waren ihre Hände an Moghediens Kehle. *Das hilft mir jetzt viel.* Das Atmen fiel ihr schwer und kostete große Anstrengung.

Moghedien trat in Nynaeves Gesichtsfeld, direkt in das bebende Dreieck ihrer Arme. Das Glühen *Saidars* umgab die Frau wie zum Hohn. »Etwas, das ich von Graendals Stuhl entliehen habe«, sagte die Verlorene. Ihr Kleid bestand wie das Graendals aus Nebel. Schwarzer, dichter Nebel wandelte sich zu beinahe durchsichtigem und dann wieder zu schimmernd silbrigem. Der Stoff veränderte sich ständig. Nynaeve hatte sie das schon einmal tragen sehen, damals in Tanchico. »Nichts, worauf ich selbst gekommen wäre, aber man kann von Graendal durchaus… lernen.« Nynaeve funkelte sie an, doch Moghedien schien es gar nicht zu bemerken. »Ich kann kaum glauben, daß *Ihr* tatsächlich kamt, um *mich* zu suchen. Habt Ihr wirklich geglaubt, Ihr kämt mir an Kräften gleich, nur weil Ihr einmal Glück hattet und mich in einem Augenblick der Unaufmerksamkeit erwischt habt?« Das Lachen der Frau klang beißend. »Wenn Ihr nur wüßtet, wieviel Mühe ich mir gemacht habe, um Euch zu suchen. Und nun seid Ihr zu mir gekommen!« Sie blickte sich um, betrachtete die Wagen, die Löwen und Bären einen Moment lang, und wandte sich wieder Nynaeve zu. »Eine Menagerie? Da seid Ihr ja leicht zu finden. Falls ich Euch überhaupt noch suchen müßte.«

»Dann versucht doch, was Ihr ausrichten könnt, verdammt sollt Ihr sein!« fauchte Nynaeve, so gut sie eben konnte. So zusammengekrümmt mußte sie jedes Wort einzeln aus sich herauszwingen. Sie wagte nicht, geradewegs zu Birgitte hinüberzusehen, obwohl sie den Kopf weit genug hätte bewegen können, aber unter kräftigem Augenrollen wie in einer Mischung aus Zorn und Furcht erhaschte sie einen flüchtigen Blick auf die Frau. Ihr wurde beinahe schlecht, und die Angst breitete sich wieder aus. Birgitte lag leblos auf dem Boden. Die Pfeile waren aus dem Köcher an ihrer Hüfte gefallen, und ihr silberner Bogen lag eine Spanne von ihrer schlaffen Hand entfernt. »Glück hätte ich gehabt? Wenn Ihr euch nicht an mich angeschlichen hättet, hätte ich Euch die Haut abgezogen! Ich hätte Euch den Kragen umgedreht wie einem Huhn.« Sie hatte nur eine Chance, falls Birgitte tot war, und die Aussichten waren nicht gerade rosig. Sie mußte Moghedien so weit provozieren, daß sie sie in einem Wutanfall möglichst schnell tötete. Wenn sie nur eine Möglichkeit hätte, Elayne zu warnen. Vielleicht würde ihr Tod das bewirken? »Denkt Ihr noch daran, als Ihr gedroht habt, mich als Schemel zum Aufsteigen zu benützen? Und später, als ich Euch dasselbe angedroht habe? Das war, nachdem ich Euch geschlagen hatte. Als Ihr nur noch gewinselt und um Euer Leben gebettelt habt. Ihr habt mir alles angeboten. Ihr seid ein Feigling und ohne Rückgrat! Der Inhalt eines Nachttopfes! Ihr Stück ...« Etwas Dickes krabbelte ihr in den Mund hinein, drückte ihre Zunge herunter und zwang ihre Kiefer auseinander.

»Ihr seid so leicht durchschaubar«, murmelte Moghedien. »Glaubt mir, ich bin bereits zornig genug auf Euch. Doch ich glaube nicht, daß ich Euch als Schemel benützen werde.« Ihr Lächeln jagte Nynaeve einen Schauer über den Rücken. »Ich denke, ich werde Euch in ein Pferd verwandeln. Das ist hier durchaus möglich. Ein Pferd, eine Maus, einen Frosch ...« Sie unterbrach sich und lauschte. »... eine Grille. Und dann werdet Ihr jedesmal, wenn Ihr nach *Tel'aran'rhiod* kommt, ein Pferd sein, bis ich das wieder ändere. Oder bis jemand anders mit den notwendigen Kenntnissen das besorgt.« Wieder schwieg sie einen Moment und blickte sie mit einer Miene an, die beinahe schon Sympathie ausdrückte. »Nein, ich will in Euch keine falschen Hoffnungen wecken. Es gibt jetzt nur noch neun von uns, die solche Bindungen fertigbringen, und Ihr wollt vermutlich genausowenig von den anderen beherrscht werden wie von mir. Ihr werdet jedesmal zu einem Pferd werden, wenn ich Euch hierher mitbringe. Ihr bekommt sogar einen eigenen Sattel und Zaumzeug. Ich werde auch Eure Mähne extra schön flechten.« Nynaeves Zopf wurde ihr von unsichtbaren Händen fast aus der Kopfhaut gerissen. »Natürlich werdet Ihr auch in diesem Zustand wissen, wer Ihr seid. Ich glaube, ich werde diese Ausritte genießen – im Gegensatz zu Euch.« Moghedien atmete tief durch, und ihr Kleid färbte sich dunkel und glänzte schwach im trüben Mondschein. Nynaeve mochte sich täuschen, aber sie hielt das für die Farbe frischen Blutes. »Andererseits, falls Ihr ungehorsam seid, werde ich Euch vielleicht doch Semirhage übergeben. Dort seid Ihr bestimmt gut aufgehoben, und ich kann meine ganze Aufmerksamkeit wichtigeren Dingen zuwenden. Befindet sich das kleine blonde Flittchen bei Euch in der Menagerie?«

Das dicke Etwas verschwand aus Nynaeves Mund. »Ich bin allein, Ihr dummes …« Schmerzen. Als habe man sie von den Schultern bis zu den Waden herab verprügelt, und zwar mit einem einzigen Schlag. Sie heulte schrill auf. Noch einmal. Sie versuchte, die Zähne zusammenzubeißen, und doch schmerzte ihr eigener Schrei in ihren Ohren. Sie schämte sich der Tränen, die ihr über die Wangen rollten, konnte aber das Schluchzen nicht zurückhalten, während sie ohne Hoffnung auf den nächsten Schlag wartete.

»Ist sie bei Euch?« fragte Moghedien geduldig. »Verschwendet Eure Zeit nicht damit, mich provozieren zu wollen, daß ich Euch töte. Das werde ich nicht tun. Ihr werdet viele Jahre in meinen Diensten erleben. Eure bemitleidenswert geringen Fähigkeiten werden vielleicht zu etwas gut sein, wenn ich sie ausbilde. Wenn ich Euch ausbilde. Aber ich kann Euch auch dazu bringen, das, was Ihr gerade gespürt habt, für eine Liebkosung zu halten. Beantwortet jetzt meine Frage.«

Nynaeve brachte es mit Mühe fertig, wieder genug Luft zu schöpfen, um ihr zu antworten. »Nein«, weinte sie drauflos. »Sie ist mit einem Mann verschwunden, nachdem wir Tanchico verlassen hatten. Er war alt genug, um ihr Großvater zu sein, aber er hatte Geld. Wir hatten gehört, was sich in der Burg abgespielt hatte« – sicherlich hatte Moghedien davon erfahren –, »und sie fürchtete sich davor, dorthin zurückzukehren.«

Die andere lachte. »Eine wunderbare Geschichte. Ich begreife beinahe, was Semirhage daran findet, Widerstand zu brechen. Oh, Ihr werdet mich noch prächtig unterhalten, Nynaeve al'Meara! Aber zuerst werdet Ihr mir dieses Mädchen Elayne herbringen. Ihr werdet sie

abschirmen und sie dazu bringen, daß sie sich mir zu Füßen wirft. Wißt Ihr auch, warum? Weil manche Dinge in *Tel'aran'rhiod* noch stärker wirken als in der wachenden Welt. Deshalb werdet Ihr auch jedesmal eine glänzend weiße Stute sein, wenn ich Euch herbringe. Und es sind nicht nur Verletzungen, die man von hier aus mitnimmt, wenn man erwacht! Auch einen unwiderstehlichen Drang nimmt man mit. Ich will, daß ihr ein paar Augenblicke lang nachdenkt, bevor Ihr selbst daran zu glauben beginnt, was Ihr mir erzählt habt. Ich vermute, das Mädchen ist Eure Freundin. Aber Ihr werdet sie mir zuführen, wie ein Haustierchen…« Moghedien schrie laut auf, als urplötzlich ein silberner Pfeil unter ihrer rechten Brust aus ihrem Oberkörper ragte.

Nynaeve plumpste zu Boden wie ein Kartoffelsack. Der Sturz raubte ihr die Luft, als habe ein Hammerschlag ihren Unterleib getroffen. Sie rang nach Atem und versuchte mit aller Macht, ihre Muskeln zu Bewegungen anzutreiben und sich durch die Schmerzen hindurch zu *Saidar* zu kämpfen.

Birgitte taumelte und zog mühsam einen weiteren Pfeil aus dem Köcher. »Geht, Nynaeve!« Selbst dieser Ruf klang mühevoll und erzwungen. »Flieht!« Birgittes Kopf wankte, und sie hob unsicher den silbernen Bogen.

Das Glühen um Moghedien intensivierte sich, bis sie von blendendem Sonnenschein umgeben schien.

Die Nacht schlug über Birgitte zusammen wie eine Meereswoge und hüllte sie in Schwärze. Als sie vorübergezogen war, fiel der Bogen auf leere Kleidungsstücke herab. Nur Bogen und Pfeile verblieben dort und schimmerten im Mondschein.

Moghedien sank keuchend auf die Knie nieder und umklammerte mit beiden Händen den Pfeilschaft in ihrer Brust, während das Glühen verflog und ganz erstarb. Dann verschwand sie, und der silberne Pfeil fiel zu Boden, wo sie sich gerade noch befunden hatte. Die Spitze war dunkel von Blut verfärbt.

Nach einem Zeitraum, der ihr wie eine Ewigkeit erschien, brachte Nynaeve es fertig, sich auf Hände und Knie hochzustemmen. Weinend kroch sie hinüber zu Birgittes Bogen. Diesmal kamen ihr die Tränen nicht der Schmerzen wegen. Sie kniete da, nackt, was ihr vollkommen gleichgültig war, und drückte den Bogen an sich. »Es tut mir leid«, schluchzte sie. »O Birgitte, vergib mir. Birgitte!«

Sie hörte keine Antwort, außer dem klagenden Schrei eines Nachtvogels.

Liandrin sprang auf, als die Tür zu Moghediens Schlafzimmer aufging und gegen die Wand krachte und die Auserwählte in das Wohnzimmer taumelte. Ihr Seidenhemd war von Blut getränkt. Chesmal und Temaile eilten an ihre Seite, und jede nahm einen Arm, um die Frau zu stützen. Nur Liandrin blieb an ihrem Stuhl stehen. Die anderen waren ausgegangen. Vielleicht befanden sie sich sogar außerhalb Amadors. Liandrin wußte es nicht. Moghedien sagte ihnen nur, was die jeweilige Zuhörerin ihrer Meinung nach wissen mußte, und sie bestrafte sie für Fragen, die ihr unbequem waren.

»Was ist geschehen?« Temaile schnappte fast nach Luft.

Moghediens kurzer Blick hätte sie eigentlich an Ort und Stelle verschmoren lassen sollen. »Ihr habt ein gewisses Talent zum Heilen«, sagte die Auserwählte schwerfällig zu Chesmal. Blut rann ihr über die Lippen und tropfte immer stärker aus ihren Mundwinkeln. »Wendet es an. Jetzt, Närrin!«

Die dunkelhaarige Ghealdanerin zögerte nicht länger und legte die Hände um Moghediens Kopf. Liandrin lachte spöttisch in sich hinein, als das Glühen um Chesmal aufflammte. Auf deren hübschem Gesicht stand

Sorge, und Temailes feine, fuchsartige Züge waren von purer Angst und Entsetzen verzerrt. So treu waren die beiden. Solch ergebene Schoßhündchen. Moghedien wurde auf die Zehenspitzen hochgerissen, der Kopf in den Nacken geworfen, die Augen weit aufgerissen. Sie bebte, und der Atem floh aus ihrem geöffneten Mund, als habe man sie in Eiswasser gestoßen.

Nach wenigen Augenblicken war alles vorüber. Das Glühen um Chesmal verflog, und Moghediens Füße standen wieder fest auf dem blaugrün gemusterten Teppich. Hätte Temaile sie nicht gestützt, wäre sie womöglich zu Boden gesunken. Nur ein Teil der Kraft, die zum Heilen notwendig war, stammte von der Macht; den Rest trug die Person bei, die geheilt wurde. Die Wunde, die diese Blutungen hervorgerufen hatte, war jetzt verheilt, aber Moghedien war so schwach, als habe sie wochenlang krank im Bett gelegen. Sie zog den feinen gold- und elfenbeinfarbenen Schal von Temailes Gürtel und wischte sich den Mund ab, während die Frau ihr half, sich der Schlafzimmertür zuzuwenden. Schwach, und nun wandte sie ihr noch den Rücken zu.

Liandrin schlug zu, so hart sie nur konnte. Was diese Frau ihr bereits alles angetan hatte, verlieh ihr zusätzliche Kräfte.

Doch schon im gleichen Augenblick schien *Saidar* Moghedien wie eine Flutwelle zu durchdringen. Liandrins Schlag wurde abgefangen, als sie von der Quelle abgeschnitten wurde. Stränge aus Luft hoben sie auf und schleuderten sie so hart gegen die getäfelte Wand, daß ihre Zähne knirschten. Mit ausgebreiteten Armen und Beinen hing sie hilflos dort.

Chesmal und Temaile tauschten einen verwirrten Blick, als verstünden sie überhaupt nicht, was geschehen war. Sie stützten Moghedien weiter, die nun vor Liandrin stand und sich immer noch seelenruhig mit Temailes Schal den Mund abwischte. So schnell war alles gegangen. Moghedien lenkte ein kleines Rinnsal der Macht, und das Blut auf ihrem Hemd färbte sich schwarz, bröckelte ab und fiel auf den Teppich.

»Ihr … Ihr versteht nicht, Große Herrin«, stammelte Liandrin verzweifelt. »Ich wollte nur helfen, damit Ihr gut schlaft.« Ausnahmsweise einmal war ihr völlig gleichgültig, daß ihr Dialekt wieder durchbrach. »Ich wollte doch nur …« Sie brach ab und würgte nur noch, als ein Strang aus Luft ihre Zunge packte und sie ihr aus dem Mund zog. Ihre braunen Augen quollen heraus. Noch ein wenig mehr Druck, und …

»Soll ich sie herausreißen?« Moghedien musterte ihr Gesicht, sprach aber mehr zu sich selbst. »Ich denke nicht. Wie schade für Euch, daß diese al'Meara-Frau mich schon wie Semirhage reagieren läßt. Ansonsten würde ich Euch wahrscheinlich nur töten.« Plötzlich nabelte sie die Abschirmung ab. Der Knoten wurde immer komplizierter, bis Liandrin sich in den Windungen und Schleifen verlor. Und er wuchs immer noch. »So«, sagte Moghedien schließlich in zufriedenem Ton. »Ihr werdet sehr lange suchen müssen, bis Ihr jemanden findet, der das wieder entwirrt. Allerdings werdet Ihr kaum eine Gelegenheit zum Suchen bekommen.«

Liandrin suchte in Chesmals und Temailes Gesicht nach einer Spur von Sympathie und Mitgefühl – irgend etwas Tröstliches nur –, aber Chesmals Augen blickten kalt und streng, während die von Temaile glänzten. Sie berührte ihre Lippen mit der Zungenspitze und lächelte. Es war kein freundliches Lächeln.

»Ihr habt geglaubt, Ihr hättet etwas in bezug auf zwanghaftes Handeln, auf inneren Drang gelernt«, fuhr Moghedien fort. »Ich werde Euch aber noch ein bißchen mehr beibringen.« Einen Augenblick lang zitterte Liandrin am ganzen Körper. Der Anblick der Frau nahm ihr ganzes Gesichtsfeld in Anspruch, und ihre Stimme füllte ihr ganzes Gehör. »Lebe.« Der Augenblick war vorüber und Liandrin standen Schweißtropfen auf der Stirn, als die Auserwählte sie anlächelte.

»Der seelische Zwang hat viele Einschränkungen, aber ein Befehl, das zu tun, was jemand im tiefsten Innersten selbst will, hält ein Leben lang vor. Ihr werdet leben, so sehr Ihr euch auch anstrengt, Euch das Leben zu nehmen. Und ihr werdet immer daran denken. Ihr werdet viele Nächte lang weinend im Bett liegen und Euch den Tod herbeiwünschen.«

Der Strang, der Liandrins Zunge hielt, verschwand, und sie nahm sich kaum die Zeit, zu schlucken. »Bitte, große Herrin, ich schwöre, daß ich nicht …« In ihrem Kopf dröhnte es, und sie sah silbrigschwarze Flecken vor den Augen tanzen, als Moghedien sie kräftig ohrfeigte.

»Es ist manchmal verlockend … etwas … körperlich zu tun«, schnaufte die Frau. »Bettelt Ihr um mehr?«

»Bitte, Große Herrin …« Die zweite Ohrfeige ließ ihr Haar fliegen.

»Mehr?«

»Bitte …« Die dritte renkte ihr beinahe den Kiefer aus. Ihre Wange brannte.

»Wenn Ihr bei Euren Ausreden nicht mehr Phantasie entwickelt, höre ich nicht mehr hin. Statt dessen werdet Ihr zuhören. Ich glaube, was ich für Euch geplant habe, würde selbst Semirhage entzücken.« Moghediens Lächeln wirkte beinahe so düster wie das Temailes. »Ihr werdet leben und keineswegs einer Dämpfung unterzogen. Ihr werdet wissen, daß Ihr durchaus die Macht wieder lenken könntet, würdet Ihr nur jemanden finden, der Eure Abschirmung entknoten kann. Und das ist nur der Anfang. Evon wird über ein neues Küchenmädchen froh sein, und ich bin sicher, diese Frau Arene wird mit Euch lange Gespräche über ihren Mann führen wollen. Ja, sie werden Eure Gesellschaft so sehr genießen, daß ich daran zweifle, daß Ihr in den nächsten Jahren dieses Haus wieder einmal von außen sehen werdet. Lange Jahre, in denen Ihr euch wünscht, Ihr hättet mir treu gedient.«

Liandrin schüttelte den Kopf und bemühte sich, die Worte ›nein‹ und ›bitte‹ herauszubringen. Doch sie weinte zu sehr, um sie aussprechen zu können.

Moghedien wandte den Kopf, um Temaile anzusehen, und sagte: »Bereitet sie darauf vor. Und sagt ihnen, sie sollten sie auf keinen Fall töten oder verstümmeln. Ich möchte, daß sie immer glaubt, entkommen zu können. Selbst diese verlorene Hoffnung wird helfen, sie am Leben zu halten, damit sie leiden kann.« Sie wandte sich auf Chesmals Arm gestützt ab, und die Stränge, die Liandrin an der Wand festhielten, verschwanden.

Ihre Beine knickten ein wie Strohhalme, und sie brach auf dem Teppich zusammen. Nur die Abschirmung blieb. Sie hämmerte umsonst darauf ein, während sie Moghedien hinterherkroch und versuchte, den Saum ihres Nachthemds zu fassen, wobei sie verzweifelt schluchzte: »Bitte, Große Herrin.«

»Sie reisen mit einer Menagerie«, sagte Moghedien zu Chesmal. »Eure ganze Suche, und dann mußte ich sie doch selbst aufspüren. Eine Menagerie zu finden sollte nicht allzu schwierig sein.«

»Ich werde Euch treu dienen«, weinte Liandrin. Die Angst lähmte ihre Glieder; sie konnte nicht schnell genug kriechen, um Moghedien einzuholen. Sie sahen sich noch nicht einmal nach ihr um, wie sie da ihnen nach über den Teppich krabbelte. »Bindet mich, Große Herrin. Tut alles. Ich werde eine treue Hündin sein!«

»Es ziehen eine ganze Menge Menagerien nach Norden«, sagte Chesmal, die mit Eifer den Mißerfolg übertünchen wollte, der sich in ihrer Stimme niederschlug. »Nach Ghealdan, Große Herrin.«

»Dann muß ich nach Ghealdan gehen«, sagte Moghedien. »Ihr werdet uns schnelle Pferde besorgen und …« Die sich schließende Schlafzimmertür verschluckte den Rest ihrer Worte.

»Ich werde eine treue Hündin sein«, schluchzte Liandrin, die wie ein Häufchen Elend auf dem Teppich lag. Sie hob den Kopf und blinzelte sich die Tränen aus den Augen. So sah sie, wie Temaile sie beobachtete, sich die Arme rieb und lächelte. »Wir könnten sie überwältigen, Temaile. Wir drei gemeinsam könnten …«

»Wir *drei?*« Temaile lachte. »Ihr könntet noch nicht einmal den fetten Evon überwältigen.« Ihre Augen zogen sich zusammen, als sie die Abschirmung um Liandrin abtastete. »Sie hätte Euch genausogut einer Dämpfung unterziehen können.«

»Bitte, hört doch zu.« Liandrin schluckte schwer und bemühte sich, wieder deutlicher zu sprechen, doch ihre Stimme klang immer noch belegt, wenn auch äußerst eindringlich, als sie verzweifelt heraussprudelte: »Wir haben über die Uneinigkeit gesprochen, die zwischen den Auserwählten herrschen muß. Wenn sich Moghedien so versteckt, dann tut sie es vor den anderen Auserwählten. Sollten wir sie fangen und ihnen übergeben, dann stellt Euch einmal die Paläste vor, die wir dafür haben könnten! Man würde uns vielleicht über Könige und Königinnen erheben. Wir könnten sogar selbst zu Auserwählten werden!«

Einen Augenblick lang – einen gesegneten, wundervollen Moment lang – zögerte die Frau mit dem Kindergesicht. Dann schüttelte sie den Kopf. »Du hast noch nie gewußt, wie hoch du deinen Blick erheben kannst. ›Wer nach der Sonne greift, verbrennt sich die Finger.‹ Nein, ich glaube, ich werde mir die Finger nicht daran verbrennen, daß ich zu hoch hinaus will. Ich werde besser tun, was mir aufgetragen wurde und dich auf Evon vorbereiten.« Plötzlich lächelte sie und zeigte weiße Zähne, die sie noch fuchsartiger wirken ließen. »Wie überrascht er sein wird, wenn du zu ihm kriechst und ihm die Füße küßt.«

Liandrin begann zu schreien, bevor Temaile noch richtig begonnen hatte.

KAPITEL 17

Herausgerissen

Gähnend betrachtete Elayne Nynaeve von ihrem Bett aus. Sie hatte den Kopf auf einen Ellbogen gestützt, und das schwarze Haar hing an einem Arm herunter und kitzelte sie. Es war eigentlich schon lächerlich, darauf zu bestehen, daß diejenige, die nicht nach *Tel'aran'rhiod* ging, wach bleiben mußte. Sie wußte nicht, wieviel Zeit für Nynaeve in der Welt der Träume vergangen war, doch sie lag nun schon gut zwei Stunden hier und hatte nicht einmal ein Buch zum Lesen oder eine Handarbeit, um sich die Zeit zu vertreiben. Sie konnte nichts weiter tun, als die andere Frau anzustarren, die auf ihrem eigenen schmalen Bett ausgestreckt lag. Den *A'dam* noch weiter zu untersuchen brachte auch nichts. Sie glaubte, ihm mittlerweile alles entrungen zu haben, was sie daraus lernen konnte. Sie hatte sogar ganz vorsichtig ein wenig der Heilkunst mit Hilfe der Macht an der schlafenden Frau ausprobiert. Eine wache Nynaeve hätte dem niemals zugestimmt, denn sie hielt nicht viel von Elaynes Fähigkeiten auf diesem Gebiet – nun, vielleicht hätte sie auch in diesem besonderen Fall eine Ausnahme gemacht –, aber Nynaeves blaues Auge war verschwunden. Um der Wahrheit die Ehre zu geben, war das die komplizierteste Heilung gewesen, die Elayne bisher unternommen hatte, und sie hatte all ihre Kräfte dafür zusammennehmen müssen. Nichts zu tun. Hätte sie ein wenig Silber, dann hätte sie versuchen können, selbst einen *A'dam* herzustellen. Silber war nicht das einzige Metall, das sie dafür benötigte, aber selbst dazu hätte sie eine Menge

Münzen einschmelzen müssen. Nynaeve hätte bestimmt nicht viel davon gehalten, Geld zu verlieren und statt dessen einen zweiten *A'dam* vorzufinden. Hätte sie wenigstens Thom und Juilin über ihre Aktivitäten aufgeklärt, dann wäre sie in der Lage gewesen, Thom einzuladen und ihr Gesellschaft zu leisten.

Sie führten nämlich wirklich die nettesten Unterhaltungen. Es war, als wolle ein Vater seiner Tochter all seine Kenntnisse vermitteln. Sie hatte beispielsweise überhaupt nicht begriffen gehabt, wie tief das Spiel der Häuser sogar in Andor verwurzelt war, wenn auch vielleicht noch immer nicht so tief wie in anderen Ländern. Wie Thom meinte, waren da nur die Grenzlande vollständig ausgenommen. Da die Fäule gleich an ihrer Nordgrenze begann und Trolloc-Überfälle an der Tagesordnung waren, hatten sie einfach keine Zeit für Intrigen und komplizierte politische Manöver. Ja, sie und Thom unterhielten sich prächtig, jetzt, da er sicher sein konnte, daß sie nicht versuchen werde, sich an ihn heranzuschmusen. Bei der Erinnerung daran brannten ihre Wangen immer noch, denn sie hatte wirklich ein- oder zweimal daran gedacht, etwas in der Art mit ihm anzufangen, es aber glücklicherweise nicht fertiggebracht.

»›Selbst eine Königin stößt sich manchmal den Zeh an, doch eine kluge Frau schaut, wohin sie tritt‹«, zitierte sie leise. Lini war eine kluge Frau. Elayne glaubte nicht, daß ihr derselbe Fehler noch einmal unterlaufen werde. Ihr war schon klar, daß sie viele Fehler begangen hatte, aber selten nur denselben zweimal. Eines Tages vielleicht würde sie so wenige begehen, daß sie eine würdige Nachfolgerin ihrer Mutter auf dem Thron war.

Plötzlich setzte sie sich auf. Tränen waren unter Nynaeves geschlossenen Lidern hervorgequollen und rannen ihr über die Wangen. Was Elayne zunächst für leises Schnarchen gehalten hatte, denn Nynaeve schnarchte oft, auch wenn sie das vehement bestritt, war in Wirklichkeit ein leichtes Schluchzen und Wimmern, das trotz ihres geschlossenen Mundes hörbar wurde. Das war etwas, was nicht sein sollte. Wäre sie verwundet worden, dann hätte sich die Wunde auch hier gezeigt, wenn sie sie auch vor dem Erwachen selbst nicht fühlte.

Ob ich sie wohl wecken sollte? Doch sie zögerte, obwohl sie schon die Hand ausgestreckt hatte. Jemanden aufzuwecken, der sich in *Tel'aran'rhiod* befand, war keineswegs leicht. Auch schütteln oder ein Guß kalten Wassers ins Gesicht erfüllten da manchmal ihren Zweck nicht. Und Nynaeve hätte bestimmt einiges dagegen, wenn sie auf ihr herumtrommelte, wo sie doch schon von Cerandin genug abbekommen hatte. *Was mag da wirklich zwischen den beiden geschehen sein? Ich muß Cerandin ausfragen.* Was auch in der Welt der Träume los war, Nynaeve sollte eigentlich in der Lage sein, jederzeit aus dem Traum zu entkommen und zurückzukehren, wenn sie das wünschte. Außer ... Egwene hatte behauptet, die Weisen Frauen könnten jemand gegen den Willen dieser Person in *Tel'aran'rhiod* festhalten. Falls sie ihr das beigebracht hatten, hatte sie es allerdings nicht an Elayne oder Nynaeve weitergegeben. Wenn nun jemand Nynaeve dort festhielt und ihr Schmerzen zufügte, konnten das wohl kaum Birgitte oder die Weisen Frauen sein. Gut, die Weisen Frauen brächten so etwas schon fertig, falls sie Nynaeve auf Abwegen erwischt hatten. Doch wenn nicht sie, dann blieb nur noch ...

Sie packte Nynaeve an den Schultern, um sie zu schütteln. Falls das nicht wirkte, würde sie die Kanne Wasser auf dem Tisch mit Hilfe der Macht bis an den Gefrierpunkt abkühlen oder die andere ohrfeigen ... Doch dann schlug Nynaeve die Augen auf.

Fast im selben Augenblick begann sie auch schon, laut zu weinen. Ein so verzweifeltes Weinen hatte Elayne noch nie vernommen. »Ich habe sie getötet. O Elayne, ich habe sie mit meinem törichten Stolz umgebracht, habe gedacht, ich könne …« Sie konnte nicht weitersprechen und schluchzte nur mit geöffnetem Mund.

»Wen hast du getötet?« Moghedien konnte es nicht sein, denn der Tod dieser Frau würde bei ihr sicherlich keine Trauer auslösen. Sie wollte Nynaeve gerade in die Arme nehmen und trösten, da trommelte jemand an die Tür.

»Schick sie weg«, brachte Nynaeve mühsam heraus und rollte sich in der Mitte ihres Betts zu einem zitternden Häufchen Elend zusammen.

Seufzend ging Elayne zur Tür und zog sie auf. Doch bevor sie ein Wort herausbrachte, schob sich Thom aus der Nacht heraus an ihr vorbei. Das zerknitterte Hemd hing ihm aus der Hose und er trug eine in seinen Umhang gewickelte Gestalt auf den Armen. Nur die bloßen Füße einer Frau waren zu sehen.

»Sie war einfach plötzlich da«, sagte Juilin hinter ihm, als könne er die eigenen Worte kaum glauben. Beide Männer waren barfuß und Juilins hagerer, unbehaarter Oberkörper war nackt. »Ich bin ganz kurz aufgewacht, und da stand sie plötzlich vor mir, nackt wie ein Neugeborenes, und klappte augenblicklich zusammen wie ein Sack Fischmehl.«

»Sie lebt noch«, sagte Thom und legte die in den Umhang gehüllte Gestalt auf Elaynes Bett, »aber nur gerade eben. Ich konnte kaum noch einen Herzschlag fühlen.«

Mit gerunzelter Stirn zog Elayne die Kapuze des Umhangs weg – und blickte zu Tode erschrocken direkt in Birgittes leichenblasses Gesicht.

Nynaeve kletterte steif vom anderen Bett und kniete neben der bewußtlosen Frau nieder. Ihr Gesicht glänzte tränenfeucht, doch sie hatte mit Weinen aufgehört. »Sie lebt«, hauchte sie. »Sie lebt tatsächlich noch.« Mit einemmal schien ihr bewußt zu werden, daß sie im Hemd vor den Männern kniete, aber sie würdigte die beiden kaum eines Blickes und sagte lediglich: »Schicke sie raus, Elayne. Ich kann nichts tun, wenn sie dastehen und wie die Schafe gucken.«

Thom und Juilin sahen sich an und rollten frustriert die Augen, als Elayne sie hinauswinkte. Sie schüttelten leicht die Köpfe, gingen dann aber doch zur Tür, ohne sich zu beklagen. »Sie ist… eine Freundin«, sagte Elayne zu ihnen. Sie hatte das Gefühl, zu schweben wie in einem Traum, und sie empfand gar nichts dabei. Wie konnte das möglich sein? »Wir werden uns um sie kümmern.« Wie konnte das geschehen? Das war doch unmöglich! »Sagt niemandem etwas davon!« Die Blicke, die sie ihr zuwarfen, bevor sie die Tür zuschlug, ließen sie erröten. Natürlich waren sie schlau genug, nicht darüber zu reden. Aber manchmal mußte man Männer an die einfachsten Sachen erinnern, sogar Thom. »Nynaeve, was, beim Licht…«, begann sie, als sie sich zu den anderen Frauen umwandte, brach jedoch ab, da sie das Glühen *Saidars* um die Kniende herum wahrnahm.

»Verdammt soll sie sein!« grollte Nynaeve, die wild entschlossen Stränge der Macht lenkte. »Für immer soll sie verdammt sein, weil sie das getan hat!« Elayne erkannte die Stränge, die zur Heilung notwendig waren, aber weiter reichten ihre Kenntnisse nicht. »Ich werde sie aufspüren, Birgitte«, murmelte Nynaeve wieder. Stränge aus dem Element Geist dominierten das Gewebe, aber auch Wasser und Luft waren darin verwoben und sogar etwas Erde und Feuer. Es wirkte genauso kompliziert, als wolle man mit jeder Hand auf ein anderes Kleid Muster sticken, und das gleichzeitig auch noch mit den Füßen. Und mit verbundenen Augen. »Sie wird dafür bezahlen.« Das Glühen um Nynaeve wurde immer stärker, bis es die Lampen überstrahlte und Elayne nur noch mit zusammengekniffenen Augen sehen konnte. »Ich schwöre es! Beim Licht und meiner Hoffnung auf Erlösung und Wiedergeburt, ich werde sie dafür bezahlen lassen!« Der Zorn in ihrer Stimme änderte sich und wurde womöglich noch größer. »Es funktioniert nicht. Es ist nichts an ihr, was ich heilen könnte. Es geht ihr so gut, wie es nur sein kann. Und doch stirbt sie. O Licht, ich spüre, wie mir ihr Leben entgleitet. Verdammt sei Moghedien! Seng sie! Und mich gleich mit!« Sie gab aber noch nicht auf. Das Gewebe blieb bestehen. Kompliziert verwundene Stränge flossen in Birgitte ein. Und die Frau lag da, der goldene Zopf hing an der Seite des Betts herunter, und ihre Brust hob und senkte sich immer langsamer.

»Ich kann etwas tun, das vielleicht helfen wird«, sagte Elayne bedächtig. Man müßte dafür eigentlich eine Genehmigung einholen, aber das war auch nicht immer so gewesen. Einst war es durchaus auch ohne Genehmigung geschehen. Es gab keinen Grund, warum es bei einer Frau nicht anwendbar sein sollte. Sie hatte allerdings noch nie davon gehört, daß es bei einer Frau angewandt worden sei; nur immer bei Männern.

»Koppelung?« Nynaeve wandte den Blick nicht von der Frau auf dem Bett und ließ in ihren Bemühungen mit der Macht nicht nach. »Ja. Du wirst es tun müssen, denn ich weiß nicht, wie, aber ich muß die Führung übernehmen. Ich weiß nicht einmal zur Hälfte, was ich eigentlich in diesem Augenblick überhaupt mache, aber wenigstens weiß ich, daß ich es schaffen kann. Du könntest nicht einmal eine Prellung heilen.«

Elayne verzog den Mund, ließ die Bemerkung aber unbeantwortet. »Nein, keine Koppelung.« Die Menge an *Saidar,* die Nynaeve in sich aufgesogen hatte, war erstaunlich. Wenn sie damit Birgitte nicht retten konnte, würde das, was Elayne noch hinzufügen könnte, auch nicht mehr bringen. Gemeinsam wären sie wohl stärker, als eine einfache Addition ihrer Kräfte ergäbe, aber sie wußte nicht einmal genau, ob sie dazu schon in der Lage sei. Sie hatte sich nur einmal verkoppelt, und das hatte eine Aes Sedai getan, mehr, um ihr zu zeigen, was das für ein Gefühl war, als einen Zweck zu erfüllen. »Hör auf damit, Nynaeve. Du hast ja selbst gesagt, daß es nicht funktioniert. Hör auf und laß mich einen Versuch machen. Wenn es damit auch nicht geht, kannst du ja...« Was konnte sie dann? Wenn die Heilung geschah, dann war alles gut, wenn nicht... Es hatte gar keinen Zweck, es noch einmal zu versuchen, wenn sie schon beim ersten Mal keinen Erfolg gehabt hatte.

»Was willst du ausprobieren?« fauchte Nynaeve beleidigt, aber sie rutschte doch ungeschickt rückwärts und ließ Elayne ans Bett treten. Das Heilgewebe löste sich auf, nicht aber ihre glühende Aura.

Statt ihr zu antworten, legte Elayne eine Hand auf Birgittes Stirn. Bei dem, was sie vorhatte, war die körperliche Berührung genauso notwendig wie bei einer Heilung, und beide Male, als sie in der Burg zugesehen hatte, hatten die betreffenden Aes Sedai die Stirn des jeweiligen Mannes berührt. Die Stränge aus Geist, die sie nun verwob, waren äußerst kompliziert, wenn auch nicht in dem Maße wie Nynaeves Heilgewebe vor einer Minute. Sie verstand kaum selbst, was sie da tat, und von manchem überhaupt nichts, aber sie hatte sehr genau aufgepaßt – damals, aus ihrem Versteck heraus –, welche Muster das Gewebe bilden mußte. Aufgepaßt hatte sie, weil sie einfach romantische Vorstellungen gehabt hatte, weil sie Geschichten erfunden hatte über Liebe und Tapferkeit und Glück, wo die Wirklichkeit, die sie erlebte, nur trüb und enttäuschend schien. Nach ein paar Augenblicken war sie fertig, setzte sich auf das andere Bett und ließ *Saidar* los.

Nynaeve runzelte die Stirn und beugte sich wieder über Birgitte. Die Gesichtsfarbe der bewußtlosen Frau wirkte vielleicht ein wenig besser, und ihr Atem kam ein bißchen kräftiger. »Was hast du gemacht, Elayne?« Nynaeve nahm den Blick nicht von Birgitte, aber das sie umgebende Glühen verblaßte langsam. »Es war jedenfalls keine Heilung. Ich glaube, ich könnte es jetzt nachmachen, aber mit Heilen hatte es nichts zu tun.«

»Wird sie überleben?« fragte Elayne mit schwacher Stimme. Es gab keine sichtbare Verbindung zwischen ihr und Birgitte, keine Stränge der Macht, aber sie fühlte die Schwäche der Frau. Eine schreckliche Schwäche, die sie deutlich spürte. Und sie würde fühlen, wenn Birgitte starb, im gleichen Augenblick noch, und sei sie auch Hunderte von Meilen entfernt.

»Ich weiß nicht. Ihr Leben entflieht nicht mehr, aber ich weiß es nicht.« Die Erschöpfung machte Nynaeves Stimme weicher als gewohnt, und es lag auch viel Schmerz in ihrem Tonfall, als teile sie Birgittes Wunden, seien es auch nur innere. Sie sog scharf die Luft zwischen halb geöffneten Lippen ein, erhob sich, entfaltete eine rotgestreifte Decke und breitete sie über die liegende Frau. »Was hast du mit ihr gemacht?«

Elayne schwieg, bis Nynaeve zu ihr herüberkam und sich schwerfällig neben ihr auf das Bett sinken ließ. »Eine Bindung«, sagte sie schließlich. »Ich… habe sie an mich gebunden. Als Behüterin. Es war kein Eid notwendig.« Der ungläubige Blick der anderen Frau ließ sie schnell fortfahren: »Heilen hatte keinen Zweck. Ich mußte doch etwas tun. Du weißt doch, welche Gaben ein Behüter durch die Bindung an seine Aes Sedai erhält. Zum einen Kraft und Energie. Er kann weitermachen, wo andere Männer zusammenbrechen und sterben; er kann Wunden überleben, die jeden anderen töten würden. Etwas anderes ist mir nicht eingefallen.«

Nynaeve atmete tief durch. »Nun, es scheint ja besser zu funktionieren als das, was ich versuchte. Ein weiblicher Behüter. Ich frage mich, was Lan davon halten wird. Aber es gibt eigentlich nichts, was dagegen spräche. Und wenn überhaupt eine Frau, dann sie.« Sie zog die Beine ächzend hoch und setzte sich darauf. Ihr Blick kehrte zu Birgitte zurück. »Du mußt das natürlich geheimhalten. Wenn jemand erfährt, daß eine Aufgenommene eine Behüterin an sich gebunden hat, gleich unter welchen Umständen…«

Elayne schauderte. »Ich weiß«, sagte sie schlicht und doch leidenschaftlich. Es war wohl kein Verstoß, der ihr eine Dämpfung einbringen würde, aber vermutlich würde jede Aes Sedai sie so in die Mangel nehmen, daß sie sich die Dämpfung herbeiwünschte. »Nynaeve, was ist in der Welt der Träume geschehen?«

Eine Weile lang glaubte sie, die andere werde wieder mit Weinen anfangen, denn sie bewegte die Lippen und ihr Kinn zitterte. Als sie aber zu sprechen begann, klang ihre Stimme wie Eisen, und auf ihrem Gesicht stand ein Gemisch aus Zorn und zu vielen vergossenen Tränen. Sie erzählte ihre Geschichte ganz nüchtern, sogar knapp, bis sie zu Moghediens Auftauchen im Lager der Truppe kam. Danach berichtete sie über jede noch so schmerzliche Einzelheit.

»Ich müßte eigentlich von Kopf bis Fuß Striemen tragen«, sagte sie schließlich in bitterem Tonfall, wobei sie einen glatten, unversehrten Arm berührte. Unversehrt oder nicht, jedenfalls zuckte sie zusammen. »Ich verstehe nicht, wieso nichts zu sehen ist. Ich spüre die Striemen, und ich verdiene sie auch für meinen dummen, törichten Stolz. Dafür, daß ich mich fürchtete, zu tun, was ich hätte tun sollen. Ich verdiente, in der Räucherkammer aufgehängt zu werden wie eine Speckseite. Wenn es Gerechtigkeit gäbe, würde ich immer noch dort baumeln und Birgitte läge nicht auf diesem Bett und wir müßten uns nicht fragen, ob sie überlebt oder nicht. Wenn ich nur mehr wüßte. Hätte ich nur fünf Minuten lang Moghediens Wissen, dann könnte ich sie heilen. Da bin ich ganz sicher.«

»Wenn du noch immer hängen würdest«, sagte Elayne auf ihre praktische Art, »würdest du in kurzer Zeit aufwachen und mich abschirmen. Ich zweifle nicht daran, daß Moghedien dafür gesorgt hätte, dich zornig genug zu machen, um die Macht benützen zu können. Denk daran, sie kennt uns alle nur zu gut. Und ich bezweifle auch nicht, daß ich keinen Verdacht geschöpft hätte, bis es zu spät gewesen wäre. Ich halte nicht viel davon, hilflos zu Moghedien geschleppt zu werden, und du vermutlich auch nicht.« Die andere konnte ihr nicht in die Augen sehen. »Es muß eine Art von Koppelung gewesen sein, Nynaeve, wie durch einen *A'dam*. So hat sie dich Schmerzen empfinden lassen, ohne dich tatsächlich zu verletzen.« Nynaeve saß da und starrte wütend und gleichzeitig schmollend vor sich hin. »Nynaeve, Birgitte ist am Leben. Du hast alles für sie getan, was du konntest, und so das Licht es will, wird sie leben. Moghedien hat ihr das angetan und nicht du. Ein Soldat, der die Verantwortung dafür übernimmt, daß seine Kameraden in der Schlacht fallen, ist ein Narr. Du und ich, wir sind Soldaten in einer Schlacht, aber du bist keine Närrin. Also hör auf, dich wie eine zu benehmen!«

Daraufhin blickte Nynaeve sie wieder an. Einen Moment nur sah sie ihre finstere Miene, und dann wandte sie ihr Gesicht ganz ab. »Du verstehst das nicht.« Sie senkte die Stimme, bis sie beinahe flüsterte: »Sie ... *war* ... eine der Helden und Heldinnen, die an das Rad der Zeit gebunden wurden, dazu bestimmt, immer wiedergeboren zu werden, zur Legende zu werden. Diesmal wurde sie nicht geboren, Elayne. Sie wurde einfach aus *Tel'aran'rhiod* herausgerissen. Ist sie immer noch an das Rad gebunden? Oder wurde sie auch aus dieser Bindung gerissen? Von dem weggerissen, was ihr eigener Mut ihr eingebracht hatte, nur, weil ich so stolz war, so männerstur dumm, daß ich sie losschickte, um Moghedien zu suchen?«

Elayne hatte gehofft, daß Nynaeve nicht so schnell auf diese Fragen stoßen werde, sondern erst, wenn sie ein wenig Zeit zur Erholung gehabt hätte. »Weißt du, wie schlimm Moghedien verletzt wurde? Vielleicht ist sie tot?«

»Ich hoffe nicht.« Die andere Frau fauchte das fast. »Ich will sie dafür bezahlen lassen ...« Sie atmete tief durch, aber statt aufzuleben, sackte sie noch mehr in sich zusammen. »Ich würde nicht auf ihren Tod zählen. Birgittes Pfeil hat ihr Herz verfehlt. Ein Wunder, daß sie getroffen hat, so, wie sie herumtaumelte. Ich hätte nicht einmal aufstehen können, wäre ich so weit so hart weggeschleudert worden wie Birgitte. Ich konnte nicht einmal selbst aufstehen, nach dem was mir Moghedien angetan hatte. Nein, sie ist am Leben, und wir sollten damit rechnen, daß sie ihre Wunde mit Hilfe der Macht heilen läßt und morgen früh hinter uns her ist.«

»Sie würde dann immer noch Zeit benötigen, um sich zu erholen, Nynaeve. Das weißt du doch. Kann sie eigentlich wissen, wo wir uns befinden? Deinen Worten nach hatte sie nicht genug Zeit, um mehr herauszubekommen als eben, daß wir uns in einer Menagerie befinden.«

»Und was ist, wenn sie doch mehr gesehen hat?« Nynaeve rieb sich die Schläfen, als habe sie Schwierigkeiten, zu denken. »Was ist, wenn sie genau weiß, wo wir sind? Sie könnte uns Schattenfreunde auf den Hals hetzen. Oder Schattenfreunde in Samara benachrichtigen.«

»Luca ist wütend, weil bereits elf Menagerien um die Stadt herum lagern und drei weitere darauf warten, die Brücke überqueren zu dürfen. Nynaeve, sie wird Tage brauchen, um nach einer solchen Wunde wieder zu Kräften zu kommen, selbst wenn sie eine Schwarze Schwester findet, die sie heilt, oder auch eine der anderen Verlorenen. Und dann weitere Tage, um fünfzehn Menagerien abzusuchen. Falls sich nicht noch mehr auf der Straße hinter uns befinden oder aus Altara heraufkommen. Wenn sie selbst uns sucht oder auch Schattenfreunde ausschickt, ganz gleich, sind wir auf jeden Fall gewarnt und haben tagelang Zeit, ein Boot oder Schiff zu finden, das uns flußabwärts bringt.« Sie legte eine kurze Denkpause ein. »Hast du noch irgend etwas in deinem Kräuterbeutel, um Haare zu färben? Ich möchte wetten, daß du in *Tel'aran'rhiod* dein Haar zum Zopf geflochten trugst. Meines hat dort immer seine wirkliche Farbe. Wenn du deines lose trägst, so wie jetzt, und in einer anderen Farbe, dann werden wir viel schwerer zu finden sein.«

»Überall Weißmäntel«, seufzte Nynaeve. »Galad. Der Prophet. Keine Schiffe. Es ist, als habe sich alles gegen uns verschworen und arbeite Moghedien in die Hände. Ich bin so müde, Elayne. Ich bin es müde, Angst haben zu müssen, wer hinter der nächsten Ecke auf uns wartet. Ich bin der Furcht vor Moghedien müde. Ich scheine einfach nicht richtig überlegen zu können, was wir als nächstes tun sollten. Mein Haar? Nichts, um ihm irgendeine Farbe zu geben, die ich tragen kann.«

»Du brauchst Schlaf«, sagte Elayne energisch. »Ohne den Ring. Gib ihn mir.« Die andere zögerte, doch Elayne wartete einfach mit ausgestreckter Hand, bis Nynaeve den gefleckten Steinring aus ihrem Hemd fischte und von der Lederschnur abnahm. Elayne stopfte ihn einfach in die Tasche und fuhr fort: »Jetzt leg dich hier hin, und ich wache bei Birgitte.«

Nynaeve sah die auf dem Bett ausgestreckte Frau einen Augenblick lang an und schüttelte dann den Kopf. »Ich kann nicht schlafen ... muß allein sein. Herumlaufen.« Sie stand so steif auf, als habe man sie wirklich verprügelt, nahm ihren dunklen Umhang vom Haken und legte ihn sich über dem Nachthemd um. An der Tür blieb sie noch einmal stehen. »Wenn sie mich töten will«, sagte sie trübsinnig, »weiß ich nicht, wie ich sie daran hindern könnte.« Sie ging barfuß und mit trauriger Miene in die Nacht hinaus.

Elayne zögerte, ungewiß, welche der beiden Frauen sie nötiger habe. Dann setzte sich sich wieder hin. Nichts, was sie ihr sagen konnte, machte die Dinge besser für Nynaeve, aber sie glaubte an deren Widerstandkraft. Wenn sie genug Zeit hatte, das alles im Kopf zu verarbeiten, würde sie sehen, daß Moghedien die Schuld trug und nicht sie. Sie mußte es nur einsehen.

KAPITEL 18

Ein neuer Name

Lange Zeit saß Elayne da und wachte über Birgittes Schlaf. Jedenfalls schien sie zu schlafen. Einmal rührte sie sich und murmelte verzweifelt: »Warte auf mich, Gaidal. Warte. Ich komme, Gaidal. Warte auf ...« Die Worte verklangen wieder, und ihre Atemzüge wurden ruhiger. Waren sie nun kräftiger? Die Frau sah immer noch todkrank aus. Besser als vorher, aber blaß und verhärmt.

Nach etwa einer Stunde kehrte Nynaeve mit schmutzigen Füßen zurück. Auf ihren Wangen glitzerten frische Tränen. »Ich konnte nicht wegbleiben«, sagte sie und hängte ihren Umhang an den Haken zurück. »Schlafe du jetzt. Ich wache bei ihr. Ich muß bei ihr wachen.«

Elayne erhob sich langsam und strich ihren Rock glatt. Vielleicht würde es Nynaeve bei der Bewältigung ihrer Schuldgefühle helfen, wenn sie eine Weile über Birgittes Schlaf wachte. »Ich kann eigentlich auch noch nicht schlafen.« Sie war erschöpft, aber nicht mehr schläfrig. »Ich denke, ich werde auch einen Spaziergang machen.« Nynaeve nickte lediglich, als sie Elaynes Platz auf dem Bett einnahm. Die staubigen Füße ließ sie an der Seite herunterbaumeln und ihr Blick war auf Birgitte gerichtet.

Zu Elaynes Überraschung schliefen auch Thom und Juilin noch nicht. Sie hatten ein kleines Feuer neben dem Wagen entzündet und saßen sich daran mit übergeschlagenen Beinen gegenüber, wobei beide ihre langstieligen Pfeifen rauchten. Thom hatte sein Hemd in die

Hose gesteckt, während Juilin seinen Mantel übergezogen hatte, aber ohne Hemd. Die Manschetten hatte er zurückgeschlagen. Sie sah sich erst in der Nacht um und setzte sich dann zu ihnen. Niemand rührte sich im Lager. Alles war dunkel, bis auf ihr Feuer und den Lampenschein, der hinter ihren Wagenfenstern sichtbar war.

Keiner der Männer sagte etwas, während sie ihren Rock unter sich zurechtrückte. Dann sah Juilin Thom an, der nickte, und der Diebfänger hob etwas vom Boden auf und reichte es ihr. »Das habe ich an der Stelle gefunden, wo sie lag«, sagte der Mann mit dem dunklen Teint. »Als sei er ihr aus der Hand gefallen.«

Elayne nahm den silbernen Pfeil bedächtig entgegen. Selbst die Federn schienen aus Silber zu bestehen.

»Sehr typisch«, sagte Thom im Tonfall einer gepflegten Konversation, ohne die Pfeife aus dem Mund zu nehmen. »Und wenn man den Zopf dazunimmt … Aus irgendeinem Grund wird der Zopf in jeder Legende erwähnt. Obwohl ich schon ein paar kennengelernt habe, die ihre wiedergeborene Persönlichkeit unter anderem Namen gewesen sein könnten, und die ihn nicht trugen. Andere wiederum, die auch in Frage kamen, haben ihn getragen.«

»Mir sind Legenden völlig egal«, warf Juilin ein. Er klang so wenig erregt wie Thom. Aber es mußte schon eine Menge passieren, daß sich diese beiden aufregten. »Ist sie es? Es wäre auch so schon schlimm genug, wenn eine Frau so mir nichts, dir nichts nackt aus dem Blauen erscheint, aber … Wo habt ihr uns da wieder hereingeritten, Ihr und N … Nana?« Er *war* besorgt. Juilin beging keine Fehler und er verplapperte sich nie. Thom schmauchte lediglich seine Pfeife und wartete ab.

Elayne drehte den Pfeil in ihren Händen hin und her und tat so, als untersuche sie ihn genauer. »Sie ist eine Freundin«, sagte sie schließlich. Bis – falls überhaupt – Birgitte sie davon entband, mußte sie ihr Versprechen halten. »Sie ist keine Aes Sedai, aber sie hat uns geholfen.« Sie blickten sie erwartungsvoll an. »Warum habt Ihr den nicht Nynaeve gegeben?«

Wieder tauschten die beiden einen bedeutungsvollen Blick. Besonders in Gegenwart von Frauen schienen sich Männer vor allem durch Blicke zu verständigen, vielleicht ganze Unterhaltungen hineinzupacken. Jedenfalls sagte dieser Blick genug darüber aus, was sie von ihrer Geheimnistuerei hielten. Wo sie doch ziemlich sicher wußten, wen sie sich da eingefangen hatten. Doch sie hatte ihr Wort gegeben.

»Sie schien ein wenig durcheinander«, sagte Juilin und saugte betont an seiner Pfeife. Thom dagegen nahm die seine aus dem Mund und blies die weißen Schnurrbartenden aus dem Gesicht.

»Durcheinander? Die Frau kam im Hemd herausspaziert und wirkte verloren. Als ich sie fragte, ob ich ihr helfen könne, hat sie mir keineswegs den Kopf abgebissen. Statt dessen hat sie sich an meiner Schulter ausgeweint!« Er zupfte an seinem Leinenhemd und murmelte etwas von Feuchtigkeit. »Elayne, sie hat sich für jedes böse Wort *entschuldigt,* das sie mir je gesagt hat, und das war so ziemlich jedes zweite Wort, das aus ihrem Mund kam! Sagte, man sollte sie eigentlich verprügeln, oder vielleicht hat auch jemand sie verprügelt; die halbe Zeit über redete sie recht zusammenhangloses Zeug. Sie sagte, sie sei ein Feigling und eine sture Närrin. Ich weiß nicht, was mit ihr los ist, aber sie ist bestimmt nicht sie selbst.«

»Ich kannte einst eine Frau, die sich auch so benommen hat«, sagte Juilin und spähte ins Feuer. »Sie erwachte und fand einen Einbrecher in ihrem Schlafzimmer vor. Sie hat den Mann glatt durchs Herz erdolcht. Aber als sie die Lampe entzündete, sah sie, daß es ihr eigener Mann war. Sein Fischerboot war früher als erwartet in den Hafen zurückgekehrt. Sie ist einen halben Monat lang genau wie Nynaeve jetzt herumgelaufen.«

Er verzog seinen Mund leicht. »Dann hat sie sich aufgehängt.«

»Ich hasse es, Euch diese Bürde aufzuerlegen, Kind«, fügte Thom sanft hinzu, »doch wenn ihr jemand helfen kann, dann seid Ihr die einzige unter uns, die das fertig bringt. Ich weiß, wie man einen Mann aus seinen Depressionen holen kann. Gib ihm kurz mal einen Tritt, oder mach ihn betrunken und suche ihm eine Pr...« Er räusperte sich laut, versuchte, es als Husten zu kaschieren, und strich sich über den Schnurrbart. Das einzig Schlechte an der Tatsache, daß er sie jetzt als Tochter betrachtete, war, daß er sie manchmal wie eine Zwölfjährige behandelte. »Jedenfalls ist es eben so: Ich weiß einfach nicht, wo ich bei ihr ansetzen soll. Und Juilin mag wohl gewillt sein, sie auf seinen Knien zu schaukeln, aber ich bezweifle, daß sie ihm dafür danken würde.«

»Da würde ich lieber einen Barrakuda auf den Knien schaukeln«, knurrte der Diebfänger, aber es klang nicht ganz so böse wie noch einen Tag zuvor. Er war genauso besorgt wie Thom, nur gab er es nicht so bereitwillig zu.

»Ich werde tun, was ich kann«, versicherte sie ihnen und drehte den Pfeil noch einmal herum. Sie waren gute Männer, und es gefiel ihr gar nicht, sie zu belügen oder Dinge vor ihnen zu verbergen. Jedenfalls nicht, wenn es nicht absolut notwendig war. Nynaeve behauptete, man müsse die Männer zu ihrem eigenen Besten führen, aber man konnte dabei auch zu weit gehen. Es war nicht recht, Männer in eine Gefahr hineinzuführen, über die sie überhaupt nichts wußten.

Also sagte sie ihnen alles. Über *Tel'aran'rhiod,* daß sich die Verlorenen wieder in Freiheit befanden, und über Moghedien. Natürlich nicht wirklich *alles.* Ein paar der Vorkommnisse in Tanchico waren einfach zu peinlich gewesen, als daß sie daran erinnert werden wollte. Sie hielt ihr Versprechen bezüglich Birgittes

Identität, und es war auf keinen Fall notwendig, ihnen die Einzelheiten darüber mitzuteilen, was Moghedien mit Nynaeve angestellt hatte. Das brachte ein paar Probleme mit sich, als sie ihnen die Ereignisse dieser Nacht beschreiben wollte, aber sie umging das elegant. Sie berichtete ihnen auf jeden Fall alles, was sie ihrer Meinung nach wissen mußten, um sich zum erstenmal bewußt zu werden, welchen Gefahren sie sich gegenüber sahen.

Nicht nur die Schwarzen Ajah, und schon als sie davon erfuhren, hatten sie schwer zu schlucken gehabt, nein, auch noch die Verlorenen, und eine davon war offensichtlich hinter ihr und Nynaeve her. Darüber hinaus machte sie ihnen auch gleich klar, daß sie beide genauso Moghedien jagten und daß jeder in ihrer Nähe in Gefahr war, zwischen Jäger und Beute gefangen zu werden, gleich, wie herum man es auch sah.

»Jetzt, da Ihr Bescheid wißt«, beendete sie ihren Bericht, »habt Ihr die Wahl, ob Ihr bleiben oder gehen wollt.« Dabei beließ sie es, und sie mied auch sorgfältig jeden Blick in Thoms Richtung. Sie hoffte beinahe verzweifelt, daß er bleiben werde, aber sie wollte ihn nicht glauben lassen, sie bitte ihn darum, nicht einmal durch einen Blick.

»Ich habe Euch noch nicht einmal die Hälfte von dem beigebracht, was Ihr wissen müßt, um eine genauso gute Königin zu werden wie Eure Mutter«, sagte er und bemühte sich, barsch zu klingen. Doch den Eindruck verdarb er sofort wieder, als er ihr mit einem knorrigen Finger eine Strähne schwarz-gefärbten Haars von der Wange wischte. »Mich werdet Ihr nicht so leicht los, Kind. Ich werde dafür sorgen, daß Ihr eine Meisterin im *Daes Dae'mar* werdet, und wenn ich Euch solange in den Ohren liegen muß, bis Ihr taub seid. Ich habe Euch ja noch nicht einmal beigebracht, wie man mit einem Messer umgeht. Eurer Mutter habe ich es beizubringen versucht, doch sie sagte immer, sie könne einem Mann befehlen, ein Messer zu benützen, wenn sie eines benötigte. Töricht, es so zu betrachten.«

Sie beugte sich vor und gab ihm einen Kuß auf eine lederne Wange. Er blinzelte, zog die buschigen Augenbrauen hoch, lächelte dann und schob sich wieder die Pfeife in den Mund.

»Mich dürft Ihr auch küssen«, sagte Juilin trocken. »Rand al'Thor wird mich an die Fische verfüttern, wenn ich Euch ihm nicht im gleichen Zustand zurückbringe, in dem er Euch zuletzt sah.«

Elayne hob das Kinn. »Ich will nicht, daß Ihr Rand al'Thors wegen bleibt, Juilin.« Sie zurückbringen? Tatsächlich? »Ihr bleibt nur dann, wenn Ihr selbst es wünscht. Und ich entbinde Euch dann auch keineswegs – oder Euch, Thom!« – denn er hatte beim Kommentar des Diebfängers gegrinst – »von Eurem Versprechen, zu tun, was wir Euch sagen.« Thoms überraschter Blick war eine äußerst zufriedenstellende Reaktion. Sie wandte sich wieder Juilin zu. »Ihr werdet entweder *mir* und natürlich Nynaeve folgen, im vollen Bewußtsein der Feinde, denen wir gegenüberstehen, oder Ihr packt Eure Habseligkeiten und reitet auf Schmoller weg, wohin Ihr wollt. Ich werde ihn Euch lassen.«

Juilin setzte sich so gerade hin, als habe er einen Stock verschluckt, und sein Gesicht färbte sich dunkler. »Ich habe in meinem ganzen Leben noch nie eine Frau in Gefahr im Stich gelassen.« Er zeigte mit seinem Pfeifenstiel auf sie, als sei es eine Waffe. »Schickt mich weg, und ich folge Euch wie ein Spürhund auf den Fersen.«

Nicht genau das, was sie wollte, aber es sollte reichen. »Also gut.« Sie erhob sich ein wenig steif und würdevoll, den silbernen Pfeil an der Seite, und behielt ihr leicht frostiges Benehmen bei. Sie glaubte, die Männer hätten endlich begriffen, wer hier das Sagen hatte. »Der Morgen ist nicht mehr fern.« Hatte Rand tatsächlich die

Frechheit besessen, Juilin zu befehlen, er solle sie ihm ›zurückbringen‹? Thom und Juilin würden einfach dafür gemeinsam ein wenig büßen müssen. Außerdem hatte er es für dieses Grinsen durchaus verdient. »Ihr werdet nun das Feuer löschen und Euch schlafen legen. Jetzt sofort. Keine Ausreden, Thom. Ohne Schlaf seid Ihr sonst morgen zu nichts zu gebrauchen.«

Gehorsam begannen sie, mit Hilfe ihrer Stiefel Erde auf das Feuer zu treten, aber als sie die groben Holzstufen erreichte, die in den Wagen hochführten, hörte sie Thom sagen: »Sie hört sich manchmal wirklich wie ihre Mutter an.«

»Dann bin ich froh, diese Frau niemals kennengelernt zu haben«, grollte Juilin als Antwort. »Werfen wir eine Münze, wer die erste Wache hat?« Thom murmelte etwas Zustimmendes.

Beinahe wäre sie zurückgegangen, aber statt dessen ertappte sie sich, wie sie lächelte. Männer! Es war ein wohlwollender Gedanke. Ihre gute Laune hielt an, bis sie drinnen war.

Nynaeve saß auf der äußersten Bettkante, stützte sich auf beide Hände, und die Augen fielen ihr immer wieder zu, während sie über Birgitte wachte. Ihre Füße waren immer noch schmutzig.

Elayne legte Birgittes Pfeil in eine der Kommoden hinter einige grob gewebte Säckchen mit getrockneten Erbsen. Glücklicherweise warf ihr die andere nicht einmal einen Blick zu. Sie hatte das Gefühl, der Anblick des silbernen Pfeils sei im Augenblick nicht das Richtige für Nynaeve. Aber womit konnte sie ihr helfen?

»Nynaeve, es ist höchste Zeit, daß du dir die Füße wäschst und ins Bett gehst.«

Nynaeves Oberkörper drehte sich schwankend zu ihr hin und sie blinzelte müde. »Füße? Was? Ich muß Wache halten.«

Also besser ein Schritt nach dem anderen. »Deine Füße, Nynaeve. Sie sind schmutzig. Wasche sie.«

Mit gerunzelter Stirn sah Nynaeve auf ihre staubigen Füße hinab und nickte dann. Sie kippte die große, weiße Kanne ein wenig über der Waschschüssel aus, wobei sie einiges verschüttete. Noch mehr spritzte heraus, bevor die Füße gewaschen waren und sie sich ein Handtuch nahm, um sie abzutrocken. Sogar dabei setzte sie sich hin. »Ich muß über sie wachen. Im Falle, daß ... daß ... Sie hat einmal etwas im Schlaf gerufen. Nach Gaidal.«

Elayne drückte sie auf die Matratze zurück. »Du brauchst Schlaf, Nynaeve. Du kannst ja die Augen nicht mehr offenhalten.«

»Kann ich doch«, murmelte Nynaeve mürrisch und versuchte, sich aufzusetzen, obwohl Elayne ihre Schultern nach unten drückte. »Ich muß bei ihr wachen, Elayne. Ich muß.«

Verglichen mit Nynaeve waren die beiden Männer draußen geradezu vernünftig und willig. Und selbst wenn Elayne willens gewesen wäre, zu dieser Methode zu greifen, gab es wohl keine Möglichkeit, sie jetzt betrunken zu machen und einen – einen hübschen jungen Mann für sie zu finden. Also ein kurzer Tritt statt dessen? Mit Vernunft und Mitgefühl hatte sie nichts erreicht. »Ich habe genug von dieser Schmollerei und deinem Selbstmitleid, Nynaeve«, sagte sie energisch. »Du wirst *jetzt* schlafen, und morgen sagst du kein einziges Wort darüber, welch arme Kreatur du bist. Wenn du deinen klaren Kopf, den du sonst an den Tag legst, nicht behalten kannst, werde ich Cerandin bitten, dir statt des einen, das ich beseitigt habe, zwei blaue Augen zu verpassen. Du hast mir noch nicht einmal dafür gedankt. Jetzt leg dich schlafen!«

Nynaeve riß empört die Augen auf. Wenigstens wirkte sie jetzt nicht, als wolle sie gleich wieder in Tränen ausbrechen. Doch Elayne schloß ihr die Augenlider einfach mit den Fingern. Es ging leicht, und trotz des gemurmelten Protests verfiel Nynaeve fast augenblicklich in das ruhige, gleichmäßige Atmen eines tiefen Schlafs.

Elayne tätschelte Nynaeves Schulter, bevor sie sich wieder aufrichtete. Sie hoffte, die andere werde friedlich schlafen und vielleicht sogar von Lan träumen. Aber jedes bißchen Schlaf, gleich wie unruhig, war jetzt besser als nichts. Sie unterdrückte ein Gähnen und beugte sich über Birgitte. Sie konnte jedoch nicht erkennen, ob die Gesichtsfarbe oder das Atmen der Frau nun einen besseren Eindruck machten. Sie konnte nichts anderes tun als warten und hoffen.

Der Lampenschein schien die beiden Frauen nicht im Schlaf zu stören, also ließ sie sie brennen und setzte sich auf den Boden zwischen die Betten. Das Licht half ihr sicherlich, wach zu bleiben. Sie wußte eigentlich selbst nicht genau, warum sie unbedingt wach bleiben mußte. Sie hatte doch, genau wie Nynaeve, alles getan, was ihr möglich gewesen war. Unbewußt lehnte sie sich an die Vorderwand des Wagens und ihr Kinn sank langsam auf die Brust herunter.

Ihr Traum war angenehm, wenn auch eigenartig. Rand kniete vor ihr, und sie legte ihm eine Hand auf den Kopf und band ihn als Behüter an sie. Einer ihrer Behüter. Nun würde sie sich für die Grünen entscheiden müssen, da sie ja auch noch Birgitte hatte. Es waren noch andere Frauen anwesend, deren Gesichter von einem Blick zum anderen wechselten: Nynaeve, Min, Moiraine, Aviendha, Berelain, Amathera, Liandrin, weitere, die sie nicht kannte. Wer sie auch waren – sie wußte, daß sie ihn mit ihnen teilen mußte, denn im Traum war sie sicher, daß Min das so gesehen hatte. Sie war sich ihrer eigenen Gefühle den anderen gegenüber nicht sicher. Ein paar waren dabei, denen sie am liebsten das Gesicht zerkratzt hätte. Doch wenn das Muster es so wollte, dann würde es geschehen. Aber eines hatte sie den anderen bei ihm voraus, das sie nie kennen würden: die Bindung zwischen Behüter und Aes Sedai.

»Wo sind wir hier?« fragte Berelain mit rabenschwarzem Haar und so schön, daß Elayne am liebsten die Zähne gefletscht hätte. Die Frau trug das tief ausgeschnittene rote Kleid, das Nynaeve auf Lucas Wunsch anziehen sollte. Sie zog sich immer mehr aus als an. »Wach auf. Das ist doch nicht *Tel'aran'rhiod*.«

Elayne fuhr hoch und sah, daß sich Birgitte über die Bettkante beugte und kraftlos nach ihrem Arm gegriffen hatte. Ihr Gesicht war viel zu blaß und feucht von Schweiß, als habe sie gerade heftiges Fieber überwunden, doch der Blick aus ihren blauen Augen war klar und scharf auf Elaynes Gesicht gerichtet.

»Das ist nicht *Tel'aran'rhiod*.« Es war nicht als Frage gestellt, doch Elayne nickte bestätigend, und Birgitte sank mit einem langen Seufzer auf das Bett zurück. »Ich erinnere mich an alles«, flüsterte sie. »Ich bin körperlich hier, und ich habe mein Erinnerungsvermögen. Alles hat sich geändert. Gaidal ist irgendwo dort draußen – ein Baby oder vielleicht ein kleiner Junge. Und selbst wenn ich ihn finde, was wird er dann von einer Frau halten, die mehr als alt genug ist, um seine Mutter zu sein?« Sie rieb sich ärgerlich die Augen und knurrte: »Ich weine nicht. Ich weine niemals. Ich weiß es noch genau, das Licht helfe mir. Ich weine nie.«

Elayne richtete sich soweit auf, daß sie neben dem Bett der Frau kniete. »Du wirst ihn finden, Birgitte.« Sie sprach leise. Nynaeve schien nach wie vor tief zu schlafen. Ihr leises, schnarrendes Schnarchen war nicht zu überhören. Aber sie benötigte auch dringend Ruhe. Es durfte jetzt nicht gleich wieder alles auf sie einstürmen. »Irgendwie findest du ihn. Und er wird dich lieben. Ich weiß das.«

»Glaubst du, das sei das Wichtigste daran? Ich kann es schon ertragen, wenn er mich nicht liebt.« Ihre tränenglitzernden Augen straften ihre Worte Lügen. »Er wird mich brauchen, Elayne, und ich werde nicht dasein. Er zeigt immer mehr Mut, als gut für ihn ist. Ich muß ihn bremsen und zur Vorsicht mahnen. Noch schlimmer: Er wird herumwandern, mich suchen, ohne zu wissen, wonach er eigentlich sucht und warum er sich so unausgefüllt und unvollständig fühlt. Wir sind immer zusammen, Elayne. Zwei Hälften eines Ganzen.« Die Tränen quollen nun doch heraus und rannen ihr über das Gesicht. »Moghedien sagte, sie werde dafür sorgen, daß ich für immer weine, und sie …« Mit einemmal verzog sich ihre Miene, und sie schluchzte so bitterlich, daß ihr ganzer Körper durchgeschüttelt wurde.

Elayne nahm sie in die Arme und murmelte ihr tröstende Worte zu, von denen sie wußte, daß sie nutzlos waren. Wie würde sie sich fühlen, wenn man ihr Rand wegnähme? Der bloße Gedanke daran reichte, um fast noch ihren Kopf an den Birgittes zu legen und mitzuweinen.

Sie wußte nicht, wie lange Birgitte gebraucht hatte, um sich auszuweinen, aber schließlich schob sie Elayne weg und legte sich auf dem Bett zurück. Sie wischte sich die Tränen aus dem Gesicht. »Das habe ich noch nie gemacht, seit ich ein kleines Kind war. Nie!« Sie verdrehte den Kopf und runzelte die Stirn, als sie Nynaeve auf dem anderen Bett schlafen sah. »Hat Moghedien sie schlimm verwundet? Ich habe noch nie gesehen, wie jemand derart zusammengeschnürt wurde, seit Tourag Mareesh nahm.« Elayne machte wohl eine verwirrte Miene, denn sie fügte hinzu: »Das war in einem anderen Zeitalter. Ist sie verletzt?«

»Nicht schlimm. Eher ihr Stolz. Was du getan hast, hat ihr die Flucht ermöglicht, aber nur, nachdem …« Elayne brachte es nicht fertig, weiterzusprechen. Zu viele Wunden lagen einfach noch offen. »Sie gibt sich die Schuld. Sie glaubt … alles … sei ihre Schuld, weil sie dich um Hilfe gebeten hat.«

»Hätte sie mich nicht um Hilfe gebeten, würde ihr Moghedien jetzt beibringen, wie man sie am besten anbettelt. Sie ist genauso unvorsichtig wie Gaidal.« Birgittes trockene Bemerkung klang widersinnig, wenn man ihre feuchten Wangen sah. »Sie hat mich ja nicht an den Haaren in das alles hineingezogen. Wenn sie sich für die Folgen verantwortlich fühlt, dann wäre sie auch verantwortlich für mein Handeln.« Nun klang sie beinahe erzürnt. »Ich bin eine freie Frau, und ich weiß selbst, was ich tue. Sie hat nicht für mich entschieden.«

»Ich muß schon sagen, du nimmst das besser auf, als ... ich es tun würde.« Sie brachte nicht heraus: ›besser als Nynaeve‹. Das stimmte wohl, aber die andere Version war auch zutreffend.

»Ich sage immer, wenn du schon an den Galgen mußt, reiß noch einen Witz für die Menge, gib dem Henker eine Münze und laß dich mit einem Lächeln auf den Lippen fallen.« Birgittes Lächeln war allerdings eher grimmig. »Moghedien hat den Braten gerochen, aber mein Hals ist noch ganz. Vielleicht werde ich sie noch überraschen, bevor alles vorbei ist.« Aus dem Lächeln wurde ein Stirnrunzeln, als sie Elayne musterte. »Ich kann ... dich spüren. Ich glaube, ich könnte die Augen schließen und auf dich zeigen, auch wenn du eine Meile weit entfernt wärst.«

Elayne atmete tief durch. »Ich habe dich als Behüterin an mich gebunden«, sagte sie dann hastig. »Du lagst im Sterben, heilen mit Hilfe der Macht half nicht, und ...« Die Frau sah sie an. Die Stirn hatte sie nicht mehr gerunzelt, doch ihre Augen blickten unangenehm scharf. »Es gab keine andere Wahl, Birgitte. Sonst wärst du gestorben.«

»Eine Behüterin«, sagte Birgitte ganz langsam. »Ich glaube, mich an eine Geschichte von einem weiblichen Behüter zu erinnern, aber das war in einem Leben vor so langer Zeit, daß ich die Einzelheiten vergessen habe.«

Es war Zeit, noch einmal tief Luft zu holen, und diesmal mußte sie die Worte aus sich herauszwingen: »Es gibt noch etwas, das du wissen solltest. Du wirst früher oder später daraufkommen, und ich habe beschlossen, wenn es nicht unbedingt sein muß, nichts vor Menschen zu verbergen, die ein Recht darauf haben, etwas Bestimmtes zu erfahren.« Ein dritter tiefer Atemzug. »Ich bin keine Aes Sedai. Ich bin nur eine Aufgenommene.«

Einen langen Augenblick über blickte die Frau mit dem goldenen Zopf zu ihr auf und dann schüttelte sie bedächtig den Kopf. »Eine Aufgenommene. Ich weiß von einer Aufgenommenen während der Trolloc-Kriege, die einen Burschen an sich gebunden hat. Baraschelle hätte am nächsten Tag ihre Prüfung zur Aes Sedai ablegen sollen und hätte ganz sicher die Stola erhalten, aber sie fürchtete, eine andere Frau, die ebenfalls die Prüfung ablegen sollte, würde ihn vor ihr nehmen. Während der Trolloc-Kriege erhob man die Frauen notwendigerweise so schnell wie möglich.«

»Was geschah dann?« Elayne konnte sich die Frage nicht verkneifen. Baraschelle? Der Name kam ihr bekannt vor.

Birgitte erfaßte den Rand der Decke über ihrem Busen mit beiden Händen, verschob den Kopf auf dem Kissen und machte eine spöttisch-mitfühlende Miene. »Es versteht sich von selbst, daß man ihr nicht gestattete, die Prüfung abzulegen, als es herauskam. Selbst die Notwendigkeit konnte einen solch groben Verstoß nicht aufwiegen. Sie ließen sie die Bindung an den armen Burschen auflösen und an eine andere weiterreichen, und um ihr Geduld beizubringen, hat man sie neben die Küchenmägde und Spießmädchen in die Küche gesteckt. Wie ich hörte, mußte sie drei Jahre lang dort bleiben, und als sie schließlich die Stola erhielt, hat die Amyrlin selbst ihr einen Behüter ausgewählt, einen ledergesichtigen, sturen Mann namens Anselan. Ich habe sie ein paar Jahre später kennengelernt, und ich konnte nicht feststellen, wer von den beiden die Befehle erteilte. Ich glaube, Baraschelle war das auch nicht ganz klar.«

»Nicht gerade angenehm«, murmelte Elayne. Drei Jahre in der… Halt! Baraschelle und *Anselan?* Das konnte doch wohl nicht das gleiche Paar sein, denn in der Legende wurde nichts davon erwähnt, daß Baraschelle eine Aes Sedai gewesen war. Doch andererseits hatte sie bereits zwei verschiedene Versionen gelesen, und Thom hatte eine dritte erzählt, und in allen hatte Baraschelle irgendeine langwierige und schwierige Aufgabe zu erledigen, um Anselans Liebe zu gewinnen. Zweitausend Jahre konnten eine Menge am Inhalt einer Legende ändern.

»Nicht gerade angenehm«, stimmte Birgitte ihr zu, und mit einemmal wirkten ihre Augen in dem blassen Gesicht viel zu groß und unschuldig. »Ich denke, da du ja willst, daß ich dein schreckliches Geheimnis wahre, wirst du mich nicht so schinden wie einige Aes Sedai ihre Behüter. Es wäre nicht gerade angenehm, wenn du mich dazu brächtest, dein Geheimnis auszuplaudern, nur, um dir zu entkommen.«

Instinktiv ruckte Elaynes Kinn nach oben. »Das klingt aber sehr nach einer Drohung. Ich mag Drohungen nicht, weder von dir noch von anderen. Wenn du glaubst…«

Die Liegende packte sie am Arm und unterbrach sie. Ihr Griff war bereits deutlich kräftiger. Ihre Miene sagte eindeutig, daß es ihr leid tat. »Bitte. So habe ich es nicht gemeint. Gaidal behauptet, ich hätte einen Sinn für Humor wie ein Stein, den man in einen Schojakreis wirft.« Bei der Erwähnung von Gaidals Namen zog ein Schatten über ihr Gesicht, war aber sofort wieder verflogen. »Du hast mein Leben gerettet, Tochter-Erbin von Andor. Ich werde dein Geheimnis wahren und dir als Behüterin dienen. Und als deine Freundin, wenn du das annimmst.«

»Ich werde stolz darauf sein, dich zur Freundin zu

haben.« Ein Schojakreis? Sie würde ein andermal danach fragen. Birgitte war vielleicht nun kräftiger, brauchte aber Ruhe und keine Fragen. »Und als Behüterin.« Es schien, sie müsse tatsächlich die Grünen Ajah erwählen, denn von allem anderen abgesehen bot das die einzige Möglichkeit, Rand ebenfalls als Behüter an sich zu binden. Den Traum hatte sie noch ganz deutlich in Erinnerung, und sie hatte vor, ihn auf die eine oder andere Art von der Notwendigkeit dieser Bindung zu überzeugen. »Vielleicht könntest du dich bemühen, deinen Humor etwas … zurückzuhalten?«

»Ich werde mich bemühen.« Birgitte sagte das so, als müsse sie versuchen, einen Berg anzuheben. »Aber wenn ich schon deine Behüterin bin, selbst im geheimen, werde ich dich schützen müssen. Du kannst ja kaum noch die Augen offenhalten. Es ist höchste Zeit, daß du schläfst.« Elaynes Kinn ruckte genauso schnell nach oben wie ihre Augenbrauen, aber Birgitte ließ ihr keine Gelegenheit zum Sprechen. »Unter anderem ist es die Aufgabe eines Behüters, es seiner – ihrer – Aes Sedai zu sagen, wenn sie sich selbst zu rücksichtslos vorantreibt. Und auch zur Vorsicht zu mahnen, wenn sie geradewegs in den Krater des Verderbens marschieren will. Und sie am Leben zu halten, damit sie tun kann, was sie vollbringen muß. Ich werde all das für dich tun. Fürchte nie eine Gefahr in deinem Rücken, wenn ich bei dir bin, Elayne.«

Nun gut, sie brauchte wohl wirklich Schlaf, aber Birgitte noch mehr. Elayne dämmte den Lampenschein ein wenig und sorgte dafür, daß die Frau sich bequemer hinlegte und einschlief, allerdings erst, nachdem sie vor Birgittes Augen ein Kopfkissen und Decken zwischen den Betten auf den Boden gelegt hatte, um sich dort hinzulegen. Es hatte auch noch ein klein wenig Streit darum gegeben, wer auf dem Boden schlafen sollte, aber Birgitte war noch so schwach, daß Elayne keine große Mühe gehabt hatte, sie dazu zu bewegen, im Bett zu bleiben. Nun, nicht allzu viel Mühe jedenfalls. Wenigstens wurde Nynaeves leises Schnarchen nicht unterbrochen.

Sie schlief allerdings nicht gleich ein, was immer sie Birgitte versprochen hatte. Die Frau konnte ja ihre Nase nicht außerhalb des Wagens zeigen, solange sie nichts zum Anziehen hatte, und sie war größer als Elayne und Nynaeve. So setzte sich Elayne zwischen die Betten und begann, den Saum an ihrem dunkelgrauen Reitkleid herauszulassen. Am Morgen würde kaum noch Zeit bleiben, mehr als eine schnelle Anprobe zu versuchen und den neuen Saum abzunähen. Doch der Schlaf überwältigte sie, als sie noch nicht einmal die Hälfte des Saums herausgetrennt hatte.

Wieder träumte sie davon, Rand als Behüter an sich zu binden, und zwar mehr als einmal. Manchmal kniete er freiwillig vor ihr nieder, und manchmal mußte sie es auf die gleiche Weise tun wie bei Birgitte und schlich sich sogar in sein Schlafzimmer, während er schlief. Nun gehörte auch Birgitte zu den anderen Frauen in ihren Träumen. Dagegen hatte Elayne nicht *zuviel* einzuwenden. Nicht bei ihr oder Min oder Egwene oder Aviendha oder Nynaeve, obwohl sie sich nicht vorstellen konnte, was Lan bei letzterer dazu sagen würde. Bei den anderen aber … Sie hatte im Traum gerade Birgitte, die den farbverändernden Umhang eines Behüters trug, befohlen, Berelain und Elaida für drei Jahre in die Küche zu verfrachten, als die beiden Frauen plötzlich auf sie einzuschlagen begannen. Sie erwachte, und stellte fest, daß Nynaeve über sie hinweggestiegen war, um zu Birgitte zu gelangen und nachzusehen, wie es ihr gehe. Hinter den kleinen Fenstern zeigte sich das typische Grau vor Beginn der Morgendämmerung.

Birgitte erwachte und behauptete gleich, sie sei wieder so kräftig wie immer und außerdem mörderisch hungrig. Elayne wußte nicht, ob Nynaeve ihren Anfall von Selbstvorwürfen mittlerweile überwunden hatte. Sie rang nicht mehr die Hände und sprach auch nicht weiter darüber, aber während Elayne sich Gesicht und Hände wusch und dabei Birgitte ihren Aufenthalt bei der Menagerie erklärte und warum sie noch eine Weile dabeibleiben mußten, schälte und entsteinte Nynaeve schnell ein paar rote Birnen und gelbe Äpfel, schnitt Käsescheiben ab und reichte Birgitte alles auf einem Teller. Dazu bekam sie etwas verdünnten, mit Honig gesüßten und gewürzten Wein. Sie hätte die Frau auch noch gefüttert, wenn Birgitte dies zugelassen hätte. Dann färbte Nynaeve Birgittes Haar, bis es so schwarz war wie das Elaynes, die mittlerweile auch ihres nachgefärbt hatte. Anschließend opferte Nynaeve noch ihre besten Strümpfe und ein Unterhemd und wirkte enttäuscht, als ein Paar von Elaynes Schuhen Birgitte besser paßten als ihre. Sobald Birgittes Haar mit einem Handtuch getrocknet und der Zopf wieder geflochten war, half sie ihr in das graue Seidenkleid hinein. An Hüften und Busen mußte es noch etwas erweitert werden, doch das mußte warten. Sie wollte sogar selbst den Saum nachnähen, doch Elaynes ungläubiger Blick veranlaßte sie, sich schnell zu ihrer eigenen Morgentoilette zurückzuziehen. Als sie sich das Gesicht wusch, knurrte sie vor sich hin, daß sie genauso gut nähen könne wie jede andere. Wenn sie denn wollte.

Als sie schließlich nach draußen gingen, spähte die Sonne bereits mit ihrem oberen Rand über die Bäume im Osten. In diesem Moment zumindest war es noch ein schöner Tag. Keine Wolke stand am Himmel, und am Mittag würde es wieder heiß und knochentrocken sein. Thom und Juilin spannten das Gespann vor den Wagen, und im ganzen Lager herrschte lebhaftes Treiben und Aufbruchstimmung. Schmoller war bereits gesattelt, und Elayne nahm sich vor, heute selbst zu reiten, bevor einer der Männer den Sattel in Besitz nehmen würde. Aber selbst, wenn ihr Thom oder Juilin zuvorkämen, wäre sie nicht zu sehr enttäuscht. Dazu war sie zu aufgeregt. Heute nachmittag würde sie zum erstenmal vor Publikum auf dem Hochseil arbeiten. Das Kostüm, das ihr Luca gezeigt hatte, machte sie wohl etwas nervös, doch sie jammerte deswegen nicht wie Nynaeve.

Luca selbst schritt schnell durch das Lager. Der rote Umhang flatterte hinter ihm her. Er hetzte die Leute herum und schrie völlig überflüssige Befehle. »Latelle, paß auf diese verdammten Bären auf! Ich will, daß sie auf den Beinen sind und brummen, wenn wir durch Samara fahren! Clarine, paß diesmal besser auf die Hunde auf! Wenn wieder einer von ihnen hinter einer Katze herjagt... Brugh, du und deine Brüder werden Eure Kunststücke nur vor meinem Wagen zeigen, ja? Nur *davor*. Das soll ein prunkvoller Wagenzug werden und keine Hetzjagd, um festzustellen, welcher von Euch am schnellsten Überschläge rückwärts vorführen kann! Cerandin, halte diese Keilerpferde zurück. Ich will, daß die Leute vor Staunen nach Luft schnappen und nicht vor Angst davonlaufen!«

Er blieb an ihrem Wagen stehen und blickte Nynaeve und Elayne finster an. Auch Birgitte warf er einen düsteren Blick zu. »Wie großzügig von Euch, Euch zu entschließen, doch mit uns zu kommen, Frau Nana, meine Lady Morelin. Ich hatte geglaubt, Ihr wolltet bis zum Mittag schlafen.« Er nickte in Richtung Birgitte. »Habt Ihr ein wenig mit jemanden von der anderen Seite des Flusses getratscht, ja? Also, jetzt haben wir keine Zeit mehr für Besucher. Ich will bis zum Mittag aufgebaut haben und die erste Vorführung beginnen.«

Nynaeve wurde von seinem Redeschwall zuerst überrollt, aber bereits beim Ende seines zweiten Satzes blickte sie ihm erzürnt in die Augen. Wie entschuldigend sie sich auch Birgitte gegenüber verhielt, hinderte sie offensichtlich nichts daran, an anderen ihre schlechte Laune auszulassen. »Wir sind genauso schnell wie alle anderen fertig, und das wißt Ihr recht gut, Valan Luca. Außerdem spielen ein oder zwei Stunden sowieso keine Rolle. Auf der anderen Seite des Flusses sind so viele Menschen versammelt, daß schon mehr zu Eurer Vorführung kommen, als Ihr euch je erträumt habt, wenn nur jeder hundertste dort erscheint. Wenn wir uns entschließen, in aller Ruhe zu frühstücken, werdet Ihr gefälligst Däumchen drehen und abwarten. Ihr werdet niemals bekommen, was Ihr wollt, wenn Ihr uns zurücklaßt.«

Das war wohl der deutlichste Hinweis auf die versprochenen hundert Goldmark, den sie bisher hatte fallenlassen, aber ausnahmsweise einmal zeigte er keine Wirkung. »So viele Menschen? So viele Menschen, ha! Die Menschen müssen angelockt werden, Frau! Chin Akima befindet sich bereits seit drei Tagen an diesem Ort, und er hat einen Burschen, der mit Schwertern und Äxten jongliert! Und neun Akrobaten! Neun! Und irgendeine Frau, von der ich noch nie gehört habe, hat zwei weibliche Akrobaten, die Sachen am Schlappseil vollführen, daß den Chavanas die Augen herausfallen werden! Ihr glaubt gar nicht, welche Mengen die anziehen. Sillia Cerano hat Männer, die ihre Gesichter wie Hofnarren geschminkt haben, die sich gegenseitig mit Wasser bespritzen und sich mit aufgeblasenen Rinderblasen über die Köpfe hauen, und die Leute zahlen noch mal extra einen Silberpfennig, um das zu sehen!« Mit einemmal zogen sich seine Augen zusammen und seine Aufmerksamkeit konzentrierte sich auf Birgitte. »Wärt Ihr gewillt, Euch das Gesicht zu schminken? Sillia hat unter ihren Narren keine einzige Frau. Ein paar der Pferdeknechte würden durchaus mitmachen. Es tut nicht weh, wenn man mit einer aufgeblasenen Rinderblase geschlagen wird, und ich zahle Euch...« Er schwieg und kalkulierte offensichtlich, denn es fiel ihm genauso schwer wie Nynaeve, sich von Geld zu trennen. Birgitte sprach in sein Schweigen hinein: »Ich bin kein Hofnarr und werde auch keinen spielen. Ich bin Bogenschützin.«

»So, so, eine Bogenschützin«, murmelte er und beäugte den kunstvoll geflochtenen schwarzen Zopf, der ihr über die linke Schulter nach vorn hing. »Und ich schätze, Ihr nennt Euch auch noch Birgitte. Was seid Ihr? Einer dieser Narren auf der Jagd nach dem Horn von Valere? Selbst wenn es das Ding überhaupt gibt, wieviel besser sind dann Eure Chancen, es zu finden, gegenüber all den anderen? Ich war in Illian, als die Jägereide abgelegt wurden, und es standen Tausende auf dem Großen Platz des Tammaz herum. Wenn es Euch um *erreichbaren* Ruhm geht, was könnte dann ruhmreicher sein als der Applaus ...«

»Ich bin Bogenschützin, hübscher Mann«, unterbrach ihn Birgitte energisch. »Bringt mir einen Bogen, und ich beweise Euch, daß ich besser schieße als Ihr oder irgend jemand, den Ihr mir benennt. Ich wette hundert Goldkronen gegen eine von Euch.« Elayne erwartete einen empörten Aufschrei Nynaeves, denn sie würden letzten Endes die Wette bezahlen müssen, falls Birgitte verlor. Auch wenn diese behauptete, wieder die alte zu sein, glaubte Elayne nicht, daß sie sich vollständig erholt habe. Doch Nynaeve schloß nur kurz die Augen und atmete tief und langgezogen durch.

»Frauen!« grollte Luca. Thom und Juilin wirkten dagegen nicht, als stimmten sie ihm bei. »Ihr paßt sehr gut zu *Lady* Morelin und Nana, oder wie auch immer sie heißen mögen.« Er schwenkte mit grandioser Geste seinen Umhang herum, wohl, um auf das Durcheinander von Menschen und Pferden hinzuweisen. »Es mag Euren scharfen Augen entgangen sein, *Birgitte*, aber ich muß mit einer ganzen Truppe aufbrechen, und meine Rivalen ziehen den Leuten in Samara bereits wie die Taschendiebe die Münzen aus den Taschen.«

Birgitte lächelte, wobei sich lediglich ihre Lippen leicht verzogen. »Habt Ihr Angst, hübscher Mann? Wir können Euren Einsatz auch auf einen Silberpfennig beschränken.«

Elayne hielt es für möglich, daß Luca einem Erstickungsanfall nahe war, so, wie sich sein Gesicht verfärbte. Sein Hals wirkte plötzlich zu dick für seinen Kragen. »Ich werde meinen Bogen holen«, zischte er beinahe. »Ihr könnt die hundert Mark abarbeiten, indem Ihr euer Gesicht als Narr schminkt oder meinetwegen auch die Käfige säubert!«

»Bist du sicher, daß es dir schon wieder gut genug geht?« fragte Elayne Birgitte, als er unter mürrischen Selbstgesprächen davonstolzierte. Das einzige verständliche Wort war die ständige Wiederholung »Frauen!« Nynaeve blickte die Frau mit dem Zopf an, als wünsche sie, daß sich der Boden öffne und sie – sie selbst, nicht Birgitte – verschlänge. Aus irgendeinem Grund hatten sich einige der Pferdeknechte um Thom und Juilin versammelt.

»Er hat hübsche Beine«, sagte Birgitte, »aber mir haben große Männer noch nie gefallen. Wenn sie auch noch ein hübsches Gesicht haben, sind sie meist unerträglich.«

Petra hatte sich der Männergruppe angeschlossen. Er war doppelt so breit gebaut wie die anderen. Er sagte irgend etwas und schüttelte dann Thom die Hand. Auch die Chavanas waren nun dort. Und Latelle. Sie unterhielt sich ernsthaft mit Thom, während sie Seitenblicke auf Nynaeve und die beiden Frauen an ihrer Seite abschoß. Als schließlich Luca mit einem unbespannten Bogen und einem Köcher voll Pfeilen zurückkehrte, waren wohl alle Vorbereitungen abgeschlossen. Die Wagen, die Pferde und die Käfige, selbst die Keilerpferde: alles war verlassen. Die Leute drängten sich sämtlich um Thom und den Diebfänger. Sie folgten ihnen, als Luca sie ein kleines Stück Wegs aus dem Lager hinausführte.

»Man sagt, ich sei ein recht guter Schütze«, sagte er

und schnitzte ein Kreuz in Brusthöhe – seiner Brust natürlich – in den Stamm einer hohen Eiche. Er hatte einiges von seiner Unbekümmertheit zurückgewonnen und schritt mit angeberischem Hüftschwung fünfzig Schritt ab. »Ich tue den ersten Schuß, damit Ihr seht, wem Ihr gegenübersteht.«

Birgitte nahm ihm einfach den Bogen aus der Hand und ging noch mal fünfzig Schritt weiter, während er ihr verblüfft nachblickte. Sie schüttelte den Kopf, als sie den Bogen näher betrachtete, stützte ihn dann aber auf ihren Fuß und bespannte ihn mit einer geschmeidigen Bewegung, bevor Luca mit Elayne und Nynaeve im Schlepptau bei ihr war. Birgitte zog einen Pfeil aus dem Köcher, den er in der Hand hielt, betrachtete ihn einen Moment lang kritisch und warf ihn weg wie Abfall. Luca runzelte die Stirn und öffnete den Mund, doch da warf sie bereits den nächsten weg. Drei weitere flogen auf den mit abgestorbenen Blättern bedeckten Boden, bevor sie endlich einen mit der Spitze neben sich in die lockere Erde steckte. Von einundzwanzig behielt sie schließlich nur vier.

»Sie kann es schaffen«, flüsterte Elayne und bemühte sich, in ihrer Stimme eine Gewißheit mitschwingen zu lassen, die sie nicht empfand. Wenn sie hundert Goldkronen zahlen mußten, würde es bald notwendig sein, den Schmuck zu verkaufen, den sie von Amathera erhalten hatten. Ihre Kreditbriefe waren praktisch nutzlos, wie sie Nynaeve erklärt hatte, denn ihr Gebrauch würde Elaida schnell Hinweise darauf liefern, wo sie sich aufgehalten hatten oder noch aufhielten. *Hätte ich nur zur Zeit etwas gesagt, dann wäre es nicht soweit gekommen. Als meine Behüterin muß sie schließlich tun, was ich verlange. Oder?* Soweit sie das allerdings im Moment beurteilen konnte, gehörte Gehorsam nicht zu Birgittes Gepflogenheiten. Hatten diese Aes Sedai, deren Bindungsgebung sie heimlich beobachtet hatte, die Männer auch einen Eid ablegen lassen? Jetzt, da ihr dieser

Gedanke kam, glaubte sie sich an einen solchen Fall erinnern zu können.

Birgitte legte einen Pfeil auf, hob den Bogen und ließ den Pfeil abzischen, scheinbar ohne überhaupt zu zielen. Elayne verzog schmerzhaft das Gesicht, doch die Stahlspitze schlug genau in der Mitte des geschnitzten Kreuzes ein, wo das weiße Holz des Baums aufleuchtete. Während er noch zitterte, schlug der zweite genau daneben ein, wobei er den ersten gerade berührte. Dann wartete Birgitte einen Augenblick ab, aber nur, damit die beiden Pfeile ganz ruhig steckten. Die Zuschauer schnappten nach Luft, als ihr dritter Pfeil den ersten *spaltete,* aber das war noch nichts gegen das ehrfürchtige Schweigen, als der letzte auch den übrigen Pfeil genauso sauber in zwei Hälften auseinanderklaffen ließ. Einer hätte ja noch Zufall sein können. Aber alle beide…

Luca fielen fast die Augen aus dem Kopf. Mit offenstehendem Mund starrte er erst den Baum an, dann Birgitte, dann noch mal den Baum und wieder die Frau. Sie reichte ihm den Bogen, doch er schüttelte nur schwach den Kopf.

Plötzlich warf er den Köcher weg und breitete mit einem beinahe glücklichen Aufschrei die Arme aus: »Keine Messer! Pfeile! Aus hundert Schritt Entfernung!«

Nynaeve sackte gegen Elayne, als der Mann erklärte, was er vorhatte, doch sie gab nicht einmal den Anflug eines Protestes von sich. Thom und Juilin sammelten Geld ein. Die meisten reichten ihnen ihre Münzen seufzend oder auch lachend, aber Juilin mußte Latelle am Arm packen, als sie sich zu drücken versuchte. Dann sagte er ihr ein paar zornige Worte und sie kramte Münzen aus ihrer Tasche. Also das war die Erklärung für ihre vorherige Aktivität. Sie würde ein Wörtchen mit ihnen reden müssen. Jedoch erst später. »Nana, du mußt aber nicht mitmachen.« Die Frau sah lediglich Birgitte mit gehetzt wirkendem Blick an.

»Unser Einsatz?« fragte Birgitte, als Luca endlich schwieg. Er verzog das Gesicht und angelte dann langsam in seiner Tasche nach einer Münze, die er ihr zuwarf. Elayne sah Gold im Sonnenschein aufblitzen, als Birgitte sie anschaute. Dann warf sie die Münze zurück. »Wir haben um einen Silberpfennig gewettet, was Euch betraf.«

Luca riß verblüfft die Augen auf, aber schon im nächsten Moment lachte er wieder und drückte ihr die Goldkrone in die Hand zurück. »Ihr seid jede Kupfermünze davon wert! Was sagt man dazu? Also, selbst die Königin von Ghealdan würde vielleicht kommen, um eine solche Vorführung zu sehen! Birgitte und ihre Pfeile. Wir werden Pfeile und Bogen silbern bemalen!«

Verzweifelt wünschte sich Elayne, Birgitte würde sie ansehen, damit sie ihr ein Zeichen geben konnte. Bei dem, was der Mann vorschlug, konnten sie ja gleich ein Hinweisschild für Moghedien aufstellen.

Aber Birgitte ließ lediglich die Münze in ihrer Hand auf und ab hüpfen und grinste. »Die Farbe würde einen sowieso schon schäbigen Bogen ganz ruinieren«, sagte sie schließlich. »Und nennt mich Maerion. So hat man mich schon früher einmal genannt.« Sie stützte sich auf den Bogen und ihr Lächeln wurde noch breiter. »Kann ich auch ein rotes Kleid haben?«

Elayne atmete tief und erleichtert auf. Nynaeve sah aus, als müsse sie sich übergeben.

KAPITEL 19

Auftritt in Samara

Zum – wie es ihr schien – hundertstenmal ergriff Nynaeve eine ihrer Locken, blickte sie an und seufzte. Durch die dünnen Holzwände des Wohnwagens drang unaufhörliches Gemurmel und Gelächter aus Hunderten, wenn nicht gar Tausenden von Kehlen und ferne Musik, die von dem Volksgemurmel fast ganz übertönt wurde. Sie hatte gewiß nichts dagegen einzuwenden gehabt, die Parade durch die Straßen Samaras mit Elayne im Wohnwagen zu erleben. Gelegentliche Blicke durch die Fenster hatten ihr klargemacht, daß sie sich lieber nicht draußen in dieser dichtgedrängten, schreienden Menge befinden wolle, die den Wagen kaum Platz machte. Doch jedesmal, wenn sie ihre kupferroten Locken musterte, wäre es ihr lieber gewesen, zusammen mit den Chavanas vor dieser Menschenmenge Überschläge zu vollführen, als diese neue Haarfarbe.

Sie schlang ihren einfach gewebten, dunkelgrauen Schal um sich, wandte sich zur Tür und erschrak, als plötzlich Birgitte dort stand. Die Frau hatte sich während der großen Parade in Clarines und Petras Wagen aufgehalten. Clarine änderte für sie nämlich ein rotes Ersatzkleid, das auf Lucas Wunsch hin für Nynaeve angefertigt worden war. Luca hatte übrigens Clarine diese Anweisung erteilt, bevor Nynaeve überhaupt davon wußte, geschweige denn zustimmte. Birgitte trug nun dieses Kleid. Den schwarzgefärbten Zopf hatte sie über die Schulter nach vorn gezogen, damit er zwischen ihren Brüsten lag. Sie schien sich des tiefen Ausschnitts gar nicht bewußt zu sein. Ein Blick auf sie genügte, und Nynaeve zog den Schal enger um sich zusammen. Birgitte durfte nicht einmal eine fingernagelbreite Spur mehr von ihrem bleichen Busen zeigen, wenn sie überhaupt noch den geringsten Anspruch auf Anstand erheben wollte. Auch so war dieser Anspruch mehr eine Ausrede und höchstens einen Lacher wert. Wenn sie die andere ansah, zog sich Nynaeves Magen zusammen, allerdings nicht des Kleides und der entblößten Haut wegen.

»Wenn du schon das Kleid trägst, warum bedeckst du dich dann?« Birgitte trat ein und schloß die Tür hinter sich. »Du bist eine Frau. Warum zeigst du nicht, daß du stolz darauf bist?«

»Wenn Ihr meint, dann lasse ich es eben«, erwiderte Nynaeve zögernd und ließ langsam den Schal bis zu den Ellbogen herunterrutschen, wobei sie das Ebenbild des Kleids der anderen enthüllte. Sie fühlte sich beinahe nackt. »Ich dachte nur ... Ich dachte ...« Sie packte den Seidenrock, um die Hände still halten zu können, und bemühte sich, der anderen ruhig in die Augen zu blicken. So fiel es ihr leichter bei dem ständigen nagenden Bewußtsein, daß sie genau das gleiche trug.

Birgitte verzog das Gesicht. »Und wenn ich verlange, daß du den Ausschnitt noch zwei Fingerbreit tiefer machst?«

Nynaeve öffnete den Mund, wobei sie so rot anlief wie ihr Kleid, aber im Augenblick bekam sie kein Wort heraus. Als es ihr schließlich gelang, klang es, als sei jemand dabei, sie zu erwürgen. »Da gibt es keinen einzigen Fingerbreit, um den man den Ausschnitt noch vertiefen könnte. Nicht einmal ein Zehntel davon!«

Drei kurze Schritte, und Birgitte brachte ihr Gesicht mit heftig gerunzelter Stirn ganz nahe an das Nynaeves heran. »Und wenn ich verlange, daß du es doch um diese beiden Fingerbreit tiefer machst?« fauchte sie und zeigte ihre weißen Zähne. »Was, wenn ich dir das Gesicht anmalen würde, damit Luca seinen weiblichen Narren bekommt? Was, wenn ich dich ganz auszöge und von Kopf bis Fuß bemalte? Dann würdest du erst ein gutes Ziel abgeben! Jeder Mann innerhalb von fünfzig Meilen würde kommen, um dich zu sehen!«

Nynaeves Mund bewegte sich zwar, aber diesmal brachte sie nicht einen einzigen Laut heraus. Sie hätte am liebsten die Augen geschlossen. Wenn sie sie dann wieder öffnete, wäre dies alles vielleicht gar nicht geschehen.

Mit angeekeltem Kopfschütteln setzte sich Birgitte auf eines der Betten, einen Ellbogen auf ein Knie gestützt, und blickte Nynaeve scharf mit ihren blauen Augen an. »Das muß aufhören. Wenn ich dich ansehe, zuckst du zusammen. Du rennst herum und bedienst mich von vorn bis hinten. Wenn ich mich nach einem Hocker umsehe, holst du einen. Wenn ich mir die Lippen lecke, drückst du mir einen Becher Wein in die Hände, bevor ich selbst weiß, ob ich überhaupt Durst habe. Wenn ich dich ließe, würdest du mir den Rücken waschen und die Schuhe anziehen. Ich bin weder ein Ungeheuer, noch ein Invalide oder ein Kind, Nynaeve!«

»Ich versuche nur, etwas wiedergutzumachen, das …«, setzte sie schüchtern an, und dann fuhr sie gewaltig zusammen, als die andere losbrüllte: »Wiedergutmachen? Du versuchst, mich zu erniedrigen!«

»Nein. Nein, das stimmt wirklich nicht! Es ist meine Schuld gewesen …«

»Du übernimmst die Verantwortung für mein Tun«, unterbrach Birgitte sie aufgebracht. »*Ich* habe beschlossen, in *Tel'aran'rhiod* mit dir zu sprechen! *Ich* habe beschlossen, dir zu helfen! *Ich* habe beschlossen, Moghedien aufzuspüren. Und *ich* habe beschlossen, dich mitzunehmen, damit du sie sehen konntest. *Ich!* Nicht du, Nynaeve, sondern *ich!* Ich war keineswegs deine Marionette oder dein Spürhund, und die Rolle werde ich auch jetzt nicht spielen!«

Nynaeve hatte schwer daran zu schlucken, und ihre Hände verkrampften sich in den Rock. Sie hatte kein Recht dazu, auf diese Frau böse zu sein. Überhaupt kein Recht. Aber Birgitte schon. »Ihr habt getan, worum ich Euch bat. Es ist mein Fehler, daß Ihr … daß Ihr euch hier befindet. Es ist alles meine Schuld!«

»Habe ich von irgendeiner Schuld gesprochen? Nur Männer und ausgesprochen dumme Mädchen suchen eine Schuld, wo es gar keine gibt, und du bist weder das eine noch das andere. Außerdem sprich mich bitte mit ›du‹ an und laß dieses steife ›Ihr‹ und ›Euch‹.«

»Mein törichter Stolz hat mich glauben lassen, ich könne sie noch einmal besiegen, und meine Feigheit hat dazu geführt … dazu geführt … Wenn ich mir nicht vor Angst beinahe in die Wäsche gemacht hätte, hätte ich rechtzeitig etwas unternehmen können.«

»Du und ein Feigling?« Birgitte hatte in offener Ungläubigkeit die Augen aufgerissen, und ihr Tonfall grenzte schon an Verachtung. »Du? Ich dachte, du hättest mehr Verstand im Kopf, um Furcht mit Feigheit zu verwechseln. Du hättest aus *Tel'aran'rhiod* fliehen können, nachdem Moghedien dich loslassen mußte, doch du bist geblieben, um zu kämpfen. Es ist gewiß nicht deine Schuld, daß es nicht ging.« Sie holte tief Luft und rieb sich einen Augenblick lang über die Stirn. Dann beugte sie sich wieder voll Eindringlichkeit nach vorn. »Hör mir gut zu, Nynaeve. Ich übernehme keine Verantwortung für das, was dir angetan wurde. Ich habe zwar zugesehen, konnte mich aber nicht rühren. Hätte Moghedien dich verknotet oder wie einen Apfel geschält, trüge ich trotzdem keine Verantwortung. Ich tat, was ich konnte, und zu der Zeit, als ich konnte. Und du hast genau dasselbe getan.«

»Es war nicht dasselbe.« Nynaeve bemühte sich, weniger hitzig zu sprechen. »Es war meine Schuld, daß Ihr – du – dich dort befunden hast. Und meine Schuld, daß … du jetzt hier bist. Wenn du …« Sie hielt inne und schluckte erstmal wieder. »Falls du ... einen Fehlschuß tust, wenn du heute bei der Vorführung auf mich schießt, dann sollst du wissen, daß ich es verstehe.«

»Ich treffe immer das, worauf ich ziele«, sagte Birgitte trocken, »und ich werde nicht auf dich zielen.« Sie begann damit, Gegenstände aus einer der Kommoden zu nehmen und auf den kleinen Tisch zu legen: halbfertige Pfeile, abgeschnittene Pfeilschäfte, stählerne Pfeilspitzen, ein Steingutgefäß mit Leim, eine Rolle feinen Fadens, graue Gänsefedern für die Pfeilenden. Sie hatte gesagt, sie werde sich auch einen eigenen Bogen anfertigen, sobald sie dazu käme. Lucas Bogen bezeichnete sie als ›einen verknorzten Zweig von einem verkrüppelten Baum, den ein blinder Idiot mitten in der Nacht abgebrochen habe‹. »Ich habe dich gern gehabt, Nynaeve«, sagte sie, während sie alles auslegte. »Mit all deinen Mucken und Dornen. Aber so, wie du jetzt bist, mag ich dich nicht mehr ...«

»Du hast ja auch keinen Grund mehr, mich zu mögen«, sagte Nynaeve gedrückt, aber die andere Frau fuhr ihr gleich über den Mund, ohne aufzublikken: »... und ich werde dir nicht gestatten, mich zu erniedrigen, meine Entscheidungen zu erniedrigen, indem *du* die Verantwortung dafür übernimmst. Ich habe im Laufe der Zeit nur wenige Freundinnen gehabt, und die meisten davon hatten Launen wie die Schneegeister.«

»Ich wünschte, du könntest wieder meine Freundin sein.« Was beim Licht war ein Schneegeist? Zweifellos etwas aus einem anderen Zeitalter. »Ich würde niemals versuchen, dich zu erniedrigen, Birgitte. Ich habe nur ...«

Birgitte achtete gar nicht weiter auf sie, erhob aber die Stimme. Ihre Aufmerksamkeit schien ganz den Pfeilschäften zu gelten. »Ich würde dich auch gern wieder mögen können, ob du das nun erwiderst oder nicht, aber das geht erst dann, wenn du wieder du selbst bist. Wenn du eine honigsüße Kriecherin wärst, könnte ich damit leben. Ich nehme die Menschen, wie sie sind, und nicht, wie ich sie gerne sehen würde, sonst verlasse ich sie. Aber du bist nicht so und ich akzeptiere deine Gründe nicht, aus denen du dich so benimmst. Also. Clarine hat mir von deiner Auseinandersetzung mit Cerandin erzählt. Jetzt weiß ich, was ich beim nächstenmal tun werde, wenn du die Verantwortung für *meine* Entscheidungen übernimmst.« Sie ließ einen Eschenschaft durch die Luft sausen und auf den Tisch knallen. »Ich bin sicher, Latelle wird mir nur zu gern eine Rute für dich besorgen.«

Nynaeve zwang ihre Kiefer dazu, sich wieder zu entspannen, und bemühte sich, so verbindlich wie möglich zu sprechen: »Du hast absolut das Recht, mit mir zu machen, was du willst.« Die in ihren Rock verkrampften Fäuste bebten mehr als ihre Stimme dabei.

»Zeigt sich da doch ein wenig Zorn? Nur so am Rande?« Birgitte grinste sie an, gleichzeitig belustigt und überraschend wild. »Wie lange braucht er, um voll auszubrechen? Ich bin gewillt, jede beliebige Anzahl von Ruten an dir kaputtzuschlagen, falls es notwendig ist.« Das Grinsen verflog und machte Ernsthaftigkeit Platz. »Entweder schaffe ich es, daß du einsiehst, wie recht ich habe, oder ich jage dich davon. Eines oder das andere. Ich kann und werde Elayne nicht verlassen. Diese Bindung ehrt mich, und ich werde sie zu ehren wissen. Und ich werde dir nicht gestatten, zu glauben, daß *du* meine Entscheidungen triffst oder trafst. Ich bin ich selbst und nicht dein Anhängsel. Jetzt geh. Ich muß diese Pfeile fertig bekommen, wenn ich wenigstens ein paar haben will, die richtig geradeaus fliegen. Ich habe nicht vor, dich umzubringen, und ich will auch nicht, daß so etwas durch Zufall passiert.« Sie nahm den Deckel vom Leimtopf und beugte sich über den Tisch. »Vergiß nicht, wie ein braves Mädchen zu knicksen, wenn du gehst.«

Nynaeve schaffte es bis zum Fuß der Treppe, bevor

sie sich wütend mit der Faust gegen die Hüfte schlug. Wie konnte diese Frau so mit ihr sprechen? Glaubte sie vielleicht, sie könne so einfach …? Glaubte sie, Nynaeve würde sich das gefallen lassen und …? *Ich dachte, sie könne alles mit dir machen, flüsterte eine kleine Stimme in ihrem Hinterkopf. Ich sagte, sie könne mich umbringen,* fauchte sie zurück, *aber nicht demütigen!* Noch eine Weile, und *jede* würde ihr mit dieser verdammten Seanchanfrau drohen!

Die Wagen standen leer und verlassen da. Nur ein paar nachlässig gekleidete Pferdeknechte standen als Wachen an der Zeltplane, die Luca wie einen Zaun um den Vorführplatz herum hatte spannen lassen. Von dieser großen, braun versengten Grasfläche, eine halbe Meile von Samara entfernt, war die graue Stadtmauer gut sichtbar, die an den Toren viereckige Türme aufwies. Darüber lugten ein paar strohgedeckte oder Ziegeldächer der höheren Gebäude hinweg. Außerhalb der Mauer sprossen überall ganze Hüttendörfer und Gruppen anderer primitiver Behausungen wie Pilze aus dem Boden, voll von Anhängern des Propheten. Sie hatten jeden Baum auf mehrere Meilen Entfernung gefällt, um Bau- oder Feuerholz zu bekommen.

Der Eingang für die Besucher der Vorstellung befand sich auf der anderen Seite, aber zwei der Pferdeknechte, mit kräftigen Knüppeln bewaffnet, standen auch hier bereit, um jeden zu entmutigen, der nicht bezahlen wollte, um die Vorstellung zu sehen. Nynaeve stand schon fast vor ihnen, nachdem sie im Sturmschritt und unter zornigen Selbstgesprächen gar nicht beachtet hatte, wohin sie ging, aber ihr törichtes Grinsen ließ ihr bewußt werden, daß sie immer noch den Schal unten um die Ellbogen trug. Ihr böser Blick wischte ihnen das Grinsen von den Gesichtern. Erst dann zog sie den Schal wieder hoch und bedeckte sich züchtig, außerdem noch ganz langsam, denn sie wollte diesen grobschlächtigen Kerlen nicht den Eindruck vermitteln, sie in Verlegenheit gebracht zu haben. Der knochigere der beiden, dessen Nase fast die Hälfte seines Gesichts einnahm, zog für sie die Segeltuchplane zur Seite, und sie duckte sich und trat in den Höllenlärm hinaus.

Überall drängten sich die Menschen. Lärmend schoben sich Männer, Frauen und Kinder durcheinander und der Menschenstrom wälzte sich von einer Attraktion zur anderen. Alle bis auf die *S'redit* führten ihre Künste auf Holzbühnen vor, die Luca für diesen Zweck errichten lassen hatte. Cerandins Keilerpferde zogen die größte Menschenansammlung an. Die riesigen grauen Tiere balancierten mit schlangenähnlich gekrümmten Nasen sogar auf den Vorderbeinen, selbst das Baby. Die kleinste Ansammlung fand sich vor Clarines Hundedressur, obwohl die Tiere sogar Überschläge rückwärts und ähnliches über die Rücken der anderen hinweg vollführten. Sehr viele Leute blieben bei den Löwen stehen und den haarigen, wildschweinartigen Caparen, die ebenfalls in Käfigen gehalten wurden. Aber auch die eigenartig gehörnten Hirsche aus Arafel und Saldaea und Arad Doman wurden bestaunt, genauso wie jene bunten Vögel von wer weiß woher und ein paar watschelnde Geschöpfe mit braunem Fell, großen Augen und runden Ohren, die gemütlich dasaßen und die Blätter von den Zweigen fraßen, die sie in ihren Vorderpfoten hielten. Luca hatte verschiedene Erzählungen bereit, wo sie hergekommen waren, und sie nahm an, er wisse es selbst nicht. Ihm war auch nicht einmal ein zufriedenstellender Name für diese Tiere eingefallen. Eine riesige Schlange aus den Sumpfgebieten Illians, viermal so lang wie ein Mensch, wurde beinahe genauso ungläubig angestarrt wie die *S'redit,* obwohl sie einfach nur dalag und anscheinend schlief. Es freute Nynaeve, zu sehen, daß Latelles Bären, obwohl sie im Augenblick auf großen roten Holzkugeln balancierten, die sie mit den Hinterbeinen in Kreisen herumrollten, wenig mehr Zuschauer anlockten als die Hunde. Bären konnten diese Menschen in ihren eigenen Wäldern beobachten, auch wenn diese hier weiße Gesichter hatten.

Latelle glitzerte mit ihren schwarzen Pailetten im Schein der Nachmittagssonne. Cerandin glitzerte fast genauso, aber in Blau, und Clarine in Grün, doch keine von beiden hatte so viele Pailetten aufgenäht wie Latelle. Jedes dieser Kleider war hochgeschlossen bis zum Kinn. Natürlich trugen Petra und die Chavanas bei ihren Kunststücken lediglich hellblaue Hosen, aber sie sollten ja auch mit ihren Muskeln angeben. Durchaus verständlich. Die Akrobaten standen jeder auf den Schultern des anderen, vier Mann hoch. Unweit von ihnen packte der Starke Mann der Truppe, dort, wo die Bühne am stabilsten gebaut war, eine lange Eisenstange mit einer Eisenkugel an jedem Ende – zwei Mann wurden benötigt, um ihm das Ding überhaupt hochzureichen – und begann sofort damit, sie mit seinem mächtigen Pratzen herumzuwirbeln, sogar um seinen Hals und über den Rücken.

Thom jonglierte und schluckte Feuer. Acht flammende Stäbe flogen in einem perfekten Kreis, und dann plötzlich hatte er vier davon in jeder Hand, wobei einer immer senkrecht aus jedem Bündel nach oben stand. Energisch steckte er sich nacheinander vier brennende Enden in den Mund, schien zu schlucken, und nahm die Stäbe gelöscht wieder heraus. Er wirkte, als habe er gerade etwas Wohlschmeckendes gegessen. Nynaeve konnte nicht fassen, wieso er sich nie die Schnurrbartenden versengte, ganz zu schweigen davon, daß er sich nicht die Kehle verbrannte. Eine geschickte Drehung aus dem Handgelenk, und die gelöschten Stäbe mischten sich fächerförmig unter die noch brennenden. Einen Augenblick später wirbelte er zwei ineinander verschlungene Kreise über seinen Kopf. Er trug den gleichen braunen Mantel wie immer, obwohl Luca ihm einen roten, mit Pailetten bestickten gegeben hatte. So, wie Thom seine buschigen Augenbrauen hochzog, als er an ihr vorbeistolzierte, verstand er wohl gar nicht, wieso sie ihn so böse anblickte. Sein eigener Mantel, ha! Und sie ...

Sie eilte weiter auf eine dichte, ungeduldig summende Menschenansammlung zu, die zwei hohe Masten umstand, zwischen denen das Hochseil straff gespannt war. Sie mußte die Ellbogen gebrauchen, um die vorderste Reihe zu erreichen. Zwei Frauen blickten sie böse an und zogen ihre Männer weg, als aus Versehen ihr Schal ein Stück herunterrutschte. Sie hätte sie ja ebenfalls angefunkelt, wenn sie nicht so damit beschäftigt gewesen wäre, zu erröten und sich schamhaft zu bedecken, denn da stand Luca. Er wirkte so ängstlich besorgt wie ein Ehemann vor dem Geburtszimmer. Neben ihm stand ein dicker Bursche, dessen Schädel bis auf eine Skalplocke glattrasiert war. Sie stellte sich an Lucas andere Seite. Der Mann mit dem rasierten Schädel wirkte schurkisch. Eine lange Narbe zog sich über seine linke Wange, und über dem linken Auge trug er eine Augenklappe, auf die ziemlich unbeholfen ein Auge aufgemalt worden war, als Ersatz vermutlich. Nur wenige der Männer, die sie hier erblickte, waren mit mehr als einem Messer am Gürtel bewaffnet, doch er hatte sich ein Schwert über den Rücken geschnallt. Das lange Heft ragte über seine rechte Schulter hoch. Aus irgendeinem Grund kam er ihr bekannt vor, doch ihre Aufmerksamkeit galt ganz und gar dem Hochseil. Luca runzelte die Stirn, als er ihren Schal entdeckte, lächelte sie dann aber an und versuchte, ihr einen Arm um die Taille zu legen.

Während er dann damit beschäftigt war, sich von ihrem Ellbogenstoß mühsam zu erholen, und sie, ihren Schal wieder anständig hochzuziehen, kam Juilin ihnen gegenüber aus der Menschenmenge herausgewankt, den kegelförmigen roten Hut kokett schief auf dem

Kopf, den Mantel auf einer Seite halb von der Schulter gerutscht und mit einem Holzkrug in der Hand, aus dem das Bier herausschwappte. Mit den typischen übervorsichtigen Schritten eines Mannes, in dessen Kopf sich mehr Alkohol befindet als Gehirn, wankte er hinüber zu der Strickleiter, die zu einer der obengelegenen Plattformen hinaufführte, und starrte sie nachdenklich an.

»Geh schon rauf!« brüllte jemand. »Brech dir das dumme Genick!«

»Wartet, mein Freund«, rief Luca und trat lächelnd und mit elegantem Schwung seines Umhangs vor. »Dort hat ein Mann in Eurem Zustand nichts verlo …«

Juilin stellte den Krug auf den Boden, kletterte ungeschickt die Leiter hoch und stand schließlich wankend auf der Plattform. Nynaeve hielt die Luft an. Der Mann konnte sich auch in großer Höhe gut bewegen, was ja wohl auch sein mußte, wenn er ständig Diebe über die Dächer von Tear jagte, aber trotzdem …

Juilin wandte sich suchend um, als habe er sich verirrt. Er schien zu betrunken zu sein, um die Leiter zu sehen oder sich wenigstens daran zu erinnern. Sein Blick fiel auf das Seil. Probeweise stellte er einen Fuß auf diese schmale Brücke und zog ihn wieder zurück. Dann schob er erstmal den Hut nach hinten, um sich am Kopf zu kratzen. Er betrachtete das straffe Seil, und plötzlich erhellte sich seine Miene sichtlich. Langsam kniete er nieder und krabbelte schwankend auf Händen und Knien auf das Seil hinaus. Luca schrie, er solle herunterkommen und die Menge brüllte vor Lachen.

Auf halbem Weg hinüber hielt Juilin inne, schwankte ungeschickt und spähte nach unten. Sein Blick fiel auf den Krug, den er am Boden hatte stehen lassen. Offensichtlich überlegte er, wie er zu dem Krug zurückkommen könne. Langsam und mit größter Vorsicht stand er auf und wandte sich zurück zu der Plattform, von der er gekommen war. Das Seil schwankte von einer Seite auf die andere. Die Menge schnappte nach Luft, als sein Fuß abglitt und er stürzte. Doch irgendwie fing er sich und hing an einer Hand, das eine Bein über das Seil gehakt. Luca fing den Taraboner Hut auf, bevor er zu Boden fallen konnte, und rief allen zu, der Mann sei verrückt und er sei nicht verantwortlich dafür, was immer geschehen mochte. Nynaeve preßte beide Hände gegen ihren Bauch; sie konnte sich gut vorstellen, dort oben zu sein, und sogar der Gedanke daran reichte aus, daß ihr schlecht wurde. Der Mann war ein Narr. Ein ganz verdammter idiotischer Narr!

Nach einigen Fehlversuchen brachte Juilin es fertig, auch mit der freien Hand das Seil zu ergreifen, und dann zog er sich Hand über Hand daran entlang zur gegenüberliegenden Plattform. Stehend schwankte er noch wild, klopfte sich den nicht existierenden Staub vom Mantel und versuchte, ihn wieder gerade zu ziehen, was letzten Endes dazu führte, daß er ihm nun von der anderen Schulter rutschte. Dann entdeckte er wieder den Krug am Fuß des anderen Mastes. Er deutete glückstrahlend hin und trat wieder auf das Seil hinaus.

Diesmal riefen ihm mindestens die Hälfte der Zuschauer zu, er solle zurückgehen und hinter ihm befinde sich eine Leiter, während die anderen schallend lachten und zweifellos darauf warteten, daß er sich das Genick brach. Diesmal jedoch ging er ganz problemlos hinüber, glitt – die Hände und Füße an den Außenseiten der Taue – die Strickleiter hinunter und hob den Holzkrug auf, um einen langen Zug daraus zu tun. Erst als Luca den roten Hut auf Juilins Kopf setzte und sie sich beide verbeugten, wobei Luca seinen Umhang derart schwenkte, daß Juilin die meiste Zeit über dahinter verborgen war, merkten die Zuschauer, daß alles Teil der Vorführung gewesen war. Einen Augenblick lang herrschte Schweigen, und dann explodierten förmlich der Beifall, das Geschrei und Gelächter. Nynaeve hatte beinahe befürchtet, sie würden es übelnehmen, daß man sie so geleimt hatte. Der Bursche mit der Skalplocke wirkte selbst beim Lachen noch schurkisch.

Luca ließ Juilin an der Strickleiter stehen und stellte sich an seinen Platz zwischen Nynaeve und dem Mann mit der Skalplocke. »Ich hatte mir gedacht, daß ihnen das gefällt.« Es klang unwahrscheinlich selbstzufrieden, und er machte noch kleine Verbeugungen zur Menschenmenge hin, als sei er derjenige auf dem Hochseil gewesen.

Sie sah ihn mit säuerlicher Miene an, hatte aber keine Zeit, den beißenden Kommentar loszuwerden, der ihr auf der Zunge lag, denn Elayne kam durch die Menge gehüpft, stellte sich neben Juilin, breitete die Arme aus und beugte ein Knie zu den Zuschauern hin.

Nynaeve verzog den Mund und rückte gereizt ihren Schal zurecht. Was sie auch von dem roten Kleid hielt, in dem sie sich mit einemmal wiedergefunden hatte, ohne richtig zu wissen, wie sie hineingekommen war, jedenfalls konnte man Elaynes Kostüm als noch gewagter bezeichnen. Die Tochter-Erbin von Andor stand ganz in Schneeweiß da. Auf ihrer kurzen Weste und der eng anliegenden Hose waren reichlich glitzernde Pailetten aufgestickt. Nynaeve hatte nicht glauben können, daß Elayne tatsächlich mit dieser Kleidung in der Öffentlichkeit auftreten werde, aber sie hatte sich derart mit ihrer eigenen Aufmachung beschäftigt, daß sie ganz vergessen hatte, Elayne die Meinung zu sagen. Weste und Hose ließen sie an Min denken. Es hatte ihr nie gefallen, wenn Min Jungenkleidung anzog, aber diese Farbe nun und der Zierrat ließen Elaynes Kleidung noch – schamloser erscheinen.

Juilin hielt die Strickleiter fest, damit Elayne hinaufklettern konnte, obwohl das gar nicht notwendig gewesen wäre. Sie kletterte ebenso gelenkig hoch wie er es getan hätte. Er verschwand in der Menge, sobald sie oben angekommen war. Dort posierte sie wieder und strahlte über den donnernden Applaus wie über die Bewunderung ihrer Untertanen. Als sie auf das Seil hinaustrat, das nun irgendwie noch dünner erschien als bei Juilin, stockte Nynaeve der Atem, und sie dachte überhaupt nicht mehr an Elaynes Kleidung oder gar ihre eigene.

Elayne ging mit weit ausgebreiteten Armen auf das Seil hinaus, und sie benützte keineswegs die Macht, um auf einem sicheren Pfad aus dem Element Luft laufen zu können. Langsam schritt sie weiter, setzte graziös einen Fuß vor den anderen und wirkte vollkommen sicher, obwohl sie nur auf dem dünnen Seil stand. Die Macht anzuwenden wäre viel zu gefährlich gewesen, falls Moghedien eine Ahnung hatte, wo sie sich aufhielten. Die Verlorene oder die Schwarzen Schwestern konnten sich durchaus bereits in Samara aufhalten, und sie würden das Gewebe der Macht sofort fühlen. Und falls sie tatsächlich noch nicht in Samara waren, könnte es doch bald geschehen. Auf der gegenüberliegenden Plattform blieb Elayne stehen und bekam erheblich mehr Beifall als Juilin zuvor, was Nynaeve überhaupt nicht verstehen konnte. Dann ging sie zurück. Als sie fast am anderen Ende angekommen war, drehte sie eine elegante Pirouette, ging den halben Weg zurück und wiederholte die Pirouette dort. Diesmal wankte sie ein wenig, fing sich aber sofort wieder. Nynaeve hatte das Gefühl, von einer kräftigen Hand an der Kehle gepackt zu werden. Mit langsamen, gleichmäßigen Schritten ging Elayne anschließend zu der Plattform zurück und posierte erneut unter tosendem Beifall.

Nynaeve schluckte ihre Angst hinunter und atmete auf, wenn auch ziemlich unsicher. Sie wußte, es war noch nicht vorüber.

Elayne erhob die Hände über ihren Kopf, und mit einemmal schlug sie ein Rad nach dem anderen auf dem Seil. Ihre schwarzen Locken flogen und die Pailetten an den in Weiß gehüllten Beinen blitzten im Sonnenschein.

Nynaeve schrie auf und packte Luca am Arm, als das Mädchen die andere Plattform erreichte, bei der Landung ins Stolpern kam und sich gerade noch vor der Kante abfing.

»Was ist los?« knurrte er leise in das Aufstöhnen der Menge hinein. »Ihr habt doch zugesehen, wie sie das seit Sienda jeden Abend geübt hat. Und in einer Menge anderer Orte zuvor auch, sollte man denken.«

»Sicher«, erwiderte sie mit weichen Knien. Ihr Blick war auf Elayne fixiert, und so bemerkte sie kaum, wie er ihr einen Arm um die Schultern legte. Es war ihr nicht genügend bewußt, um etwas dagegen zu unternehmen. Sie hatte versucht, das Mädchen zu überreden, einen verstauchten Knöchel vorzutäuschen, aber Elayne bestand darauf, daß sie nach all der Übung mit Hilfe der Macht diese jetzt wirklich nicht mehr benötigte. Vielleicht traf das auf Juilin zu, offensichtlich sogar, aber Elayne war noch nie nachts über die Dächer einer Stadt geklettert.

Die Räder, die sie auf dem Rückweg schlug, klappten perfekt. Diesmal kam sie auch ganz sicher auf. Doch Nynaeve konnte den Blick nicht von ihr wenden und hielt sich an Lucas Ärmel fest. Nach der, wie es nun schien, unvermeidlichen Pause, um den Applaus entgegenzunehmen, ging Elayne wieder auf das Seil hinaus, drehte weitere Pirouetten, hob elegant ein Bein und senkte es ganz schnell, hob und senkte weiter, daß es schien, das Bein sei die ganze Zeit über gestreckt, und dann bückte sie sich und stemmte sich ganz langsam zu einem Handstand hoch – gestreckt wie ein Dolch, und die Zehenspitzen zeigten zum Himmel. Aus dem Handstand heraus folgte ein Überschlag rückwärts, nach dem die Menge stöhnte und sie von einer Seite zur anderen schwankte. Sie gewann das Gleichgewicht jedoch mit Mühe wieder. Thom Merrilin hatte ihr das und den Handstand beigebracht.

Aus dem Augenwinkel sah Nynaeve Thom, der zwei

Plätze entfernt von ihr stand, die Augen auf Elayne gerichtet und nervös auf den Zehenspitzen balancierend. Er wirkte stolz wie ein Pfau. Andererseits schien er bereit, nach vorn zu stürzen und sie aufzufangen, sollte sie fallen. Und falls sie wirklich abstürzte, wäre das zum Teil ja auch seine Schuld. Er hätte ihr niemals solche Sachen beibringen dürfen!

Ein letztes Mal schlug Elayne ihre Räder mit im Sonnenschein blitzenden weißbekleideten Beinen, und noch schneller als zuvor. Diese Passage war Nynaeve gegenüber nie erwähnt worden! Fast wäre sie auf Luca losgegangen, hätte der nicht ärgerlich gemurmelt, daß es eine gute Methode sei, sich den Hals zu brechen, wenn man nur des Beifalls wegen etwas Unvorbereitetes hinzufügt. Eine letzte Pause, die elegante, beifallheischende Pose, und endlich kletterte Elayne herab.

Lärmend schloß sich die Menge um sie. Luca und vier mit Knüppeln bewaffnete Pferdeknechte tauchten plötzlich bei ihr auf, doch Thom war noch schneller da, obwohl er doch hinkte.

Nynaeve hüpfte hoch, so gut sie konnte, und schaffte gerade noch, Elayne über die Köpfe der Menge hinweg zu erspähen. Das Mädchen schien überhaupt keine Angst zu haben oder von den vielen winkenden Händen abgestoßen zu sein, die die Zuschauer zwischen ihren Wächtern durchstreckten, um sie einmal zu berühren. Mit hoch erhobenem Kopf und von der Anstrengung gerötetem Gesicht strahlte sie doch eine kühle und königliche Eleganz und Würde aus, während sie weggeführt wurde. Wie sie das bei *der* Kleidung fertigbrachte, konnte sich Nynaeve einfach nicht vorstellen.

»Ein Gesicht wie eine verdammte Königin«, murmelte der einäugige Mann in sich hinein. Er war nicht mit den anderen zu ihr hin gerannt, sondern hatte den Menschenstrom lediglich vorbeigelassen. In seinem grobgewebten, einfachen Mantel aus dunkelgrauer

Wolle wirkte der Mann so standfest, daß er gewiß nicht fürchten mußte, umgestoßen und niedergetrampelt zu werden. Er sah aus, als könne er mit diesem Schwert umgehen. »Seng mich doch wie einen feigen Bauern, aber sie ist verdammt noch mal tapfer genug, um eine verfluchte Königin zu sein.«

Nynaeve blickte ihm mit offenem Mund nach, als er durch die Menge wegschritt, und das lag nicht an seiner Ausdrucksweise. Jedenfalls nur zum Teil. Jetzt erinnerte sie sich daran, wo sie ihn kennengelernt hatte, einen einäugigen Mann mit Skalplocke, der keine zwei Sätze herausbrachte, ohne dabei die ekelhaftesten Flüche auszustoßen.

So vergaß sie Elayne, die nun gewiß in Sicherheit war, und begann, sich hinter ihm durch die Menge zu schieben.

KAPITEL 20

Ein alter Bekannter

In dieser dicht gedrängten Menge brauchte Nynaeve eine Weile, um den Mann einzuholen. Sie knurrte jedesmal erzürnt, wenn irgendein Mann, der alles in Sichtweite bestaunte, ihr aus Versehen einen Stoß gab, oder wenn eine Frau mit einem Kind an jeder Hand ihr im Weg stand. Gewöhnlich bemühten sich die Kinder, ihre Mutter gleichzeitig in zwei verschiedene Richtungen zu zerren. Der Einäugige blieb kaum einmal stehen und betrachtete lediglich die große Schlange und die Löwen etwas genauer, bis er die Keilerpferde erreichte. Er mußte sie vorher schon gesehen haben, da sie ganz in der Nähe des Haupteingangs standen. Jedesmal, wenn sich die *S'redit* auf die Hinterbeine aufrichteten, sah man auch von außerhalb des Segeltuchzauns die großen Köpfe der erwachsenen Tiere mit ihren mächtigen Stoßzähnen. Durch diesen Anblick verstärkte sich das Gedränge am Eingang noch.

Unter einem breiten roten Schild mit der Aufschrift VALAN LUCA auf beiden Seiten standen zwei der Pferdeknechte und kassierten das Eintrittsgeld von den Leuten, die sich zwischen zwei dicken Seilen in langen Schlangen zusammendrängten. Als Kasse benützten sie Glaskrüge – allerdings war das Glas minderwertig und fehlerhaft, denn Luca würde nie etwas Teureres für einen solchen Zweck kaufen. Auf die Art konnten die Kassierer sehen, daß es die richtigen Münzen waren, ohne sie zu berühren. Dann kippten sie die Krüge direkt in ein Loch im Deckel einer eisenbeschlagenen Truhe, die zur Sicherheit auch noch mit Ketten umwickelt war. Bestimmt hatte Petra sie dorthinschleppen müssen, bevor noch der erste Silberpfennig hineinklimperte. Zwei weitere Pferdeknechte, Männer mit breiten Schultern und gebrochenen Nasen, die den Eindruck von Schlägern erweckten, standen mit Knüppeln daneben, um sicherzugehen, daß sich die Menge friedlich verhielt. Außerdem, so vermutete Nynaeve, sollten sie wohl ein Auge auf die Kassierer haben. Luca war kein vertrauensseliger Mann, besonders wenn es um Geld ging. Man konnte ihn sogar als ausgesprochenen Geizhals bezeichnen. Sie hatte noch nie jemanden kennengelernt, der so geizig war.

Langsam und mit Hilfe ihrer Ellbogen schob sie sich an den Mann mit der ergrauten Skalplocke heran. *Ihm* hatte es natürlich keine Probleme bereitet, die erste Reihe vor den *S'redit* zu erreichen; dafür hatten seine Narbe und die bemalte Augenklappe gesorgt, ganz zu schweigen von dem Schwert auf seinem Rücken. Im Augenblick betrachtete er grinsend die großen grauen Tiere, doch auch Staunen glaubte sie auf seiner steinernen Miene zu erkennen.

»Uno?« So hatte er wohl geheißen.

Er drehte den Kopf und blickte sie an. Sobald sie den Schal wieder hochgeschoben hatte, hob er den Blick und musterte ihr Gesicht. Doch in seinem dunklen Auge stand kein Erkennen geschrieben. Das andere, starre, rot aufgemalte Auge verursachte ein unangenehmes Kribbeln in ihrem Magen.

Cerandin winkte mit ihrem Stachelstock und schrie etwas, das durch ihre langgezogene Aussprache unverständlich wurde. Die *S'redit* drehten sich um. Sanit, die Kuh, stellte ihre Füße auf Mers mächtigen, runden Rücken und richtete sich auf, während er stehenblieb. Nerin, das Kalb, bäumte sich auf und setzte die Vorderfüße so hoch es eben ging auf Sanits Rücken.

»Ich habe Euch in Fal Dara getroffen«, sagte Nynaeve. »Und dann wieder auf der Toman-Halbinsel.

Ganz kurz nur, nach Falme. Ihr wart bei...« Sie wußte nicht, wieviel sie sagen konnte, da sich die Leute derart um sie drängten. Gerüchte über den Wiedergeborenen Drachen waren auch in ganz Amadicia umgegangen, und manche hatten sogar den richtigen Namen genannt. »Bei Rand.«

Unos Auge zog sich zusammen. Sie bemühte sich, das aufgemalte zu ignorieren. Einen Augenblick später nickte er. »Ich erinnere mich an Euer Gesicht. Ich vergesse nie so ein verdammt hübsches Gesicht. Aber das Haar war verflucht anders. Nyna?«

»Nynaeve«, berichtigte sie ihn in scharfem Tonfall.

Er schüttelte den Kopf, musterte sie von Kopf bis Fuß, und bevor sie noch ein weiteres Wort herausbrachte, packte er sie am Arm und zerrte sie durch den Eingang nach draußen. Die Pferdeknechte hatten sie natürlich erkannt, und die Kerle mit den gebrochenen Nasen hoben die Knüppel und kamen hinterher. Sie winkte ihnen zornig, wegzubleiben, während sie sich von Uno losriß. Nach drei Versuchen hatte sie den Arm frei, aber eher, weil er losgelassen hatte als durch ihre Anstrengungen. Der Mann hatte einen eisernen Griff. Die Männer mit den Knüppeln zögerten und gingen dann langsam an ihren Platz zurück, als sie bemerkten, daß Uno seinen Griff gelöst hatte. Offensichtlich war ihnen klar, was sie Valan Lucas Meinung nach eher zu bewachen hatten.

»Was glaubt Ihr eigentlich, was Ihr da tut?« wollte sie in zornigem Ton wissen, doch Uno bedeutete ihr nur schweigend, zu folgen, und schritt durch die Menschenmenge davon. Er blickte sich kurz nach ihr um, verlangsamte aber lediglich den Schritt ein wenig. Nun bemerkte sie, daß er etwas krumme Beine hatte und mehr wie ein Mann wirkte, der sich auf einem Pferderücken wohler fühlte als auf seinen eigenen Füßen. Grollend hob sie ihre Röcke an und marschierte ihm in Richtung auf die Stadt hinterher.

Zwei andere Menagerien hatten sich unweit der ihren ebenfalls hinter braunen Segeltuchzäunen aufgebaut, und dahinter lagerten noch weitere, verstreut über die Behelfssiedlungen und im gehörigen Abstand zur Stadtmauer. Offensichtlich hatte die Gouverneurin, wie man die Frau nannte, die Nynaeve einfach als Bürgermeisterin bezeichnet hätte, wenn sie auch noch nie von einem weiblichen Bürgermeister gehört hatte, eine halbe Meile als Mindestentfernung festgelegt, um die Stadt zu schützen, falls einige der Tiere einmal ausbrächen.

Auf dem Schild über dem Eingang zum Vorführgelände der nächsten Truppe stand MAIRIN GOME in verschlungenen goldenen und grünen Lettern. Hoch oben hinter dem Schild waren zwei Frauen an einem Seil zu erkennen, das an einem Gerüst aus hohen Masten festgemacht war. Es hatte noch nicht gestanden, als Luca seinen Zaun aufbauen ließ. Offensichtlich hinterließen die Keilerpferde eine Wirkung, da sie ja deutlich sichtbar waren, wenn sie sich aufrichteten. Die Frauen wanden sich dort oben in Haltungen, die Nynaeve unangenehm daran erinnerten, was Moghedien mit ihr angestellt hatte. Die beiden schafften es sogar, gleichzeitig auf beiden Seiten des Seils waagrecht mit ganz gestreckten Körpern eine Art von Handstand zu vollführen. Die Menge, die ungeduldig vor dem Eingang zur Vorführung Frau Gomes wartete, war beinahe so groß wie die vor Lucas Eingang. Keine der anderen Menagerien hatte etwas vorzuweisen, was von außen her sichtbar gewesen wäre, und dort standen denn auch erheblich weniger Zuschauer.

Uno beantwortete keine ihrer Fragen, sagte überhaupt kein Wort und bedachte sie höchstens mit warnendem Stirnrunzeln, bis sie die drängenden Volksmengen hinter sich hatten und sich auf einer ausgefahrenen Wagenstraße aus hartem Lehm befanden, die zur Stadt führte. »Was ich verdammt noch mal versuche«, grollte er sie nun an, »ist, Euch wohin zu bringen, wo wir verflucht noch mal sprechen können, ohne von verdammten Leuten in Stücke gerissen zu werden, die Euren verfluchten Rocksaum küssen würden, wenn sie verdammt noch mal hörten, daß Ihr den Lord Drachen kennt.« Niemand anders befand sich in dreißig Schritt Umkreis, doch er sah sich noch einmal um, ob jemand sie belauschen könne. »Blut und Asche, Frau! Wißt Ihr nicht, wie diese vom Licht versengten Ziegenköpfe sind? Die Hälfte von ihnen glaubt, der Schöpfer spreche bei jedem verfluchten Abendessen persönlich mit ihm, und die andere Hälfte glaubt, *er* sei selbst der blutige Schöpfer!«

»Ich wäre Euch dankbar, Meister Uno, würdet Ihr eure Sprache mäßigen. Und auch dafür, Euren Schritt etwas zu verlangsamen. Wir liefern uns ja schließlich kein Wettrennen. Wo wollt Ihr hin, und warum sollte ich überhaupt mit Euch gehen?«

Er rollte frustriert mit dem Augapfel und schmunzelte sarkastisch. »Oh, ich erinnere mich an Euch. Die mit dem verd…, mit dem großen Mundwerk. Ragan glaubte, Ihr könntet mit Eurer Zunge einen B…, einen Stier auf zehn Schritt Entfernung schlachten und abhäuten. Chaena und Nangu glaubten sogar, auf fünfzig Schritt.« Wenigstens wurden seine Schritte kürzer.

Nynaeve blieb auf dem Fuß stehen. »Wohin und warum?«

»In die Stadt.« Er blieb keineswegs stehen. Er schritt weiter und winkte ihr kurz, mitzukommen. »Ich weiß nicht, was Ihr verfl…, was Ihr hier sucht, aber ich erinnere mich daran, daß Ihr mit dieser *blauen* Frau zu tun hattet.«

Sie knurrte wütend in sich hinein, raffte ihre Röcke und eilte ihm wieder hinterher. Eine andere Möglichkeit gab es nicht, von ihm Dinge in Erfahrung zu bringen. Er fuhr fort, als sei sie die ganze Zeit über an seiner Seite geblieben: »Das hier ist kein verd…, kein Ort für Euch. Ich kann genug Geld zusammenkratzen, um Euch verda …, um Euch nach Tear zu schicken, glaube ich. Den Gerüchten nach hält sich der Lord Drache dort auf.« Wieder blickte er sich mißtrauisch um. »Außer Ihr wollt statt dessen zur Insel gehen.« Damit mußte er Tar Valon gemeint haben. »Es gibt blut …, es gibt auch da einiges an verd … Gerüchten. Friede noch mal, aber es muß was dran sein!« Er kam aus einem Land, das dreitausend Jahre lang keinen Frieden erlebt hatte. Die Schienarer gebrauchten dieses Wort sowohl als Talisman wie auch als Fluch. »Es heißt, die alte Amyrlin sei abgesetzt. Vielleicht sogar hingerichtet. Ein paar behaupten, sie hätten gekämpft und die ganze …« Er unterbrach sich, atmete tief durch und schnitt eine furchtbare Grimasse. »… die ganze Stadt niedergebrannt.«

Im Weitergehen musterte sie ihn erstaunt. Sie hatte ihn beinahe ein Jahr nicht mehr gesehen und eigentlich auch nie mehr als zwei Worte mit ihm gewechselt, und doch … Warum glaubten die Männer immer, eine Frau benötige einen Mann, der auf sie aufpaßt? Dabei konnten sie selber nicht einmal ihr eigenes Hemd zubinden, ohne die Hilfe einer Frau! »Danke schön, aber wir haben es auch so gut getroffen. Interessant wäre Eure Fürsorge höchstens, wenn Ihr wüßtet, wann irgendein Flußhändler auf seinem Weg flußabwärts hier anlegen wird.«

»Wir? Ist die blaue Frau etwa bei Euch, oder die braune?« Das mußte Moiraine und Verin betreffen. Er war ja wirklich übervorsichtig.

»Nein. Erinnert Ihr euch an Elayne?« Er nickte lediglich, und sie empfand auf einmal den dringenden Wunsch, diesen Mann, der offensichtlich durch nichts zu überraschen war, endlich einmal aus der Fassung zu bringen. Außerdem paßte es ihr nicht, daß er anscheinend erwartete, sie werde sich seiner Fürsorge unterordnen. »Ihr habt sie vorhin wiedergesehen. Ihr sagtet, sie habe ein« – sie sprach mit rauher Stimme, in dem

Versuch, ihn zu imitieren – »Gesicht wie eine verdammte Königin.«

Sie war sehr zufrieden, als er prompt ins Stolpern kam, und dann blickte er sich mit solch wildem Gesichtsausdruck um, daß sogar zwei Weißmäntel, die gerade vorbeiritten, einen großen Bogen um ihn machten, obwohl sie natürlich so taten, als habe das nichts mit ihm zu tun. »Sie?« grollte er ungläubig. »Aber ihr verdammtes Haar war rabenschwarz, und...« Er warf einen Blick auf ihr Haar, und im nächsten Moment ging er schon weiter die Straße entlang und murmelte in sich hinein: »Die verdammte Frau ist die Tochter einer Königin. Eine verfluchte Königin! Und zeigt ihre verdammten Beine auf die Art!« Nynaeve nickte zustimmend. Bis er hinzufügte: »Ihr verfluchten Südländer seid so verdammt eigenartig! Kein bißchen verdammter Anstand!« Ausgerechnet er mußte das sagen. Die Schienarer zogen sich vielleicht an, wie es sich gehörte, aber sie errötete immer noch bei dem Gedanken daran, daß in Schienar Männer und Frauen in der Hälfte aller Fälle gemeinsam badeten und dabei so taten, als säßen sie nur eben gemeinsam beim Essen.

»Hat Eure Mutter Euch eigentlich nicht beigebracht, Euch anständig auszudrücken, Mann?« Sein Auge blickte sie beinahe genauso finster an wie das aufgemalte, und er zuckte die Achseln. In Fal Dara hatten er und alle anderen sie wie eine Adlige behandelt, oder jedenfalls wie etwas Besseres. Natürlich war es schwierig, sich in diesem Kleid als Lady auszugeben, noch dazu bei einer Haarfarbe, die in der Natur nicht vorkam. Sie zog sich den Schal noch ein wenig enger um und verschränkte die Arme, um ihn besser festhalten zu können. Bei dieser trockenen Hitze war die graue Wolle unangenehm kratzig, und außerdem schwitzte sie. Sie hatte noch nie davon gehört, daß man vom Schwitzen sterben könne, aber möglicherweise würde sie der erste Fall sein. »Was macht Ihr hier, Uno?«

Er sah sich um, bevor er antwortete. Es war allerdings nicht notwendig, denn auf dieser Straße herrschte nur geringer Verkehr. Gelegentlich kam ein von Ochsen gezogener Leiterwagen vorbei, dazu ein paar Leute in Bauernkleidung oder noch gröberem Zeug und von Zeit zu Zeit einmal ein Reiter. Keiner schien sich ihnen mehr als gebührend nähern zu wollen. Er wirkte ja auch wie ein Mann, der einem aus Lust und Tollerei durchaus die Kehle durchschneiden könnte. »Die blaue Frau gab uns einen Namen in Jehannah an und sagte, wir sollten dort warten, bis sie uns weitere Anweisungen sandte, aber die Frau in Jehannah war tot und begraben, als wir ankamen. Eine alte Frau. Starb im Schlaf, und niemand von ihrer Verwandtschaft hatte je den Namen der blauen Frau vernommen. Dann begann Masema, mit den Leuten auf der Straße zu reden, und … Na ja, es gab keinen Grund, dort auf Befehle zu warten, die wir gar nicht mehr bekommen konnten. Wir bleiben in Masemas Nähe, und er steckt uns genug zu, daß wir davon leben können, aber außer Bartu und Nengar hört keiner von uns auf den Unsinn, den er verzapft.« Die ergraute Skalplocke wackelte, als er irritiert den Kopf schüttelte.

Mit einemmal fiel Nynaeve auf, daß er überhaupt keinen obszönen Ausdruck verwandt hatte. Er fühlte sich aber offensichtlich alles andere als wohl dabei. »Vielleicht gebraucht Ihr eben nur gelegentlich einmal einen Fluch?« Sie seufzte. »In jedem zweiten Satz?« Der Mann lächelte sie so dankbar an, daß sie am liebsten verzweifelt die Arme zum Himmel gereckt hätte. »Wieso hat Masema Geld und Ihr anderen nicht?« Sie erinnerte sich an Masema: ein düsterer, mürrischer Mann, der niemanden und nichts leiden konnte.

»Na ja, weil er der verdammte Prophet ist, den zu hören sie alle herkommen! Würdet Ihr ihn gern treffen?« Sie hatte den Eindruck, er zähle jetzt die Sätze ab. Sie atmete tief durch. Der Mann wollte sie tatsächlich wörtlich nehmen. »Er kann Euch vielleicht ein verdammtes Schiff besorgen, wenn Ihr eines wollt. In Ghealdan bekommt der Prophet gewöhnlich alles, was der Prophet wünscht. Nein, er bekommt es verdammt noch mal *immer* auf die eine oder andere Weise. Der Mann war ein guter Soldat, aber wer hätte gedacht, daß er sich mal so entwickeln würde?« Seine finstere Miene umfaßte alles, von den primitiven Siedlungen und Menschen bis hinüber zu den Menagerien und der Stadt vor ihnen.

Nynaeve zögerte. Der gefürchtete Prophet, der die Mengen aufstachelte und gewaltsame Ausbrüche hervorrief, war Masema? Aber er predigte wirklich von der Ankunft des Wiedergeborenen Drachen. Sie befanden sich schon fast am Stadttor, und sie hatte noch Zeit, bevor sie in die Vorführung mußte und Birgitte ihre Pfeile auf sie abschoß. Luca war mehr als enttäuscht gewesen, daß sie darauf bestand, Maerion genannt zu werden. Falls Masema ihnen wirklich eine Schiffspassage flußabwärts besorgen konnte... Vielleicht sogar noch heute. Andererseits durfte man die gewaltsamen Ausschreitungen nicht außer acht lassen. Selbst wenn die Gerüchte auch alles um das Zehnfache aufgeblasen hatten, bedeutete das doch, daß Hunderte in den Dörfern und Städten weiter im Norden umgekommen waren. ›Nur‹ Hunderte.

»Erinnert ihn bloß nicht daran, daß Ihr etwas mit dieser verdammten Insel zu tun habt«, mahnte Uno, wobei er sie nachdenklich betrachtete. Als sie genauer darüber nachdachte, wurde ihr klar, daß er höchstwahrscheinlich gar nicht wußte, wie ihre Verbindung zu Tar Valon tatsächlich aussah. Und schließlich gingen Frauen dorthin, ohne deshalb gleich Aes Sedai werden zu wollen, sondern um Hilfe oder zumindest Antworten zu bekommen. Ihm war bekannt, daß sie in irgendeiner Weise darin verwickelt sei, aber eben nicht mehr als das. »Er ist auch nicht viel freundlicher zu Frauen, die von dort kommen, als es die Weißmäntel sind. Wenn Ihr nur verdammt noch mal darüber schweigt, wird er es vermutlich ganz übergehen. Für jemanden, die aus dem gleichen Dorf kommt wie der Lord Drache, wird Masema vielleicht auch noch ein Schiff *bauen* lassen.«

Am Stadttor drängten sich die Menschen wieder etwas dichter. Unter den breiten grauen Türmen strömten Männer und Frauen hinein und hinaus, zu Fuß und beritten, in jeder Art von Kleidung, von Lumpen bis hin zu Seidenmänteln und -kleidern. Die Torflügel selbst, dick und eisenbeschlagen, standen offen und wurden von einem Dutzend Pikeuren in Schuppenpanzern und runden Stahlkappen mit breiten, flachen Rändern bewacht. Und diese Wächter widmeten ihre Aufmerksamkeit vor allem der etwa halb so starken Gruppe von Weißmänteln, die in der Nähe herumlungerte, und achteten nicht so sehr auf die anderen. Es waren diese Männer in schneeweißen Mänteln und glänzend polierter Rüstung, die in Wirklichkeit den Strom der Menschen beobachteten.

»Machen die Weißmäntel viele Schwierigkeiten?« fragte sie leise.

Uno spitzte die Lippen, als wolle er ausspucken, und blickte sie an. Das ließ er aber doch bleiben. »Wo machen sie das, verdammt noch mal, nicht? Da war eine Frau bei einer dieser Wandertruppen, die Zaubertricks vorführte, einfache Kunststücke, nichts weiter. Vor vier Tagen hat ein verdammter Mob dieser feigen Schafsköpfe die ganze Menagerie auseinandergenommen.« Das hatte Valan Luca aber nicht erwähnt! »Friede! Was sie wollten, war die Frau. Behaupteten, sie sei« – er sah finster den vorbeihastenden Menschen nach und senkte die Stimme – »eine Aes Sedai. Und gehöre zu den Schattenfreunden. Sie haben ihr das verdammte Genick gebrochen, bevor sie noch zum Galgen geschafft wurde, wie man mir erzählte, aber dann haben sie die

Leiche trotzdem noch aufgehängt. Masema hat die Bandenführer enthaupten lassen, aber es waren die Weißmäntel, die den verfluchten Mob aufgehetzt hatten.« Sein Gesichtsausdruck entsprach dem des aufgemalten Auges auf seiner Augenklappe. »Man hat viel zu viele Leute verflucht noch mal aufgehängt oder enthauptet, wenn Ihr mich fragt. Der verdammte Masema ist genauso schlimm wie die verfluchten Weißmäntel, wenn es darum geht, unter jedem Stein einen Schattenfreund zu suchen.«

»In jedem zweiten Satz«, murmelte sie mahnend, und der Mann errötete tatsächlich!

»Weiß nicht, was ich davon halten soll«, meinte er mürrisch. »Kann Euch nicht dort hineinbringen. Es ist zur Hälfte ein Fest und zur Hälfte blutige Auseinandersetzungen. Bei jedem dritten Schritt stößt man auf einen Taschendieb, und nach Einbruch der Dunkelheit ist keine Frau mehr auf der Straße sicher.« Letzteres schien ihn mehr aufzuregen als alles andere. In Schienar war eine Frau in jedem Falle und zu jeder Zeit sicher, außer natürlich bei einem Überfall der Trollocs und Myrddraal, und jeder Mann würde sich für eine Frau in Stücke reißen lassen. »Nicht sicher. Ich bringe Euch zurück. Wenn ich eine Möglichkeit finde, komme ich zu Euch hinaus.«

Damit war die Sache für sie gelaufen. Sie riß ihren Arm los, bevor er ihn fester packen konnte, und ging mit schnelleren Schritten auf das Tor zu. »Kommt mit, Uno, und trödelt nicht. Wenn Ihr trödelt, lasse ich Euch zurück.« Er holte sie ein und knurrte etwas von der Sturheit der Frauen. Sobald ihr klar wurde, daß er sich über dieses Thema ausließ und offensichtlich ihre Einschränkung in bezug auf das Fluchen bei Selbstgesprächen nicht zu beachten gedachte, hörte sie einfach nicht mehr hin.

KAPITEL 21

Begegnungen in Samara

Die Weißmäntel am Tor beachteten Uno und Nynaeve genausowenig wie die anderen im stetigen Strom der Menschen und warfen ihnen lediglich einen mißtrauischen Blick zu, forschend und schnell. Mehr war bei so vielen Menschen einfach nicht möglich, und wahrscheinlich hielten es die Stadtwachen genauso. Natürlich gab es auch keinen Grund für erhöhte Aufmerksamkeit – höchstens in *ihren* Gedanken. Ihr Großer Schlangenring und Lans schwerer Goldring ruhten in ihrer Gürteltasche, denn der tiefe Ausschnitt des Kleids ließ nicht zu, sie an der üblichen Lederschnur zu tragen. Doch irgendwie erwartete sie fast, Kinder des Lichts könnten eine in der Burg ausgebildete Frau instinktiv erkennen. Ihre Erleichterung war riesengroß, als diese eisigen, gefühllosen Blicke weiterwanderten.

Auch die Soldaten schenkten den beiden keine weitere Aufmerksamkeit – sobald sie ihren Schal wieder hochgezogen hatte. Unos finstere Miene hatte vielleicht auch geholfen, ihre Blicke wieder zu den Weißmänteln abzulenken, aber dieser Kerl hatte überhaupt kein Recht dazu, so finster dreinzublicken. Das war allein ihre Sache.

So zog sie den langen grauen Wollschal noch einmal richtig zurecht und verknotete die Enden an ihrer Hüfte. Trotzdem betonte der Schal ihren Busen mehr, als ihr lieb war, und ein wenig Brustansatz war auch so noch zu sehen, doch war das gegenüber vorher schon ein großer Fortschritt. Wenigstens mußte sie sich jetzt keine Gedanken mehr darüber machen, daß der Schal wieder verrutschen könnte. Wenn das Ding nur nicht so heiß wäre. Es wurde höchste Zeit für einen Wetterumschwung. Schließlich befanden sie sich ja nicht allzu weit südlich der Zwei Flüsse.

Zur Abwechslung wartete Uno geduldig auf sie. Sie hatte ihre Zweifel daran, daß er es aus schlichter Höflichkeit tat, denn irgendwie schien sein Gesicht *zu* geduldig, aber schließlich schritten sie nebeneinander nach Samara hinein. Ins Chaos.

Der Lärm lag wie ein dichter Vorhang über allem, so daß sie kein einzelnes Geräusch heraushören konnte. Menschen verstopften die grobgepflasterten Straßen. Sie drängten sich fast Schulter an Schulter, von den ziegelgedeckten Tavernen zu den Ställen mit ihren Strohdächern, von lärmerfüllten Schenken mit einfachen gemalten Schildern wie ›Der blaue Stier‹ oder ›Die tanzende Gans‹ bis zu Läden, auf deren Schildern nicht einmal Namen standen, sondern nur hier ein Messer und eine Schere abgebildet waren, dort ein Ballen Tuch, die Feinwaage eines Goldschmieds oder das Rasiermesser eines Barbiers, ein Topf oder eine Lampe oder ein Stiefel. Nynaeve sah hellhäutige Gesichter wie bei den Menschen aus Andor, aber auch dunkelhäutige wie die der Meerleute, saubere oder schmutzige, Mäntel mit hohen Krägen und schmalen oder ganz ohne, unauffällige Farben und bunte, einfache Kleidung und bestickte, schäbig oder neu, und Moderichtungen, die ihr höchstens zur Hälfte bekannt waren. Ein Bursche mit einem dunklen, geteilten Vollbart hatte auf der Brust seines einfachen blauen Mantels silberne Ketten befestigt, zwei hatten das Haar zu Zöpfen geflochten – *Männer* mit einem schwarzen Zopf auf jeder Seite, der ihnen über das Ohr bis auf die Schultern herunterhing, und dazu hatten sie winzige Messingglöckchen auf die roten Mantelärmel und auf die umgeschlagenen Stulpen ihrer schenkelhohen Stiefel genäht. Aus welchem Land sie auch kommen mochten, diese beiden waren gewiß keine Narren. Ihre dunklen Augen waren hart und selbstsicher wie die Unos, und auf dem Rücken trugen sie gekrümmte Schwerter. Ein Mann mit bloßem Oberkörper, auf dem er eine leuchtend gelbe Schärpe trug, mit einer Haut von einem tieferen Braun als dem von lange abgelagertem Holz und komplizierten Tätowierungen auf beiden Händen, mußte wohl dem Meervolk angehören, obwohl er weder Ohrringe noch einen Nasenring trug.

Auch die Frauen unterschieden sich auf vielfältigste Weise, Haare von rabenschwarz bis zu einem so blassen Blond, daß es fast schon weiß war, zu Zöpfen geflochten oder mit einem Band zusammengerafft oder frei hängend, kurzgeschnitten, schulterlang, hüftlang, Kleider aus abgewetzter Wolle oder säuberlich geplättetem Leinen oder aus schimmernder Seide, Halskrausen, die mit ihren Spitzenbesätzen das Kinn streiften, oder Stickereien, oder Ausschnitte, die genauso tief waren wie ihrer. Sie sah sogar eine Domanifrau mit kupferfarbenem Teint, die ein beinahe durchsichtiges rotes, langes Abendkleid trug, das fast nichts verbarg! Sie fragte sich, wie sicher diese Frau nach Einbruch der Dunkelheit wohl noch sei. Oder selbst jetzt im hellen Tageslicht.

Die wenigen Weißmäntel oder Soldaten gingen in dieser brodelnden Menschenmasse unter und mußten sich genauso durchkämpfen wie jeder andere. Ochsenkarren und von Pferden gezogene Wagen schoben sich im Schneckentempo durch das völlig systemlose Straßennetz, Träger schaukelten Sänften durch die Menge, und hier und da rumpelte eine buntlackierte Kutsche mit einem Vierer- oder Sechsergespann mit Federn geschmückter Pferde mühsam einher. Die livrierten Lakaien und Wächter mit Eisenhauben bemühten sich vergeblich, den Weg dafür freizumachen. Musikanten mit Flöte, Zither oder Hackbrett spielten an jeder Ecke auf, falls dort nicht schon ein Jongleur oder Akrobat seine Künste zeigte. Die waren allerdings nicht gut genug, Thom oder den Chavanas Sorgenfalten zu bereiten. Und immer stand ein weiterer Mann oder eine Frau mit einer Mütze bereit, um Münzen einzusammeln. Zerlumpte Bettler waren überall zu sehen, zupften die Leute an den Ärmeln und hielten schmutzige Hände bittend auf, und Straßenhändler eilten geschäftig mit ihren Bauchläden durch die Menge und boten alles an, von Nadeln bis zu Bändern oder auch Obst. Ihre Rufe verloren sich im allgemeinen Lärm.

In ihrem Kopf vermischte sich alles zu einem einzigen Wirbel, bis Uno sie in eine engere Straße zog, wo der Betrieb im Vergleich etwas geringer schien. Sie blieb kurz stehen, um ihre Kleidung zu richten, nachdem sie sich durch die Menge hatte quetschen müssen, und folgte ihm dann weiter. Es war hier auch ein wenig leiser. Keine Straßenmusikanten oder Akrobaten und weniger Händler und Bettler. Die Bettler machten einen Bogen um Uno, selbst dann noch, als er einer mißtrauischen Gruppe von Straßenjungen ein paar Kupfermünzen zugeworfen hatte. Sie konnte die Bettler verstehen. Der Mann wirkte nicht sehr ... mildtätig.

Die Gebäude in dieser Stadt ragten hoch über die engen Gassen auf, obwohl sie meist nur zwei oder drei Stockwerke aufwiesen, so daß die Straßen ganz im Schatten lagen. Doch der Himmel war hell und bis zur Dämmerung waren noch ein paar Stunden Zeit. Also genügend Zeit, um zur Truppe zurückzukehren. Falls es notwendig war. Mit etwas Glück könnten sie sich alle schon bei Sonnenuntergang auf ein Flußschiff begeben.

Sie fuhr zusammen, als sich plötzlich ein anderer Schienarer ihnen anschloß, das Schwert auf dem Rücken und das Haar bis auf die übliche Skalplocke geschoren. Es war ein dunkelhaariger Mann, nur wenige Jahre älter als sie. Uno stellte ihn kurz vor und erklärte ihm die Lage, ohne im Schritt innezuhalten.

»Der Friede sei Euch hold, Nynaeve«, sagte Ragan. Er hatte ein Grübchen auf einer dunklen Wange, und fast genau in der Mitte befand sich eine kleine, dreieckige Narbe. Obwohl er lächelte, machte sein Gesicht einen harten Eindruck. Sie hatte allerdings noch nie einen weichen und sanften Schienarer kennengelernt. Weiche Männer überlebten nicht lang an der Grenze zur Fäule, weiche Frauen aber auch nicht. »Ich erinnere mich an Euch. Euer Haar war damals anders, nicht wahr? Spielt keine Rolle. Habt keine Angst. Wir bringen Euch sicher zu Masema und wohin Ihr auch danach wollt. Achtet nur darauf, ihm gegenüber Tar Valon nicht zu erwähnen.« Niemand beachtete sie sonderlich, doch er senkte die Stimme sicherheitshalber. »Masema glaubt, die Burg wird versuchen, den Lord Drachen zu gängeln.«

Nynaeve schüttelte den Kopf. Noch so ein törichter Mann, der sie gleich unter die Fittiche nehmen wollte. Wenigstens versuchte er nicht, sie in eine langwierige Unterhaltung hineinzuziehen. Bei ihrer Laune hätte sie ihm einiges an den Kopf geworfen, und wenn er nur über das Wetter hätte sprechen wollen. Ihr Gesicht war feucht, was ja kein Wunder war, wenn sie bei diesem Wetter einen Schal tragen mußte. Mit einemmal dachte sie daran, was der Einäugige ihr von Ragans Ansicht über ihr Mundwerk erzählt hatte. Sie glaubte nicht, ihm mehr als einen Blick zugeworfen zu haben, doch Ragan ging plötzlich neben Uno, als suche er dort Schutz, und nun beobachtete er sie mißtrauisch. Männer!

Die Straßen wurden noch enger, und obwohl die Steingebäude an den Straßenrändern nicht kleiner wurden, sahen sie immer häufiger deren Rückseiten und grobe graue Mauern, hinter denen sich höchstens winzige Gärten verbergen konnten. Schließlich bogen sie in eine Gasse ein, die kaum breit genug war, daß alle drei nebeneinander gehen konnten. Am hinteren Ende stand eine lackierte und vergoldete Kutsche, die von bewaffneten Männern umstellt war. Etwas näher, auf halbem Weg zwischen ihnen und der Kutsche, lungerten eine ganze Menge Kerle zu beiden Seiten der Gasse herum. Sie trugen die unterschiedlichsten Mäntel, und die meisten hielten Knüppel, Speere oder Schwerter, die genauso zusammengewürfelt waren wie ihre Bekleidung. Es mochte sich um eine Bande von Straßenschlägern handeln, aber keiner der Schienarer verlangsamte seinen Schritt, und so ging auch sie weiter, als sei nichts.

»Die Straße vorn herum wird voll sein von verdammten Narren, die versuchen, einen Blick auf Masema an einem verdammten Fenster zu erhaschen.« Unos Stimme war so leise, daß nur sie die Worte hören konnte. »Der einzige Weg hinein ist durch den Hintereingang.« Er schwieg, als sie den wartenden Männern so nahe kamen, daß die sie verstehen konnten.

Zwei davon waren Soldaten mit geränderten Helmen und Schuppenhemden, Schwerter an den Hüften und Speere in den Händen, doch gerade die anderen musterten die drei Ankömmlinge besonders eingehend und griffen nach ihren Waffen. Ihre Augen hatten einen beunruhigenden Ausdruck, zu eindringlich und fast fieberhaft. Ausnahmsweise einmal wäre ihr lieber gewesen, mit offener Lust angestarrt zu werden. Diesen Männern hier war es gleich, ob sie eine Frau war oder ein Pferd.

Wortlos schnallten Uno und Ragan ihre Schwerter mitsamt den Scheiden ab und händigten sie und ihre Dolche dazu einem Mann mit dickem Gesicht aus, der aussah, als sei er früher einmal Ladeninhaber gewesen, jedenfalls dem guten blauen Wollmantel und den Hosen nach. Die Kleidung war von wirklicher Qualität; sie war sauber, wenn auch stark abgenützt und verknittert, als habe er einen Monat lang darin geschlafen. Er erkannte die Schienarer, und obwohl er sie einen Moment lang mit gerunzelter Stirn anblickte – besonders das kleine Messer an ihrem Gürtel –, nickte er schweigend in Richtung einer schmalen Holztür in der Mauer. Das war vielleicht das Beunruhigendste überhaupt, daß keiner von ihnen einen Laut von sich gab.

Auf der anderen Seite der Mauer befand sich ein kleiner Hof, in dem Unkraut zwischen Pflastersteinen wuchs. Das hohe Steingebäude mit drei breit angelegten, hellgrauen Stockwerken, breiten Fenstern und friesgeschmückten Söllern und Giebeln und seinem roten Ziegeldach war bestimmt eines der feinsten in Samara. Sobald sich die Tür hinter ihnen geschlossen hatte, sagte Ragan leise: »Es hat Anschläge auf das Leben des Propheten gegeben.«

Nynaeve brauchte einen Augenblick, um zu begreifen, daß er erklärte, warum man ihnen die Waffen abgenommen hatte. »Aber Ihr seid seine Freunde«, widersprach sie. »Ihr seid alle Rand nach Falme gefolgt.« Sie würde nicht damit anfangen, ihn als Lord Drachen zu bezeichnen.

»Das ist der Grund, warum man uns verdammt noch mal überhaupt eingelassen hat«, sagte Uno trocken. »Ich sagte Euch ja, daß wir die Dinge … nicht ganz so sehen wie der Prophet.« Die kurze Pause und der schnelle Blick zurück zur Tür, um festzustellen, ob jemand lauschte, sprachen Bände. Vorher hatte er immer nur von Masema gesprochen. Und Uno war ganz bestimmt ein Mann, der nicht so einfach zurücksteckte.

»Nehmt Euch nur ausnahmsweise zusammen in bezug auf das, was Ihr sagt«, riet ihr Ragan, »und wahrscheinlich bekommt Ihr die Hilfe, die Ihr wünscht.« Sie nickte so verständnisvoll wie nur möglich, denn sie konnte wohl einen vernünftigen Rat von einem sinnlosen unterscheiden – auch wenn er kein Recht dazu hatte, ihr einen solchen zu erteilen –, und er tauschte einen zweifelnden Blick mit Uno. Sie würde diese beiden mit Thom und Juilin zusammen in einen Sack stecken und auf alles einprügeln, was herausragte.

So fein das Haus auch sein mochte, die Küche war jedenfalls verstaubt und leer bis auf eine knochige, grauhaarige Frau, deren tristgraues Kleid und weiße Schürze die einzigen sauberen Dinge in Sichtweite waren, als sie durch den Raum gingen. Die alte Frau lutschte an ihren Zähnen und blickte kaum auf, während sie in einem kleinen Suppentopf rührte, der in einer runden Feuerkuhle auf einem der großen, gemauerten Herde ruhte. Zwei zerbeulte Töpfe hingen an Haken, wo zwanzig Platz hatten, und auf dem breiten Tisch stand eine gesprungene Tonschüssel auf einem blau lackierten Tablett.

Außerhalb der Küche hingen einigermaßen gute Gobelins an den Wänden. Nynaeve hatte während des vergangenen Jahres so etwas einschätzen gelernt, und diese Fest- und Jagdszenen, auf denen Hirsche und Bären und Keiler gehetzt wurden, waren von guter, aber nicht ausgezeichneter Qualität. In den Fluren standen Stühle und kleine Tische und Kommoden an den Wänden, dunkle Lackarbeiten mit roter Maserung, mit Perlmutter eingelegt. Wandbehänge wie Möbelstücke waren ebenfalls verstaubt, und auch der rot und weiß geflieste Fußboden hatte kaum einen Besen gesehen. In den Ecken und den Nischen an der hochgelegten Stuckdecke hingen Spinnweben.

Es waren keine anderen dienstbaren Geister zu sehen – überhaupt niemand –, bis sie einen drahtigen Burschen zu Gesicht bekamen, der auf dem Fußboden neben einer Tür saß. Sein schmuddeliger roter Seidenmantel war viel zu groß und paßte überhaupt nicht zu dem schmutzigen Hemd und der abgetragenen wollenen Hose. Der eine der rissigen Stiefel hatte ein großes Loch in der Sohle, und aus dem anderen lugte ein Zeh heraus. Er hob eine Hand und flüsterte: »Das Licht leuchte Euch und segne den Namen des Wiedergeborenen Drachen?« Bei ihm klang es wie eine Frage, und so verzog er auch sein schmales, ebenfalls schmutziges

Gesicht fragend; aber schnell merkte sie, daß bei ihm wohl alles so wirkte. »Der Prophet kann jetzt nicht gestört werden? Er ist beschäftigt? Ihr müßt ein wenig warten?« Uno nickte geduldig, und Ragan lehnte sich an die Wand. Sie hatten das schon öfter mitgemacht.

Nynaeve wußte selbst nicht, was sie vom Propheten erwartet hatte, noch nicht einmal jetzt, da sie wußte, wer er war – aber Schmutz hatte sie nicht erwartet. Diese Suppe hatte einen Geruch nach Kohl und Kartoffeln verbreitet – auch kaum die Art von Speisen, die man bei einem Mann vermutete, nach dessen Pfeife die ganze Stadt tanzte. Und dann nur zwei Dienstboten, und beide kamen möglicherweise aus den schlimmsten Behausungen außerhalb der Stadt.

Der knochige Wächter, falls er überhaupt einer war – denn er war unbewaffnet und genoß vielleicht genausowenig Vertrauen wie sie –, schien nichts dagegen zu haben, wenn sie sich so stellte, daß sie durch die geöffnete Tür blicken konnte. Der Mann und die Frau dort drinnen hätten nicht unterschiedlicher sein können. Masema hatte sogar die Skalplocke abrasiert, trug einen Mantel aus einfacher brauner Wolle, ziemlich zerknittert, aber sauber, und nur die kniehohen Stiefel waren abgestoßen. Die tiefliegenden Augen verwandelten seinen normalerweise schon säuerlichen Gesichtsausdruck in eine wahrhaft finstere Miene, und auf einer dunklen Wange war das blasse Dreieck einer Narbe zu sehen, beinahe ein Spiegelbild von Ragans Narbe, nur vom Alter stärker verblaßt und ein klein wenig näher am Auge. Die Frau trug elegante, goldgesäumte blaue Seide, war beinahe schon von mittleren Jahren und sehr hübsch, obwohl ihre Nase vielleicht eine Idee zu lang war, als daß man sie hätte schön nennen können. Ein einfaches blaues Netz hielt dunkles Haar zusammen, das ihr fast bis an die Hüften reichte, dazu hatte sie eine breite goldene Halskette angelegt, mit Feuerfunken besetzt, genau zum Armreif passend, und Ringe mit Edelsteinen schmückten nahezu alle Finger. Während Masema auf dem Sprung zu sein schien, mit gefletschten Zähnen auf jemanden loszugehen, zeigte sie würdige Zurückhaltung und Grazie.

»... so viele folgen Euch, wo immer Ihr hingeht«, sagte sie gerade, »daß Gesetz und Ordnung futsch sind, sobald Ihr ankommt. Die Menschen und ihr Eigentum sind nicht sicher ...«

»Der Lord Drache hat alle Bindungen an Gesetze gelöst, alle, die von sterblichen Männern und Frauen geschaffen wurden.« Masema klang hitzig, aber auf eindringliche Art und nicht etwa zornig. »Die Prophezeiungen sagen aus, daß der Lord Drache alle Ketten sprengen wird, die uns binden, und so ist es. Die Ausstrahlung des Lord Drachen wird uns vor dem Schatten beschützen.«

»Hier ist nicht der Schatten die Bedrohung, sondern Straßenräuber und Taschendiebe und Schläger. Einige, ja viele derer, die Euch nachfolgen, glauben, sie könnten jedem alles abnehmen, was sie haben wollen, ohne dafür zu bezahlen, und dann einfach gehen.«

»Im Leben nach dem Tod, wenn wir wiedergeboren werden, finden wir Gerechtigkeit. Sich mit den Dingen dieser Welt zu beschäftigen ist nutzlos. Aber gut. Wenn Ihr irdische Gerechtigkeit wünscht« – dabei verzog er verächtlich den Mund –, »dann laßt folgendes gelten: Wenn künftig ein Mann beim Stehlen erwischt wird, hackt man ihm die rechte Hand ab. Ein Mann, der eine Frau belästigt oder ihre Ehre beschneidet oder einen Mord begeht, wird aufgehängt. Eine Frau, die stiehlt oder mordet, wird ausgepeitscht. Falls sich ein Ankläger findet und er zwölf überzeugt, seiner Anklage zuzustimmen, wird es künftig so gehalten. Das soll von nun an gelten.«

»Wie Ihr wollt; selbstverständlich«, murrte die Frau. Edel und distanziert wirkte ihr Gesicht, aber sie hörte sich erschüttert an. Nynaeve wußte nichts von den in

Ghealdan geltenden Gesetzen, aber sie glaubte nicht, daß man darin mit Menschenleben derart leichtfertig umging. Die Frau atmete tief durch. »Dann ist da noch die Angelegenheit mit den Lebensmitteln. Es wird immer schwieriger, so viele Menschen durchzufüttern.«

»Jeder Mann, jede Frau und jedes Kind, das zum Lord Drachen gekommen ist, hat ein Recht auf einen vollen Bauch. So muß es sein. Wo man Gold findet, muß man auch Lebensmittel finden, und es gibt zuviel Gold auf der Welt. Zuviel geschieht des Goldes wegen.« Masema wandte zornig den Kopf. Er war nicht zornig auf sie, nur ganz allgemein. Es schien, als suche er auf allen Seiten nach denen, denen das Gold so wichtig war, damit er seinen ganzen Zorn auf sie entladen konnte. »Der Lord Drache wurde wiedergeboren. Der Schatten dräut über der Welt, und nur der Lord Drache kann uns erretten. Nur der Glaube an den Lord Drachen, Unterwerfung und Gehorsam seinem Wort gegenüber. Alles andere ist sinnlos, auch dort, wo es keine Blasphemie ist.«

»Gesegnet sei der Name des Lord Drachen unter dem Licht.« Es hörte sich sehr eingelernt an. »Es ist nicht mehr einfach eine Angelegenheit des Goldes, Lord Prophet. Lebensmittel in genügenden Mengen aufzutreiben und herzuschaffen, ist ...«

»Ich bin kein Lord«, unterbrach er sie wieder, und diesmal war er wirklich verärgert. Er beugte sich zu der Frau hin, Speichel an den Lippen, und obwohl sich ihr Gesichtsausdruck nicht änderte, zuckten doch ihre Hände, als hätte sie sie gern in ihren Rock verkrampft. »Es gibt keinen Lord außer dem Lord Drachen, in dem das Licht wohnt, und ich bin nur eine demütige Stimme des Lord Drachen. Denkt daran! Hochgestellt oder niedrigen Bluts, wer Blasphemie begeht, wird der Säuberung zum Opfer fallen!«

»Vergebt mir«, murmelte die so auffallend geschmückte Frau. Sie spreizte den Rock und knickste so tief, wie es an den Hof einer Königin gepaßt hätte. »Es ist selbstverständlich so, wie Ihr es gesagt habt. Es gibt keinen Lord außer dem Lord Drachen, und ich bin nur eine demütige Dienerin des Lord Drachen – gesegnet sei sein Name –, die gekommen ist, um die Weisheit und die Führung des Propheten zu suchen.«

Masema wischte sich mit dem Handrücken über den Mund und war plötzlich ganz kalt. »Ihr tragt zuviel Gold. Laßt Euch nicht von irdischen Besitztümern verführen. Gold ist Unrat. Der Lord Drache ist alles.«

Sofort begann sie damit, die Ringe von ihren Fingern zu ziehen, und bevor noch der zweite weg war, eilte auch schon der magere Bursche von draußen an ihre Seite, zog einen Beutel aus seiner Manteltasche, öffnete ihn und hielt ihn ihr hin, damit sie die Ringe hineinfallen ließ. Auch die Halskette und der Armreif folgten.

Nynaeve sah Uno an und zog eine Augenbraue hoch.

»Jeder Pfennig geht an die Armen«, sagte er ihr mit so leiser Stimme, daß sie kaum etwas verstehen konnte, »oder an jemand Bedürftigen. Wenn nicht irgendeine Händlerin ihm ihr Haus zur Verfügung gestellt hätte, dann säße er in einem verdammten Stall oder in einer dieser verfluchten Hütten außerhalb der Stadt.«

»Selbst sein Essen ist ein Geschenk«, sagte Ragan genauso leise. »Sie haben ihm ursprünglich Speisen gebracht, die auch einem König gemundet hätten, doch dann fanden sie heraus, daß er alles wegschenkte bis auf ein wenig Brot, Suppe oder Eintopf. Er trinkt auch kaum noch Wein.«

Nynaeve schüttelte den Kopf. Nun, das war natürlich schon ein Weg, um Geld für die Armen zu bekommen. Man mußte es einfach denen rauben, die *nicht* arm waren. Natürlich war dann irgendwann einmal *jeder* arm, aber für eine Weile konnte es schon gutgehen. Sie fragte sich, ob Uno und Ragan wirklich über alles Bescheid wußten. Leute, die behaupteten, für andere Geld zu sammeln, steckten gewöhnlich eine hübsche Menge davon in die eigene Tasche; oder sie genossen viel zu sehr die Macht, die ihnen dieses Geld über andere verlieh, denen sie es geben oder enthalten konnten, wie sie wollten. Ihr gefiel ein Mann besser, der auch nur einen Kupferpfennig aus der eigenen Tasche gab, als einer, der eine Goldkrone hergab, die er wiederum einem anderen abgenommen hatte. Und von diesen Narren hielt sie überhaupt nichts, die ihre Höfe und Läden aufgegeben hatten, um diesem ... diesem *Propheten* zu folgen, ohne eine Ahnung zu haben, woher sie ihre nächste Mahlzeit bekommen würden.

Drinnen im Zimmer knickste die Frau noch einmal und noch tiefer als vorher vor Masema, breitete ihren Rock weit aus und beugte das Haupt. »Bis man mir wieder die Ehre erweist, die Worte und den Ratschlag des Propheten zu empfangen. Der Name des Lord Drachen möge vom Licht gesegnet sein.«

Masema winkte sie geistesabwesend weg und hatte sie wohl schon halb vergessen. Er hatte die Gruppe im Flur entdeckt und blickte ihnen mit soviel Freude entgegen, wie sein saures Gesicht nur ausdrücken konnte. Viel war es nicht. Die Frau rauschte hinaus und schien Nynaeve und die beiden Männer gar nicht zu bemerken. Nynaeve schnaubte, als der magere Bursche im roten Mantel ängstlich winkte, sie sollten eintreten. Für jemanden, der gerade seinen ganzen Schmuck auf Verlangen hergegeben hatte, gab sich die Frau noch immer reichlich hoheitsvoll.

Der Magere huschte an seinen Platz neben der Tür zurück, als die anderen drei Männer sich nach dem Brauch der Grenzlande die Hände schüttelten, wobei sie sich am Unterarm faßten.

»Der Friede sei deinem Schwert gnädig«, sagte Uno, und Ragan tat es ihm nach.

»Der Friede sei dem Lord Drachen gnädig«, war die Antwort, »und sein Licht erleuchte uns alle.« Nynaeve stockte der Atem. Es gab keinen Zweifel daran, was er damit sagen wollte: Der *Lord Drache* sei die Quelle des Lichts. Und *er* besaß die Frechheit, vor anderen von Blasphemie zu sprechen! »Habt ihr endlich zum Licht gefunden?«

»Wir wandeln im Licht«, sagte Ragan vorsichtig. »Wie immer.« Uno schwieg und machte eine nichtssagende Miene.

Geduld und Erschöpfung spielten in seltsamem Einklang über Masemas Züge. »Es gibt keinen anderen Weg zum Licht als durch den Lord Drachen. Ihr werdet den Weg und die Wahrheit am Ende auch erkennen, denn ihr habt den Lord Drachen gesehen, und nur jene, deren Seelen vom Schatten verschlungen werden, können sehen und dennoch nicht zum Glauben finden. Ihr gehört nicht zu ihnen. Ihr werdet den Glauben finden.«

Trotz Hitze und trotz des Wollschals bekam Nynaeve eine Gänsehaut auf den Armen. Vollkommene Überzeugung lag in der Stimme des Mannes, und aus der Nähe bemerkte sie nun auch ein Glimmen in seinen beinahe schwarzen Augen, das schon dem Wahnsinn sehr nahe zu kommen schien. Sein Blick glitt über sie hinweg, und sie mußte ihre Beinmuskulatur anspannen, damit ihre Knie nicht zitterten. Gegen ihn wirkte der wildeste Weißmantel, den sie je gesehen hatte, noch lieb und friedlich. Diese Burschen in der Gasse waren nur ein schwacher Abklatsch ihres Meisters.

»Ihr da, Frau. Seid Ihr bereit, das Licht des Lord Drachen zu empfangen und dafür Sünde und Fleischeslust zu lassen?«

»Ich wandle im Licht, so gut ich kann.« Sie ärgerte sich selbst darüber, daß sie genauso vorsichtig antwortete wie Ragan. Sünde? Was glaubte er denn, wer er sei?

»Euch ist die Fleischeslust zu wichtig.« Masemas Blick war vernichtend, als er über ihr rotes Kleid und den eng um sie gewickelten Schal glitt.

»Und was soll das wieder heißen?« Uno riß überrascht die Augen auf, und Ragan gab mit den Handflächen nach unten beruhigende Signale, aber sie war nun nicht mehr aufzuhalten. »Glaubt Ihr etwa, Ihr hättet ein Recht dazu, mir vorzuschreiben, wie ich mich anziehen soll?« Bevor ihr selbst bewußt wurde, was sie tat, hatte sie schon den Schal aufgeknotet und über ihre Ellbogen heruntergleiten lassen. Es war ja nun wirklich viel zu heiß. »Kein Mann hat ein Recht dazu, weder gegenüber mir noch einer anderen Frau! Und wenn es mir paßte, *nackt* herumzulaufen, ginge das Euch nichts an!«

Masema betrachtete einen Moment lang ihren Busen, wobei allerdings keine Spur von Bewunderung in seinem Blick aus tiefliegenden Augen lag, sondern nur ätzende Verachtung, und dann blickte er ihr direkt ins Gesicht. Unos echtes Auge und das aufgemalte paßten perfekt zusammen, so finster blickten beide drein, und Ragan zog den Kopf ein. Wahrscheinlich führte er dabei lautlose Selbstgespräche.

Nynaeve schluckte betreten. Es war ja wohl nichts damit gewesen, ihre Zunge zu hüten. Vielleicht zum erstenmal in ihrem Leben bereute sie, gedankenlos drauflosgesprochen zu haben. Wenn dieser Mann befehlen konnte, daß anderen die Hände abgeschlagen oder sie gar aufgehängt wurden, und das nach einer lächerlichen Verhandlung, die diesen Namen nicht verdiente, dann war er vermutlich zu allem fähig. Sie glaubte, genug Zorn aufgestaut zu haben, um die Macht benützen zu können.

Aber falls sie das tat… Falls sich Moghedien oder Schwarze Schwestern in Samara aufhielten… *Aber wenn ich es nicht tue und er …?* Am liebsten hätte sie nun den Schal wieder ganz um sich geschlungen, bis hoch ans Kinn, doch nicht, während er sie so anstarrte. Etwas in ihrem Hinterkopf flehte sie an, sich nicht wie ein kompletter Wollkopf zu benehmen, denn nur Männer stellten ihren Stolz über den gesunden Menschenverstand. Dennoch hielt sie trotzig seinem Blick stand, auch wenn sie sich mit Mühe davon abhalten mußte, nochmals betreten zu schlucken.

Er schürzte die Lippen. »Solche Kleider trägt man, um Männer zu verführen, und sonst aus keinem anderen Grund.« Sie verstand nicht, wie seine Stimme gleichzeitig so inbrünstig und doch eisig klingen konnte. »Gedanken an Fleischeslust lenken den Verstand vom Lord Drachen und dem Licht ab. Ich habe schon daran gedacht, Kleider zu verbieten, die die Blicke und den Verstand von Männern ablenken. Frauen, die ihre Zeit damit verschwenden, Männer zu verführen, und Männer, die Frauen verführen möchten, müßten gezüchtigt werden, bis sie wissen, daß man die wirkliche Freude nur in tiefen Gedanken an den Lord Drachen und das Licht finden kann.« Er blickte sie nicht mehr richtig an. Dieser düstere, brennende Blick ging durch sie hindurch und verlor sich irgendwo in der Ferne. »Tavernen und andere Häuser, wo man starke Getränke verkauft, und überhaupt alle Orte, die den Verstand der Menschen von der wahren Verehrung ablenken, müssen geschlossen und niedergebrannt werden. In meinen Tagen der Sünde habe ich solche Orte besucht, aber das bereue ich nun von ganzem Herzen, so wie alle ihre Übertretungen bereuen sollten. Es gibt nur den Lord Drachen und das Licht! Alles andere ist eine Illusion und ein Köder des Schattens!«

»Das ist Nynaeve al'Meara«, sagte Uno schnell, als Masema Luft holen mußte. »Aus Emondsfeld an den Zwei Flüssen, wo auch der Lord Drache herkommt.« Masema wandte langsam den Kopf und blickte den Einäugigen an. Sie nutzte die Gelegenheit, um sich den Schal wieder richtig umzulegen und zu verknoten. »Sie war mit dem Lord Drachen in Fal Dara und in Falme. Der Lord Drache hat sie in Falme gerettet. Der Lord Drache betrachtet sie fast als Mutter.«

Zu einem anderen Zeitpunkt hätte er daraufhin von

ihr einiges zu hören und vielleicht sogar eins aufs Ohr bekommen. Rand hatte sie *nicht* gerettet, oder jedenfalls nicht direkt, und sie war nur ein paar Jahre älter als er. Als Mutter, ja? Masema wandte sich ihr wieder zu. Das fanatische Glimmen in seinen Augen von vorhin war nichts gegen das, was sie jetzt darin ablas. Sie glühten beinahe.

»Nynaeve. Ja.« Nun sprach er schneller. »Ja! Ich erinnere mich an Euren Namen und Euer Gesicht. Gesegnet seid Ihr unter den Frauen, Nynaeve al'Meara, mehr als jede andere Frau außer der segensreichen Mutter des Lord Drachen selbst, denn Ihr habt den Lord Drachen aufwachsen sehen. Ihr habt Euch um den Lord Drachen gekümmert, als er noch ein Kind war.« Er ergriff ihre Arme, und seine harten Finger verursachten ihr Schmerzen, doch schien er das gar nicht zu bemerken. »Ihr werdet den Volksmengen von der Kindheit des Lord Drachen berichten, von den ersten Weisheiten, die er von sich gab, von den Wundern, die ihn begleiteten. Das Licht hat Euch hergeschickt, um dem Lord Drachen zu dienen.«

Sie wußte nicht, was sie darauf sagen sollte. Es hatte in Rands Umgebung niemals irgendwelche Wunder gegeben, jedenfalls nicht solche, die sie wahrgenommen hätte. Sie hatte in Tear einiges gehört, aber das, was ein *Ta'veren* verursachte, konnte man wohl kaum als Wunder bezeichnen. Nicht wirklich. Selbst das, was in Falme geschehen war, konnte man durchaus rational erklären. So einigermaßen. Und was seine frühen Weisheiten betraf, so war die erste, die sie von ihm vernommen hatte, daß er niemals mehr einen Stein nach jemandem werfen werde. Das hatte er nach einer kräftigen Tracht Prügel versprochen. Sie glaubte, sich seither an keine anderen Weisheiten mehr aus seinem Munde erinnern zu können. Und außerdem: Hätte auch Rand von der Wiege an mit Weisheiten um sich geworfen, hätten sich bei Nacht Kometen und bei Tag andere Erscheinungen am Himmel gezeigt, sie wäre trotzdem nicht in der Nähe dieses Wahnsinnigen hier geblieben.

»Ich muß flußabwärts reisen«, sagte sie zurückhaltend. »Um mich ihm anzuschließen. Dem Lord Drachen.« Den Namen brachte sie kaum über die Lippen, nachdem sie sich geschworen hatte, ihn nicht zu verwenden, aber bei dem Propheten konnte man Rand niemals einfach mit ›er‹ bezeichnen. *Ich bemühe mich halt nur, vernünftig zu sein. Das ist alles.* ›Ein Mann ist eine Eiche, die Frau eine Weide‹ sagte man. Die Eiche kämpfte gegen den Wind an und wurde gebrochen, während sich die Weide beugte, wenn es notwendig war, und überlebte. Das mußte ja nicht heißen, daß ihr das Beugen besonderen Spaß machte. »Er ... der Lord Drache ... ist in Tear. Der Lord Drache hat mich dorthin bestellt.«

»Tear.« Masema nahm die Hände von ihr und sie rieb sich unwillkürlich die Arme. Sie mußte das gar nicht versteckt tun, denn wieder blickte er durch sie hindurch in die Ferne. »Ja, das habe ich auch gehört.« Er sprach offensichtlich auch zu jemandem, der entweder weit entfernt oder in ihm selbst war. »Wenn Amadicia genauso zum Lord Drachen übergegangen ist wie Ghealdan, werde ich das Volk nach Tear führen, um sich dort in den Strahlen des Lord Drachen zu sonnen. Ich werde Jünger aussenden, die das Wort des Lord Drachen in Tarabon und Arad Doman verbreiten, in Saldaea und Kandor und den Grenzlanden, auch in Andor, und ich werde das Volk anführen, um zu Füßen des Lord Drachen zu knien.«

»Ein weiser Plan ... äh ... o Prophet des Lord Drachen.« Ein törichter Plan, soweit sie das beurteilen konnte. Das hieß aber nicht, daß es nicht klappen könnte. Törichte Pläne gingen aus irgendeinem Grund öfters auf, wenn Männer sie entworfen hatten. Rand würde es vielleicht sogar gefallen, wenn all diese Leute vor ihm knieten, falls er auch nur halb so arrogant geworden war, wie Egwene behauptete. »Aber wir … ich kann nicht warten. Ich bin herbeigerufen worden, und wenn uns der Lord Drache ruft, müssen wir einfachen Sterblichen gehorchen.« Eines Tages würde die Gelegenheit kommen, Rand für die Notwendigkeit, solche Worte in den Mund zu nehmen, eins überzuziehen! »Ich muß ein Schiff finden, das flußabwärts fährt.«

Masema sah sie so lange an, daß sie nervös wurde. Schweiß rann ihr den Rücken und zwischen den Brüsten hinunter, und das lag nur teilweise an der Hitze. Dieser Blick hätte selbst Moghedien zum Schwitzen gebracht.

Schließlich nickte er, und der feurige religiöse Eifer verflog und ließ nur seine übliche finstere Miene zurück. »Ja«, seufzte er. »Wenn Ihr gerufen wurdet, müßt Ihr gehen. Geht mit dem Licht und unter dem Licht. Kleidet Euch würdiger, denn diejenigen, die dem Lord Drachen nahestehen, müssen tugendhafter als alle anderen sein, und meditiert über den Lord Drachen und sein Licht.«

»Ein Flußschiff?« beharrte Nynaeve. »Ihr müßt es doch erfahren, wenn ein Schiff nach Samara kommt oder in einem der Dörfer am Fluß anlegt. Wenn Ihr mir nur einfach sagt, wo ich eines finden kann, dann würde das meine Reise sehr … beschleunigen.« Sie hatte zuerst sagen wollen: ›erleichtern‹, doch sie glaubte nicht, daß dies für Masema eine Rolle spielen würde. »Ich beschäftige mich nicht mit solchen Dingen«, sagte er gereizt. »Aber Ihr habt recht. Wenn der Lord Drache befiehlt, müßt Ihr auf dem Fuße folgen. Ich werde fragen. Falls man ein Schiff findet, wird irgend jemand mir das über kurz oder lang mitteilen.« Sein Blick schweifte zu den beiden Männern hinüber. »Ihr müßt bis dahin dafür sorgen, daß sie in Sicherheit ist. Falls sie darauf besteht, sich derart anzuziehen, wird sie Männer mit schmutzigen Gedanken verführen. Sie muß beschützt werden wie ein entlaufenes Kind, bis sie sich wieder beim Lord Drachen befindet.«

Nynaeve biß sich auf die Zunge. Eine Weide und keine Eiche, wenn es notwendig war, sich zu beugen. Sie brachte es fertig, ihren Ärger hinter einem Lächeln zu verbergen, das alle Dankbarkeit ausdrücken sollte, die sich dieser närrische Mann wünschen konnte. Allerdings war er ein gefährlicher Narr. Daran würde sie sich erinnern müssen.

Uno und Ragan verabschiedeten sich schnell, wobei sie sich alle wieder am Unterarm packten, und zogen sie hinaus, jeder an einem Arm, als hielten sie es aus irgendeinem Grund für notwendig, sie schleunigst von Masema wegzubringen. Der schien sie alle bereits vergessen zu haben, bevor sie noch an der Tür waren. Er runzelte schon wieder die Stirn, als er den drahtigen kleinen Mann erblickte, der mit einem derben Kerl in einem Bauernmantel wartete. Der Mann zerknüllte seine Kappe in den dicken Händen, und auf seinem breiten Gesicht stand Ehrfurcht geschrieben.

Sie sagte kein Wort, als sie wieder durch die Küche zurückgingen, wo die grauhaarige Frau mit der Zunge an ihren Zähnen entlangfuhr und dabei die Suppe rührte, als hätte sie sich in der Zwischenzeit überhaupt nicht bewegt. Nynaeve hielt noch immer den Mund, als die Männer sich ihre Waffen zurückholten, und auch dann noch, bis sie aus der Gasse heraus waren und auf etwas standen, das man allmählich als Straße bezeichnen konnte. Nun aber fuhr sie die beiden an, wobei sie ihnen abwechselnd drohend den Finger unter die Nase hielt. »Wie könnt Ihr es wagen, mich derart hinauszuzerren!« Leute, die gerade vorbeikamen, grinsten – Männer verständnisvoll und Frauen beifällig –, obwohl ja niemand eine Ahnung haben konnte, warum sie so auf sie einbrüllte. »Noch fünf Minuten, und ich hätte ihn soweit gehabt, daß er noch heute ein Schiff aufgetrieben hätte! Wenn Ihr mich jemals wieder anfaßt…« Uno schnaubte so laut, daß sie überrascht innehielt.

»Noch fünf verfluchte Minuten, und Masema hätte

verdammt noch mal Hand an *Euch* gelegt. Oder vielmehr hätte er jemandem befohlen, das für ihn zu besorgen, und das hätte verflucht noch mal jemand wirklich getan! Wenn er sagt, etwas solle gemacht werden, dann findet er immer fünfzig verdammte Hände oder auch hundert oder verfluchte tausend, wenn es sein muß, um es für ihn zu tun!« Er marschierte davon, die Straße hinunter, Ragan immer an seiner Seite. Sie mußte mitgehen, oder sie würde zurückbleiben. Uno lief so schnell weiter, als wisse er genau, daß sie ihnen folgte. Beinahe wäre sie in die entgegengesetzte Richtung gegangen, nur aus reinem Trotz. Ihnen zu folgen hatte nichts damit zu tun, daß sie etwa fürchtete, sich in diesem Kaninchenbau von Straßen zu verlaufen. Sie hätte den Weg hinaus schon gefunden. Irgendwann. »Er ließ einen verdammten Lord des Hochrats der Krone auspeitschen – auspeitschen! –, obwohl er nur halb so zornig war wie auf Euch«, grollte der Einäugige. »Das Wort des Lord Drachen mißachten, nannte er es. Friede! Ihm vorzuwerfen, welches verfluchte Recht er habe, Euer verdammtes Kleid zu kritisieren! Ein paar Minuten lang habt Ihr euch gut gehalten, aber ich habe Eure Miene zum Schluß genau beobachtet. Ihr wart drauf und dran, noch mal auf ihn, verdammt noch mal, loszugehen. Das einzig noch Schlimmere, das Ihr hättet tun können, wäre, im Namen des Lord Drachen zu fluchen. Das bezeichnet er als Blasphemie. Genausogut könnt Ihr den verfluchten Namen des verdammten Dunklen Königs nennen!«

Ragans Skalplocke wackelte, so lebhaft nickte er. »Erinnerst du dich an die Lady Baelome, Uno? Gleich, nachdem aus Tear die ersten Gerüchte über den Lord Drachen auftauchten, Nynaeve, sagte sie etwas in abfälligem Ton über ›diesen Rand al'Thor‹, und das in Masemas Hörweite. Er holte nicht einmal Luft, so schnell schickte er nach einer Axt und einem Hackklotz.«

»*Dafür* ließ er jemand enthaupten?« fragte sie ungläubig.

»Nein«, knurrte Uno angewidert. »Aber nur, weil sie verdammt schnell vor ihm kroch, als sie begriff, daß er es blutig ernst meinte. Sie wurde hinausgeschleppt und an ihren verfluchten Handgelenken hinten an ihre eigene Kutsche gehängt und von vorn bis hinten durch das verdammte Dorf geschleift, in dem wir uns gerade befanden. Ihre eigenen verdammten Lakaien standen daneben wie ein Haufen feiger Bauern und schauten zu.«

»Als sie mit ihr fertig waren«, fügte Ragan hinzu, »dankte sie Masema für seine Gnade, genauso wie auch ihr Mann, Lord Aleshin.« Sein Tonfall war viel zu belehrend, um ihr zu passen. Er wollte ihr eine Lehre erteilen und sichergehen, daß sie ihn auch verstand. »Sie hatten einen guten Grund dafür, Nynaeve. Ihre wären nicht die ersten Köpfe gewesen, die er auf Stangen stecken ließ. Eurer wäre vielleicht der im Moment letzte gewesen. Und unsere wären auch gleich mitgerollt, hätten wir versucht, Euch zu helfen. Masema bevorzugt niemanden.«

Sie holte erst einmal Luft. Wie konnte Masema soviel Macht besitzen? Und offensichtlich nicht nur bei seinen eigenen Anhängern. Aber andererseits gab es ja keinen Grund dafür, warum Lords und Ladies nicht genauso große Narren sein sollten wie jeder Bauer. Ihrer Einschätzung nach waren viele davon sogar die größeren. Diese dumme Frau mit den vielen Ringen war ganz bestimmt auch eine Lady gewesen; solche Steine trug keine einfache Kauffrau. Aber Ghealdan hatte doch sicherlich eigene Gesetze und Gerichte und Richter! Wo war denn die Königin oder der König? Sie konnte sich nicht daran erinnern, wer in Ghealdan herrschte. Keiner an den Zwei Flüsse hatte je viel mit Königinnen oder Königen am Hut gehabt, aber dafür waren sie ja schließlich da, diese Lords und Ladies – um dafür zu sorgen, daß im Land Gerechtigkeit herrschte. Doch was Masema hier auch tat, ging sie letzten Endes nichts an. Sie hatte wichtigere Probleme, als sich um eine Horde von Tölpeln Gedanken zu machen, die sich von einem Wahnsinnigen tyrannisieren ließen.

Trotzdem ließ die Neugier sie sagen: »Meint er das ernst, daß er versuchen will, Frauen und Männer davon abzuhalten, sich überhaupt noch anzuschauen? Was wird seiner Meinung nach geschehen, wenn es keine Heiraten und Kinder mehr gibt? Wird er als nächstes die Leute davon abhalten, den Boden zu bebauen oder zu weben oder Schuhe anzufertigen, damit sie statt dessen über Rand al'Thor nachdenken können?« Sie betonte diesen Namen mit voller Absicht. Diese beiden liefen herum und nannten ihn schon den ›Lord Drachen‹, wenn auch nur eine Stecknadel zu Boden fiel. Beinahe so schlimm wie Masema. »Ich sage Euch eines: Wenn er versucht, den Frauen vorzuschreiben, wie sie sich anziehen sollen, dann *wird* er einen Aufstand hervorrufen. Gegen sich selbst.« In Samara mußte es doch etwas wie eine Versammlung der Frauen geben. Das gab es in den meisten Orten, wenn auch oft unter anderen Namen, und oftmals auch nicht als offizielle Einrichtung. Es gab eben Dinge zu tun, für die den Männern der rechte Sinn fehlte. Sie konnten Frauen zur Rechenschaft ziehen, wenn sie unanständig gekleidet waren, und taten das für gewöhnlich auch, aber das war nicht das gleiche, als mische sich ein Mann in solche Angelegenheiten ein. Die Frauen mischten sich ja auch nicht in Angelegenheiten der Männer ein, oder doch nicht mehr als notwendig; also sollten die Männer ihre Finger aus denen der Frauen lassen. »Und ich denke, die Männer werden nicht anders reagieren, wenn er versucht, die Tavernen und ähnliches zu schließen. Ich habe noch nie einen Mann gesehen, der sich nicht in den Schlaf heult, wenn er seine Nase nicht abends von Zeit zu Zeit noch in einen Krug stecken kann.«

»Vielleicht wird er«, sagte Ragan, »und vielleicht wird er nicht. Manchmal ordnet er Dinge an, und manchmal vergißt er es oder schiebt es auf, weil etwas Wichtigeres aufkommt. Ihr wärt überrascht«, fügte er trocken hinzu, »wenn Ihr wüßtet, wieviel seine Anhänger ohne Murren hinnehmen.« Ihr wurde bewußt, daß er und Uno sie in die Mitte genommen hatten und die anderen Menschen auf der Straße mißtrauisch beobachteten. Auch ihrem ungeübten Blick schien es, die beiden seien jeden Moment bereit, innerhalb eines Herzschlags die Schwerter zu ziehen.

»Er ist nicht gegen die verdammte Heiraterei«, grollte Uno und starrte dabei einen Straßenhändler mit Fleischpasteten auf einem Tablett so böse an, daß der Mann sich umdrehte und davonlief, ohne die Münzen der beiden Frauen entgegenzunehmen, die mit Pasteten in der Hand vor ihm standen. »Ihr hattet Glück! Er hat sich nicht daran erinnert, daß Ihr keinen Mann habt, sonst hätte er Euch vielleicht mit einem Ehemann zum Lord Drachen geschickt. Manchmal wählt er willkürlich drei- oder vierhundert unverheiratete Männer und genauso viele Frauen aus, und, verflucht noch mal, verheiratet sie einfach. Die meisten haben sich vorher überhaupt noch nicht kennengelernt. Wenn dieser feige Abschaum sich nicht verdammt *darüber* beklagt, glaubt Ihr dann, sie würden die blutigen Mäuler aufreißen wegen ein bißchen Bier?«

Ragan knurrte etwas in sich hinein, doch sie schnappte genug auf, um die Augen zusammenzuziehen. »Mancher Mann weiß nicht, wie verdammt viel Glück *er* hat.« Das hatte er gesagt. Er bemerkte ihren zornigen Blick nicht einmal. Er war zu sehr damit beschäftigt, die Straße zu beobachten, wohl um rechtzeitig jemanden zu entdecken, der sie wie ein Schwein im Sack davonschleppen wollte. Sie war heftig in Versuchung, sich den Schal herunterzureißen und ihn wegzuwerfen. Er schien auch ihr Schnauben nicht wahrzunehmen. Männer konnten schon unerträglich blind und taub sein, wenn sie wollten.

»Wenigstens hat er nicht versucht, meinen Schmuck zu stehlen«, sagte sie. »Wer war diese törichte Frau, die ihm den ihren gab?« Sie hatte bestimmt nicht viel Verstand, wenn sie zu Masemas Anhängern gehörte.

»Das«, verkündete Uno, »war Alliandre, Gesegnete des Lichts, Königin des verdammten Ghealdan. Und ein Dutzend weitere Titel, wie Ihr Südländer sie so gern sammelt.«

Nynaeve stieß mit dem großen Zeh gegen einen hervorstehenden Pflasterstein und wäre fast gestürzt. »Also auf diese Art setzt er sich durch«, rief sie und schüttelte ihre helfenden Hände ab. »Wenn schon die *Königin* dumm genug ist, auf ihn zu hören, dann ist es kein Wunder, daß er tun und lassen kann, was er will.«

»Sie ist alles andere als dumm«, sagte Uno in scharfem Ton. Er warf ihr einen finsteren Blick zu, bevor er sich wieder der Beobachtung der Straße zuwandte. »Eine weise Frau. Wenn Ihr euch verdammt noch mal auf einem wilden Pferd wiederfindet, dann haltet Ihr euch verflucht fest und laßt es laufen, wie es will, falls Ihr noch ein bißchen Verstand im Kopf habt. Ihr haltet sie für dumm, weil Masema ihre Ringe weggenommen hat? Sie ist verdammt schlau genug, um zu wissen, daß er mehr verlangen würde, wenn sie bei ihren Besuchen keinen Schmuck mehr trüge. Beim erstenmal hat *er* sie besucht, wenn es auch seither umgekehrt lief, und er hat ihr die Ringe einfach von den verfluchten Fingern gezogen. Sie hatte Perlenketten im Haar, und er hat sie zerrissen, als er sie herausgezogen hat. Alle ihre Hofdamen haben auf den Knien gelegen und die blutigen Dinger vom Boden aufgelesen. Alliandre hat sogar selbst welche gesammelt.«

»Das klingt aber in meinen Ohren keineswegs so weise«, beharrte sie tapfer. »Es hört sich nach Feigheit an.« *Und wem zitterten die Knie, weil er sie scharf an-*

blickte? fragte eine Stimme in ihrem Kopf. *Wer schwitzte wie blöd?* Nun, wenigstens hatte sie sich nicht von ihm unterkriegen lassen. *Gewiß nicht. Sich wie eine Weide zu biegen ist doch nicht das Gleiche, als sich wie eine Maus zu verkriechen, oder?* »Ist sie nun die Königin oder nicht?«

Die beiden Männer tauschten wieder einen dieser irritierenden Blicke, und Ragan sagte ruhig: »Ihr versteht das nicht, Nynaeve. Alliandre ist die vierte, die auf dem vom Licht Gesegneten Thron sitzt, seit wir nach Ghealdan kamen, und das war noch nicht einmal vor einem halben Jahr. Johanin trug die Krone, als Masema begann, die Massen an sich zu ziehen, aber er glaubte, Masema sei ein harmloser Verrückter und unternahm nichts, sogar noch, als die Massen seiner Anhänger ständig anwuchsen und seine Adligen von ihm verlangten, er solle dem Spuk ein Ende bereiten. Johanin starb bei einem Jagdunfall …«

»Jagdunfall!« warf Uno höhnisch ein. Ein Händler mit Bauchladen, der zufällig in seine Richtung blickte, ließ vor Schreck seine sämtlichen Nadeln und Fadenrollen fallen. »Es sei denn, er konnte kein verdammtes Ende eines Jagdspießes vom anderen unterscheiden. Verfluchte Südländer und ihr verfluchtes Spiel der Häuser!«

»Und Ellizelle war seine Nachfolgerin«, nahm Ragan den Faden wieder auf. »Sie ließ die Volksmengen vom Heer auseinandertreiben, bis es schließlich zum offenen Kampf kam und das Heer davongejagt wurde.«

»Verdammt schäbige Nachahmung von echten Soldaten«, knurrte Uno. Sie würde noch einmal mit ihm seiner Ausdrucksweise wegen ein Wörtchen reden müssen.

Ragan nickte zustimmend, fuhr aber mit dem fort, was er erzählen wollte: »Man behauptet, Ellizelle habe daraufhin Gift geschluckt, aber wie sie auch gestorben sein mag, sie wurde jedenfalls durch Teresia ersetzt, die sich nach ihrer Krönung genau zehn Tage halten konnte, bis sie die Gelegenheit ergriff, zweitausend Soldaten auf zehntausend Leute zu hetzen, die sich außerhalb von Jehannah versammelt hatten, um Masema zu hören. Nachdem ihre Soldaten in die Flucht geschlagen wurden, dankte sie ab und heiratete einen reichen Kaufmann.« Nynaeve starrte ihn ungläubig an, und Uno schnaubte. Der jüngere Mann beharrte jedoch darauf: »So sagt man jedenfalls. Natürlich bedeutet in diesem Land eine Ehe mit einem Nichtadligen, daß man für immer auf jeden Anspruch auf den Thron verzichtet. Was auch Beron Goraed davon halten mag, eine hübsche junge Frau von königlichem Geblüt zu haben, so haben ihn doch wohl ein paar Dutzend Dienstmannen Alliandras aus dem Bett gezerrt und zum Jheda-Palast geschleppt, um in aller Frühe die Hochzeit zu vollziehen. Teresia reiste ab, um auf den Landgütern ihres frischgebackenen Ehemannes zu wohnen, während Alliandre gekrönt wurde – alles noch vor Sonnenaufgang. Die neue Königin bestellte Masema in den Palast und teilte ihm mit, daß er nicht mehr behelligt werde. Innerhalb von zwei Wochen drehte sich die Lage, und sie wurde zu ihm zitiert. Ich weiß nicht, ob sie wirklich das glaubt, was er predigt, aber ich weiß, daß sie sich auf den Thron eines Landes am Rande des Bürgerkriegs setzte, mit den Weißmänteln dazu auf dem Sprung, einzumarschieren, und sie hat dem auf die einzige Art Einhalt geboten, die ihr blieb. Das ist eine weise Königin, und ein Mann könnte stolz darauf sein, ihr zu dienen, obwohl sie eine Südländerin ist.«

Nynaeve öffnete den Mund und vergaß, was sie hatte sagen wollen, als Uno ganz nebenbei erwähnte: »Irgendein verdammter Weißmantel verfolgt uns. Seht Euch nicht um, Frau. Ihr solltet es wirklich besser wissen.«

Ihr Hals versteifte sich, weil sie sich solche Mühe geben mußte, geradeaus zu blicken. Ein Schauder lief ihr den Rücken herunter. »Biegt an der nächsten Ecke ab, Uno.«

»Das bringt uns von den Hauptstraßen und dem verdammten Stadttor weg. Wir können ihn verflucht noch mal in der Menge abhängen.«

»Biegt ab!« Sie holte langsam Luft und bemühte sich, mit weniger schriller Stimme zu sprechen: »Ich muß ihn sehen.«

Uno blickte so wild drein, daß ihnen die Leute auf zehn Schritt im voraus aus dem Weg gingen, aber sie bogen in die nächste enge Straße ab. Als sie um die Ecke kamen, drehte sie unauffällig ein wenig den Kopf, bevor die Mauerkante einer kleinen Taverne ihr den Blick zurück verwehrte. Der schneeweiße Umhang mit dem strahlenden Sonnenaufgang hob sich deutlich von der Kleidung der übrigen Passanten ab. Dieses schöne Gesicht, von dem sie sicher gewesen war, daß es zu dieser Uniform gehörte, war unverkennbar. Kein anderer Weißmantel außer Galad hätte einen Grund gehabt, sie zu verfolgen, und niemand wäre auf die Idee gekommen, ausgerechnet Uno und Ragan hinterherzulaufen.

KAPITEL 22

Das Rad webt

Sobald das Gebäude Galad verbarg, blickte Nynaeve schnell geradeaus und beobachtete die vor ihnen liegende Straße. Wut stieg in ihr auf, sowohl auf sie selbst wie auf Galadedrid Damodred. *Du hirnloser Wollkopf!* Sie befanden sich in einer engen Gasse wie so viele hier, mit runden Steinen gepflastert, rechts und links graue Ladengebäude und Wohnhäuser und Tavernen, von einer langsam dünner werdenden nachmittäglichen Menschenmenge belebt. *Wenn du nicht in die Stadt gekommen wärst, hätte er dich nie entdeckt!* Jedenfalls waren es nicht mehr genug Menschen, daß man sich dazwischen hätte verbergen können. *Du mußtest ja unbedingt den Propheten sehen! Du mußtest unbedingt glauben, der Prophet würde dich wegzaubern, bevor Moghedien dich findet! Wann wirst du endlich lernen, dich auf niemanden zu verlassen als auf dich selbst?* Einen Augenblick später hatte sie sich entschlossen. Wenn Galad um diese Ecke kam und sie nicht sah, würde er anfangen, in den Läden und vielleicht auch in den Tavernen zu suchen.

»Hier herüber.« Sie raffte ihre Röcke und huschte in die nächste Gasse, wo sie sich mit dem Rücken gegen die Mauer drückte. Niemand beachtete sie weiter, so unauffällig wie sie sich verhielt, und es interessierte sie nicht, was man über die Zustände in Samara sagte. Uno und Ragan standen neben ihr, bevor sie noch die Mauer berührte, und sie drängten sie noch ein Stück weiter in die staubige, ungepflasterte Gasse hinein, an einem alten, gesprungenen Eimer und einem Regenwasserbottich vorbei, der so ausgetrocknet war, daß er beinahe nach innen zusammenfiel. Wenigstens machten sie, was *sie* wollte. Auf gewisse Weise. Mit angespannten Muskeln und den Händen an den langen Griffen der Schwerter auf ihren Rücken waren sie bereit, sie zu beschützen, ob sie das nun wünschte oder nicht. *Laß sie, du Närrin! Glaubst du etwa, du könntest dich selbst beschützen?*

Zornig genug war sie. Galad! Ausgerechnet er! Sie hätte die Menagerie niemals verlassen dürfen! Eine törichte Laune, und die konnte ihnen nun alles verderben. Sie konnte hier so wenig die Macht benützen wie gegen Masema. Allein die Möglichkeit, daß sich Moghedien oder Schwarze Schwestern in Samara aufhalten könnten, zwang sie dazu, sich auf den Schutz durch die beiden Männer zu verlassen. Das reichte, um ihren Zorn noch weiter zu schüren. Sie hätte am liebsten in die Mauer hinter sich gebissen. Ihr war klar, warum die Aes Sedai ihre Behüter hatten, jedenfalls alle außer den Roten. Ihrem Verstand war das klar. In ihrem Herzen löste das nur den ohnmächtigen Wunsch aus, zu fauchen und kratzen und beißen …

Galad erschien und schritt mit suchenden Blicken langsam zwischen den anderen Passanten hindurch. Normalerweise hätte er vorbeigehen müssen – in der Tat! –, aber beinahe augenblicklich fiel sein Blick auf die Seitengasse und damit auf sie. Er besaß noch nicht einmal soviel Anstand, zufrieden oder wenigstens überrascht dreinzublicken.

Uno und Ragan traten nebeneinander, als sich Galad der Gasse zuwandte. Gedankenschnell hatte der Einäugige sein Schwert gezogen, und Ragan war nicht viel langsamer, obwohl er sich noch die Zeit nahm, sie tiefer in die enge Gasse hineinzustoßen. Sie stellten sich hintereinander auf. Sollte Galad an Uno vorbeikommen, müßte er sich immer noch Ragan zum Kampf stellen.

Nynaeve knirschte mit den Zähnen. Sie könnte dafür sorgen, daß all diese Schwerter völlig nutzlos und überflüssig wären. Sie spürte die Wahre Quelle wie ein unsichtbares Licht über ihrer Schulter, und sie wartete auf ihre Berührung. Sie könnte es tun. Falls sie es wagte.

Galad blieb am Eingang der Gasse stehen, den Umhang zurückgeworfen und eine Hand gelassen am Heft seines Schwertes ruhend, das Bild einer gespannten Stahlfeder. Wäre nicht der auf Hochglanz polierte Harnisch gewesen, hätte er sich auch auf einem Hofball befinden können, so elegant wirkte er.

»Ich will keinen von Euch töten, Schienarer«, sagte er ruhig zu Uno. Nynaeve hatte Elayne und Gawyn von Galads Geschick mit dem Schwert erzählen hören, aber zum erstenmal wurde ihr klar, daß er möglicherweise wirklich so gut war, wie sie behaupteten. Zumindest glaubte *er* daran. Zwei altgediente Soldaten mit gezogenen Klingen, und er sah sie an wie ein Wolfshund ein paar Schoßhündchen, suchte den Kampf nicht, war aber vollkommen sicher, daß er mit beiden fertig würde. Ohne den Blick ganz von den beiden Männern zu wenden, sagte er zu ihr: »Eine andere wäre vielleicht in einen Laden oder eine Schenke gelaufen, aber Ihr tut niemals, was man erwartet. Laßt Ihr mich mit Euch sprechen? Es ist nicht notwendig, mich zu zwingen, diese Männer zu töten.«

Keiner der Passanten blieb stehen, doch obwohl drei Männer ihr die Sicht nahmen, konnte sie sehen, wie sie sich die Köpfe verrenkten, um einen Blick darauf zu erhaschen, was den Weißmantel dahin gelockt hatte. Und natürlich bemerkten sie die gezogenen Schwerter. In diesen Köpfen würden bald neue Gerüchte ausgebrütet, und sie würden schneller durch die Stadt fliegen als die schnellsten Rauchschwalben.

»Laßt ihn vorbei«, befahl sie. Als sich Uno und Ragan nicht rührten, wiederholte sie den Befehl etwas schärfer. Dann traten sie ganz langsam zur Seite, soweit es die enge Gasse gestattete, und obwohl keiner von beiden ein Wort sagte, war etwas wie zorniges Gemurre zu vernehmen. Galad schritt geschmeidig an ihnen vorbei und schien die Schienarer zu vergessen. Sie vermutete aber, es sei ein Fehler, das zu glauben, und die Männer mit den Skalplocken glaubten es offensichtlich tatsächlich nicht.

Abgesehen von den Verlorenen konnte sie sich keinen Mann vorstellen, den sie im Augenblick weniger zu treffen wünschte, aber bei diesem Gesicht war sie sich ihrer beschleunigten Atmung und ihres Herzklopfens nur zu bewußt. Es war einfach lächerlich. Warum konnte dieser Mann nicht häßlich sein? Oder wenigstens durchschnittlich aussehen?

»Euch war klar, daß ich wußte, Ihr verfolgt mich.« Die Anschuldigung brach heftig aus ihr heraus, obwohl sie gar nicht wußte, wessen sie ihn eigentlich beschuldigte. Wahrscheinlich, weil er nicht getan hatte, was sie wollte und erwartete, dachte sie zerknirscht.

»Das habe ich angenommen, sobald ich Euch erkannte, Nynaeve. Ich erinnere mich daran, daß Ihr gewöhnlich mehr seht, als Ihr zugebt.«

Sie würde sich nicht von ihm durch Komplimente ablenken lassen. Sie sah ja, wohin das bei Valan Luca geführt hatte. »Was macht Ihr in Ghealdan? Ich glaubte, Ihr wärt auf dem Weg nach Altara.«

Einen Augenblick lang sah er mit diesen dunklen, schönen Augen auf sie herab, und dann lachte er plötzlich. »Auf der ganzen Welt, Nynaeve, würdet nur Ihr allein mich das fragen, was eigentlich *ich* Euch fragen sollte. Also gut. Ich werde Euch die Frage beantworten, obwohl es eigentlich anders herum sein sollte. Ich hatte Marschorder nach Salidar in Altara, doch alle Befehle wurden abgeändert, als dieser Prophet… Was ist los mit Euch? Ist Euch schlecht?«

Nynaeve zwang sich dazu, eine unbeteiligte Miene zu machen. »Natürlich nicht«, antwortete sie gereizt. »Ich bin bei bester Gesundheit, danke der Nachfrage.« Salidar! Natürlich! Es war, als habe sich bei der Erwähnung dieses Namens eines von Aludras Feuerstöckchen in ihrem Hirn entzündet. All dieses Kopfzerbrechen, und dann gab ihr Galad so nebenbei diesen Namen, den sie aus eigener Kraft nicht aus ihrem Gedächtnis hatte ausgraben können. Wenn nur Masema schnell ein Schiff auftrieb! Wenn sie nur sicherstellen könnte, daß Galad sie nicht verriet. Natürlich nicht, indem sie ihn von Uno und Ragan umbringen ließ. Was Elayne auch sagen mochte, Nynaeve glaubte jedenfalls nicht, daß sie es gern hätte, wenn man ihren Bruder niederstach. Wenig Aussichten darauf, daß er glauben würde, Elayne befinde sich nicht bei ihr. »Ich komme nur noch nicht über die Überraschung hinweg, Euch hier zu anzutreffen.«

»Das dürfte eine Kleinigkeit sein gegen meine, als ich herausfand, daß Ihr aus Sienda entschlüpft wart.« Auch der plötzliche Ernst stand diesem schönen Männergesicht unglücklicherweise sehr gut, doch sein Tonfall minderte dessen Wirkung auf sie. Ein wenig. Er klang, als halte er einem kleinen Mädchen eine Strafpredigt, weil sie sich nach dem Schlafengehen noch aus dem Haus gestohlen hatte, um auf einen Baum zu klettern. »Mir war furchtbar schlecht vor Sorgen. Was beim Licht ist Euch da eingefallen? Habt Ihr eine Ahnung, welches Risiko Ihr dabei eingegangen seid? Und dann noch hierher zu kommen, ausgerechnet nach Samara. Elayne sattelt ja ein Pferd immer am liebsten im vollen Galopp, aber ich hoffte, daß wenigstens Ihr mehr gesunden Menschenverstand hättet. Dieser sogenannte Prophet …« Er brach ab und sah die beiden Männer an. Uno hatte sein Schwert auf den Boden gestützt, und seine vernarbten Hände ruhten auf dem Knauf. Ragan schien so konzentriert die Schneide seiner Klinge zu inspizieren, daß er nichts sah oder hörte.

»Ich habe Gerüchte vernommen«, fuhr Galad bedächtig fort, »daß er ein Schienarer sei. Ihr könnt doch wohl nicht so hirnlos sein, Euch irgendwie mit ihm einzulassen!« Es lag ein für ihren Geschmack viel zu fragender Unterton in seinen Worten.

»Keiner von beiden ist der Prophet, Galad«, sagte sie trocken. »Ich kenne sie schon eine ganze Weile, das kann ich Euch sagen. Uno, Ragan, Ihr solltet jetzt Eure Schwerter wegstecken, es sei denn Ihr hättet vor, Eure Zehennägel damit zu reinigen. Also?« Sie zögerten, gaben aber doch nach. Uno murrte ein wenig und blickte böse drein, aber sie steckten die Waffen weg. Männer reagierten meist, wenn man sie streng genug anfuhr. Die meisten jedenfalls. Manchmal.

»Ich hätte es von ihnen auch kaum angenommen, Nynaeve.« Galads Tonfall, noch trockener als der ihre, ließ wieder Zorn in ihr aufsteigen, doch als er fortfuhr, klang es eher verärgert als überheblich. Und besorgt. Das allerdings verstärkte ihren Zorn zusätzlich. *Er* verursachte bei ihr beinahe Herzklopfen, und *er* besaß die Stirn, sich auch noch Sorgen zu machen! »Ich weiß nicht, worin Ihr und Elayne hier wieder verwickelt seid, und es ist mir auch gleich, solange ich Euch heraushelfen kann, bevor man Euch etwas antut. Der Handel auf dem Fluß ist fast erlegen, aber innerhalb der nächsten Tage sollte doch einmal ein passendes Schiff hier anlegen. Laßt mich wissen, wo ich Euch finden kann, und ich werde Euch eine Passage nach irgendeinem Ort in Altara buchen. Von dort aus könnt Ihr dann nach Caemlyn weiterziehen.«

Unwillkürlich blieb ihr der Mund offen stehen. »Ihr meint damit, daß Ihr uns ein Schiff suchen werdet?«

»Das ist alles, was ich jetzt noch tun kann.« Es klang entschuldigend und er schüttelte dabei den Kopf, als sei er mit sich selbst uneins. »Ich kann Euch nicht selbst in Sicherheit bringen, denn ich muß hier meine Pflicht erfüllen.«

»Wir wollen Euch keineswegs von Euren Pflichten abhalten«, sagte sie, vielleicht ein wenig zu atemlos. Wenn er sie mißverstehen wollte, dann nur zu. Das, was sie sich am meisten von ihm wünschte, war lediglich, in Ruhe gelassen zu werden.

Er schien es für notwendig zu halten, sich zu verteidigen. »Es ist wohl kaum sicher, wenn ich Euch allein wegschicke, aber ein Schiff bringt Euch fort, bevor hier die ganze Grenzregion explodiert. Und das wird sie früher oder später. Es genügt bereits ein Funke, und der Prophet wird mit Sicherheit zuschlagen, selbst wenn kein anderer mithält. Ihr müßt dafür sorgen, daß Ihr schnell nach Caemlyn kommt, Ihr und Elayne. Alles, was ich verlange, ist Euer Versprechen, dorthin zu reisen. Die Burg ist nicht der richtige Ort für Euch beide. Oder für ...« Er schloß schnell den Mund, doch er hätte genausogut fortfahren und den Namen Egwenes nennen können.

Es konnte nicht falsch sein, wenn auch Galad nach einem Schiff Ausschau hielt. Falls Masema durchaus vergessen konnte, ob er vorhatte, die Tavernen zu schließen oder nicht, war es auch möglich, daß er vergaß, jemanden auf die Suche nach einem Flußschiff zu schicken. Besonders, wenn ein solcher Anfall von Vergeßlichkeit im passenden Augenblick dafür sorgte, daß sie hierbleiben und ihm für seine eigenen Zwecke dienlich sein müßten. Es war bestimmt nicht falsch – falls sie Galad trauen konnte. Falls nicht, mußte sie einfach hoffen, er sei im Umgang mit dem Schwert doch nicht so gut, wie er sich das selbst einbildete. Ein düsterer Gedanke, aber er entsprach noch nicht einmal dem, was geschehen könnte und würde, sollte er sich als nicht vertrauenswürdig erweisen.

»Ich bin, was ich bin, Galad, und für Elayne gilt das gleiche.« Sich bei Masema um die Wahrheit herumzudrücken hatte einen schlechten Geschmack in ihrem Mund hinterlassen. Auf die Art der Weißen Burg drumherumreden war das einzige, was sie jetzt noch fertigbrachte. »Und Ihr seid, was Ihr jetzt eben seid.« Sie zog die Augenbrauen bedeutungsvoll hoch und deutete auf

seinen weißen Umhang. »Diese Leute hassen die Burg, und sie hassen Frauen, die mit der Macht arbeiten können. Jetzt, da Ihr zu ihnen gehört, könnte es doch sein, daß innerhalb einer Stunde fünfzig von Euch hinter mir her sind und versuchen werden, mir einen Pfeil in den Rücken zu verpassen, falls sie mich nicht in eine Zelle schleppen können, oder? Mich und genauso auch Elayne.«

Galad zuckte irritiert mit dem Kopf. Oder vielleicht war er auch beleidigt? »Wie oft muß ich Euch das sagen? Ich würde niemals meiner Schwester Schaden zufügen lassen! Oder Euch.«

Es ärgerte sie unheimlich, sich darüber klar zu sein, daß sie sich über die Pause zwischen Elaynes Namen und ihrem eigenen geärgert hatte. Na und? Hatte er eben erst hinterher an sie gedacht. Sie war doch kein dummes Bauernmädel, das den Verstand verlor, weil ein Mann einen Blick hatte, der gleichzeitig schmelzend und unwahrscheinlich durchdringend war. »Wenn Ihr meint«, sagte sie, und sein Kopf ruckte wieder hoch.

»Sagt mir, wo Ihr Quartier bezogen habt, und ich bringe Euch die Kunde oder lasse sie überbringen, sobald ich ein geeignetes Schiff gefunden habe.«

Falls Elayne recht hatte, konnte er genausowenig lügen wie eine Aes Sedai, die ihre Drei Eide abgelegt hatte, und doch zögerte sie noch. Ein Fehler in dieser Angelegenheit könnte auch ihr letzter sein. Sie hatte wohl das Recht darauf, ihre eigenen Risiken einzugehen, aber hier war eben auch Elayne beteiligt. Und Thom und Juilin ebenfalls, denn sie war für die beiden verantwortlich, was sie selbst davon auch halten mochten. Doch sie war nun hier und mußte allein entscheiden. Genau besehen, war das wohl auch das Beste.

»Licht, Frau, was wollt Ihr denn noch von mir?« grollte Galad und hob die Hände ein Stück, als wolle er sie an den Schultern packen. Wie ein Blitz aus hellem

Stahl war Unos Klinge zwischen ihnen, doch Elaynes Bruder schob sie einfach beiseite wie einen Zweig, der ihm im Weg war, und er beachtete sie nicht weiter. »Ich will Euch nicht schaden, weder jetzt noch jemals, das schwöre ich im Namen meiner Mutter. Ihr sagt, daß Ihr seid, was Ihr eben seid? Ich weiß, was Ihr seid. Und was Ihr nicht seid. Vielleicht zur Hälfte war der Grund, warum ich das trage«, er berührte einen Saum seines schneeweißen Umhangs, »weil Euch die Burg ausgesandt hat – Euch und Elayne und Egwene – das Licht mag wissen, warum, obwohl Ihr seid, was Ihr seid. Das war, als schicke man einen Jungen in eine Schlacht, der gerade erst gelernt hat, ein Schwert zu halten, und ich werde es ihnen niemals verzeihen. Ihr beide habt immer noch Zeit, Euch davon abzuwenden; Ihr müßt dieses Schwert nicht tragen. Die Burg ist zu gefährlich für Euch oder meine Schwester, besonders jetzt. Die halbe Welt ist mittlerweile zu gefährlich für Euch! Laßt mich helfen, Euch in Sicherheit zu bringen.« Die Anspannung wich aus seiner Stimme, doch sie klang nun rauher: »Ich bitte Euch, Nynaeve. Falls Elayne etwas zustoßen sollte … Ich wünschte so halb, Egwene sei bei Euch, damit ich …« Er fuhr sich mit einer Hand durch das Haar und blickte nach rechts und nach links, wohl im Bemühen, etwas zu entdecken, womit er sie überzeugen könne. Uno und Ragan hielten die Schwerter erhoben und bereit, sie ihm in den Leib zu stoßen, doch er schien sie gar nicht zu bemerken. »Im Namen des Lichts, Nynaeve, bitte erlaubt mir, zu tun, was mir möglich ist.«

Es war nur eine Kleinigkeit, die den Ausschlag für ihre Entscheidung gab. Sie befanden sich in Ghealdan. Amadicia war das einzige Land, in dem es offiziell als Verbrechen galt, wenn eine Frau die Macht benutzen konnte, und sie waren auf der anderen Seite des Flusses. Damit verblieb lediglich Galads Eid auf die Kinder des Lichts, der ihn zwingen könnte, gegen seine Pflicht

Elayne gegenüber zu verstoßen. Sie glaubte, die Verwandtschaft werde sich in dieser Auseinandersetzung als stärker erweisen. Außerdem sah er wirklich einfach zu blendend aus, um ihn von Uno und Ragan töten zu lassen. Das hatte aber natürlich nichts mit ihrer Entscheidung zu tun. Selbstverständlich nicht.

»Wir sind bei Valan Lucas Truppe«, sagte sie schließlich.

Er blinzelte zunächst und runzelte die Stirn. »Valan Luca ...? Meint Ihr damit etwa eine der Menagerien?« Ungläubigkeit und Abscheu schwangen in seiner Stimme mit. »Was im Namen des Lichts tut Ihr in solcher Gesellschaft? Die Leute, die solche Truppen führen, sind nicht besser als ... Es macht nichts. Falls Ihr Geld benötigt, kann ich Euch welches geben. Genug, damit Ihr in eine anständige Schenke ziehen könnt.«

An seinen Worten zeigte sich die sichere Überzeugung, daß sie tun werde, was er wünschte. Nicht etwa: »Kann ich Euch mit ein paar Kronen aushelfen?« oder »Darf ich Euch ein Zimmer suchen?« Er glaubte, sie sollten in einer Schenke untergebracht werden, also würden sie in eine Schenke ziehen. Der Mann hatte sie vielleicht gut genug beobachtet, um vorauszusehen, daß sie sich in eine Gasse schleichen werde, aber wie es schien, kannte er sie überhaupt nicht. Außerdem gab es ja Gründe, bei Luca zu bleiben.

»Glaubt Ihr etwa, daß es in Samara noch ein Zimmer oder einen Heuboden gibt, der noch nicht besetzt wäre?« fragte sie ein wenig schnippischer, als sie vorgehabt hatte.

»Ich bin sicher, daß ich ...«

Sie unterbrach ihn. »Der letzte Ort, an dem man nach uns suchen würde, ist eine der Menagerien.« Der letzte Ort zumindest, an dem alle außer Moghedien nach ihnen suchen würden. »Ihr seid doch auch der Meinung, daß wir uns soweit wie möglich verborgen halten sollen? Falls Ihr wirklich ein Zimmer finden solltet, ist es ziemlich wahrscheinlich, daß jemand anders hinausgewiesen würde. Ein Kind des Lichts, das ein Zimmer für zwei Frauen besorgt? Das würde den Tratsch geradezu herausfordern und die Blicke anziehen wie ein Abfallhaufen die Fliegen.«

Es gefiel ihm nicht. Er verzog das Gesicht und blickte Uno und Ragan so finster an, als sei es ihre Schuld. Immerhin hatte er genug Verstand, um es einzusehen. »Es ist kein angemessener Ort für eine von Euch, aber möglicherweise seid Ihr dort sicherer als irgendwo in der Stadt. Da Ihr wenigstens einverstanden wart, nach Caemlyn zu reisen, werde ich nichts mehr zu diesem Thema sagen.«

Sie machte eine nichtssagende Miene und ließ ihn denken, was er wollte. Wenn er glaubte, sie habe etwas versprochen, was sie keineswegs versprochen hatte, war das seine Angelegenheit. Aber sie mußte ihn soweit wie möglich von der Menagerie fernhalten. Der Anblick seiner Schwester in dieser pailettenbestickten weißen Hose würde einen Aufschrei hervorrufen, der jeden Ausbruch Masemas in den Schatten stellte. »Denkt aber daran, daß Ihr euch von der Menagerie fernhaltet. Jedenfalls, bis Ihr ein Schiff gefunden habt. Dann kommt bei Anbruch der Nacht zu den Wohnwagen der Truppe und fragt nach Nana.« Das gefiel ihm, wenn möglich, noch weniger, doch sie kam ihm energisch zuvor: »Ich habe kein einziges der Kinder des Lichts in den Vorstellungen gesehen. Wenn Ihr eine besucht, was glaubt Ihr, werden die Leute denken? Sie werden sich doch fragen, aus welchem Grund Ihr kommt!«

Sein Lächeln war immer noch berückend, doch zeigte er ein bißchen zu viele Zähne dabei. »Wie es scheint, habt Ihr auf alles eine Antwort. Habt Ihr wenigstens nichts dagegen, wenn ich Euch dorthin zurückbegleite?«

»Ich habe allerdings etwas dagegen! Es wird auch so schon genügend Gerüchte geben – denn hundert Leute müssen uns hier beobachtet haben, wie wir uns unterhielten ...« Sie konnte die Straße nicht sehen, da sie von den drei Männern verdeckt wurde, aber sie zweifelte nicht daran, daß die Passanten immer noch neugierig in die Gasse hineinblickten. Dazu hielten Uno und Ragan nach wie vor die blanken Schwerter in den Händen. »... aber wenn Ihr mich zurückbegleitet, werden uns zehnmal so viele sehen!«

Sein schmerzhaft verzogenes Gesicht drückte sowohl Bedauern als auch Heiterkeit aus. »Auf alles eine Antwort«, knurrte er leise, »aber Ihr habt ja recht.« Ganz klar, daß er sich wünschte, es sei anders. »Hört mich, Schienarer«, sagte er und wandte sich ihnen zu. Seine Stimme klang plötzlich stählern. »Ich bin Galadedrid Damodred, und diese Frau steht unter meinem Schutz. Was ihre Begleiterin betrifft, wäre es für mich das kleinste Opfer, zu sterben, um sie vor Schaden zu bewahren. Falls Ihr gestattet, daß einer von ihnen auch nur das Geringste zugefügt wird, werde ich Euch suchen und töten.« Er beachtete die plötzliche gefährliche Ausdruckslosigkeit ihrer Mienen genausowenig wie ihre Schwerter und wandte sich zu ihr um. »Ich schätze, Ihr werdet mir auch jetzt nicht sagen, wo sich Egwene befindet?«

»Alles, was Ihr wissen müßt, ist, daß sie sich fern von hier befindet.« Sie faltete die Arme unter den Brüsten und spürte, wie ihr Herz hinter den Rippen stark klopfte. Machte sie vielleicht einen gefährlichen Fehler, nur eines hübschen Gesichts wegen? »Und sicherer, als irgend etwas sie machen könnte, was Ihr unternehmt.«

Er sah aus, als schenke er ihr keinen Glauben, ging aber nicht weiter darauf ein. »Mit etwas Glück finde ich innerhalb von ein oder zwei Tagen ein Schiff für Euch. Bis dahin bleibt immer bei der ... Truppe dieses ... Valan Luca. Benehmt Euch nicht auffällig und vermeidet jedes Aufsehen. Soweit das möglich ist bei dieser Haarfarbe. Und richtet Elayne aus, sie solle das nächste Mal nicht wieder vor mir davonlaufen. Das Licht war Euch gnädig, daß ich Euch noch unbeschadet vorgefunden habe, und es wird doppelt so gnädig sein müssen, um jeden Schaden von Euch abzuhalten, wenn Ihr versucht, auf eigene Faust durch Ghealdan zu ziehen. Die blasphemischen Schurken des Propheten sind überall, haben keinen Respekt vor dem Gesetz und vor anderen Menschen, und dabei habe ich noch gar keine Briganten mitgezählt, die ihren Vorteil aus diesem Durcheinander ziehen. Samara selbst ist ein Wespennest, aber wenn Ihr euch ganz still verhaltet und meine halsstarrige Schwester dazu bringt, daß sie dasselbe tut, dann finde ich einen Weg, Euch herauszuholen, bevor Ihr gestochen werdet.«

Es kostete sie Mühe, den Mund zu halten. Er übernahm das, was sie ihm gesagt hatte, und machte es zur Bedingung! Als nächstes würde der Mann vermutlich wollen, daß man Elayne und sie in Wolle einpackte und auf ein Regalbrett stellte. *Wäre es nicht das Beste, wenn jemand das unternähme?* fragte eine kleine Stimme in ihrem Inneren. *Hast du nicht schon genug Unheil angerichtet, weil du unbedingt deinen Weg gehen mußtest?* Sie sagte der Stimme energisch, sie solle ruhig sein. Die hörte nicht auf sie und begann statt dessen, alle möglichen Katastrophen und Beinahe-Katastrophen aufzuzählen, die auf ihre Sturheit zurückzuführen waren.

Er nahm ihr Schweigen offensichtlich für Zustimmung, wandte sich von ihr ab – und hielt inne. Ragan und Uno hatten ihm den Weg zur Straße versperrt. Sie sahen mit dieser trügerischen Gelassenheit im Blick zu ihr herüber, die sich so oft bei Männern zeigte, wenn sie kurz davor standen, gewalttätig zu werden. Die Luft schien zu knistern, bis sie ihnen mit einer schnellen Bewegung bedeutete, den Weg freizugeben. Die Schienarer senkten daraufhin ihre Klingen und traten zur Seite.

Auch Galad nahm die Hand vom Heft seines Schwertes, schob sich an ihnen vorbei und verschwand in der Menge, ohne noch einmal zurückzublicken.

Nynaeve warf Uno und Ragan jeweils noch einen strafenden Blick zu, bevor sie dann in entgegengesetzter Richtung davonstolzierte. Nun hatte sie alles einmal richtig gut geplant, und dann hätten die beiden fast alles ruiniert. Männer schienen doch immer zu glauben, man könne alles mit Gewalt lösen. Hätte sie einen kräftigen Stock zur Hand, dann hätte sie damit am liebsten alle drei so lange verprügelt, bis sie Einsicht zeigten. Gewalt, pah!

Die Schienarer schienen jetzt aber wirklich einzusehen, daß sie ein Recht darauf hatte, ihnen böse zu sein, denn sie hatten die Schwerter wieder in die Scheiden auf ihren Rücken gesteckt und folgten ihr, ohne ein Wort zu sagen. Sie äußerten nicht einmal etwas, als sie zum zweitenmal falsch in eine Straße abbog und daraufhin zurückgehen mußte. Es war auch besser für sie, gerade in diesem Moment den Mund zu halten. Sie hatte endgültig genug davon, zu allem und jedem schweigen zu müssen. Zuerst Masema und dann Galad. Alles, was sie sich wünschte, war eine hauchdünne Ausrede, um endlich jemandem die Meinung sagen zu können. Besonders regte sie die kleine Stimme in ihrem Hinterkopf auf, die sie wohl soweit wie möglich verdrängt hatte, die aber einfach nicht aufgeben wollte.

Als sie sich schließlich wieder im geringen Verkehr auf der Lehmstraße außerhalb Samaras befanden, konnte sie den Einfluß des Stimmchens einfach nicht mehr leugnen. Sie machte sich Gedanken über Rands Arroganz, aber ihre eigene hatte sie selbst und andere so nahe an eine Katastrophe geführt, daß sie lieber nicht darüber nachdenken wollte. Im Falle Birgittes war sicherlich die Grenze überschritten, obwohl sie doch wenigstens lebte. Das Beste für Nynaeve wäre, sich mit niemandem mehr auseinanderzusetzen, auch nicht mit den Schwarzen Ajah und Moghedien, bevor nicht irgend jemand Kompetentes entschied, was weiter zu geschehen habe. Widerstand machte sich in ihr breit, aber den knüppelte sie jetzt mit der gleichen Härte nieder wie sonst den Thoms oder Juilins. Sie würde nach Salidar gehen und die ganze Sache den Blauen übergeben. So sollte es geschehen. Sie hatte entschieden.

»Habt Ihr etwas gegessen, was Ihr nicht vertragt?« fragte Ragan sie unschuldig. »Ihr habt den Mund verzogen, als hättet Ihr eine Handvoll Vogelbeeren gekaut.«

Sie warf ihm einen Blick zu, der ihn augenblicklich den Mund zuklappen ließ, und marschierte weiter. Die beiden Schienarer folgten Seite an Seite.

Was sollte sie nur mit ihnen anfangen? Natürlich gab es keinen Zweifel daran, daß sie sich die beiden auf irgendeine Weise zunutze machen würde. Allein schon ihre äußere Erscheinung war zu wirkungsvoll, um darauf zu verzichten. Außerdem würden zwei weitere Augenpaare – nun, drei Augen, um genauer zu sein; sie mußte sich nur an den Anblick von Unos Augenklappe gewöhnen, auch wenn es ihr schwerfiel – weitere Augen würden also nützlich sein, um möglicherweise noch eher ein Schiff zu entdecken. Alles in Ordnung, falls Masema oder Galad schneller wären, aber sie wollte die beiden möglichst nicht mehr als unbedingt notwendig über ihre Aktivitäten wissen lassen. Man konnte nie wissen, was der eine oder der andere unternehmen würde.

»Folgt Ihr mir nun, weil Euch Masema sagte, Ihr solltet auf mich aufpassen«, verlangte sie zu wissen, »oder weil Galad dasselbe von Euch forderte?«

»Welchen verdammten Unterschied macht das schon?« knurrte Uno. »Wenn Euch der Lord Drache gerufen hat, dann müßt Ihr verflucht ...« Er brach ab und runzelte die Stirn, als sie mahnend den Zeigefinger hob. Ragan betrachtete den Finger, als sei er eine Waffe.

»Werdet Ihr Elayne und mir helfen, Rand zu finden?«

»Wir haben nichts Besseres zu tun«, sagte Ragan trocken. »Wie die Lage ist, werden wir Schienar erst wiedersehen, wenn wir grau und zahnlos sind. Wir können genausogut mit Euch nach Tear reiten, oder wo er sich eben aufhält.«

Daran hatte sie noch gar nicht gedacht, aber es war sinnvoll. Zwei weitere Männer, die Thom und Juilin bei der Erledigung ihrer Aufgaben helfen und sich beim Wachestehen mit ihnen abwechseln konnten. Es war überflüssig, sie wissen zu lassen, wie lange das dauern und wie viele Unterbrechungen und Umwege es unterwegs geben werde. Es konnte sogar sein, daß die Blauen in Salidar niemand von ihnen weiterziehen lassen würden. Denn sobald sie die Aes Sedai fanden, waren sie lediglich wieder Aufgenommene. *Hör auf, daran zu denken! Du tust es einfach und dann wirst du ja sehen!*

Die Menschenmenge, die vor Lucas aufdringlichem Schild wartete, schien ihr keineswegs kleiner als zuvor. Ein stetiger Strom von Menschen schob sich über die Wiesen zum Eingang hin, während sich ein zweiter aus dem Tor unter erstauntem Gemurmel über die erlebten Wunder nach draußen ergoß. Von Zeit zu Zeit kam eines der ›Keilerpferde‹ in Sicht, wenn es sich hinter der Segeltuchmauer auf die Hinterbeine stellte, und von denen, die draußen auf Einlaß warteten, waren laute ›Oooohs‹ und ›Aaaahs‹ zu hören. Cerandin wickelte wieder ihr volles Programm ab. Trotzdem achtete die Seanchanfrau sorgfältig darauf, daß ihre *S'redit* genügend Ruhepausen bekamen. Da war sie unbeugsam, was Luca auch vorhaben mochte. Männer taten schon, was man ihnen sagte, wenn man überhaupt keinen Zweifel daran ließ, daß nichts anderes in Frage kam. Für gewöhnlich jedenfalls.

Bevor sie das niedergetrampelte, braune Gras erreichte, blieb Nynaeve stehen und drehte sich zu den beiden Schienarern um. Sie bemühte sich wohl, ruhig dreinzublicken, aber die beiden sahen sie trotzdem entsprechend mißtrauisch an. Im Falle Unos war ihr das durchaus unangenehm, denn er zog auf eine Weise an seiner Augenklappe herum, daß ihr fast schlecht wurde. Die Menschen, die sich zum Eingang schoben oder von dort herausschlenderten, beachteten sie nicht.

»Dann eben nicht Masema *oder* Galad zuliebe«, sagte sie energisch. »Wenn Ihr mich weiterhin begleiten wollt, werdet Ihr tun, was ich sage. Sonst könnt Ihr Eurer eigenen Wege gehen, denn dann will ich nichts mit Euch zu tun haben.«

Natürlich mußten sie erst wieder Blicke tauschen, bevor sie nickend ihr Einverständnis kundtaten. »Wenn es verdammt noch mal so sein muß«, grollte Uno, »dann also gut. Wenn Ihr keinen habt, der verflucht auf Euch aufpaßt, werdet Ihr niemals überleben und den Lord Drachen erreichen. Irgendein Schaf von Bauer wird Euch zum Frühstück verspeisen, Eurer spitzen Zunge wegen.« Ragan warf ihm einen verdeckten Blick zu, der ihm wohl sagen sollte, er stimme ihm zu, zweifle aber daran, daß es geschickt gewesen sei, dies zu äußern. Wie es schien, zeigte Ragan deutliche Ansätze, zu einem klugen Mann zu werden.

Es genügte ihr, wenn sie ihre Bedingungen akzeptierten, ganz gleich, warum. Jetzt war ihr das genug. Später war noch genügend Zeit, sie zurechtzurücken.

»Ich bezweifle nicht, daß auch die anderen zustimmen werden«, sagte Ragan.

»Die anderen?« Sie riß die Augen auf. »Wollt Ihr damit sagen, daß es noch mehr außer Euch beiden gibt? Wie viele?«

»Wir sind jetzt zusammen nur noch fünfzehn. Ich glaube nicht, daß Bartu oder Nengar mitkommen.«

»Kriechen bei dem verfluchten Propheten.« Uno

wandte den Kopf und spuckte übertrieben bedeutungsvoll aus. »Nur fünfzehn. Sar ist in den Bergen von dieser verdammten Felswand gestürzt, und Mendao mußte dieses idiotische Duell gleich gegen drei Jäger des Horns eingehen, und …«

Nynaeve hatte alle Mühe, an sich zu halten und nicht mit offenem Mund zu staunen. Fünfzehn! Sie war versucht, im Kopf schnell zusammenzurechnen, was es kosten würde, fünfzehn Männer zu beköstigen. Auch dann, wenn sie nicht besonders hungrig waren, aßen Thom oder Juilin bereits einzeln mehr als Elayne und sie zusammen. Licht!

Andererseits bestand bei fünfzehn schienarischen Begleitsoldaten vielleicht gar keine Notwendigkeit, auf ein Schiff zu warten. Natürlich war es die schnellste Art zu reisen, wenn man ein Flußschiff benützte. Sie erinnerte sich nun daran, was sie über Salidar gehört hatte. Es war eine kleine Stadt am Fluß oder zumindest in dessen Nähe, und man konnte mit einem Schiff direkt hinkommen. Doch eine Eskorte von Schienarern würde ihren Wagen auch absichern – gegen Weißmäntel oder Banditen oder auch Anhänger des Propheten. Allerdings war der Wagen viel langsamer. Und ein einzelner Wagen, der mit einer solchen Eskorte aus Samara abfuhr, würde Aufmerksamkeit erregen. Ein Wegweiser für Moghedien oder die Schwarzen Ajah. *Um die sollen sich die Blauen kümmern, und damit Schluß.*

»Was ist los?« fragte Ragan und Uno fügte entschuldigend hinzu: »Ich hätte wohl nicht erwähnen dürfen, wie Sakaru gestorben ist.« Sakaru? Das hatte er wohl erzählt, nachdem sie bereits nicht mehr hingehört hatte. »Ich verbringe nicht viel Zeit mit verd …, mit Damen. Ich vergaß, daß Ihr einen schwachen Magen … oh … äh … etwas empfindlich seid.« Wenn er nicht gleich aufhörte, an seiner Augenklappe zu zupfen, würde sie ihm zeigen, wie empfindlich ihr Magen wirklich war.

Die Anzahl änderte im Grunde nichts. Wenn zwei

Schienarer als Begleitung gut waren, dann waren fünfzehn ein Geschenk des Lichts. Ihr Privatheer. Keine Sorgen mehr in bezug auf Weißmäntel oder Briganten oder gewaltsame Ausschreitungen und nicht einmal mehr daran, ob sie im Falle Galads vielleicht doch einen Fehler begangen habe. Wie viele Schinken konnten fünfzehn Mann wohl an einem Tag verzehren? Also dann, und mit energischer Stimme: »In Ordnung. Jeden Abend gleich nach Einbruch der Dunkelheit wird einer von Euch – einer, hört Ihr! – hierherkommen und nach Nana fragen. Unter diesem Namen kennen sie mich.« Sie hatte eigentlich keinen Grund, diesen Befehl zu geben, doch sie wollte ihnen angewöhnen, genau das zu tun, was sie sagte. »Elayne heißt hier Morelin, aber Ihr fragt nach Nana. Wenn Ihr Geld braucht, kommt zu mir und nicht zu Masema.« Sie mußte allerdings ein bedauerndes Seufzen unterdrücken, als sie das sagte. Sie hatten im Herd des Wohnwagens immer noch einiges an Gold, aber Luca hatte ja seine versprochenen hundert Goldkronen noch nicht verlangt, und er würde das nicht vergessen. Nun, falls nötig, war da ja noch immer der Schmuck. Sie mußte sichergehen, sie von Masema fernzuhalten. »Abgesehen davon wird sich keiner von Euch mir oder der Truppe nähern.« Sonst würden sie vermutlich eine Wache oder etwas ähnlich Unsinniges aufstellen. »Nicht, bevor nicht ein Flußschiff anlegt. In diesem Fall kommt Ihr aber sofort her. Verstanden?«

»Nein«, knurrte Uno. »Warum sollen wir uns verflucht noch mal fernh …?« Sein Kopf zuckte zurück, als ihr mahnender Zeigefinger beinahe seine Nase berührte.

»Erinnert Ihr euch daran, was ich Euch über Eure Ausdrucksweise gesagt habe?« Sie mußte sich zwingen, ihn streng anzuschauen, denn diese böse starrende rote Augenklappe drehte ihr den Magen herum. »Entweder Ihr denkt künftig daran, oder Ihr werdet feststellen, warum sich die Männer von den Zwei Flüssen anständig ausdrücken.«

Sie beobachtete ihn, wie er darüber nachdachte. Er kannte ihre Verbindung zur Weißen Burg nicht, wußte nur, daß da etwas war. Sie konnte durchaus eine Agentin der Burg oder in der Burg ausgebildet sein. Oder sogar eine Aes Sedai, wenn sie auch die Stola bestimmt noch nicht lange trug. Außerdem war die Drohung so vage gehalten, daß er seine schlimmsten Befürchtungen hineininterpretieren konnte. Diese Methode hatte sie schon lange gekannt, bevor Juilin sie einmal Elayne beschrieb.

Als ihr schließlich schien, daß ihre Anweisung hinreichend verstanden worden sei und bevor er Fragen stellen konnte, senkte sie die Hand. »Ihr werdet Euch aus dem gleichen Grund fernhalten wie Galad. Um keine Aufmerksamkeit zu erregen. Und außerdem, weil ich es so will. Wenn ich jede meiner Entscheidungen erst mit Euch diskutieren muß, habe ich keine Zeit mehr für etwas anderes. Also macht das Beste daraus.«

Das war ein typischer Kommentar, wie ihn eine Aes Sedai gab. Außerdem hatten sie gar keine andere Wahl, wenn sie ihr helfen wollten, zu Rand zu kommen, und das glaubten sie ja. Also: Es blieb ihnen nichts anderes übrig. Alles in allem war sie recht zufrieden mit sich, als sie die beiden nach Samara zurückschickte und an der wartenden Menge vorbei unter Lucas Schild hindurchschritt.

Zu ihrer Überraschung hatte ihre Truppe mittlerweile Verstärkung erhalten. Auf einer neuen Plattform unweit des Eingangs stand eine Frau in durchscheinender gelber Hose mit ausgestreckten Armen auf dem Kopf, auf jeder Hand ein Pärchen weißer Tauben. Nein, sie stand gar nicht auf dem Kopf. Die Frau hatte sich eine Art von Holzrahmen zwischen die Zähne geklemmt und balancierte *darauf*. Während Nynaeve verdattert zusah, senkte diese Akrobatin ihre Handflächen einen Augenblick lang auf die Plattform hinunter, während sie sich zusammenkrümmte, bis es schien, als sitze sie auf ihrem eigenen Kopf. Aber das reichte ihr immer noch nicht. Sie senkte nun die Beine vor sich und hob sie dann wieder empor, allerdings *unter* ihre Arme, woraufhin sie die Tauben auf ihre Fußsohlen hinübertrippeln ließ. Die waren nunmehr der höchste Punkt dieses verdrehten menschlichen Balles, zu dem sie sich verknotet hatte. Die Zuschauer schnappten nach Luft und applaudierten, doch der Anblick ließ Nynaeve schaudern. Er erinnerte sie zu deutlich daran, was Moghedien mit ihr angestellt hatte.

Aber deshalb will ich doch nicht die ganze Angelegenheit den Blauen übergeben, sagte sie sich im Stillen. *Ich will nur nicht wieder eine Katastrophe auslösen.* Das stimmte auch, doch sie fürchtete, beim nächsten Mal würde sie nicht so einfach und so leicht davonkommen. Das hätte sie vor niemandem sonst zugegeben. Sie gab es noch nicht einmal vor sich gern zu.

Sie warf noch einen letzten erstaunten Blick auf die Schlangenfrau. Wie diese Frau sich mittlerweile selbst verknotet hatte, würde ihr wohl immer rätselhaft bleiben. Dann wandte sie sich ab. Und erschrak, als Birgitte und Elayne plötzlich aus dem Durcheinander von Menschen an ihrer Seite heraustraten. Elayne hatte ihren Umhang geschlossen und verbarg so keusch den weißen Mantel und die Hose, während Birgitte stolz ihr tief ausgeschnittenes rotes Kleid zur Schau stellte. Sie stand sogar noch höher aufgerichtet da als sonst und hatte den Zopf auf dem Rücken hängen, um ja nichts zu verdecken. Nynaeve tastete nach dem Knoten, der ihren Schal an der Hüfte zusammenhielt und verwünschte den Anblick Birgittes, der sie nur zu sehr daran erinnerte, was sie selbst zeigen würde, machte sie den grauen Wollschal einmal los. Der Köcher hing am Gürtel der anderen, und sie trug den Bogen, den Luca für sie aufgetrieben hatte. Sicher war es doch heute schon viel zu spät, um noch ihre Schießkunststücke vorzuführen!

Ein Blick zum Himmel überzeugte Nynaeve allerdings davon, daß sie keineswegs recht behalten werde. Trotz aller Geschehnisse dieses Tages stand die Sonne immer noch ein gutes Stück über dem Horizont. Die Schatten waren wohl lang, aber nicht lang genug, um Birgitte davon abzuhalten, fürchtete sie.

Sie versuchte ihren Blick hoch zur Sonne zu vertuschen und nickte in Richtung der Frau mit der durchscheinenden Hose, die im Augenblick damit begann, sich zu etwas zu verknoten, das in Nynaeves Augen unmöglich erschien. Und das, obwohl sie immer noch auf dem Holzrahmen zwischen ihren Zähnen balancierte. »Wo kommt die denn her?«

»Luca hat sie angeheuert«, antwortete Birgitte gelassen. »Er hat auch noch ein paar Leoparden gekauft. Sie heißt Muelin.«

Während Birgitte wie das Urbild der beherrschten Kühle wirkte, bebte Elayne beinahe vor Erregung. »Wo sie herkommt?« sprudelte sie heraus. »Sie kam von einer Akrobatentruppe, die beinahe von der wütenden Volksmenge zerrissen worden wäre!«

»Davon habe ich gehört«, sagte Nynaeve, »aber das ist nicht so wichtig. Ich ...«

»Nicht wichtig?« Elayne rollte die Augen in Richtung Himmel, als hoffe sie auf eine Erleuchtung. »Hast du auch gehört, warum? Ich weiß nicht, ob es die Weißmäntel waren oder dieser Prophet, aber jemand hat den Mob auf sie gehetzt, weil er glaubte ...« Sie sah sich um, ohne innezuhalten, und senkte die Stimme, denn es war wohl niemand stehengeblieben, aber jeder Zuschauer starrte im Vorbeigehen die beiden Frauen an, die offensichtlich zu den Akrobaten der Truppe gehörten. »... daß eine Frau unter diesen Akrobaten möglicherweise eine gestreifte Stola trüge.« Das Wort ›Stola‹ betonte sie besonders. »Es sind Narren, wenn sie glauben, so eine befände sich in einer fahrenden Menagerie, aber gut, du und ich, wir tun das ja auch. Und du rennst einfach fort in die Stadt, ohne jemandem Bescheid zu sagen. Wir haben alle möglichen Gerüchte gehört: Daß ein Glatzkopf dich über die Schulter geworfen und weggetragen habe, bis hin zu der Version, du hättest einen Schienarer geküßt und seist Arm in Arm mit ihm abgezogen.«

Nynaeve hatte den Mund noch nicht zu, da setzte Birgitte noch eins drauf: »Luca regte sich ganz schön auf, gleich bei welcher Version. Er sagte ...« Sie räusperte sich und sprach mit tiefer Stimme: »›Also gefallen ihr harte Männer, ja? Na ja, ich kann auch so hart sein wie ein Maiskolben im Winter!‹ Und ab ging's, zusammen mit zwei Burschen, die Schultern wie die Steinbrecher hatten, um Euch zurückzuholen. Thom Merrilin und Juilin Sandar gingen auch mit, und ihre Laune war bestimmt nicht besser. Das hat wiederum Luca aufgeregt, aber alle waren so verstört ob Eures Verschwindens, daß sie keine Zeit hatten, aufeinander wütend zu werden.«

Einen Augenblick lang schien Nynaeve vollkommen verwirrt. Sie mochte harte Männer? Was meinte er denn damit? Dann verstand sie so langsam und stöhnte laut auf. »Ach, das ist genau das, was ich noch brauchen kann.« Und Thom rannte mit Juilin in Samara herum. Das Licht mochte wissen, was sie dort wieder anstellen würden.

»Ich will endlich wissen, was dir eigentlich im Kopf herumgespukt ist, als du so plötzlich verschwunden bist«, sagte Elayne, »doch hier verschwenden wir im Augenblick unsere Zeit.«

Nynaeve ließ es zu, daß sie mit ihr in der Mitte durch die Menge losmarschierten, aber trotz all dieser Neuigkeiten von Luca und den anderen war sie mit dem zufrieden, was sie an diesem Tag geleistet hatte. »Mit Glück sollten wir in ein oder zwei Tagen hier herauskommen. Wenn Galad kein Schiff für uns auftreibt, dann eben Masema. Wie sich herausstellte, ist er nämlich dieser Prophet. Du erinnerst dich doch noch an Masema, Elayne. Dieser Schienarer mit der ewig sauren Miene, den wir…« Ihr wurde bewußt, daß Elayne stehengeblieben war, und so hielt sie inne, damit die andere wieder aufholen konnte.

»Galad?« sagte die jüngere Frau ungläubig. Sie vergaß ganz, ihren Umhang geschlossen zu halten. »Du hast mit – mit Galad gesprochen? *Und* mit dem Propheten? Das mußt du haben, denn wie kämen sie sonst darauf, ein Schiff zu suchen? Hast du deinen Tee mit ihnen zusammen getrunken, oder hast du sie bloß einfach in einem Schankraum getroffen? In den dich zweifellos dieser glatzköpfige Mann geschleppt hatte. Vielleicht war auch der König von Ghealdan dabei? Würdest du mich bitte davon überzeugen, daß ich träume, damit ich aufwachen kann?«

»Beherrsch dich bitte«, sagte Nynaeve energisch. »Jetzt regiert hier eine Königin und kein König, und ja, sie war auch da. Und er hatte keinen Glatzkopf, sondern trug eine Skalplocke. Der Schienarer, meine ich. Nicht der Prophet. *Der* ist so kahl wie ein…« Sie funkelte Birgitte an, bis die mit ihrem Kichern aufhörte. Das Funkeln wurde ein wenig schwächer, als sie sich daran erinnerte, wer diese Frau war und was sie ihr angetan hatte, aber hätte die andere jetzt nicht schnell ihre Züge geglättet, dann hätten sie wohl gesehen, ob sie es wirklich fertigbrachte, Birgitte so lange zu ohrfeigen, bis sie schielte. Sie setzten sich wieder in Bewegung, und sie sagte, so beherrscht, wie es ihr nur möglich war: »Das ist also geschehen: Ich habe Uno getroffen, einen der Schienarer, die auch in Falme dabei waren, als er dich auf dem Seil bewunderte, Elayne. Er hält übrigens auch nicht mehr davon als ich, daß die Tochter-Erbin von Andor ihre Beine so herzeigt. Wie auch immer, Moiraine hat sie von Falme aus hierhergeschickt, aber…«

Sie berichtete schnell alles, während sie sich durch

die Menge schoben, und beachtete Elaynes immer erstauntere Ausrufe gar nicht. Alle Fragen beantwortete sie so knapp wie möglich. Trotz ihres schnell erwachenden Interesses an dem ständigen Wechsel auf dem Thron Ghealdans konzentrierte sich Elayne vor allem auf den *genauen* Wortlaut der Äußerungen Galads und auf die Frage, wieso Nynaeve so verrückt gewesen sei, ausgerechnet den Propheten anzusprechen, wer immer das nun auch sei. Sie benützte das Wort ›verrückt‹ so häufig, daß Nynaeve sehr an sich halten mußte, um nicht die Fassung zu verlieren. Sie zog vielleicht ihre Fähigkeit in Zweifel, Birgitte zu ohrfeigen, aber bei Elayne hätte sie keine Hemmungen, Tochter-Erbin hin oder her. Birgitte dagegen interessierte sich mehr für die Absichten Masemas einerseits und die Schienarer andererseits. Wie es schien, hatte sie bereits in früheren Leben mit den Männern aus den Grenzlanden zu tun gehabt, obgleich ihre Länder damals anders hießen. Sie hielt im großen und ganzen einiges von ihnen. Sie sagte eigentlich wenig, schien aber doch der Idee positiv gegenüberzustehen, an den Schienarern festzuhalten.

Nynaeve erwartete, daß die anderen auf ihre Neuigkeiten Salidar betreffend überrascht oder erregt reagieren würden, aber nichts dergleichen! Birgitte nahm es genauso selbstverständlich auf, als habe sie erzählt, sie würden heute abend mit Thom und Juilin zusammen essen. Offensichtlich hatte sie vor, bei Elayne zu bleiben, wohin auch immer das führen würde, und alles andere spielte kaum eine Rolle. Elayne selbst blickte zweifelnd drein. Zweifelnd!

»Bist du sicher? Du hast dich so angestrengt, um dich daran zu erinnern, und … Na, es scheint ja schon ein seltsamer Zufall zu sein, daß ausgerechnet Galad es dir gegenüber erwähnen sollte.«

Nynaeve kochte. »Natürlich bin ich sicher! Zufälle geschehen nun mal. Das Rad webt, wie das Rad es wünscht. Das hast du vielleicht auch schon einmal gehört. Ich erinnere mich jetzt auch daran, daß er es bereits in Sienda erwähnte, aber ich habe mich dort zu sehr mit dir und deiner Reaktion auf ihn beschäftigt, um …« Sie hörte mit Sprechen auf.

Sie waren auf einem langen, schmalen Streifen nahe der nördlichen Umzäunung angekommen, der mit Seilen abgesperrt war. An einem Ende stand etwas wie ein Teil eines Holzzaunes, zwei Schritt breit und zwei hoch. Die Zuschauer standen vier Reihen tief. Die Kinder kauerten vor ihnen oder klammerten sich an das Bein des Vaters oder den Rockzipfel der Mutter. Die Gespräche wurden lauter, als die Frauen erschienen. Nynaeve wäre auf dem Fleck stehengeblieben, aber Birgitte hatte sie am Arm gepackt, und so blieb ihr nichts übrig, als weiterzugehen.

»Ich dachte, wir gingen zu den Wohnwagen«, sagte sie lahm. Sie hatte vor lauter Reden nicht aufgepaßt, wohin sie gingen.

»Höchstens, wenn du willst, daß ich im Dunklen schieße«, erwiderte Birgitte. Es klang, als sei sie durchaus gewillt, es zu versuchen.

Nynaeve hätte lieber einen schlauen Kommentar abgegeben, aber sie quiekste nur erschrocken auf. Sie sah ausschließlich das Stückchen Zaun vor sich, als sie den langen Grasstreifen entlangschritten, und bemerkte die Zuschauer kaum. Selbst das immer stärker werdende Volksgemurmel klang irgendwie weit entfernt. Es war, als sei der Zaun eine Meile von dem Punkt entfernt, an dem Birgitte stehen sollte.

»Bist du sicher, daß er bei … bei unserer Mutter schwor?« fragte Elayne leicht verstimmt. Selbst auf diese Weise Galad als Bruder anzuerkennen fiel ihr schwer.

»Was? Ja. Das habe ich doch gesagt, oder? Hör zu. Wenn sich Luca in der Stadt befindet, weiß er nicht, was wir unternommen haben, und es könnte zu spät sein, bis er …« Nynaeve war bewußt, daß sie aus lauter

Angst sinnlos drauflos redete, aber sie konnte nichts dagegen tun. Ihr war bisher noch nie bewußt gewesen, wie weit hundert Schritt tatsächlich waren. An den Zwei Flüssen schossen die erwachsenen Männer immer auf doppelt so weit entfernte Ziele. Aber da war *sie* keines dieser Ziele gewesen! »Ich denke, es ist wirklich schon sehr spät. Die Schatten … Das grelle Licht … Wir sollten das am Morgen tun. Wenn das Licht bes …«

»Wenn er bei ihr schwor«, unterbrach Elayne sie, als habe sie gar nicht hingehört, »dann hält er sich auch unter allen Umständen daran. Er würde eher einen Eid auf seine Errettung und Wiedergeburt brechen als den. Ich glaube … nein, ich *weiß*, daß wir ihm in diesem Fall vertrauen können.« Es klang aber nicht danach, als gefalle ihr das sonderlich.

»Das Licht ist gerade richtig«, sagte Birgitte, und in ihrer ruhigen Stimme schwang ein Hauch von Heiterkeit mit. »Vielleicht versuche ich es mit verbundenen Augen. Diese Zuschauermenge wünscht bestimmt, daß es möglichst schwierig aussieht, glaube ich jedenfalls.«

Nynaeve öffnete den Mund, aber nichts kam heraus. Diesmal hätte ihr schon ein Krächzen genügt. Birgitte leistete sich natürlich nur einen schlechten Scherz. Es konnte nicht anders sein.

Sie stellten sie mit dem Rücken an den groben Holzzaun, und Elayne begann, an dem Knoten in ihrem Schal zu ziehen, während Birgitte den Weg zurückging, den sie gekommen waren, und dabei einen Pfeil aus dem Köcher zog. »Diesmal hast du wirklich etwas Verrücktes angestellt«, knurrte Elayne. »Ich bin wohl sicher, daß wir auf Galads Eid vertrauen können, aber du konntest schließlich nicht wissen, was er zuvor alles anstellen würde. Und dann auch noch den Propheten anzusprechen!« Sie riß Nynaeve grob den Schal von den Schultern. »Du hattest schließlich nicht die geringste Ahnung, was *er* unternehmen würde. Du hast jedem Sorgen bereitet und alles riskiert!«

»Ich weiß«, brachte Nynaeve gerade noch heraus. Die Sonne schien ihr ins Gesicht, und sie konnte Birgitte so gut wie nicht mehr erkennen. Doch Birgitte konnte *sie* sehen. Das war das Wichtigste.

Elayne blickte sie mißtrauisch an. »Das war dir klar?«

»Ich weiß, daß ich alles riskiert habe. Ich hätte mit dir sprechen und dich fragen sollen. Ich weiß, daß ich mich töricht verhalten habe. Man sollte mich ohne Aufpasserin überhaupt nicht hinauslassen.« Alles brach atemlos aus ihr heraus. Birgitte *mußte* sie doch gut erkennen können!

Aus Mißtrauen wurde Sorge. »Geht es dir gut? Wenn du das hier wirklich nicht tun willst …«

Dieses Weib glaubte doch glatt, sie habe Angst! Das konnte und wollte Nynaeve nicht auf sich sitzen lassen. Sie zwang sich zu einem Lächeln und hoffte, sie habe die Augen dabei nicht zu weit aufgerissen. Ihre Gesichtshaut war angespannt. »Natürlich will ich. Ich freue mich sogar darauf.«

Elayne zog zweifelnd die Augenbrauen hoch, nickte aber schließlich. »Und du bist ganz sicher, was Salidar betrifft?«

Sie wartete nicht auf eine Antwort, sondern setzte sich schnell zur Seite ab, wobei sie den Schal zusammenfaltete. Aus irgendeinem Grund konnte sich Nynaeve dieser Frage wegen nicht gebührend aufregen, genausowenig wie Elayne in der Lage gewesen war, abzuwarten. Sie atmete so schnell, daß ihr die bange Befürchtung kam, ihr Busen könne oben aus dem tiefen Ausschnitt herausrutschen, doch selbst das konnte sie nicht aus ihrer Lähmung reißen. Der Sonnenschein blendete sie. Hätte sie geblinzelt, hätte sie vielleicht Birgitte gerade noch sehen können, aber ihre Augen entwickelten ein Eigenleben und wurden immer größer. Jetzt konnte sie ohnehin nichts mehr tun. Es war ihre Strafe dafür, unnötige Risiken einzugehen. Sie konnte nicht einmal Ärger darüber verspüren, daß sie bestraft wurde, nachdem alles so gut gelaufen war. Und Elayne glaubte ihr das mit Salidar nicht! Sie mußte alles mit stoischer Ruhe nehmen. Sie würde …

Anscheinend aus dem Nichts heraus krachte ein Pfeil in die Holzfläche und vibrierte direkt an ihrem rechten Handgelenk. Mit einem leisen klagenden Laut zerbrach der Anflug stoischer Ruhe. Sie hatte größte Mühe, ihre Knie durchzudrücken, damit sie nicht nachgaben. Der Luftzug von einem zweiten Pfeil streifte ihr anderes Handgelenk und brachte ein etwas höheres Quieken hervor. Sie hätte Birgittes Pfeile sowenig aufhalten können wie diese Angstlaute. Pfeil um Pfeil steigerte sich die Tonhöhe, und ihr schien es sogar, die Menge bejuble ihre Schreie. Je lauter sie schrie, desto lauter wurde gejubelt und applaudiert. Als die Pfeile schließlich den Umriß ihres Körpers vom Kopf bis zu den Knien auf die Holzfläche zeichneten, konnte man den Applaus nur noch als donnernd bezeichnen. Tatsächlich hinterließ dieser Abschluß sie leicht gereizt, denn die Menge strömte herein und drängte sich um Birgitte, während sie allein dastand und die Pfeilschäfte neben ihrem Körper betrachtete. Einige bebten immer noch. *Sie* zitterte ebenfalls.

Sie gab sich selbst einen Stoß und eilte zu den Wohnwagen, so schnell sie konnte, damit niemand bemerkte, wie weich ihre Knie wirklich waren. Nicht, daß irgend jemand überhaupt auf *sie* achtete. Alles, was sie vollbracht hatte, war, dazustehen und zu hoffen, daß Birgitte nicht niesen mußte oder plötzlich einen Juckreiz verspürte. Und morgen mußte sie das Ganze wieder durchmachen. Entweder das, oder sie mußte Elayne und, was noch schlimmer war, Birgitte, wissen lassen, daß sie sich zu sehr fürchtete.

Als Uno an diesem Abend kam und nach Nana fragte, sagte sie ihm überdeutlich, er solle gefälligst Masema auf die Füße steigen, soweit er das wage, und auch Galad suchen und ihm sagen, er *müsse* ganz schnell ein Schiff finden, was immer dazu nötig sei. Dann ging sie ohne Abendessen ins Bett und versuchte, sich selbst glauben zu machen, sie könne morgen Elayne und Birgitte davon überzeugen, daß sie zu krank sei, um sich vor die Wand zu stellen. Nur war sie eben sicher, daß die anderen sofort wüßten, was ihre Krankheit zu bedeuten habe. Daß sogar Birgitte vermutlich viel Mitgefühl zeigen würde, machte alles nur noch schlimmer. Einer dieser verfluchten Männer *mußte* einfach ein Schiff auftreiben!

GLOSSAR

VORBEMERKUNG ZUR DATIERUNG

Der Tomanische Kalender (von Toma dur Ahmid entworfen) wurde ungefähr zwei Jahrhunderte nach dem Tod des letzten männlichen Aes Sedai eingeführt. Er zählte die Jahre Nach der Zerstörung der Welt (NZ). Da aber die Jahre der Zerstörung und die darauf folgenden Jahre über fast totales Chaos herrschte und dieser Kalender erst gut hundert Jahre nach dem Ende der Zerstörung eingeführt wurde, hat man seinen Beginn völlig willkürlich gewählt. Am Ende der Trolloc-Kriege waren so viele Aufzeichnungen vernichtet worden, daß man sich stritt, in welchem Jahr der alten Zeitrechnung man sich überhaupt befand. Tiam von Gazar schlug die Einführung eines neuen Kalenders vor, der am Ende dieser Kriege einsetzte und die (scheinbare) Erlösung der Welt von der Bedrohung durch Trollocs feierte. In diesem zweiten Kalender erschien jedes Jahr als sogenanntes Freies Jahr (FJ). Innerhalb der zwanzig auf das Kriegsende folgenden Jahre fand der Gazarenische Kalender weitgehend Anerkennung. Artur Falkenflügel bemühte sich, einen neuen Kalender durchzusetzen, der auf seiner Reichsgründung basierte (VG = Von der Gründung an), aber dieser Versuch ist heute nur noch den Historikern bekannt. Nach weitreichender Zerstörung, Tod und Aufruhr während des Hundertjährigen Krieges entstand ein vierter Kalender durch Uren din Jubai Fliegende Möwe, einen Gelehrten der Meerleute, und wurde von dem Panarchen Farede von Tarabon weiterverbreitet. Dieser Farede-Kalender zählt die Jahre der Neuen Ära (NÄ) von dem willkürlich angenommenen Ende des Hundertjährigen Kriegs an und ist während der geschilderten Ereignisse in Gebrauch.

A'dam (aidam): Ein Gerät der Seanchan, mit dessen Hilfe man Frauen kontrollieren kann, die die Macht lenken. Er besteht aus einem Halsband und einem Armreif, die durch eine Leine miteinander verbunden sind. Alles besteht aus einem silbrigen Metall. Auf eine Frau, die mit der Einen Macht nichts anfangen kann, hat er keinen Einfluß (*siehe auch: Damane,* Seanchan, *Sul'dam*).

Aes Sedai (Aies Sehdai): Träger der Einen Macht. Seit der Zeit des Wahnsinns sind alle überlebenden Aes Sedai Frauen. Man mißtraut ihnen und fürchtet, ja haßt sie. Viele geben ihnen die Schuld an der Zerstörung der Welt, und allgemein glaubt man, sie mischten sich in die Angelegenheiten ganzer Staaten ein. Gleichzeitig aber findet man nur wenige Herrscher ohne Aes Sedai-Berater, selbst in Ländern, wo schon die Existenz einer solchen Verbindung geheimgehalten werden muß. Nach einigen Jahren, in denen sie die Macht gebrauchen, beginnen die Aes Sedai, alterslos zu wirken, so daß auch eine Aes Sedai, die bereits Großmutter sein könnte, keine Alterserscheinungen zeigt, außer vielleicht ein paar grauen Haaren (*siehe auch:* Ajah; Amyrlin-Sitz).

Aiel (Aiiehl): die Bewohner der Aiel-Wüste. Gelten als wild und zäh. Man nennt sie auch Aielmänner. Vor dem Töten verschleiern sie ihre Gesichter. Sie nehmen kein Schwert in die Hand, sind aber tödliche Krieger, ob mit Waffen oder nur mit bloßen Händen. Während sie in die Schlacht ziehen, spielen ihre Spielleute Tanzmelodien auf. Die Aielmänner benützen für die Schlacht das Wort ›der Tanz‹ und ›der Tanz der Speere‹. Sie sind in zwölf Clans zersplittert: die Chareen, die Codarra, die Daryne, die Goshien, die Miagoma, die Nakai, die Reyn, die Shaarad, die Shaido, die Shiande, die Taardad und die Tomanelle. Manchmal sprechen sie auch von einem dreizehnten Clan, dem Clan, Den Es Nicht Gibt, den Jenn, die einst Rhuidean erbauten (*siehe auch:* Aiel-Kriegergemeinschaften; Aiel-Wüste; *Gai'schain; Ji'e'toh;* Rhuidean).

Aiel, Verwandtschaftsgrade: Aiel-Blutsverwandtschaften werden auf sehr komplizierte Weise ausgedrückt. Außenstehende finden das meistens umständlich, doch die Aiel halten es für äußerst präzise. Einige wenige Beispiele dafür müssen an dieser Stelle ausreichen, denn eine vollständige Erklärung würde den Umfang eines Buches beanspruchen. Erstbruder und Erstschwester haben die gleiche Mutter. Zweitbruder und Zweitschwester beziehen sich auf die Kinder der Erstschwester oder des Erstbruders der Mutter. Schwestermutter und Schwestervater sind Erstschwester und Erstbruder der Mutter. Großvater oder Großmutter bedeuten Vater oder Mutter der eigenen Mutter, während die Eltern des eigenen Vaters Zweitgroßvater und Zweitgroßmutter sind. Man ist immer ein näherer Blutsverwandter der Mutter als des Vaters. Darüber hinaus wird es immer komplizierter, im besonderen, weil u. a. Freunden bzw. Freundinnen gestattet ist, den oder die andere als Erstbruder oder Erstschwester zu adoptieren. Wenn man außerdem noch bedenkt, daß Aielfrauen, die enge Freundinnen sind, manchmal den gleichen Mann heiraten und damit Schwesterfrauen werden, die sowohl miteinander, wie auch mit ihrem gemeinsamen Mann verheiratet sind, ist wohl klar, wie außerordentlich verwickelt diese Beziehungen sind.

Aielkrieg (976–78 NÄ): Als König Laman von Cairhien den *Avendoraldera* fällte, überquerten mehrere Clans der Aiel das Rückgrat der Welt. Sie eroberten und brandschatzten die Hauptstadt Cairhien und viele andere kleine und große Städte im Land. Der Konflikt weitete sich schnell nach Andor und Tear aus. Im allgemeinen glaubt man, die Aiel seien in der Schlacht an der Leuchtenden Mauer vor Tar Valon endgültig besiegt worden, aber in Wirklichkeit fiel König Laman in dieser Schlacht, und die Aiel, die damit ihr Ziel erreicht hatten, kehrten über das Rückgrat der Welt in ihre Heimat zurück (*siehe auch: Avendoraldera,* Cairhien).

Aiel-Kriegergemeinschaften: Alle Aiel-Krieger sind Mitglieder einer von zwölf Kriegergemeinschaften. Es sind die Schwarzaugen (*Seia Doon*), die Brüder des Adlers (*Far Aldazar Din*), die Läufer der Dämmerung (*Rahien Sorei*), die Messerhände (*Sovin Nai*), Töchter des Speers (*Far Dareis Mai*), die Bergtänzer (*Hama N'dore*), die Nachtspeere (*Cor Darei*), die Roten Schilde (*Aethan Dor*), die Steinhunde (*Shae'en M'taal*), die Donnergänger (*Sha'mad Conde*), die Blutabkömmlinge (*Tain Shari*) und die Wassersucher (*Duahde Mahdi'in*). Jede Gemeinschaft hat eigene Gebräuche und manchmal auch ganz bestimmte Pflichten. Zum Beispiel fungieren die Roten Schilde als Polizei. Steinsoldaten werden häufig als Nachhut bei Rückzugsgefechten eingesetzt und schwören oftmals, sich nicht zurückzuziehen, wenn einmal eine Schlacht begonnen hat. Um diesen Eid zu erfüllen, sterben sie, wenn nötig, bis auf den letzten Mann. Die Töchter des Speers sind besonders gute Kundschafterinnen. Die Clans der Aiel bekämpfen sich auch gelegentlich untereinander, aber Mitglieder der gleichen Gemeinschaft kämpfen nicht gegeneinander, selbst wenn ihre Clans im Krieg miteinander liegen. So gibt es jederzeit, sogar während einer offenen kriegerischen Auseinandersetzung, Kontakt zwischen den Clans (*siehe auch:* Aiel-Wüste, *Far Dareis Mai*).

Aiel-Wüste: das rauhe, zerrissene und fast wasserlose Gebiet östlich des Rückgrats der Welt, von den Aiel auch das Dreifache Land genannt. Nur wenige Außenseiter wagen sich dorthin, nicht nur, weil es für jemanden, der nicht dort geboren wurde, fast unmöglich ist, Wasser zu finden, sondern auch, weil die

Aiel sich im ständigen Kriegszustand mit allen anderen Völkern befinden und keine Fremden mögen. Nur fahrende Händler, Gaukler und die Tuatha'an dürfen sich in die Wüste begeben, und sogar ihnen gegenüber sind die Kontakte eingeschränkt. Es sind keine Landkarten der Wüste bekannt.

Ajah: Gesellschaftsgruppen unter den Aes Sedai. Jede Aes Sedai außer der Amyrlin gehört einer solchen Gruppe an. Sie unterscheiden sich durch ihre Farben: Blaue Ajah, Rote Ajah, Weiße Ajah, Grüne Ajah, Braune Ajah, Gelbe Ajah und Graue Ajah. Jede Gruppe folgt ihrer eigenen Auslegung in bezug auf die Anwendung der Einen Macht und die Existenz der Aes Sedai. Zum Beispiel setzen die Roten Ajah all ihre Kraft dazu ein, Männer zu finden und zu beeinflussen, die versuchen, die Macht auszuüben. Eine Braune Ajah andererseits leugnet alle Verbindung zur Außenwelt und verschreibt sich ganz der Suche nach Wissen. Die Weißen Ajah meiden soweit wie möglich die Welt und das weltliche Wissen und widmen sich Fragen der Philosophie und Wahrheitsfindung. Die Grünen Ajah (die man während der Trolloc-Kriege auch Kampf-Ajah nannte) stehen bereit, jeden neuen Schattenlord zu bekämpfen, wenn Tarmon Gai'don naht. Die Gelben Ajah konzentrieren sich auf alle Arten der Heilkunst. Die Blauen beschäftigen sich vor allem mit der Rechtsprechung. Die Grauen sind die Mittler, die sich um Harmonie und Übereinstimmung bemühen. Es gibt Gerüchte über eine Schwarze Ajah, die dem Dunklen König dient.

al'Meara, Nynaeve (Almehra, Nainiev): eine Frau aus Emondsfeld im Distrikt der Zwei Flüsse in Andor. Sie gehört jetzt zu den Aufgenommenen.

Alte Sprache, die: die vorherrschende Sprache während des Zeitalters der Legenden. Man erwartet im allgemeinen von Adligen und anderen gebildeten

Menschen, daß sie diese Sprache erlernt haben. Die meisten aber kennen nur ein paar Worte. Eine Übersetzung stößt oft auf Schwierigkeiten, da sehr häufig Wörter oder Ausdrucksweisen mit vielschichtigen, subtilen Bedeutungen vorkommen.

al'Thor, Rand: ein junger Mann aus Emondsfeld im Gebiet der Zwei Flüsse in Andor, ein Ta'veren, der einst Schäfer war und nun zum Wiedergeborenen Drachen ausgerufen wurde. Für die Aiel ist er Der Mit Der Morgendämmerung Kommt, von dem geweissagt wurde, daß er die Aiel einen und vernichten werde. Es scheint ebenfalls wahrscheinlich, daß er der Coramoor oder Der Auserwählte ist, den das Meervolk sucht (*siehe auch:* Aiel, Wiedergeborener Drache).

al'Vere, Egwene (Alwier, Egwain): eine junge Frau aus Emondsfeld im Gebiet der Zwei Flüsse in Andor. Sie ist eine Aufgenommene und wird gerade bei den Aiel zur Traumgängerin ausgebildet, da sie möglicherweise ein echter Träumer ist (*siehe auch:* Traumgänger; Talente).

Alviarin Freidhen: eine Aes Sedai der Weißen Ajah, die nun zur Behüterin der Chronik erhoben wurde und damit nur noch dem Amyrlin-Sitz untersteht. Eine Frau voll kalter Logik und noch kälterer Berechnung.

Amadicia: ein Staat südlich der Verschleierten Berge zwischen Tarabon und Altara. Die Hauptstadt ist Amador, das Zentrum der Kinder des Lichts, deren Lordhauptmann tatsächlich und schon beinahe offiziell mehr Macht besitzt als der König. Jeder, der die Fähigkeit besitzt, mit der Einen Macht umzugehen, ist in Amadicia geächtet. Das Gesetz verlangt, daß sie ins Gefängnis müssen oder ins Ausland verbannt werden, doch in Wirklichkeit werden sie häufig getötet, weil sie ›sich einer Verhaftung widersetzt‹ hatten. Die Flagge von Amadicia zeigt einen silbernen Stern mit sechs Spitzen über einer roten Distel auf blauem Feld (*siehe auch:* Kinder des Lichts).

Amyrlin-Sitz, der: (1.) Titel der Führerin der Aes Sedai. Auf Lebenszeit vom Turmrat, dem höchsten Gremium des Aes Sedai, gewählt; dieser besteht aus je drei Abgeordneten (Sitzende genannt, wie z. B. in »Sitzende der Grünen« …) der sieben Ajah. Der Amyrlin-Sitz hat, jedenfalls theoretisch, unter den Aes Sedai beinahe uneingeschränkte Macht. Er hat in etwa den Rang einer Königin. Etwas weniger formell ist die Bezeichnung: die Amyrlin. (2.) Thron der Führerin der Aes Sedai.

Amys: die Weise Frau der Kaltfelsenfestung. Sie ist eine Traumgängerin, eine Aiel der Neun-Täler-Septime der Taardad Aiel. Verheiratet mit Rhuarc, Schwesterfrau der Lian, der Dachherrin der Kaltfelsenfestung, und Schwestermutter der Aviendha.

Andor: ein reiches Land, das sich von den Verschleierten Bergen bis zum Erinin erstreckt, zumindest auf der Landkarte, doch die Königin hat seit mehreren Generationen lediglich das Land bis zum Manetherendrelle beherrscht (*siehe auch:* Tochter-Erbin).

Angreal: ein Überbleibsel aus dem Zeitalter der Legenden. Es erlaubt einer Person, die die Eine Macht lenken kann, einen stärkeren Energiefluß zu meistern, als das sonst ohne Hilfe und ohne Lebensgefahr möglich ist. Einige wurden zur Benützung durch Frauen hergestellt, andere für Männer. Gerüchte über *Angreal,* die von beiden Geschlechtern benützt werden können, wurden nie bestätigt. Es ist heute nicht mehr bekannt, wie sie angefertigt wurden. Es existieren nur noch sehr wenige (*siehe auch: Sa'Angreal, Ter'Angreal*).

Arad Doman: Land und Nation am Aryth-Meer. Im Augenblick durch einen Bürgerkrieg und gleichzeitig ausgetragene Kriege gegen die Anhänger des Wiedergeborenen Drachen und gegen Tarabon zerrissen. Die meisten Kaufleute der Domani sind Frauen. Es gibt eine Redensart: ›Laß einen Mann mit einer Domani feilschen.‹ Sie steht für eine äußerst törichte Handlungsweise. Domani-Frauen sind berühmt und berüchtigt für ihre Schönheit, Verführungskunst und für ihre skandalös-offenherzige Kleidung.

Aufgenommene: junge Frauen in der Ausbildung zur Aes Sedai, die eine bestimmte Stufe erreicht und einige Prüfungen bestanden haben. Normalerweise braucht man ca. fünf bis zehn Jahre, um von der Novizin zur Aufgenommenen erhoben zu werden. Die Aufgenommenen sind in ihrer Bewegungsfreiheit weniger eingeschränkt als die Novizinnen, und es ist ihnen innerhalb bestimmter Grenzen sogar erlaubt, eigene Studiengebiete zu wählen. Eine Aufgenommene hat das Recht, einen Großen Schlangenring zu tragen, aber nur am dritten Finger ihrer linken Hand. Wenn eine Aufgenommene zur Aes Sedai erhoben wird, wählt sie ihre Ajah, erhält das Recht, deren Stola zu tragen, und darf den Ring an jedem Finger oder auch gar nicht tragen, je nachdem, was die Umstände von ihr verlangen.

Avendesora: in der alten Sprache der Baum des Lebens. Wird in vielen Geschichten und Legenden erwähnt, die ihn an ganz unterschiedlichen Orten ansiedeln. Wo er wirklich steht, ist nur wenigen bekannt.

Avendoraldera: ein in Cairhien aus einem *Avendesora*-Keim gezogener Baum. Der Keimling war ein Geschenk der Aiel im Jahre 566 NÄ. Es gibt aber keinen zuverlässigen Bericht über eine Verbindung zwischen den Aiel und *Avendesora* (*siehe auch:* Aielkrieg).

Aviendha (Awi-enda): eine Frau aus der Bitteres-Wasser-Septime der Taardad Aiel. Sie ist in der Ausbildung zur Weisen Frau. Sie fürchtet nichts außer ihrem Schicksal.

Bair: Weise Frau der Haido-Septime der Shaarad Aiel; eine Traumgängerin.

Behüter: ein Krieger, der einer Aes Sedai zugeschworen ist. Das geschieht mit Hilfe der Einen Macht, und er gewinnt dadurch Fähigkeiten wie schnelles Heilen von Wunden, er kann lange Zeiträume ohne Wasser, Nahrung und Schlaf auskommen und den Einfluß des Dunklen Königs auf größere Entfernung spüren. So lange er am Leben ist, weiß die mit ihm verbundene Aes Sedai, daß er lebt, auch wenn er noch so weit entfernt ist, und sollte er sterben, dann weiß sie den genauen Zeitpunkt und auch den Grund seines Todes. Allerdings weiß sie nicht, wie weit von ihr entfernt er sich befindet oder in welcher Richtung. Die meisten Aja gestatten einer Aes Sedai den Bund mit nur einem Behüter. Die Roten Ajah allerdings lehnen die Behüter für sich selbst ganz ab, während die Grünen Ajah eine Verbindung mit so vielen Behütern gestatten, wie die Aes Sedai es wünscht. An sich muß der Behüter der Verbindung freiwillig zur Verfügung stehen, es gab jedoch auch Fälle, in denen der Krieger dazu gezwungen wurde. Welche Vorteile die Aes Sedai aus der Verbindung ziehen, wird von ihnen als streng behütetes Geheimnis behandelt (*siehe auch:* Aes Sedai).

Berelain sur Paendrag: die Erste von Mayene, Gesegnete des Lichts, Verteidiger der Wogen, Hochsitz des Hauses Paeron. Eine schöne und willensstarke junge Frau und eine geschickte Herrscherin (*siehe auch:* Mayene).

Birgitte: legendäre Heldin, sowohl ihrer Schönheit wegen, wie auch ihres Mutes und ihres Geschicks als Bogenschütze halber berühmt. Sie trug einen silbernen Bogen, und ihre silbernen Pfeile verfehlten nie ihr Ziel. Eine aus der Gruppe von Helden, die herbeigerufen werden, wenn das Horn von Valere geblasen wird. Sie wird immer in Verbindung mit dem heldenhaften Schwertkämpfer Gaidal Cain genannt. Außer, was ihre Schönheit und ihr Geschick als Bogenschützin betrifft, ähnelt sie den Beschreibungen der Legenden allerdings kaum (*siehe auch:* Cain, Gaidal; Horn von Valere).

Breane Taborwin: Früher eine Lady von hohem Rang in Cairhien, ist sie nun ein mittelloser Flüchtling. Sie hat ihr Glück bei einem Mann gefunden, den sie früher von ihren Dienern aus dem Haus hätte prügeln lassen.

Cadin'sor: Uniform der Aielsoldaten: Mantel und Hose in Braun und Grau, so daß sie sich kaum von Felsen oder Schatten abheben. Dazu gehören weiche, bis zum Knie hoch geschnürte Stiefel. In der Alten Sprache ›Arbeitskleidung‹.

Caemlyn: die Hauptstadt von Andor.

Cain, Gaidal: legendärer heldenhafter Schwertkämpfer, immer in Verbindung mit Birgitte erwähnt. Er soll genauso gut ausgesehen haben, wie sie schön war. Man sagte ihm nach, er sei unbesiegbar, solange seine Füße auf Heimaterde stehen. Einer der durch das Horn von Valere zurückgerufenen Helden (*siehe auch:* Birgitte; Horn von Valere).

Cairhien: sowohl eine Nation am Rückgrat der Welt wie auch die Hauptstadt dieser Nation. Die Stadt wurde im Aielkrieg (976–978 NÄ) wie so viele andere Städte und Dörfer niedergebrannt und geplündert. Als Folge wurde sehr viel Agrarland in der Nähe des Rückgrats der Welt aufgegeben, so daß seither große Mengen Getreide importiert werden müssen. Auf den Mord an König Galldrian (998 NÄ) folgten ein Bürgerkrieg unter den Adelshäusern um die Nachfolge auf dem Sonnenthron, die Unterbrechung der Lebensmittellieferungen und eine Hungersnot. Im Wappen führt Cairhien eine goldene Sonne mit vielen Strahlen, die sich vom unteren Rand eines himmelblauen Feldes erhebt.

Callandor: ›Das Schwert, das kein Schwert ist‹ oder ›Das unberührbare Schwert‹. Ein Kristallschwert, das im Stein von Tear aufbewahrt wurde in einem Raum, der den Namen ›Herz des Steins‹ trägt. Es ist ein äußerst mächtiger *Sa'Angreal,* der von einem Mann benützt werden muß. Keine Hand kann es berühren, außer der des Wiedergeborenen Drachen. Den Prophezeiungen des Drachen nach war eines der wichtigsten Zeichen für die erfolgte Wiedergeburt des Drachen und das Nahen von Tarmon Gai'don, daß der Drache den Stein von Tear einnahm und *Callandor* in seinen Besitz brachte. Es wurde von Rand al'Thor wieder ins Herz des Steins zurückgebracht und in den Steinboden gerammt (*siehe auch:* Wiedergeborener Drache; *Sa'Angreal;* Stein von Tear).

Cauthon, Matrim (Mat): ein junger Mann aus Emondsfeld im Bezirk der Zwei Flüsse in Andor. Er ist *ta'veren* und hat außergewöhnliches Glück in all seinen Aktivitäten.

Colavaere (Ko-la-vier) **aus dem Hause Saighan:** eine hochangesehene Lady aus Cairhien, die gern und erfolgreich Intrigen schmiedet, was aber für den Adel Cairhiens allgemein zutrifft. Diese Adligen haben soviel Macht, daß sie manchmal vergessen, einer noch höheren Macht zu unterstehen.

Couladin: ein ehrgeiziger Mann aus der Domai-Septime der Shaido Aiel. Seine Kriegergemeinschaft heißt *Seia Doon,* die Schwarzen Augen.

Cuendillar: eine unzerstörbare Substanz, die im Zeitalter der Legenden erschaffen wurde. Jede Energie, die darauf angewandt wird, sie zu zerstören, wird absorbiert und macht sie nur noch stärker. Auch als Herzstein bekannt.

dämpfen (einer Dämpfung unterziehen): Wenn ein Mensch die Anlage zeigt, die Eine Macht zu beherrschen, müssen die Aes Sedai ihre Kräfte ›dämpfen‹, also komplett unterdrücken, da er sonst wahnsinnig wird, vom Verderben des *Saidin* bzw. *Saidar* getroffen, und möglicherweise schreckliches Unheil mit seinen Kräften anrichten wird. Ein Mensch, der einer Dämpfung unterzogen wurde, kann die Eine Macht immer noch spüren, sie aber nicht mehr benützen.

Wenn vor der Dämpfung eines Mannes der beginnende Wahnsinn eingesetzt hat, kann er durch den Akt der Dämpfung aufgehalten, jedoch nicht geheilt werden. Hat die Dämpfung früh genug stattgefunden, kann das Leben der Person gerettet werden. Dämpfungen bei Frauen sind so selten gewesen, daß man von den Novizinnen der Weißen Burg verlangt, die Namen und Verbrechen aller auswendig zu lernen, die jemals diesem Akt unterzogen wurden. Die Aes Sedai dürfen eine Frau nur dann einer Dämpfung unterziehen, wenn diese in einem Gerichtsverfahren eines Verbrechens überführt wurde. Eine unbeabsichtigte oder durch einen Unfall herbeigeführte Dämpfung wird auch als ›Ausbrennen‹ bezeichnet.

Damane: in der Alten Sprache: ›die Gefesselten‹. Frauen, die die Eine Macht lenken können, werden mit Hilfe eines *A'dam* unter Kontrolle gehalten und von den Seanchan zu verschiedenen Zwecken benutzt, vor allem als Wunderwaffen im Krieg. Im ganzen Reich von Seanchan werden jedes Jahr junge Frauen geprüft, bis hin zu dem Alter, in dem sich die Gabe, die Macht gebrauchen zu können, in jedem Fall bereits gezeigt hätte. Genauso wie junge Männer mit diesem Talent (die hingerichtet werden), werden die *Damane* aus den Familienbüchern und allen Bürgerlisten des Reichs gestrichen. Sie hören auf, als eigenständige Menschen zu existieren. Frauen, die dieses Talent besitzen, aber noch nicht zu *Damane* gemacht wurden, nennt man *Marath'Damane,* ›die gefesselt werden müssen‹ (*siehe auch: A'dam;* Seanchan; *Sul'dam*).

Dobraine (Dobrein) **aus dem Hause Taborwin:** ein hochrangiger Lord aus Cairhien, der sich buchstabengetreu an seine Eide hält.

Drache, der: Ehrenbezeichnung für Lews Therin Telamon während des Schattenkriegs. Als der Wahnsinn alle männlichen Aes Sedai befiel, tötete Lews Therin alle Personen, die etwas von seinem Blut in sich trugen und jede Person, die er liebte. So bezeichnete man ihn anschließend als Brudermörder (*siehe auch:* Hundert Gefährten; Wiedergeborener Drache, Prophezeiungen des Drachen).

Drache, falscher: Manchmal behaupten Männer, der Wiedergeborene Drache zu sein, und manch einer davon gewinnt so viele Anhänger, daß eine Armee notwendig ist, um ihn zu besiegen. Einige davon haben schon Kriege begonnen, in die viele Nationen verwickelt wurden. In den letzten Jahrhunderten waren die meisten falschen Drachen nicht in der Lage, die Eine Macht richtig anzuwenden, aber es gab doch ein paar, die das konnten. Alle jedoch verschwanden entweder, oder wurden gefangen oder getötet, ohne eine der Prophezeiungen erfüllen zu können, die sich um die Wiedergeburt des Drachen ranken. Diese Männer nennt man falsche Drachen. Unter jenen, die die Eine Macht lenken konnten, waren Raolin Dunkelbann (335–36 NZ), Yurian Steinbogen (ca. 1300–1308 NZ), Davian (FJ 351), Guaire Amalasan (FJ 939–43) und Logain (997 NÄ) (*siehe auch:* Wiedergeborener Drache; Krieg des Zweiten Drachen).

Drachenmauer: *siehe* Rückgrat der Welt

Dunkler König: gebräuchlichste Bezeichnung, in allen Ländern verwendet, für Shai'tan: die Quelle des Bösen, Antithese des Schöpfers. Im Augenblick der Schöpfung wurde er vom Schöpfer in ein Verließ am Shayol Ghul gesperrt. Ein Versuch, ihn aus diesem Kerker zu befreien, führte zum Schattenkrieg, dem Verderben des Saidin, der Zerstörung der Welt und dem Ende des Zeitalters der Legenden.

Dunklen König nennen, den: Wenn man den wirklichen Namen des Dunklen Königs erwähnt (Shai'tan), zieht man seine Aufmerksamkeit auf sich, was unweigerlich dazu führt, daß man Pech hat oder schlimmstenfalls eine Katastrophe erlebt. Aus diesem Grund werden viele Euphemismen verwendet, wie z. B. der Dunkle König, der Vater der Lügen, der Sichtblender, der Herr der Gräber, der Schäfer der Nacht, Herzensbann, Herzfang, Grasbrenner und Blattverderber. Jemand, der das Pech anzuziehen scheint, ›nennt den Dunklen König‹.

Eide, Drei: die Eide, die eine Aufgenommene ablegen muß, um zur Aes Sedai erhoben zu werden. Sie werden gesprochen, während die Aufgenommene eine Eidesrute in der Hand hält. Das ist ein *Ter'Angreal,* der sie an die Eide bindet. Sie muß schwören, daß sie (1) kein unwahres Wort ausspricht, (2) keine Waffe herstellt, mit der Menschen andere Menschen töten können, und (3) daß sie niemals die Eine Macht als Waffe verwendet, außer gegen Abkömmlinge des Schattens oder, um ihr Leben oder das ihres Behüters oder einer anderen Aes Sedai in höchster Not zu verteidigen. Diese Eide waren früher nicht zwingend vorgeschrieben, doch nach verschiedenen Geschehnissen vor und nach der Zerstörung hielt man sie für notwendig. Der zweite Eid war ursprünglich der erste und kam als Reaktion auf den Krieg um die Macht. Der erste Eid wird wörtlich eingehalten, aber oft geschickt umgangen, indem man eben nur einen Teil der Wahrheit ausspricht. Man glaubt allgemein, daß der zweite und dritte nicht zu umgehen sind.

Eine Macht, die: die Kraft aus der Wahren Quelle. Die große Mehrheit der Menschen ist absolut unfähig, zu lernen, wie man die Eine Macht anwendet. Eine sehr geringe Anzahl von Menschen kann die Anwendung erlernen, und noch weniger besitzen diese Fähigkeit von Geburt an. Diese wenigen müssen ihren Gebrauch nicht lernen, denn sie werden die Wahre Quelle berühren und die Eine Macht benützen, ob sie wollen oder nicht, vielleicht sogar, ohne zu bemerken, was sie da tun. Diese angeborene Fähigkeit taucht meist zuerst während der Pubertät auf. Wenn man dann nicht die Kontrolle darüber erlernt – durch Lehrer oder auch ganz allein (äußerst schwierig, die Erfolgsquote liegt bei eins zu vier) –, ist die Folge der sichere Tod. Seit der Zeit des Wahns hat kein Mann gelernt, die Eine Macht kontrolliert anzuwenden, ohne dabei auf die Dauer auf schreckliche Art dem Wahnsinn zu verfallen. Selbst wenn er in gewissem Maß die Kontrolle erlangt hat, stirbt er an einer Verfallskrankheit, bei der er lebendigen Leibs verfault. Auch diese Krankheit wird, genau wie der Wahnsinn, von dem Verderben hervorgerufen, das der Dunkle König über *Saidin* brachte. Bei Frauen ist der Tod mangels Kontrolle der Einen Macht etwas erträglicher, aber sterben müssen auch sie. Die Aes Sedai suchen nach Mädchen mit diesen angeborenen Fähigkeiten, zum einen, um ihre Leben zu retten und zum anderen, um die Anzahl der Aes Sedai zu vergrößern. Sie suchen nach Männern mit dieser Fähigkeit, um zu verhindern, daß sie schreckliches damit anrichten, wenn sie dem Wahn verfallen (*siehe auch:* Zeit des Wahns, die Wahre Quelle).

Elaida do Avriny a'Roihan: eine Aes Sedai, die einst zu den Roten Ajah gehörte, vormals Ratgeberin der Königin Morgase von Andor. Sie kann manchmal die Zukunft vorhersagen. Mittlerweile zum Amyrlin-Sitz erhoben.

Elayne aus dem Hause Trakand: Königin Morgases Tochter, die Tochter-Erbin des Throns von Andor. Sie befindet sich in der Ausbildung zur Aes Sedai und gehört mittlerweile zu den Aufgenommenen. Sie führt im Wappen eine goldene Lilie.

Enaila: eine Tochter des Speers aus der Jarra-Septime der Chareen Aiel. Sie ist ihrer Körpergröße wegen sehr empfindlich und hat eine eigenartige Haltung zu Rand al'Thor entwickelt, bedenkt man, daß sie kaum mehr als ein Jahr älter ist.

Fäule, die: *siehe* Große Fäule.

Faile (Faiehl): in der Alten Sprache: ›Falke‹. Der Name wurde von Zarine Baschere angenommen, einer jungen Frau aus Saldaea.

Falkenflügel, Artur: ein legendärer König (Artur Paendrag Tanreall, 943–994 FJ), der alle Länder westlich des Rückgrats der Welt und einige von jenseits der Aiel-Wüste einte. Er sandte sogar eine Armee über das Aryth-Meer, doch verlor man bei seinem Tod, der den Hundertjährigen Krieg auslöste, jeden Kontakt mit diesen Soldaten. Er führte einen fliegenden goldenen Falken im Wappen (*siehe auch:* Hundertjähriger Krieg).

Far Dareis Mai: wörtlich ›Töchter des Speers‹. Eine von mehreren Kriegergemeinschaften der Aiel. Anders als bei den übrigen werden ausschließlich Frauen aufgenommen. Sollte sie heiraten, darf eine Frau nicht Mitglied bleiben. Während einer Schwangerschaft darf ein Mitglied nicht kämpfen. Jedes Kind eines Mitglieds wird von einer anderen Frau aufgezogen, so daß niemand mehr weiß, wer die wirkliche Mutter war. (»Du darfst keinem Manne angehören und kein Mann oder Kind darf dir angehören. Der Speer ist dein Liebhaber, dein Kind und dein Leben.«) Diese Kinder sind hochangesehen, denn es wurde prophezeit, daß ein Kind einer Tochter des Speers die Clans vereinen und zu der Bedeutung zurückführen wird, die sie im Zeitalter der Legenden besaßen (*siehe auch:* Aiel-Kriegergemeinschaften).

Flamme von Tar Valon: das Symbol für Tar Valon, den Amyrlin-Sitz und die Aes Sedai. Die stilisierte Darstellung einer Flamme: eine weiße, nach oben gerichtete Träne.

Fünf Mächte, die: Das sind die Stränge der Einen Macht, und jede Person, die die Eine Macht anwenden kann, wird einige dieser Stränge besser als die anderen handhaben können. Diese Stränge nennt man nach den Dingen, die man durch ihre Anwendung beeinflussen kann: Erde, Luft, Feuer, Wasser, Geist – die Fünf Mächte. Wer die Eine Macht anwenden kann, beherrscht gewöhnlich einen oder zwei dieser Stränge besonders gut und hat Schwächen in der Anwendung der übrigen. Einige wenige beherrschen auch drei davon, aber seit dem Zeitalter der Legenden gab es niemanden mehr, der alle fünf in gleichem Maße beherrschte. Und auch dann war das eine große Seltenheit. Das Maß, in dem diese Stränge beherrscht werden und Anwendung finden, ist individuell ganz verschieden; einzelne dieser Personen sind sehr viel stärker als die anderen. Wenn man bestimmte Handlungen mit Hilfe der Einen Macht vollbringen will, muß man einen oder mehrere bestimmte Stränge beherrschen. Wenn man beispielsweise ein Feuer entzünden oder beeinflussen will, braucht man den Feuer-Strang; will man das Wetter ändern, muß man die Bereiche Luft und Wasser beherrschen, während man für Heilungen Wasser und Geist benutzen muß. Während Männer und Frauen in gleichem Maße den Geist beherrschten, war das Talent in bezug auf Erde und/oder Feuer besonders oft bei Männern ausgeprägt und das für Wasser und/oder Luft bei Frauen. Es gab Ausnahmen, aber trotzdem betrachtete man Erde und Feuer als die männlichen Mächte, Luft und Wasser als die weiblichen.

Gaidin: in der Alten Sprache ›Bruder der Schlacht‹. Ein Titel, den die Aes Sedai den Behütern verleihen (*siehe auch:* Behüter).

Gai'schain: in der Alten Sprache ›dem Frieden im Kampfe verschworen‹. Von einem Aiel, der oder die während eines Überfalls oder einer bewaffneten Auseinandersetzung von einem anderen Aiel gefangengenommen wird, verlangt das *Ji'e'toh,* daß er oder sie dem neuen Herrn gehorsam ein Jahr und einen Tag lang dient und dabei keine Waffe anrührt und niemals Gewalt anwendet. Eine Weise Frau, ein Schmied oder eine Frau mit einem Kind unter zehn Jahren können nicht zu Gai'schain gemacht werden (*siehe auch: Ji'e'toh*).

Galad; Lord Galadedrid Damodred: Halbbruder von Elayne und Gawyn. Sie haben alle den gleichen Vater: Taringail Damodred. Im Wappen führt er ein geflügeltes silbernes Schwert, dessen Spitze nach unten zeigt.

Gareth Bryne (Ga-ret Brein): einst Generalhauptmann der Königlichen Garde von Andor. Von Königin Morgase ins Exil verbannt. Er wird als einer der größten lebenden Militärstrategen betrachtet. Das Siegel des Hauses Bryne zeigt einen wilden Stier, um dessen Hals die Rosenkrone von Andor hängt. Gareth Brynes persönliches Abzeichen sind drei goldene Sterne mit jeweils fünf Zacken.

Gaukler: fahrende Märchenerzähler, Musikanten, Jongleure, Akrobaten und Alleinunterhalter. Ihr Abzeichen ist die aus bunten Flicken zusammengesetzte Kleidung. Sie besuchen vor allem Dörfer und Kleinstädte, da in den größeren Städten schon zuviel andere Unterhaltung geboten wird.

Gawyn aus dem Hause Trakand: Sohn der Königin Morgase, Bruder von Elayne, der bei Elaynes Thronbesteigung Erster Prinz des Schwertes wird. Er führt einen weißen Keiler im Wappen.

Gewichtseinheiten: 10 Unzen = 1 Pfund; 10 Pfund = 1 Stein; 10 Steine = 1 Zentner; 10 Zentner = 1 Tonne.

Grenzlande: die an die Große Fäule angrenzenden Nationen: Saldaea, Arafel, Kandor und Schienar. Sie haben eine Geschichte unendlich vieler Überfälle und Kriegszüge gegen Trollocs und Myrddraal (*siehe auch:* Große Fäule).

Große Fäule: eine Region im hohen Norden, die durch den Dunklen König vollständig verdorben wurde.

Sie stellt eine Zuflucht für Trollocs, Myrddraal und andere Kreaturen des Dunklen Königs dar.

Großer Herr der Dunkelheit: Diese Bezeichnung verwenden die Schattenfreunde für den Dunklen König. Sie behaupten, es sei Blasphemie, seinen wirklichen Namen zu benützen.

Große Schlange: ein Symbol für die Zeit und die Ewigkeit, das schon uralt war, bevor das Zeitalter der Legenden begann. Es zeigt eine Schlange, die ihren eigenen Schwanz verschlingt. Man verleiht einen Ring in der Form der Großen Schlange an Frauen, die unter den Aes Sedai zu Aufgenommenen erhoben werden.

Hochlords von Tear: Die Hochlords von Tear regieren als Rat diesen Staat, der weder König noch Königin aufweist. Ihre Anzahl steht nicht fest. Im Laufe der Jahre hat es Zeiten gegeben, wo nur sechs Hochlords regierten, aber auch zwanzig kamen bereits vor. Man darf sie nicht mit den Landherren verwechseln, niedrigeren Adligen in den ländlichen Bezirken Tears.

Horn von Valere: das legendäre Ziel der Großen Jagd nach dem Horn. Man nimmt an, das Horn könne tote Helden zum Leben erwecken, damit sie gegen den Schatten kämpfen. Eine neue Jagd nach dem Horn wurde ausgerufen, und die Jäger haben in Illian ihren Jägereid abgelegt.

Hundertjähriger Krieg: eine Reihe sich überschneidender Kriege, geprägt von sich ständig verändernden Bündnissen, ausgelöst durch den Tod von Artur Falkenflügel und die darauf folgenden Auseinandersetzungen um seine Nachfolge. Er dauerte von 994 FJ bis 1117 FJ. Der Krieg entvölkerte weite Landstriche zwischen dem Aryth-Meer und der Aiel-Wüste, zwischen dem Meer der Stürme und der Großen Fäule. Die Zerstörungen waren so schwerwiegend, daß über diese Zeit nur noch fragmentarische Berichte vorliegen. Das Reich Artur Falkenflügels zerfiel und die heutigen Staaten bildeten sich heraus (*siehe auch:* Falkenflügel, Artur).

Illian: ein großer Hafen am Meer der Stürme, Hauptstadt der gleichnamigen Nation. Im Wappen von Illian findet man neun goldene Bienen auf dunkelgrünem Feld.

Isendre: eine schöne und habsüchtige Frau, die den Zorn der falschen Frau erregte und ausnahmsweise einmal die Wahrheit sagte, als sie abstritt, gestohlen zu haben.

Ji'e'toh: in der Alten Sprache: ›Ehre und Verpflichtung‹ oder einfach ›Ehre und Pflicht‹. Der komplizierte Ehrenkodex der Aiel. Um ihn vollständig darzustellen, müßte man eine ganze Reihe von Büchern füllen. Ein typisches Beispiel sind die vielen Möglichkeiten, im Kampf Ehre zu gewinnen. Die wenigste Ehre gewinnt man durch Töten. Töten kann jeder. Die meiste Ehre gewinnt man, wenn man einen lebenden, bewaffneten Feind berührt, ohne ihm Schaden zuzufügen. Irgendwo in der Mitte liegt der Akt, einen Gegner zum *Gai'schain* zu machen. Auch die Schande ist sehr vielschichtig im *Ji'e'toh* enthalten, und sie gilt als schlimmer denn jeder Schmerz, jede Verwundung und sogar der Tod. Zum dritten gibt es auch viele Abstufungen des *Toh,* der Verpflichtung, doch selbst die geringste muß voll und ganz erfüllt werden. *Toh* wiegt schwerer als alles andere. Ein Aiel nimmt oftmals, wenn notwendig, eine Schande in Kauf, um eine Pflicht zu erfüllen, die einem Fremden als etwas sehr Geringes vorkommen mag (*siehe auch: Gai'schain*).

Juilin Sandar: ein Diebfänger aus Tear.

Kadere, Hadnan: angeblich ein fahrender Händler, der es bereut, jemals die Aiel-Wüste betreten zu haben.

Kinder des Lichts: eine Gemeinschaft von Asketen, die sich den Sieg über den Dunklen König und die Vernichtung aller Schattenfreunde zum Ziel gesetzt hat.

Die Gemeinschaft wurde während des Hundertjährigen Kriegs von Lothair Mantelar gegründet, um gegen die ansteigende Zahl der Schattenfreunde als Prediger anzugehen. Während des Kriegs entwickelte sich daraus eine vollständige militärische Organisation, extrem streng ideologisch ausgerichtet und fest im Glauben, nur sie dienten der absoluten Wahrheit und dem Recht. Sie hassen die Aes Sedai und halten sie, sowie alle, die sie unterstützen oder sich mit ihnen befreunden, für Schattenfreunde. Sie werden geringschätzig Weißmäntel genannt. Im Wappen führen sie eine goldene Sonne mit Strahlen auf weißem Feld.

Krieg um die Macht: *siehe* Schattenkrieg.

Längenmaße: 10 Finger = 3 Hände = 1 Fuß; 3 Fuß = 1 Schritt; 2 Schritte = 1 Spanne; 1000 Spannen = 1 Meile.

Lamgwin Dorn: ein Straßenschläger, der sich seiner Königin gegenüber loyal verhält.

Lan, al'Lan Mandragoran: ein Behüter, der Moiraine zugeschworen wurde. Ungekrönter König von Malkier, Dai Shan, und der letzte Überlebende Lord von Malkier (*siehe auch:* Behüter, Moiraine, Malkier, Dai Shan).

Lanfear: in der Alten Sprache ›Tochter der Nacht‹. Eine der Verlorenen, vielleicht sogar die mächtigste neben Ishamael. Im Gegensatz zu den anderen Verlorenen wählte sie ihren Namen selbst. Man sagt von ihr, sie habe Lews Therin Telamon geliebt und seine Frau Ilyena gehaßt (*siehe auch:* Verlorene; Drache).

Leane Sharif: einst eine Aes Sedai der Blauen Ajah und Behüterin der Chronik. Mittlerweile entmachtet und einer Dämpfung unterzogen. Sie bemüht sich, wiederzuentdecken, wer sie eigentlich ist oder sein könnte (*siehe auch:* Ajah).

Lews Therin Telamon; Lews Therin Brudermörder: *siehe* Drache.

Liandrin: eine Aes Sedai der Roten Ajah aus Tarabon. Mittlerweile wurde bekannt, daß sie in Wirklichkeit eine Schwarze Ajah ist.

Lini: Kindermädchen der Lady Elayne in ihrer Kindheit. Davor war sie bereits Erzieherin ihrer Mutter Morgase und von deren Mutter. Eine Frau von enormer innerer Kraft, einigem Scharfsinn und sehr wortgewaltig in bezug auf Redensarten.

Logain: ein Mann, der einst behauptete, der Wiedergeborene Drache zu sein, und der später einer Dämpfung unterzogen wurde (*siehe auch:* Drache, falscher).

Lugard: eigentlich die Hauptstadt von Murandy. Doch dieses Land ist ein Durcheinander von verwickelten Abhängigkeiten, verschiedenen Städten und einzelnen Lords und Ladies gegenüber. Der jeweils amtierende König beherrscht meist nicht einmal die Hauptstadt selbst. Lugard ist ein wichtiges Handelszentrum, aber auch der Inbegriff für Diebstahl, Laster und einen schlechten Ruf.

Macura, Ronde: eine Schneiderin in Amadicia, die versuchte, zu vielen Herren und Herrinnen zu dienen, ohne wirklich zu wissen, wer sie waren.

Maighande: eine der größten Schlachten der Trolloc-Kriege. Die Sieg der Menschen in dieser Schlacht stand am Beginn der Gegenoffensive, die schließlich dazu führte, daß die Trollocs in die Fäule zurückgetrieben wurden (*siehe auch:* Große Fäule, Trolloc-Kriege).

Malkier: eine Nation, einst eins der Grenzlande, mittlerweile Teil der Großen Fäule. Im Wappen führte Malkier einen fliegenden goldenen Kranich.

Manetheren: eine der Zehn Nationen, die den Zweiten Pakt schlossen; Hauptstadt des gleichnamigen Staates. Sowohl die Stadt wie auch die Nation wurden in den Trolloc-Kriegen vollständig zerstört (*siehe auch:* Trolloc-Kriege).

Mayene (Mai-jehn): Stadtstaat am Meer der Stürme,

der seinen Reichtum und seine Unabhängigkeit der Kenntnis verdankt, die Ölfischschwärme aufspüren zu können. Ihre wirtschaftliche Bedeutung kommt der der Olivenplantagen von Tear, Illian und Tarabon gleich. Ölfisch und Oliven liefern nahezu alles Öl für Lampen. Die augenblickliche Herrscherin von Mayene ist Berelain. Ihr Titel lautet: die Erste von Mayene. Die Herrscher von Mayene führen ihre Abstammung auf Artur Falkenflügel zurück. Das Wappen von Mayene zeigt einen fliegenden goldenen Falken. Mayene wurde traditionell von Tear wirtschaftlich und politisch erpreßt und unterdrückt.

Mazrim Taim: ein falscher Drache, der in Saldaea viel Unheil anrichtete, bevor er geschlagen und gefangen wurde. Er ist nicht nur in der Lage, die Eine Macht zu benützen, sondern angeblich besitzt er außerordentliche Kräfte (*siehe auch:* Drache, falscher).

Meilan aus dem Hause Mendiana: ein Hochlord von Tear. Als General durchaus fähig, übertreibt er jedoch Ehrgeiz und Haß (*siehe auch:* Hochlords von Tear).

Meile: *siehe* Längenmaße.

Melaine (Mehlein): Weise Frau der Jhirad-Septime der Goshien Aiel. Eine Traumgängerin.

Melindhra: eine Tochter des Speers aus der Jumai-Septime der Shaido-Aiel. Eine Frau, deren Loyalität gespalten ist (*siehe auch:* Aiel-Kriegergemeinschaften).

Merrilin, Thom: ein ziemlich vielschichtiger Gaukler, einst Geliebter von Königin Morgase.

Min: eine junge Frau mit der Fähigkeit, die Aura der sie umgebenden Menschen erkennen und auf ihre Zukunft schließen zu können.

Moiraine (Moarän): eine Aes Sedai der Blauen Ajah. Sie stammt aus dem Hause Damodred, aber nicht aus der direkten Linie der Thronfolger. Sie wuchs im Königlichen Palast von Cairhien auf. Sie benützt nur selten ihren Familiennamen und hält ihre Beziehung zu dem Hause Damodred meist geheim.

Morgase (Morgeis): Von der Gnade des Lichts, Königin von Andor, Verteidigerin des Lichts, Beschützerin des Volkes, Hochsitz des Hauses Trakand. Im Wappen führt sie drei goldene Schlüssel. Das Wappen des Hauses Trakand zeigt einen silbernen Grundpfeiler.

Muster eines Zeitalters: Das Rad der Zeit verwebt die Stränge menschlichen Lebens zum Muster eines Zeitalters, das die Substanz der Realität dieser Zeit bildet; auch als Zeitengewebe bekannt (*siehe auch: Ta'veren*).

Myrddraal: Kreaturen des Dunklen Königs, Kommandanten der Trolloc-Heere. Nachkommen von Trollocs, bei denen das Erbe der menschlichen Vorfahren wieder stärker hervortritt, die man benutzt hat, um die Trollocs zu erschaffen. Trotzdem deutlich vom Bösen dieser Rasse gezeichnet. Sie sehen äußerlich wie Menschen aus, haben aber keine Augen. Sie können jedoch im Hellen wie im Dunklen wie Adler sehen. Sie haben gewisse, vom Dunklen König stammende Kräfte, darunter die Fähigkeit, mit einem Blick ihr Opfer vor Angst zu lähmen. Wo Schatten sind, können sie hineinschlüpfen und sind nahezu unsichtbar. Eine ihrer wenigen bekannten Schwächen besteht darin, daß sie Schwierigkeiten haben, fließendes Wasser zu überqueren. Man kennt sie unter vielen Namen in den verschiedenen Ländern, z. B. als Halbmenschen, die Augenlosen, Schattenmänner, Lurk und die Blassen. Wenig bekannt ist die Tatsache, daß die Myrddraal in einem Spiegel nur ein verschwommenes Bild erzeugen.

Natael, Jasin: ein von Asmodean benützter Name. Asmodean ist einer der Verlorenen.

Niall, Pedron: Lordhauptmann und Kommandeur der Kinder des Lichts (*siehe auch:* Kinder des Lichts).

Ogier: (1.) Eine nichtmenschliche Rasse. Typisch für Ogier sind ihre Größe (männliche Ogier werden im Durchschnitt zehn Fuß groß), ihre breiten, rüsselartigen Nasen und die langen, mit Haarbüscheln bewachsenen Ohren. Sie wohnen in Gebieten, die sie *Stedding* nennen. Nach der Zerstörung der Welt (von den Ogiern das Exil genannt) waren sie aus diesen *Stedding* vertrieben, und das führte zu einer als ›das Sehnen‹ bezeichneten Erscheinung: Ein Ogier, der sich zu lange außerhalb seines *Stedding* aufhält, erkrankt und stirbt schließlich. Sie sind weithin bekannt als extrem gute Steinbaumeister, die fast alle großen Städte der Menschen nach der Zerstörung erbauten. Sie selbst betrachten diese Kunst allerdings nur als etwas, das sie während des Exils erlernten und das nicht so wichtig ist, wie das Pflegen der Bäume in einem *Stedding,* besonders der hochaufragenden Großen Bäume. Außer zu ihrer Arbeit als Steinbaumeister verlassen sie ihr *Stedding* nur selten und wollen wenig mit der Menschheit zu tun haben. Man weiß unter den Menschen nur sehr wenig über sie, und viele halten die Ogier sogar für bloße Legenden. Obwohl sie als Pazifisten gelten und nur sehr schwer aufzuregen sind, heißt es in einigen alten Berichten, sie hätten während der Trolloc-Kriege Seite an Seite mit den Menschen gekämpft. Dort werden sie als mörderische Feinde bezeichnet. Im großen und ganzen sind sie ungemein wissensdurstig, und ihre Bücher und Berichte enthalten oftmals Informationen, die bei den Menschen längst verlorengegangen sind. Die normale Lebenserwartung eines Ogiers ist etwa drei- oder viermal so hoch wie bei Menschen. (2.) Jedes Individuum dieser nichtmenschlichen Rasse (*siehe auch:* Zerstörung der Welt; *Stedding;* Baumsänger).

Prophezeiungen des Drachen: ein nur unter den ausgesprochen Gebildeten bekannter Zyklus von Weissagungen, der auch selten erwähnt wird. Man findet ihn im größeren *Karaethon*-Zyklus. Es wird dort vorausgesagt, daß der Dunkle König wieder befreit werde, und daß Lews Therin Telamon, der Drache, wiedergeboren werde, um Tarmon Gai'don, die Letzte Schlacht gegen den Schatten zu schlagen. Es wird prophezeit, daß er die Welt erneut retten und erneut zerstören wird (*siehe auch:* Drache).

Rad der Zeit: Die Zeit stellt man sich als ein Rad mit sieben Speichen vor – jede Speiche steht für ein Zeitalter. Wie sich das Rad dreht, so folgt Zeitalter auf Zeitalter. Jedes hinterläßt Erinnerungen, die zu Legenden verblassen, zu bloßen Mythen werden und schließlich vergessen sind, wenn dieses Zeitalter wiederkehrt. Das Muster eines Zeitalters wird bei jeder Wiederkehr leicht verändert, doch auch wenn die Änderungen einschneidender Natur sein sollten, bleibt es das gleiche Zeitalter. Bei jeder Wiederkehr sind allerdings die Veränderungen gravierender.

Rhuarc: ein Aiel, der Häuptling des Taardad-Clans.

Rhuidean: eine Große Stadt, die einzige in der Aiel-Wüste und der Außenwelt völlig unbekannt. Sie lag fast dreitausend Jahre lang verlassen in einem Wüstental. Einst wurde den Aielmännern nur gestattet, einmal in ihrem Leben Rhuidean zum Zweck einer Prüfung zu betreten. Die Prüfung fand innerhalb eines großen *Ter'Angreal* statt. Wer bestand, besaß die Fähigkeit zum Clanhäuptling, doch nur einer von dreien überlebte. Frauen durften Rhuidean zweimal betreten. Sie wurden im selben *Ter'Angreal* geprüft, und wenn sie überlebten, wurden sie zu Weisen Frauen. Bei ihnen war die Überlebensrate erheblich höher als bei den Männern. Mittlerweile ist die Stadt wieder von den Aiel bewohnt, und ein Ende des Tals von Rhuidean ist von einem großen See ausgefüllt, der aus einem riesigen unterirdischen Reservoir gespeist wird und aus dem wiederum der einzige Fluß der Wüste entspringt.

Rückgrat der Welt: eine hohe Bergkette, über die nur wenige Pässe führen. Sie trennt die Aiel-Wüste von den westlichen Ländern. Wird auch Drachenmauer genannt.

Sa'Angreal: ein extrem seltenes Objekt, das es einem Menschen erlaubt, die Eine Macht in viel stärkerem Maße als sonst möglich zu benützen. Ein *Sa'Angreal* ist ähnlich, doch ungleich stärker als ein *Angreal.* Die Menge an Energie, die mit Hilfe eines *Sa'Angreal* eingesetzt werden kann, verhält sich zu der eines *Angreal* wie die mit dessen Hilfe einsetzbare Energie zu der, die man ganz ohne irgendwelche Hilfe beherrschen kann. Relikte des Zeitalters der Legenden. Es ist nicht mehr bekannt, wie sie angefertigt wurden. Es gibt nur noch eine Handvoll davon, weit weniger sogar als *Angreal.*

Sanche, Siuan (Santschei, Swahn): Tochter eines Fischers aus Tear. Dem tairenischen Gesetz entsprechend wurde sie auf ein Schiff nach Tar Valon verfrachtet, bevor noch die Sonne ein zweites Mal nach dem Tag untergegangen war, an dem ihre Fähigkeit, die Macht zu benützen, entdeckt worden war. Einst war sie eine Aes Sedai der Blauen Ajah und später der Amyrlin-Sitz. Aus diesem Rang wurde sie verdrängt und dann einer Dämpfung unterzogen. Nun bemüht sie sich, dem Schicksal zu entgehen, das sie so fürchtet.

Saidar, Saidin: *siehe* Wahre Quelle.

Schattenfreunde: die Anhänger des Dunklen Königs. Sie glauben, große Macht und andere Belohnungen zu empfangen, wenn er aus seinem Kerker befreit wird.

Schattenkrieg: auch als der Krieg um die Macht bekannt; mit ihm endet das Zeitalter der Legenden. Er begann kurz nach dem Versuch, den Dunklen König zu befreien und erfaßte bald schon die ganze Welt. In einer Welt, die selbst die Erinnerung an den Krieg vergessen hatte, wurde nun der Krieg in all seinen Formen wiederentdeckt. Er war besonders schrecklich, wo die Macht des Dunklen Königs die Welt berührte, und auch die Eine Macht wurde als Waffe verwendet. Der Krieg wurde beendet, als der Dunkle König wieder in seinen Kerker verbannt werden konnte. Diese Unternehmung führte Lews Therin Telamon, der Drache, zusammen mit hundert männlichen Aes Sedai durch, die man auch die Hundert Gefährten nannte. Der Gegenschlag des Dunklen Königs verdarb *Saidin* und trieb Lews Therin und die Hundert Gefährten in den Wahnsinn. So begann die Zeit des Wahns (*siehe auch:* Hundert Gefährten, Drache).

Schattenlords: diejenigen Männer und Frauen, die der Einen Macht dienten, aber während der Trolloc-Kriege zum Schatten überliefen und dann die Trolloc-Heere kommandierten. Weniger Gebildete verwechseln sie mit den Verlorenen.

Seanchan (Schantschan): (1.) Nachkommen der Armeemitglieder, die Artur Falkenflügel über das Aryth-Meer sandte und die die dort gelegenen Länder eroberten. Sie glauben, daß man aus Sicherheitsgründen jede Frau, die mit der Macht umgehen kann, durch einen *A'dam* beherrschen muß. Aus dem gleichen Grund werden solche Männer getötet. (2.) Das Land, aus dem die Seanchan kommen.

Seherin: eine Frau, die in die Versammlung der Frauen ihres Dorfs berufen wird, weil sie die Fähigkeit des Heilens besitzt, das Wetter vorhersagen kann und auch sonst als kluge Frau anerkannt wird. Ihre Position fordert großes Verantwortungsbewußtsein und verleiht ihr viel Autorität. Allgemein wird sie dem Bürgermeister gleichgestellt, in manchen Dörfern steht sie sogar über ihm. Im Gegensatz zum Bürgermeister wird sie auf Lebenszeit erwählt. Es ist äußerst selten, daß eine Seherin vor ihrem Tod aus ihrem Amt entfernt wird. Ihre Auseinandersetzungen mit dem Bürgermeister sind auch zur Tradition geworden. Je nach dem Land wird sie auch als Führerin, Heilerin, Weise Frau, Sucherin oder einfach als Weise bezeichnet.

Shayol Ghul: ein Berg im Versengten Land; dort befindet sich der Kerker, in dem der Dunkle König gefangengehalten wird.

Spanne: *siehe* Längenmaße.

Spiel der Häuser: bezeichnet das Intrigenspiel der Adelshäuser untereinander, mit dem sie sich Vorteile verschaffen wollen. Großer Wert wird darauf gelegt, subtil vorzugehen, auf eine Sache abzuzielen, während man ein ganz anderes Ziel vortäuscht, und sein Ziel schließlich mit geringstmöglichem Aufwand zu erreichen. Es ist auch als das ›Große Spiel‹ bekannt und gelegentlich unter seiner Bezeichnung in der Alten Sprache: *Daes Dae'mar.*

Stein von Tear: eine große Festung in der Stadt Tear, von der berichtet wird, sie sei bald nach der Zerstörung der Welt mit Hilfe der Einen Macht erbaut worden. Sie wurde unzählige Male angegriffen und belagert, doch nie erobert. Erst unter dem Angriff des Wiedergeborenen Drachen mit wenigen hundert Aielkriegern fiel die Festung innerhalb einer einzigen Nacht. Damit wurden zwei Voraussagen aus den Prophezeiungen des Drachen erfüllt (*siehe auch:* Drache, Prophezeiungen des Drachen).

Sul'dam: wörtlich: ›Trägerin der Leine‹. Bezeichnung der Seanchan für eine Frau mit der Fähigkeit, *Damane,* Frauen, die die Eine Macht benützen können, zu beherrschen und mit Hilfe eines *A'dam* unter Kontrolle zu halten. Junge Frauen werden von den Seanchan im gleichen Alter und zur gleichen Zeit auf diese Fähigkeit hin überprüft, wie die *Damane* selbst. Eine relativ ehrenvolle Position in der Seanchan-Gesellschaft. Was nur wenigen bekannt ist, ist die Tatsache, daß *Sul'dam* Frauen sind, die den Gebrauch der Macht selbst erlernen können (*siehe auch: A'dam, Damane,* Seanchan).

Talente: Fähigkeiten, die Eine Macht auf ganz spezifische Weise zu gebrauchen. Das naturgemäß populärste Talent ist das des Heilens. Manche sind verlorengegangen, wie z. B. das Reisen, eine Fähigkeit, sich von einem Ort zu einem anderen zu bewegen, ohne den Zwischenraum durchqueren zu müssen. Andere wie z. B. das Vorhersagen (die Fähigkeit, zukünftige Ereignisse zumindest auf allgemeinere Art und Weise vorhersehen zu können) sind mittlerweile selten oder beinahe verschwunden. Ein weiteres Talent, das man seit langem für verloren hielt, ist das Träumen. Unter anderem lassen sich hier die Träume des Träumers so deuten, daß sie eine genauere Vorhersage der Zukunft erlauben. Manche Träumer hatten die Fähigkeit, *Tel'aran'rhiod*, die Welt der Träume, zu erreichen und sogar in die Träume anderer Menschen einzudringen. Die letzte bekannte Träumerin war Corianin Nedeal, die im Jahre 526 NÄ starb, doch nur wenige wissen, daß es jetzt eine neue gibt.

Tallanvor, Martyn: Leutnant der Königlichen Garde in Andor, der seine Königin mehr liebt als Ehre oder Leben.

Ta'maral'ailen: in der Alten Sprache: ›Schicksalsgewebe‹. Eine einschneidende Änderung im Muster eines Zeitalters, die von einer oder mehreren Personen ausgeht, die *ta'veren* sind (*siehe auch:* Muster eines Zeitalters, *Ta'veren*).

Tanchico: Hauptstadt von Tarabon (*siehe auch:* Tarabon).

Tarabon: Land und Nation am Aryth-Meer. Hauptstadt: Tanchico. Einst eine große Handelsmacht und Quelle von Teppichen, Farbstoffen und Feuerwerkskörpern, die von der Gilde der Feuerwerker hergestellt werden. Jetzt von einem Bürgerkrieg und gleichzeitigen kriegerischen Auseinandersetzungen mit Arad Doman und den Anhängern des Wiedergeborenen Drachen zerrissen.

Tarmon Gai'don: die Letzte Schlacht (*siehe auch:* Drachen, Prophezeiungen des; Horn von Valere).

Ta'veren: eine Person im Zentrum des Gewebes von Lebenssträngen aus ihrer Umgebung, möglicherweise sogar aller Lebensstränge, die vom Rad der Zeit zu einem Schicksalsgewebe zusammengefügt wurden (*siehe auch:* Muster eines Zeitalters).

Tear: ein großer Hafen und ein Staat am Meer der Stürme. Das Wappen von Tear zeigt drei weiße Halbmonde auf rot- und goldgemustertem Feld (*siehe auch:* Stein von Tear).

Telamon, Lews Therin: *siehe* Drache.

Tel'aran'rhiod: In der Alten Sprache: ›die unsichtbare Welt‹, oder ›die Welt der Träume‹. Eine Welt, die man in Träumen manchmal sehen kann. Nach den Angaben der Alten durchdringt und umgibt sie alle möglichen Welten. Im Gegensatz zu anderen Träumen ist das in ihr real, was dort mit lebendigen Dingen geschieht. Wenn man also dort eine Wunde empfängt, ist diese beim Erwachen immer noch vorhanden, und einer, der dort stirbt, erwacht nie mehr. Viele Menschen können *Tel'aran'rhiod* kurze Augenblicke lang in ihren Träumen berühren, aber nur wenige haben je die Fähigkeit besessen, aus freien Stücken dort einzudringen, wenn auch letztlich einige *Ter'Angreal* entdeckt wurden, die eine solche Fähigkeit unterstützen (*siehe auch: Ter'Angreal*).

Ter'Angreal: jedes einer Anzahl von Überbleibseln aus dem Zeitalter der Legenden, die die Eine Macht verwenden. Im Gegensatz zu *Angreal* und *Sa'Angreal* wurde jeder *Ter'Angreal* zu einem ganz bestimmten Zweck hergestellt. Z. B. macht einer jeden Eid, der in ihm geschworen wird, zu etwas endgültig Bindendem. Einige werden von den Aes Sedai benützt, aber über ihre ursprüngliche Anwendung ist kaum etwas bekannt. Einige töten sogar oder zerstören die Fähigkeit einer Frau, die sie benützt, die Eine Macht zu lenken. Wie bei den *Angreal* und *Sa'Angreal* ist auch bei ihnen nicht mehr bekannt, wie man sie herstellt. Dieses Geheimnis ging seit der Zerstörung der Welt verloren (*siehe auch: Angreal, Sa'Angreal*).

Tochter-Erbin: Titel der Erbin des Löwenthrons von Andor. Ohne eine überlebende Tochter fällt der Thron an die nächste weibliche Verwandte der Königin. Unstimmigkeiten darüber, wer die nächste in der Erbfolge sei, haben mehrmals bereits zu Machtkämpfen geführt. Der letzte davon wird in Andor einfach ›die Thronfolge‹ genannt und außerhalb des Landes ›der Dritte Andoranische Erbfolgekrieg‹. Durch ihn kam Morgase aus dem Hause Trakand auf den Thron.

Tochter der Nacht: *siehe* Lanfear.

Träumer: *siehe* Talente.

Traumgänger: Bezeichnung der Aiel für eine Frau, die *Tel'aran'rhiod* aus eigenem Willen erreichen kann.

Trolloc-Kriege: eine Reihe von Kriegen, die etwa gegen 1000 NZ begannen und sich über mehr als 300 Jahre hinzogen. Trolloc-Heere verwüsteten die Welt. Schließlich aber wurden die Trollocs entweder getötet oder in die Große Fäule zurückgetrieben. Mehrere Staaten wurden im Rahmen dieser Kriege ausgelöscht oder entvölkert. Alle Aufzeichnungen aus dieser Zeit sind fragmentarisch.

Trollocs: Kreaturen des Dunklen Königs, die er während des Schattenkriegs erschuf. Sie sind körperlich sehr groß und extrem bösartig. Sie stellen eine hybride Kreuzung zwischen Tier und Mensch dar und töten aus purer Mordlust. Nur diejenigen, die selbst von den Trollocs gefürchtet werden, können diesen trauen. Trollocs sind schlau, hinterhältig und verräterisch. Sie essen alles, auch jede Art von Fleisch, das von Menschen und anderen Trollocs eingeschlossen. Da sie zum Teil von Menschen abstammen, sind sie zum Geschlechtsverkehr mit Menschen imstande, doch die meisten einer solchen Verbindung entspringenden Kinder werden entweder tot geboren oder sind kaum lebensfähig. Die Trollocs leben in stammesähnlichen Horden. Die wichtigsten davon heißen: Ahf'frait, Al'ghol, Bhan'sheen, Dha'vol, Dhai'mon, Dhjin'nen, Ghar'ghael, Ghob'hlin, Gho'hlem, Ghraem'lan, Ko'bal und Kno'mon.

Verin Mathwin: eine Aes Sedai der Braunen Ajah. Ihr letzter bekannter Aufenthaltsort war das Gebiet der Zwei Flüsse, wo sie angeblich nach Mädchen suchte, denen man den Umgang mit der Macht beibringen kann (*siehe auch:* Ajah).

Verlorene: Name für die dreizehn der mächtigsten Aes Sedai, die es jemals gab, die während des Schattenkriegs zum Dunklen König überliefen, weil er ihnen dafür die Unsterblichkeit versprach. Sowohl Legenden wie auch fragmentarische Berichte stimmen darin überein, daß sie zusammen mit dem Dunklen König eingekerkert wurden, als dessen Gefängnis wiederversiegelt wurde. Ihre Namen werden heute noch benützt, um Kinder zu erschrecken. Es waren: Aginor, Asmodean, Balthamel, Be'lal, Demandred, Graendal, Ishamael, Lanfear, Mesaana, Moghedien, Rahvin, Sammael und Semirhage. Sie benützen übrigens für sich selbst die Bezeichnung ›die Auserwählten‹.

Wahre Quelle: die treibende Kraft des Universums, die das Rad der Zeit antreibt. Sie teilt sich in eine männliche (*Saidin*) und eine weibliche Hälfte (*Saidar*), die gleichzeitig miteinander und gegeneinander arbeiten. Nur ein Mann kann von Saidin Energie beziehen und nur eine Frau von *Saidar*. Seit dem Beginn der Zeit des Wahns ist *Saidin* von der Hand des Dunklen Königs gezeichnet (*siehe auch:* Eine Macht).

Wahrheitssucher: eine Polizei- und Spionageorganisation des Kaiserlichen Throns der Seanchan. Obwohl die meisten ihrer Angehörigen der kaiserlichen Familie gehören, besitzen sie weitreichende Machtbefugnisse. Selbst einer vom Blute (ein Seanchan-Adliger) kann verhaftet werden, wenn er die Fragen eines Wahrheitssuchers nicht beantwortet oder eine Zusammenarbeit verweigert. Ob das der Fall ist, bestimmen die Wahrheitssucher selbst. Nur die Kaiserin hat das Recht, ihre Entscheidungen in Frage zu stellen.

Weißmäntel: *siehe* Kinder des Lichts.

Weise Frau: Unter den Aiel werden Frauen von den Weisen Frauen zu dieser Berufung ausgewählt und angelernt. Sie erlernen die Heilkunst, Kräuterkunde und anderes, ähnlich wie die Seherinnen. Gewöhnlich gibt es in jeder Septimenfestung oder bei jedem Clan eine Weise Frau. Manchen von ihnen sagt man wundersame Heilkräfte nach und sie vollbringen auch andere Dinge, die als Wunder angesehen werden. Sie besitzen große Autorität und Verantwortung, sowie großen Einfluß auf die Septimen und die Clanhäuptlinge, obwohl diese Männer sie oft beschuldigen, daß sie sich ständig einmischten. Die Weisen Frauen stehen über allen Fehden und kriegerischen Auseinandersetzungen, und *Ji'e'toh* entsprechend dürfen sie nicht belästigt oder irgendwie behindert werden. Einige Weise Frauen besitzen die Fähigkeit, die Eine Macht benützen zu können, aber sie sprechen nicht darüber. Drei im Moment lebende Weise Frauen sind Traumgängerinnen, können also *Tel'aran'rhiod* betreten und sich im Traum u. a. mit anderen Menschen verständigen (*siehe auch:* Traumgänger, *Ji'e'toh, Tel'aran'rhiod*).

Wiedergeborener Drache: Nach der Prophezeiung und der Legende wird der Drache dann wiedergeboren werden, wenn die Menschheit in größter Not ist und er die Welt retten muß. Das ist nichts, worauf sich die Menschen freuen, denn die Prophezeiung sagt, daß die Wiedergeburt des Drachen zu einer neuen Zerstörung der Welt führen wird, und außerdem erschrecken die Menschen beim Gedanken an Lews Therin Brudermörder, den Drachen, auch wenn er schon mehr als dreitausend Jahre tot ist (*siehe auch:* Drache, Drache, falscher).

Wilde: eine Frau, die allein gelernt hat, die Eine Macht zu lenken, und die ihre Krise überlebte, was nur etwa einer von vieren gelingt. Solche Frauen wehren sich gewöhnlich gegen die Erkenntnis, daß sie die Macht tatsächlich benützen, doch durchbricht man diese Sperre, dann gehören die Wilden später oft zu den mächtigsten Aes Sedai. Die Bezeichnung ›Wilde‹ wird häufig abwertend verwendet.

Zeit des Wahns: die Jahre, nachdem der Gegenschlag des Dunklen Königs die männliche Hälfte der Wahren Quelle verdarb und die männlichen Aes Sedai dem Wahnsinn verfielen und die Welt zerstörten. Die genaue Dauer dieser Periode ist unbekannt, aber es wird angenommen, sie habe beinahe hundert Jahre gedauert. Sie war erst vollständig beendet, als der letzte männliche Aes Sedai starb (*siehe auch:* Hundert Gefährten; Wahre Quelle; Eine Macht; Zerstörung der Welt).

Zeitalter der Legenden: das Zeitalter, welches von dem Krieg des Schattens und der Zerstörung der Welt beendet wurde. Eine Zeit, in der die Aes Sedai Wunder vollbringen konnten, von denen man heute nur träumen kann (*siehe auch:* Rad der Zeit, Zerstörung der Welt; Schattenkrieg).

Zerstörung der Welt: Als Lews Therin Telamon und die Hundert Gefährten das Gefängnis des Dunklen Königs wieder versiegelten, fiel durch den Gegenangriff ein Schatten auf *Saidin*. Schließlich verfiel jeder männliche Aes Sedai auf schreckliche Art dem Wahnsinn. In ihrem Wahn veränderten diese Männer, die die Eine Macht in einem heute unvorstellbaren Maße beherrschten, die Oberfläche der Erde. Sie riefen furchtbare Erdbeben hervor, Gebirgszüge wurden eingeebnet, neue Berge erhoben sich, wo sich Meere befunden hatten, entstand Festland, und an anderen Stellen drang der Ozean in bewohnte Länder ein. Viele Teile der Welt wurden vollständig entvölkert und die Überlebenden wie Staub vom Wind verstreut. Diese Zerstörung wird in Geschichten, Legenden und Geschichtsbüchern als die Zerstörung der Welt bezeichnet (*siehe auch:* Zeit des Wahns; Hundert Gefährten).

Von Robert Jordans »Das Rad der Zeit« liegen bei Piper vor:

1. Roman: Drohende Schatten
2. Roman: Das Auge der Welt
3. Roman: Die Große Jagd
4. Roman: Das Horn von Valere
5. Roman: Der Wiedergeborene Drache
6. Roman: Die Straße des Speers
7. Roman: Schattensaat
8. Roman: Die Heimkehr
9. Roman: Der Sturm bricht los
10. Roman: Zwielicht
11. Roman: Scheinangriff
12. Roman: Der Drache schlägt zurück
13. Roman: Die Fühler des Chaos
14. Roman: Stadt des Verderbens
15. Roman: Die Amyrlin
16. Roman: Die Hexenschlacht
17. Roman: Die zerbrochene Krone
18. Roman: Wolken über Ebou Dar
19. Roman: Der Dolchstoß
20. Roman: Die Schale der Winde
21. Roman: Der Pfad der Dolche
22. Roman: Neue Bündnisse
23. Roman: Kriegswirren
24. Roman: Das Herz des Winters
25. Roman: Die Herrschaft der Seanchaner
26. Roman: Flucht der Sklaven
27. Roman: Pfade ins Zwielicht
28. Roman: Die Weiße Burg
29. Roman: Der neue Frühling
30. Roman: Die Klinge der Träume
31. Roman: Der Untergang der Shaido
32. Roman: Der aufziehende Sturm (mit Brandon Sanderson)
33. Roman: Die Macht des Lichts (mit Brandon Sanderson)

Das Rad der Zeit 1. Das Original. Die Suche nach dem Auge der Welt
Das Rad der Zeit 2. Das Original. Die Jagd beginnt
Das Rad der Zeit 3. Das Original. Die Rückkehr des Drachen
Das Rad der Zeit 4. Das Original. Der Schatten erhebt sich

Robert Jordans Rad der Zeit. Das illustrierte Handbuch

Robert Jordan

Die Herrschaft der Seanchaner

Das Rad der Zeit 25.
Aus dem Amerikanischen von Andreas Decker. 348 Seiten.
Piper Taschenbuch

Mat Cauthon, der treue Gefährte des Wiedergeborenen Drachen, gerät in Ebou Dar in größte Gefahr: Die Invasoren aus Seanchan festigen durch fortwährende Kämpfe ihre Herrschaft und bauen ihre Stellungen immer weiter aus. Mat muss fliehen. Doch er ist der Geliebte der Königin, die ihn nicht gehen lassen will. Und die Hochlady Tuon, die Tochter der Neun Monde, steht mit ihren Heeren schon vor den Toren der Stadt …

»Jordans Werk erinnert in seiner Dichte und Wärme an Tolkien.«
Publishers Weekly

05/1735/02/L

Robert Jordan

Der neue Frühling

Das Rad der Zeit 29.
Aus dem Amerikanischen von Andreas Decker. 429 Seiten.
Piper Taschenbuch

Was geschah vor der Rückkehr Rand al'Thors, des legendären Wiedergeborenen Drachen? Welche Ereignisse führten zu Rands Flucht aus seiner Heimat? Das langerwartete Prequel über die Vorgeschichte und die Hintergründe zum Welterfolg »Das Rad der Zeit« ist eine faszinierende Reise in die Vergangenheit, eine Zeit voll düsterer Schlachten und mystischer Magie. Endlich lüftet Robert Jordan eines der bestgehüteten Geheimnisse seiner Welt – unverzichtbar für Robert Jordan-Fans und alle, die es werden wollen!

»Jeder Roman dieses Zyklus ist wie der Satz einer Sinfonie!«
Interzone

05/1784/02/R

PIPER